Von Dan Simmons
sind als Heyne-Taschenbücher erschienen:

Göttin des Todes · Band 01/8190
Hyperion · Band 01/8321

DAN SIMMONS

DAS ENDE VON HYPERION

Roman

Deutsche Erstausgabe

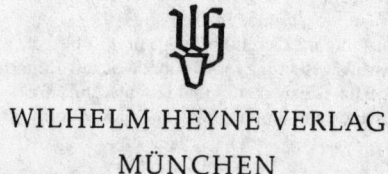

WILHELM HEYNE VERLAG
MÜNCHEN

HEYNE ALLGEMEINE REIHE
Nr. 01/8322

Titel der Originalausgabe
THE FALL OF HYPERION

Aus dem Amerikanischen übersetzt
von Joachim Körber

Redaktion: Wolfgang Jeschke

Printed in Germany 1993
Umschlagillustration: Szikszai-Boros/Agentur Kohlstedt, Arenshausen
Umschlaggestaltung: Atelier Ingrid Schütz, München
Satz: Schaber Satz- und Datentechnik, Wels
Druck und Bindung: Presse-Druck, Augsburg

ISBN 3-453-04900-4

Inhalt

Für John Keats
Dessen Name in Ewigkeit
geschrieben steht

»Kann Gott ein bedeutsames Spiel mit seinen eigenen Geschöpfen spielen? Kann irgendein Schöpfer, und sei es ein begrenzter, ein bedeutsames Spiel mit seinen Geschöpfen spielen?«

— NORBERT WIENER: *God and Golem, Inc.*

»Könnte es nicht höhere Wesen geben, welche auf jedwede anmutige, doch instinktive Abwandlung, die meinem Denken entspringen mag, mit Erheiterung reagieren, so wie mich selbst die Wachsamkeit eines Wiesels oder die Ängstlichkeit eines Rehs erheitern würde? Ein Faustkampf auf der Straße ist etwas Verabscheuenswürdiges, jedoch die Energien, die dabei aufgewendet werden, sind erhaben. (...) Für ein überlegenes Wesen mögen unsere Ausführungen dieselbe Reaktion erzeugen — obschon irrig, sind sie erhaben ... Eben darin existiert die Dichtung.«

— JOHN KEATS, in einem Brief an seinen Bruder

»Man könnte die Phantasie mit Adams Traum vergleichen — er wachte auf und stellte fest, daß er in Erfüllung gegangen war.«

— JOHN KEATS in einem Brief an einen Freund

ERSTER TEIL

1

An dem Tag, als die Armada in den Krieg aufbrach, am letzten Tag des Lebens, wie wir es kannten, war ich zu einer Party eingeladen. An diesem Abend wurden überall Parties gefeiert, auf mehr als hundertfünfzig Welten im Netz, aber *dies* war die einzige Party, die zählte.

Ich nahm die Einladung über die Datensphäre an, vergewisserte mich, daß meine beste formelle Jacke frisch gewaschen war, nahm mir Zeit, mich zu baden und zu rasieren, kleidete mich mit minutiöser Sorgfalt an und benützte den auf einmaligen Gebrauch programmierten Diskey der Einladung, um zum angegebenen Zeitpunkt von Esperance nach Tau Ceti Center zu farcasten.

Auf dieser Hemisphäre von TC² war es Abend, ein düsteres, volles Licht beleuchtete die Hügel und Täler des Deer Park, die grauen Türme des Verwaltungszentrums weit im Süden, die Trauerweiden und strahlenden Feuerfarne an den Ufern des Flusses Tethys und die weißen Säulen des Regierungshauses. Tausende Gäste trafen ein, aber das Wachpersonal begrüßte jeden einzelnen von uns, glich unsere Einladungscodes mit den DNS-Mustern ab und wies uns mit anmutigen Gesten von Armen und Händen den Weg zur Bar und dem Buffet.

»M. Joseph Severn?« bestätigte der Wachmann höflich.

»Ja«, log ich. Das war jetzt mein Name, aber niemals meine Identität.

»Präsidentin Gladstone wünscht immer noch, Sie im Lauf des Abends zu sprechen. Man wird Sie informieren, wenn sie Zeit für das Zusammentreffen hat.«

»Ausgezeichnet.«

»Sollten Sie etwas an Erfrischungen oder Unterhaltung begehren, das nicht angerichtet ist, sprechen Sie Ihren Wunsch lediglich laut aus, die Hausüberwachung wird versuchen, ihn zu erfüllen.«

Ich nickte, lächelte und ließ den Wachmann stehen. Ich war noch keine Dutzend Schritte geschlendert, hatte er sich bereits dem nächsten Gast zugewendet, der von der Terminexplattform trat.

Von meinem Aussichtspunkt auf einer flachen Erhebung konnte ich mehrere tausend Gäste sehen, die sich auf mehreren hundert Hektar des gepflegten Rasens herumtrieben, darunter viele in Wäldern zu phantastischen Formen geschnittener Bäume. Über dem Rasenstreifen, wo ich stand, dessen breiter Hang bereits von der Baumreihe am Fluß überschattet wurde, lagen die formellen Gärten, und dahinter erhob sich der eindrucksvolle Klotz des Regierungshauses. Auf der fernen Veranda spielte eine Kapelle, verborgene Lautsprecher trugen die Musik in die entlegensten Winkel des Deer Park. Ein konstanter Zustrom EMVs kreiste von einem Farcasterportal hoch droben herunter. Ein paar Sekunden betrachtete ich die bunt gekleideten Passagiere, die auf der Plattform in der Nähe des Fußgängerterminex ausstiegen. Die Vielfalt der Flugkörper faszinierte mich; das Abendlicht glänzte nicht nur auf den üblichen Vikkens und Altz' und Sumatsos, sondern auch auf den Rokokodecks von Schwebebarken und den Metallhüllen antiker Gleiter, die schon Kuriosa gewesen waren, als die Alte Erde noch existiert hatte.

Ich schritt den langen, sanften Hang zum Fluß Tethys hinab — an einem Steg vorbei, wo Passagiere aus einer unglaublichen Ansammlung von Wasserfahrzeugen quollen. Der Tethys war der einzige netzweite Fluß, er strömte durch seine permanenten Farcasterportale durch Abschnitte von mehr als zweihundert Welten und Monden, und die Leute, die an seinen Ufern lebten, gehörten zu den reichsten der Hegemonie. Das zeigten die Schiffe auf dem Fluß: große, krenelierte Kreuzer, Barken unter Segelmassen, fünfstöckige Barken, von denen viele mit Levitationsausrüstung versehen zu sein schienen; geräumige Hausboote, die offensichtlich mit eigenen Farcastern ausgerüstet waren; kleine wandernde Inseln, die von den Meeren von Maui-Covenant importiert waren; sportliche Schnellboote aus Prä-Hegira-Zeiten; eine Anzahl handgeschnitzte nautische EMVs von Renaissance Victor; und ein paar zeitgenössische überall tüchtige Jachten, deren Umrisse hinter nahtlosen, reflektierendem Oberflächen von Sperrfeldern verborgen waren.

Die Gäste, die diesen Transportmitteln entstiegen, waren nicht weniger herausgeputzt und eindrucksvoll als ihre Vehikel: der persönliche Stil variierte von konservativer Prä-Hegira-Abendkleidung an Körpern, die offensichtlich nie mit Poulsen-Behandlungen in Berührung gekommen waren, bis zum letzten Schrei der Woche auf TC^2 an Gestalten, die von den berühmtesten ARNisten des Netzes gestaltet worden waren. Dann ging ich weiter, verweilte gerade lange genug an einem Tisch, mit den Teller mit Roastbeef, Salat, Filet von Himmelstintenfisch, Parvaticurry und frisch gebackenem Brot zu füllen.

Bis ich einen Sitzplatz in den Gärten gefunden hatte, war das düstere Abendlicht in Dämmerung übergegangen, und die Sterne kamen heraus. Die Lichter der nahegelegenen Stadt und des Regierungsgebäudes waren zur Beobachtung der Armada heute abend gedämpft worden, daher war der Nachthimmel von Tau Ceti Center klarer, als er es seit Jahrhunderten gewesen war.

Eine Frau in der Nähe sah zu mir herüber und lächelte. »Ich bin sicher, daß wir uns schon einmal begegnet sind.«

Ich lächelte zurück und war sicher, daß es nicht so war. Sie war sehr attraktiv, etwa doppelt so alt wie ich, Ende fünfzig Standard, sah aber dank Geld und Poulsen jünger aus als ich mit meinen sechsundzwanzig. Ihre Haut war so blaß, daß sie fast durchscheinend wirkte. Das Haar hatte sie zu einem hochgesteckten Zopf geflochten. Die Brüste, die das Spitzenkleid mehr enthüllte als bedeckte, waren makellos. Ihre Augen blickten grausam.

»Möglicherweise«, sagte ich, »auch wenn es unwahrscheinlich ist. Mein Name ist Joseph Severn.«

»Natürlich«, sagte sie. »Sie sind Künstler.«

Ich war kein Künstler. Ich war Dichter — gewesen. Aber die Severn-Identität, in der ich seit dem Tod und der Geburt meiner wahren Persönlichkeit vor einem Jahr wohnte, machte mich zum Künstler. So stand es in meiner Akte im All-Wesen.

»Daran habe ich mich erinnert«, sagte die Dame lachend. Sie log. Sie hatte sich mit ihren teuren Komlogimplantaten Zugang zur Datensphäre verschafft.

Ich mußte mich nicht einklinken ... ein häßliches, unschönes Wort, das ich verabscheute, obwohl es so alt war. Ich schloß im Geiste die Augen und war *in* der Datensphäre, glitt an den oberflächlichen Barrieren des All-Wesens vorbei, trieb unter der Dünung der Oberflächendaten dahin und folgte dem leuchtenden Strang ihrer Zugangs-Nabelschnur bis weit in die dunklen Tiefen des ›gesicherten‹ Datenstroms.

»Mein Name ist Diana Philomel«, sagte sie. »Mein Mann ist Sektortransportadministrator von Sol Draconi Septem.«

Ich nickte und ergriff die Hand, die sie mir darbot. Sie verschwieg die Tatsache, daß ihr Mann der oberste Schläger der Gußformschrubbergewerkschaft auf Heavens Gate gewesen war, bevor er als politischer Protégée nach Sol Draconi befördert wurde ... oder daß ihr Name einmal Dinee Teats gewesen war, ehemalige Kindernutte und Freudenmädchen für Luftröhrenvertreter im Mittsumpfödland ... oder daß sie zweimal wegen Flashbackmißbrauch verhaftet worden war und beim zweiten Mal einen Arzt im Rehazentrum schwer verletzt hatte ... oder daß sie ihren Halbbruder mit neun Jahren vergiftet hatte, als dieser drohte, ihrem Stiefvater zu verraten, daß sie sich mit einem Schlamm-Minenarbeiter traf, dessen Name ...

»Freut mich, Sie kennenzulernen, M. Philomel«, sagte ich. Ihre Hand war warm. Sie hielt meine Hand eine Idee zu lang fest.

»Ist es nicht aufregend?« hauchte sie.

»Was?«

Sie machte eine ausholende Geste, die alles einschloß — die Nacht, die Leuchtkugeln, die gerade aufleuchteten, die Gärten und die Menge. »Oh, die Party, der Krieg, *alles*«, sagte sie.

Ich lächelte, nickte und kostete das Roastbeef. Es war blutig und wirklich gut, aber man schmeckte den leicht salzigen Beigeschmack der Klontanks von Lusus. Der Tintenfisch schien echt zu sein. Stewards waren vorbeigekommen und hatten Champagner angeboten, und ich versuchte meinen. Er war erbärmlich. Erlesene Weine, Scotch und Kaffee waren drei unwiederbringliche Güter nach dem Tod der Alten Erde gewesen.

»Glauben Sie, daß der Krieg notwendig ist?« fragte ich.

»Gottverdammt, und wie der nötig ist.« Diana Philomel hatte den Mund aufgemacht, doch die Antwort kam von ihrem

Mann. Dieser hatte sich von hinten genähert und setzte sich nun auf einen Stuhl in der Fauxloge, wo wir speisten. Er war ein großer Mann, mindestens vierzig Zentimeter größer als ich. Aber ich bin schließlich klein. Meine Erinnerung verrät mir, daß ich einmal ein Gedicht geschrieben habe, in dem ich mich selbst als »Mr. John Keats, einsfünfzig groß ...« verspottet habe, obwohl ich einsdreiundfünfzig groß bin, etwas klein, als Napoleon und Wellington noch lebten und die durchschnittliche Größe bei einem Meter sechzig lag, aber heute lächerlich klein, da Männer von Welten mit durchschnittlicher Schwerkraft einsachtzig bis zwei Meter messen. Ich hatte eindeutig weder die Muskeln noch den Körperbau, daß ich behaupten konnte, ich würde von einer Welt mit hoher Schwerkraft stammen, daher war ich für alle Welt lediglich klein. (Ich berichte die obigen Gedanken in den Einheiten, in denen ich denke ... von allen mentalen Veränderungen seit meiner Wiedergeburt im Netz, ist das metrische Denken das schwerste. Manchmal weigere ich mich, es auch nur zu versuchen.)

»Warum ist der Krieg notwendig?« fragte ich Hermund Philomel, Dianas Mann.

»Weil sie es, verdammt noch mal, *so gewollt haben*«, knurrte der große Mann. Er mahlte mit den Backenzähnen und zuckte mit den Wangenmuskeln. Er hatte fast keinen Hals und einen subkutanen Bart, der sich offensichtlich Rasierklinge, Elektrorasierer und Enthaarungscreme widersetzte. Seine Hände waren fast doppelt so groß wie meine und viel, viel kräftiger.

»Ich verstehe«, sagte ich.

»Die gottverdammten Ousters haben es, verdammt noch mal, *nicht anders gewollt*«, wiederholte er und wiederholte den Kernsatz seiner Ausführungen für mich. »Sie haben uns auf Bressia die Stirn geboten, und jetzt bieten sie uns die Stirn auf ... in — wie heißt es? — ...«

»Hyperion-System«, sagte seine Frau, die den Blick nicht von mir ließ.

»Ja«, sagte ihr Herr und Gemahl. »Hyperion-System. Sie haben uns die Stirn geboten, und jetzt gehen wir da raus und zeigen ihnen, daß sich die Hegemonie das nicht bieten läßt. Kapiert?«

Meine Erinnerung verriet mir, daß ich als Knabe zur John

Clarke Academy in Enfield geschickt worden war, wo es einige Schläger mit kleinem Gehirn und großen Fäusten wie den hier gegeben hatte. Nach meiner Ankunft ging ich ihnen entweder aus dem Weg oder besänftigte sie. Nach dem Tod meiner Mutter, als sich die ganze Welt verändert hatte, stellte ich ihnen manchmal mit Steinen in meinen kleinen Fäusten nach und stand vom Boden auf, um noch einmal zuzuschlagen, auch wenn sie mir mit ihren Hieben die Nase blutig und die Zähne locker gehauen hatten.

»Ich verstehe«, sagte ich leise. Mein Teller war leer. Ich hob den letzten Rest meines schlechten Champagners und prostete Diana Philomel zu.

»Malen Sie mich«, sagte sie.

»Pardon?«

»Malen Sie mich, M. Severn. Sie sind doch Künstler.«

»Maler«, sagte ich und machte eine hilflose Geste mit den leeren Händen. »Ich fürchte, ich habe kein Schreibzeug.«

Diana Philomel streckte eine Hand in die Tasche ihres Mannes und reichte mir einen Lichtschreiber. »Malen Sie mich. Bitte.«

Ich malte sie. Das Porträt nahm in der Luft zwischen uns Form an, Linien stiegen und fielen und krümmten sich in sich selbst wie Neonstränge einer Drahtskulptur. Eine kleine Menge Zuschauer fand sich ein. Gelinder Applaus wurde laut, als ich fertig war. Das Bild war nicht schlecht. Ich hatte die langen, anmutigen Kurven des Halses der Dame getroffen, den hochgesteckten Zopf des Haars, die vorstehenden Wangenknochen ... sogar das schwache, zweideutige Funkeln der Augen. Es war so gut, wie ich es eben fertigbrachte, nachdem mich RNS-Medizin und Unterricht auf die Persönlichkeit vorbereitet hatten. Der wahre Joseph Severn hätte es besser gekonnt ... hatte es besser gekonnt. Ich weiß noch, wie er mich gemalt hat, als ich im Sterben lag.

M. Diana Philomel strahlte vor Begeisterung. M. Hermund Philomel schaute finster drein.

Ein Ruf ertönte. »Da sind sie!«

Die Menge murmelte, stöhnte und verstummte. Leuchtkugeln und Gartenbeleuchtung wurden gedämpft und abgeschaltet. Tausende Gäste richteten die Blicke himmelwärts. Ich löschte das Bild und steckte Hermund den Lichtschreiber wieder in die Tasche.

»Das ist die Armada«, sagte ein älterer Herr würdevollen Aussehens im Schwarz von FORCE. Er hob das Glas und zeigte seiner jugendlichen Begleiterin etwas damit. »Sie öffnen gerade das Portal. Die Aufklärer werden zuerst durchkommen, dann die Schlachtschiffeskorten.«

Das militärische Farcasterportal von FORCE war von unserem Beobachtungspunkt aus nicht zu sehen; ich dachte mir, daß es selbst im Weltraum nicht anders als ein rechteckiges Flimmern im Sternenfeld sein würde. Aber die Fusionsstreifen der Schlachtschiffe waren deutlich zu sehen — zuerst wie ein Schwarm Glühwürmchen oder leuchtende Spinnweben, dann als strahlende Kometen, als sie die Haupttriebwerke zündeten und durch die cislunare Verkehrsregion des Tau Ceti-Systems beschleunigten. Ein neuerliches kollektives Stöhnen war zu hören, als die Schlachtschiffe, deren Triebwerksfeuer hundertmal länger als die der Aufklärer waren, aus dem Farcaster materialisierten. Der Nachthimmel von TC^2 war vom Zenit bis zum Horizont von Narben goldroter Linien überzogen.

Irgendwo setzte Beifall ein, und binnen weniger Sekunden hallten donnernder Applaus und heisere Jubelrufe über die Rasenflächen und Gartenanlagen im Deer Park des Regierungshauses hinweg, als die gutgekleidete Menge der Milliardäre und Regierungsangestellten und Angehörigen der Adelshäuser von hundert Welten alles vergaßen, abgesehen von Hurrapatriotismus und Kriegswahn, die nach mehr als anderthalb Jahrhunderten Schlaf nun wieder geweckt wurden.

Ich applaudierte nicht. Unbeachtet von allen um mich herum brachte ich meinen Trinkspruch zu Ende — nicht auf Lady Philomel, sondern auf die anhaltende Dummheit meiner Rasse und kippte den Rest Champagner hinunter. Er schmeckte fad.

Über uns waren die bedeutenderen Schiffe der Flotte ins System übergesetzt. Ich wußte nach einem kurzen Kontakt mit der Datensphäre — deren Oberfläche inzwischen so von Informationsströmen überflutet war, daß sie einem sturmgepeitschten Meer glich —, daß das Kernstück der Armada von FORCE:Weltraum aus über hundert großen Spin-Schiffen bestand: mattschwarzen Gefechtsträgern, die mit eingezogenen Geschütztürmen wie Speere im Flug aussahen; Drei-C-Kommandoschiffen, so schön und kantig wie Meteore aus schwarzem Kristall; kugelförmigen Zerstörern, die zu groß geratenen Schlachtschiffen glichen, was sie ja auch waren; Grenzverteidigungsforts, mehr Energie als Materie, deren gewaltige Sperrfelder auf totale Reflektion geschaltet waren — gleißende Spiegel, in denen sich Tau Ceti und Hunderte von Feuerspuren darum spiegelten; schnellen Kreuzern, die sich wie Haie in dem langsameren Schwarm der großen Schiffe bewegten; wuchtigen Truppentransportern, die Tausende von FORCE:Marines in ihren Null-Ge-Kojen transportierten; und Dutzenden von Logistikschiffen — Fregatten; schnelle Angriffsjäger; Torpedo-ALRs; Fatlinerelaisstationen und die Farcaster-Sprungschiffe selbst, klobige Dodekaeder mit ihrer märchenhaften Anordnung von Antennen und Scannern.

Um die Flotte herum schwebten — von der Verkehrskontrolle in sicherer Distanz gehalten — die Jachten und Sonnensegler und privaten InSystem-Schiffe, deren Segel das Sonnenlicht einfingen und die Pracht der Armada spiegelten.

Die Gäste auf dem Gelände des Regierungssitzes johlten und applaudierten. Der Herr im Schwarz von FORCE weinte stumm. In der Nähe übermittelten versteckte Kameras und Breitbandbildaufzeichner den historischen Augenblick zu jeder Welt im Netz und — via Fatline — zu Dutzenden Welten, die nicht dazugehörten.

Ich schüttelte den Kopf und blieb sitzen.

»M. Severn?« Eine Sicherheitsangestellte stand über mir.

»Ja?«

Sie deutete mit einem Nicken in Richtung des Verwaltungsgebäudes. »Präsidentin Gladstone möchte Sie jetzt empfangen.«

2

Jedes mit Unordnung und Gefahren überfrachtete Zeitalter scheint einen Führer hervorzubringen, der nur für dieses Zeitalter bestimmt zu sein scheint, einen politischen Giganten, dessen Fehlen im Nachhinein, wenn die Geschichte dieses

Zeitalters geschrieben wird, unvorstellbar erscheint. Meina Gladstone war genau so eine Führerin für unser Letztes Zeitalter, aber damals hätte sich niemand träumen lassen, daß es außer mir keinen geben würde, der die wahre Geschichte von ihr und ihrer Zeit schreiben konnte.

Gladstone war so oft mit der klassischen Gestalt des Abraham Lincoln verglichen worden, ich war erstaunt, als sie mich in der Nacht der Party zu Ehren der Armada schließlich zu ihr brachten, daß sie keinen schwarzen Gehrock und Zylinder trug. Die Präsidentin des Senats und Herrscherin über hundertunddreißig Milliarden Menschen trug einen grauen Hosenanzug aus weichem Wollstoff, dessen Hose und Oberteil lediglich an den Säumen und Manschetten von haarfeinen roten Litzen geschmückt wurden. Ich fand nicht, daß sie wie Abraham Lincoln aussah ... noch wie Alvarez-Temp, dem anderen Helden der Antike, mit dem sie von der Presse häufig verglichen und als Doppelgänger bezeichnet wurde. Ich fand, sie sah wie eine alte Dame aus.

Meina Gladstone war groß und schlank, aber ihr Antlitz war mehr raubvogelgleich als lincolnesk — die gebogene Hakennase; vorstehende, spitze Wangenknochen; breiter, ausdrucksvoller Mund mit dünnen Lippen; und graues kurzgeschorenes Haar, welches tatsächlich an Gefieder gemahnte. Aber für mich war der denkwürdigste Aspekt des Äußeren von Meina Gladstone ihre Augen: groß, braun und unendlich traurig.

Wir waren nicht allein. Ich war in einen langen, spärlich beleuchteten Raum mit Holzregalen geführt worden, auf denen viele hundert gedruckte Bücher standen. Ein langgestreckter Holorahmen, der ein Fenster simulierte, bot Ausblick auf den Garten. Eine Versammlung war gerade in Auflösung begriffen, ein Dutzend Männer und Frauen standen oder saßen in einem ungefähren Halbkreis, dessen Mittelpunkt Gladstones Schreibtisch bildete. Die Präsidentin lehnte sich beiläufig auf den Schreibtisch und ließ mit verschränkten Armen ihr Gewicht darauf ruhen. Sie sah auf, als ich eintrat.

»M. Severn?«

»Ja.«

»Danke, daß Sie gekommen sind.« Ich kannte ihre Stimme aus tausend Debatten des All-Wesens — ihr Timbre war rauh

17

vom Alter, ihr Klang weich wie ein teurer Liqueur. Ihr Akzent war berühmt — sie verschmolz präzise Syntax mit einem fast vergessenen Singsang des Prä-Hegira-Englischen, wie man es heute offenbar nur noch in den Flußdeltas ihrer Heimatwelt Patawpha fand. »Damen und Herren, ich möchte Ihnen M. Joseph Severn vorstellen«, sagte sie.

Mehrere Mitglieder der Gruppe nickten, wußten aber offensichtlich überhaupt nicht, was ich hier zu suchen hatte. Mehr sagte Gladstone nicht, aber ich berührte die Datensphäre, um alle zu identifizieren: drei Kabinettsmitglieder, einschließlich des Verteidigungsministers; zwei Stabschefs von FORCE; zwei Attachés von Gladstone; vier Senatoren, darunter der einflußreiche Senator Kolchev; und die Projektion eines TechnoCore-Ratgebers namens Albedo.

»M. Severn wurde hierher eingeladen, um die Perspektive eines Künstlers ins Geschehen einzubringen«, sagte Präsidentin Gladstone.

FORCE:Bodentruppen-General Morpurgo lachte schnaubend. »Die Perspektive eines *Künstlers?* Bei allem gebührenden Respekt, Präsidentin, was genau soll das bedeuten?«

Gladstone lächelte. Statt dem General zu antworten, wandte sie sich wieder an mich. »Was halten Sie von der Parade der Armada, M. Severn?«

»Hübsch«, sagte ich.

General Morpurgo gab wieder ein Geräusch von sich. »*Hübsch?* Er sieht die größte Konzentration von Feuerkraft der Raumstreitkräfte in der Geschichte der Galaxis und nennt es *hübsch?*« Er drehte sich zu einem anderen Militär um und schüttelte den Kopf.

Gladstones Lächeln wurde nicht wankend. »Und was ist mit dem Krieg?« fragte sie mich. »Haben Sie eine Meinung zu unserem Versuch, Hyperion vor den Ouster-Barbaren zu retten?«

»Dumm«, sagte ich.

Es wurde totenstill im Raum. Gegenwärtige Echtzeitdemoskopie verriet, daß 98 Prozent Präsidentin Gladstones Entscheidung billigten, zu kämpfen statt die Kolonialwelt Hyperion den Ousters zu überlassen. Gladstones politische Zukunft hingen von einem positiven Ausgang dieses Konflikts ab. Die Männer und Frauen in diesem Raum waren die Verantwortlichen für die Formulierung der Politik, für den Entschluß zur Invasion und die Ausführung der Logistik. Das Schweigen zog sich in die Länge.

»Warum ist er dumm?« fragte Gladstone leise.

Ich machte eine Geste mit der rechten Hand. »Die Hegemonie hat seit ihrer Gründung vor siebenhundert Jahren keinen Krieg geführt«, sagte ich. »Es ist Dummheit, ihre grundsätzliche Stabilität auf diese Weise auf die Probe zu stellen.«

»Kein Krieg!« brüllte General Morpurgo. Er umklammerte mit gewaltigen Pranken seine Knie. »Und wie würden Sie die Rebellion von Glennon-Height nennen?«

»Eine Rebellion«, sagte ich. »Einen Aufstand. Einen Polizeieinsatz.«

Senator Kolchev bleckte die Zähne — ein Lächeln, das keinerlei Heiterkeit ausdrückte. Er stammte von Lusus und schien mehr Muskeln als Mensch zu sein. »Flotteneinsatz«, sagte er, »eine halbe Million Tote, zwei FORCE-Divisionen mehr als ein Jahr lang im Gefecht. Schöner Polizeieinsatz, Junge.«

Ich sagte nichts.

Leigh Hunt, ein älterer, verbrauchter Mann, der angeblich Gladstones engster Vertrauter war, räusperte sich. »Aber was M. Severn sagt, ist interessant. Wo sehen Sie den Unterschied zwischen diesem ... äh ... Konflikt und den Glennon-Height-Kriegen, Sir?«

»Glennon-Height war ein ehemaliger FORCE-Offizier«, sagte ich und wußte, ich sprach das Offensichtliche aus. »Die Ousters sind seit Jahrhunderten eine unbekannte Macht. Die Rebellenstreitkräfte waren bekannt, ihr Potential leicht einzuschätzen; die Schwärme der Ousters sind seit der Hegira außerhalb des Netzes. Glennon-Height blieb im Protektorat und überfiel Welten, die nicht weiter als zwei Monate Zeitschuld vom Netz entfernt waren; Hyperion aber ist *drei Jahre* von Parvati entfernt, der nächsten Sammelstelle im Netz.«

»Glauben Sie, an das alles hätten wir nicht gedacht?« fragte General Morpurgo. »Was ist mit der Schlacht von Dressia? Dort haben wir schon einmal gegen die Ousters gekämpft. Das war keine ... Rebellion.«

»Ruhe, bitte«, sagte Leigh Hunt. »Fahren Sie fort, M. Severn.«

Ich zuckte wieder die Achseln. »Der bedeutendste Unterschied ist, daß wir es diesmal mit Hyperion zu tun haben«, sagte ich.

Senatorin Richeau, eine der anwesenden Frauen, nickte darauf, als hätte ich meinen Standpunkt unzweifelhaft erklärt. »Sie haben Angst vor dem Shrike«, sagte sie. »Gehören Sie der Kirche der Letzten Buße an?«

»Nein«, sagte ich, »ich bin kein Mitglied des Shrike-Kults.«

»Was sind Sie *dann?*« wollte Morpurgo wissen.

»Ein Künstler«, log ich.

Leigh Hunt lächelte und wandte sich an Gladstone. »Ich stimme zu, daß wir diese Perspektive gebraucht haben, um wieder auf den Boden der Tatsachen zu kommen, Präsidentin«, sagte er und deutete zum Fenster, wo das Holobild die immer noch applaudierende Menge zeigte, »aber die notwendigen Punkte, die unser Freund der Künstler angesprochen hat, sind alle in vollem Umfang erwogen und bedacht worden.«

Senator Kolchev räusperte sich. »Ich spreche nur ungern das Nächstliegende an, wo wir doch alle versessen zu sein scheinen, es zu ignorieren, aber besitzt dieser ... Herr ... einen hinreichenden Vertrauensstatus, daß er bei so einer Unterredung zugegen sein darf?«

Gladstone nickte und ließ das verhaltene Lächeln sehen, das so viele Karikaturisten darzustellen versucht hatten. »M. Severn wurde vom Kunstministerium dazu bestimmt, in den folgenden Tagen und Wochen eine Reihe Zeichnungen von mir anzufertigen. In der Theorie, glaube ich, sollen diese eine historische Bedeutung besitzen und einmal zu einem formalen Porträt führen. Wie dem auch sei, M. Severn wurde eine goldene Sicherheitsfreigabe Klasse T gewährt, und wir können offen vor ihm sprechen. Darüber hinaus schätze ich seine Offenheit. Vielleicht dient sein Eintreffen als Hinweis, daß unsere Versammlung beendet ist. Ich werde mich morgen früh um 08.00 Uhr mit Ihnen allen im Generalstabsraum treffen, bevor die Flotte in den Raum um Hyperion übersetzt.«

Die Gruppe löste sich augenblicklich auf. General Morpurgo sah mich finster an, als er ging. Senator Kolchev warf mir im Vorbeigehen neugierige Blicke zu. Ratgeber Albedo löste sich lediglich in Nichts auf. Leigh Hunt war neben Gladstone und mir der einzige, der blieb. Er machte es sich bequemer, indem er ein Bein über die Armlehne des unschätzbar kostbaren Prä-Hegira-Sessels hängte, auf dem er saß. »Setzen Sie sich«, sagte Hunt.

Ich betrachtete die Präsidentin. Diese hatte hinter dem gewaltigen Schreibtisch Platz genommen und nickte jetzt. Ich setzte mich auf den Stuhl mit gerader Lehne, den General Morpurgo innegehabt hatte. Präsidentin Gladstone sagte: »Finden Sie es wirklich dumm, Hyperion zu verteidigen?«

»Ja.«

Gladstone bildete mit den Fingern einen Giebel und pochte gegen die Lippen. Hinter ihr zeigte das Fenster die Party zu Ehren der Armada, die in stummer Betriebsamkeit weiterging. »Wenn Sie Hoffnungen haben, mit Ihrem ... äh ... Gegenstück vereint zu werden«, sagte sie, »müßte es doch eigentlich in Ihrem Interesse liegen, daß wir den Feldzug nach Hyperion durchführen.«

Ich sagte nichts. Die Perspektive des Fensters veränderte sich und zeigte den Nachthimmel, an dem immer noch die Fusionsstreifen leuchteten.

»Haben Sie Ihre Zeichenausrüstung mitgebracht?« fragte Gladstone.

Ich holte Bleistift und einen kleinen Notizblock heraus, die ich bei mir trug, was ich vor Diana Philomel geleugnet hatte.

»Zeichnen Sie, während wir reden«, sagte Meina Gladstone.

Ich fing an zu skizzieren und zeichnete die Umrisse der entspannten, fast zusammengesunkenen Haltung, dann arbeitete ich an den Einzelheiten des Gesichts. Die Augen faszinierten mich.

Ich merkte am Rande, daß Leigh Hunt mich durchdringend betrachtete. »Joseph Severn«, sagte er. »Eine interessante Namenswahl.«

Ich benützte rasche, kühne Linien, um Gladstones hohe Stirn und markante Nase einzufangen.

»Wissen Sie, weshalb Menschen argwöhnisch gegenüber Cybrids sind?« fragte Hunt.

»Ja«, sagte ich. »Das Frankensteinmonster-Syndrom. Angst vor allem in Menschengestalt, das nicht ganz menschlich ist.

Ich glaube, das ist der wahre Grund dafür, daß Androiden gesetzlich verboten wurden.«

»Hm-hmm«, stimmte Hunt zu. »Aber Cybrids *sind* völlig menschlich, oder nicht?«

»Genetisch gesehen ja«, sagte ich. Ich mußte an meine Mutter denken, an die Zeit, als ich ihr während ihrer Krankheit vorgelesen hatte. Ich dachte an meinen Bruder Tom. »Aber sie sind auch Teil des Core«, sagte ich, »und damit gilt für sie die Beschreibung ›nicht ganz menschlich‹.«

»Sind Sie Teil des Core?« fragte Meina Gladstone und drehte sich ganz zu mir um. Ich fing eine neue Skizze an.

»Eigentlich nicht«, sagte ich. »Aber ich kann mich ungehindert in den Regionen bewegen, zu denen sie mir Zugang gestatten, aber das ist mehr, als würde jemand sich in die Datensphäre einklinken, als es der wahren Fähigkeit einer Core-Persönlichkeit entspricht.« Im Dreiviertelprofil war ihr Gesicht interessanter gewesen, aber die Augen waren frontal noch fesselnder. Ich arbeitete am Netz der Fältchen, die von den Augenwinkeln ausgingen. Meina Gladstone hatte offenbar nie Poulsen-Behandlungen bekommen.

»Wenn es möglich wäre, Geheimnisse vor dem Core zu bewahren«, sagte Gladstone, »wäre es Narretei, Ihnen freien Zutritt zum Regierungsgebäude zu gewähren. Aber so ...« Sie ließ die Hände sinken und richtete sich auf. Ich schlug ein neues Blatt auf.

»Aber so«, sagte Gladstone, »besitzen Sie Informationen, die ich brauche. Stimmt es, daß Sie die Gedanken Ihres Gegenstücks lesen können, der ersten wiedererweckten Persönlichkeit?«

»Nein«, sagte ich. Es war schwer, das komplizierte Zusammenwirken von Linien und Muskeln an ihren Mundwinkeln zu treffen. Ich gab mein Bemühen auf, es zu bewerkstelligen, wandte mich dem kräftigen Kinn zu und schraffierte die Stelle unter der Unterlippe.

Hunt runzelte die Stirn und sah die Präsidentin an. M. Gladstone preßte wieder die Fingerspitzen zusammen. »Erklären Sie mir das«, sagte sie.

Ich sah von der Zeichnung auf. »Ich träume«, sagte ich. »Die Geschehnisse in diesen Träumen entsprechen offenbar den Ereignissen, die sich in der Umgebung der Person abspielen, die das Implantat der vorherigen Keats-Persönlichkeit in sich trägt.«

»Eine Frau namens Brawne Lamia«, sagte Leigh Hunt.

»Ja.«

Gladstone nickte. »Demnach ist die ursprüngliche Keats-Persönlichkeit, die wir auf Lusus getötet wähnten, noch am Leben?«

Ich zögerte. »Sie ... er ... ist noch bei Bewußtsein«, sagte ich. »Sie wissen, das primäre Persönlichkeitssubstrat wurde wahrscheinlich von dem Cybrid selbst aus dem Core abgezogen und in eine Schrön-Schleife mit Biostecker implantiert, die M. Lamia trägt.«

»Ja, ja«, sagte Leigh Hunt. »Aber Tatsache ist, Sie stehen *in Verbindung* mit der Keats-Persönlichkeit, und durch sie mit den Pilgern zum Shrike.«

Rasche, dunkle Striche bildeten einen dunklen Hintergrund, der der Skizze von Gladstone mehr Tiefe verlieh. »Eigentlich stehe ich nicht mit ihr in Verbindung«, sagte ich. »Ich träume von Hyperion, und Ihre Fatlinesendungen haben ergeben, daß diese Träume den Echtzeitgeschehnissen entsprechen. Ich kann nicht mit der passiven Keats-Persönlichkeit kommunizieren, auch nicht mit ihrem Träger oder den anderen Pilgern.«

Präsidentin Gladstone blinzelte. »Woher wissen Sie von den Fatlinesendungen?«

»Der Konsul hat den anderen Pilgern von der Fähigkeit seines Komlogs erzählt, als Relais für den Fatlinesender an Bord seines Schiffes zu fungieren. Er hat es ihnen kurz vor dem Aufbruch ins Tal gesagt.«

Gladstones Tonfall deutete darauf hin, daß sie jahrelang als Anwältin gearbeitet hatte, bevor sie in die Politik gegangen war. »Und wie haben die anderen auf die Enthüllung des Konsuls reagiert?«

Ich steckte den Bleistift wieder in die Tasche. »Sie wußten, daß sie einen Spion in ihrer Mitte haben«, sagte ich. »Sie selbst haben es jedem einzelnen gesagt.«

Gladstone sah ihren Attaché an. Hunts Gesicht war ausdruckslos. »Wenn Sie mit ihnen in Verbindung stehen«, sagte sie, »müssen Sie wissen, daß wir keine Nachricht mehr von ihnen erhalten haben, seit sie das Keep Chronos verlassen haben und zu den Zeitgräbern aufgebrochen sind.«

Ich schüttelte den Kopf. »Der Traum heute nacht hat aufgehört, als sie sich gerade dem Tal genähert haben.«

Meina Gladstone stand auf, ging zum Fenster und hob eine Hand; das Bild wurde schwarz. »Also wissen Sie nicht, ob sie noch am Leben sind?«

»Nein.«

»Wie war ihr Zustand, als Sie das letzte Mal ... geträumt haben?«

Hunt sah mich so durchdringend wie immer an. Meina Gladstone betrachtete den dunklen Schirm und hatte uns den Rücken zugedreht. »Alle Pilger waren noch am Leben«, sagte ich, »mit der möglichen Ausnahme von Het Masteen, der Wahren Stimme des Baums.«

»Er war tot?« fragte Hunt.

»Er verschwand zwei Nächte vorher im Grasmeer von dem Windwagen, nachdem die Ousters erst wenige Stunden zuvor das Baumschiff *Yggdrasil* vernichtet hatten. Aber kurz bevor die Pilger vom Keep Chronos herabgestiegen sind, haben sie eine Gestalt in Robe gesehen, die über den Sand zu den Gräbern unterwegs war.«

»Het Masteen?« fragte Gladstone.

Ich hob die Hand. »Sie haben es vermutet. Sicher waren sie nicht.«

»Erzählen Sie mir von den anderen«, sagte die Präsidentin.

Ich holte tief Luft. Ich wußte aus den Träumen, daß Gladstone mindestens zwei Mitglieder der letzten Pilgerfahrt zum Shrike persönlich gekannt hatte; Brawne Lamias Vater war ein befreundeter Senator gewesen, der Konsul der Hegemonie ihr persönlicher Repräsentant bei geheimen Verhandlungen mit den Ousters. »Pater Hoyt leidet große Schmerzen«, sagte ich. »Er hat die Geschichte der Kruziform erzählt. Der Konsul hat herausgefunden, daß Hoyt ebenfalls eine trägt ... eigentlich zwei, die von Pater Duré und seine eigene.«

Gladstone nickte. »Er trägt demnach den Auferstehungsparasiten noch an sich?«

»Ja.«

»Bereitet er ihm mehr Schmerzen, während er sich dem Gehege des Shrike nähert?«

»Ich glaube ja«, sagte ich.

»Weiter.«

»Silenus, der Dichter, ist fast ständig betrunken. Er ist überzeugt, daß sein unvollendetes Gedicht den Lauf der Ereignisse vorhersagte und ihn bestimmt.«

»Auf Hyperion?« fragte Gladstone, die uns immer noch den Rücken zukehrte.

»Überall«, sagte ich.

Hunt sah zur obersten Regierungsbeamtin und dann wieder zu mir. »Ist Silenus verrückt?«

Ich erwiderte seinen Blick, sagte aber nichts. Um die Wahrheit zu sagen, ich wußte es nicht.

»Weiter«, sagte Gladstone wieder.

»Oberst Kassad ist nach wie vor davon besessen, die Frau namens Moneta zu finden und das Shrike zu töten. Er ist sich bewußt, daß sie ein und dasselbe sein könnten.«

»Ist er bewaffnet?« Gladstones Stimme klang sanft.

»Ja.«

»Weiter.«

»Sol Weintraub, der Gelehrte von Barnards Welt, möchte das Grab namens Sphinx betreten, sobald ...«

»Entschuldigung«, sagte Gladstone, »aber ist seine Tochter noch bei ihm?«

»Ja.«

»Und wie alt ist Rachel jetzt?«

»Fünf Tage, glaube ich.« Ich schloß die Augen, damit ich mich in allen Einzelheiten an den Traum der vergangenen Nacht erinnern konnte. »Ja«, sagte ich, »fünf Tage.«

»Und lebt noch immer rückwärts in der Zeit?«

»Ja.«

»Weiter, M. Severn. Bitte erzählen Sie mir von Brawne Lamia und dem Konsul.«

»M. Lamia erfüllt die Wünsche ihres einstigen Klienten ... und Liebhabers«, sagte ich. »Die Keats-Persönlichkeit fand es erforderlich, das Shrike zu konfrontieren. Das tut M. Lamia nun an seiner Stelle.«

»M. Severn«, begann Leigh Hunt, »Sie sprechen von der

›Keats-Persönlichkeit‹, als hätte sie keine Relevanz oder Beziehung zu Ihrer eigenen ...«

»Später, bitte, Leigh«, sagte Meina Gladstone. Sie drehte sich um und sah mich an. »Ich bin neugierig, was den Konsul betrifft. Hat er seine Gründe dargelegt, warum er an der Pilgerfahrt teilgenommen hat?«

»Ja«, sagte ich.

Gladstone und Hunt warteten.

»Der Konsul hat ihnen von seiner Großmutter erzählt«, sagte ich. »Der Frau namens Siri, die vor mehr als einem halben Jahrhundert den Aufstand auf Maui-Covenant angezettelt hat. Er erzählte ihnen vom Tod seiner Familie auf Bressia und enthüllte sein geheimes Treffen mit den Ousters.«

»Ist das alles?« fragte Gladstone. Ihre braunen Augen waren stechend.

»Nein«, sagte ich. »Der Konsul hat ihnen auch erzählt, daß er derjenige gewesen ist, der einen Mechanismus der Ousters auslöste, der das Öffnen der Zeitgräber beschleunigte.«

Hunt fuhr kerzengerade in die Höhe, sein Bein fiel von der Sessellehne herab. Gladstone holte deutlich hörbar Luft. »Ist das alles?«

»Ja.«

»Wir haben die anderen auf dieses Eingeständnis von ... Verrat reagiert?« fragte sie.

Ich machte eine Pause und versuchte, die Traumbilder in eine linearere Abfolge zu bringen, als die Erinnerung sie präsentierte. »Einige waren entrüstet«, sagte ich. »Aber beim momentanen Stand der Dinge empfindet keiner übertriebene Loyalität gegenüber der Hegemonie. Sie haben beschlossen, weiterzumachen. Ich habe den Eindruck, alle Pilger sind der Meinung, daß das Shrike die Strafe festsetzt, nicht menschliche Gerichtsbarkeit.«

Hunt schlug mit dem Arm auf die Lehne. »Wenn der Konsul hier wäre«, schnappte er, »würde er sehr schnell das Gegenteil erfahren.«

»Ruhig, Leigh.« Gladstone schritt zu ihrem Schreibtisch zurück und rückte einige Papiere zurecht. Sämtliche Kommanzeigen leuchteten ungeduldig. Ich war erstaunt, daß sie in so einer Stunde soviel Zeit damit verbringen konnte, mit mir zu sprechen. »Danke, M. Severn«, sagte sie. »Ich möchte, daß Sie die nächsten paar Tage bei uns bleiben. Jemand wird Ihnen Ihre Suite im Wohnkomplex des Regierungszentrums zeigen.«

Ich stand auf. »Ich kehre nach Esperance zurück, um meine Sachen zu holen«, sagte ich.

»Nicht nötig«, sagte Gladstone. »Sie wurden hierher gebracht, bevor Sie von der Terminexplattform heruntergestiegen waren. Leigh wird Sie hinausbegleiten.«

Ich nickte und folgte dem Mann zur Tür.

»Oh, M. Severn . . .«, rief Meina Gladstone.

»Ja?«

Die Präsidentin lächelte. »Ich weiß Ihre Offenheit von vorhin zu schätzen«, sagte sie, »aber von diesem Augenblick an tun wir so, als wären Sie ein Hofmaler, und *nur* ein Hofmaler, *sans* Meinung, *sans* Präsenz, *sans* Mund. Verstanden?«

»Verstanden, M. Regierungschefin«, sagte ich.

Gladstone nickte und wandte ihre Aufmerksamkeit schon den blinkenden Telefonleitungen zu. »Ausgezeichnet. Bitte bringen Sie Ihren Skizzenblock zur Generalstabsversammlung um 08.00 Uhr mit.«

Ein Wachmann empfing uns im Vorzimmer und wollte mich auf einen Irrgarten von Korridoren und Kontrollpunkten zuführen. Hunt rief ihm zu, er möge stehenbleiben und kam mit auf dem Fliesenboden hallenden Schritten durch die breite Diele. Er berührte mich am Arm. »Machen Sie keinen Fehler«, sagte er. »Wir wissen . . . *sie* weiß . . . wer Sie sind und was Sie sind und wen Sie repräsentieren.«

Ich begegnete seinem Blick gelassen und breitete ruhig die Arme aus. »Das ist gut«, sagte ich, »denn im Augenblick bin ich ziemlich sicher, daß ich es *nicht* weiß.«

3

Sechs Erwachsene und ein Baby in einer lebensfeindlichen Landschaft. Die Fünfergruppe wirkt winzig vor der hereinbrechenden Dunkelheit. Über ihnen und hinter ihnen ragen die Mauern des Tals wie Wände empor, während in der Nähe die riesigen, in die Dunkelheit des Tals gehüllten Formen der

Gräber herbeizuschleichen scheinen wie saurierhafte Erscheinungen aus einer urzeitlichen Ära.

Brawne Lamia ist müde, wund und sehr gereizt. Das Weinen von Sol Weintraubs Baby raubt ihr den Nerv. Sie weiß, die anderen sind auch müde; keiner hat in den vergangenen drei Nächten mehr als ein paar Stunden geschlafen, und der Tag, der gerade zu Ende gegangen ist, war voll von Nervosität und ungeklärten Schrecken. Sie legt das letzte Stück Holz ins Feuer.

»Es ist keins mehr da, wo das herstammt«, schnappt Martin Silenus. Das Feuer beleuchtet die satyrhaften Züge des Dichters von unten.

»Ich weiß«, sagt Brawne Lamia, die zu müde ist, Zorn oder eine andere Form von Energie in ihrer Stimme mitschwingen zu lassen. Das Feuerholz stammt von einem Lager, das Pilgergruppen vergangener Jahre zusammengetragen haben. Ihre drei kleinen Zelte sind auf dem Areal aufgestellt, wo die Pilger in der letzten Nacht, bevor sie vor das Shrike treten, traditionell lagern. Sie befinden sich in unmittelbarer Nähe des Zeitgrabs mit Namen Sphinx, und die schwarze Form, bei der es sich möglicherweise um einen Flügel handelt, verdeckt einen Ausschnitt des Himmels.

»Wenn das verbraucht ist, benützen wir die Laterne«, sagt der Konsul. Der Diplomat sieht noch erschöpfter aus als die anderen aus. Das flackernde Licht wirft einen roten Schimmer auf sein Gesicht. Er hat sich dem Anlaß entsprechend in die diplomatische Prunkuniform gekleidet, aber jetzt sehen Cape und Dreispitz so schmutzig und zerknittert aus wie der Konsul selbst.

Oberst Kassad kehrt zur Feuerstelle zurück und schiebt das Nachtvisier auf dem Helm hoch. Kassad trägt volle Kampfausrüstung, und das aktivierte Chamäleonpolymer läßt nur sein Gesicht erkennen, das zwei Meter über dem Boden schwebt. »Nichts«, sagt er. »Keine Bewegung. Keine Wärmespuren. Kein Laut, abgesehen vom Wind.« Kassad lehnt das Vielzweck-Angriffsgewehr von FORCE an einen Stein und setzt sich zu den anderen, worauf sich die Fasern seines Schutzpanzers zu einem matten Schwarz desaktivieren, wodurch er nicht viel besser zu sehen ist als zuvor.

»Glauben Sie, daß das Shrike heute nacht kommen wird?«
fragt Pater Hoyt. Der Priester hat die schwarze Soutane um
sich geschlungen und scheint ebenso Teil der Nacht zu sein
wie Oberst Kassad. Die Stimme des hageren Mannes klingt gepreßt.

Kassad beugt sich nach vorne und stochert mit dem Mar-
schallstab im Feuer. »Schwer zu sagen. Ich halte für alle Fälle
Wache.«

Plötzlich schauen alle sechs auf, als der Sternenhimmel in
Farben erbebt und orangefarbene und rote Blüten, die die Sterne verdecken, stumm erblühen.

»In den vergangenen paar Stunden hat man das nicht oft gesehen«, bemerkt Sol Weintraub, der sein Baby wiegt. Rachel
hat zu weinen aufgehört und versucht jetzt, den kurzen Bart
ihres Vaters zu ergreifen. Weintraub küßt ihr winziges Händchen.

»Sie erproben wieder die Verteidigungsanlagen der Hegemonie«, sagt Kassad. Funken steigen vom niedergebrannten
Feuer empor, Glut fliegt in den Nachthimmel, als wollte sie
sich mit den grelleren Flammen da oben vereinen.

»Wer hat gewonnen?« fragt Lamia und meint damit die laut-
lose Raumschlacht, die die ganze vorangegangene Nacht und
fast den ganzen heutigen Tag mit aller Erbitterung am Himmel
getobt hat.

»Wen interessiert das schon?« sagt Martin Silenus. Er sucht
in den Taschen seines Pelzmantels, als könne er dort eine volle
Flasche finden. Er findet keine. »Wen interessiert das schon?«
murmelt er wieder.

»Mich«, sagt der Konsul müde. »Wenn die Ousters durch-
brechen, vernichten sie Hyperion vielleicht, bevor wir das
Shrike gefunden haben.«

Silenus lacht höhnisch. »Oh, das wäre aber schrecklich,
nicht? Zu sterben, bevor wir den Tod gefunden haben? Getötet
zu werden, bevor wir an der Reihe sind, getötet zu werden?
Schnell und ohne Schmerzen abzutreten, statt uns für alle
Ewigkeit auf den Dornen des Shrike zu winden? Oh, wirklich
ein schrecklicher Gedanke.«

»Seien Sie still«, sagt Brawne Lamia, deren Stimme wieder
emotionslos, aber diesmal doch bedrohlich ist. Sie sieht den

Konsul an. »Und wo ist das Shrike? Warum haben wir es nicht gefunden?«

Der Diplomat blickt ins Feuer. »Das weiß ich nicht. Warum sollte ich es wissen?«

»Vielleicht ist das Shrike fort«, sagt Pater Hoyt. »Vielleicht haben Sie es für immer befreit, als Sie die Anti-Entropiefelder zusammenbrechen ließen. Vielleicht hat es seine Geisel anderswo hingebracht.«

Der Konsul schüttelte den Kopf und sagte nichts.

»Nein«, sagt Sol Weintraub. Das Baby schläft an seiner Schulter. »Es ist hier. Ich spüre es.«

Brawne Lamia nickt. »Ich auch. Es wartet.« Sie hat mehrere Rationen aus dem Rucksack geholt, jetzt zieht sie die Hitzestreifen und verteilt die Rationen.

»Ich weiß, Antiklimax ist Wirken und Treiben der Welt«, sagt Silenus. »Aber dies ist verdammt lächerlich. Alle fein herausgeputzt und kein Platz zum Sterben.«

Brawne Lamia sieht ihn finster an, schweigt aber, und eine Zeitlang essen sie stumm. Die Flammen erlöschen am Himmel, und die dichten Sternkonstellationen kommen wieder heraus, aber die Fünkchen steigen weiter empor, als wollten sie fliehen.

Ins traumverschwommene Durcheinander von Brawne Lamias zweifach entfernten Gedanken eingehüllt, versuche ich, mir die Ereignisse ins Gedächtnis zu rufen, seit ich ihre Leben zum letztenmal geträumt habe.

Die Pilger waren vor Einbruch der Dämmerung singend ins Tal hinabgezogen, während das Leuchten der Raumschlacht Milliarden Kilometer über ihnen ihre Schatten vor sie geworfen hatte. Den ganzen Tag über hatten sie die Zeitgräber erforscht. Jede Minute hatten sie damit gerechnet, zu sterben. Nach einigen Stunden, als die Sonne aufging und die Kälte der Wüste schließlich der Wärme gewichen war, hatten ihre Angst und das Hochgefühl nachgelassen.

Der lange Tag war still, abgesehen vom Knirschen des Sands, gelegentlichen Rufen und dem konstanten, fast unterschwelligen Stöhnen des Windes um die Felsen und Gräber. Kassad und der Konsul hatten beide ein Instrument mitgebracht, das das Ausmaß der Anti-Entropiefelder messen konnte, aber Lamia bemerkte als erste, daß diese nicht nötig waren, daß man Ebbe und Flut der Zeitgezeiten spüren konnte, als schwache Übelkeit verbunden mit einem Gefühl von *déjà vu*, das nicht nachließ.

In unmittelbarer Nähe beim Zugang zum Tal befand sich die Sphinx; dann kam das Jadegrab, dessen Wände nur bei Abend- und Morgendämmerung durchsichtig waren; dann, keine hundert Meter weiter, ragte das Grab namens Obelisk empor; anschließend führte der Pfad der Pilger durch das zunehmend breitere Talbett zum größten aller Gräber, dem zentral gelegenen Kristallmonolith, dessen Oberfläche bar jeglicher Muster oder Öffnungen war und in dessem flachen Dach sich die Wände des Tals spiegelten; dann kamen die drei Höhlengräber, deren Eingänge nur anhand der ausgetretenen Pfade zu erkennen waren, die zu ihnen führten; und schließlich — fast einen Kilometer im Innern des Tals gelegen — stand der sogenannte Palast des Shrike, dessen scharfe Flansche und vorstehende Türmchen an die Dornen der Kreatur gemahnten, welche angeblich dieses Tal heimsuchte.

Den ganzen Tag waren sie von Grab zu Grab gewandert, keiner war allein gegangen, und die Gruppe hatte stets gezögert, die Artefakte zu betreten, die betreten werden konnten. Sol Weintraub war fast von seinen Gefühlen überwältigt worden, als er die Sphinx sah und betrat, das Grab, wo sich seine Tochter sechsundzwanzig Jahre zuvor Merlins Krankheit zugezogen hatte. Die Instrumente, die ihr Universitätsteam aufgebaut hatte, standen immer noch auf Stativen vor dem Grab, aber keiner der Pilger konnte sagen, ob sie noch funktionierten und ihre Überwachungsfunktionen erfüllten. Die Gänge in der Sphinx waren so schmal und labyrinthartig wie Rachels Komlogaufzeichnungen behauptet hatten, die Ketten von Leuchtkugeln und elektrischem Licht, die verschiedene Forschungsgruppen hinterlassen hatten, waren ausgefallen und erloschen. Sie benützten Handleuchten und Kassads Nachtvisier, um das Innere zu erkunden. Von dem Raum, wo Rachel sich aufgehalten hatte, als die Wände auf sie zurückten und die Krankheit ihren Anfang nahm. Von den einst so mächtigen Gezeiten der Zeit waren nur mehr schwache Überreste vorhanden. Vom Shrike war keine Spur zu sehen.

Jedes Grab hatte seinen Augenblick des Schreckens geboten, seine hoffnungsvolle und grausige Vorahnung, die unweigerlich stundenlanger Antiklimax gewichen waren, da sich ihnen die staubigen, verlassenen Räume darboten wie Touristen und Pilgern zum Shrike vergangener Jahrhunderte.

Schließlich war der Tag mit Enttäuschung und Müdigkeit zu Ende gegangen, der Schatten der östlichen Bergwand war über die Gräber und das Tal gesunken wie ein Vorhang nach einer erfolglosen Aufführung. Die Wärme des Tages war verflogen, die Kälte der Wüste hatte sich bald wieder eingestellt — ein Wind trug sie herbei, der nach dem Schnee auf den hohen Gipfeln des zwanzig Kilometer im Südwesten gelegenen Bridle Range roch. Kassad schlug vor, sie sollten ein Lager aufschlagen. Der Konsul hatte ihnen den Weg zu der Stelle gezeigt, wo Pilger zum Shrike traditionell die letzte Nacht über gewartet hatten, bevor sie die Kreatur trafen, die sie gesucht hatten. Das ebene Gelände vor der Sphinx, wo sich Abfallspuren von Forschern und Pilgern gleichermaßen fanden, hatte Sol Weintraub gefallen, der sich vorstellte, daß seine Tochter hier gelagert hatte. Niemand erhob Einwände.

Nun, in undurchdringlicher Dunkelheit, während das letzte Holzscheit niederbrannte, spürte ich, wie die sechs enger zusammenrückten ... nicht nur zur Wärme des Feuers, sondern zueinander ... sie wurden von den dünnen, aber greifbaren Strängen gemeinsamer Erfahrungen zusammengehalten, die während ihrer Fahrt flußaufwärts auf der Schwebebarke *Benares* und dem Aufstieg zum Keep Chronos gewoben worden waren. Doch darüber hinaus spürte ich eine bindendere Einheit als emotionale Bande; es dauerte einen Augenblick, aber schließlich kam ich dahinter, daß die Gruppe durch eine Mikrosphäre gemeinsamer Daten und ein Sinnesnetz verbunden war. Auf einer Welt, deren primitive regionale Datenrelais vom ersten Hauch eines Gefechts zertrümmert worden waren, hatte diese Gruppe Komlogs und Biomonitoren verbunden, um Informationen zu teilen und so gut sie konnten aufeinander aufzupassen.

Die Zugangsbarrieren waren offensichtlich und solide, aber ich hatte keine Mühe, daran vorbei, unter ihnen durch oder durch sie hindurchzuschleichen und die endlichen, aber zahlreichen Hinweise aufzugreifen — Puls, Hauttemperatur, Hirn-wellenaktivität, Bitte um Zugang, Dateninventur —, das mir Einblicke bot, was jeder der Pilger dachte, fühlte und tat. Kassad, Hoyt und Lamia besaßen Implantate, der Strom ihrer Gedanken war am einfachsten aufzuspüren. In diesem Augenblick fragte sich Brawne, ob es nicht ein Fehler gewesen war, das Shrike zu suchen; etwas nagte knapp unter der Oberfläche in ihr, aber unnachgiebig in seinem Bemühen, sich Gehör zu verschaffen. Ihr war zumute, als würde sie einen schrecklich wichtigen Hinweis übersehen, der den Schlüssel für ... was enthielt?

Brawne Lamia hatte Geheimnisse immer gehaßt; das war einer der Gründe, weshalb sie ein Leben mit nicht unerheblichem Luxus und Behaglichkeit verlassen hatte und Privatdetektivin geworden war. Aber was war es für ein Geheimnis? Sie hatte die Ermordung ihres Cybridklienten — und Liebhabers — so gut wie aufgeklärt und war nach Hyperion gekommen, um seinen letzten Wunsch zu erfüllen. Doch sie spürte, daß diese nagenden Zweifel wenig mit dem Shrike zu tun hatten. Womit dann?

Lamia schüttelte den Kopf und stocherte im erlöschenden Feuer. Ihr Körper war kräftig und für die Standardschwerkraft von 1.3 auf Lusus gebaut, und darüber hinaus für noch größere Belastungen gestählt, aber sie hatte seit mehreren Tagen nicht geschlafen und war sehr, sehr müde. Sie bekam am Rande mit, daß jemand etwas sagte.

»... nur für eine Dusche und ein gutes Essen«, sagt Martin Silenus. »Und vielleicht, um Ihre Komm- und Fatline-Verbindung zu benützen und zu erfahren, wer denn den Krieg gewinnt.«

Der Konsul schüttelt den Kopf. »Noch nicht. Das Schiff ist nur für den Notfall.«

Silenus deutet in die Nacht, zur Sphinx und in den aufkommenden Wind. »Halten Sie das nicht für einen Notfall?«

Brawne Lamia geht auf, daß sie sich darüber unterhalten, ob der Konsul sein Raumschiff von der Stadt Keats hierherholen soll. »Sind Sie sicher, daß das Fehlen von Alkohol nicht der Notfall ist, den Sie eigentlich meinen?« fragt sie.

Silenus funkelte sie erbost an. »Könnte es schaden, einen Drink zu haben?«

»Nein«, sagt der Konsul. Er reibt sich die Augen, und Lamia fällt ein, daß auch er alkoholabhängig ist. Aber seine Antwort auf die Frage, ob er das Schiff herbeordert, war nein. »Wir warten, bis es nicht mehr anders geht.«

»Was ist mit dem Fatlinesender?« sagt Kassad.

Der Konsul nickt und holt das uralte Komlog aus dem Rucksack. Das Instrument hatte seiner Großmutter Siri gehört, und vorher deren Großeltern. Der Konsul berührt den Diskey. »Ich kann hiermit senden, aber nicht empfangen.«

Sol Weintraub hat sein schlafendes Kind in die Öffnung des nächsten Zelts gelegt. Jetzt dreht er sich zum Feuer um. »Und Sie haben zum letztenmal eine Nachricht übermittelt, als wir im Keep angekommen sind?«

»Ja.«

Martin Silenus' Tonfall ist sarkastisch. »Und das sollen wir glauben ... einem geständigen Verräter?«

»Ja.« Die Stimme des Konsuls ist ein Destillat tiefster Erschöpfung.

Kassads schmales Gesicht schwebt in der Dunkelheit. Körper, Beine und Arme sind lediglich als Schwärze vor dem ohnehin schwarzen Hintergrund zu erkennen. »Aber es wird das Schiff rufen, falls wir es brauchen?«

»Ja.«

Pater Hoyt zieht den Mantel enger um sich, damit dieser nicht im zunehmenden Wind flattert. Sand prasselt auf Wollstoff und Zeltleinwand. »Haben Sie keine Angst, die Raumhafenbehörden oder FORCE könnten das Schiff entfernen oder sich daran zu schaffen machen?« fragt er den Konsul.

»Nein.« Der Konsul bewegt den Kopf nur unmerklich, als wäre er zu müde, ihn zu schütteln. »Unsere Befugnis kommt von Gladstone persönlich. Außerdem ist der Generalkonsul ein Freund von mir ... war ein Freund.«

Die anderen hatten den erst jüngst beförderten Gouverneur der Hegemonie kurz nach der Landung kennengelernt; Brawne Lamia hat den Eindruck gemacht, als wäre Theo Lane in Ereignisse hineinkatapultiert worden, die seine Fähigkeiten übersteigen.

»Es kommt Wind auf«, sagt Sol Weintraub. Er dreht den Körper so, daß er das Baby vor fliegendem Sand schützt. Der Gelehrte, der in den Sand blinzelt, sagt: »Ich frage mich, ob Het Masteen da draußen ist.«

»Wir haben überall gesucht«, sagt Pater Hoyt. Seine Stimme ist gedämpft, weil er den Kopf in die Falten des Mantels gesenkt hat.

Martin Silenus lacht. »Bitte um Vergebung, Priester«, sagt er, »aber das ist schlichtweg Quatsch.« Der Dichter steht auf und geht zum Rand des Feuerscheins. Der Wind zerzaust seinen Pelzmantel und reißt seine Worte in die Nacht hinaus. »Die Felswände bieten tausend Verstecke. Der Kristallmonolith verbirgt seinen Eingang vor uns ... aber vor einem Tempelritter? Und außerdem haben Sie die Treppe zum Labyrinth in der tiefsten Kammer des Jadegrabs gesehen.«

Hoyt schaut auf und blinzelt unter den Nadelstichen feinen Sands. »Sie glauben, er ist dort? Im Labyrinth?«

Silenus lacht und hebt die Arme. Der Seidenstoff seines weiten Hemdes wogt und bauscht sich. »Woher soll ich das wissen, Padre? Ich weiß nur, Het Masteen könnte im Augenblick da draußen sein, uns beobachten und darauf warten, daß er sein Gepäck zurückfordern kann.« Der Dichter nickt zu dem Möbiuskubus in der Mitte ihres kleinen Stapels Ausrüstung. »Oder er könnte schon tot sein. Oder Schlimmeres.«

»Schlimmeres?« fragt Hoyt. Das Gesicht des Priesters ist in den vergangenen Stunden gealtert. Seine Augen sind eingesunkene Spiegel der Qual, sein Lächeln ein Starrkrampf.

Martin Silenus kommt zum erlöschenden Feuer zurück. »Schlimmeres«, sagt er. »Er könnte am Baum des Shrike zappeln. Wo wir in ein paar Stunden auch ...«

Brawne Lamia steht unvermittelt auf und packt den Dichter am Hemdkragen. Sie hebt ihn vom Boden hoch, schüttelt ihn und läßt ihn wieder herunter, bis sein Gesicht auf ihrer Höhe ist. »Noch einmal«, sagt sie leise, »und ich werde Ihnen auf jede erdenkliche Weise Schmerzen zufügen. Ich werde Sie nicht töten, aber Sie werden sich wünschen, ich hätte es getan.«

Der Dichter schenkt ihr ein Satyrlächeln. Lamia läßt ihn fallen und dreht ihm den Rücken zu. Kassad sagt: »Wir sind müde. Alles in die Kojen. Ich halte Wache.«

Meine Träume von Lamia sind mit Lamias Träumen vermischt. Es ist nicht unangenehm, die Träume einer Frau, die Gedanken einer Frau zu teilen, und seien es die einer Frau, die durch einen Abgrund von Zeit und Kultur von mir getrennt ist, der schwerer wiegt, als es der Geschlechterunterschied je könnte. Auf eine seltsame und merkwürdig spiegelähnliche Weise träumte sie von Johnny, ihrem toten Liebhaber, seiner zu kleinen Nase und dem zu störrischen Kiefer, dem zu langen Haar, das sich über dem Kragen lockte, und seinen Augen — jenen zu ausdrucksvollen, zu vielsagenden Augen, die zu sehr ein Gesicht belebten, welches, abgesehen von diesen Augen, jedem x-beliebigen Bauernburschen gehören könnte, der im Umkreis einer Tagesreise von London geboren wurde.

Das Gesicht, von dem sie träumte, war meines. Die Stimme, die sie in ihrem Traum hörte, war meine. Aber der Liebesakt, von dem sie träumte — eine Erinnerung —, mit dem hatte ich nichts zu tun. Ich versuchte, ihrem Traum zu entkommen, und sei es nur, um meinen eigenen zu finden. Wenn ich schon ein Voyeur sein sollte, dann lieber in dem Durcheinander vorfabrizierter Erinnerungen, die als meine eigenen Träume dienten.

Aber mir wurde nicht gestattet, meine eigenen Träume zu träumen. Noch nicht. Ich vermute, ich wurde nur zu dem Zweck geboren — und vom Totenbett erneut geboren —, diese Träume meines toten und fernen Zwillingsbruders zu träumen.

Ich fügte mich, gab mein Bemühen, zu erwachen, auf und träumte.

Brawne Lamia erwacht ruckartig, unvermittelt und wird von einem Geräusch oder einer Bewegung aus ihrem angenehmen Traum gerissen. Einen Moment lang ist sie desorientiert; es ist dunkel und kein Laut zu hören — kein mechanischer —, der lauter wäre als die meisten Geräusche im Stock von Lusus, wo sie lebt; sie ist trunken vor Müdigkeit, weiß aber, daß sie nach sehr kurzem Schlaf erwacht ist; sie ist allein in einem engen, umhüllten Raum, der einem groß geratenen Leichensack gleicht.

Obwohl auf einer Welt groß geworden, wo abgeschlossene Räume Sicherheit vor giftiger Luft, Winden und wilden Tieren bedeuten, wo viele Menschen an Agoraphobie leiden, wenn sie eine der wenigen offenen Gegenden besuchen, aber die wenigsten die Bedeutung von Klaustrophobie kennen, reagiert Brawne Lamia dennoch als eine Klaustrophobe: sie schlägt um sich, stößt Schlafsack und Zeltklappe beim panischen Bemühen beiseite, dem engen Kokon aus Fiberplastik zu entkommen, kriecht, zieht sich auf Händen und Unterarmen und Ellbogen vorwärts bis sie Sand unter den Händen spürt und den Himmel über sich sieht.

Eigentlich nicht den Himmel, wird ihr plötzlich klar, als sie plötzlich sieht und sich erinnert, wo sie ist. Sand. Ein wehender, tobender, wirbelnder Sandsturm von Teilchen, die ihr Gesicht wie Nadelstiche pieksen. Das Lagerfeuer ist erloschen und von Sand zugeweht. Sand hat sich an den windwärts gelegenen Seiten aller drei Zelte angesammelt, deren Wände flattern und im Wind wie Pistolenschüsse knallen, und Dünen frisch verwehten Sands haben sich rings um das Lager herum gebildet und Rinnen und Furchen und Spalten auf der Leeseite von Zelten und Ausrüstung geschaffen. In den anderen Zelten regt sich niemand. Das Zelt, in dem sie mit Pater Hoyt untergebracht war, ist halb zusammengefallen und fast unter den wachsenden Dünen begraben.

Hoyt.

Seine Abwesenheit hat sie geweckt. Sogar in ihren Träumen hat ein Teil ihres Bewußtseins das leise Atmen und fast unhörbare Stöhnen des schlafenden Priesters, der mit seinen Schmerzen kämpfte, zur Kenntnis genommen. Irgendwann im Verlauf der letzten halben Stunde war er aufgestanden und hinausgegangen. Wahrscheinlich höchstens vor ein paar Minuten; Brawne Lamia weiß, obwohl sie von Johnny geträumt hat, ist ihr ein Rascheln und Rutschen über das Prasseln von Sand und Heulen des Windes hinweg aufgefallen.

Lamia steht auf und schirmt die Augen vor dem Sandsturm ab. Es ist sehr dunkel, die Sterne werden von hohen Wolken und dem Sturm auf der Oberfläche verdeckt, aber eine schwache, fast elektrische Strahlung erfüllt die Atmosphäre und spiegelt sich auf den Oberflächen von Felsen und Dünen. Lamia stellt fest, daß es sich *tatsächlich* um Elektrizität handelt, daß die Luft von einer Statik erfüllt ist, die ihre Haarlocken veranlaßt, sich in medusengleichen Bewegungen zu winden und zu schlängeln. Statische Entladungen kriechen an den Ärmeln ihrer Tunika entlang und gleiten wie Elmsfeuer über die Zeltwände.

Als ihre Augen sich angepaßt haben, sieht Lamia, daß fahles Feuer in den wandernden Dünen leuchtet. Vierzig Meter im Osten ist das Grab namens Sphinx ein knisternder, pulsierender Umriß in der Nacht. Ströme bewegen sich an den abgespreizten Auswüchsen entlang, die häufig als Schwingen bezeichnet werden.

Brawne Lamia sieht sich um, findet keine Spur von Pater Hoyt und überlegt, ob sie um Hilfe rufen soll. Ihr wird klar, daß man ihre Stimme über das Heulen des Windes hinweg nicht hören wird. Sie fragt sich für einen Moment, ob der Priester lediglich in eins der anderen Zelte oder zu der behelfsmäßigen Latrine zwanzig Meter westlich gegangen ist, aber etwas sagt ihr, daß dies nicht der Fall ist. Sie schaut zur Sphinx und sieht — einen Sekundenbruchteil nur — möglicherweise die Gestalt eines Mannes mit wie ein Banner flatterndem schwarzem Mantel und gegen den Wind gekrümmten Schultern als Umriß vor dem statischen Leuchten des Grabs.

Eine Hand fällt auf ihre Schulter.

Brawne Lamia duckt sich weg und geht in Angriffshaltung, linke Hand ausgestreckt, rechte Faust starr. Sie erkennt Kassad, der dort steht. Der Oberst ist um die Hälfte größer als Lamia — und halb so breit —, Miniaturblitze huschen über seine schlanke Gestalt, während er sich herunterbeugt und ihr etwas ins Ohr brüllt. »Er ist dorthin gegangen!« Der lange, schwarze, Vogelscheuchenarm streckt sich der Sphinx entgegen.

Lamia nickt und brüllt zurück, kann aber selbst ihre Stimme kaum über das Heulen hinweg verstehen. »Sollen wir die anderen wecken?« Sie hatte vergessen, daß Kassad Wache hielt. Schlief dieser Mann denn niemals?

Fedmahn Kassad schüttelt den Kopf. Seine Visiere sind hochgeklappt, der Helm destrukturiert, so daß er eine Kapuze am Rücken des gefechtsgepanzerten Overalls bildet. Im Glanz seines Anzugs sieht Kassads Gesicht sehr blaß aus. Er deutet zur Sphinx. Die Vielzweckwaffe von FORCE hält er in der linken Armbeuge. Granaten, Fernglasgehäuse und geheimnisvollere Gerätschaften hängen an Ösen und Karabinerhaken des Schutzpanzers. Er deutet noch einmal zur Sphinx.

Lamia beugt sich nach vorn und brüllt: »Hat ihn das Shirke geholt?«

Kassad schüttelte den Kopf.

»Können Sie ihn sehen?« Sie deutete auf sein Nachtvisier und das Fernglas.

»Nein«, sagt Kassad. »Der Sturm. Verweht Wärmespuren.«

Brawne Lamia drehte dem Wind den Rücken zu und spürt, wie Teilchen ihren Hals treffen wie Nadeln eines Betäubungsgewehrs. Sie befragt ihr Komlog, doch das verrät ihr nur, daß Hoyt noch lebt und in Bewegung ist; sonst wird nichts auf der gemeinsamen Frequenz übermittelt. Sie bewegt sich, bis sie neben Kassad ist und ihre Rücken einen Schutz gegen die Böen bilden. »Sollen wir ihm folgen?« fragt sie.

Kassad schüttelt den Kopf. »Wir dürfen die Grenze nicht unbewacht lassen. Ich habe Alarmanlagen hinterlassen, aber ...« Er deutet in den Sturm.

Brawne Lamia duckt sich ins Zelt zurück, zieht die Stiefel an und kommt mit dem Wettercape und der automatischen Pistole ihres Vaters wieder heraus. Eine konventionellere Waffe, ein Schocker Marke Gier, steckt in der Brusttasche ihres Capes. »Dann gehe ich«, sagt sie.

Zuerst denkt sie, daß der Oberst sie nicht gehört hat, aber dann sieht sie etwas in seinen blassen Augen und weiß, er hat sie gehört. Er klopft auf das militärische Komlog an seinem Handgelenk.

Lamia nickt und vergewissert sich, daß ihr Implantat und Komlog auf den breitesten Frequenzbereich eingestellt sind. »Ich komme wieder«, sagt sie und watschelt die wachsende Düne hinauf. Statische Entladungen leuchten auf ihren Hosenbeinen, der Sand scheint zu leben, da silberweißes Pulsieren von Elektrizität über die mannigfaltige Oberfläche huscht.

Zwanzig Meter vom Lager entfernt kann sie es nicht mehr sehen. Zehn Meter weiter, und die Sphinx ragt über ihr auf. Von Pater Hoyt ist keine Spur zu sehen; Fußspuren überleben in dem Sturm keine zehn Sekunden.

Der breite Eingang der Sphinx ist offen, schon so lange die Menschheit diesen Ort kennt. Jetzt ist er ein schwarzes Rechteck in der schwach leuchtenden Wand. Die Logik spricht dafür, daß Hoyt dorthin gegangen ist, und sei es nur, um aus dem Sturm zu kommen, aber etwas abseits jeglicher Logik sagt ihr, daß dies nicht das Ziel des Priesters ist.

Brawne Lamia stapft an der Sphinx vorbei, verweilt einige Augenblicke lang an deren Windschatten, um sich den Sand vom Gesicht zu wischen und wieder frei zu atmen, dann geht sie weiter und folgt einem kaum erkenntlichen, festgetretenen Trampelpfad zwischen den Dünen. Vor ihr strahlt das Jadegrab milchig grün in der Nacht, und seine glatten Kurven und Zinnen schimmern in einem geheimnisvollen Schein.

Lamia sieht blinzelnd noch einmal hin und erblickt den flüchtigsten Sekundenbruchteil jemand oder etwas als Umriß vor diesem Schein. Dann ist die Gestalt verschwunden und entweder im Innern des Grabs oder unsichtbar vor dem schwarzen Halbkreis des Eingangs.

Lamia senkt den Kopf und geht weiter, während der Wind sie schubst und stößt, als wollte er sie eilig zu etwas Bedeutendem führen.

4

Die militärische Konferenz schleppte sich bis zum späten Vormittag dahin. Ich vermute, solchen Konferenzen sind seit Jahrhunderten dieselben Sachverhalte zu eigen — forsche, monotone Ausführungen wie Hintergrundmurmeln, der schale Geruch von zuviel Kaffee, der Gestank von Rauch in der Luft, stapelweise Ausdrucke und das kortikale Schwindelgefühl von Implantatzugriff. Ich nehme an, als ich ein Junge war, da war es einfacher; Wellington rief seine Männer zusammen, die er gleichgültig und zutreffend ›den Abschaum der Erde‹ nannte, sagte ihnen nichts und schickte sie in den Tod.

Ich richtete meine Aufmerksamkeit wieder auf die Gruppe. Wir befanden uns in einem großen Raum, dessen graue Wände von lichten Rechtecken aufgelockert wurden, ein grauer Teppichboden und ein metallisch grauer Hufeisentisch mit schwarzen Diskeys und hin und wieder einer Karaffe Wasser. Präsidentin Meina Gladstone saß in der Mitte der Hufeisenwölbung, ihre Senatoren und Kabinettsmitglieder um sich geschart, Militärbefehlshaber und andere zweitrangige Befehlsgeber weiter entfernt von der Krümmung. Hinter allen saßen, abseits vom Tisch, die unvermeidlichen Gruppen der Attachés, kein Bediensteter von FORCE unter dem Rang eines Oberst, und dahinter wiederum — auf Stühlen, die nicht so bequem aussahen — die Attachés der Attachés.

Ich hatte keinen Stuhl. Ich saß in einer Gruppe weiteren eingeladenen, aber ganz offensichtlich unwichtigen Personals auf einem Hocker in einer der hinteren Ecken des Raums, zwanzig Meter von der Präsidentin und noch weiter vom Offizierssprecher entfernt, einem jungen Oberst mit Markierstab in der Hand und naßforscher Stimme. Hinter dem Oberst befand sich die graugoldene Platte einer Abrufschablone, vor ihm die leicht erhobene Omnisphäre, wie man sie in jeder Holonische finden kann. Von Zeit zu Zeit wurde die Schablone milchig und erwachte zum Leben; zuzeiten wiederum trübten komplexe Holos die Luft. Miniaturen dieser Diagramme leuchteten auf jeder Diskeyplatte und schwebten über einigen Komlogs.

Ich saß auf meinem Hocker, beobachtete Gladstone und machte ab und zu eine Skizze.

Als ich an diesem Morgen im Gästezimmer des Regierungskomplexes erwacht war und das grelle Sonnenlicht von Tau Ceti zwischen apricotfarbenen Jalousien hereinströmte, die sich automatisch zu meiner Weckzeit um 06.30 Uhr geöffnet hatten, war ich einen Augenblick lang hilflos und desorientiert gewesen, hatte immer noch Lenar Hoyt verfolgt und Angst vor dem Shrike und um Het Masteen gehabt. Dann folgte eine Minute, während der die Verwirrung abfiel, als hätte eine Macht mir den Wunsch gewährt, meine eigenen Träume zu träumen, und ich richtete mich keuchend auf, sah mich erschrocken um und rechnete damit, daß der zitronengelbe Teppichboden und das apricotfarbene Licht wie ein Fiebertraum verblassen und nur Schmerzen und Schleim und Blutstürze bleiben würden, Blut auf Leinen; daß sich der helle Raum auflösen und zum schattigen, dunklen Gemach an der Piazza di Spagna werden und über allem das feinfühlige Gesicht von Joseph Severn aufragen würde, der sich nach vorne beugte, beobachtete und mir beim Sterben zusah.

Ich duschte zweimal, erst mit Wasser, dann mit Schall, zog

den neuen grauen Anzug an, der auf dem frisch gemachten Bett für mich bereitlag, als ich aus dem Bad kam, und machte mich auf den Weg, den östlichen Innenhof zu finden, wo — wie mir eine Notiz neben meiner neuen Kleidung verraten hatte — das Frühstück für Gäste des Regierungshauses serviert wurde.

Der Orangensaft war frisch gepreßt. Der Speck war knusprig und echt. In der Zeitung stand, daß sich Präsidentin Gladstone um 10.30 Uhr Netz-Standard via All-Wesen und die Medien an die Öffentlichkeit wenden würde. Die Seiten waren voll von Nachrichten aus dem Krieg. Flachfotos der Armada leuchteten bunt. General Morpurgo sah mir grimmig von Seite 3 entgegen; die Zeitungen nannten ihn den ›Helden der Zweiten Height-Rebellion‹. Diana Philomel sah von einem nahen Tisch zu mir herüber, wo sie mit dem ihr angetrauten Neandertaler frühstückte. An diesem Morgen trug sie ein förmlicheres Kleid, dunkelblau und längst nicht so offenherzig, aber ein Schlitz an der Seite ließ die Darbietung tags zuvor erahnen. Sie ließ mich nicht los mit ihrem Blick, während sie einen Speckstreifen mit lackierten Fingernägeln hob und geziert abbiß. Hermund Philomel grunzte, als er etwas Erfreuliches im umgeschlagenen Wirtschaftsteil las.

»Der Wanderschwarm der Ousters ... gemeinhin Schwarm genannt ... wurde vor wenig mehr als drei Standardjahren mittels Hawking-Verzerrungsdetektoren im Camn-System aufgespürt«, sagte der junge Offizierssprecher. »Unmittelbar nach der Entdeckung bereitete sich die Task Force 42 von FORCE auf eine Evakuierung des Hyperion-Systems vor und ging von Parvati im Spin-up in C-plus-Status mit versiegelten Befehlen, in Portalweite von Hyperion eine Farcastermöglichkeit zu installieren. Gleichzeitig wurde Task Force 87.2 vom Sammelgebiet Solkov-Tikata um Camn III abgezogen mit Befehl, zur Evakuierungsflotte im Hyperion-System zu stoßen, den Wanderschwarm der Ousters zu finden und ihre militärischen Verbände ins Gefechte zu verwickeln und aufzureiben ...« Bilder der Armada erschienen auf der AbSchab und vor dem jungen Oberst. Er gestikulierte mit dem Zeigestab, worauf eine Linie rubinroten Lichts sich durch das größere Holo bohrte und eines der Drei-C-Schiffe in der Formation hervorhob. »Task Force 87.2 untersteht dem Befehl von Admiral Nashita an Bord des *HS Hebrides* ...«

»Ja, ja«, grunzte General Morpurgo, »das wissen wir alles, Yani. Kommen Sie zum Wesentlichen.«

Der junge Oberst versuchte ein Lächeln, nickte unmerklich zum General und zu Meina Gladstone und fuhr mit einer nicht mehr ganz so selbstsicheren Stimme fort. »Codierte Fatline-Übertragungen von TF 42 in den vergangenen zweiundsiebzig Stunden Standard melden Scharmützel zwischen Aufklärern der Evakuierungsflotte und der Vorhut des Wanderschwarms der Ousters ...«

»Des Schwarms«, unterbrach ihn Leigh Hunt.

»Ja«, sagte Yani. Er drehte sich zu der Schablone um, und fünf Meter Ornamentglas erwachten flammend zum Leben. Für mich bot der Bildschirm ein unverständliches Labyrinth von geheimnisvollen Symbolen, farbigen Vektorlinien, Grundlagencodes und FORCE-Abkürzungen, die zum völligen Durcheinander beitrugen. Vielleicht ergab es auch für die hohen Lamettaträger und Seniorpolitiker im Raum keinen Sinn, aber das ließ selbstverständlich keiner durchblicken. Ich begann eine neue Skizze von Gladstone, mit dem Bulldoggenprofil von Morpurgo im Hintergrund.

»Erste Berichte sprachen von einer Hawking-Emission in der Größenordnung von viertausend Antrieben, aber das ist eine irreführende Zahl«, fuhr der Oberst namens Yani fort. Ich fragte mich, ob das sein Vor- oder Nachname war. »Wie Sie wissen, können Ouster ... äh ... Schwärme aus bis zu zehntausend separaten Antriebseinheiten bestehen, aber die große Mehrheit davon sind klein und entweder unbewaffnet oder von vernachlässigbarer militärischer Bedeutung. Mikrowellen, Fatline und andere Emissionssignalhochrechnungen deuten darauf hin ...«

»Entschuldigen Sie«, sagte Meina Gladstone, deren verwitterte Stimme einen deutlichen Kontrast zum sirupähnlichen Dröseln des Offiziers bildete, »aber könnten Sie uns sagen, wie viele Schiffe der Ousters von militärischer Bedeutung *sind?*«

»Äh ...«, sagte der Oberst und sah zu seinen Vorgesetzten.

General Morpurgo räusperte sich. »Wir denken rund sechs ... siebenhundert, höchstens«, sagte er. »Kein Grund zur Beunruhigung.«

Präsidentin Gladstone zog eine Braue hoch. »Und die Größe unserer Gefechtseinheiten?«

Morpurgo bedeutete dem jungen Oberst mit einem Nikken bequem zu stehen. Morpurgo antwortete. »Task Force 42 besteht aus rund sechzig Schiffen, Präsidentin. Task Force ...«

»Task Force 42 ist die Evakuierungsflotte?« sagte Gladstone.

General Morpurgo nickte, und ich glaubte einen Anflug von Zerknirschung in seinem Lächeln zu erkennen. »Ja, Ma'am. Task Force 87.2, die Gefechtsflotte, die vor etwa einer Stunde ins System vorgestoßen ist, wird ...«

»Sind sechzig Schiffe ausreichend, sich sechs- oder siebenhundert zu stellen?«

Morpurgo sah zu einem Offizierskollegen, als wollte er um Geduld bitten. »Ja«, sagte er. »Mehr als ausreichend. Sie müssen sich darüber im klaren sein, Präsidentin, daß sechshundert Hawking-Antriebe sich sehr viel anhört, aber man muß sich keine Gedanken darüber machen, wenn sie Einmannschiffe oder Aufklärer oder diese kleinen Fünfpersonenkreuzer befördern, die sie Lanzetten nennen. Task Force 42 besteht aus annähernd *zwei Dutzend* großen Spin-Schiffen, darunter die Träger *Olympus Shadow* und *Neptune Station*. Davon kann jedes einzelne mehr als hundert Kämpfer oder ALRs abfeuern.« Morpurgo kramte in seiner Tasche, zog einen Recom-Rauchstab von der Größe einer dicken Zigarre heraus, schien sich zu erinnern, daß Gladstone sie mißbilligte und ließ ihn wieder in der Tasche verschwinden. Er runzelte die Stirn. »Wenn Task Force 87.2 das Bremsmanöver beendet hat, verfügen wir über mehr als ausreichend Feuerkraft, um mit einem Dutzend Schwärmen fertigzuwerden.« Er nickte immer noch stirnrunzelnd zu Yami, damit dieser fortfahre.

Der Oberst räusperte sich und deutete mit dem Leuchtstab zur Abrufschablone. »Wie Sie sehen, hatte Task Force 42 keine Schwierigkeiten, einen hinreichend großen Raumabschnitt zu befreien, damit eine Farcasterkonstruktion möglich wurde. Diese Konstruktion wurde vor sechs Wochen NST begonnen und gestern um 16.24 Uhr Standard beendet. Erste Angriffe der Ousters wurden ohne Verluste bei TF 42 abgewehrt, und im Verlauf der vergangenen achtundvierzig Stunden wurde ein größeres Scharmützel zwischen der Vorhut der Task Force und der Masse der Ousterstreitkräfte ausgetragen. Der Brennpunkt dieses Gefechts lag hier« — Yani deutete erneut, worauf eine Sektion der Schablone an der Spitze des Zeigestocks in blauem Licht pulsierte — »neunundzwanzig Grad über der Ekliptik, dreißig AE von Hyperions Sonne entfernt, etwa 0.35 AE vom hypothetischen Rand der Oortschen Wolke des Systems.«

»Verluste?« sagte Leigh Hunt.

»Innerhalb akzeptabler Grenzen für ein Feuergefecht dieser Dauer«, sagte der junge Oberst, der aussah, als wäre er gegnerischem Feuer nie auch nur näher als ein Lichtjahr gekommen. Sein blondes Haar war sorgfältig auf die Seite gekämmt und glänzte unter dem durchdringenden Schein der Lichter. »Sechsundzwanzig schnelle Angriffsjäger der Hegemonie wurden zerstört oder sind vermißt, zwölf mit Torpedos ausgerüstete ALRs, drei Schlachtschiffe, der Treibstofftransporter *Asquith's Pride* und der Kreuzer *Draconi III*.«

»Wie viele *Menschen* gingen verloren?« fragte Präsidentin Gladstone. Ihre Stimme war sehr leise.

Yani sah kurz zu Morpurgo, beantwortete die Frage aber selbst. »Um die dreitausendzweihundert«, sagte er. »Aber es sind zur Stunde noch Rettungsaktionen im Gange, und es besteht Hoffnung, Überlebende der *Draconi* zu finden.« Er strich die Uniform glatt und fuhr rasch fort. »Diese Zahlen sollte man freilich gegen die bestätigte Vernichtung von mindestens hundertfünfzig Kriegsschiffen der Ousters abwägen. Unsere eigenen Vorstöße in den Wander-Cluster — den Schwarm — haben zu weiteren dreißig bis sechzig zerstörten Schiffen geführt, einschließlich Kometenfarmen, erzverarbeitende Frachter und mindestens ein Befehls-Cluster.«

Meina Gladstone rieb die knotigen Finger aneinander. »Enthalten die Schätzungen der Opfer — *unserer* Opfer — auch Passagiere und Besatzung des zerstörten Baumschiffs *Yaggdrasil*, das wir für die Evakuierung gechartert hatten?«

»Nein, Ma'am«, entgegnete Yani brüsk. »Obwohl zu der Zeit ein Angriff der Ousters stattfand, hat unsere Analyse ergeben, daß die *Yaggdrasil* nicht durch Feindeinwirkung vernichtet worden ist.«

Gladstone zog wieder eine Braue hoch. »Wodurch dann?«

»Sabotage, soweit wir das zum derzeitigen Zeitpunkt sagen können«, antwortete der Oberst. Er schaltete ein neues Diagramm des Hyperion-Systems auf die Schablone.

General Morpurgo sah auf sein Komlog und sagte: »Nnnnn, kommen Sie zur Bodenverteidigung, Yani. Die Präsidentin muß in dreißig Minuten eine Rede halten.«

Ich vervollständigte die Skizze von Gladstone und Morpurgo, streckte mich und sah mich nach einem weiteren Objekt um. Leigh Hunt mit seinen unscheinbaren, fast verkniffenen Gesichtszügen schien eine Herausforderung zu sein. Als ich wieder aufsah, hörte ein Hologlobus von Hyperion auf, sich zu drehen, und dehnte sich zu einer Abfolge von Flachprojektionen: schräg, equirechteckig, Bonne, orthographisch, Rosette, Van der Grinten, Gores, unterbrochene Goode Goode-Homolosine, gnomonisch, sinuosoidal, azimuthal, equidistanziert, polykonisch, hyperkorrigiertes Kuwatsi, computergeeschert, Briesemeister, Buckminster, Miller-zylindrisch, multikolographiert und Satplot-Standard, bis es sich schlußendlich zu einer standardisierten Robinson-Baird-Karte von Hyperion verfestigte.

Ich lächelte. Das war das Unterhaltendste seit Beginn der Sitzung gewesen. Mehrere von Gladstones Leuten bewegten sich ungeduldig. Sie wollten mindestens zehn Minuten mit der Präsidentin verbringen, ehe die Sendung anfing.

»Wie Sie wissen«, begann der Oberst, »entspricht Hyperion einem Erdstandard von neun Punkt acht neun auf der Thuron/Laumier-Skala von ...«

»Oh, um Himmels willen«, knurrte Morpurgo, »kommen Sie zur Truppenaufstellung, und bringen Sie es hinter sich.«

»Ja, Sir«, Yani schluckte und hob den Leuchtstab. Seine Stimme klang überhaupt nicht mehr zuversichtlich. »Wie Sie wissen ... ich meine ...« Er deutete auf den nördlichsten Kontinent, der wie die schlechte Skizze eines Pferdekopfs mit Hals aussah und zerklüftet aufhörte, wo Brust- und Rückenmuskeln des Tiers beginnen sollten. »Dies ist Equus. Er hat einen anderen offiziellen Namen, aber jeder nennt ihn Equus seit ...

dies ist Equus. Die Inselkette, die nach Südosten verläuft ...
hier und hier ... wird die Katze mit neun Schwänzen genannt.
Eigentlich handelt es sich um einen Archipel mit über hundert ... wie auch immer, der zweite große Kontinent heißt
Aquila, und Sie sehen vielleicht, daß er ungefähr wie ein Adler
der Alten Erde geformt ist, hier der Schnabel ... an der Nord-
westküste ... und hier die Krallen ausgestreckt, im Südwesten ... und hier zumindest ein gespreizter Flügel, an der
Nordostküste entlang. Bei diesem Abschnitt handelt es sich
um das sogenannte Pinion Plateau, das aufgrund der Flam-
menwälder fast unzugänglich ist, aber hier ... und hier ... im
Südwesten, liegen die wichtigsten Fiberplastikplantagen ...«
   »Die *Truppenaufstellung*«, knurrte Morpurgo.
   Ich fertigte eine Skizze von Yani an. Ich mußte feststellen,
daß es unmöglich war, den Schweißfilm mit einem Kohlestift
darzustellen.
   »Ja, Sir. Der dritte Kontinent ist Ursus ... sieht ein bißchen
einem Bären ähnlich ... aber dort sind keine FORCE-Truppen
gelandet, weil er südpolar und fast unbewohnbar ist ... aber
die Heimatverteidigung ... ah ... von Hyperion unterhält einen ... einen Stützpunkt dort ...« Yani schien zu merken, daß
er stammelte. Er nahm sich zusammen, strich sich mit dem
Handrücken über die Oberlippe und fuhr in gefaßterem Tonfall
fort. »Primäre FORCE:Bodenanlagen hier ... hier ... und hier.«
Er deutete auf die Städte Endymion und Port Romance, beide
auf dem Kontinent Aquila. »FORCE:Bodentruppen-Einheiten
haben Verteidigungsanlagen hier vorbereitet ...« Zwei Dutzend rote Lichter leuchteten auf; die meisten an den Hals- und
Mähnenabschnitten von Equus, aber auch einige auf dem
Schnabel von Aquila und in der Region um Port Romance.
»Dazu gehören Elemente der Marines, ebenso wie Bodenverteidigung, Boden-Luft- und Boden-Raum-Komponenten. Das
Oberkommando erwartet, daß es anders als im Falle Bressia
keine Kampfhandlungen auf dem Planeten selbst geben wird,
aber sollten sie eine Invasion versuchen, sind wir darauf vorbereitet.«
   Meina Gladstone hatte ihr Komlog konsultiert. Siebzehn
Minuten blieben bis zu ihrer Live-Ansprache. »Wie sieht es
mit Evakuierungsplänen aus?«

Yanis wiedererlangtes Selbstvertrauen fiel in sich zusammen. Er sah mit einem Anflug von Verzweiflung zu seinen vorgesetzten Offizieren.

»Keine Evakuierung«, sagte Admiral Singh. »Das war eine Finte, ein Lockvogel für die Ousters.«

Gladstone klopfte mit den Fingern gegeneinander. »Es leben mehrere Millionen Menschen auf Hyperion, Admiral.«

»Ja«, sagte Singh, »und wir werden sie beschützen, aber selbst eine Evakuierung der rund sechzigtausend Hegemoniebürger kommt nicht in Frage. Es würde ein Chaos entstehen, wenn wir die ganzen drei Millionen ins Netz ließen. Außerdem ist das aus Sicherheitsgründen unmöglich.«

»Das Shrike?« wollte Leigh Hunt wissen.

»Sicherheitsgründe«, wiederholte General Morpurgo. Er stand auf und nahm Yani den Zeigestock weg. Der junge Mann stand einen Moment lang unentschlossen da, da er keinen Platz zum Sitzen oder Stehen sah, dann kam er in den hinteren Teil des Raums, in meine Nähe, stand bequem und betrachtete etwas unter der Decke — möglicherweise das Ende seiner militärischen Laufbahn.

»Task Force 87.2 ist im System«, sagte Morpurgo. »Die Ousters haben sich ins Zentrum ihres Schwarms rund sechzig AE von Hyperion entfernt zurückgezogen. Das System ist, soweit man das sagen und übersehen kann, sicher. Hyperion ist sicher. Wir warten auf einen Gegenangriff, wissen aber, daß wir ihn zurückschlagen können. Hyperion ist nun, wieder soweit man das sagen und übersehen kann, Teil des Netzes. Fragen?«

Es gab keine. Gladstone entfernte sich mit Leigh Hunt, einer Gruppe Senatoren und ihren Attachés. Die militärischen Lamettaträger ballten sich zu Grüppchen zusammen, deren Bestand offensichtlich vom Dienstgrad bestimmt wurde. Attachés wuselten herum. Die wenigen Reporter, denen Zutritt in den Raum gestattet worden war, liefen zu ihren Filmcrews draußen. Yani, der junge Oberst, blieb mit leerem Blick und blassem Gesicht bequem stehen.

Ich saß noch einen Moment da und betrachtete die Schablonenkarte von Hyperion. Die Ähnlichkeit des Kontinents Equus mit einem Pferd war auf diese Entfernung größer. Von meiner Position aus konnte ich eben noch die Berge des Bridle Range und die orange-gelbe Farbe der Wüste unter dem ›Auge‹ des Pferds ausmachen. Nordöstlich der Berge waren keine Stützpunkte von FORCE gekennzeichnet, überhaupt keine Symbole, abgesehen von einem winzigen roten Leuchtpünktchen, bei dem es sich um die verlassene Stadt der Dichter handeln konnte. Die Zeitgräber waren überhaupt nicht gekennzeichnet. Es war, als besäßen die Zeitgräber keine militärische Bedeutung und hätten keinen Anteil an den bevorstehenden Ereignissen des Tages. Aber irgendwie wußte ich es besser. Irgendwie vermutete ich, daß der gesamte Krieg, das Los von Tausenden, das Schicksal von Millionen — möglicherweise Milliarden — von den Taten von sechs Menschen in diesem unmarkierten gelb-orangefarbenen Streifen abhingen.

Ich klappte den Skizzenblock zu, steckte die Stifte in die Taschen, suchte nach einem Ausgang, fand ihn und ging.

Leigh Hunt erwartete mich in einem der langen Flure, die zum Haupteingang führten. »Sie gehen?«

Ich holte Luft. »Darf ich das nicht?«

Hunt lächelte, wenn man die Aufwärtskrümmung der schmalen Lippen ein Lächeln nennen konnte. »Selbstverständlich, M. Severn. Aber Präsidentin Gladstone hat mich gebeten, Ihnen zu bestellen, daß sie heute nachmittag wieder mit Ihnen sprechen möchte.«

»Wann?«

Hunt zuckte die Achseln. »Jederzeit nach der Ansprache. Wie es Ihnen zupaß kommt.«

Ich nickte. Buchstäblich Millionen Lobbyisten, Arbeitssuchende, potentielle Biographen, Geschäftsleute, Fans der Präsidentin und mögliche Attentäter würden fast alles geben, um eine Minute mit der sichtbarsten Anführerin der Hegemonie zu verbringen, um ein paar Sekunden von Gladstones Zeit zu erhaschen, und ich konnte sie sehen, wie es mir ›zupaß‹ kam. Niemand hat je gesagt, daß das Universum normal ist.

Ich drängte an Leigh Hunt vorbei zur Tür.

Einer langen Tradition zufolge befanden sich keinerlei Farcasterportale im Innern des Regierungshauses. Ein kurzer Fußweg führte an den Wachen beim Haupteingang vorbei durch den Garten zu dem flachen, weißen Gebäude, welches als Pressehauptquartier und Terminex diente. Die Reporter standen um eine zentrale Videonische, wo das altbekannte Gesicht und die Stimme von Lewellyn Drake, ›Stimme des All-Wesens‹, Hintergrundinformationen zur ›Für die Hegemonie von lebenswichtiger Bedeutung‹-Rede von Präsidentin Gladstone lieferte. Ich nickte in seine Richtung, fand ein unbenütztes Portal, präsentierte meine Universalkarte und machte mich auf die Suche nach einer Bar.

Wenn man bis zu ihm vorgedrungen war, stellte der Grand Concourse — der Große Rundgang — den einzigen Ort im Netz dar, wo man gratis farcasten konnte. Jede Welt im Netz hatte mindestens einen ihrer schönsten Großstadtblocks — auf TC² waren es ganze dreiundzwanzig Blocks — für Einkaufszentren, Unterhaltung, Luxusrestaurants und Bars vorbehalten. Besonders Bars.

Wie der Fluß Tethys strömte auch der Grand Concourse zwischen Farcasterportalen militärischer Größenordnung — bis zu zweihundert Meter hoch — dahin. Durch eine Schleife war der Effekt der einer unendlichen Hauptstraße, eines hundert Kilometer langen Parcours irdischer Freuden. Man konnte, wie ich an diesem Vormittag, unter der gleißenden Sonne von Tau Ceti stehen und den Concourse entlang in die nachtschlafene Mitternacht von Deneb Drei sehen, wo Neonlichter und Holos leuchteten, und man konnte einen Blick auf die hundertstöckige Main Mall von Lusus werfen, während man gleichzeitig wußte, dahinter lagen die schattigen Boutiquen von God's Grove mit seinem gepflasterten Rundweg und Fahrstühlen zu Treetops, dem teuersten Restaurant im ganzen Netz.

An dem allem lag mir nicht das Geringste. Ich wollte nur eine ruhige kleine Bar finden.

In den Bars von TC² wimmelte es zu sehr von Bürokraten, feinen Pinkeln und Geschäftsleuten, daher betrat ich eines der Concourseshuttles und stieg auf der Hauptplattform von Sol Draconi Septem wieder aus. Die Schwerkraft störte viele — sie störte *mich* —, aber sie bedeutete auch, daß die Bars hier nicht so überfüllt und die Gäste tatsächlich nur zum Trinken hergekommen waren.

Ich entschied mich für eine Bar auf Erdgeschoßhöhe, die fast völlig von Stützsäulen und Wartungskanälen der Haupteinkaufsplattform verborgen wurde, und es war dunkel im Innern: dunkle Wände, dunkles Holz und dunkle Patrones — deren Haut fast so schwarz war wie meine weiß. Es war ein guter Platz zum Trinken, und das tat ich denn auch — ich fing mit einem doppelten Scotch an und machte dann im weiteren Verlauf richtig ernst.

Nicht einmal dort konnte ich Gladstone ganz entkommen. Am anderen Ende des Raums zeigte ein Flachbildschirm das Gesicht der Präsidentin vor einem blau-goldenen Hintergrund, den sie staatlichen Sendungen vorbehielt. Mehrere der anderen Gäste hatten sich versammelt und sahen zu. Ich bekam Bruchstücke der Rede mit: »... um die Sicherheit der Hegemoniebürger zu gewährleisten ... darf nicht zugelassen werden, daß die Sicherheit des Netzes gefährdet wird, und sie unserer Verbündeter in ... daher habe ich einen rückhaltlosen militärischen Gegenschlag autorisiert ...«

»Stellt das verdammte Ding ab!« Zu meinem Erstaunen stellte ich fest, daß ich selbst das gebrüllt hatte. Die Patrones sahen über die Schulter, machten aber leiser. Ich sah einen Moment lang zu, wie sich Gladstones Mund bewegte, dann winkte ich dem Barkeeper und bestellte noch einen Doppelten.

Einige Zeit später, es hätten Stunden sein können, sah ich von meinem Drink auf und stellte fest, daß mir jemand in der dunklen Nische gegenüber saß. Ich brauchte im düsteren Licht blinzelnd einige Augenblicke, bis mir aufging, um wen es sich handelte. Für einen Moment schlug mein Herz schneller, und ich dachte: *Fanny*, aber dann blinzelte ich wieder und sagte: »Lady Philomel.«

Sie trug immer noch das dunkelblaue Kleid, in dem ich sie beim Frühstück gesehen hatte. Irgendwie schien es jetzt tiefer ausgeschnitten zu sein. Ihr Gesicht und die Schultern schienen im Halbdunkel zu leuchten. »M. Severn«, sagte sie beinahe flüsternd. »Ich bin gekommen, um Ihr Versprechen einzulösen.«

»Versprechen?« Ich winkte dem Barkeeper, aber der reagierte nicht. Ich runzelte die Stirn und sah Diana Philomel an. »Welches Versprechen?«

»Selbstverständlich mich zu malen. Haben Sie Ihr Versprechen auf der Party vergessen?«

Ich schnippte mit den Fingern, aber der unverschämte Barkeeper ließ sich immer noch nicht herab, in meine Richtung zu sehen. »Ich habe Sie gemalt«, sagte ich.

»Ja«, entgegnete Lady Philomel, »aber nicht *ganz*.«

Ich trank seufzend den letzten Rest Scotch. »Ich trinke«, sagte ich.

Lady Philomel lächelte. »Nicht zu übersehen.«

Ich stand auf, um dem Barkeeper nachzulaufen, überlegte es mir anders und setzte mich langsam wieder auf das verwitterte Holz der Bank. »Armageddon«, sagte ich. »Sie spielen mit Armageddon.« Ich sah die Frau eingehend an und kniff etwas die Augen zusammen, damit sie deutlich wurde. »Kennen Sie dieses Wort, m'Lady?«

»Ich glaube nicht, daß er Ihnen noch Alkohol ausschenken wird«, sagte sie. »Ich habe Drinks bei mir zu Hause. Sie könnten was haben, während Sie mich malen.«

Ich blinzelte noch einmal, dieses Mal listig. Ich hatte vielleicht ein paar zuviel getrunken, aber die hatten meinen gesunden Menschenverstand nicht beeinträchtigt. »Ehemann«, sagte ich.

Diana Philomel lächelte wieder, und wieder strahlend. »Verbringt einige Tage im Regierungshaus«, sagte sie und flüsterte jetzt wirklich. »In so wichtigen Zeiten kann er es sich nicht leisten, weit vom Zentrum der Macht entfernt zu sein. Kommen Sie, mein Vehikel wartet draußen.«

Ich kann mich nicht erinnern, daß ich bezahlt habe, gehe aber davon aus. Oder Lady Philomel hat es getan. Ich kann mich nicht daran erinnern, daß sie mir nach draußen geholfen hat, gehe aber davon aus, daß es jemand getan haben muß. Möglicherweise ein Chauffeur. Ich kann mich an einen Mann in grauer Tunika und ebensolchen Hosen erinnern, und weiß noch, daß ich mich an ihn gelehnt habe.

Das EMV verfügte über einen Kuppelaufbau, der von außen polarisiert war, aber von innen, wo wir auf Plüschkissen saßen, durchsichtig. Ich zählte ein, zwei Portale, und dann hatten wir den Concourse hinter uns gelassen und stiegen über blauen Feldern unter einem gelben Himmel höher. Geräumige Villen aus einem ebenholzähnlichen Material standen auf Hügeln inmitten von Mohnfeldern und bronzefarbenen Seen. Renaissance Vector? Dieses Rätsel war momentan zu schwierig, daher gab ich es auf, legte den Kopf an die Kuppel und beschloß, ein paar Augenblicke auszuruhen. Mußte ausgeruht sein für Lady Philomels Porträt ... he, he.

Die Landschaft zog unter uns dahin.

5

Oberst Fedmahn Kassad folgt Brawne Lamia und Pater Hoyt durch den Staubsturm zum Jadegrab. Er hat Lamia angelogen; sein Nachtvisier und die Sensoren funktionieren ausgezeichnet trotz der elektrischen Entladungen, die um sie herum flackern. Den beiden zu folgen schien ihm die beste Möglichkeit zu sein, zum Shrike zu gelangen. Kassad erinnerte sich an die Felslöwenjagd auf Hebron — man band eine Ziege fest und wartete.

Daten der Sensoren, die er um das Lager herum aufgestellt hat, flackern auf Kassads taktischem Display und flüstern durch sein Implantat. Es ist ein kalkuliertes Risiko, Weintraub und dessen Tochter, Martin Silenus und den Konsul schlafend zurückzulassen — und ungeschützt, abgesehen von automatischen Anlagen und einem Alarm. Aber Kassad hat ernste Zweifel, ob er das Shrike im Zweifelsfall aufhalten könnte. Sie sind alle festgebundene Ziegen, die warten. Kassad ist entschlossen, die Frau zu finden, das Phantom namens Moneta, bevor er stirbt.

Der Wind hat ständig zugenommen, jetzt heult er um Kassad herum, reduziert die normale Sicht auf Null und bombardiert den Schutzpanzer. Entladungen leuchten in den Dünen, Miniaturblitze jagen knisternd über seine Stiefel und Beine, während er forsch ausschreitet, damit er Lamias Wärmespur nicht aus den Augen verliert. Informationen strömen aus ihrem offenen Komlog herein. Hoyts abgeschottete Kanäle beweisen nur, daß er am Leben und in Bewegung ist.

Kassad schreitet unter dem ausgestreckten Flügel der Sphinx hindurch und spürt das unsichtbare Gewicht über sich, das wie ein Stiefelabsatz verweilt. Dann geht er das Tal hinab und sieht das Jadegrab als Fehlen von Wärme im Infrarotbereich, als kalten Umriß. Hoyt betritt gerade die halbkreisförmige Öffnung; Lamia ist zwanzig Meter hinter ihm. Sonst bewegt sich nichts in dem Tal. Die Sensoren im Lager, die hinter Kassad von Nacht und Sturm verborgen werden, vermelden, daß Sol und das Baby schlafen und der Konsul wach ist, sich aber nicht bewegt, und sonst nichts innerhalb des Erfassungsbereichs.

Kassad entsichert die Waffe und geht mit großen Schritten seiner langen Beine rasch weiter. In diesem Augenblick würde er alles geben, wenn er Zugang zu einem Ortungssat hätte, wenn seine taktischen Kanäle vollständig wären und er sich nicht mit diesem Teilbild einer bruchstückhaften Situation begnügen müßte. Er zuckt in seinem Schutzpanzer die Achseln und geht weiter.

Brawne Lamia schafft die letzten fünfzehn Meter ihres Ausflugs zum Jadegrab fast nicht. Der Wind hat mittlerweile orkanartige Wucht angenommen und schiebt sie voran, so daß sie zweimal den Halt verloren hat und der Länge nach in den Sand gestürzt ist. Inzwischen blitzt es auch richtig, gewaltige Explosionen, die den Himmel zerreißen und das leuchtende Grab vor ihr erhellen. Zweimal versucht sie, Hoyt, Kassad oder die anderen zu rufen, weil sie sicher ist, daß niemand im Lager bei diesem Lärm schlafen kann, aber Komlog und Implantat liefern ihr nur Statik und ihr Kanalsuchlauf Gebrabbel. Nach dem zweiten Sturz richtet sich Lamia auf die Knie auf und sieht sich um; seit dem kurzen Blick auf jemand, der sich dem Eingang näherte, hat sie keine Spur mehr von Hoyt gesehen.

Lamia umklammert die Automatik ihres Vaters, steht auf und läßt sich die letzten zwanzig Meter vom Wind wehen. Vor den Eingangshalbkreis verweilt sie.

Mag es am Sturm und den elektrischen Entladungen oder an etwas anderem liegen, jedenfalls leuchtet das Jadegrab in einem hellen Giftgrün, das die Dünen färbt und ihrer Haut das

Aussehen von etwas aus dem Grab verleiht. Lamia unternimmt einen letzten Versuch, jemanden mit ihrem Komlog zu empfangen, dann betritt sie das Grab.

Pater Lenar Hoyt von der zwölfhundert Jahre alten Gesellschaft Jesu, Angehöriger des Neuen Vatikan auf Pacem und loyaler Diener Seiner Heiligkeit Papst Urban XVI. kreischt Obszönitäten.

Hoyt geht in seinen großen Schmerzen unter. Die geräumigen Säle beim Eingang des Jadegrabs sind schmäler geworden, der Gang hat sich so oft in sich selbst zurückgewunden, daß Pater Hoyt sich jetzt in einer Reihe von Katakomben verirrt hat und zwischen grün leuchtenden Wänden in einem Labyrinth umherirrt, das er nach den Erkundigungen des heutigen Tages und anhand der Karten im Lager nicht mehr im Gedächtnis hat. Die Schmerzen — Schmerzen, die seit Jahren sein Begleiter sind, Schmerzen, die er ertragen muß, seit der Stamm der Bikura ihm die beiden Kruziformen eingepflanzt hat, seine eigene und die von Paul Dure — drohen ihn mit ihren neuen Höhen in den Wahnsinn zu treiben.

Der Gang wird wieder schmaler. Lenar Hoyt schreit, was er nicht mehr mitbekommt, und er merkt auch nicht mehr, welche Worte er schreit — Worte, die er seit seiner Kindheit nicht mehr benützt hat. Er möchte Erlösung. Erlösung von den Schmerzen. Erlösung von der Bürde, Pater Durés DNS, seine Persönlichkeit ... Durés *Seele* ... in Form dieses kreuzförmigen Parasiten auf dem Rücken mit sich herumschleppen zu müssen. Und davon, daß er den schrecklichen Fluch seiner eigenen besudelten Auferstehung in der Kruziform auf der Brust mit sich trägt.

Doch selbst während Hoyt schreit, ist ihm bewußt, daß ihn nicht die inzwischen toten Bikura zu diesen Schmerzen verurteilt haben; der verlorene Stamm von Kolonisten, die so viele Male von ihren eigenen Kruziformen wiedererweckt worden sind, daß sie Idioten geworden waren, lediglich Träger ihrer eigenen DNS und der ihrer Parasiten, hat ebenfalls aus Priestern bestanden ... Priestern des Shrike.

Pater Hoyt von der Gesellschaft Jesu hat eine Phiole Weihwasser mitgebracht, die Seine Heiligkeit persönlich gesegnet hat, eine im Verlauf einer Feierlichen Hohen Messe geweihte Eucharistie und eine Kopie des uralten Kirchenrituals des Exorzismus. Das alles ist inzwischen vergessen in einer Perspexkugel in einer Tasche seines Mantels versiegelt.

Hoyt stolpert gegen eine Wand und schreit wieder. Der Schmerz ist mittlerweile eine unbeschreibliche Macht geworden, gegen die die ganze Ampulle Ultramorphin, die er erst vor fünfzehn Minuten gespritzt hat, nichts mehr ausrichten kann. Pater Hoyt schreit und zerrt an der Kleidung, reißt sich den schweren Mantel vom Leib, die schwarze Soutane mit dem Priesterkragen, Hemd, Hosen und Unterwäsche, bis er nackt und vor Schmerzen und Kälte zitternd in den leuchtenden Korridoren des Jadegrabs steht und Flüche und Verwünschungen in die Nacht hinausbrüllt.

Er stolpert wieder weiter, findet eine Öffnung und kommt in einen Raum, der größer ist als alle, an die er sich von der heutigen Erkundung her erinnern kann. Kahle, durchscheinende Wände ragen dreißig Meter um eine gewaltige Leere herum empor. Hoyt fällt stolpernd auf Hände und Knie, sieht nach unten und stellt fest, daß der Boden fast durchsichtig geworden ist. Er sieht in einen vertikalen Schacht unter der dünnen Membran des Fußbodens; einen Schaft, der einen Kilometer oder mehr in ein Flammenmeer hinabführt. Der Raum ist vom orangeroten Flackern des Feuers so weit unten durchdrungen.

Hoyt rollt sich auf die Seite und lacht. Wenn dies ein Bildnis der Hölle sein soll, das seinetwegen heraufbeschworen wurde, so hat es seinen Zweck verfehlt. Hoyts Bild der Hölle ist greifbar; es sind die Schmerzen, die in ihm rasen, als zöge man Stacheldraht durch seine Adern und Eingeweide. Die Hölle, das ist auch die Erinnerung an hungernde Kinder in den Elendsvierteln von Armaghast und das Lächeln von Politikern, die Jungs in den Kolonialkriegen in den Tod schicken. Die Hölle ist die Vorstellung, die Kirche könnte zu seinen Lebzeiten sterben, zu Durés Lebzeiten, daß die letzten Gläubigen eine Handvoll alte Männer und Frauen sind, die nur wenige Bänke in den riesigen Kathedralen auf Pacem füllen. Die Hölle, das ist die Scheinheiligkeit, die Frühmesse zu lesen, während das Böse in Gestalt der Kruziform warm und obszön über seinem Herzen pulsiert.

Ein Schwall heißer Luft steigt auf, und Hoyt beobachtet, wie ein Abschnitt des Bodens zurückgleitet und eine Falltür in den Schacht unten bildet. Der Raum füllt sich mit Schwefelgestank. Hoyt lacht über das Klischee, doch das Lachen wird innerhalb von Sekunden zu einem Schluchzen. Er liegt jetzt auf den Knien und klaubt mit blutigen Fingernägeln an den Kruziformen auf Brust und Rücken. Die kreuzförmigen Wülste scheinen im roten Licht zu glühen. Hoyt kann die Flammen unten hören.

»Hoyt!«

Er dreht sich schluchzend um und sieht den Umriß der Frau — Lamia — unter dem Türrahmen. Sie sieht an ihm vorbei, hinter ihn, und hebt die antike Pistole. Ihre Augen sind weit aufgerissen.

Pater Hoyt spürt die Hitze hinter sich, hört das Prasseln eines fernen Heizofens, aber über alledem hört er plötzlich das Schaben von Metall auf Stein. Schritte. Hoyt, der immer noch an dem blutigen Wulst auf der Brust krallt, dreht sich um und scheuert sich dabei die Knie am Boden wund.

Den Schatten sieht er zuerst: zehn Meter scharfkantige Winkel, Dornen, Klingen ... Beine wie Stahlrohre mit einer Rosette aus scharfen Klingen an den Knien und Knöcheln. Dann sieht Hoyt im Pulsieren von heißem Rotlicht und schwarzen Schatten die Augen. Hundert Facetten ... tausend ... leuchten rot, ein Laser hinter zwei Rubinen über dem Kragen aus Dornen und der Quecksilberbrust, in der sich Flammen und Schatten spiegeln ...

Brawne Lamia feuert die Pistole ihres Vaters ab. Das Knallen der Schüsse tönt hoch und eindimensional über dem Brausen des Feuerofens.

Pater Lenar Hoyt wirbelt zu ihr herum und hebt eine Hand. »Nein, nicht!« schreit er. »Es gewährt einen Wunsch! Ich muß einen ...«

Das Shrike, das *dort* war — fünf Meter entfernt —, ist plötzlich *hier*, eine Armeslänge von Hoyt entfernt. Lamia hört auf zu schießen. Hoyt schaut auf, sieht sein Spiegelbild im feuergetönten Panzer des Dings ... sieht im selben Moment etwas anderes in den Augen des Shrike ... und dann ist es fort, das Shrike ist fort, und Hoyt hebt langsam die Hand, greift sich fast nachdenklich an den Hals, betrachtet eine Sekunde den roten Springbrunnen, der seine Hand benetzt, seine Brust, die Kruziform, den Bauch ...

Er dreht sich zur Tür um und sieht Lamia, die immer noch voll Entsetzen und Schock geradeaus starrt, aber jetzt nicht mehr auf das Shrike, sondern auf ihn, Pater Lenar Hoyt von der Gesellschaft Jesu, und im selben Moment stellt er fest, daß die Schmerzen fort sind, und er macht den Mund auf, um zu sprechen, aber es kommt nur noch mehr Rot heraus, ein zischender roter Geysir. Hoyt sieht wieder an sich hinab, stellt zum erstenmal fest, daß er nackt ist, sieht das Blut von Kinn und Brust tropfen, tropfen und auf den jetzt dunklen Boden strömen, sieht das Blut fließen, als hätte jemand einen Eimer mit roter Farbe ausgeschüttet, und dann sieht er nichts mehr, als er Gesicht voraus auf den weit ... so weit ... entfernten Boden fällt.

6

Diana Philomels Körper war so perfekt, wie ihn ein Schönheitschirurg und die Fähigkeiten eines ARNisten nur machen konnten. Nachdem ich aufgewacht war, blieb ich mehrere Minuten lang im Bett liegen und bewunderte ihren Körper. Er war von mir abgewendet, die klassischen Kurven von Rücken, Hüften und Flanke bildeten eine schönere und faszinierendere Geometrie als sämtliche Entdeckungen von Euklid; zwei Grübchen am Rückenansatz, direkt über dem atemberaubenden milchigen Weiß der Kehrseite, sanfte, ineinandergreifende Winkel, die Unterseiten voller Schenkel, die irgendwie sinnlicher und solider waren, als es ein Aspekt der männlichen Anatomie je sein konnte.

Lady Diana schlief, oder schien zu schlafen. Unsere Kleidung lag über ein großes Stück des grünen Teppichbodens verstreut. Magenta- und blaugetöntes, intensives Licht fiel durch breite Fenster herein, hinter denen graue und goldene Baumkronen zu sehen waren. Große Bögen Zeichenpapier lagen neben, unter und auf unseren Kleidungsstücken verteilt. Ich beugte mich nach links, hob eines der Blätter hoch und sah eine hastige Kritzelei von Brüsten, Schenkeln, einem in Eile verbesserten Arm und einem Gesicht ohne Züge. Einen Akt zu zeichnen, wenn man betrunken ist und gerade verführt wird, ist nicht unbedingt ein Garant für Qualität und Kunst.

Ich stöhnte, drehte mich auf den Rücken und betrachtete die Stuckverzierungen an der Decke dreieinhalb Meter über mir. Wäre die Frau neben mir Fanny gewesen, hätte ich mich vielleicht nie wieder von der Stelle bewegen wollen. So aber schlüpfte ich unter der Decke hervor, fand mein Komlog, stellte fest, daß es auf Tau Ceti Center früher Morgen war — vierzehn Stunden nach meinem Termin bei der Präsidentin — und machte mich auf die Suche nach einer Katerpille ins Bad auf.

In Lady Dianas Hausapotheke fand ich eine große Auswahl an Mitteln. Zusätzlich zum handelsüblichen Aspirin und Endorphinen sah ich Stims, Tranks, Flaschbackröhrchen, Orgasmusderms, Kortikalkontaktreizer, Cannabisinhalatoren, Nonrekom-Tabakzigaretten und hundert weitere nicht so leicht zu identifizierende Drogen. Ich fand ein Glas, spülte zwei Tagdanachs hinunter und spürte innerhalb von Sekunden, wie Kopfschmerzen und Übelkeit nachließen.

Lady Diana war wach und saß nackt im Bett, als ich zurückkam. Ich wollte lächeln, aber dann sah ich die beiden Männer an der Osttür stehen. Keiner war ihr Mann, aber beide waren ebenso groß und kultivierten den halslosen, faustballenden, verkniffenen Stil, den Hermund Philomel perfektioniert hatte. Im langen Verlauf der Menschheitsgeschichte hat es gewiß Männer gegeben, die überrascht und nackt vor zwei angezogenen und feindlich gesonnenen Fremden und obendrein männlichen Rivalen stehen konnten, *ohne* zusammenzuzucken, *ohne* den Drang zu verspüren, die Genitalien zu bedecken und sich zu bücken, und *ohne* sich völlig verwundbar und im Nachteil zu fühlen ... aber so ein Mann war ich nicht.

Ich duckte mich, bedeckte meine Blöße, wich in Richtung Bad zurück und sagte: »Was ... wer ...?« Ich sah hilfesuchend zu Diana Philomel und erblickte ein Lächeln ... ein Lächeln, das der Grausamkeit entsprach, die ich anfänglich in ihren Augen gesehen hatte.

»Schnappt ihn. *Schnell!*« fauchte meine ehemalige Bettgefährtin.

Ich schaffte es ins Bad und streckte gerade die Hand nach

dem Schalter aus, mit dem ich die Tür zusperren konnte, als mich der nähere der beiden Männer packte, ins Schlafzimmer zurückstieß und zu seinem Partner schubste. Beide Männer stammten von Lusus oder einer Welt mit entsprechend hoher Schwerkraft, oder sie ernährten sich ausschließlich von einer Diät aus Steroiden und Samsonzellen, denn sie schubsten mich mühelos hin und her. Es spielte keine Rolle, wie groß sie waren. Abgesehen von meiner kurzen Laufbahn als Schulhofschläger bot mein Leben — die Erinnerung an mein Leben — wenig Beispiele von Gewalt und noch weniger Gelegenheiten, wo ich als Sieger aus einem Handgemenge hervorgegangen war. Ein Blick auf diese beiden Männer, die sich auf meine Kosten amüsierten, verriet mir, daß sie dem Typ entsprachen, von dem man las, an den man aber nie richtig glaubte — Individuen, die Knochen brechen, Nasen plattschlagen oder Kniescheiben zermalmen konnten, ohne mehr Gewissensbisse zu verspüren als ich, wenn ich einen leeren Kugelschreiber wegwarf.

»*Schnell!*« zischte Diana Philomel wieder.

Ich klinkte mich in die Datensphäre ein, den Gedächtnisspeicher des Hauses, Dianas Komlognabelschnur, die rudimentäre Verbindung der beiden Schurken zum Informationsuniversum ... und obwohl ich jetzt wußte, wo ich mich befand: dem Landhaus der Philomels, sechshundert Kilometer von der Hauptstadt Pirre entfernt im Agrikulturgürtel des terraformten Renaissance Minor ... und genau, wer die beiden Schurken waren: Debin Farrus und Hemmit Gorma, Fabriksicherheitskräfte der Schrubbergewerkschaft von Heaven's Gate ... hatte ich nicht die geringste Ahnung, warum einer mir die Knie auf den Rücken stemmte und der andere mein Komlog mit dem Absatz zermalmte und mir gleichzeitig eine Osmosehandschelle über das Handgelenk schob, den Arm hinauf ...

Ich hörte das Zischen und erschlaffte.

»Wer sind Sie?«

»Joseph Severn.«

»Ist das Ihr richtiger Name?«

»Nein.« Ich spürte die Wirkung der Wahrheitsdroge und wußte, ich konnte ihr entgehen, indem ich abhaute, in die Datensphäre zurückwich oder mich ganz in den Core zurückzog. Aber das hätte bedeutet, meinen Körper der Barmherzigkeit meiner Inquisitoren zu überlassen. Ich blieb. Ich hatte die Augen geschlossen, kannte aber die nächste Stimme.

»*Wer* bist du?« fragte Diana Philomel.

Ich seufzte. Diese Frage war schwer wahrheitsgemäß zu beantworten. »John Keats«, sagte ich schließlich. Ihr Schweigen verriet mir, daß ihnen der Name nichts sagte. *Warum auch?* fragte ich mich. Ich selbst hatte einmal prophezeit, daß mein Name ›in Wasser geschrieben‹ sein würde. Ich konnte mich zwar nicht bewegen oder die Augen aufschlagen, aber es gelang mir mühelos, die Datensphäre anzuzapfen und ihren Zugangsvektoren zu folgen. Der Name des Dichters befand sich unter den achthundert John Keatses, die ihnen das öffentliche Archiv auflistete, aber sie schienen sich nicht für jemanden zu interessieren, der seit neunhundert Jahren tot war.

»Für wen arbeiten Sie?« Es war die Stimme von Hermund Philomel. Das überraschte mich aus unerfindlichen Gründen etwas.

»Niemand.«

Der schwache Dopplereffekt der Stimmen veränderte sich, während sie sich miteinander unterhielten. »Kann er gegen die Droge immun sein?«

»*Niemand* ist immun«, sagte Diana. »Sie können *sterben*, wenn sie sie verabreicht bekommen, aber immun ist niemand.«

»Was geht dann hier vor?« fragte Hermund. »Warum sollte Gladstone am Vorabend des Krieges einen Niemand mit in den Rat bringen?«

»Wissen Sie, er kann Sie hören«, sagte eine andere Männerstimme — einer der Schurken.

»Unwichtig«, sagte Diana. »Er wird das Verhör sowieso nicht überleben.« Ihre Stimme fuhr an mich gerichtet fort. »Warum hat dich die Präsidentin in den Rat eingeladen ... John?«

»Nicht sicher. Wahrscheinlich, um etwas über die Pilger zu erfahren.«

»Welche Pilger, John?«

»Die Pilger zum Shrike.«

Jemand anders gab ein Geräusch von sich. »Psst«, sagte Diana Philomel. Zu mir sagte sie: »Meinst du die Shrike-Pilger auf Hyperion, John?«

»Ja.«

»Ist gerade ein Pilgerzug unterwegs?«

»Ja.«

»Und warum hat Gladstone dich gefragt?«

»Ich träume sie.«

Ein mißfälliger Laut. Hermund sagte: »Er ist verrückt. Er weiß nicht einmal unter der Wahrheitsdroge, wer er ist, und jetzt kommt er uns damit. Bringen wir es hinter uns und ...«

»Sei still!« sagte Lady Diana. »Die Gladstone ist nicht verrückt. Und sie hat ihn eingeladen, weißt du noch? John, was meinst du damit, du träumst sie?«

»Ich träume die Wahrnehmungen der ersten Persönlichkeitsrekonstruktion von Keats«, sagte ich. Meine Stimme war belegt, als würde ich im Schlaf reden. »Diese hat sich in einen der Pilger verkabelt, als ihr Körper ermordet wurde, und jetzt durchstreift sie ihre Mikrosphäre. Irgendwie sind ihre Wahrnehmungen meine Träume. Vielleicht sind meine Taten seine Träume. Ich weiß nicht.«

»Verrückt«, sagte Hermund.

»Nein, nein«, sagte Lady Diana. Ihre Stimme klang gepreßt und fast schockiert. »John, bist du ein Cybrid?«

»Ja.«

»O Christus und Allah«, sagte Lady Diana.

»Was ist ein Cybrid?« fragte einer der Schurken. Er hatte eine hohe, fast feminine Stimme.

Es herrschte einen Augenblick lang Schweigen, dann sprach Diana. »Idiot. Cybrids sind ferngesteuerte Menschen, die der Core geschaffen hat. Bis ins vergangene Jahrhundert saßen welche im Konzil der Ratgeber, dann wurden sie verfemt.«

»Wie ein Android oder so was?« sagte der andere Schurke.

»Seien Sie still!« sagte Hermund.

»Nein«, antwortete Diana. »Cybrids waren genetisch perfekt, sie wurden aus DNS gezüchtet, die bis zur Alten Erde zurückreicht. Man brauchte nur einen Knochen ... ein Haar ... John, kannst du mich hören? John?«

»Ja.«

»John, du bist ein Cybrid ... weißt du, wer deine Persönlichkeitsschablone war?«

»John Keats.«

Ich konnte hören, wie sie tief Luft holte. »Wer ist ... war ... John Keats?«

»Ein Dichter?«

»Wann hat er gelebt, John?«

»Von 1795 bis 1821«, sagte ich.

»Welche Zählung, John?«

»Alte Erde nach Christus«, sagte ich. »Prä-Hegira. Moderne Ära ...«

Hermunds Stimme mischte sich aufgeregt ein. »John, sind Sie ... stehen Sie im Augenblick in Verbindung mit dem TechnoCore?«

»Ja.«

»Können Sie ... können Sie ungestört kommunizieren, trotz der Wahrheitsdroge?«

»Ja.«

»O Scheiße«, jammerte der Schurke mit der hohen Stimme.

»Wir müssen hier verschwinden«, sagte Hermund.

»Nur noch einen Augenblick«, warf Diana ein. »Wir müssen wissen ...«

»Können wir ihn mitnehmen?« fragte der Schurke mit der tiefen Stimme.

»Idiot«, sagte Hermund. »Wenn er lebt und mit der Datensphäre und dem TechnoCore in Verbindung steht ... verdammt, er *lebt* im Core, sein Verstand ist dort ... dann kann er Gladstone benachrichtigen, TopSec, FORCE, *wen er will!*«

»Halt den Mund!« sagte Lady Diana. »Wir töten ihn, sobald ich fertig bin. Noch ein paar Fragen, John?«

»Ja.«

»Warum will die Gladstone wissen, was mit den Pilgern zum Shrike geschieht? Hat es etwas mit dem Krieg mit den Ousters zu tun?«

»Ich bin nicht sicher.«

»Scheiße«, flüsterte Hermund. »*Gehen* wir!«

»Ruhe! John, woher kommst du?«

»Ich habe die letzten zehn Monate auf Esperance gelebt.«

»Und davor?«

»Davor auf der Erde.«

»Welcher Erde?« wollte Hermund wissen. »Neue Erde? Erde Zwei? Erd-City? Auf welcher?«

»Erde«, sagte ich. Dann fiel es mir wieder ein. »Auf der Alten Erde.«

»Der *Alten Erde?*« sagte einer der Schurken. »Das ist Scheiße. Ich hau ab.«

Das Zischen wie von gebratenem Speck eines Waffenlasers war zu hören. Ich roch etwas Süßeres als bratenden Speck, dann war ein lautes Plumpsen zu hören. Diana Philomel sagte: »John, sprichst du vom Leben deiner Persönlichkeitsschablone auf der Alten Erde?«

»Nein.«

»*Du* — das Cybrid-Ich — warst auf der Alten Erde?«

»Ja«, erwiderte ich. »Ich erwachte dort vom Tod. In dem Zimmer in der Piazza di Spagna, wo ich gestorben bin. Severn war nicht da, aber Dr. Clark und einige der anderen ...«

»Er *ist* verrückt«, sagte Hermund. »Die Alte Erde ist seit mehr als vier Jahrhunderten zerstört ... es sei denn, Cybrids können mehr als vierhundert Jahre leben ...?«

»Nein«, fauchte Lady Diana. »Halt den Mund und laß mich das hier zu Ende bringen! John, warum hat dich der Core ... zurückgebracht?«

»Das weiß ich nicht mit Sicherheit.«

»Hat es etwas mit dem Bürgerkrieg zu tun, der zwischen den KIs stattfindet?«

»Möglich«, sagte ich. »Wahrscheinlich.« Sie stellte interessante Fragen.

»Welche Gruppe hat dich geschaffen? Die Ultimaten, Beständigen oder Unbeständigen?«

»Ich weiß nicht.«

Ich konnte ihr verzweifeltes Seufzen hören. »John, hast du jemanden benachrichtigt, wo du bist oder was mit dir geschieht?«

»Nein«, sagte ich. Es zeugte von der alles andere als beeindruckenden Intelligenz der Dame, daß sie diese Frage erst so spät stellte.

Hermund atmete auf. »Prima«, sagte er. »Verschwinden wir, so schnell wir können, bevor ...«

»John«, sagte Diana, »weißt du, warum Gladstone diesen Krieg mit den Ousters vom Zaun gebrochen hat?«

»Nein«, sagte ich. »Besser gesagt, es könnte viele Gründe geben. Der wahrscheinlichste ist, es handelt sich um ein Geschäft in ihren Beziehungen zum Core.«

»Weshalb?«

»Elemente im Führerschafts-ROM des Core haben Angst vor Hyperion«, sagte ich. »Hyperion ist eine unbekannte Variable in einer Galaxis, in der sämtliche Variablen eliminiert worden sind.«

»*Wer* hat Angst, John? Die Ultimaten, Beständigen oder Unbeständigen? Welche Gruppe der KIs hat Angst vor Hyperion?«

»Alle drei«, sagte ich.

»Scheiße«, flüsterte Hermund. »Hören Sie … John … haben die Zeitgräber und das Shrike etwas mit alledem zu tun?«

»Ja, sie haben eine Menge damit zu tun.«

»Inwiefern?« fragte Diana.

»Das weiß ich nicht. Niemand weiß es.«

Hermund oder sonst jemand schlug mir heftig und heimtückisch an die Brust. »Soll das heißen, das Konzil der Ratgeber des Core hat den Ausgang dieses Kriegs, dieser Geschehnisse nicht vorhergesagt?« knurrte Hermund. »Soll ich glauben, Gladstone und der Senat haben sich ohne eine Wahrscheinlichkeitsvorhersage in diesen Krieg gestürzt?«

»Nein«, sagte ich. »Er wurde schon seit Jahrhunderten vorhergesagt.«

Diana Philomel gab ein Geräusch von sich wie ein Kind, dem man eine Riesenmenge Süßigkeiten zeigt. »*Was* ist vorhergesagt worden, John? Erzähl uns alles!«

Mein Mund war trocken. Die Wahrheitsdroge hatte meinen Speichel ausgetrocknet. »Der Krieg wurde vorhergesagt«, sagte ich. »Die Identität der Pilger zum Shrike. Der Verrat des Hegemoniekonsuls, der einen Mechanismus ausgelöst hat, der die Zeitgräber öffnen wird — geöffnet hat. Das Erscheinen der Geißel Shrike. Der Ausgang des Kriegs und der Geißel …«

»Wie ist der Ausgang, John?« flüsterte die Frau, mit der ich vor ein paar Stunden kopuliert hatte.

»Das Ende der Hegemonie«, sagte ich. »Die Zerstörung des

Weltennetzes.« Ich versuchte meine Lippen zu lecken, aber meine Zunge war trocken. »Das Ende der menschlichen Rasse.«

»O Jesus und Allah«, flüsterte Diana. »Besteht die Möglichkeit, daß die Vorhersage ein Irrtum gewesen sein könnte?«

»Nein«, sagte ich. »Besser gesagt, lediglich hinsichtlich der Rolle von Hyperion am Ausgang. Alle anderen Variablen sind eliminiert.«

»Bring ihn um«, sagte Hermund. »Bring *es* um ... damit wir hier verschwinden und Harbrit und die anderen informieren können.«

»Gut«, sagte Lady Diana. Dann, eine Sekunde später: »Nein, nicht den Laser, du Idiot. Wir injizieren ihm wie geplant eine tödliche Dosis Alkohol. Hier, halt die Osmosehandschelle fest, damit ich den Tropf anbringen kann.«

Ich spürte einen Druck am rechten Arm. Einen Augenblick später ertönten Explosionen, Durcheinander, ein Schrei. Ich roch Rauch und ionisierte Luft. Eine Frau schrie.

»Nehmt ihm die Osmosehandschelle ab«, sagte Leigh Hunt. Ich konnte ihn da stehen sehen — er trug immer noch einen konservativen grauen Anzug und war von TopSecurity-Kommandos in vollen Kampfpanzern und Chamäleonpolymeren umgeben. Ein Soldat, der doppelt so groß war wie Hunt, nickte, schulterte die Höllenpeitsche und beeilte sich, Hunts Befehl nachzukommen.

Auf einem der taktischen Kanäle, den ich schon eine ganze Weile mitverfolgt hatte, konnte ich ein übermitteltes Bild von mir selbst sehen ... nackt, breitbeinig auf dem Bett, die Osmosehandschelle am Oberarm und einen wachsenden Bluterguß auf der Brust. Diana Philomel, ihr Mann und einer der Schurken lagen bewußtlos, aber am Leben zwischen Trümmern und Glasscherben im Zimmer. Der andere Brutalo lag halb unter der Tür, und der obere Teil seines Körpers hatte Farbe und Beschaffenheit eines durchgebratenen Steaks.

»Alles in Ordnung, M. Severn?« fragte Leigh Hunt, hob meinen Kopf und hielt mir eine membranfeine Sauerstoffmaske auf Mund und Nase.

»Hrrmmmggh«, sagte ich. »Rdng.« Ich schwamm zur Oberfläche meines Bewußtseins wie ein Taucher, der zu schnell aus der Tiefe auftaucht. Mein Kopf tat weh. Meine Rippen schmerzten höllisch. Meine Augen funktionierten noch nicht richtig, aber über den taktischen Kanal konnte ich sehen, daß Leigh Hunt verhalten mit den Lippen zuckte, was bei ihm, wie ich wußte, einem Lächeln gleichkam.

»Wir helfen Ihnen beim Anziehen«, sagte Hunt. »Auf dem Rückflug bekommen Sie etwas Kaffee. Und dann geht es zum Regierungshaus, M. Severn. Sie kommen zu spät zu einem Treffen mit der Präsidentin.«

7

Raumschlachten in Filmen und Holos haben mich immer gelangweilt, aber eine echte zu beobachten, barg eine gewisse Faszination: es war, als würde man einen Livebericht über eine Reihe von Verkehrsunfällen sehen. Aber im Grunde genommen war das Niveau der Wirklichkeit — wie es zweifellos schon seit Jahrhunderten der Fall war — wesentlich geringer als das selbst zweitklassiger low budget-Holos. Obwohl gewaltige Energien aufgeboten wurden, bestand die vordringliche Reaktion auf eine Schlacht im Weltraum in dem Eindruck, daß der Weltraum so *riesig* und die Flotten und Schiffe und Schlachtkreuzer und Wasnochalles so *winzig* waren.

Das jedenfalls waren meine Gedanken, als ich mit Gladstone und ihren militärischen Beratern im Taktischen Informationszentrum saß, dem sogenannten Kommandostab, und miterlebte, wie sich in den Wänden zwanzig Meter hohe Löcher in die Unendlichkeit öffneten, da vier massive Holorahmen uns mit tiefenscharfen Bildern versorgten und die Lautsprecher Fatlinesendungen durch den Raum plärren ließen: Funksprüche zwischen Kämpfenden, Übermittlungen auf taktischen Befehlskanälen, Schiff-zu-Schiff-Botschaften auf Breitband, Laserkanäle und codierte Fatlines, und dazu sämtliche Rufe, Schreie und Obszönitäten der Schlacht, die sämtliche Medien durchdringen, außer Luft und menschlichen Stimmen.

Es war die dramatische Umsetzung des völligen Chaos, eine wirksame Definition von Verwirrung, ein unchoreographierter Tanz trauriger Gewalt. Es war Krieg.

Gladstone und eine Handvoll ihrer Leute saßen inmitten von all diesem Lärm und Licht — dem Besprechungsraum, der wie ein Rechteck aus grauem Teppichboden inmitten von Sternen und Explosionen schwebte —, die Scheibe von Hyperion war ein lapislazulifarbenes Gleißen, das die halbe nördliche Holowand beanspruchte, die Schreie der sterbenden Männer und Frauen waren auf jedem Kanal in jedem Ohr zu hören. Ich gehörte zu der Handvoll von Gladstones Leuten, die privilegiert und verflucht waren, dort zu sein.

Die Präsidentin drehte sich in ihrem hohen Sessel, klopfte mit zu Giebeln geformten Fingern gegen die Unterlippe und wandte sich an ihre militärische Gruppe. »Was meinen Sie?«

Die sieben ordenbehangenen Männer sahen einander an, dann betrachteten sechs von ihnen General Morpurgo. Dieser kaute auf einer nicht angezündeten Zigarre. »Nicht gut«, sagte er: »Wir halten sie vom Farcaster fern ... unsere Verteidigungseinrichtungen dort halten prima ... aber sie sind zu weit ins System vorgedrungen.«

»Admiral?« fragte Gladstone und neigte den Kopf fast unmerklich zu dem großen, schlanken Mann im Schwarz von FORCE:Weltraum.

Admiral Singh griff sich an den kurzgeschnittenen Bart. »General Morpurgo hat recht. Der Feldzug verläuft nicht wie geplant.« Er nickte zur vierten Wand, wo Diagramme — hauptsächlich Ellipsen, Ovale und Hyperbeln — in eine statische Aufnahme des Hyperion-Systems eingeblendet worden waren. Einige der Ovale wurden vor unseren Augen größer. Die hellblauen Linien bedeuteten Flugbahnen der Hegemonie. Die roten waren die der Ousters. Es waren weitaus mehr rote Linien als blaue.

»Beide Gefechtsträger, die Task Force 42 zugeteilt worden sind, wurden außer Gefecht gesetzt«, sagte Admiral Singh. »Die *Olympus Shadow* wurde mit vollständiger Besatzung vernichtet, und die *Neptune Station* wurde schwer beschädigt, kehrt aber derzeit mit fünf Schlachtschiffen als Eskorte zu den cislunaren Docks zurück.«

Präsidentin Gladstone nickte langsam, senkte den Kopf und berührte mit den Lippen den Giebel der Finger. »Wie viele befanden sich an Bord der *Olympus Shadow*, Admiral?«

Singhs braune Augen waren so groß wie die der Präsidentin, drückten aber längst nicht die Tiefe und Traurigkeit aus. »Zweitausendvierhundert«, sagte er. »Die Abordnung der Marines, sechshundert, nicht mitgerechnet. Von denen wurden einige an der Farcasterstation Hyperion abgesetzt, daher haben wir keine exakten Angaben, wie viele noch auf dem Schiff waren.«

Gladstone nickte. Sie sah wieder zu General Morpurgo. »Warum die plötzlichen Schwierigkeiten, General?«

Morpurgos Gesicht war ruhig, aber er hatte die Zigarre zwischen den Zähnen fast durchgebissen. »Mehr kämpfende Einheiten, als wir erwartet hatten, Präsidentin«, sagte er. »Plus ihre Lanzetten ... im Grunde genommen Schlachtschiffe im Miniaturformat mit fünf Mann Besatzung, schneller und schwerer bewaffnet als unsere Langstreckenkampfschiffe ... sie sind tödliche kleine Hornissen. Wir haben sie zu Hunderten zerstört, aber wenn eine durchkommt, kann sie innerhalb der Flottenschutzschirme herumsausen und Verwüstungen anrichten.« Morpurgo zuckte die Achseln. »Es ist mehr als eine durchgekommen.«

Senator Kolchev saß mit acht Kollegen auf der anderen Seite des Tisches. Kolchev drehte sich, bis er die taktische Karte sehen konnte. »Sieht so aus, als wären sie fast bis Hyperion vorgedrungen«, sagte er. Die berühmte Stimme klang heiser.

Singh ergriff das Wort. »Vergessen Sie nicht den Maßstab, Senator. In Wirklichkeit halten wir immer noch den größten Teil des Systems. Alles im Umkreis von zehn AE um Hyperions Stern gehört uns. Die Schlacht fand außerhalb der Oortschen Wolke statt, und wir haben uns neu formiert.«

»Und diese roten ... Punkte ... über der Ebene der Ekliptik?« fragte Senatorin Richeau. Die Senatorin trug selbst Rot; das war eines ihrer Markenzeichen im Senat.

Singh nickte. »Ein interessanter taktischer Schachzug«, sagte er. »Der Schwarm hat einen Angriff mit schätzungsweise dreitausend Lanzetten begonnen, die eine Schere gegen die elektronischen Grenzen von Task Force 87.2 bilden sollten. Er wurde zurückgeschlagen, aber man muß die Gerissenheit einräumen, die ...«

»Dreitausend Lanzetten?« unterbrach ihn Gladstone leise.

»Ja, Ma'am.«

Gladstone lächelte. Ich hörte auf zu zeichnen und sagte mir, daß ich froh sein konnte, nicht selbst derjenige zu sein, dem dieses Lächeln galt.

»Hat man uns nicht während der gestrigen Konferenz gesagt, daß die Ousters sechs-, siebenhundert kämpfende Einheiten aufbieten würden, *höchstens?*« Morpurgo hatte diese Zahlen genannt. Gladstone wirbelte zu ihm herum. Sie zog die rechte Braue in die Höhe.

General Morpurgo nahm die Zigarre aus dem Mund, betrachtete sie stirnrunzelnd und entfernte ein kleines Stückchen Deckblatt von den unteren Zähnen. »Das haben unsere Geheimdienstmeldungen übermittelt. Sie waren falsch.«

Gladstone nickte. »Waren die KI-Ratgeber an der Ausarbeitung dieser Schätzungen beteiligt?«

Aller Augen richteten sich auf Ratgeber Albedo. Dieser war eine perfekte Projektion; er saß zwischen den anderen auf seinem Stuhl und hatte die Arme entspannt auf den Lehnen liegen; von dem verschwommenen Äußeren oder den durchscheinenden Stellen, die mobilen Projektionen eigen waren, war bei ihm nichts zu sehen. Sein Gesicht war länglich, mit hohen Wangenknochen und einem beweglichen Mund, der selbst in den ernstesten Augenblicken den Anschein eines sardonischen Lächelns andeutete. Dies war ein ernster Augenblick.

»Nein, Präsidentin«, sagte Ratgeber Albedo. »Die Beratergruppe wurde nicht gebeten, die Stärke der Ousters zu ermitteln.«

Gladstone nickte. »Ich bin davon ausgegangen«, sagte sie immer noch an Murpurgo gewandt, »daß in den Geheimdienstschätzungen von FORCE, als diese hereinkamen, auch die Projektionen des Rats berücksichtigt sein würden.«

Der FORCE:Bodentruppen-General sah Albedo finster an. »Nein, Ma'am«, sagte er. »Da der Core keine Verbindung zu den Ousters eingesteht, sind wir davon ausgegangen, daß seine Schätzungen nicht besser als unsere sein können. Wir haben das MAO:HTN-Aggregat-KI-Netz für unsere Einschätzung benützt.« Er steckte die verkürzte Zigarre wieder in den Mund. Sein Kinn hüpfte. Als er wieder sprach, sprach er um die Zigarre herum. »Hätte es der Rat besser machen können?«

Gladstone sah Albedo an.

Der Ratgeber machte eine knappe Geste mit den langen Fingern der rechten Hand. »Unsere Schätzungen ... für diesen Schwarm ... gingen von vier- bis sechstausend Kampfeinheiten aus.«

»Sie ...«, begann Morpurgo mit rotem Gesicht.

»Davon haben Sie während der Stabsbesprechung nichts gesagt«, meinte Präsidentin Gladstone. »Und während unserer früheren Einschätzungen auch nicht.«

Ratgeber Albedo zuckte die Achseln. »Der General hat recht«, sagte er. »Wir haben keine Kontakte zu den Ousters. Unsere Schätzungen sind nicht zuverlässiger als die von FORCE, sondern basieren lediglich ... auf anderen Voraussetzungen. Das Historisch-Taktische Network der Militärakademie Olymp leistet ausgezeichnete Arbeit. Würden die dortigen KIs nur eine Einheit höher auf der Turing/Demmler-Skala liegen, müßten wir sie in den Core bringen.« Er machte wieder die anmutige Geste mit der Hand. »Es könnte sein, daß die Hochrechnungen des Rats für zukünftige Planungen von Nutzen sein könnten. Wir werden selbstverständlich jederzeit alle Berechnungen dieser Gruppe übergeben.«

Gladstone nickte. »Tun Sie das unverzüglich.«

Sie drehte sich wieder zum Bildschirm um, ebenso die anderen. Die Saalmonitoren nahmen das Schweigen wahr und schalteten die Lautsprecher wieder zu, und wir konnten wieder die Siegesschreie, Hilferufe und gelassenen Aufzählungen aller Positionen, Feuerbefehlsangaben und Kommandos hören.

Die nächstgelegene Wand zeigte eine Echtzeitprojektion des Schlachtschiffs *HS N'Djamena*, das in den kreisenden Trümmern von Kampfgruppe B.5 nach Überlebenden suchte. Das beschädigte Schlachtschiff, dem es sich näherte, sah in tausendfacher Vergrößerung wie ein von innen explodierter Granatapfel aus, dessen Kerne und rote Schale sich in Zeitlupe drehten und in eine Wolke aus Teilchen, Gasen, gefrorenen Dämpfen, einer Million aus ihren Verankerungen gerissenen Mikroelektronikbauteilen, Lebensmittelspeichern, verhakter

Ausrüstung und — hin und wieder an ruckartigen Marionettenbewegungen von Armen oder Beinen zu erkennen — vielen, vielen Leichen hineintrudelte. Die Suchscheinwerfer der *N'Djamena*, nach einem kohärenten Verlauf von zwanzigtausend Meilen zehn Meter im Durchmesser, glitt über gefrorene Wrackteile im Sternenlicht und machte individuelle Eigenheiten, Facetten und Gesichter deutlich. Auf eine schreckliche Weise war der Anblick schön. Im reflektierten Licht sah Gladstones Gesicht viel älter aus.

»Admiral«, sagte sie, »kann man davon ausgehen, daß der Schwarm gewartet hat, bis Task Force 87.2 ins System übersetzte?«

Singh griff sich an den Bart. »Fragen Sie, ob es sich um eine Falle gehandelt hat, Präsidentin?«

»Ja.«

Der Admiral sah seine Kollegen an, dann Gladstone. »Das glaube ich nicht. Wir glauben ... *ich* glaube ... als die Ousters das Ausmaß unserer Kampfkraft sahen, haben sie in der entsprechenden Weise reagiert. Das bedeutet freilich, daß sie unerbittlich entschlossen sind, das Hyperion-System einzunehmen.«

»Können sie das schaffen?« fragte Gladstone, die den Blick nicht von den kreisenden Trümmern über sich wandte. Der Leichnam eines jungen Mannes, halb im Raumanzug und halb im Vakuum, trudelte in Richtung der Kamera. Die geplatzten Augen und die herausgewürgte, eisverkrustete Lunge waren deutlich zu sehen.

»Nein«, sagte Admiral Singh. »Sie können uns Schäden zufügen. Sie könnten uns sogar bis zur äußersten Verteidigungsgrenze um Hyperion zurücktreiben. Aber sie können uns nicht besiegen oder vertreiben.«

»Oder den Farcaster zerstören?« Die Stimme der Senatorin Richeau klang gepreßt.

»Auch nicht den Farcaster zerstören«, sagte Singh.

»Er hat recht«, sagte General Morpurgo. »Dafür würde ich mit meiner beruflichen Laufbahn bürgen.«

Gladstone lächelte und stand auf. Die anderen, ich eingeschlossen, erhoben sich ebenfalls hastig. »Das müssen Sie auch«, sagte Gladstone leise zu Morpurgo. »Das müssen Sie auch.« Sie sah sich um. »Wir werden uns wieder hier versammeln, wenn die Ereignisse es erforderlich machen. M. Hunt wird mein Verbindungsmann zu Ihnen sein. Bis dahin, meine Damen und Herren, muß die Regierungsarbeit weitergehen. Guten Tag.«

Während die anderen sich entfernten, setzte ich mich wieder, bis ich als einziger noch im Zimmer war. Die Lautsprecher wurden wieder zugeschaltet. Auf einem Kanal weinte ein Mann. Irres Gelächter war durch Statik zu hören. Über mir, hinter mir und auf beiden Seiten glitten die Sterne langsam vor der Schwärze dahin, und ihr Licht funkelte kalt auf Verwüstung und Trümmern.

Das Regierungshaus war in Form eines Davidssterns erbaut, in dessen Zentrum, von niederen Mauern und strategisch gepflanzten Bäumen abgeschirmt, der Garten lag: kleiner als die formell angelegten hektargroßen Blumenbeete im Deer Park, aber nicht weniger schön. Dort ging ich spazieren, als der Abend sich herniedersenkte und das gleißende Blauweiß von Tau Ceti zu Gold verblaßte, da kam Meina Gladstone zu mir.

Eine Weile schritten wir schweigend dahin. Mir fiel auf, daß sie den Hosenanzug abgelegt und ein Kleid angezogen hatte, wie es die Großmatronen auf Patawpha tragen; das Gewand war weit und bauschig und mit goldenen und blauen Stickereien geschmückt, die fast zum dunkelnden Himmel paßten. Gladstone hatte die Hände in tiefen Taschen verborgen, die weiten Ärmel flatterten im Wind; der Saum schleifte auf den milchweißen Steinen des Wegs.

»Sie haben geduldet, daß sie mich verhört haben«, sagte ich. »Ich wüßte gern warum.«

Gladstones Stimme klang müde. »Sie haben nicht gesendet. Es bestand keine Gefahr, daß die Informationen weitergegeben wurden.«

Ich lächelte. »Dennoch haben Sie zugelassen, daß mir das angetan wurde.«

»Die Sicherheitsleute wollten soviel über die Bande erfahren, wie sie preisgeben würden.«

»Auf Kosten jeglichen ... ah ... Unbehagens ... von meiner Seite«, sagte ich.

»Ja.«

»Wissen die Sicherheitsleute jetzt, für wen sie arbeiten?«

»Der Mann hat einen Harbrit erwähnt«, entgegnete die Präsidentin. »Sicherheit ist überzeugt, daß sie Emlem Harbrit gemeint haben.«

»Die Maklerin auf Asquith?«

»Ja. Sie und Diana Philomel unterhalten Kontakte zu alten monarchistischen Glennon-Height-Fraktionen.«

»Sie waren Amateure«, sagte ich und dachte daran, daß Hermund den Namen Harbrit erwähnt hatte, und an die konfuse Abfolge von Dianas Fragen.

»Gewiß.«

»Sind die Monarchisten mit einer ernstzunehmenden Gruppe verbunden?«

»Nur mit der Kirche des Shrike«, sagte Gladstone. Sie blieb stehen, wo eine kleine Steinbrücke über einen Bach führte, der den Weg schnitt. Die Präsidentin raffte die Robe und setzte sich auf eine schmiedeeiserne Bank. »Wissen Sie, bis jetzt sind noch keine von deren Bischöfen aus ihren Löchern gekommen.«

»Bei den Unruhen und Feindseligkeiten, kann ich es ihnen nicht verdenken«, sagte ich. Ich blieb stehen. Es waren keine Leibwächter oder Monitoren in Sicht, aber ich wußte, sollte ich eine bedrohliche Bewegung Richtung Gladstone machen, würde ich im Gewahrsam von TopSec wieder aufwachen. Über uns verloren die Wolken ihren goldenen Widerschein und erstrahlten im silbernen Licht der zahllosen Turmstädte von TC². »Was haben die Sicherheitsleute mit Diana und ihrem Mann gemacht?« fragte ich.

»Sie sind gründlich verhört worden. Sie werden ... festgehalten.«

Ich nickte. Gründlich verhört bedeutete, daß ihre Gehirne derzeit noch in Tanks mit Cortikalsteckern schwebten. Ihre Körper würde man in kryonischem Tiefschlaf halten, bis ein Geheimgericht entschied, ob ihr Tun als Hochverrat einzustufen war. Nach der Verhandlung würden die Körper vernichtet und Diana und Hermund ›in Gewahrsam‹ bleiben — mit abgeschalteten Sinnes- und Kom-Kanälen. Die Hegemonie hatte die Todesstrafe seit Jahrhunderten nicht mehr verhängt, aber die Alternativen waren nicht angenehm. Ich setzte mich anderthalb Meter von Gladstone entfernt auf die lange Bank.

»Schreiben Sie immer noch Gedichte?«

Ihre Frage überraschte mich. Ich sah den Gartenweg entlang, wo schwebende Papierlampions und Leuchtkugeln gerade angegangen waren. »Eigentlich nicht«, sagte ich. »Manchmal träume ich in Versen. Oder träumte, besser gesagt ...«

Meina Gladstone verschränkte die Hände im Schoß und betrachtete sie. »Wenn Sie über die momentanen Geschehnisse schreiben würden«, sagte sie, »was für ein Gedicht würden Sie erschaffen?«

Ich lachte. »Ich habe es schon angefangen und zweimal wieder sein lassen ... besser gesagt, *er* hat es getan. Es handelte vom Tod der Götter und ihren Schwierigkeiten, ihr Ende zu akzeptieren. Es handelte von Verwandlung und Leid und Ungerechtigkeit. Und es handelte vom Dichter ... der *seiner* Meinung nach am meisten unter der Ungerechtigkeit zu leiden hatte.«

Gladstone sah mich an. Ihr Gesicht bildete im spärlichen Licht eine Masse aus Linien und Schatten. »Und wer sind die Götter, die dieses Mal weichen müssen, M. Severn? Ist es die Menschheit oder die falschen Götter, die wir geschaffen haben, um uns zu entthronen?«

»Woher soll ich das wissen?« fauchte ich, wandte mich ab und betrachtete den Bach.

»Sie sind Teil beider Welten, oder nicht? Der Menschheit und des TechnoCore.«

Ich lachte wieder. »Ich bin Teil keiner Welt. Hier ein Cybridmonster, dort ein Forschungsprojekt.«

»Ja, aber wessen Forschung? Und zu welchem Zweck?«

Ich zuckte die Achseln.

Gladstone stand auf, und ich folgte ihrem Beispiel. Wir überquerten den Bach und hörten das Wasser auf den Steinen plätschern. Der Weg führte zwischen hohen Findlingen hindurch, auf denen kostbare Moose wuchsen, die im Licht der Lampions leuchteten.

Oben auf einer kurzen Treppe blieb Gladstone stehen. »Glauben Sie, es wird den Ultimaten im Core gelingen, ihre Höchste Intelligenz zu konstruieren, M. Severn?«

»Werden Sie Gott bauen?« fragte ich. »Es gibt KIs, die wollen Gott nicht bauen. Sie haben aus der Erfahrung der Menschen gelernt, daß es ein Schritt Richtung Sklaverei oder Auslöschung ist, die nächsthöhere Stufe des Bewußtseins zu schaffen.«

»Aber würde ein wahrer Gott seine Geschöpfe auslöschen?«

»Im Falle des Core und seiner hypothetischen HI«, sagte ich, »ist Gott das Geschöpf, nicht der Schöpfer. Vielleicht muß ein Gott die niedereren Wesen erschaffen, mit denen er Kontakt hat, damit er Verantwortung für sie empfindet.«

»Aber der Core hat doch anscheinend die Verantwortung für die Menschen in den Jahrhunderten seit der KI-Sezession übernommen«, sagte Gladstone: Sie sah mich durchdringend an, als wollte sie etwas in meinem Gesicht lesen.

Ich betrachtete den Garten. Der Weg leuchtete weiß, beinahe unheimlich in der Dunkelheit. »Der Core arbeitet für seine Belange«, sagte ich und wußte noch während ich es aussprach, daß niemand diese Tatsache besser kannte als Meina Gladstone.

»Und Sie meinen, daß die Menschheit nicht mehr als Mittel für diese Belange dient?«

Ich machte mit der rechten Hand eine wegwerfende Geste. »Ich bin ein Geschöpf keiner Kultur«, sagte ich wieder. »Weder mit der Naivität der unabsichtlichen Schöpfer gesegnet, noch mit dem schrecklichen Wissen ihrer Schöpfung gestraft.«

»Genetisch gesehen sind Sie ein vollwertiger Mensch«, sagte Gladstone.

Es war keine Frage. Ich antwortete nicht.

»Man sagt, daß Jesus Christus ein vollwertiger Mensch war«, sagte sie. »Aber auch göttlich. Menschlichkeit und Göttlichkeit in einem.«

Die Anspielung auf diese alte Religion erstaunte mich. Das Christentum war zuerst vom Zen-Christentum verdrängt worden, dann von der Zen-Gnostik, dann von hundert vitaleren Religionen und Philosophien. Gladstones Heimatwelt war kein Auffanglager für abgelegte Glaubensrichtungen, und ich vermutete — und hoffte — die Präsidentin auch nicht. »Wenn er vollwertig menschlich und zugleich göttlich war«, sagte ich, »dann bin ich sein Antimateriespiegelbild.«

»Nein«, sagte Gladstone, »ich würde sagen, das ist das Shrike, dem sich Ihre Pilgerfreunde gegenübersehen.«

Ich zuckte zusammen. Sie hatte das Shrike eben zum erstenmal in meiner Gegenwart erwähnt, obwohl ich wußte — und sie wußte, daß ich es wußte —, daß ihr Plan den Konsul veranlaßt hatte, die Zeitgräber zu öffnen und das Ding zu befreien.

»Vielleicht hätten Sie an dieser Pilgerfahrt teilnehmen sollen, M. Severn«, sagte die Präsidentin.

»In gewisser Weise«, sagte ich, »nehme ich daran teil.«

Gladstone machte eine Geste, und eine Tür zu ihren Privatgemächern ging auf. »Ja, in gewisser Weise ist es so«, sagte sie. »Aber wenn die Frau, die Ihr Gegenstück in sich trägt, auf dem legendären Dornenbaum des Shrike gekreuzigt wird, werden *Sie* dann in alle Ewigkeit in Ihren Träumen leiden?«

Darauf wußte ich keine Antwort, daher stand ich nur da und sagte nichts.

»Morgen nach der Konferenz werden wir uns unterhalten«, sagte Meina Gladstone. »Gute Nacht, M. Severn. Ich wünsche Ihnen angenehme Träume.«

8

Martin Silenus, Sol Weintraub und der Konsul stolpern die Dünen hinauf Richtung Sphinx, als Brawne Lamia und Fedmahn Kassad mit dem Leichnam von Pater Hoyt zurückkehren. Weintraub schlingt das Cape eng um sich und versucht, sein Baby vor dem Toben des wehenden Sands und den zuckenden Blitzen zu schützen. Er beobachtet, wie Kassad mit seinen langen, schwarzen, karikaturhaften Beinen den elektrisch aufgeladenen Sand der Dünen herunterkommt und Hoyts Arme und baumelnde Hände sich bei jedem Rutschen und jedem Schritt leicht bewegen.

Silenus ruft, aber der Wind verweht die Worte. Brawne Lamia deutet auf das einzige Zelt, das noch steht; der Sturm hat die anderen umgerissen oder fortgeweht. Sie drängen sich in Silenus' Zelt, Obert Kassad als letzter, er reicht den Leichnam behutsam hinein. Drinnen kann man ihre Rufe über das Klatschen des Fiberplastik und dem Lärm der Blitze, die sich wie reißendes Papier anhören, deutlich verstehen.

»Tot?« ruft der Konsul und schlägt den Mantel zurück, den Kassad um Hoyts nackten Körper geschlungen hat. Die Kruziform leuchtet rosa.

Der Oberst deutet auf die Signalleuchten, die auf der Oberfläche des FORCE-Medpacks blinken, das an der Brust des Priesters befestigt ist. Die Lichter blinken rot, abgesehen vom gelben Leuchten der Kapillaren, die das System in Betrieb halten. Hoyts Kopf rollt zurück, und jetzt kann Weintraub die Tausendfüßlerklammer sehen, die die unregelmäßigen Ränder der aufgeschlitzten Kehle zusammenhält.

Sol Weintraub versucht, den Puls mit der Hand zu ertasten; findet keinen. Er beugt sich nach vorn und drückt das Ohr auf die Brust des Priesters. Einen Herzschlag hört er nicht, aber der Wulst der Kruziform drückt sich heiß gegen Weintraubs Wange. Er sieht Brawne Lamia an. »Das Shrike?«

»Ja ... ich glaube es ... ich weiß es nicht.« Sie deutet auf die antike Pistole, die sie noch in der Hand hält. »Ich habe das Magazin leergeschossen. Zwölf Schüsse auf ... was es auch gewesen ist.«

»Haben Sie es gesehen?« wandte sich der Konsul an Kassad.

»Nein. Ich habe den Raum zehn Sekunden nach Brawne betreten, aber ich habe überhaupt nichts gesehen.«

»Was ist mit Ihren beschissenen Soldatenspielzeugen?« sagt Martin Silenus. Er drückt sich an die hintere Zeltwand und hat beinahe Embryonalhaltung eingenommen. »Hat diese ganze FORCE-Scheiße nicht irgend etwas gezeigt?«

»Nein.«

Ein leises Alarmsignal ertönt aus dem Medpack, worauf Kassad eine neue Plasmakartusche vom Gürtel nimmt, in die Kammer des Packs einführt und auf die Fersen zurückwippt, wo er das Helmvisier herunterklappt und den Zelteingang im Auge behält. Der Helmlautsprecher verzerrt seine Stimme. »Er hat mehr Blut verloren, als wir hier kompensieren können. Hat sonst noch jemand Erste Hilfe-Ausrüstung mitgebracht?«

Weintraub kramt in seinem Rucksack. »Ich habe eine Grundausrüstung. Aber nicht genug hierfür. Was ihm auch die Kehle aufgeschlitzt haben mag, es hat alles durchschnitten.«

»Das Shrike«, flüstert Martin Silenus.

»Einerlei«, sagt Lamia, die die Arme fest um die Knie geschlungen hat, damit ihr Körper nicht mehr so sehr zittert. »Wir müssen Hilfe für ihn holen.« Sie sieht den Konsul an.

»Er ist tot«, sagt der Konsul. »Nicht einmal die medizinische Versorgung eines Schiffs könnte ihn wieder zurückholen.«

»Wir müssen es *versuchen!*« schreit Lamia, beugt sich nach vorn und packt den Konsul am Kragen. »Wir können ihn nicht diesen ... diesen Dingern überlassen ...« Sie deutet auf die Kruziform, die unter der Haut auf der Brust des toten Mannes leuchtet.

Der Konsul reibt sich die Augen. »Wir können den Leichnam vernichten. Benützen Sie das Gewehr des Obersten ...«

»*Wir* werden sterben, wenn wir nicht aus diesem Scheißsturm herauskommen!« brüllt Silenus. Das Zelt vibriert, bei jedem Windstoß klatscht Fiberplastik gegen Kopf und Rücken des Dichters. Das Geräusch von Sand auf Stoff draußen hört sich an wie eine Rakete beim Start. »Rufen Sie das gottverdammte Schiff! Rufen Sie es!«

Der Konsul zieht den Rucksack näher zu sich, als wollte er das antike Komlog beschützen, das sich darin befindet. Schweiß glitzert auf seinen Wangen und der Stirn.

»Wir könnten in einem der Gräber auf das Ende des Sturms warten«, sagt Sol Weintraub. »Vielleicht in der Sphinx.«

»Von wegen«, sagt Martin Silenus.

Der Gelehrte dreht sich in dem engen Raum und sieht den Dichter an. »Sie haben den weiten Weg auf sich genommen, um das Shrike zu finden. Wollen Sie uns erzählen, Sie hätten es sich anders überlegt, nachdem es sich wirklich gezeigt hat?«

Silenus' Augen leuchten unter dem heruntergezogenen Barett hervor. »Ich sage gar nichts, davon abgesehen, daß ich sein verdammtes Schiff hier haben möchte, und zwar *sofort*.«

»Könnte von Vorteil sein«, sagt Oberst Kassad.

Der Konsul sieht ihn an.

»Wenn es eine Chance gibt, Hoyts Leben zu retten, sollten wir sie nutzen.«

Der Konsul leidet selbst Höllenqualen. »Wir können nicht fort«, sagt er. »Jetzt nicht.«

»Nein«, stimmt Kassad zu. »Wir werden das Schiff nicht be

nützen, um zu fliehen. Aber die MedEinheit könnte Hoyt helfen. Und wir könnten darin warten, bis der Sturm vorüber ist.«

»Und vielleicht herausfinden, was da oben passiert«, sagt Lamia und deutet mit dem Daumen zum Zeltdach.

Rachel, das Baby, weint schrill. Weintraub wiegt es und hält sein Köpfchen in den großen Händen. »Ich stimme zu«, sagt er. »Wenn das Shrike uns finden will, kann es uns im Schiff so mühelos finden wie hier draußen. Wir gewährleisten, daß sich keiner entfernt.« Er berührt Hoyts Brust. »So schrecklich es sich anhören mag, aber die Informationen, die die MedEinheit uns verrät, wie dieser Parasit funktioniert, könnten für das Netz unvorstellbar wertvoll sein.«

»Na gut«, sagt der Konsul. Er holt das uralte Komlog aus dem Rucksack, legt die Hand auf den Diskey und murmelt mehrere Sätze.

»Kommt es?« fragt Martin Silenus.

»Es hat den Befehl bestätigt. Wir müssen unsere Sachen für den Transfer verstauen. Ich habe ihm gesagt, es soll vor dem Zugang zum Tal landen.«

Lamia stellt überrascht fest, daß sie geweint hat. Sie wischt sich die Wangen ab und lächelt.

»Was ist so komisch?« fragt der Oberst.

»Alles«, sagt sie und streicht mit dem Handrücken über die Wangen. »Und ich kann nur daran denken, wie schön es ist, unter die Dusche zu können.«

»Und was zu trinken«, sagt Silenus.

»Schutz vor dem Sturm zu haben«, sagt Weintraub. Das Baby trinkt Milch aus einem Säuglingspack.

Kassad beugt sich nach vorn und streckt Kopf und Schultern zum Zelt hinaus. Er hebt die Waffe und entsichert sie. »Sensoren«, sagt er. »Etwas bewegt sich unmittelbar hinter den Dünen.« Das Visier dreht sich in ihre Richtung und zeigt ihnen eine blasse, zusammengekauerte Gruppe und den noch blasseren Leichnam von Lenar Hoyt. »Ich gehe nachsehen«, sagt er. »Warten Sie hier, bis das Schiff eintrifft.«

»Gehen Sie nicht«, sagt Silenus. »Das ist wie in einem der beschissenen alten Horror-Holos, wo sie einer nach dem anderen ... he!« Der Dichter verstummt. Der Zelteingang wird zu einem Dreieck aus Licht und Lärm. Fedmahn Kassad ist fort.

Das Zelt fällt langsam zusammen, Heringe und Seile geben nach, als der Sand sich anhäuft. Der Konsul und Lamia, die sich ducken und brüllen, um sich über das Toben des Sturms hinweg verständlich zu machen, wickeln Hoyts Leichnam in seinen Mantel ein. Die Anzeigen des Medpack blinken weiterhin rot. Aber es fließt kein Blut mehr aus der behelfsmäßigen Tausendfüßlerklammer.

Sol Weintraub legt sein vier Tage altes Kind in die Trageschlaufe auf der Brust, wickelt den Mantel darum und duckt sich unter dem Eingang. »Keine Spur vom Oberst!« brüllt er. Vor seinen Augen schlägt ein Blitz in den ausgestreckten Flügel der Sphinx ein.

Brawne Lamia geht zum Eingang und hebt den Leichnam des Priesters hoch. Sie ist verblüfft, wie leicht er ist. »Bringen wir Pater Hoyt ins Schiff und zur MedEinheit. Dann machen sich einige von uns auf die Suche nach Kassad.«

Der Konsul zieht den Dreispitz tief ins Gesicht und schlägt den Kragen hoch. »Das Schiff verfügt über Tiefenradar und Bewegungsmelder. Es wird uns verraten, wohin der Oberst gegangen ist.«

»Und das Shrike«, sagt Silenus. »Wir dürfen unseren Gastgeber nicht vergessen.«

»Gehen wir«, sagt Lamia und steht auf. Sie muß sich gegen den Wind stemmen, damit sie vorankommt. Lose Enden von Hoyts Mantel flattern um sie, während ihr eigener Mantel hinter ihr herweht. Sie bahnt sich ihren Weg zum Ausgang des Tals im Licht der zuckenden Blitze und schaut sich nur einmal um, ob die anderen ihr folgen.

Martin Silenus geht vom Zelt weg, hebt Het Masteens Möbiuskubus hoch, und sein purpurnes Barrett wird vom Wind fort und in die Höhe gerissen. Silenus steht da, flucht eindrucksvoll und hört erst auf, als sich sein Mund mit Sand zu füllen beginnt.

»Kommen Sie!« ruft Sol Weintraub und legt dem Dichter eine Hand auf die Schulter. Sol spürt, wie ihm der Sand ins Gesicht weht und sich in seinem kurzen Bart festsetzt. Mit der anderen Hand bedeckt er die Brust, als müßte er etwas unvorstellbar Kostbares schützen. »Wenn wir uns nicht beeilen, verlieren wir Brawne aus den Augen.« Die beiden helfen sich ge-

genseitig, damit sie gegen den Wind vorankommen. Silenus'
Pelzmantel wogt heftig, als dieser sich bückt und das Barett
aufhebt, das im Windschatten einer Düne gelandet ist.

Der Oberst geht als letzter; er trägt seinen eigenen Rucksack
und den von Kassad. Kurz nachdem er den kleinen Unterschlupf verlassen hat, geben die Heringe nach, Leinwand reißt,
und das Zelt segelt von einem Heiligenschein statischer Elektrizität umgeben in die Nacht davon. Er stolpert die dreihundert Meter den Weg entlang, ab und zu die beiden Männer vor
sich, aber häufiger verliert er den Weg aus den Augen und
muß im Kreis gehen, bis er ihn wieder gefunden hat. Wenn der
Sandsturm ein wenig nachläßt und die Blitze nacheinander in
rascher Folge aufleuchten, sind die Zeitgräber hinter ihm zu
erkennen. Der Konsul sieht die Sphinx, die nach mehrmaligen
Blitzeinschlägen noch elektrisch leuchtet, dahinter das Jadegrab, dessen Wände leuchten, und dahinter den Obelisk, der
nicht leuchtet, ein vertikaler Streifen reinstes Schwarz vor den
Felswänden. Dann der Kristallmonolith. Von Kassad ist keine
Spur zu sehen, obwohl die wandernden Dünen, der verwehte
Sand und die plötzlichen Blitze den Eindruck erwecken, als
würde sich vieles bewegen.

Der Konsul schaut auf, sieht jetzt den breiten Zugang zum
Tal und die rasenden Wolken darüber und rechnet halb damit, den blauen Fusionsstrahl seines Schiffs herabsinken zu
sehen.

Aber als er den Sattel zwischen Felswänden am Zugang des
Tals erreicht, wo der Wind sich erneut auf ihn stürzt, sieht er
die vier anderen zusammengekauert am Anfang der breiten,
flachen Ebene, aber kein Schiff.

»Sollte es nicht schon da sein?« brüllt Lamia, als sich der
Konsul der Gruppe nähert.

Er nickt, duckt sich und holt das Komlog aus dem Rucksack.
Weintraub und Silenus stellen sich gebückt hinter ihn, um ihn
etwas vor dem wehenden Sand abzuschirmen. Der Konsul
holt das Komlog heraus, zögert und sieht sich um. Durch den
Sturm sieht es so aus, als befänden sie sich in einem irren Zimmer, wo sich Wände und Decke jeden Augenblick verändern,
sie bedrängen und kaum einen Meter entfernt sind, um im
nächsten Augenblick in die Ferne zurückzuweichen, die Decke

in die Höhe, wie in der Szene von Tschaikowskis *Nußknacker,* wo Zimmer und Weihnachtsbaum für Clara größer werden.

Der Konsul legt die Handfläche auf den Diskey, beugt sich nach vorn und flüstert in das Stimmquadrat. Das uralte Instrument flüstert zurück, die Worte sind über das Prasseln des Sands hinweg gerade noch zu verstehen. Er richtet sich auf und sieht die anderen an. »Das Schiff hat keine Starterlaubnis bekommen.«

Ungehaltenes Murmeln wird laut. »Was soll das heißen, ›keine Starterlaubnis‹?« fragt Lamia, als die anderen verstummt sind.

Der Konsul zuckt die Achseln und schaut nach oben, als könnte der blaue Flammenschweif dennoch die Ankunft des Schiffs verkünden. »Der Raumhafen in Keats hat es nicht zum Start freigegeben.«

»Haben Sie nicht gesagt, Sie hätten die Erlaubnis von der Königin höchstpersönlich?« brüllt Martin Silenus. »Von der alten Gallstone?«

»Gladstones Freigabe war ins Gedächtnis des Schiffs eingespeichert«, sagt der Konsul. »FORCE und Hafenbehörden haben das gewußt.«

»Was ist dann passiert?« Lamia streicht sich über das Gesicht. Die Tränen, die sie im Zelt vergossen hat, haben winzige Rinnsale im Sand auf ihren Wangen hinterlassen.

Der Konsul zuckt die Achseln. »Gladstone hat ihre Freigabe widerrufen. Ich habe eine Nachricht von ihr. Möchten Sie sie hören?«

Eine Zeitlang antwortet niemand. Nach einer Woche unterwegs ist der Gedanke an Kontakt mit der Außenwelt so unvorstellbar, daß ihn keiner sofort begreift; es ist, als hätte die Welt jenseits der Pilgerfahrt aufgehört zu existieren, abgesehen von den Explosionen am Nachthimmel. »Ja«, sagt Sol Weintraub, »lassen Sie hören.« Aufgrund einer plötzlichen Flaute des Sturms wirken die Worte sehr laut.

Sie rücken zusammen, bücken sich über das uralte Komlog und legen Pater Hoyt in der Mitte ihres Kreises ab. Während der Minute, die sie ihn unbeaufsichtigt gelassen haben, hat sich eine kleine Düne um seinen Leichnam herum gebildet. Die Sensoren sind inzwischen alle rot, abgesehen von den Notfallmonitoren, die bernsteinfarben leuchten. Lamia führt eine neue Plasmakartusche ein und vergewissert sich, daß die Osmosemaske fest auf Hoyts Mund und Nase sitzt und reinen Sauerstoff zuführt, während sie gleichzeitig den Sand abhält.

»Na gut«, sagt sie.

Der Konsul drückt den Diskey.

Bei der Nachricht handelt es sich um eine Fatlineübertragung, die das Schiff erst zehn Minuten vorher aufgezeichnet hat. Die Luft wird dunstig und zeigt Zahlenkolonnen und das Kugelbildkolloid, das charakteristisch für Komlogs ist, welche aus der Zeit der Hegira datieren. Das Bild von Gladstone flimmert, ihr Gesicht wird bizarr und fast komisch verzerrt, da Millionen Sandkörnchen durch das Bild geweht werden. Trotz voller Lautstärke geht ihre Stimme fast im Sturm unter.

»Es tut mit leid«, sagt das vertraute Gesicht, »aber ich kann momentan nicht dulden, daß sich Ihr Raumschiff den Gräbern nähert. Die Versuchung zu fliehen, wäre zu groß, aber die Wichtigkeit Ihrer Mission hat Vorrang vor allem anderen. Bitte verstehen Sie, daß das Schicksal von Welten in Ihren Händen liegen könnte. Seien Sie versichert, daß meine Hoffnungen und Gebete bei Ihnen sind. Gladstone, Ende.«

Das Bild schrumpft in sich zusammen und verschwindet. Der Konsul, Weintraub und Lamia sehen weiterhin stumm auf die Stelle, Martin Silenus steht auf, wirft eine Handvoll Sand auf die Stelle, wo vor Sekunden noch Gladstones Gesicht gewesen ist, und schreit:

»Gottverdammte scheinheilige heuchlerische abgefickte verdreckte Politikerfotzenhure!« Er kickt Sand in die Luft. Die anderen sehen ihn an.

»Nun, das hat echt geholfen«, sagt Brawne Lamia leise.

Silenus rudert verdrossen mit den Armen und geht weg, wobei er immer noch Sand hochkickt.

»Noch etwas?« wendet sich Weintraub an den Konsul.

»Nein.«

Brawne Lamia verschränkt die Arme und betrachtet das Komlog stirnrunzelnd. »Ich habe Ihre Erklärung vergessen, wie das Ding da funktioniert. Wie kommen Sie durch die Interferenz?«

»Richtstrahl auf einen Taschenkomsat, den ich ausgesetzt

habe, als wir von der *Yggdrasil* heruntergekommen sind«, sagt der Konsul.

Lamia nickt. »Nachdem Sie sich zur Stelle gemeldet hatten, haben Sie einfach Nachrichten an das Schiff gesandt, und das hat Fatlineübertragungen zu Gladstone geschickt ... und Ihren Kontaktleuten bei den Ousters.«

»Ja.«

»Kann das Schiff nicht ohne Freigabe starten?« fragt Weintraub. Der alte Mann hat sich gesetzt, die Knie angezogen und die Arme darum geschlungen — eine klassische Haltung größter Müdigkeit. Seine Stimme klingt auch erschöpft. »Gladstones Befehl einfach mißachten?«

»Nein«, sagt der Konsul. »Als Gladstone nein sagte, hat FORCE ein Sperrfeld Klasse drei über die Rückstoßgrube gelegt, wo wir das Schiff abgestellt haben.«

»Nehmen Sie mit ihr Verbindung auf«, sagt Brawne Lamia. »Erklären Sie ihr die Lage.«

»Das habe ich versucht.« Der Konsul hält das Komlog in Händen, legt es wieder in den Rucksack. »Keine Antwort. Außerdem habe ich in der Übertragung erwähnt, daß Hoyt schwer verletzt ist und wir medizinische Unterstützung brauchen. Ich wollte, daß die MedEinheit des Schiffs für ihn bereit ist.«

»Verletzt«, wiederholt Martin Silenus, der zu der Stelle zurückkehrt, wo sie kauern. »Scheiße. Unser Freund Padre ist so tot wie der Hund von Glennon-Height.« Er deutet mit dem Daumen auf den zugedeckten Leichnam; alle Anzeigenlichter sind rot.

Brawne Lamia bückt sich und berührt Hoyts Wange. Sie ist kalt. Sein Komlogbiomonitor und das Medpack fiepsen Warnungen wegen bevorstehendem Gehirntod. Die Osmosemaske pumpt weiter reines O_2 in die Lungen, und die Medpackstimulatoren bearbeiten noch Herz und Lunge, aber dennoch schwillt das Fiepsen zu einem Kreischen an und wird schließlich zu einem konstanten, gräßlichen Ton.

»Er hat zuviel Blut verloren«, sagt Sol Weintraub. Er berührt das Gesicht des toten Priesters mit geschlossenen Augen und gesenktem Kopf.

»Toll«, sagt Silenus. »Echt toll. Und laut seiner eigenen Geschichte wird Hoyt verwesen und wieder auferstehen — dank dieses Kruziformdings auf seiner Brust ... *zwei* von den verdammten Dingern, der Typ ist echt groß im Auferstehungsgeschäft ... und zurückgeschlurft kommen wie eine gehirngeschädigte Ausgabe des Geistes von Hamlets Daddy. Was sollen wir dann machen?«

»Seien Sie still!« sagt Brawne Lamia. Sie wickelt Hoyts Leichnam in eine Lage Leinwand, die sie aus dem Zelt mitgebracht hat.

»Seien Sie doch selber still!« kreischt Silenus. »Hier schleicht ein Monster herum. Der alte Grendel persönlich ist irgendwo da draußen und wetzt sich die Nägel zum nächsten Schmaus, wollen Sie da wirklich, daß auch noch Hoyts Zombie sich zu unserer fröhlichen Gruppe gesellt? Wissen Sie noch, wie er die Bikura beschrieben hat? Die haben sich jahrhundertelang von der Kruziform zurückbringen lassen, und mit ihnen zu reden, war wie ein Gespräch mit einem zweibeinigen Schwamm. Möchten Sie *wirklich,* daß Hoyts Leichnam uns begleitet?«

»Zwei«, sagt der Konsul.

»Was?« Martin Silenus wirbelt herum, rutscht aus und landet neben dem Leichnam auf den Knien. Er lehnt sich an den alten Gelehrten. »Was haben Sie gesagt?«

»Zwei Kruziformen«, sagt der Konsul. »Seine und die von Pater Paul Duré. Wenn seine Geschichte über die Bikura wahr ist, dann werden sie beide ... *auferstehen.*«

»Gütiger Heiland«, sagt Silenus und setzt sich in den Sand.

Brawne Lamia hat den Leichnam des Priesters eingewickelt. Sie betrachtet ihn. »Daran kann ich mich aus Pater Durés Geschichte über den Bikura Alpha erinnern«, sagt sie. »Aber ich verstehe es immer noch nicht. Irgendwo muß doch das Gesetz von der Erhaltung der Masse ins Spiel kommen.«

»Dann werden es eben *kleine* Zombies«, sagt Martin Silenus. Er zieht den Pelzmantel enger um sich und schlägt mit der Faust auf den Boden.

»Wir hätten soviel lernen können, wenn das Schiff gekommen wäre«, sagt der Konsul. »Die Autodiagnostik hätte ...« Er verstummt und gestikuliert. »Seht. Es ist nicht mehr soviel Sand in der Luft. Vielleicht läßt der Sturm ...«

Blitze zucken, dann fängt es an zu regnen, und die eisigen Tropfen prasseln ihnen tückischer in die Gesichter als der Sandsturm zuvor.

Martin Silenus fängt an zu lachen. »Das ist doch eine Scheiß*wüste!*« brüllt er himmelwärts. »Wahrscheinlich ertrinken wir in einer Sturmflut!«

»Wir müssen Schutz suchen«, sagt Sol Weintraub. Das Gesicht seines Babies ist in einem Schlitz des Mantels zu sehen. Rachel weint; ihr Gesicht ist rot. Sie sieht wie ein Neugeborenes aus.

»Keep Chronos?« sagt Lamia. »Das ist ein paar Stunden ...«

»Zu weit«, sagt der Konsul. »Kampieren wir in einem der Gräber.«

Silenus lacht wieder. Er sagt:

> *Und die zum Opfer ziehen, wer sind die?*
> *Mysterien-Priester, diese Färse hier*
> *Zu welchem grünen Altar führst du sie?*
> *Die brüllt, an seidnen Flanken blühnde Zier?**

»Heißt das ja?« fragt Lamia.

»Es heißt verflucht, warum nicht?« erwiderte Silenus lachend. »Warum sollen wir es unserer kalten Muse schwer machen, uns zu finden? Und während wir warten, können wir zusehen, wie unser Freund hier verwest. Was hat Duré gesagt, wie lange haben die Bikura gebraucht, um wieder zu ihrer Herde zurückzukehren, wenn der Tod ihr Grasen unterbrochen hatte?«

»Drei Tage«, sagt der Konsul.

Martin Silenus schlägt sich mit der flachen Hand an die Stirn. »Natürlich. Wie konnte ich das nur vergessen? Wie überaus passend — das Neue Testament, sehr schlau. Bis dahin wird unser Shrike-Wolf vielleicht noch ein paar Schäfchen aus dieser Herde reißen. Glaubt ihr, es würde dem Padre etwas ausmachen, wenn ich mir für alle Fälle eine Kruziform ausleihe? Ich meine, schließlich hat er eine übrig ...«

---

* Aus: John Keats: GEDICHTE, übersetzt von Alexander von Bernus, Karlsruhe/Leipzig 1911, Dreililienverlag, S. 74

»Gehen wir«, sagt der Konsul. Regen tropft als konstanter Strom von seinem Dreispitz. »Wir bleiben bis zum Morgen in der Sphinx. Ich trage Kassads Ausrüstung und den Möbiuskubus. Brawne, Sie tragen Hoyts Sachen und Sols Rucksack. Sol, Sie halten das Baby warm und trocken.«

»Was ist mit dem Padre?« fragt der Dichter und deutet mit dem Daumen auf den Leichnam.

»Sie tragen Pater Hoyt«, sagte Brawne Lamia leise und dreht sich um.

Martin Silenus macht den Mund auf, sieht die Pistole in Lamia Hand, zuckt die Achseln und bückt sich, um den Leichnam auf die Schulter zu heben. »Wer wird Kassad tragen, wenn wir ihn finden?« fragt er. »Er könnte natürlich in soviel Stücken sein, daß wir alle ...«

»Bitte seien Sie still«, sagt Lamia müde. »Wenn ich Sie erschießen muß, haben wir nur noch etwas mit uns herumzuschleppen. Gehen Sie einfach.«

Der Konsul übernimmt die Führung, Weintraub folgt dichtauf, Martin Silenus stolpert ein paar Meter dahinter, und Brawne Lamia bildet den Schluß — und so steigt die Gruppe noch einmal die flache Schwelle ins Tal der Gräber hinab.

9

Präsidentin Gladstone hatte an diesem Morgen einen vollgepackten Stundenplan. Der Tag auf Tau Ceti Center ist dreiundzwanzig Stunden lang, was es der Regierung bequem ermöglicht, nach Hegemonie-Standardzeit zu operieren, ohne den hiesigen Tagesrhythmus durcheinanderzubringen. Um 05.45 Uhr traf sich Gladstone mit ihren militärischen Beratern. Um 06.30 Uhr frühstückte sie mit zwei Dutzend der wichtigsten Senatoren und Repräsentanten des All-Wesens und des TechnoCore. Um 07.15 farcastete die Präsidentin nach Renaissance Vector, wo es Abend war, um das Hermes Medical Center in Cadua offiziell zu eröffnen. Um 07.40 'castete sie zurück ins Regierungshaus zu einer Konferenz mit ihren Top-Attachés, einschließlich Leigh Hunt, um die Rede durchzugehen, die sie um 10.00 Uhr vor dem Senat und dem All-Wesen halten sollte. Um 08.30 traf sich Gladstone noch einmal mit General Morpurgo und Admiral Singh, um sich über die Situation auf Hyperion auf den neuesten Stand bringen zu lassen. Um 08.45 Uhr empfing sie mich.

»Guten Morgen, M. Severn«, sagte die Präsidentin. Sie saß am Schreibtisch in ihrem Büro, wo ich sie drei Nächte zuvor zum erstenmal gesehen hatte. Sie winkte mit einer Hand zum Buffet an der Wand, wo heißer Kaffee, Tee und Kaffta in Kannen aus Sterlingsilber standen.

Ich schüttelte den Kopf und setzte mich. Drei der holographischen Fenster zeigten weißes Licht, aber auf der zu meiner Linken war die dreidimensionale Karte des Hyperion-Systems zu sehen, die ich im Stabszimmer zu entschlüsseln versucht hatte. Ich hatte den Eindruck, als würde das Rot der Ousters mittlerweile das ganze System bedecken und infiltrieren wie Farbe, die sich in einem blauen Lösungsmittel auflöst und verteilt.

»Ich möchte Ihre Träume hören«, sagte Präsidentin Gladstone.

»Ich möchte hören, warum Sie sie im Stich gelassen haben«, sagte ich mit tonloser Stimme. »Warum Sie Pater Hoyt haben sterben lassen.«

Nach achtundvierzig Jahren im Senat und anderthalb Jahrzehnten als Präsidentin konnte Gladstone es nicht gewöhnt sein, daß so mit ihr gesprochen wurde, aber ihre einzige Reaktion bestand darin, daß sie eine Braue den Bruchteil eines Zentimeters hochzog. »Also träumen Sie wirklich die tatsächlichen Ereignisse.«

»Haben Sie daran gezweifelt?«

Sie legte den Arbeitstaster weg, den sie in der Hand gehalten hatte, schaltete ihn ab und schüttelte den Kopf. »Eigentlich nicht, aber es ist dennoch ein Schock, etwas zu hören, von dem niemand sonst im ganzen Netz etwas weiß.«

»Warum haben Sie ihnen das Schiff des Konsuls verweigert?«

Gladstone drehte sich um und sah zum Fenster, wo sich die taktische Anzeige veränderte, als Aktualisierungen das Vordrängen von Rot, den Rückzug von Blau und die Bewegung von Planeten und Monden berücksichtigten, aber selbst wenn sie es vorgehabt hätte, bezog sie die militärische Situation nicht in ihre Erklärung mit ein. »Weshalb sollte ich Ihnen Regierungsentscheidungen erklären, M. Severn? Was ist Ihr Status? Wen repräsentieren Sie?«

»Ich repräsentiere die fünf Erwachsenen und das Baby, die Ihretwegen auf Hyperion gestrandet sind«, sagte ich. »Hoyt hätte gerettet werden können.«

Gladstone ballte die Faust und klopfte mit dem gekrümmten Zeigefinger auf die Unterlippe. »Vielleicht«, sagte sie. »Vielleicht war er auch schon tot. Aber darum geht es nicht, oder?«

Ich lehnte mich auf dem Sessel zurück. Ich hatte mir nicht die Mühe gemacht und den Skizzenblock mitgebracht, aber jetzt sehnte ich mich danach, etwas in den Fingern zu halten. »Worum dann?«

»Erinnern Sie sich an Pater Hoyts Geschichte ... die er im Verlauf der Reise zu den Gräbern erzählt hat?«

»Ja.«

»Jedem Pilger ist gestattet, dem Shrike eine Bitte vorzutragen. Die Legende behauptet, daß das Shrike einen Wunsch gewährt, die anderen aber ablehnt und diejenigen tötet, die sie ausgesprochen haben. Erinnern Sie sich an Hoyts Wunsch?«

Ich überlegte. Mir Begebenheiten aus der Vergangenheit der Pilger zu vergegenwärtigen war, als wollte ich mich an die Träume der letzten Woche erinnern. »Er wollte, daß die Kruziformen entfernt werden«, sagte ich. »Er wollte Freiheit für Pater Durés ... Seele, DNS, was auch immer ... und für sich selbst.«

»Nicht ganz«, sagte Gladstone. »Pater Hoyt wollte sterben.«

Ich stand auf, wobei ich fast den Stuhl umstieß, und schlenderte zu der pulsierenden Karte. »Das ist vollkommener Quatsch«, sagte ich. »Selbst wenn es so wäre, hätten die anderen die Verpflichtung gehabt, ihn zu retten ... und Sie auch. Sie haben ihn sterben lassen.«

»Ja.«

»So wie sie die anderen sterben lassen?«

»Nicht unbedingt«, sagte Präsidentin Meina Gladstone. »Das ist ihre Entscheidung ... und die des Shrike, falls dieses Wesen wirklich existiert. Ich weiß nur, ihre Pilgerfahrt ist beim momentanen Stand der Dinge so wichtig, daß ich ihnen im Augenblick der Entscheidung kein ... Fluchtmittel gestatten kann.«

»Wessen Entscheidung? Ihre? Wie können das Leben von sechs oder sieben Menschen — und einem Baby — das Schicksal einer Gesellschaft mit hundertfünfzig *Milliarden* Lebewesen beeinflussen?« Ich kannte die Antwort darauf natürlich. Das Beraterkonzil der KI und die nicht ganz so vernunftbegabten Ratgeber der Hegemonie hatten die Pilger sehr gründlich ausgewählt. Aber weshalb? Unvorhersehbarkeit. Sie waren Unbekannte die in die ganze rätselhafte Gleichung des Hyperion-Systems paßten. Wußte Gladstone das, oder wußte sie nur, was Ratgeber Albedo und ihre eigenen Spione ihr erzählten? Ich kehrte seufzend zu meinem Sessel zurück.

»Haben Sie in Ihrem Traum das Schicksal von Oberst Kassad erfahren?« fragte die Präsidentin.

»Nein. Ich erwachte, bevor sie zur Sphinx aufbrachen, um Schutz vor dem Unwetter zu suchen.«

Gladstone lächelte verhalten. »Ihnen ist selbstverständlich bewußt, M. Severn, daß es für unsere Zwecke weitaus bequemer wäre, Sie unter Beruhigungsmittel zu setzen, Ihnen dieselbe Wahrheitsdroge einzugeben, die Ihre Freundin Philomel benutzt hat, und Sie mit Subvokalisierern zu verbinden, damit wir konstantere Berichte über die Geschehnisse auf Hyperion bekommen.«

Ich erwiderte das Lächeln. »Ja«, sagte ich, »das wäre bequemer. Aber es wäre nicht so bequem für Sie, wenn ich über die Datensphäre in den Core fliehen und meinen Körper zurücklassen würde. Und genau das werde ich tun, sollte ich wieder unter Druck gesetzt werden.«

»Selbstverständlich«, antwortete Gladstone. »Ich würde unter solchen Umständen ganz genau so handeln. Sagen Sie mir, M. Severn, wie ist es im Core? Wie ist es an jenem fernen Ort, wo Ihr Bewußtsein seinen wahren Sitz hat?«

»Hektisch«, sagte ich. »Wollten Sie mich sonst noch wegen etwas sprechen?«

Gladstone lächelte wieder, und ich spürte, daß dies ein aufrichtiges Lächeln war, und nicht die Waffe der Politik, von der sie so ausgezeichnet Gebrauch zu machen verstand. »Ja«, sagte sie. »Ich habe noch ein Anliegen. Würden Sie gerne nach Hyperion gehen? Dem *wirklichen* Hyperion?«

»Dem wirklichen Hyperion?« wiederholte ich dümmlich. Ich spürte, wie meine Fingerspitzen und Zehen kribbelten und eine seltsame Erregung über mich kam. Mein Bewußtsein mochte in Wirklichkeit schon im Core wohnen, aber mein Körper und Gehirn waren allzu menschlich, allzu anfällig für Adrenalin und andere Zufallschemikalien.

Gladstone nickte. »Millionen Menschen möchten dorthin. Auf eine neue Welt farcasten. Den Krieg aus nächster Nähe sehen.« Sie seufzte und drehte ihren Arbeitstaster. »Die Idioten.« Sie sah wieder zu mir auf, und ihre braunen Augen waren ernst. »Aber ich möchte, daß jemand dorthin reist und mir persönlich Bericht erstattet. Leigh benützt heute vormittag eines der neuen militärischen Farcasterterminals, und ich habe gedacht, Sie könnten ihn begleiten. Es ist vielleicht keine Zeit, auf dem Planeten selbst zu landen, aber Sie wären immerhin im System.«

Mir fielen mehrere Fragen ein, aber die erste, die mir in den Sinn kam, war mir peinlich. »Wird es gefährlich sein?«

Weder Gladstones Ausdruck noch Tonfall veränderten sich. »Möglich. Aber Sie werden weit hinter den Linien sein, und Leigh hat Anweisung, weder sich selbst — noch Sie — einem offensichtlichen Risiko auszusetzen.«

Offensichtliches Risiko, dachte ich. Aber wie viele nicht ganz so offensichtliche Risiken konnte es in einem Kriegsgebiet geben — in der Nähe einer Welt, wo ein Wesen wie das Shrike auf freiem Fuß war. »Ja«, sagte ich. »Ich gehe. Aber da wäre noch eines …«

»Ja?«

»Ich muß wissen, warum Sie möchten, daß ich gehe. Ich finde, wenn Sie nur wegen meiner Verbindung zu den Pilgern an mir interessiert sind, gehen Sie ein unnötiges Risiko ein, indem Sie mich wegschicken.«

Gladstone nickte. »M. Severn, es stimmt, daß mich Ihre — wenn auch vage — Verbindung zu den Pilgern interessiert. Aber es ist auch so, daß mich Ihre Eindrücke und Einschätzungen interessieren. *Ihre* Eindrücke.«

»Aber ich bin ein Risiko für Sie«, sagte ich. »Sie wissen

nicht, wem ich sonst noch Bericht erstatte, absichtlich oder unabsichtlich. Ich bin ein Geschöpf des TechnoCore.«

»Ja«, sagte Gladstone, »aber Sie sind vielleicht auch das objektivste Geschöpf auf Tau Ceti Center in diesem Augenblick, möglicherweise im ganzen Netz. Und Ihre Eindrücke sind die eines begabten Dichters, eines Mannes, dessen Genie ich respektiere.«

Ich lachte bellend. »*Er* war ein Genie«, sagte ich. »Ich bin ein Simulacrum. Eine Drohne. Eine Karikatur.«

»Sind Sie ganz sicher?« fragte Gladstone.

Ich hielt die leeren Hände hoch. »Ich habe in den zehn Monaten, die ich in diesem seltsamen Nachleben bei Bewußtsein bin, keine einzige Zeile geschrieben«, sagte ich. »Ich *denke* nicht in Gedichtform. Ist das nicht Beweis genug, daß das Rekonstruktionsprojekt des Core gescheitert ist? Sogar mein falscher Name ist eine Beleidigung für einen Mann, der unendlich mehr Talent hatte, als ich je haben werde ... Joseph Severn war ein Schatten im Vergleich zum wahren John Keats, aber ich schmähe seinen Namen dadurch, daß ich ihn benütze.«

»Das mag sein«, sagte Gladstone. »Vielleicht auch nicht. Wie auch immer, ich habe gebeten, daß Sie M. Hunt auf diese kurze Reise nach Hyperion begleiten.« Sie machte eine Pause. »Sie sind nicht ... ah ... verpflichtet zu gehen. In mehr als einem Sinne sind Sie nicht einmal Bürger der Hegemonie. Aber es würde mich freuen, wenn Sie gingen.«

»Ich gehe«, wiederholte ich und hörte meine eigene Stimme wie aus weiter Ferne.

»Ausgezeichnet. Sie brauchen warme Kleidung. Tragen Sie nichts, das sich im freien Fall lösen und zu Peinlichkeiten führen könnte, obwohl ich nicht glaube, daß es dazu kommen wird. Sie treffen M. Hunt im Hauptfarcasternexus des Regierungshauses in ...« — sie sah auf die Uhr — »... zwölf Minuten.«

Ich nickte und drehte mich um.

»Oh, M. Severn ...«

Ich blieb unter der Tür stehen. Die alte Frau hinter dem Schreibtisch sah plötzlich klein und sehr müde aus.

»Danke, M. Severn«, sagte sie.

Es stimmte, daß Millionen ins Kriegsgebiet farcasten wollten. Das All-Wesen war erfüllt von schrillen Petitionen, Argumenten dafür, Zivilisten nach Hyperion 'casten zu lassen, Bitten von Reiseveranstaltern, kurze Kreuzfahrten unternehmen zu dürfen, und Forderungen von planetaren Politikern und Repräsentanten der Hegemonie, die auf der Suche nach ›Fakten‹ durch das System kreuzen wollten. Sämtliche Anfragen wurden abgelehnt. Bürger des Netzes — besonders Bürger des Netzes mit Geld — waren es nicht gewöhnt, daß ihnen neue Erfahrungen verweigert wurden, und für die Hegemonie war ein richtiger Krieg eben eine der wenigen Erfahrungen, die bisher noch nie ausprobiert hatten werden können.

Aber das Büro der Präsidentin und die FORCE-Behörden blieben unerbittlich: kein ziviles oder widerrechtliches Farcasten ins Hyperion-System, keine unzensierten Meldungen in den Medien. In einem Zeitalter, wo keine Information unerreichbar und kein Reiseziel verboten war, waren derartige Beschränkungen angetan, die Gemüter zu erhitzen und anzustacheln.

Ich traf M. Hunt am Farcasternexus der Angestellten, nachdem ich meinen Befugnischip mindestens einem Dutzend Sicherheitskontrollen gezeigt hatte. Hunt trug einen schwarzen Anzug, zwar ohne Abzeichen, aber dennoch ähnlich wie die FORCE-Uniformen, die in diesem Teil des Regierungszentrums allgegenwärtig waren. Ich hatte kaum Zeit zum Umziehen gehabt und war lediglich in meine Räumlichkeiten zurückgekehrt, um eine weite Weste mit vielen Taschen für Zeichenmaterial und einen 35-mm-Bildgestalter zu holen.

»Fertig?« fragte Hunt. Das Bassetgesicht schien nicht erfreut, mich zu sehen. Er trug eine schlichte schwarze Reisetasche.

Ich nickte.

Hunt deutete auf einen Transporttechniker von FORCE, worauf ein Einwegportal schimmernd aufleuchtete. Ich wußte, das Ding war auf unsere DNS-Codes eingestellt und würde sonst niemanden passieren lassen. Hunt holte Luft und ging durch. Ich sah, wie die Quecksilberoberfläche nach seinem Durchgang wie ein Teich wogte, der nach einem schwachen Windhauch wieder zur Ruhe kommt, und ging selbst durch.

Man erzählte Gerüchte, daß die ersten Farcasterprototypen

keinerlei Gefühl beim Übergang hervorgerufen hatten und die Konstrukteure — Menschen und KIs — die Maschinen modifiziert und dieses vage, von Ozongeruch begleitete Prickeln eingebaut hatten, damit der Reisende wenigstens das Gefühl hatte, als wäre er gereist. Ob das wahr ist, sei dahingestellt, jedenfalls kribbelte meine Haut noch vor Nervosität, als ich von dem Portal wegging, stehenblieb und mich umsah.

Es ist seltsam, aber zutreffend, daß kriegführende Raumschiffe seit über achthundert Jahren in Literatur, Film, Holo und Stimsim dargestellt werden; schon bevor die Menschheit die Alte Erde verlassen hatte und noch in Flugzeugen durch die Atmosphäre sauste, hatten ihre Flachfilme epische Raumschlachten gezeigt, interstellare Schlachtschiffe mit unvorstellbaren Armaturen, die wie stromlinienförmige Städte durchs All schossen. Selbst die Welle jüngster Kriegsholos nach der Schlacht um Bressia zeigte große Flotten von Raumschiffen, die ihre Gefechte auf Entfernungen austrugen, die selbst zwei Infanteristen als beengt empfunden hätten, und Raumschiffe, die rammten und feuerten und verbrannten wie griechische Triremen, die sich in der Straße von Artemisium drängten.

Kein Wunder, daß mein Herz klopfte und meine Handflächen feucht waren, als ich das Flaggschiff der Flotte betrat und die geräumige Brücke eines Kriegsschiffs aus den Holos erwartete, gigantische Bildschirme, die gegnerische Einheiten zeigten, heulende Sirenen und bärbeißige Kommandanten, die sich über taktische Monitore beugten, während das Schiff erst nach rechts und dann nach links schwankte.

Hunt und ich befanden uns in einem schmalen Flur, der zu einem Kraftwerk gehören konnte. Überall verliefen Röhren mit Farbcodes, gelegentliche Handgriffe und Luftschleusen deuteten darauf hin, daß wir uns tatsächlich an Bord eines Raumschiffs befanden, Diskeys und Schaltpanele auf dem neuesten Stand der Technik verrieten, daß der Flur nicht ausschließlich dem Zweck des Durchgangs diente, aber der allgemeine Eindruck war der von Beengtheit und primitiver Technologie. Ich rechnete fast damit, *Kabel* aus Verteilerdosen ragen zu sehen. Ein vertikaler Schacht kreuzte unseren Korridor; hinter anderen Schleusen konnte man weitere schmale, vollgestopfte Gänge erkennen.

Hunt sah mich an und zuckte die Achseln. Ich fragte mich, ob es möglich sein konnte, daß wir zum falschen Ziel gefarcastet waren.

Bevor einer von uns etwas sagen konnte, kam ein junger Offizier von FORCE:Weltraum in schwarzer Gefechtsuniform aus einem der Seitengänge, salutierte vor Hunt und sagte: »Willkommen an Bord der *HS Hebrides*, meine Herren. Admiral Nashita hat mich gebeten, seine Grüße auszurichten und sie ins Gefechtskontrollzentrum zu bitten. Wenn Sie mir bitte folgen würden.« Mit diesen Worten drehte sich der junge Offizier um, griff nach einer Sprosse und zog sich in einen engen vertikaler Schacht.

Wir folgten ihm, so gut wir konnten, wobei Hunt sich bemühte, die Reisetasche nicht fallen zu lassen, und ich darauf achtete, daß meine Finger nicht unter Hunts Absätzen zerquetscht wurden, während wir kletterten. Nach wenigen Metern wurde mir klar, daß die Schwerkraft hier viel weniger als Standard-Eins betrug, daß es sich tatsächlich gar nicht um eine Schwerkraft handelte, sondern um ein Gefühl, als würden viele kleine, aber beharrliche Hände mich nach ›unten‹ drücken. Ich wußte, daß Raumschiffe ein Sperrfeld Klasse eins durchs ganze Schiff zur Erzeugung einer künstlichen Schwerkraft benützten, aber hier bekam ich es zum erstenmal am eigenen Leib zu spüren. Es war kein wirklich angenehmes Gefühl; oder konstante Druck war mehr, als würde man sich gegen den Wind lehnen, und dieser Effekt trug noch mehr zur klaustrophobischen Atmosphäre der engen Flure, schmalen Luken und mit Ausrüstung vollgestopften Schotts bei.

Die *Hebrides* war ein Drei-C-Schiff, Communication-Control-Command, und das Gefechtskontrollzentrum war sein Herz und Hirn — aber es war kein besonders eindrucksvolles Herz und Hirn.

Der junge Offizier führte uns durch drei Luftschleusen, einen letzten Korridor entlang, an Marinewachtposten vorbei, salutierte und ließ uns in einem Zimmer stehen, das etwa zwanzig Quadratmeter messen mochte, aber so von Lärm, Personal und Ausrüstung erfüllt war, daß der erste Impuls war, vor der Schleuse stehenzubleiben, damit man Luft bekam.

Gigantische Bildschirme waren keine zu sehen, aber dutzende Offiziere von FORCE:Weltraum beugten sich über geheimnisvolle Displays, saßen verkabelt in Stimsimapparaten oder standen vor pulsierenden Schablonen, die sich von allen sechs Schotts zu erstrecken schienen. Männer und Frauen waren an ihre Stühle und Sensorkrippen geschnallt, abgesehen von einigen wenigen Offizieren — die überwiegend mehr wie hagere Buchhalter denn wie bärbeißige Raumratten aussahen —, die durch die schmalen Gänge schritten, Untergebene auf den Rücken klopften, nach mehr Informationen blafften und sich mit ihren eigenen Implantatsteckern in Konsolen einklinkten. Einer dieser Männer kam hastig zu uns herüber, betrachtete uns beide, salutierte vor mir und sagte: »M. Hunt?«

Ich nickte zu meinem Begleiter.

»M. Hunt«, sagte der übergewichtige junge Befehlshaber, »Admiral Nashita wird Sie jetzt empfangen.«

Der Befehlshaber sämtlicher Streitkräfte der Hegemonie im Hyperion-System war ein kleiner Mann mit kurzem weißen Haar, einer glatteren Haut, als sonst in seinem Alter üblich und einem verbissenen, verkniffenen Gesichtsausdruck, der geschnitzt zu sein schien. Admiral Nashita trug Schwarz mit hohem Kragen und ohne Abzeichen, abgesehen von einer einzigen roten Zwergsonne auf dem Kragen. Seine Hände waren plump und sahen kräftig aus, aber die Nägel waren erst vor kurzem manikürt worden. Der Admiral saß auf einem kleinen Podest, umgeben von Ausrüstung und stummen Abrufschablonen. Geschäftigkeit und regsamer Irrsinn schienen um ihn herum zu schweben wie ein rauschender Bach um einen unerschütterlichen Fels.

»Sie sind der Botschafter von Gladstone«, sagte er zu Hunt. »Wer ist das?«

»Mein Attaché«, sagte Hunt.

Ich widerstand dem Impuls, eine Augenbraue hochzuziehen.

»Was wollen Sie?« fragte Nashita. »Wie Sie sehen können, sind wir beschäftigt.«

Leigh Hunt nickte und sah sich um. »Ich habe einige Unterlagen für Sie, Admiral. Gibt es hier einen Ort, wo wir ungestört sind?«

Admiral Nashita nickte, strich mit der Hand über einen

Rheosensor, und die Luft hinter mir wurde dunkler und gerann zu einem halbfesten Nebel, als sich das Sperrfeld umgruppierte. Der Lärm der Gefechtskontrollkonsole verstummte. Wir drei befanden uns allein in einem Iglu der Ruhe.

»Beeilen Sie sich«, sagte Admiral Nashita.

Hunt klappte die Tasche auf und holte einen kleinen Umschlag mit dem Symbol des Regierungshauses heraus. »Eine vertrauliche Mitteilung von der Regierungschefin«, sagte Hunt. »Zu lesen, wann es Ihnen beliebt, Admiral.«

Nashita räusperte sich und legte den Umschlag beiseite.

Hunt legte ihm einen größeren Umschlag auf den Schreibtisch. »Und dies ist ein Ausdruck der Senatsentscheidung bezüglich der Durchführung dieser¹... äh... militärischen Aktion. Wie Ihnen bekannt ist, möchte der Senat, daß es sich um ein schnelles Unternehmen handelt um mit geringstmöglichen Verlusten begrenzte ... ah ... Tatsachen zu schaffen, gefolgt vom Standardangebot von Hilfe und Unterstützung für unseren neuen ... ah ... Kolonialposten.«

Nashitas verkniffene Miene veränderte sich geringfügig. Er traf keine Anstalten, den Umschlag zu öffnen oder zu lesen, der den Willen des Senats ausdrückte. »Ist das alles?«

Hunt ließ sich mit seiner Antwort Zeit. »Das ist alles, es sei denn, Sie möchten der Präsidentin durch mich eine persönliche Antwort zukommen lassen, Admiral.«

Nashita sah ihn an. Seine kleinen, schwarzen Augen drückten keine aktive Feindseligkeit aus, lediglich eine Ungeduld, die — vermutete ich — erst gestillt sein würde, wenn der Tod diese Augen trübte. »Ich verfüge über eine private Fatlineverbindung zur Präsidentin«, sagte der Admiral. »Vielen Dank, M. Hunt. Augenblicklich keine Antwort. Wenn Sie jetzt freundlicherweise zum Farcasternexus mittschiffs zurückkehren und mich der weiteren Durchführung dieser *militärischen Aktion* überließen.«

Das Sperrfeld um uns herum brach zusammen, Lärm schwappte über uns hinweg wie Wasser über einen schmelzenden Damm aus Eis.

»Eines noch«, sagte Leigh Hunt, dessen leise Stimme fast im Fachchinesisch der Gefechtszentrale unterging.

Der Admiral schwenkte den Stuhl herum und wartete.

»Wir würden gerne den Planeten besuchen«, sagte Hunt. »Hyperion betreten.«

Die verkniffene Miene des Admirals schien noch finsterer zu werden: »Die Leute von Präsidentin Gladstone haben nicht gesagt, daß ein Landungsboot bereitgestellt werden soll.«

Hunt blinzelte nicht. »Generalgouverneur Lane weiß, daß wir kommen könnten.«

Nashita sah auf eine Schablone, schnippte mit den Fingern und rief einem Major der Marines etwas zu, worauf dieser sofort herübergeeilt kam. »Sie müssen sich beeilen«, sagte der Admiral zu Hunt. »Von Schleuse zwanzig startet jeden Moment ein Kurier. Major Inverness wird Ihnen den Weg zeigen. Sie werden zum primären Sprungschiff zurückgebracht werden. Die *HS Hebrides* wird diese Position in dreiundzwanzig Minuten verlassen.«

Hunt nickte und machte kehrt, um dem Major zu folgen. Ich trottete hinterher. Die Stimme des Admirals hielt uns auf.

»M. Hunt«, rief er, »bitte richten Sie Präsidentin Gladstone aus, daß das Flaggschiff von nun an wegen Überlastung keine politischen Besucher mehr empfangen kann.« Nashita drehte sich zu flimmernden Schablonen und einer Reihe wartender Untergebenen um.

Ich folgte Hunt und dem Major in den Irrgarten zurück.

»Es müßten Fenster hier sein.«

»Was?« Ich hatte nachgedacht und nicht zugehört.

Leigh Hunt hatte den Kopf in meine Richtung gedreht. »Ich war noch nie in einem Landungsboot ohne Fenster oder Sichtschirme. Es ist merkwürdig.«

Ich nickte, sah mich um und bemerkte das vollgestopfte, enge Innere zum erstenmal. Es stimmte, daß nur kahle Schotts und stapelweise Ausrüstung vorhanden waren, sonst befand sich nur ein junger Leutnant bei uns im Passagierbereich des Landungsboots. Dieses schien sich der klaustrophobischen Atmosphäre des Schlachtschiffs anzupassen.

Ich wandte mich ab und konzentrierte mich wieder auf die Gedanken, die mich beschäftigten, seit wir Nashita verlassen hatten. Als ich den anderen zur Schleuse zwanzig gefolgt war, war mir plötzlich klar geworden, daß ich etwas nicht vermißte, obwohl ich sicher gewesen war, daß ich es vermissen würde. Meine Befürchtungen hinsichtlich dieser Reise hatten teilweise der Vorstellung gegolten, daß ich die Datensphäre verlassen mußte; das war etwa so, als würde sich ein Fisch überlegen, ob er das Meer verlassen sollte. Ein Teil meines *Bewußtseins* lag irgendwo untergetaucht in diesem Meer, dem Ozean der Daten und Komverbindungen von zweihundert Welten und dem Core, und alles war durch das unsichtbare Medium verknüpft, das früher einmal als Datenebene und heute nur noch als Megasphäre bekannt war.

Während wir Nashita hinter uns ließen, fiel mir auf, daß ich die Brandung dieses elektronischen Meeres immer noch hören konnte — weit entfernt, aber konstant, wie das Geräusch der Gischt eine halbe Meile vom Ufer entfernt —, und ich hatte mich bemüht, das während des hastigen Laufs zum Landungsboot, dem Anschnallen und Abdocken und dem zehnminütigen cislunaren Flug zu den Ausläufern der Atmosphäre von Hyperion zu verstehen.

FORCE brüstete sich damit, daß sie ihre eigenen Künstlichen Intelligenzen sowie ihre eigenen Datensphären und Computereinrichtungen benützten. Der vorgebliche Grund dafür war die Erfordernis, in den unendlichen Weiten zwischen Netzwelten zu operieren, den dunklen und stillen Räumen zwischen den Sternen und außerhalb der Megasphäre des Netzes, aber der wahre Grund bestand überwiegend darin, daß FORCE seit Jahrhunderten ein geradezu besessenes Bestreben an den Tag legte, vom TechnoCore unabhängig zu bleiben. Und doch konnte ich an Bord eines FORCE-Schiffs inmitten einer FORCE-Armada in einem System, das weder zum Netz gehörte noch Protektorat war, dasselbe beruhigende Hintergrundmurmeln von Daten und Energie empfangen wie überall sonst im Netz. Interessant.

Ich dachte an die Verbindungen, die der Farcaster dem Hyperion-System gebracht hatte: nicht nur die Haltesphäre für SprungSchiffe und Farcaster, die wie ein glänzender neuer Mond am L3-Punkt von Hyperion schwebte, sondern auch Meilen von Gigakanal-Fiberoptikkabeln, die sich durch permanente SprungSchiff-Farcasterportale schlängelten, Mikrowellenrepetitoren, die mechanisch wenige Zentimeter große Klappen schlossen, um ihre Botschaften fast in Echtzeit zu wiederholen, zahme KIs auf Kommandoschiffen, die neue Verbindungen zum Mount Olympus-Oberkommando auf dem Mars und anderswo verlangten und bekamen. Irgendwie hatte sich die Datensphäre hineingeschlichen, was den Maschinen und ihren Bedienern von und den Verbündeten von FORCE möglicherweise überhaupt nicht bekannt war. Die KIs im Core wußten alles, was sich hier auf Hyperion abspielte. Sollte mein Körper jetzt sterben, würde mir derselbe Fluchtweg wie immer offenstehen — ich konnte die pulsierenden Verbindungswege entlang fliehen, welche wie geheime Durchgänge jenseits des Netzes führten, jenseits der fernsten Weiten der Dateiebene, wie die Menschheit sie je gekannt hatte, und durch Datenverbindungstunnel zum TechnoCore selbst. *Eigentlich nicht* zum *Core*, dachte ich, *denn der Core umringt, umhüllt den Rest wie ein Ozean unterschiedliche Strömungen, gewaltige Golfströme, die sich selbst als unabhängige Meere betrachten.*

»Ich wünschte, es gäbe ein Fenster«, sagte Leigh Hunt.

»Ja«, sagte ich. »Ich auch.«

Das Landungsboot ruckte und schwankte, als wir in die obersten Schichten der Atmosphäre von Hyperion eindrangen. *Hyperion,* dachte ich. *Das Shrike.* Das dicke Hemd und meine Weste schienen feucht und klebrig zu sein. Ein leises Säuseln von draußen verriet, daß wir flogen, mit mehrfacher Schallgeschwindigkeit durch den lapislazulifarbenen Himmel rasten.

Der junge Leutnant beugte sich über den Mittelgang. »Zum erstenmal unten, die Herren?«

Hunt nickte.

Der Leutnant kaute Gummi, um zu zeigen, wie entspannt er war. »Sind Sie zwei Ziviltechniker von der *Hebrides?*«

»Von dort kommen wir gerade, ja«, sagte Hunt.

»Dachte ich mir«, meinte der Leutnant grinsend. »Ich bringe eine Kuriersendung zum Stützpunkt der Marines bei Keats. Mein fünfter Ausflug.«

Ich zuckte zusammen, als mir der Name der Hauptstadt ins Gedächtnis gerufen wurde; Hyperion war vom Traurigen König Billy und seiner Gruppe von Dichtern, Künstlern und anderen Taugenichtsen neu besiedelt worden, die vor einer Invasion ihrer Heimatwelt durch Horace Glennon-Height geflohen waren — eine Invasion, die nie erfolgte. Der Dichter, der an der momentanen Pilgerfahrt teilnahm, Martin Silenus, hatte den Traurigen König Billy vor mehr als zweihundert Jahren bei der Namensgebung der Hauptstadt beraten. *Keats.* Die Einheimischen nannten die Altstadt Jacktown.

»Sie werden Ihren Augen nicht trauen, wenn Sie diesen Ort sehen«, sagte der Lieutenant. »Er ist das wahrhaftige Analende des Nichts. Ich meine, keine Datensphäre, keine EMVs, keine Farcaster, keine Stimsim-Bars, *gar nichts.* Kein Wunder, daß sich die Scheißeingeborenen zu Tausenden um den Raumhafen drängen und den Zaun einreißen, damit sie fortkommen.«

»Greifen sie wirklich den Raumhafen an?« fragte Hunt.

»Ach wo«, sagte der Leutnant und ließ seinen Kaugummi platzen. »Aber sie sind dazu *bereit*, wenn Sie verstehen, was ich meine. Darum hat das Zweite Marinebataillon dort einen Kordon errichtet und den Zugang zur Stadt gesichert. Außerdem denken die Tölpel immer noch, daß wir demnächst Farcaster aufbauen, damit sie aus der Scheiße rauskönnen, in die sie sich selbst gebracht haben.«

»*Sie* haben sich selbst dorthin gebracht?« fragte ich.

Der Leutnant zuckte die Achseln. »Irgendwas müssen sie ja getan haben, daß die Ousters so sauer auf sie sind, oder nicht? Wir sind nur hier, um ihnen die Austern aus dem Feuer zu holen.«

»Die Kastanien«, sagte Leigh Hunt.

Der Kaugummi platzte. »Was auch immer.«

Das Säuseln des Windes wurde zu einem Heulen, das man deutlich durch die Hülle hindurchhören konnte. Das Landungsboot ruckte zweimal, dann glitt es ruhig dahin — geheimnisvoll ruhig —, als wäre es zehn Meilen über dem Boden in einen Korridor aus Eis eingeflogen.

»Ich wünschte, wir hätten ein Fenster«, flüsterte Leigh Hunt.

Es war warm und stickig in dem Landungsboot. Das Schwanken war seltsam entspannend, als würde ein kleines Schiff auf den Wellen steigen und fallen. Ich machte für ein paar Minuten die Augen zu.

10

S ol, Brawne, Martin Silenus und der Konsul tragen Ausrüstung, Het Masteens Möbiuskubus und den Leichnam von
Pater Hoyt den langgestreckten Hang zum Eingang der Sphinx
hinunter. Es schneit jetzt immer dichter, die Flocken vollführen
über den ohnehin wandernden Dünenkämmen einen komplexen Tanz windgepeitschter Teilchen. Obwohl die Nacht laut
den Komlogs zu Ende geht, ist im Osten keine Spur des Sonnenaufgangs zu sehen. Wiederholte Rufe über die Funkverbin-
dung der Komlogs an Oberst Kassad sind unbeantwortet geblieben.

Sol Weintraub zögert vor dem Eingang des Zeitgrabs mit
Namen Sphinx. Er spürt die Präsenz seiner Tochter als Wärme
unter dem Cape als Auf und Ab von warmem Babyatem am
Hals. Er hebt eine Hand, berührt das kleine Bündel und versucht, sich Rachel als junge, sechsundzwanzigjährige Frau vorzustellen, als Forscherin, die genau vor diesem Eingang inne-
hält, bevor sie eintritt, um die Anti-Entropie-Geheimnisse der
Zeitgräber zu erforschen. Sol schüttelt den Kopf. Seit diesem
Augenblick sind sechsundzwanzig Jahre und ein ganzes Leben
vergangen. In vier Tagen wird der Geburtstag seiner Tochter
sein. Wenn Sol nicht etwas unternimmt, das Shrike findet, einen Pakt mit diesem Wesen abschließt, *etwas tut*, wird Rachel
in vier Tagen sterben.

»Kommen Sie, Sol?« ruft Brawne Lamia. Die anderen haben
ihre Ausrüstung im ersten Raum verstaut, ein halbes Dutzend
Meter hinter dem schmalen Korridor durch Gestein.

»Ich komme«, ruft er und betritt das Grab, Leuchtkugeln
und elektrische Lichter säumen den Tunnel, aber sie sind erloschen und von Staub bedeckt. Nur Sols Taschenlampe und
der Schein einer kleinen Laterne von Kassad beleuchten den
Weg.

Der erste Raum ist klein, nicht mehr als vier mal sechs Meter. Die anderen Pilger haben ihr Gepäck an der hinteren Wand
aufgeschichtet und Segeltuch und Schlafsäcke in der Mitte
ausgebreitet. Zwei Laternen zischen und werfen kaltes Licht.
Sol bleibt stehen und sieht sich um.

»Der Leichnam von Pater Hoyt ist im Nebenraum«, sagt

Brawne Lamia und beantwortet seine unausgesprochene Frage. »Dort ist es noch kälter.«

Sol gesellt sich zu den anderen. Selbst so weit drinnen kann er das Prasseln von Sand und Schnee auf Stein hören.

»Später wird der Konsul noch einmal das Komlog benützen«, sagt Brawne. »Gladstone die Situation erklären.«

Martin Silenus lacht. »Das ist sinnlos. Völlig sinnlos. Sie weiß, was sie tut, und sie wird uns nie hier weglassen.«

»Ich versuche es nach Sonnenaufgang«, sagt der Konsul. Seine Stimme klingt sehr müde.

»Ich halte Wache«, sagt Sol. Rachel regt sich und schreit erschöpft. »Ich muß sowieso das Baby füttern.«

Die anderen scheinen zu müde zum Antworten zu sein. Brawne lehnt sich an einen Rucksack, macht die Augen zu und atmet innerhalb von Sekunden schwer. Der Konsul zieht den Dreispitz tief in die Augen. Martin Silenus verschränkt die Arme und sieht wartend zur Tür.

Sol Weintraub macht sich mit einem Nährpack zu schaffen; seine kalten und arthritischen Finger haben Schwierigkeiten mit dem Wärmstreifen. Er sieht in die Tasche und stellt fest, daß er nur noch zehn Packs und eine Handvoll Windeln hat.

Das Baby trinkt, und Sol döst, ist fast eingeschlafen, als ein Geräusch sie alle weckt.

»Was ist?« schreit Brawne und greift nach der Pistole ihres Vaters.

»Pssst!« sagt der Dichter und breitet die Arme aus, damit Ruhe eintritt.

Irgendwo jenseits des Grabs ertönt das Geräusch erneut. Es ist tonlos und endgültig und schneidet durch Windheulen und Sandprasseln.

»Kassads Gewehr«, sagt Brawne Lamia.

»Oder das von jemand anderem«, flüstert Martin Silenus.

Sie sitzen schweigend da und spitzen die Ohren. Eine ganze Weile ist kein Laut zu hören. Dann bricht mit einemmal Lärm in der Nacht aus ... ein Lärm, bei dem sie alle zusammenzukken und sich die Ohren zuhalten. Rachel schreit vor Entsetzen auf, aber ihre Schreie sind in den Explosionen und dem Wüten außerhalb des Grabs nicht zu hören.

11

Ich erwachte in dem Augenblick, als das Landungsboot aufsetzte. *Hyperion,* dachte ich, während ich noch damit beschäftigt war, meine Gedanken vom Nachhall des Traums zu
trennen.

Der junge Leutnant wünschte uns viel Glück und ging als
erster hinaus, als sich das Irisschott öffnete und kühle, dünne
Luft die stickige Überdruckatmosphäre der Kabine verdrängte.
Ich folgte Hunt hinaus, eine Standard-Dockrampe hinunter,
durch den Schildwall und auf den Asphalt.

Es war Nacht, und ich hatte keine Ahnung, welche lokale
Zeit man schrieb, ob der Terminator diesen Punkt des Planeten
gerade überschritten hatte oder sich ihm näherte, aber es roch
spät und schien spät zu sein. Es regnete sanft, ein leichtes Nie-
seln, das vom Salzgeruch des Meeres und einem frischen
Hauch feuchter Vegetation parfümiert war. Scheinwerfer
leuchteten an der fernen Umzäunung, rund zwanzig beleuchtete Türme warfen Lichtkegel auf die tiefhängenden Wolken.
Ein halbes Dutzend junger Männer in Uniformen der Marines
machten sich hastig daran, das Landungsboot zu entladen,
und ich konnte den jungen Leutnant erkennen, der dreißig
Meter rechts von uns brüsk mit einem Offizier sprach. Der
kleine Raumhafen sah wie aus dem Geschichtsbuch aus, ein
Kolonialhafen aus den Anfangstagen der Hegira. Primitive
Rückstoßgruben und Landequadrate erstreckten sich eine Meile oder mehr zu einer dunklen Masse von Hügeln im Norden,
Gerüste und Wartungstürme versorgten rings um uns herum
zwanzig militärische Shuttles und kleine Kriegsschiffe, und
das Landungsgebiet selbst war kreisförmig von militärischen
Gebäuden mit Antennentürmen, violetten Sperrfeldern und
einem großen Durcheinander von Gleitern und Flugzeugen
umringt.

Ich folgte Hunts Blick und sah, daß ein Gleiter auf uns zukam. Das blau-goldene geodätische Symbol der Hegemonie
auf einer Tragfläche wurde vom Positionslicht beleuchtet; Regen floß über die vordere Kuppel und wurde von den Schei-
benwischern als peitschender Vorhang aus Dunst wegge-
schleudert. Der Gleiter sank nach unten, eine Perspexkuppel

teilte sich und klappte zusammen, und dann kam ein Mann heraus und eilte über den Asphalt auf uns zu.

Er hielt Hunt die Hand hin. »M. Hunt? Ich bin Theo Lane.«

Hunt schüttelte die Hand und deutete mit einem Kopfnicken auf mich. »Freut mich, Sie kennenzulernen, Generalgouverneur. Das ist Joseph Severn.«

Ich schüttelte Lane die Hand und erlebte beim Kontakt einen Schock der Erkenntnis. Ich erinnerte mich an Theo Lane durch die *déjà vu*-Nebel der Erinnerungen des Konsuls, wußte von den Jahren, als der junge Mann Vizekonsul gewesen war, aber auch von einem kurzen Wiedersehen letzte Woche, als er alle Pilger begrüßt hatte, ehe diese mit der Schwebebarke *Benares* flußaufwärts aufgebrochen waren. Er schien älter zu sein als noch vor sechs Tagen. Aber der widerborstige Haarschopf auf seiner Stirn war derselbe, ebenso die archaische Brille, die er trug, und der knappe, feste Händedruck.

»Freut mich, daß Sie Zeit gefunden haben, auf dem Planeten zu landen«, sagte Generalgouverneur Lane zu Hunt. »Ich habe der Präsidentin einige Mitteilungen zu machen.«

»Darum sind wir hier«, sagte Hunt. Er sah blinzelnd in den Regen. »Wir haben etwa eine Stunde. Können wir uns irgendwo abtrocknen?«

Der Generalgouverneur ließ ein jugendliches Lächeln aufblitzen. »Das Feld hier ist selbst um 05.20 Uhr ein Tollhaus, und das Konsulat wird belagert. Aber ich kenne einen Platz.« Er deutete auf den Schweber.

Als wir starteten, stellte ich fest, daß zwei Gleiter der Marines mit uns Schritt hielten, aber ich war dennoch überrascht, daß der Generalgouverneur einer Protektoratswelt sein eigenes Vehikel flog, und nicht ständig von Leibwächtern begleitet wurde. Dann fiel mir ein, was der Konsul den anderen Pilgern über Theo Lane erzählt hatte — über die Tüchtigkeit und bescheidene Art des jungen Marines —, und mir wurde klar, daß diese Zurückhaltung dem Stil des jungen Diplomaten entsprach.

Die Sonne ging auf, als wir vom Raumhafen starteten und Richtung Stadt schwebten. Die tiefhängenden Wolken, die von unten beleuchtet wurden, glommen hell, die Hügel im Norden erstrahlten hellgrün, violett und rostrot, und der Streifen Himmel unter den Wolken war so herzerfrischend grün und lapis-lazuli, wie ich ihn aus meinen Träumen in Erinnerung hatte. *Hyperion*, dachte ich und spürte, wie Nervosität und Aufregung mir im Halse steckenblieben.

Ich lehnte den Kopf an den regennassen Baldachin und stellte fest, daß Schwindelgefühl und Verwirrung, die ich momentan empfand, teilweise auf schwächeren Hintergrundkontakt mit der Datensphäre zurückzuführen waren. Die Verbindung war noch vorhanden, mittlerweile verlief sie weitgehend über Mikrowelle und Fatlinekanäle, aber schwächer, als ich sie je erlebt hatte — wenn die Datensphäre ein Meer war, in dem ich schwamm, dann befand ich mich jetzt wahrhaftig in seichten Gewässern, vielleicht wäre ein Gezeitenbecken ein besserer Vergleich, und das Wasser wurde noch seichter, während wir die Gegend des Raumhafens mit seiner rudimentären Mikrosphäre verließen. Ich zwang mich, dem Gespräch Aufmerksamkeit zu schenken, das Hunt und Generalgouverneur Lane miteinander führten.

»Man kann die Hütten und Schuppen sehen«, sagte Lane, der den Gleiter leicht kippte, damit wir die Hügel und das Tal, die den Raumhafen von den Vororten der Hauptstadt trennten, besser sehen konnten.

Hütten und Schuppen war eine Schmeichelei für die kägliche Ansammlung von Fiberplastikplatten. Segeltuchplanen, Pappkartonstapeln und Schwebschaumkuppeln, die sich auf den Hügeln und tiefen Tälern ausgebreitet hatten. Die sicherlich einmal malerische, sieben bis acht Meilen lange Fahrstrecke von der Stadt zum Raumhafen, die durch bewaldete Hügel geführt hatte, bestand heute nur noch aus für Feuerholz und behelfsmäßige Unterkünfte abgeholztem Land, von Füßen zu Schlammlöchern getrampelten Wiesen und einer Stadt mit sieben- bis achthunderttausend Flüchtlingen, die sich über jedes sichtbare flache Stück Land ausgebreitet hatte. Rauch von tausend Feuerstellen stieg zum Himmel auf, und überall konnte ich rege Betriebsamkeit erkennen; barfüßige Kinder; Frauen, die Wasser aus Bächen holten, die schrecklich verschmutzt sein mußten; Männer, die sich auf freien Feldern niederkauerten oder vor behelfsmäßigen Latrinenhäuschen Schlange standen. Ich stellte fest, daß hohe Stacheldrahtzäune und violette Sperrfeldbarrieren auf beiden Straßenseiten errichtet worden waren, jede halbe Meile war ein militärischer Kontrollpunkt zu sehen. Lange Schlangen getarnter Bodenfahrzeuge und Gleiter von FORCE bewegten sich in beiden Richtungen auf der Straße und den untersten Flugebenen.

». . . die meisten Flüchtlinge sind Eingeborene«, sagte Generalgouverneur Lane gerade, »aber wir haben auch Tausende enteignete Landbesitzer von den Städten im Süden und den großen Fiberplastikplantagen auf Aquila.«

»Sind sie hier, weil sie eine Invasion der Ousters befürchten?« fragte Hunt.

Theo Lane sah Gladstones Attaché an. »Eigentlich brach die Panik beim Gedanken aus, daß die Zeitgräber sich auftun könnten«, sagte er. »Die Menschen waren überzeugt, daß das Shrike sie holen würde.«

»Hat es sie geholt?« fragte ich.

Der junge Mann drehte sich auf dem Sitz, damit er mich ansehen konnte. »Die Dritte Legion des Heimatschutztrupps ist vor sieben Monaten nach Norden aufgebrochen«, sagte er. »Sie ist nicht zurückgekehrt.«

»Sie haben gesagt, *anfangs* sind sie vor dem Shrike geflohen«, sagte Hunt. »Warum sind die anderen gekommen?«

»Sie warten auf die Evakuierung«, sagte Lane. »Alle wissen, was die Ousters . . . und die Truppen der Hegemonie . . . auf Bressia angerichtet haben. Sie möchten nicht hier sein, wenn dasselbe mit Hyperion passiert.«

»Sie wissen, daß FORCE eine Evakuierung lediglich als allerletzte Verzweiflungsmaßnahme in Erwägung zieht?« sagte Hunt.

»Ja. Aber das geben wir den Flüchtlingen nicht bekannt. Es ist auch so schon zu blutigen Unruhen gekommen. Der Tempel des Shrike ist zerstört worden . . . der Mob hat sie belagert, jemand nahm sie mit gebündelten Plasmaladungen unter Feuer, die in den Minen auf Ursus gestohlen wurden. Letzte Woche erfolgten Angriffe auf das Konsulat und den Raumhafen, und in Jacktown ist es zu Plünderungen von Lebensmittellagern gekommen.«

Hunt nickte und sah, wie die Stadt näher kam. Die Gebäude waren nieder, kaum eines mehr als fünf Stockwerke hoch, die weißen und pastellfarbenen Wände leuchteten hell im schrägen Licht der Morgensonne. Ich sah Hunt über die Schulter und erblickte den flachen Berg mit dem eingemeißelten Gesicht des Traurigen Königs Billy, das über dem Tal brütete. Der Hoolie floß durch das Zentrum der Altstadt, verlief gerade nach Nordwesten zum unsichtbaren Bridle Range und verschwand hinter einer Biegung in den Wehrholzmarschen im Südosten, wo er, wie ich wußte, an der Oberen Mähne sich zu einem Delta verbreiterte. Nach der traurigen Enge der Flüchtlingslager sah die Stadt entvölkert und friedlich aus, aber noch während wir auf den Fluß hinabstießen, bemerkte ich den militärischen Verkehr, die Panzer und APCs und GAVs an Kreuzungen und in Parks, und keines hatte die Tarnpolymere aktiviert, damit die Fahrzeuge absichtlich noch bedrohlicher aussahen. Dann sah ich die Flüchtlinge in der Stadt: provisorische Zelte auf den Plätzen und Straßen, Tausende schlafende Gestalten auf den Gehwegen wie viele Bündel schmutziger Wäsche, die darauf warteten, daß sie abgeholt wurden.

»Vor zwei Jahren lag die Bevölkerungszahl von Keats bei zweihunderttausend«, sagte Generalgouverneur Lane. »Heute bringen war es einschließlich der Elendsviertel auf dreieinhalb Millionen.«

»Ich dachte, es leben nicht einmal fünf Millionen Menschen auf dem Planeten«, sagte Hunt, »einschließlich Eingeborene.«

»Das stimmt«, sagte Lane. »Daran ersehen Sie, warum hier alles zusammenbricht. Die beiden anderen größeren Städte, Port Romance und Endymion, beherbergen den größten Teil der restlichen Flüchtlinge. Die Fiberplastikplantagen auf Aquila sind verlassen und werden wieder von Dschungel und Flammenwäldern überwuchert, die Farmgürtel an der Mähne und den Neun Schwänzen produzieren nicht mehr — und wenn doch, können sie ihre Lebensmittel nicht zum Markt schaffen, weil das zivile Transportsystem zusammengebrochen ist.«

Hunt sah, wie der Fluß näher kam. »Was unternimmt die Regierung?«

Theo Lane lächelte. »Sie wollen sagen, was *ich* tue? Nun, die Krise braut sich schon seit fast drei Jahren zusammen. Der erste Schritt war, den Heimat-Regierungsrat aufzulösen und Hyperion formell ins Protektorat einzubringen. Nachdem ich die Befugnis hatte, habe ich die verbliebenen Transitfirmen und Fuhrunternehmen verstaatlicht — nur das Militär fliegt hier noch mit Gleitern — und den Selbstschutztrupp aufgelöst.«

»Aufgelöst?« fragte Hunt. »Man sollte meinen, Sie würden ihn einsetzen.«

Generalgouverneur Lane schüttelte den Kopf. Er berührte behutsam, aber zuversichtlich die Omnikontrolle, worauf er Gleiter spiralförmig aufs Zentrum von Keats hinabsenkte. »Sie waren mehr als nutzlos«, sagte er, »sie waren gefährlich. Ich war nicht besonders betroffen, als die Legion ›Kämpfende Dritte‹ nach Norden gezogen und einfach verschwunden ist. Sobald die FORCE:Bodentruppen und Marines gelandet waren, habe ich alle anderen Tölpel vom SST entwaffnen lassen. Sie waren für den überwiegenden Teil der Plünderungen verantwortlich. Hier bekommen wir ein Frühstück und können uns unterhalten.«

Der Gleiter schwebte dicht über dem Fluß, kreiste ein letztes Mal und setzte dann behutsam im Innenhof eines uralten Bauwerks auf, das aus Stein und Balken und mit phantasievoll gestalteten Fenstern erbaut worden war: Cicero's. Noch bevor Theo Lane Hunt gesagt hatte, worum es sich handelte, erkannte ich das Lokal, weil die Pilger ebenfalls hier gewesen waren — das alte Restaurant/Pub/Gasthaus lag im Herzen von Jacktown und erstreckte sich auf neun Etagen über vier Gebäude; seine Balkone und Erker und Stege aus dunklem Wehrholz hingen auf einer Seite über dem trägen Hoolie und auf der anderen über die schmalen Gassen von Jacktown. Cicero's war älter als das Felsgesicht des Traurigen Königs Billy, seine düsteren Nischen und tiefen Weinkeller waren für den Konsul in den Jahren seines Exils die wahre Heimat gewesen.

Stan Leweski empfing uns am Hoftor. Der große und breitschultrige Mann mit seinem dunklen und rissigen Steingesicht *war* das Cicero's, ebenso wie es sein Vater, Großvater und Urgroßvater vor ihm gewesen waren.

»Verdammt!« rief der Riese und schlug dem Generalgouverneur/de facto-Diktator dieser Welt so fest auf die Schultern, daß Theo Lane schwankte. »Kommen zur Abwechslung mal früh, hm? Und Freunde zum Frühstück mitgebracht, hm? Willkommen im Cicero's!« Stan Leweskis riesige Pranke verschluckte meine und die von Hunt zu einem Willkommensgruß, nach dem ich Finger und Gelenke auf Verletzungen untersuchte. »Oder ist es für Sie später — Netzzeit?« dröhnte er. »Vielleicht möchten Sie einen Drink oder das Abendessen!«

Leigh Hunt sah den Schankwirt verkniffen an. »Woher wissen Sie, daß wir aus dem Netz kommen?«

Leweski bellte ein Lachen hinaus, bei dem die Wetterfahnen am Dachrand flatterten. »Ha! Schwer zu erraten, hm? Ihr kommt mit Theo bei Sonnenaufgang hierher — glaubt ihr, er würde jeden mitnehmen? — und tragt Wollkleidung, obwohl wir hier keine Schafe haben. Ihr seid nicht von FORCE und keine Macker von den Fiberplastikplantagen ... die kenne ich alle! Ipso facto toto seid ihr vom Netz auf ein Schiff gefarcastet und hier wegen eines guten Essens gelandet. Wollt ihr nun Frühstück, oder reichlich zu trinken?«

Theo Lane seufzte. »Gib uns eine Ecke, Stan. Speck und Eier und Laugenhörnchen für mich. Meine Herren?«

»Nur Kaffee«, sagte Hunt.

»Ja«, sagte ich. Wir folgten dem Besitzer durch Flure, kurze Treppen hinauf und schmiedeeiserne Rampen hinunter und durch weitere Flure. Das Lokal war niederer, dunkler, verrauchter und faszinierender, als ich es aus meinen Träumen in Erinnerung hatte. Ein paar Stammgäste sahen im Vorübergehen zu uns auf, aber es war längst nicht so überfüllt, wie ich in Erinnerung hatte. Offensichtlich hatte Lane Truppen hergeschickt, die die letzten Barbaren des SST hinausgeworfen hatten, welche das Haus besetzt hatten. Wir kamen an einem hohen, schmalen Fenster vorbei, und ich sah die Bestätigung dieser Theorie in Form eines APC von FORCE:Bodentruppen, das auf der Straße parkte und in dessen Umfeld sich Soldaten mit offensichtlich geladenen Waffen aufhielten.

»Hier«, sagte Leweski und winkte uns auf einen kleinen Balkon über dem Hoolie mit Blick auf die Giebeldächer und Steintürme von Jacktown. »Dommy ist in zwei Minuten mit Frühstück und Kaffee hier.« Er entfernte sich rasch ... für einen Riesen.

Hunt sah auf sein Komlog. »Uns bleiben noch rund fünf-

undvierzig Minuten, bis das Landungsboot mit uns zurückkehren soll. Reden wir.«

Lane nickte, nahm die Brille ab und rieb sich die Augen. Mir
wurde klar, daß er die ganze Nacht wach gewesen war ... möglicherweise einige Nächte. »Gut«, sagte er und setzte die Brille
wieder auf. »Was möchte Präsidentin Gladstone wissen?«

Hunt wartete, während ein sehr kleiner Mann mit perga-
mentweißer Haut und gelben Augen uns Kaffee in tiefen, dik-
ken Krügen brachte und einen Teller mit Lanes Essen abstellte.
»Die Präsidentin möchte wissen, was Sie für Ihre Prioritäten
halten«, sagte Hunt. »Und sie möchte wissen, ob Sie hier
durchhalten können, falls sich die Kampfhandlungen hinziehen sollten.«

Lane aß einen Moment lang weiter, bevor er antwortete. Er
trank einen großen Schluck Kaffee und sah Hunt durchdringend an. Dem Geschmack nach zu urteilen, handelte es sich
um echten Kaffee, der besser schmeckte als mancher, der im
Netz gezüchtet wurde. »Zäumen wir das Pferd vom Schwanz
her auf«, sagte Lane. »Definieren Sie ›hinziehen‹.«

»Wochen.«

»Wochen vielleicht. Monate auf gar keinen Fall.« Der Generalgouverneur kostete die Laugenhörnchen. »Sie sehen die Lage unserer Wirtschaft. Würde FORCE nicht Vorräte einfliegen,
würde es täglich zu Lebensmittelplünderungen kommen, nicht
wöchentlich. Aufgrund der Quarantäne ist kein Export möglich. Die Hälfte der Flüchtlinge möchten die Priester des Shrike-Tempels finden und umbringen, die andere Hälfte möchte
beitreten, bevor das Shrike *sie* findet.«

»Haben Sie die Priester gefunden?« fragte Hunt.

»Nein. Wir sind sicher, daß sie der Bombardierung des Tem-
pels entkommen sind, aber die Behörden können sie nicht aufspüren. Man hört Gerüchte, daß sie nach Norden zum Keep
Chronos gegangen sind, einem Schloß aus Stein über der
Hochebene, wo sich die Zeitgräber befinden.«

Ich wußte es besser. Zumindest wußte ich, daß die Pilger
während ihres kurzen Aufenthalts im Keep keine Priester des
Shrike-Tempels gesehen hatten. Aber sie hatten die Spuren eines Gemetzels entdeckt.

»Was unsere Prioritäten betrifft«, sagte Theo Lane, »kommt

die Evakuierung an erster Stelle. An zweiter Stelle die Eliminierung der Bedrohung durch die Ousters. An dritter Hilfe gegen die Bedrohung des Shrike.«

Leigh Hunt lehnte sich gegen das geölte Holz zurück. Dampf stieg von dem schweren Krug in seiner Hand auf. »Evakuierung ist zum momentanen Zeitpunkt nicht möglich ...«

»Warum?« Lane feuerte die Frage wie den Strahl einer Höllenpeitsche ab.

»Präsidentin Gladstone verfügt — im Augenblick — nicht über die politische Macht, den Senat und das All-Wesen davon zu überzeugen, daß das Netz fünf Millionen Flüchtlinge aufnehmen kann ...«

»Dummes Zeug«, sagte der Generalgouverneur. »Im ersten Jahr des Protektorats sind die doppelte Zahl Touristen über Maui-Covenant hergefallen. Und das hat eine einmalige planetare Ökologie zerstört. Bringen Sie uns nach Armaghast oder auf eine andere Wüstenwelt, bis die Kriegsgefahr gebannt ist.«

Hunt schüttelte den Kopf. Seine Bassettaugen blickten trauriger als gewöhnlich drein. »Es ist nicht nur eine Frage der Logistik«, sagte er. »Oder der Politik. Es ist ...«

»Das Shrike«, sagte Lane. Er zerteilte ein Stück Speck. »Das Shrike ist der wahre Grund.«

»Ja. Außerdem Angst vor einer Infiltration des Netzes durch die Ousters.«

Der Generalgouverneur lachte. »Sie haben also Angst, wenn Sie Farcasterportale hier errichten, könnten ein paar drei Meter große Ousters landen und sich unbemerkt in die Reihe stellen?«

Hunt trank Kaffee. »Nein«, sagte er, »aber die Möglichkeit einer Invasion besteht tatsächlich. Jedes Farcasterportal ist eine Öffnung zum Netz. Das Ratskonzil hat sich dagegen ausgesprochen.«

»Na gut«, sagte der jüngere Mann mit halbvollem Mund. »Dann evakuiert uns mit Schiffen. War das nicht der Grund, weshalb die Task Force ursprünglich hergeschickt wurde?«

»Das war der *vorgebliche* Grund«, sagte Hunt. »Unser wahres Ziel ist jetzt, den Ousters eine Niederlage zuzufügen und Hyperion vollwertig ins Netz einzugliedern.«

»Und was wird dann aus der Bedrohung durch das Shrike?«

»Es wird ... neutralisiert werden«, sagte Hunt. Er verstummte, während eine kleine Gruppe Männer und Frauen an unserem Balkon vorbeiging.

Ich sah auf, wollte meine Aufmerksamkeit schon wieder auf den Tisch konzentrieren, drehte den Kopf aber noch einmal ruckartig um. Die Gruppe war am Ende des Flurs verschwunden. »War das nicht Melio Arundez?« sagte ich und unterbrach damit Generalgouverneur Lane.

»Was? Oh, Dr. Arundez. Ja. Kennen Sie ihn, M. Severn?«

Leigh Hunt sah mich böse an, aber ich achtete nicht darauf. »Ja«, sagte ich zu Lane, obwohl ich Arundez nie persönlich kennengelernt hatte. »Was macht er auf Hyperion?«

»Sein Team ist vor über sechs lokalen Monaten mit einem Vorschlag für ein Projekt von Reichs Universität auf Freeholm hier eingetroffen, weitere Forschungen an den Zeitgräbern durchzuführen.«

»Aber die Gräber waren für Forscher und Touristen gesperrt«, sagte ich.

»Ja. Aber ihre Instrumente — wir haben gestattet, daß wöchentlich Daten durch den Fatlinesender des Konsulats übermittelt wurden — hatten die Veränderung der Anti-Entropiefelder um die Zeitgräber herum bereits angezeigt. Reichs Universität hat gewußt, daß sich die Gräber öffnen würden — wenn die Veränderungen das wirklich zu bedeuten haben —, und sie haben die besten Forscher im Netz darauf angesetzt.«

»Aber Sie haben Ihnen keine Erlaubnis erteilt?« sagte ich.

Theo Lane lächelte humorlos. »Präsidentin Gladstone hat keine Erlaubnis erteilt. Die Abriegelung der Zeitgräber ist ein direkter Befehl von TC1f. Wenn es nach mir ginge, hätte ich den Pilgern den Zugang verweigert und statt dessen der Gruppe von Dr. Arundez Priorität eingeräumt.« Er wandte sich wieder zu Hunt um.

»Entschuldigen Sie mich«, sagte ich und glitt aus der Nische.

Ich fand Arundez und seine Leute — drei Frauen und vier Männer, deren Kleidung und Körperbau auf verschiedene Welten im Netz hindeuteten — zwei Balkone weiter. Sie waren über ihr Frühstück und die wissenschaftlichen Komlogs gebeugt und warfen sich so unverständliche Fachausdrücke an den Kopf, daß ein Talmudschüler vor Neid erblaßt wäre.

»Dr. Arundez?« sagte ich.

»Ja?« Er sah auf. Er war zwanzig Jahre älter, als ich ihn in Erinnerung hatte, und kam Anfang Sechzig in die mittleren Jahre, aber das erstaunlich hübsche Profil war dasselbe, ebenso die bronzefarbene Haut, der markante Kiefer, das lockige, nur an den Schläfen leicht ergraute schwarze Haar und die stechenden Mandelaugen, und mir wurde klar, daß sich eine junge Studentin leicht in ihn verlieben konnte.

»Mein Name ist Joseph Severn« sagte ich. »Sie kennen mich nicht, aber ich kannte eine Freundin von Ihnen ... Rachel Weintraub.«

Arundez war in Nullkommanichts aufgesprungen, entschuldigte sich bei den anderen und führte mich am Ellbogen, bis wir eine freie Nische in einem Erker mit Blick auf rotgedeckte Ziegeldächer gefunden hatten. Da ließ er meinen Ellbogen los, studierte mich gründlich von oben bis unten und bemerkte die Netzkleidung. Er drehte meine Handgelenke herum und suchte nach den verräterischen Blautönen von Poulsen-Behandlungen. »Sie sind zu jung«, sagte er. »Es sei denn, Sie haben Rachel als Kind gekannt.«

»Eigentlich kenne ich ihren Vater besser«, sagte ich.

Dr. Arundez atmete aus und nickte. »Gewiß«, sagte er. »Wo steckt Sol? Ich habe monatelang versucht, ihn über das Konsulat aufzuspüren. Die Behörden auf Hebron haben mir nur mitgeteilt, daß er verzogen ist.« Er maß mich wieder mit diesem abschätzenden Blick. »Sie wußten von Rachels ... Krankheit?«

»Ja«, sagte ich. Merlins Krankheit, die bewirkte, daß sie rückwärts gealtert war und mit jedem verrinnenden Tag, jeder verrinnenden Stunde Erinnerungen verlor, Melio Arundez war eine dieser Erinnerungen gewesen. »Ich weiß, daß Sie sie vor rund fünfzehn Standardjahren auf Barnards Welt besucht haben.«

Arundez verzog das Gesicht. »Das war ein Fehler«, sagte er. »Ich habe mir gedacht, ich würde mit Sol und Sarai sprechen. Als ich sie gesehen habe ...« Er schüttelte den Kopf. »Wer sind Sie? Wissen Sie, wo Sol und Rachel jetzt sind? Es sind noch *drei Tage* bis zu ihrem Geburtstag.«

Ich nickte. »Ihrem nullten und letzten Geburtstag.« Ich sah mich um. Der Flur war stumm und verlassen, abgesehen von fernem Murmeln und Lachen in einer tieferen Etage. »Ich bin im Auftrag der Präsidentin hier, um mir ein Bild zu machen«, sagte ich. »Ich besitze Informationen, wonach Sol Weintraub und seine Tochter zu den Zeitgräbern gereist sind.«

Arundez sah mich an, als hätte ich ihn in den Solarplexus geschlagen. »*Hier?* Auf Hyperion?« Er sah für einen Moment über die Dächer hinaus. »Ich hätte wissen müssen ... obwohl Sol sich stets geweigert hat, hierher zu kommen ... aber nachdem Sarai nicht mehr ist ...« Er sah mich an. »Haben Sie Verbindung mit ihm? Ist sie ... geht es ihr gut?«

Ich schüttelte den Kopf. »Derzeit gibt es keine Funk- oder Datensphärenverbindung zu ihnen«, sagte ich. »Ich weiß, daß sie die Reise wohlbehalten überstanden haben. Die Frage ist, was wissen *Sie?* Ihr Team? Daten über das, was sich bei den Zeitgräbern abspielt, könnten sehr wichtig für ihr Überleben sein.«

Melio Arundez strich mit den Fingern durchs Haar. »Wenn sie uns nur dorthin gelassen hätten! Diese verdammte, dumme, bürokratische Kurzsichtigkeit ... Sie sagen, Sie kommen von Gladstone. Können Sie ihr nicht erklären, warum es so wichtig ist, daß wir dorthin dürfen?«

»Ich bin nur ein Bote«, sagte ich. »Aber sagen Sie mir, warum es so wichtig ist, dann will ich versuchen, die Nachricht an jemanden weiterzugeben.«

Arundez' große Hände schienen etwas in der Luft zu umklammern. Seine Nervosität und Wut waren greifbar. »Drei Jahre lang kamen die Daten via Telemetrie in den Übertragungen, die das Konsulat einmal wöchentlich mit ihrem kostbaren Fatlinesender duldete. Diese zeigten eine langsame, aber konstante Abschwächung der Anti-Entropieumhüllung — der Zeit-Gezeiten — in und um die Zeitgräber. Es war sprunghaft, unlogisch, aber konstant. Unser Team bekam die Erlaubnis, hierher zu reisen, als die Abschwächung gerade angefangen hatte ... Wir trafen vor rund sechs Monaten ein und sahen, daß die Daten zeigten, die Zeitgräber standen kurz vor dem Öffnen ... sie kamen in Phase mit dem *Jetzt* ... aber vier Tage nach unserer Ankunft stellten die Instrumente ihre Sendungen ein. Alle. Wir haben diesen Dreckskerl Lane angefleht, daß er uns hinreisen und sie neu kalibrieren läßt; daß wir zumindest neue Sensoren aufstellen durften, wenn er uns schon nicht persönlich untersuchen lassen wollte.

Nichts. Keine Reisegenehmigung. Keine Kommunikation mit der Universität ... nicht einmal mit den eintreffenden FORCE-Schiffen, was es leichter gemacht hätte. Wir haben versucht, auf eigene Faust flußaufwärts zu reisen, ohne Erlaubnis, aber Lanes Marines haben uns an den Schleusen von Karla abgefangen und in Handschellen zurückgebracht. Ich habe vier Wochen im Gefängnis gesessen. Jetzt gestatten sie uns, daß wir uns in Keats frei bewegen, aber wir werden auf unbestimmte Zeit eingesperrt, sollten wir noch einmal versuchen, die Stadt zu verlassen.« Arundez beugte sich nach vorn. »*Können* Sie uns helfen?«

»Ich weiß nicht«, sagte ich. »Ich möchte den Weintraubs helfen. Vielleicht wäre es das beste, wenn Sie Ihr Team zum Schauplatz bringen könnten. Wissen Sie, wann sich die Zeitgräber öffnen?«

Der Zeitphysiker machte eine ärgerliche Gebärde. »Wenn wir *neue* Daten hätten!« Er seufzte. »Nein, wir wissen es nicht. Sie könnten schon offen sein, oder es könnte ebensogut noch einmal sechs Monate dauern.«

»Wenn Sie ›öffnen‹ sagen«, meinte ich, »dann meinen Sie nicht öffnen im physikalischen Sinn, oder?«

»Selbstverständlich nicht. Die Zeitgräber sind physikalisch für Erforschungen offen, seit sie vor vier Standardjahrhunderten entdeckt wurden. Ich meine ›Öffnen‹ in dem Sinne, daß die Vorhänge der Zeit fallen, die sie teilweise verbergen, und den gesamten Komplex phasengleich mit dem hiesigen Zeitstrom machen.«

»Mit ›hiesig‹ meinen Sie ...?«

»Ich meine selbstverständlich in diesem Universum.«

»Und Sie sind sicher, daß sich die Gräber rückwärts in der Zeit bewegen ... von unserer Zukunft?« fragte ich.

»Rückwärts in der Zeit, ja«, antwortete Arundez. »Von unserer Zukunft, das können wir nicht sagen. Wir sind nicht einmal sicher, was ›Zukunft‹ in zeitlichen/physikalischen Begriffen bedeutet. Es könnte sich dabei um eine Reihe sinuswellenförmiger Wahrscheinlichkeiten handeln, oder um ein Megaversum in Form eines Entscheidungsbaums, oder sogar ...«

»Was immer es ist«, sagte ich, »die Zeitgräber und das Shrike kommen von dort?«

»Die Zeitgräber mit Sicherheit«, sagte der Physiker. »Was das Shrike anbelangt, so weiß ich es nicht. Ich persönlich vermute, dabei handelt es sich um einen Mythos, der vom selben Bedürfnis nach abergläubischen Überzeugungen geschaffen wurde, der auch andere Religionen begründet.«

»Nach allem, was Rachel zugestoßen ist«, sagte ich, »glauben Sie immer noch nicht an das Shrike?«

Melio Arundez sah mich finster an. »Rachel hat sich Merlins Krankheit zugezogen«, sagte er. »Das ist eine anti-entropische Alterskrankheit, nicht der Biß eines mythischen Ungeheuers.«

»Der Biß der Zeit ist nie mythisch gewesen«, sagte ich und überraschte mich selbst mit diesem billigen Anflug selbstgebastelter Philosophie. »Die Frage ist — wird das Shrike oder die Macht, die den Zeitgräbern innewohnt, Rachel wieder in den ›hiesigen‹ Zeitstrom zurückbringen?«

Arundez nickte und sah wieder über die Dächer hinaus. Die Sonne hatte sich hinter Wolken verzogen, der Morgen war grau, die roten Ziegeln wie ausgelaugt. Es fing wieder an zu regnen.

»Und die Frage ist«, sagte ich und überraschte mich wieder selbst, »lieben Sie sie immer noch?«

Der Physiker drehte langsam den Kopf, maß mich mit einem wütenden Blick. Ich spürte, wie sich seine — möglicherweise gewalttätige — Antwort aufbaute, verweilte und abebbte. Er griff in die Manteltasche und zeigte mir den Holoschnappschuß einer attraktiven Frau mit leicht ergrautem Haar und zwei Kindern unter zwanzig. »Meine Frau, meine Kinder«, sagte Melio Arundez. »Sie warten auf Renaissance Vector.« Er deutete mit einem kräftigen Finger auf mich. »Wenn Rachel heute ... heute geheilt werden würde, wäre ich zweiundachtzig Standardjahre alt, bis sie selbst in das Alter kommt, als sie mich kennengelernt hat.« Er ließ den Finger sinken und steckte das Holo wieder in die Tasche. »Ja«, sagte er dann, »ich liebe sie immer noch.«

»Fertig?« Die Stimme unterbrach das Schweigen einen Moment später. Ich sah auf und erblickte Hunt und Theo Lane unter der Tür. »Das Landungsboot startet in zehn Minuten«, sagte Hunt.

Ich stand auf und schüttelte Melio Arundez die Hand. »Ich will es versuchen«, sagte ich.

Generalgouverneur Lane ließ uns von einem Gleiter seiner Eskorte zum Raumhafen bringen, während er selbst ins Konsulat zurückkehrte. Der Militärgleiter war nicht bequemer als der des Konsulats, aber schneller. Wir waren schon in unseren Netzsitzen an Bord des Landungsbootes festgeschnallt und geschirmt, als Hunt sagte: »Was hatte das mit dem Physiker zu bedeuten?«

»Ich habe lediglich die alte Freundschaft zu einem Fremden aufgefrischt«, sagte ich.

Hunt runzelte die Stirn. »Was haben Sie ihm versprochen, würden Sie versuchen?«

Ich spürte, wie das Landungsboot erbebte, dröhnte und dann emporschnellte, als der Katapultstarter uns himmelwärts schleuderte. »Ich habe ihm versprochen, ich würde mich bemühen, daß er eine kranke Freundin besuchen darf«, sagte ich.

Hunt sah weiterhin finster drein, aber ich holte einen Skizzenblock heraus und kritzelte Impressionen von Cicero's, bis wir fünfzehn Minuten später am SprungSchiff andockten.

Es war ein Schock, als ich durch das Farcasterportal in den Angestelltennexus im Regierungshaus trat. Ein weiterer Schritt brachte uns zur Senatsgalerie, wo Meina Gladstone immer noch vor überfülltem Haus sprach. Bildgestalter und Mikrophone übertrugen ihre Ansprache ins All-Wesen und zu hundert Milliarden wartenden Bürgern.

Ich sah auf mein Chronometer. Es war 10.38 Uhr. Wir waren nur neunzig Minuten weg gewesen.

12

Das Gebäude, welches den Senat der Hegemonie der Menschheit beherbergte, war mehr nach dem Senatsgebäude der Vereinigten Staaten vor achthundert Jahren gestaltet als nach den pompöseren Bauwerken der Nordamerikanischen

Republik oder des Ersten Weltkonzils. Der Hauptsitzungssaal war riesig, von Galerien gesäumt und so groß, daß die über dreihundert Senatoren der Netzwelten und über siebzig nicht stimmberechtigten Repräsentanten von Protektoratskolonien darin Platz fanden. Die Teppichböden waren dunkelrot und verliefen von dem Podest aus, wo die Präsidentin Pro Tem, der Sprecher des All-Wesens und heute der Oberste Staatssekretär der Hegemonie ihre Plätze hatten. Die Tische der Senatoren waren aus Muirholz gefertigt, welches die Tempelritter von God's Grove gespendet hatten, denen solche Produkte heilig waren, und die Wärme und der Geruch von poliertem Holz durchdrang den Saal selbst dann, wenn er so überfüllt war wie heute.

Leigh Hunt und ich traten ein, als Gladstone gerade mit ihrer Rede fertig war. Ich rief eine kurze Zusammenfassung über mein Komlog ab. Die Ansprache war wie ihre meisten Reden kurz, vergleichsweise einfach und ohne Übertreibungen oder Pomp gewesen, aber dennoch von originellen Ausdrücken und Phrasen durchzogen, denen große Überzeugungskraft eigen war.

Gladstone hatte die Vorfälle und Konflikte umrissen, die zur momentanen Konfrontation mit den Ousters geführt hatten, hatte den von der Zeit geheiligten Wunsch nach Frieden ausgesprochen der immer noch die Politik der Hegemonie beherrschte, und hatte Einigkeit im Netz und Protektorat gefordert, bis die momentane Krise beigelegt war. Ich hörte mir ihre Zusammenfassung an.

»... und so konnte es geschehen, Mitbürger, daß wir nach mehr als einem Jahrhundert des Friedens wieder in einen Konflikt verwickelt sind, um die Rechte zu erhalten, denen sich unsere Gesellschaft schon vor dem Tod von Mutter Erde verschrieben hatte. Nach mehr als einem Jahrhundert Frieden müssen wir nun — egal wie unwillig, egal wie mißbilligend — wieder zu Schild und Schwert greifen, die stets unser Geburtsrecht erhalten und unser aller Wohlstand gedient haben, damit wieder Friede herrschen kann.

Wir dürfen — und werden — uns nicht vom Schmettern der Fanfaren oder dem Jubel der Unbesonnenheit verführen lassen, die den Ruf zu den Waffen unweigerlich begleiten. Diejenigen, welche die Lektionen der Geschichte vergessen, wenn es um die Torheit des Krieges an sich geht, werden sie nicht nur nochmals durchleben müssen, sie könnten vielleicht dadurch sterben. Große Opfer können vor uns allen liegen. Für einige von Ihnen vielleicht große Trauer. Aber welche Erfolge oder Niederlagen wir letztendlich auch hinnehmen müssen, ich sage Ihnen jetzt und hier, daß wir vor allem diese beiden Dinge nicht vergessen dürfen: Erstens, wir kämpfen für den Frieden und wissen, daß der Krieg niemals ein Dauerzustand sein darf, sondern lediglich eine vorübergehende Geißel, die wir erdulden müssen wie ein Kind ein Fieber, mit dem Wissen, daß Gesundheit auf eine lange Nacht der Schmerzen folgt und der Frieden Gesundheit ist. Zweitens, daß wir uns niemals ergeben werden ... niemals ergeben oder wanken oder uns unbesonneneren Stimmen und bequemeren Impulsen fügen werden ... niemals wanken, bis der Sieg wieder unser, die Aggression zurückgeschlagen und der Frieden wiedererlangt ist. Ich danke Ihnen.«

Leigh Hunt beugte sich nach vorn und beobachtete gebannt, wie die meisten Senatoren aufstanden und Gladstone Beifall zollten, der von der hohen Decke widerhallte und wie Wellen über den Galerien zusammenschlug. Die *meisten* Senatoren. Ich bemerkte, daß Hunt diejenigen zählte, die sitzengeblieben waren — manche mit verschränkten Armen, manche mit deutlichem Stirnrunzeln. Der Krieg war noch keine zwei Tage alt, und schon bildete sich eine Opposition ... zuerst von den Kolonialwelten, die um ihre Sicherheit fürchteten, da FORCE mit Hyperion beschäftigt war, dann von Gladstones Gegenspielern — die zahlreich waren, denn niemand bleibt so lange wie sie an der Macht, ohne sich ganze Kader von Feinden zu machen, und zuletzt von Mitgliedern ihrer eigenen Koalition, die den Krieg als närrische Bedrohung für einen beispiellosen Wohlstand ansahen.

Ich sah, wie sie das Podest verließ, dem betagten Kanzler und dem jungen Sprecher die Hände schüttelte und dann durch den Mittelgang hinausging — wobei sie vielen die Hände reichte und mit vielen redete und dabei das altbekannte Lächeln sehen ließ. Bildgestalter des All-Wesens folgten ihr, und ich spürte förmlich, wie der Druck des Diskussionsnetzes zunahm, als Milliarden ihre Meinung über die interaktiven Ebenen der Megasphäre durchgaben.

»Ich muß sie jetzt sprechen«, sagte Hunt. »Sie wissen, daß Sie heute abend zu einem Staatsbankett im Treetops eingeladen sind?«

»Ja.«

Hunt schüttelte unmerklich den Kopf, als wäre ihm unbegreiflich, wieso mich die Präsidentin dabei haben wollte. »Es wird sich lang hinziehen, und daran anschließend ist ein Treffen mit dem FORCE:Kommandostab anberaumt. Sie möchte, daß Sie an beidem teilnehmen.«

»Ich bin bereit«, sagte ich.

Hunt blieb unter der Tür stehen. »Haben Sie bis zum Essen etwas im Regierungshaus zu tun?«

Ich lächelte ihm zu. »Ich arbeite an meinen Porträtskizzen«, sagte ich. »Dann werde ich wahrscheinlich einen Spaziergang im Deer Park machen. Und danach ... ich weiß nicht ... vielleicht mache ich ein Nickerchen.«

Hunt schüttelte wieder den Kopf und eilte weiter.

13

Der erste Schuß verfehlt Fedmahn Kassad um nicht einmal einen Meter und zersplittert einen Fels, den er eben passiert hat, aber Kassad handelt, noch ehe die Druckwelle ihn erreicht; er wälzt sich in Deckung, aktiviert sein Tarnpolymer, härtet den Schutzpanzer, hält das Gewehr bereit und schaltet das Visier auf Zielsuchmodus. Kassad bleibt eine ganze Weile so liegen, spürt seinen Herzschlag und sucht Hügel, Tal und die Gräber nach der winzigsten Andeutung von Wärme oder Bewegung ab. Nichts. Er grinst hinter dem schwarzen Spiegel seines Visiers.

Er ist sicher, wer auf ihn geschossen hat, hat ihn verfehlen wollen. Sie hatten eine Standardpulsladung benützt, die von einer 18-mm-Patrone gezündet wurde, und wenn der Schütze nicht zehn oder mehr Kilometer entfernt war ... konnte er gar nicht danebenschießen.

Kassad steht auf, um in den Schutz des Jadegrabs zu fliehen, da erwischt ihn der zweite Schuß an der Brust und schleudert ihn rückwärts.

Dieses Mal knurrt er, rollt sich weg und läuft, sämtliche Sensoren aktiviert, zum Eingang des Jadegrabs. Der zweite Schuß war eine Gewehrkugel gewesen. Wer auch immer mit ihm spielen mag, er benützt eine FORCE-Vielzweckangriffswaffe ähnlich wie seine eigene. Er vermutet, der Angreifer hat gewußt, daß er einen Körperpanzer trägt und die Gewehrkugel wirkungslos sein würde. Aber die Vielzweckwaffe birgt noch andere Möglichkeiten, und wenn die nächste Stufe des Spiels den Killerlaser bedeutete, ist Kassad tot. Er wirft sich in den Eingang des Grabs.

Immer noch keine Wärme oder Bewegung auf seinen Sensoren, abgesehen von den rotgelben Abbildern der rasch abkühlenden Fußabdrücke seiner Pilgergefährten, die die Sphinx vor mehreren Minuten betreten haben.

Kassad benützt seine taktischen Implantate und wechselt die Displays, wobei er nacheinander durch VHF und die optischen Komkanäle schaltet. Nichts. Er vergrößert das Tal hundertfach, speist Windgeschwindigkeit und Sanddichte in den Computer ein und aktiviert einen Zielsucher für bewegliche Ziele. Nichts Größeres als ein Insekt bewegt sich. Er löst Radar, Sonar und Lorfopulse aus und fordert den Heckenschützen heraus, diese unter Beschuß zu nehmen. Nichts. Er ruft taktische Displays der beiden ersten Schüsse ab; blaue Ballistikbahnen leuchten auf.

Der erste Schuß ist von der Stadt der Dichter gekommen, mehr als vier Klicks im Südwesten. Der zweite Schuß, keine zehn Sekunden später, vom Kristallmonolithen, fast einen ganzen Klick im Tal drinnen, im Nordosten. Die Logik schreibt vor, daß es zwei Schützen sein müssen. Kassad ist sicher, daß es nur einer ist. Er justiert die Displayskala. Der zweite Schuß wurde hoch oben auf dem Monolithen abgegeben, mindestens dreißig Meter hoch an der glatten Fläche.

Kassad schwingt sich hinaus, schaltet die Vergrößerung höher und späht durch Nacht und die letzten Ausläufer des Sand- und Schneesturms zu dem riesigen Gebilde. Nichts. Keine Fenster, keine Scharten, überhaupt keine irgendwie geartete Öffnung.

Nur die Milliarden Kolloidpartikelchen, die nach dem Sturm noch in der Luft schweben, machen den Laser einen Sekundenbruchteil sichtbar. Kassad sieht den grünen Strahl, *nachdem* dieser ihn an der Brust getroffen hat. Er rollt sich in den Eingang des Jadegrabs zurück und fragt sich, ob die grünen Mauern eine Lichtlanze abhalten können, während Supraleiter in seinem Kampfanzug Hitze nach allen Richtungen abführen und sein taktisches Display ihm verrät, was er schon weiß: der Schuß ist von hoch oben am Kristallmonolithen gekommen.

Kassad verspürt einen stechenden Schmerz in der Brust, sieht an sich hinunter und wird gewahr, daß aus einem fünf Zentimeter durchmessenden Loch des Unverwundpanzers geschmolzene Hartfasern auf den Boden tropfen. Nur die letzte Schicht hat ihn gerettet. Sein ganzer Körper in dem Anzug trieft vor Schweiß, und Kassad stellt fest, daß die Wände des Grabs buchstäblich glühen, soviel Hitze hat der Anzug abgeleitet. Biomonitoren verlangen Aufmerksamkeit, bringen aber keine weltbewegenden Neuigkeiten; die Anzugsensoren melden einige Schaltkreisschäden, aber nichts Unersetzliches, und seine Waffe ist immer noch geladen, voll und einsatzbereit.

Kassad denkt darüber nach. Alle Gräber sind unermeßliche archäologische Schätze, die seit Jahrhunderten für künftige Generationen erhalten werden, selbst *wenn* sie sich in der Zeit rückwärts bewegen. Es wäre ein Verbrechen interplanetaren Ausmaßes, wenn Oberst Fedmahn Kassad sein eigenes Leben über den Erhalt so kostbarer Artefakte stellen würde.

»Ach, scheiß drauf«, flüstert Kassad und rollt sich in Feuerstellung.

Er pumpt Laserfeuer über die Oberfläche des Monolithen, bis Kristall schmilzt und zerfließt. Er donnert in Zehnmeterintervallen hochexplosive Geschosse in das Ding, wobei er mit den oberen Etagen anfängt. Tausende Scherben spiegelnden Metalls fliegen in die Nacht, taumeln in Zeitlupe auf den Boden des Tals und hinterlassen Lücken, so häßlich wie fehlende Zähne, im Antlitz des Bauwerks. Kassad schaltet wieder um auf breitgefächertes kohärentes Licht und bestreicht das Innere durch die Öffnungen; er grinst, als auf mehreren Etagen etwas in Flammen aufgeht. Kassad feuert Hees — Hochenergie-Elek-

tronenstrahlen —, die den Monolithen durchschlagen und makellos zylindrische, vierzehn Zentimeter durchmessende Tunnel einen halben Kilometer ins Felsgestein der Talwände bohren. Er feuert Kanistergranaten, die zu Zehntausenden von
Nadelsplittern explodieren, nachdem sie die Kristallfassade
des Monolithen durchdrungen haben. Er stößt wahllos Laser-
pulsbündel aus, die alles und jeden blenden, das von dem Gebäude in seine Richtung blickt. Er feuert auf Körperwärme programmierte Pfeile in jede Lücke, die ihm die zertrümmerte
Struktur darbietet.

Kassad rollt sich in den Eingang des Jadegrabs zurück, und
klappt das Visier hoch. Flammen des brennenden Turms spiegeln sich in Tausenden von Kristallsplittern im ganzen Tal.
Rauch steigt in eine plötzlich windstille Nacht empor. Karme-
sinrote Dünen leuchten in den Flammen. Die Luft ist plötzlich
vom Klingeln eines Windmobiles erfüllt, während weitere Kri-
stalltrümmer abbrechen und an langen Fäden geschmolzenen
Glases herabsinken.

Kassad stößt leere Energiemagazine und Munitionsgurte
aus, ersetzt sie mit Nachschub von seinem Gürtel, drehte sich
auf den Rücken und atmet die kühlere Luft ein, die zur offenen
Tür hereindringt. Er gibt sich nicht der Illusion hin, daß er den
Heckenschützen getötet hat.

»Moneta«, flüstert Fedmahn Kassad. Er schließt eine Sekunde lang die Augen, bevor er weitergeht.

Moneta war zum erstenmal eines Morgens Ende Oktober im
Jahre 1415 n. Chr. bei Agincourt zu Kassad gekommen. Die
Leichen gefallener Engländer und Franzosen lagen auf dem
Schlachtfeld verstreut; im Wald hatte ein einziger bedrohlicher
Feind gelauert, und dieser Feind wäre im Kampf mit Kassad
der Sieger geblieben, hätte ihm die große Frau mit dem kurzen
dunklen Haar und den Augen, die er nie vergessen sollte, ge-
holfen. Nach ihrem gemeinsamen Sieg hatten Kassad und die
Frau, vom Blut ihres getöteten Ritters besudelt, im Wald mit-
einander kopuliert.

Das Historisch-Taktische Network der Militärakademie
Olymp bot eine Stimsim-Erfahrung, die der Wirklichkeit näherkam als alles, was Zivilisten je erleben konnten, aber die

Phantomgeliebte Moneta war kein Artefakt des Stimsim. Im Lauf der Jahre war sie immer wieder zu ihm gekommen, als Kassad Kadett der Militärakademie Mount Olympus von FORCE war, und auch später, in den erschöpften, drogenrauschähnlichen Träumen nach der Katharsis, die unweigerlich jedem wirklichen Kampf folgten.

Fedmahn Kassad und der Schatten namens Moneta hatten sich in dunklen Ecken von Schlachtfeldern geliebt, die von Antietam bis Qom-Riyadh reichten. Ohne das Wissen anderer und für die anderen Stimsimkadetten unsichtbar, war Moneta in tropischen Nächten während der Wache zu ihm gekommen, und an eiskalten Tagen während der Belagerung in den russischen Steppen. Sie hatten sich flüsternd ihre Leidenschaft in Nächten nach wahrhaftigen Siegen auf den Inselschlachtfeldern von Maui-Covenant geschworen, und auch während der Qual seiner körperlichen Rekonstruktion, nachdem er auf Süd-Bressia beinahe wirklich gestorben wäre. Und Moneta war stets seine einzige Liebe gewesen — eine übermächtige Leidenschaft, in die sich der Geruch von Blut und Dynamit mischte, von Napalm, weichen Lippen und ionisiertem Fleisch.

Dann kam Hyperion.

Oberst Fedmahn Kassads Lazarettschiff wurde von Schlachtschiffen der Ousters angegriffen, als es aus dem Bressia-System zurückkehrte. Nur Kassad hatte überlebt — er hatte ein Schiff der Ousters gestohlen und damit eine Bruchlandung auf Hyperion gemacht. Auf dem Kontinent Equus. In den hochgelegenen Wüsten und kahlen wüsten Ländern jenseits der Bridle Range. Im Tal der Zeitgräber. Im Reich des Shrike.

Und Moneta hatte auf ihn gewartet. Sie hatten sich geliebt ... und als ein Trupp der Ousters landete, um den Gefangenen zurückzuholen, hatten Kassad, Moneta und die nur halb erahnte Präsenz des Shrike das Schiff der Ousters lahmgelegt, den Landungstrupp gestellt und die Mitglieder niedergemetzelt. Eine kurze Zeitspanne hatte Oberst Fedmahn Kassad aus den Elendsvierteln von Tharsis, Kind und Enkel und Urenkel von Flüchtlingen, Bürger des Mars in jedem Sinne des Wortes, die reine Ekstase gekannt, Zeit als Waffe einzusetzen, sich unsichtbar inmitten seiner Feinde zu bewegen, auf eine Weise ein

Gott des Todes und der Zerstörung zu sein, wie es sich sterbliche Krieger im Traum nicht vorstellen konnten.

Doch als sie nach dem Gemetzel der Schlacht miteinander kopuliert hatten, hatte Moneta sich verändert, war zu einem Monster geworden. Oder das Shrike hatte sie verdrängt. Kassad konnte sich nicht an die Einzelheiten erinnern; *wollte* sich nicht daran erinnern, wenn es zum Überleben nicht zwingend notwendig war.

Aber er wußte, er war zurückgekehrt, um das Shrike zu finden und zu töten. Um Moneta zu finden und sie zu töten. Sie zu töten? — Das wußte er nicht. Oberst Fedmahn Kassad wußte nur, daß die große Leidenschaft eines leidenschaftlichen Lebens ihn an diesen Ort und diesen Zeitpunkt geführt hatten, und wenn der Tod hier auf ihn wartete, dann sollte es eben so sein. Und wenn Liebe und Ruhm und ein Sieg auf ihn warteten, der Walhalla erbeben lassen würde, so sollte eben das sein.

Kassad klappt das Visier herunter, steht auf und rennt schreiend aus dem Jadegrab. Seine Waffe feuert Rauchgranaten und Störfolien auf den Monolithen, aber diese bieten wenig Deckung für die Strecke, die er zurücklegen muß. Irgend jemand lebt in dem Turm und feuert noch; Kugeln und Pulsladungen explodieren auf seinem Weg, während er von Düne zu Düne springt und läuft, von einem Geröllhaufen zum nächsten.

Salven treffen seinen Helm und die Beine. Das Visier bekommt einen Sprung, Warnlichter blinken. Kassad blinzelt die taktischen Displays fort und läßt lediglich die Nachtsichthilfe an. Solide Hochgeschwindigkeitsgeschosse treffen seine Schultern und Knie; Kassad läßt sich fallen; muß sich fallenlassen. Der Schutzpanzer wird starr, entspannt sich wieder, und dann läuft Kassad wieder und spürt schon, wie sich schmerzhafte Blutergüsse bilden. Sein Chamäleonpolymer bemüht sich verzweifelt, das Niemandsland zu spiegeln, durch das er sich bewegt: Nacht, Flammen, Sand, geschmolzener Kristall und brennender Stein.

Als er fünfzig Meter vom Monolithen entfernt ist, erstrahlen rechts und links von ihm Lanzen aus Licht und verwandeln mit ihrer Berührung Sand in flüssiges Glas; sie rasen mit einer

Geschwindigkeit auf ihn zu, der nichts und niemand ausweichen kann. Killerlaser hören auf zu spielen und zielen auf ihn — mit der Hitze von Sternen auf Kopf, Herz und Lenden. Sein Kampfpanzer wird grell wie ein Spiegel und wechselt binnen Mikrosekunden die Frequenzen, um sich dem wechselnden Farbenspiel des Angriffs anzupassen. Eine Aura überhitzter Luft umgibt ihn, Mikroschaltkreise brennen durch, als sie die Hitze ableiten und ein mikrometerdünnes Kraftfeld bilden, um diese von Fleisch und Knochen fernzuhalten.

Kassad schleppt sich die letzten zwanzig Meter weiter und überwindet mittels Energieunterstützung Barrieren aus gesplittertem Kristall. Auf allen Seiten donnern Explosionen, werfen ihn um und reißen ihn wieder hoch. Der Anzug ist vollkommen starr; Kassad ist eine Puppe, die zwischen Flammenhänden hin und her geworfen wird.

Das Bombardement hört auf. Kassad erhebt sich auf die Knie, dann auf die Füße. Er blickt an der Fassade des Kristallmonolithen hinauf und sieht Flammen und Risse, aber sonst wenig. Sein Visier ist gesprungen und tot. Kassad klappt es hoch, atmet Rauch und ionisierte Luft ein und betritt das Grab.

Seine Implantate verraten ihm, daß die anderen Pilger auf sämtlichen Komkanälen mit ihm Verbindung aufnehmen wollen. Er schaltet sie ab. Kassad nimmt den Helm ab und taumelt in die Dunkelheit.

Es handelt sich um einen einzigen Raum, groß und quadratisch und dunkel. In der Mitte hat sich ein Schacht aufgetan, und Kassad sieht hundert Meter hoch zu einem zerschmetterten Oberlicht. Auf der zehnten Etage, sechzig Meter hoch, wartet eine Gestalt, deren Silhouette sich vor den Flammen abhebt.

Kassad hängt die Waffe über eine Schulter, klemmt den Helm unter den Arm, geht zur großen Wendeltreppe mitten in dem Schacht und beginnt den Aufstieg.

14

Haben Sie Ihr Schläfchen gehalten?« fragte Leigh Hunt, als wir die Farcasterrezeption des Treetops betraten.

»Ja.«

»Angenehme Träume, hoffe ich?« sagte Hunt und gab sich keine Mühe, seinen Sarkasmus zu verbergen oder mit der Meinung hinter dem Berg zu halten, was er von Leuten hielt, die schliefen, während die Macher und Kämpfer der Politik geschäftig waren.

»Nicht besonders«, sagte ich und blickte mich um, als wir die breite Treppe in den Restaurantbereich hinaufgingen.

Im Netz, wo jede Stadt in der Provinz in jedem Land auf jedem Kontinent sich eines Vier-Sterne-Restaurants rühmen konnte und die wahren Feinschmecker nach Millionen zählten, deren Gaumen mit exotischen Genüssen von zweihundert Welten verwöhnt wurden, war das Treetops einmalig.

Es lag auf einem Dutzend der höchsten Bäume auf einer Welt gigantischer Wälder und beanspruchte mehrere Ar der oberen Äste eine halbe Meile über dem Boden. Die Treppe, die Hunt und ich hinaufgingen, an dieser Stelle vier Meter breit, wirkte verloren zwischen den gewaltigen Ästen, die so breit wie Autobahnen waren, und Blättern so groß wie Segel, sowie einem Stamm — von Scheinwerfern angestrahlt und durch Lücken im Laub eben noch zu erspähen —, der massiver und wuchtiger war als mancher Berg. Treetops nannte eine Reihe Speiseplattformen in den höchsten Wipfeln sein eigen, die je nach Rang und Privilegiertheit und Wohlstand und Macht anstiegen. Besonders Macht. In einer Gesellschaft, in der Milliarden mit tausend Kredits im Monat auskommen mußten, war ein Essen im Treetops, das in die Millionen gehen konnte, der Ausdruck für das höchste Maß an Position und Status: Macht — eine Währung, die nie aus der Mode kam. Die abendliche Versammlung sollte auf der obersten Plattform stattfinden, einer breiten, runden Platte aus Wehrholz (da man auf Muirholz nicht laufen kann) mit Blick auf einen blassen gelben Himmel, eine Unendlichkeit kleinerer Bäume, die sich bis zum fernen Horizont erstreckte, und die sanften, orangefarbenen Lichter von Tempelritterhäusern und Kathedralen der Andacht, die weit entfernt durch grünes und ockergelbes und bernsteinfarbenes Laub leuchteten. Es waren rund sechzig Leute zu der Dinnerparty geladen; ich erkannte Senator Kolchev, dessen weißes Haar unter den Papierlampions leuchtete, ebenso Ratgeber Albedo, General Morpurgo, Admiral Singh, Kanzler Pro Tem Denzell-Hiat-Amin, Sprecher des All-Wesens Gibbons, ein weiteres Dutzend Senatoren von so mächtigen Welten wie Sol Draconi Septem, Deneb Drei, Nordholm, Fuji, den beiden Renaissances, Metaxas, Maui-Covenant, Hebron, Neue Erde und Ixion, und darüber hinaus ein Arsenal unbedeutenderer Politiker. Der Performancekünstler Spenser Reynolds war da — er trug eine prachtvolle weinrote Tunika aus Samt —, aber sonst sah ich keinen Künstler. Über die brechend volle Plattform hinweg konnte ich Tyrena Wingreen-Feif erkennen, die Verlegerin, die zur Philanthropin geworden war, fiel mit ihrem Kleid aus Tausenden seidenfeiner Lederblüten und dem zu einer Wellenskulptur hochgesteckten Haar selbst inmitten dieser Menschenmenge auf, das Kleid war ein Original von Tedekai, das Make-up bestechend, aber nicht interaktiv, und ihr Äußeres war alles in allem zurückhaltender, als ich vor fünf oder sechs Jahrzehnten gewesen wäre. Ich schlenderte in ihre Richtung über die Plattform, während sich die Gäste auf der obersten Plattform drängten, die Bars plünderten und auf den Ruf zum Essen warteten.

»Joseph, *Schätzchen*«, rief Wingreen-Feif, als ich die letzten paar Meter zurücklegte, »wie, um alles in der Welt, sind Sie denn zu einem so öden offiziellen Empfang eingeladen worden?«

Ich lächelte und bot ihr ein Glas Champagner an. Die Kaiserinwitwe der letzten literarischen Schreie kannte mich nur aufgrund ihres einwöchigen Besuchs beim Künstlerfestival auf Esperance im vergangenen Jahr und meiner Bekanntschaft mit solchen netzklasse Namen wie Salmud Brevy III., Millon DeHavre und Rithmet Corber. Tyrena war ein Dinosaurier, der einfach nicht aussterben wollte. Ihre Handgelenke, Handflächen und der Hals hätten vor lauter Poulsen-Behandlungen blau geglüht, wäre das Make-up nicht gewesen, und sie verbrachte Jahrzehnte auf kurzen interstellaren Flügen oder mit unvorstellbar teuren kryonischen Nickerchen in Schönheitskliniken, die so kostspielig waren, daß sie keine Namen mehr hatten; das Erstaunliche war, Tyrena Wingreen-Feif hielt das gesellschaftliche Leben seit Jahrzehnten in eisernem Griff, und es sah nicht aus, als würde sie den lockern. Mit jedem zwanzig Jahre währenden Schläfchen wuchs ihr Vermögen und ihr legendärer Ruf.

»Leben Sie immer noch auf diesem *langweiligen* kleinen Planeten, den ich letztes Jahr besucht habe?« fragte sie.

»Esperance«, sagte ich, wohl wissend, daß ihr genauestens bekannt war, wo jeder bedeutende Künstler auf dieser unbedeutenden Welt zu Hause war. »Nein, ich scheine meinen Wohnsitz vorübergehend nach TC^2 verlegt zu haben.«

M. Wingreen-Feif verzog das Gesicht. Ich bekam am Rande mit, daß eine Gruppe von acht bis zehn Anhängern eingehend zusah und sich fragte, wer dieser dreiste junge Mann war, der sich in *ihren* innersten Kreis gewagt hatte. »Wie gräßlich für Sie«, sagte Tyrena, »daß Sie sich auf einer Welt der Geschäftsleute und Bürokraten langweilen müssen. Ich hoffe, sie lassen Sie bald wieder gehen!«

Ich hob mein Glas und prostete ihr zu. »Ich wollte Sie fragen«, sagte ich, »waren Sie nicht die Lektorin von Martin Silenus?«

Die Kaiserinwitwe ließ das Glas sinken und maß mich mit einem finsteren Blick. Einen Augenblick lang stellte ich mir Meina Gladstone und diese Frau in einem Kampf der Willenskraft vor; ich erschauerte und wartete auf ihre Antwort. »Mein liebster Junge«, sagte sie, »das ist so eine *uralte* Geschichte. Warum zerbrechen Sie sich Ihren hübschen jungen Kopf mit derlei prähistorischem Firlefanz?«

»Mich interessiert Silenus«, sagte ich. »Seine Gedichte. Ich habe mich nur gefragt, ob Sie noch Kontakt mit ihm haben.«

»Joseph, Joseph, Joseph«, zischelte M. Wingreen-Feif, »Seit *Jahrzehnten* hat niemand mehr etwas von dem armen Martin gehört. Himmel, der arme Mann muß ja *steinalt* sein!«

Ich wies Tyrena nicht darauf hin, daß der Dichter viel jünger sein mußte als sie, wenn sie seine Lektorin gewesen war.

»Seltsam, daß Sie ihn erwähnen«, fuhr sie fort. »Transline, meine alte Firma, hat kürzlich verlauten lassen, daß sie überlegen, ob sie nicht einen Teil von Martins Werk neu herausbringen möchten. Ich weiß aber nicht, ob sie je mit seinem Estate Verbindung aufgenommen haben.«

»Seine *Sterbende Erde*-Bücher?« fragte ich und dachte an die nostalgischen Bücher um die Alte Erde, die sich vor so langer Zeit so ausgezeichnet verkauft hatten.

»Nein, seltsamerweise nicht. Ich glaube, sie haben sich überlegt, ob sie seine *Gesänge* drucken sollen«, sagte Tyrena. Sie lachte und streckte ein Cannabisstäbchen in einem langen Mundstück aus Ebenholz aus. Einer aus ihrem Gefolge beeilte sich, es anzuzünden. »Eine *seltsame* Wahl«, sagte sie, »wenn man bedenkt, daß niemand die Gesänge gelesen hat, als der arme Martin noch lebte. Nun, nichts ist einer Künstlerkarriere dienlicher als ein wenig Tod und Geheimnis, das habe ich immer gesagt.« Sie lachte — kurze, schrille Geräusche wie bröckelnder Fels. Ein halbes Dutzend aus ihrem Kreis lachte mit ihr.

»Sie sollten sich lieber vergewissern, ob Silenus wirklich tot ist«, sagte ich. »Die *Cantos* wären eine bessere Lektüre, wenn sie vollständig wären.«

Tyrena Wingreen-Feif sah mich seltsam an, die Glocke zum Essen ertönte durch das wogende Blattwerk, Spenser Reynolds bot der *Grande Dame* den Arm an; während die Leute die Treppe hinaufströmten, trank ich den letzten Schluck, stellte das leere Glas aufs Geländer und trottete mit der Herde.

Die Präsidentin und ihre Gefolgschaft trafen kurz nachdem wir uns gesetzt hatten ein, und Gladstone hielt eine kurze Ansprache, wahrscheinlich ihre zwanzigste an diesem Tag, die Rede vor dem Senat und dem Netz nicht mitgerechnet. Der eigentliche Grund für das Essen an diesem Abend war gewesen, Hilfsmittel für das Hilfsprogramm Armaghast aufzubringen, aber Gladstones Worte wandten sich bald dem Krieg und der Notwendigkeit zu, ihn mit aller Härte zu führen, während Führer von überall aus dem Netz Einigkeit demonstrierten.

Ich sah über das Geländer, während sie sprach. Der zitronengelbe Himmel war einem gedämpften Safranton gewichen und danach rasch zu einer so vollen tropischen Dämmerung verblaßt, daß es aussah, als wäre ein dicker blauer Vorhang vor den Himmel gezogen worden. God's Grove hatte sechs kleine

Monde; fünf davon waren zu sehen, vier rasten über den Himmel, während ich zusah, wie die Sterne herauskamen. Die Luft hier war reich an Sauerstoff, fast berauschend, und brachte den vollen Geruch von feuchter Vegetation mit sich, der mich an den Besuch auf Hyperion am Morgen erinnerte. Aber auf God's Grove wurden keine EMVs oder Gleiter oder Flugmaschinen jedweder Art geduldet — petrochemische Emissionen oder die Kielwasser von Fusionszellen hatten diesen Himmel nie beschmutzt — und da Städte, Straßen und elektrisches Licht fehlten, wirkten die Sterne so hell, daß sie es mit den Papierlampions und Leuchtkugeln aufnehmen konnten, die an Zweigen und Pfosten hingen.

Nach Sonnenuntergang war wieder leichter Wind aufgekommen, jetzt schwankte der ganze Baum ein wenig, die breite Plattform bewegte sich sanft wie ein Schiff bei ruhigem Seegang, Stützen und Verstrebungen aus Wehrholz und Muirholz knirschten leise in den sanften Böen. Ich konnte Licht zwischen fernen Baumkronen leuchten sehen und wußte, daß viele aus ›Zimmern‹ kamen — ein paar von Tausenden, die man von den Templern mieten konnte —, die Multiweltbehausungen mit Farcasterportalen angeschlossen werden konnten, so man die Millionen besaß, daß man sich derlei Extravaganzen leisten konnte.

Die Tempelritter mühten sich nicht mit den tagtäglichen Verrichtungen des Treetops oder der Makler ab, sie stellten lediglich strikte Vorschriften für derartige Unternehmen fest, waren aber Nutznießer der vielen Millionen Mark, die die Geschäfte einbrachten. Ich mußte an ihr interstellares Kreuzfahrtschiff denken, die *Yggdrasil*, ein kilometerlanger Baum aus dem heiligsten Wald des Planeten, der von den Singularitätsgeneratoren des Hawking-Antriebs angetrieben und von den kompliziertesten Kraftfeldern und Erg-Schirmen geschützt wurde, die man sich nur vorstellen konnte. Auf unerklärliche Weise hatten die Tempelritter irgendwie zugestimmt, die *Yggdrasil* für ein Evakuierungsunternehmen herzugeben, das lediglich eine Tarnung für die Invasionsstreitkräfte von FORCE war.

Und wie es so gehen kann, wenn man unschätzbar wertvolle Dinge Risiken aussetzt, war die *Yggdrasil* im Orbit um Hyperion zerstört worden, nur war noch nicht geklärt, ob von den Ousters oder einer anderen Kraft. Wie hatten die Tempelritter reagiert? Welches erdenkliche Ziel konnte sie bewogen haben, eines der vier existierenden Baumschiffe aufs Spiel zu setzen? Und warum war ihr Baumschiffkapitän — Het Masteen — als einer der sieben Pilger zum Shrike auserwählt worden und dann verschwunden, ehe der Windwagen die Bridle Range an den Ufern des Grasmeers erreicht gehabt hatte?

Es waren zu viele Fragen offen, und der Krieg war erst wenige Tage alt.

Meina Gladstone hatte ihre Ansprache beendet und beschwor uns alle, das Essen zu genießen. Ich applaudierte höflich, winkte einem Kellner und ließ mein Weinglas füllen. Der erste Gang bestand aus einem klassischen Salat à la Kaiserzeit, über den ich mich begeistert hermachte. Mir wurde klar, daß ich seit dem Frühstück am Morgen nichts gegessen hatte. Während ich ein Büschel Brunnenkresse aufspießte, erinnerte ich mich an Generalgouverneur Theo Lane, der Speck und Eier und Laugenhörnchen gegessen hatte, während Nieselregen vom lapislazulifarbenen Himmel von Hyperion gefallen war. *War das ein Traum gewesen?*

»Was meinen Sie zum Krieg, M. Severn?« fragte Reynolds, der Performancekünstler. Er saß mehrere Stühle von mir entfernt auf der anderen Seite der breiten Tafel, aber seine Stimme drang laut und deutlich herüber. Ich sah, wie Tyrena, die drei Plätze rechts von mir saß, eine Braue hochzog.

»Was kann man schon zum Krieg meinen?« sagte ich und kostete wieder den Wein. Er war ziemlich gut, aber nichts im Netz kam meiner Erinnerung an französischen Bordeaux gleich. »Der Krieg verlangt nicht nach einem Urteil«, sagte ich, »lediglich nach dem Überleben.«

»Im Gegenteil«, sagte Reynolds, »der Krieg ist, wie so vieles, das die Menschheit seit der Hegira verfeinert hat, im Begriff, zu einer Kunstform zu werden.«

»Einer Kunstform«, seufzte eine Frau mit kurzgeschorenem kastanienfarbenem Haar. Die Datensphäre verriet mir, daß es sich um M. Sudette Chier handelte, die Frau von Senator Fjodor Kolchev und selbst eine ernstzunehmende politische Kraft. M. Chier trug ein blaues Kleid mit Goldlamé und drückte mit ihrer Miene gebanntes Interesse aus. »Krieg als Kunstform, M. Reynolds! Was für eine interessante Vorstellung!«

Spenser Reynolds war ein wenig kleiner als Netzdurchschnitt, aber weitaus hübscher. Sein Haar war lockig, aber kurz geschnitten, die Haut schien von einer gütigen Sonne gebräunt worden und mit Körperfarbe leicht vergoldet worden zu sein, Kleidung und ARNistrie waren teuer und auffällig, ohne übertrieben zu wirken, und sein Gebaren drückte die entspannte Selbstsicherheit aus, von der alle Männer träumten und die nur die wenigsten wirklich empfangen. Daß er geistreich war, bewies er überdeutlich, er schenkte anderen aufrichtig seine Aufmerksamkeit, und sein Humor war Legende.

Ich konnte den Hurensohn von Anfang an nicht ausstehen.

»*Alles* ist eine Kunstform, M. Chier, M. Severn.« Reynolds lächelte. »Oder muß eine werden. Wir haben den Punkt überüberschritten, an dem die Kriegführung nur noch die ungehobelte Fortführung der Politik mit anderen Mitteln sein kann.«

»Diplomatie«, sagte General Morpurgo links von Reynolds.

»Pardon, General?«

»Diplomatie«, sagte er. »Und er ist die ›Fortsetzung von‹, nicht die ›Fortführung von‹.«

Spenser Reynolds verbeugte sich und drehte die Hand ein wenig. Sudette Chier und Tyrena lachten leise. Das Abbild von Ratgeber Albedo beugte sich links von mir nach vorn und sagte: »Von Clausewitz, soweit ich weiß.«

Ich warf dem Ratgeber einen Blick zu. Eine tragbare Projektionseinheit, nicht viel größer als die leuchtenden Sommerfäden, die durch die Äste schwebten, verharrte zwei Meter über und hinter ihm. Die Illusion war nicht so perfekt wie im Regierungshaus, aber weitaus besser als jedes private Holo, das ich jemals gesehen hatte.

General Morpurgo nickte dem Repräsentanten des Core zu.

»Wie auch immer«, sagte Chier. »Der *Einfall*, Krieg als Kunstform zu betrachten, ist brillant.«

Ich aß den Salat auf, worauf ein menschlicher Kellner den Teller abräumte und eine dunkelgraue Suppe servierte, die ich nicht kannte. Sie schmeckte geräuchert, schwach nach Zimt und Meer und war köstlich.

»Kriegführung ist das perfekte Medium für einen Künstler«,

begann Reynolds und hielt sein Salatbesteck schräg wie einen Schläger. »Und nicht nur für die ... Handwerker, die die sogenannte Wissenschaft des Krieges studiert haben.« Er lächelte Morpurgo und anderen FORCE-Offizieren rechts von dem General zu und klammerte sie damit aus seinen Überlegungen aus. »Nur jemand, der bereit ist, über den bürokratischen Horizont von Taktik und Strategie und den veralteten Willen zu ›siegen‹ hinausschaut, kann einem so komplizierten Medium wie der Kriegführung in unserer modernen Zeit wahre künstlerische Züge abgewinnen.«

»Den *veralteten* Willen zu siegen?« sagte der FORCE-Offizier. Die Datensphäre flüsterte mir zu, daß es sich um Kommandant William Ajunta Lee handelte, einen Marinehelden aus dem Maui-Covenant-Konflikt. Er sah jung aus — schätzungsweise Mitte Fünfzig —, und sein Rang deutete darauf hin, daß diese Jugend auf jahrelanges Reisen zwischen den Sternen zurückzuführen war, und nicht auf Poulsen.

»Selbstverständlich veraltet«, erwiderte Reynolds lachend. »Glauben Sie, ein Bildhauer möchte den Ton *besiegen?* Greift ein Maler die Leinwand an? Und was das betrifft, greift ein Adler oder ein Falke den Himmel an?«

»Adler sind ausgestorben«, knurrte Morpurgo. »Vielleicht *hätten* sie den Himmel angreifen sollen. Der hat sie verraten.«

Reynolds drehte sich wieder zu mir um. Kellner räumten seinen restlichen, verschmähten Salat ab und servierten die Suppe, die ich gerade auslöffelte. »M. Severn, Sie sind doch Künstler ... zumindest ein Illustrator. Helfen Sie mir, diesen Leuten zu erklären, was ich meine.«

»Ich weiß nicht, was Sie meinen.« Während ich auf den nächsten Gang wartete, klopfte ich an mein Weinglas. Es wurde unverzüglich wieder gefüllt. Vom Kopf der Tafel, zehn Meter entfernt, hörte ich Gladstone, Hunt und einige der Treuhänder lachen.

Spenser Reynolds schien meine Unwissenheit nicht zu überraschen. »Wenn unsere Rasse das wahre Satori erreichen will, wenn wir der nächsten Stufe des Bewußtseins und der Evolution teilhaftig werden wollen, die so viele unserer Philosophen verkünden, dann müssen *alle* menschlichen Verrichtungen bewußte Versuche werden, Kunst zu schaffen.«

General Morpurgo trank einen kräftigen Schluck und knurrte: »Einschließlich solcher Körperfunktionen wie Essen, Vermehrung und das Ausscheiden von Produkten, nehme ich an.«

»*Gerade* solche Funktionen!« rief Reynolds. Er breitete die Arme aus und schloß den langen Tisch und die zahlreichen Gaumenfreuden in die Geste ein. »Was Sie hier sehen, ist das animalische Bedürfnis, tote organische Produkte in Energie umzuwandeln, der grundlegende Akt, anderes Leben zu verzehren, aber das Treetops hat daraus eine *Kunstform* gemacht! Die Fortpflanzung hat ihre kruden animalischen Instinkte längst durch die Essenz eines Tanzes für zivilisierte Menschen ersetzt. Auch die Ausscheidung muß reinste Poesie werden!«

»Ich werde daran denken, wenn ich das nächste Mal scheißen gehe«, sagte Morpurgo grinsend.

Tyrena Wingreen-Feif lachte und wandte sich an den Mann in Rot und Schwarz rechts von ihr. »Monsignore, ihre Kirche — katholisch, frühchristlich, richtig? Hat sie nicht eine entzückende alte Doktrin darüber, wie die Menschheit einen höheren evolutionären Status erreichen sollte?«

Wir drehten uns alle um und betrachteten den stillen kleinen Mann im schwarzen Gewand mit der seltsamen kleinen Mütze. Monsignore Edouard, Repräsentant einer fast vergessenen frühchristlichen Sekte, die heute auf die Welt Pacem und wenige Kolonialplaneten beschränkt war, stand auf der Gästeliste, weil er mit dem Förderungsprojekt für Armaghast zu tun hatte, und er hatte sich bisher stumm seiner Suppe gewidmet. Er blickte mit einem überraschten Gesicht auf, das von jahrelangem Einfluß von Wetter und Sorgen zerfurcht worden war. »Aber ja«, sagte er, »die Lehren von St. Teilhard sprechen von einer Evolution zum Punkt Omega.«

»Und ist dieser Punkt Omega identisch mit dem Ideal des praktischen Satori unserer Zen-Gnostiker?«

Monsignore Edouard sah sehnsüchtig auf seine Suppe, als wäre diese im Augenblick wichtiger als die Konversation. »Eigentlich besteht keine große Ähnlichkeit«, sagte er. »St. Teilhard war der Überzeugung, daß jegliches Leben, jede Stufe organischen Bewußtseins Teil einer geplanten Evolution mit dem Ziel letztendlicher Vereinigung mit der Gottheit war.« Er runzelte verhalten die Stirn. »Im Lauf der vergangenen acht Jahrhunderte ist der Standpunkt Teilhards einigen Veränderungen unterzogen worden, aber der rote Faden ist, daß wir Jesus Christus als Beispiel betrachten, wie eine Inkarnation des höchsten Bewußtseins auf der Ebene der Menschen aussehen könnte.«

Ich räusperte mich. »Hat nicht der Jesuit Paul Duré ausführlich über die Hypothesen von Teilhard geschrieben?«

Monsignore Edouard beugte sich nach vorn und sah mich über Tyrena hinweg direkt an. Sein interessantes Gesicht drückte Überraschung aus. »Ja, gewiß«, sagte er, »aber es erstaunt mich, daß Sie mit der Arbeit von Pater Duré vertraut sind.«

Ich erwiderte den Blick des Mannes, der Durés Freund gewesen war, obwohl er den Jesuiten wegen Apostasie nach Hyperion verbannt hatte. Ich mußte an einen anderen Flüchtling aus dem Neuen Vatikan denken, den jungen Lenar Hoyt, der tot in einem Zeitgrab lag, während die Kruziformparasiten und Träger der mutierten DNS von ihm selbst und Pater Duré ihr grimmiges Geschäft der Wiederbelebung betrieben. Wie paßte das Greuel der Kruziform in Teilhards und Durés Bild einer unausweichlichen, gütigen Evolution zur Gottheit hin?

Spenser Reynolds war offensichtlich der Meinung, daß sich die Unterhaltung lange genug außerhalb seiner Arena abgespielt hatte. »Das Wesentliche *ist*«, sagte er und übertönte mit seiner tiefen Stimme die anderen Unterhaltungen am Tisch, »daß die Kriegführung, genau so wie Religion und alle anderen menschlichen Unternehmungen, die Energien in dieser Größenordnung anzapfen und organisieren, ihre infantile Besessenheit mit dem *Ding an sich* aufgeben muß — die sich für gewöhnlich durch eine sklavische Faszination gegenüber ›Zielen‹ äußert —, um statt dessen in der künstlerischen Dimension ihres eigenen Œuvres aufzugehen. Mein eigenes jüngstes Projekt zum Beispiel ...«

»Und welches ist das Ziel Ihres Kults, Monsignore Edouard?« fragte Tyrena Wingreen-Feif und nahm Reynolds den Ball der Unterhaltung ab, ohne die Stimme zu heben oder den Blick von dem Geistlichen abzuwenden.

»Der Menschheit zu helfen, Gott kennenzulernen und ihm zu dienen«, sagte er und aß seine Suppe mit einem eindrucksvollen Schlürfen leer. Der archaische kleine Priester sah den Tisch hinunter zur Projektion von Ratgeber Albedo. »Ich habe Gerüchte gehört, Ratgeber, wonach TechnoCore ein seltsam ähnliches Ziel verfolgen soll. Stimmt es, daß Sie versuchen, Ihren eigenen Gott zu erschaffen?«

Albedos Lächeln war perfekt darauf zugeschnitten, freundlich zu sein, ohne herablassend zu wirken. »Es ist kein Geheimnis, daß Elemente des Core seit Jahrhunderten daran arbeiten, zumindest das theoretische Modell einer sogenannten Künstlichen Intelligenz zu schaffen, die unsere eigenen armseligen Intellekte bei weitem übersteigt.« Er machte eine geringschätzige Handbewegung. »Das ist schwerlich ein Versuch, Gott zu erschaffen, Monsignore. Eher etwas in der Art eines Forschungsprojektes, welches die Möglichkeiten auslotet, in denen St. Teilhard und Pater Duré Pionierarbeit geleistet haben.«

»Aber Sie glauben, daß es möglich ist, Ihre eigene Evolution zu einem solchen höheren Bewußtsein hin zu betreiben?« fragte Kommandant Lee, der Seeheld, der aufmerksam zugehört hatte. »Eine Höchste Intelligenz zu schaffen, so wie wir einst Ihre primitiven Vorfahren aus Silikon und Mikrochips geschaffen haben?«

Albedo lachte. »Ich fürchte, so einfach oder grandios ist es nicht. Und wenn Sie sagen ›Sie‹, Kommandant, dann vergessen Sie bitte nicht, daß ich lediglich eine Persönlichkeit in einer Masse von Intelligenzen bin, deren Vielfalt der der Menschen auf diesem Planeten in nichts nachsteht ... sogar im Netz selbst. Der Core ist kein Monolith. Es gibt so viele Philosophien, Glaubensrichtungen, Hypothesen — *Religionen*, wenn Sie so möchten — wie in jeder mannigfaltigen Gemeinschaft.« Er faltete die Hände, als würde er sich über einen Insiderwitz freuen. »Ich würde es freilich vorziehen, die Suche nach einer Höchsten Intelligenz als ein Hobby zu betrachten, nicht als Religion. Etwa wie das Basteln von Buddelschiffen, Kommandant, oder Streitgespräche, wieviel Engel auf der Spitze einer Stecknadel Platz finden, Monsignore.«

Die Gruppe lachte höflich, abgesehen von Reynolds, der unbewußt die Stirn runzelte, während er sich zweifellos überlegte, wie er die Unterhaltung wieder an sich reißen konnte.

»Und wie sieht es mit den Gerichten aus, wonach der Core

auf der Suche nach der Höchsten Intelligenz eine perfekte Nachbildung der Alten Erde geschaffen hat?« fragte ich und setzte mich selbst mit dieser Frage in Erstaunen.

Albedos freundliches Lächeln geriet nicht ins Wanken, der freundliche Blick veränderte sich nicht, aber eine Nanosekunde lang wurde *etwas* von der Projektion übermittelt. Was? — Schock? Wut? Heiterkeit? Ich hatte keine Ahnung. Er hätte während dieser ewigen Sekunde privat mit mir kommunizieren und gewaltige Datenmengen über meine Core-Nabelschnur oder die unsichtbaren Korridore übermitteln können, die wir in der labyrinthartigen Datensphäre, welche die Menschheit als so einfach konstruiert betrachtet, ausschließlich für uns selbst reserviert haben. Oder er hätte mich töten können, indem er sich mit den wie auch immer gearteten Göttern des Core verschwor, die die Umwelt für ein Bewußtsein wie meines kontrollierten — es wäre so einfach gewesen, als hätte der Leiter eines Instituts einem Techniker befohlen, eine Labormaus einzuschläfern.

Die Unterhaltungen am Tisch waren verstummt. Selbst Meina Gladstone und ihre Schar Ultra-VIPs sahen in unsere Richtung.

Ratgeber Albedo lächelte noch breiter. »Was für ein entzückendes, seltsames Gerücht! Sagen Sie mir, M. Severn, wie sollte jemand — noch dazu ein Organismus wie der Core, den Ihre eigenen Sachverständigen ›eine körperlose Bande von Gehirnen, amoklaufende Programme, die ihren Mikrochips entkommen sind und die meiste Zeit damit verbringen, intellektuelle Fusseln aus ihren nichtexistierenden Näbeln zu klauben‹ genannt haben — wie sollte so jemand eine ›perfekte Nachbildung‹ der Alten Erde erschaffen?«

Ich sah zu der Projektion, sah *durch* die Projektion hindurch, und bemerkte zum erstenmal, daß Albedos Geschirr und Essen ebenfalls Projektionen waren; er hatte gegessen, während wir gesprochen hatten.

»Und«, fuhr er offensichtlich zutiefst amüsiert fort, »sind diejenigen, die dieses Gerücht verbreiten, noch nie auf die Idee gekommen, daß eine ›perfekte Nachbildung der Alten Erde‹ hinsichtlich sämtlicher praktischer Erwägungen die Alte Erde *wäre*? Welchen erdenklichen Nutzen könnte dieses Bemühen haben, wenn es darum geht, die theoretischen Möglichkeiten einer überlegenen Künstliche Intelligenz-Matrix zu erforschen?«

Als ich nicht antwortete, senkte sich ein unbehagliches Schweigen über den gesamten Mittelteil des Tischs.

Monsignore Edouard räusperte sich. »Mir scheint«, sagte er, »eine ... äh ... Gesellschaft, die eine exakte Nachbildung jeder Welt — besonders aber einer seit vier Jahrhunderten zerstörten Welt — schaffen könnte, Gott nicht suchen müßte; sie *wäre* Gott.«

»Genau!« sagte Ratgeber Albedo lachend. »Ein irres Gerücht ... aber köstlich ... absolut köstlich!«

Erleichtertes Gelächter füllte das Loch des Schweigens. Spenser Reynolds erzählte von seinem nächsten Projekt — einem Versuch, auf zwanzig Welten Selbstmörder dazu zu bringen, ihre Sprünge von Brücken zu koordinieren, während das All-Wesen zuschaute —, und Tyrena Wingreen-Feif riß die Aufmerksamkeit an sich, als sie einen Arm um Monsignore Edouard legte und ihn zu einer Nacktbadeparty nach dem Essen in ihrem schwimmenden Heim auf Mare Infinitus einlud.

Ich merkte, wie Ratgeber Albedo mich ansah, drehte mich gerade noch rechtzeitig um, daß ich fragende Blicke von Leigh Hunt und der Präsidentin bemerkte und wandte mich dann den Kellnern zu, die die Vorspeise auf silbernen Tellern servierten.

Das Dinner war exzellent.

15

Ich ging nicht zu Tyrenas Nacktbadeparty. Und auch nicht Spenser Reynolds, den ich zuletzt in ernster Unterhaltung mit Sudette Chier sah. Ich weiß nicht, ob Monsignore Edouard Tyrenas Lockungen erlag.

Das Dinner war noch nicht ganz vorbei, die Treuhandvorsitzenden hielten kurze Ansprachen, und viele der bedeutenderen Senatoren wurden bereits zappelig, als Leigh Hunt mir zuflüsterte, daß die Gruppe der Präsidentin aufbräche und meine Anwesenheit erforderlich wäre.

Es war fast 23.00 Uhr Netzstandardzeit, und ich ging davon aus, daß die Gruppe ins Regierungszentrum zurückkehren würde, aber als ich durch das Einwegportal trat — ich war der letzte, abgesehen von den Prätorianerleibwächtern, die die Nachhut bildeten — stellte ich erschrocken fest, daß wir uns in einem langen Korridor mit Steinmauern befanden, hinter dessen langen Fenstern ein marsianischer Sonnenaufgang zu sehen war.

Technisch gesehen gehört Mars nicht zum Netz; die älteste extraterrestrische Kolonie der Menschheit ist absichtlich sehr schwer zu erreichen. Pilger der Zen-Gnostiker, die zum Master's Rock in Hellas Basin reisen, müssen zur Station Heimatsystem 'casten und mit dem Shuttle von Ganymed oder Europa zum Mars fliegen. Diese Zumutung dauert nur wenige Stunden, aber in einer Gesellschaft, wo alles buchstäblich nur zehn Schritte entfernt ist, sorgt es für einen Hauch von Opfer und Abenteuer. Abgesehen von Historikern und Kakteenzüchtern gibt es kaum jemand, der aus beruflichen Gründen zum Mars müßte. Und da die Zen-Gnostik im Laufe des vergangenen Jahrhunderts einen Niedergang erlebte, reisen auch nicht mehr so viele Pilger dorthin. Niemand interessiert sich für den Mars.

Abgesehen von FORCE. Die Verwaltungszentren von FORCE befinden sich zwar auf TC^2, und die Stützpunkte sind im Netz und auf den Protektoratswelten verstreut, aber der Mars ist die wahre Heimat der militärischen Organisation, deren Herz die Militärakademie Olymp ist.

Eine kleine Gruppe militärischer VIPs hatte sich zur Begrüßung der kleinen Gruppe politischer VIPs eingefunden, und während die Grüppchen durcheinanderwirbelten wie kollidierende Galaxien, ging ich zu einem Fenster und sah hinaus.

Der Korridor gehörte zu einem Komplex, der in die Oberlippe des Mons Olympus getrieben worden war, und von meiner Position aus, etwa zehn Meilen hoch, sah es so aus, als könnte man den halben Planeten mit einem einzigen Blick erfassen. Von diesem Punkt aus gesehen *war* der alte Vulkan die ganze Welt, und ein Trick der Perspektive reduzierte Zufahrtsstraßen, die alte Stadt an der Klippenwand und die Elendsviertel und Wälder des Tharsis-Plateaus zu bloßen Klecksen in einer roten

Landschaft, die seit dem Tage unverändert zu sein schien, als der erste Mensch einen Fuß auf diese Welt gesetzt, sie für eine Nation namens Japan in Besitz genommen und ein Foto von ihr gemacht hatte.

Ich sah eine kleine Sonne aufgehen, dachte *Das ist die Sonne* und genoß das unglaubliche Schauspiel des Lichts auf den Wolken, die am endlosen Hang aus der Dunkelheit heraus den Berg hochkrochen, als Leigh Hunt sich näherte. »Die Präsidentin möchte Sie nach der Konferenz sprechen.« Er gab mir zwei Skizzenbücher, die ein Attaché vom Regierungshaus mitgebracht hatte. »Ihnen ist klar, daß alles, was sie während dieser Konferenz hören und sehen, streng vertraulich ist?«

Ich betrachtete diese Feststellung nicht als Frage.

Breite Bronzetüren taten sich in den Steinmauern auf, Spots leuchteten auf und zeigten eine mit Teppichboden ausgelegte Rampe und Treppe, die zum Tisch im Gefechtszentrum führten, einem geräumigen schwarzen Ort, bei dem es sich um ein in Dunkelheit gehülltes gewaltiges Auditorium gehandelt haben könnte, abgesehen von der winzigen beleuchteten Insel. Attachés kamen herbeigeeilt, zeigten uns den Weg, rückten Stühle zurecht und zogen sich wieder ins Schwarz der Schatten zurück. Widerwillig kehrte ich dem Sonnenaufgang den Rücken zu und folgte unserer Gruppe in die Nacht.

General Morpurgo und eine Troika von anderen FORCE-Befehlshabern übernahmen diese Konferenz persönlich. Die Schaubilder waren Lichtjahre entfernt von den primitiven Abrufschablonen und Holos der Sitzung im Regierungszentrum; wir *befanden* uns in einem endlosen Raum, der gegebenenfalls alle achttausend Kadetten und Offiziere aufnehmen konnte, aber nun füllte sich die Dunkelheit über uns größtenteils mit Holos von Omegaqualität und Diagrammen so groß wie Stadien. In gewisser Weise war es furchteinflößend.

Ebenso das Thema der Sitzung.

»Wir verlieren dieses Gefecht im Hyperion-System«, kam General Morpurgo zum Ende. »Im günstigsten Fall können wir ein Patt herbeiführen und den Schwarm der Ousters etwa fünfzehn AE von der Singularitätssphäre des Farcasters entfernt in Schach halten, wobei ihre Kleinstraumschiffe eine konstante Quelle des Verdrusses bilden würden. Im schlimmsten Fall müssen wir uns zu den Verteidigungspositionen zurückziehen, während wir gleichzeitig Flotte und Bewohner der Hegemonie evakuieren und Hyperion in die Hände der Ousters fallen lassen.«

»Was ist aus dem vernichtenden Schlag geworden, der uns versprochen wurde?« fragte Senator Kolchev von seinem Platz am Kopf des diamantförmigen Tischs. »Den entscheidenden Schlägen gegen den Schwarm?«

Morpurgo räusperte sich und warf einen Blick zu Admiral Nashita, der aufstand. Die schwarze Uniform des Befehlshabers von FORCE:Weltraum erzeugte die Illusion, als würde nur sein verbissenes Gesicht in der Dunkelheit schweben. Ich verspürte einen Anflug von *déjà vu* bei diesem Bild, sah aber wieder zu Meina Gladstone, die nun von den strategischen Karten und Farben beleuchtet wurde, welche über uns schwebten wie eine Holospektrumversion des legendären Damoklesschwertes, und fing wieder an zu zeichnen. Ich hatte den Skizzenblock aus Papier weggesteckt und benützte nun einen Lichtschreiber auf einer flexiblen AbSchabfolie.

»Zunächst einmal waren unsere Geheimdienstinformationen über den Schwarm notwendigerweise begrenzt«, begann Nashita. Über uns veränderten sich die Grafiken. »Erkundungssonden und Langstreckenaufklärer konnten uns nicht die vollständige Natur des Schiffs im Wanderschwarm der Ousters mitteilen. Die Folge war, daß wir die tatsächliche Kampfkraft dieses Schwarms offensichtlich und deutlich unterschätzt haben. Unsere Versuche, die Verteidigung des Schwarms nur mit Langstreckenangriffskreuzern und Schlachtschiffen zu durchdringen, war nicht so erfolgreich, wie wir gehofft haben.

Zweitens hat die Notwendigkeit, einen Sicherungskordon dieses Ausmaßes im Hyperion-System zu unterhalten, derartige Anforderungen an unsere beiden im Einsatz befindlichen Task Forces gestellt, daß es zu diesem Zeitpunkt unmöglich gewesen ist, eine ausreichende Anzahl von Schiffen für eine Offensive zur Verfügung zu stellen.«

Kolchev unterbrach ihn. »Admiral, ich höre von Ihnen, daß Sie zu wenig Schiffe für das Unternehmen haben, diesen Angriff der Ousters auf das Hyperion-System zurückzuschlagen. Ist das korrekt?«

Nashita betrachtete den Senator, und ich mußte an die Gemälde von Samurai denken, die ich gesehen hatte, kurz bevor das tötende Schwert aus der Scheide gezogen wird. »Das ist korrekt, Senator Kolchev.«

»Aber während einer Krisensitzung vor nicht einmal einer Standardwoche haben Sie uns versichert, daß die beiden Flottenverbände ausreichen würden, Hyperion vor Invasion oder Vernichtung zu schützen *und* dem Schwarm der Ousters einen vernichtenden Schlag zuzufügen. Was ist passiert, Admiral?«

Nashita richtete sich zu voller Größe auf — größer als Morpurgo, aber immer noch kleiner als Netzstandard — und wandte den Blick auf Gladstone. »M. Präsidentin, ich habe die Variablen erklärt, die eine Änderung unseres Schlachtplans erforderlich machen. Soll ich noch mal von vorne anfangen?«

Meina Gladstone hatte einen Ellbogen auf den Tisch gestemmt und stützte den Kopf mit zwei Fingern der rechten Hand an der Wange, zwei unter dem Kinn und dem Daumen am Kiefer — eine Geste erschöpfter Aufmerksamkeit. »Admiral«, sagte sie leise, »ich finde, Senator Kolchevs Frage ist durchaus berechtigt, aber die Situation, die Sie uns im Verlauf dieser Sitzung umrissen haben, beantwortet sie.« Sie wandte sich an Kolchev. »Gabriel, wir haben uns verschätzt. Mit dieser Konzentration von FORCE können wir bestenfalls ein Patt herbeiführen. Die Ousters sind gemeiner, zäher und zahlreicher, als wir gedacht haben.« Sie richtete den müden Blick wieder auf Nashita. »Admiral, wieviel Schiffe brauchen Sie noch?«

Nashita holte Luft und war offensichtlich aus dem Konzept gebracht, weil diese Frage schon so früh im Verlauf der Sitzung gestellt wurde. Er sah zu Morpurgo und den anderen Oberbefehlshabern und faltete dann die Hände wie ein Bestattungsunternehmer. »Zweihundert Kriegsschiffe«, sagte er. »Mindestens zweihundert.«

Ein Raunen ging durch den Saal. Ich sah von meiner Skizze auf. Alle flüsterten oder veränderten die Haltung, außer Gladstone. Ich brauchte einen Moment, bis ich begriff.

Die gesamte Flotte der Schlachtschiffe von FORCE:Weltraum bestand aus nicht einmal sechshundert. Selbstverständlich war jedes einzelne schwindelerregend teuer — die wenigsten planetaren Ökonomien konnten es sich leisten, mehr als ein oder zwei interstellare Großraumschiffe zu bauen, und schon eine Handvoll Schlachtschiffe mit Hawking-Antrieben konnten eine Kolonialwelt in den Bankrott treiben. Und jedes verfügte über eine höllische Kampfkraft: ein Schlachtschiffträger konnte eine Welt vernichten, eine Streitmacht von Kreuzern und SpinSchiff-Zerstörern konnte eine Sonne auslöschen. Es war denkbar, daß die Hegemonieschiffe, die bereits im Hyperion-System zusammengezogen worden waren, die meisten Sternsysteme im Netz vernichten konnten, wenn man sie durch die große Transitfarcastermatrix von FORCE kanalisierte. Vor einem Jahrhundert waren weniger als fünfzig Schiffe des Typs, den Nashita verlangte, in der Lage gewesen, die Flotte von Glennon-Height zu zerstören und die Meuterei ein für allemal zu unterdrücken.

Aber das wahre Problem von Nashitas Bitte lag darin, *zwei Drittel* der Hegemonieflotte gleichzeitig im Hyperion-System zu konzentrieren. Ich spürte förmlich, wie Besorgnis durch die Politiker und Machthaber lief wie ein elektrischer Strom.

Senatorin Richeau von Renaissance Vector räusperte sich. »Admiral, wir haben noch nie solche Truppenverbände zusammengezogen, oder?«

Nashitas Kopf drehte sich so mühelos, als säße er auf einem Kugellager. Die finstere Miene zuckte nicht. »Wir haben es noch nie mit einem Einsatz der Flotte zu tun gehabt, der so wichtig für die Zukunft der Hegemonie gewesen wäre, Senatorin Richeau.«

»Ja, das ist mir bewußt«, sagte Richeau. »Aber ich wollte mit meiner Frage ausdrücken, welche Auswirkungen das auf die Verteidigungskraft des Netzes an anderer Stelle haben würde. Ist das nicht ein schreckliches Risiko?«

Nashita brummte etwas Unverständliches, und die Darstellungen im weiten Raum hinter ihm wirbelten, verschwammen und fügten sich zu einem faszinierenden Bild der Milchstraße, wie man sie von oberhalb der Ebene ihrer Ekliptik aus sah; der Winkel veränderte sich, während wir mit atemberaubender Geschwindigkeit auf einen Spiralarm zuzurasen schienen, bis das blaue Gitter des Farcasternetzes sichtbar wurde, die Hegemonie, ein unregelmäßiger goldener Nukleus mit Türmen und Pseudopodien, die sich in den grünen Nimbus des Protektorats hinein erstreckten. Das Muster des Netzes wirkte wahllos und zwergenhaft angesichts der gewaltigen Größe der Galaxis, aber diese beiden Eindrücke gaben die Wirklichkeit zutreffend wieder.

Plötzlich veränderte sich das Schaubild, und das Netz nebst Kolonialwelten wurde zum Universum, abgesehen von ein paar hundert verstreuten Sternen, die allem die erforderliche Perspektive verliehen.

»Dies sind die Positionen unserer Flotteneinheiten derzeit«, sagte Admiral Nashita. Inmitten und jenseits von Gold und Grün leuchteten plötzlich mehrere hundert grellorangefarbene Pünktchen auf; die dichteste Konzentration befand sich um einen entlegenen Protektoratsstern, in dem ich verspätet Hyperions Sonne erkannte.

»Und dies sind die Schwärme der Ousters in ihren aktuellsten Positionen.« Ein Dutzend roter Linien erschien, Vektorzeichen und Blauverschiebungsschwänze zeigten die Bewegungsrichtung an. Selbst in diesem Maßstab schien sich keiner der Schwarmvektoren dem Hoheitsgebiet der Hegemonie zu nähern, abgesehen von dem Schwarm — einem großen —, der ins Hyperion-System vorzustoßen schien.

Mir fiel auf, daß der Aufmarsch von FORCE:Weltraum-Einheiten manchmal Vektoren von Schwärmen spiegelten, abgesehen von Zusammenballungen in der Nähe von Stützpunkten und Risikowelten wie Maui-Covenant, Bressia oder Qom-Riyadh.

»Admiral«, sagte Gladstone und unterband damit jedwede Erklärung dieser Verteilung, »ich gehe davon aus, daß Sie die Reaktionszeit der Flotte einkalkuliert haben, sollte ein anderer Punkt unserer Grenze gefährdet werden.«

Nashitas verbissene Miene zuckte zu etwas, das ein Lächeln hätte sein können. Seine Stimme drückte eine Spur Herablassung aus. »Ja, Präsidentin. Wenn Sie auf die nächstgelegenen Schwärme achten, abgesehen von dem bei Hyperion ...« Das Bild zoomte auf rote Vektoren über einer goldenen Wolke, zu der, da war ich ziemlich sicher, Sternensysteme wie Heaven's Gate, God's Grove und Mare Infinitus gehörten. In diesem

Maßstab schien die Bedrohung durch die Ousters wirklich sehr fern zu sein.

»Wir berechnen die Schwarmwanderungen nach dem Kielwasser des Hawking-Antriebs, wie es Horchposten in und außerhalb des Netzes aufgespürt haben. Zusätzlich erkunden unsere weitreichenden Sonden Größe und Richtung eines Schwarms auf regelmäßiger Basis.«

»Wie regelmäßig, Admiral?« fragte Senator Kolchev.

»Mindestens einmal alle paar Jahre«, erwiderte der Admiral brüsk. »Sie müssen bedenken, daß die Flugzeit viele Monate beträgt, selbst mit SpinSchiff-Geschwindigkeiten, und die Zeitschuld von uns aus gesehen könnte für so einen Transit bis zu zwölf Jahre betragen.«

»Da Jahre zwischen direkten Beobachtungen liegen«, beharrte der Senator, »wie können Sie da wissen, wo sich ein Schwarm zu einem gegebenen Zeitpunkt befindet?«

»Hawking-Antriebe lügen nicht, Senator.« Nashitas Stimme klang völlig tonlos. »Es ist unmöglich, die Störwelle des Hawking zu simulieren. Wir sehen die Echtzeit-Standorte von Hunderten — oder bei größeren Schwärmen Tausenden — Singularitätsantrieben im Einsatz. Wie bei Fatlineübertragungen existiert auch bei der Transmission des Hawkingeffekts keine Zeitschuld.«

»Ja«, sagte Kolchev, dessen Stimme so tonlos und tödlich wie die des Admirals klang, »aber was ist, wenn die Schwärme unter SpinSchiffgeschwindigkeit wandern?«

Nashita lächelte wahrhaftig. »*Unter* Hyperlichtgeschwindigkeit, Senator?«

»Ja.«

Ich konnte sehen, wie Morpurgo und einige der anderen Militärs den Kopf schüttelten oder ein Lächeln verbargen. Lediglich der junge Kommandant von FORCE:See, William Ajunta Lee, beugte sich mit ernstem, aufmerksamem Gesichtsausdruck vor.

»Mit Unterlichtgeschwindigkeit«, sagte Admiral Nashita kühl, »müßten sich unsere Ur-Urenkel vielleicht Gedanken machen, ob sie ihre Urenkel vor einer bevorstehenden Invasion warnen sollen.«

Kolchev ließ nicht locker. Er stand auf und deutete auf eine

Stelle, wo der dichteste Schwarm sich oberhalb von Heaven's Gate von der Hegemonie fortbewegte. »Was wäre, wenn sich dieser Schwarm ohne Hawking-Antrieb nähern würde?«

Nashita seufzte und war eindeutig verdrossen, daß das Wesentliche der Sitzung durch solche Nebensächlichkeiten verzögert wurde. »Senator, ich versichere Ihnen, wenn dieser Schwarm *jetzt* die Hawking-Antriebe abschalten und sich *jetzt* Richtung Netz bewegen würde, würden ...« — Nashita blinzelte, während er sein Implantat und die Komkanäle konsultierte — »zweihundertunddreißig Standardjahre vergehen, bis sie sich unserer Grenze nähern würden. Dies ist kein Faktor, der bei dieser Entscheidung eine Rolle spielt, Senator.«

Meina Gladstone beugte sich vor, und alle Blicke richteten sich auf sie. Ich speicherte meine momentane Skizze in der Schablone und begann eine neue.

»Admiral, ich finde, das wahre Problem hier besteht in der beispiellosen Konzentration von Streitkräften in der Nähe von Hyperion und der Tatsache, daß wir unsere gesamten Eier in einem einzigen Korb verstauen.«

Amüsiertes Murmeln wurde um den Tisch herum laut. Gladstone war berühmt für so alte und vergessene Aphorismen, Anekdoten und Redewendungen, daß sie brandneu waren. Dies hätte eine davon sein können.

»*Legen* wir alle Eier in einen Korb?« fuhr sie fort.

Nashita kam nach vorn, legte die Hände auf den Tisch und drückte die gespreizten langen Finger entschlossen nach unten. Diese Entschlossenheit entsprach der starken Persönlichkeit dieses kleinen Mannes; er gehörte zu den seltenen Menschen, die die Aufmerksamkeit und den Gehorsam anderer mühelos auf sich ziehen können. »Nein, Präsidentin, keineswegs.« Er deutete ohne sich umzudrehen auf das Display hinter sich: »Selbst die Schwärme, die uns am nächsten sind, könnten die Hegemonie nicht ohne eine Vorwarnzeit von zwei Monaten per Hawking-Antrieb erreichen ... das entspricht *drei Jahren* unserer Zeit. Unsere Flotteneinheiten im Hyperion-System würden selbst unter der Annahme, daß sie weit verstreut und in Gefechte verwickelt sind — keine *fünf Stunden* brauchen, um sich zurückzuziehen und an jede beliebige Stelle im Netz überzuwechseln.«

»Das schließt keine Flotteneinheiten außerhalb des Netzes ein«, sagte Senatorin Richeau. »Die Kolonien dürfen nicht ungeschützt bleiben.«

Nashita gestikulierte wieder. »Die zweihundert Kriegsschiffe, die wir hinzuziehen werden, um dem Feldzug im Hyperion-System die entscheidende Wende zu geben, sind diejenigen, die bereits im Netz sind oder diejenigen, die mit Sprung-Schiff-Farcasteranlagen ausgerüstet sind. Die unabhängigen Flottenverbände, die den Kolonien zugeteilt sind, werden nicht abgezogen.«

Gladstone nickte. »Was wäre, wenn das Portal über Hyperion von den Ousters beschädigt oder erobert werden würde?«

Dem Rücken, Nicken und Murmeln der Zivilisten um den Tisch entnahm ich, daß sie eine der Hauptbefürchtungen ausgesprochen hatte.

Nashita nickte und ging zu dem kleinen Podest zurück, als ob er genau auf diese Frage gewartet hätte, und froh wäre, daß die Nebensächlichkeiten überwunden waren. »Ausgezeichnete Frage«, sagte er. »Sie wurde in vorhergehenden Sitzungen kurz gestreift, aber ich möchte mich nun ausführlicher mit dieser Möglichkeit beschäftigen.

Zunächst einmal haben wir Ausweichmöglichkeiten, was die Farcasterkapazität betrifft, denn es sind momentan nie weniger als zwei SprungSchiffe im System, und wir planen drei weitere, wenn die Verstärkung eintreffen sollte. Die Chancen, daß alle fünf Schiffe zerstört werden, sind sehr, sehr gering ... fast bedeutungslos, wenn man die Verteidigungsmöglichkeiten mit der verstärkten Task Force bedenkt.

Zum Zweiten sind die Chancen, daß die Ousters einen intakten militärischen Farcaster erobern und damit eine Invasion des Netzes bewerkstelligen gleich Null. Jedes Schiff — jedes *Individuum*, das durch ein FORCE-Portal geht, muß sich durch fälschungssicher codierte Mikrotransponder identifizieren, die täglich geändert werden ...«

»Könnten die Ousters diese Codes nicht knacken und ... ihre eigenen eingeben?« fragte Senator Kolchev.

»Unmöglich.« Nashita schritt mit auf dem Rücken verschränkten Armen auf dem kleinen Podest auf und ab. »Die

Änderung der Codes erfolgt täglich via Fatline-Einwegsignal von FORCE-Hauptquartieren im Netz ...«

»Entschuldigen Sie«, sagte ich und war erstaunt, meine eigene Stimme zu hören, »aber ich selbst habe heute morgen einen kurzen Besuch im Hyperion-System gemacht und nichts von Codes bemerkt.«

Köpfe drehten sich. Admiral Nashita machte wieder erfolgreich den Eindruck einer Eule, deren Kopf sich auf einem geschmierten Kugellager dreht. »Dennoch, M. Severn«, sagte er, »sind Sie und M. Hunt codiert worden — schmerzlos und unauffällig mit Infrarotlasern an beiden Enden des Farcastertransits.«

Ich nickte und war einen Moment lang erstaunt, daß der Admiral sich meinen Namen gemerkt hatte, bis mir einfiel, daß auch er Implantate besaß.

»Drittens«, fuhr Nashita fort, als hätte ich überhaupt nichts gesagt, »sollte das Unmögliche eintreten und Streitkräfte der Ousters unsere Verteidigung überwinden, unsere Farcaster intakt erobern und die fälschungssicheren Transit-Codesysteme decodieren, um damit eine Technologie zu aktivieren, mit der sie nicht vertraut sind und die wir ihnen seit vier Jahrhunderten vorenthalten ... dann wären ihre sämtlichen Bemühungen immer noch vergebens, denn der gesamte militärische Verkehr wird über den Stützpunkt auf Madhya nach Hyperion weitergeleitet.«

»Wo?« ertönte ein Stimmenchor.

Ich hatte nur durch Brawne Lamias Geschichte vom Tod ihres Klienten von Madhya gehört. Sie und Nashita sprachen es ›Mud-je‹ aus.

»Madhya«, wiederholte Admiral Nashita, und jetzt lächelte er wirklich. Es war ein seltsam jungenhaftes Lächeln. »Bemühen Sie Ihre Komlogs nicht, meine Damen und Herren. Madhya ist ein ›schwaches‹ System, das in Adreßlisten und zivilen Farcasterkarten nicht erscheint. Wir reservieren es für eben solche Zwecke. Madhya ist mit einem bewohnbaren Planeten, der nur zum Erzabbau und für unsere Stützpunkte taugt, die allerbeste Rückzugsposition. Sollten die Schiffe der Ousters das Unmögliche schaffen und unsere Verteidigungen und Portale um Hyperion erobern, dann können sie *ausschließlich* nach

Madhya, wo ausreichend automatische Feuerkraft auf alles und jedes gerichtet ist, das durchkommt. Sollte das Unmögliche gar in die zweite Potenz erhoben werden und ihre Flotte den Transfer ins Madhya-System überstehen, würden sich die Farcasterverbindungen von dort nach draußen automatisch selbst zerstören, und ihre Kriegsschiffe wären Jahre vom Netz entfernt gestrandet.«

»Ja«, sagte Senatorin Richeau, »aber unsere ebenfalls. Zwei Drittel unserer Flotte würden im Hyperion-System festsitzen.«

Nashita stand bequem. »Das stimmt«, sagte er, »aber die Befehlshaber und ich selbst haben viele Male über diesen unwahrscheinlichen — man kann sagen statistisch unmöglichen — Fall diskutiert. Wir halten das Risiko für akzeptabel. Sollte das Unmögliche eintreten, würden wir immer noch über mehr als zweihundert Kriegsschiffe als Reserve verfügen, um das Netz zu verteidigen. Schlimmstenfalls würden wir das Hyperion-System verlieren, nachdem wir den Ousters einen schweren Schlag zugefügt haben ... der an sich mit allergrößter Wahrscheinlichkeit allen künftigen Aggressionen ein Ende bereiten würde.

Aber das ist auf gar keinen Fall der Ausgang, mit dem wir rechnen. Wenn zweihundert Kriegsschiffe bald transferiert werden — innerhalb der nächsten acht Standardstunden —, sehen unsere Demoskopen und die des KI-Ratskonzils eine Wahrscheinlichkeit von 99 Prozent, daß der angreifende Ousterschwarm vernichtend geschlagen wird ... bei minimalen Verlusten unserer eigenen Streitkräfte.«

Meina Gladstone wandte sich an Ratgeber Albedo. Im spärlichen Licht war die Projektion perfekt. »Ratgeber, ich habe nicht gewußt, daß dem Rat diese Frage vorgelegt wurde. Ist die Zahl von 99 Prozent zuverlässig?«

Albedo lächelte. »Ziemlich zuverlässig, Präsidentin. Und der Wahrscheinlichkeitsfaktor betrug 99,962794 Prozent.« Das Lächeln wurde noch breiter. »Das ist so ermutigend, daß man es getrost riskieren kann, einmal eine Zeitlang alle Eier in einen Korb zu legen.«

Gladstone lächelte nicht. »Admiral, wie lange werden die Kampfhandlungen Ihrer Meinung nach noch andauern, wenn Sie die Verstärkung bekommen?«

»Eine Standardwoche, Präsidentin. Höchstens.«

Gladstone zog die linke Augenbraue etwas hoch. »So wenig?«

»Ja, Präsidentin.«

»General Morpurgo? Die Meinung von FORCE:Bodentruppen?«

»Wir stimmen zu, Präsidentin. Verstärkung ist erforderlich, und zwar umgehend. Transporter werden schätzungsweise hunderttausend Marines und Infanteristen befördern, um die Überreste des Schwarms einzusammeln.«

»In sieben Standardtagen oder weniger?«

»Ja, Präsidentin.«

»Admiral Singh?«

»Unbedingt notwendig, Präsidentin.«

»General Van Zeidt?«

Gladstone rief einen nach dem anderen sämtliche Oberbefehlshaber auf und fragte sogar den Kommandanten der Militärakademie Olymp, der vor Stolz darüber, daß er gefragt wurde, fast platzte. Einer nach dem anderen verliehen sie ihrem einhelligen Ruf nach Verstärkung Ausdruck.

»Kommandant Lee?«

Alle Blicke richteten sich auf den jungen Marineoffizier. Ich bemerkte die steifen Haltungen und finsteren Mienen der dienstälteren Militärs und wußte plötzlich, daß Lee auf Bitte der Präsidentin hier war, und nicht aufgrund der Güte seiner Vorgesetzten.

Mir fiel ein, daß Gladstone einmal gesagt hatte, der junge Kommandant Lee würde die Initiative und Intelligenz unter Beweis stellen, die FORCE manchmal fehlten. Ich vermutete, daß die Laufbahn des Mannes wegen seiner Teilnahme an dieser Versammlung zu Ende war.

Kommandant William Ajunta Lee räkelte sich unbehaglich auf seinem bequemen Stuhl. »Bei allem gebührenden Respekt, Präsidentin, ich bin nur ein junger Marineoffizier und nicht qualifiziert, eine Meinung über Fragen von solcher strategischer Tragweite zu äußern.«

Gladstone lächelte nicht. Ihr Nicken war fast unmerklich. »Das weiß ich zu schätzen, Kommandant. Ich bin sicher, Ihre Vorgesetzten hier ebenfalls. Aber ich frage mich doch, ob Sie in diesem Fall nicht mir zu Gefallen eine Ausnahme machen und sich zum Thema äußern könnten.«

Lee setzte sich aufrecht hin. Einen Moment lang drückten seine Augen Überzeugung und Verzweiflung eines kleinen gefangenen Tieres aus. »Nun denn, Präsidentin, wenn ich einen Kommentar abgeben muß, dann muß ich sagen, meine Instinkte — und es sind nur Instinkte; ich verstehe überhaupt nichts von interstellarer Taktik — würden mir raten, auf diese Verstärkung zu verzichten.« Lee holte tief Luft. »Dies ist eine rein militärische Einschätzung, Präsidentin. Ich weiß nichts von den politischen Hintergründen der Verteidigung des Hyperion-Systems.«

Gladstone beugte sich vor. »Dann auf rein militärischer Basis, Kommandant, warum sind Sie gegen die Verstärkung?«

Von meinem Platz, einen halben Tisch entfernt, konnte ich die Wucht der Blicke der FORCE-Befehlshaber spüren wie eine der Hundert-Millionen-Joule-Laserentladungen, mit denen in den uralten inertialgedämpften Fusionsreaktoren Deuterium-Tritium-Sphären gezündet wurden. Ich war erstaunt, daß Lee nicht vor unseren Augen implodierte, entflammte und verschmorte.

»Nach militärischer Logik«, sagte Lee mit hoffnungslosen Augen, aber fester Stimme, »sind die beiden größten Sünden, die man überhaupt begehen kann, wenn man die eigenen Streitkräfte teilt oder — wie Sie es ausdrücken, Präsidentin — alle Eier in einen einzigen Korb legt. Und in diesem Fall haben wir den Korb nicht einmal selbst gemacht.«

Gladstone nickte, lehnte sich zurück und bildete mit den Fingern einen Giebel an der Unterlippe.

»*Kommandant*«, sagte General Morpurgo, und ich mußte feststellen, daß ein Wort tatsächlich ausgespuckt werden konnte, »da wir jetzt in den Genuß Ihrer ... ah ... Meinung gekommen sind, dürfte ich fragen, ob Sie jemals an einer Raumschlacht teilgenommen haben?«

»Nein, Sir.«

»Sind Sie je für eine Raumschlacht *ausgebildet* worden, Kommandant?«

»Abgesehen vom Minimum, das MAO verlangt, was auf einige Geschichtsstunden hinausläuft, nein, Sir.«

»Haben Sie *überhaupt* jemals an irgendwelchen strategischen Planungen teilgenommen, die über normales Maß hinausgingen? Wie viele Marineoberflächenschiffe haben Sie auf Maui-Covenant befehligt, Kommandant?«

»Eins, Sir.«

»Eins«, schnaufte Morpurgo. »Ein großes Schiff, Kommandant?«

»Nein, Sir.«

»Wurde Ihnen das Kommando über dieses Schiff anvertraut, Kommandant? Haben Sie es sich verdient? Oder ist es Ihnen durch eine Fügung des Krieges zugefallen?«

»Unser Kapitän wurde getötet, Sir. Ich habe als ranghöchster Offizier den Befehl übernehmen müssen. Es war der letzte Einsatz des Feldzugs gegen Maui-Covenant und ...«

»Das genügt, *Kommandant.*« Morpurgo kehrte dem Kriegshelden den Rücken zu und wandte sich an die Präsidentin. »Möchten Sie uns noch einmal befragen, Ma'am?«

Gladstone schüttelte den Kopf.

Senator Kolchev räusperte sich. »Vielleicht sollten wir uns jetzt zu einer geheimen Sitzung im Regierungshaus zurückziehen.«

»Nicht nötig«, sagte Meina Gladstone. »Ich habe mich entschieden. Admiral Singh, Sie haben die Erlaubnis, so viele Flotteneinheiten ins Hyperion-System zu verlegen, wie Sie und die Oberbefehlshaber für erforderlich halten.«

»Ja, Präsidentin.«

»Admiral Nashita, ich erwarte eine erfolgreiche Beendigung der Kampfhandlungen innerhalb einer Standardwoche von dem Zeitpunkt an, da Ihnen ausreichend Verstärkung zur Verfügung steht.« Sie sah sich am Tisch um. »Meine Damen und Herren, ich kann nicht genügend betonen, wie wichtig es ist, daß wir Hyperion halten und die Bedrohung durch die Ouster ein für allemal beseitigen.« Sie stand auf und ging zum Anfang der Rampe, die in die Dunkelheit führte. »Guten Abend, meine Damen, Herren.«

Es war fast 40.00 Uhr Netz und Tau Ceti Center, als Hunt an meine Tür klopfte. Ich kämpfte seit drei Stunden, seit wir zurückge'castet waren, gegen den Schlaf. Ich war gerade zur

Überzeugung gekommen, daß Gladstone mich vergessen hatte, als das Klopfen ertönte.

»Im Garten«, sagte Leigh Hunt, »und stecken Sie um Gottes willen das Hemd in die Hose.«

Meine Stiefel knirschten leise auf dem feinen Kiesweg, als ich die dunklen Pfade entlangschritt. Die Laternen und Leuchtkugeln spendeten kaum Licht. Wegen der endlosen Städte von TC^2 waren die Sterne über dem Innenhof nicht zu sehen, aber die sausenden Lichter der Orbitalsiedlungen zogen über den Himmel wie ein endloser Reigen von Glühwürmchen.

Gladstone saß auf der schmiedeeisernen Brücke beim Bach.

»M. Severn«, sagte sie mit leiser Stimme, »danke, daß Sie zu mir gekommen sind. Ich muß mich entschuldigen, weil es so spät ist. Die Kabinettssitzung ist gerade zu Ende gegangen.«

Ich sagte nichts und blieb stehen.

»Ich wollte mich nach Ihrem Besuch auf Hyperion heute morgen erkundigen.« Sie kicherte in der Dunkelheit. »Gestern morgen. Hatten Sie Eindrücke?«

Ich fragte mich, was sie meinte. Ich vermutete, die Frau hatte einen unersättlichen Hunger nach Daten, so irrelevant sie auch sein mochten. »Ich habe jemanden getroffen«, sagte ich.

»Oh?«

»Ja, Dr. Melio Arundez. Er war ... ist ...«

»Ein Freund von M. Weintraubs Tochter«, sprach Gladstone zu Ende. »Das Kind, das rückwärts altert. Haben Sie neue Erkenntnisse über ihren Zustand?«

»Eigentlich nicht«, sagte ich. »Ich habe heute mittag ein kurzes Nickerchen gehalten, aber die Träume waren nur bruchstückhaft.«

»Und was hat das Treffen mit Dr. Arundez gebracht?«

Ich rieb mir das Kinn mit Fingern, die plötzlich kalt geworden waren. »Sein Forschungsteam wartet schon seit Monaten in der Hauptstadt«, sagte ich. »Sie könnten unsere einzige Hoffnung sein zu verstehen, was sich mit den Zeitgräbern abspielt. Und das Shrike ...«

»Unsere Vorherseher sagen, es ist wichtig, die Pilger in Ruhe zu lassen, bis ihre Rolle zu Ende gespielt ist«, sagte Gladstones Stimme in der Dunkelheit. Sie schien zur Seite zu sehen, zum Bach.

Ich spürte plötzlich und unerklärlicherweise, wie mich Zorn ergriff. »Pater Hoyt ist tot, seine Rolle ist schon zu Ende gespielt«, sagte ich schneidender als beabsichtigt. »Sie hätten ihn retten können, wäre dem Schiff gestattet worden, zu den Pilgern zu fliegen. Arundez und seine Leute könnten das Baby — Rachel — vielleicht retten, auch wenn nur noch wenige Tage verbleiben.«

»Weniger als drei Tage«, sagte Gladstone. »War noch etwas? Eindrücke vom Planeten oder Admiral Nashitas Flaggschiff, die Sie ... interessant fanden?«

Ich ballte die Hände zu Fäusten, entspannte sie wieder. »Sie werden Arundez aber nicht gestatten, zu den Gräbern zu fliegen?«

»Nein, jetzt nicht.«

»Was ist mit der Evakuierung der Zivilisten von Hyperion, zumindest der Bürger der Hegemonie?«

»Das ist zur Zeit nicht möglich.«

Ich wollte etwas sagen, beherrschte mich aber. Ich sah dahin, wo das Wasser unter der Brücke plätscherte.

»Keine anderen Eindrücke, M. Severn?«

»Nein.«

»Nun, dann wünsche ich Ihnen eine gute Nacht und angenehme Träume. Morgen wird ein hektischer Tag werden, aber ich möchte mich irgendwann einmal mit Ihnen über die Träume unterhalten.«

»Gute Nacht«, sagte ich, machte auf dem Absatz kehrt und ging rasch zu meinem Flügel des Regierungshauses zurück.

In meinem dunklen Zimmer rief ich eine Sonate von Mozart ab und nahm drei Trisekobarbitale. Sie würden mich höchstwahrscheinlich in einen drogeninduzierten, traumlosen Schlaf versetzen, wo der Geist des toten Johnny Keats und seine noch geisterhafteren Pilger mich nicht finden konnten. Ich wollte Meina Gladstone enttäuschen, und dieser Gedanke machte mich nicht im geringsten betroffen.

Ich mußte an Swifts Seefahrer Gulliver denken, und den Ekel vor der Menschheit, den er nach seiner Rückkehr aus dem Land der intelligenten Pferde — der Houyhnhnms — empfand, einem Ekel vor seiner eigenen Rasse, der so schlimm wurde, daß er im Stall bei den Pferden schlafen mußte, um

sich von ihrem Geruch und ihrer Anwesenheit trösten zu lassen.

Mein letzter Gedanke, bevor ich einschlief, war: *Zum Teufel
mit Meina Gladstone, zum Teufel mit dem Krieg, und zum Teufel
mit dem Netz!*

Und zum Teufel mit den Träumen!

ZWEITER TEIL

16

B rawne Lamia schlief bis kurz vor der Dämmerung unruhig, und ihre Träume wurden von Bildern und Tönen von anderswo heimgesucht — halb gehörte und kaum verstandene Gespräche mit Meina Gladstone, ein Raum, der im Weltraum zu schweben schien, Männer und Frauen in Bewegung in einem Korridor, dessen Wände wie schlecht eingestellte Fatlineempfänger tuschelten —, und unter diesen Fieberträumen und wahllosen Bildfetzen lag das aufreizende Gefühl, daß Johnny — ihr Johnny — so nahe war, *so nahe*. Lamia schrie im Schlaf auf, aber der Laut ging in den zufälligen Echos der abkühlenden Sphinx und dem wehenden Sand unter.

Lamia erwachte plötzlich und kam so vollständig zu Bewußtsein wie ein Instrument, das eingeschaltet wird. Sol Weintraub hatte Wache halten sollen, aber der schlief neben der flachen Tür zu dem Raum, wo die Gruppe Unterschlupf gesucht hatte. Die kleine Rachel schlief zwischen Decken neben ihm auf dem Boden; sie hatte den Rumpf gehoben, das Gesicht gegen die Decke gedrückt und ein Speichelbläschen auf den Lippen.

Lamia sah sich um. Im trüben Licht einer Niederwattleuchtkugel und dem schwachen Tageslicht, welches den vier Meter langen Korridor entlangschien, war nur einer der anderen Pilger sichtbar, ein dunkles Bündel auf dem Steinboden. Dort lag Martin Silenus und schnarchte. Lamia verspürte einen Anflug von Angst, als wäre sie im Schlaf allein gelassen worden. Silenus, Sol, das Baby ... sie stellte fest, daß nur der Konsul fehlte. Verluste hatte die Gruppe von sieben Pilgern und dem Baby dezimiert: Het Masteen war im Grasmeer vom Windwagen verschwunden; Lenar Hoyt war in der vergangenen Nacht getötet worden; Kassad war seit der Nacht vermißt ... der Konsul ... wo war der Konsul?

Brawne Lamia sah sich noch einmal um, vergewisserte sich, daß sich in dem dunklen Raum nur Rucksäcke, zusammengerollte Decken, der schlafende Dichter und der Gelehrte nebst Kind befanden, dann stand sie auf, fand die automatische Pistole ihres Vaters zwischen den Decken, tastete in ihrem Rucksack nach dem Nervenschocker und schlüpfte an Weintraub und dem Baby vorbei in den angrenzenden Korridor.

Es war Morgen und so hell draußen, daß Lamia die Augen mit den Händen abschirmen mußte, als sie von den Steinstufen der Sphinx auf den festgetretenen Pfad trat, der ins Tal hinabführte. Der Sturm war vorbei. Der Himmel Hyperions wies einen kristallenen Lapislazulifarbton mit vereinzelten grünen Flecken auf. Hyperions Stern war ein gleißender weißer Punkt, der gerade über der östlichen Felswand aufging. Felsschatten verschmolzen mit den verstreuten Silhouetten der Zeitgräber in der Talsohle. Das Jadegrab funkelte. Lamia sah die frischen Verwehungen und Dünen, die der Sturm hinterlassen hatte, weißer und karmesinroter Sand verschmolzen um Felsen herum zu sinnlichen Kurven und Schnörkeln. Von ihrem Lager in der vergangenen Nacht war keine Spur mehr zu sehen. Der Konsul saß auf einem Felsen zehn Meter unterhalb. Er sah ins Tal hinab, Rauch kräuselte sich aus seiner Pfeife. Lamia steckte die Pistole zum Schocker in die Tasche und ging den Hang hinab zu ihm.

»Keine Spur von Oberst Kassad«, sagte der Konsul, als sie näher kam. Er drehte sich nicht um.

Lamia sah das Tal entlang zum Kristallmonolithen. Die einst glänzende Oberfläche war durchlöchert und zerschmettert, die oberen zwanzig oder dreißig Meter schienen ganz zu fehlen, das Geröll um die Fundamente rauchte noch. Der halbe Kilometer Boden zwischen Sphinx und Monolith war verbrannt und narbig. »Sieht so aus, als wäre er nicht kampflos abgetreten«, sagte sie.

Der Konsul nickte zustimmend. Der Pfeifenrauch machte Lamia hungrig. »Ich habe bis zum Palast des Shrike zwei Klicks taleinwärts gesucht«, sagte der Konsul. »Brennpunkt des Kampfes scheint der Monolith gewesen zu sein. Es sind immer noch keine Spuren einer Öffnung in Bodennähe an dem Ding zu sehen, aber weiter oben sind jetzt so viele Löcher, daß man das kammförmige Muster erkennen kann, welches das Tiefenradar immer gezeigt hat.«

»Aber keine Spur von Kassad?«

»Keine.«

»Blut? Verbrannte Knochen? Ein Zettel, daß er wiederkommen wird, wenn er die Wäsche abgegeben hat?«

»Nichts.«

Brawne Lamia seufzte und setzte sich auf einen Stein neben dem Felsen des Konsuls. Die Sonne schien ihr warm auf die Haut. Sie blinzelte zur Öffnung zum Tal. »Na ja, verdammt«, sagte sie, »was sollen wir als nächstes machen?«

Der Konsul nahm die Pfeife aus dem Mund, betrachtete sie stirnrunzelnd und schüttelte den Kopf. »Ich habe es heute morgen wieder mit dem Komlogrelais versucht, aber das Schiff wird immer noch festgehalten.« Er schüttelte die Asche heraus. »Ich habe auch die Notfallfrequenzen versucht, aber wir kommen eindeutig nicht durch. Entweder übermittelt das Schiff nicht, oder die Leute haben Befehl, nicht zu antworten.«

»Würden Sie wirklich fliehen?«

Der Konsul zuckte die Achseln. Er hatte die Diplomatenuniform vom Vortag abgelegt und einen groben Wollpullover, graue Cordhosen und hohe Stiefel angezogen. »Wenn wir das Schiff hier hätten, würde das uns — Ihnen — die Möglichkeit zur Flucht geben. Ich wünschte, die anderen würden es sich überlegen. Schließlich wird Masteen vermißt, Hoyt und Kassad sind tot ... ich weiß nicht, was ich als nächstes tun soll.«

Eine tiefe Stimme sagte: »Wir sollten versuchen, Frühstück zu machen.«

Lamia drehte sich um und sah Sol den Pfad entlangkommen. Rachel hatte er in einer Trage auf der Brust. Sonnenlicht spiegelte sich auf dem kahlen Kopf des alten Mannes. »Keine schlechte Idee«, sagte sie. »Haben wir noch ausreichend Proviant?«

»Zum Frühstück reicht es«, sagte Weintraub. »Dann noch ein paar Rationen und Tiefkühlpacks aus dem Vorrat des Oberst. Und dann müssen wir Tausendfüßler und uns selbst essen.«

Der Konsul versuchte zu lächeln und steckte die Pfeife wieder in die Tasche. »Ich schlage vor, ehe es soweit kommt, marschieren wir zurück zum Keep Chronos. Wir haben zwar das gefriergetrocknete Essen von der *Benares* genommen, aber im Keep muß es Vorratskammern geben.«

»Ich würde mit Vergnügen ...«, begann Lamia, wurde aber von einem Schrei aus dem Innern der Sphinx unterbrochen.

Sie erreichte die Sphinx als erste und hielt die automatische Pistole in der Hand, ehe sie durch den Eingang trat. Der Korridor war dunkel, der Schlafraum noch dunkler, und sie brauchte einen Augenblick, bis sie merkte, daß niemand da war. Brawne Lamia duckte sich und richtete die Pistole zur dunklen Biegung des Korridors, als die Stimme von Silenus wieder brüllte: »He! Kommt hierher!«

Sie blickte über die Schulter, als der Konsul zum Eingang hereinkam.

»Warten Sie!« rief Lamia und ging rasch den Korridor entlang, drückte sich an die Wand, hielt die Pistole schußbereit, entsichert, Hahn gespannt. Sie blieb vor dem offenen Tor zu dem kleinen Raum stehen, wo Hoyts Leichnam lag, duckte sich und sprang mit vorgestreckter Waffe hinein.

Martin Silenus, der neben dem Leichnam kauerte, blickte auf. Das Fiberplastiktuch, mit dem sie den Leichnam des Priesters bedeckt hatten, lag zerknüllt und verzogen in Silenus' Hand. Er starrte Lamia an, betrachtete die Waffe ohne Interesse und sah wieder zu dem Leichnam. »Kann man das glauben?« sagte er leise.

Lamia ließ die Waffe sinken und kam näher. Hinter ihnen sah der Konsul herein. Brawne konnte Sol Weintraub im Korridor hören; das Baby weinte.

»Mein Gott«, sagte Brawne Lamia und kauerte sich ebenfalls neben dem Leichnam von Pater Lenar Hoyt nieder. Die schmerzverzerrten Züge des jungen Priesters waren neu modelliert und in das Gesicht eines Mannes Ende Sechzig verwandelt worden: hohe Stirn, lange, aristokratische Nase, dünne Lippen, deren Mundwinkel freundlich nach oben gekrümmt waren, vorstehende Wangenknochen, spitze Ohren unter einem grauen Haarschopf, große Augen unter Lidern, so bleich und dünn wie Pergament.

Der Konsul kauerte sich ebenfalls dazu. »Den habe ich in Holos gesehen. Es ist Pater Paul Duré.«

»Seht«, sagte Martin Silenus. Er rollte das Laken weiter hinunter, hielt inne und drehte den Leichnam auf die Seite. Zwei kleine Kruziformen pulsierten rosa auf der Brust dieses Mannes, genau wie bei Hoyt, aber sein Rücken war frei.

Sol stand unter der Tür und versuchte, Rachel mit beruhigenden Worten und sanftem Wiegen zum Schweigen zu bringen. Als das Baby still war, sagte er: »Ich dachte, die Bikura brauchten drei Tage, sich zu ... regenerieren.«

Martin Silenus seufzte. »Die Bikura wurden seit mehr als zwei Standardjahrhunderten von den Kruziformparasiten wiederbelebt. Vielleicht ist es beim ersten Mal leichter.«

»Ist er ...«, begann Lamia.

»Am Leben?« Silenus ergriff ihre Hand. »Fühlen Sie.«

Die Brust des Mannes hob und senkte sich unmerklich. Die Haut fühlte sich warm an. Die Hitze der Kruziformen unter der Haut war deutlich zu spüren. Brawne Lamia zog die Hand ruckartig zurück.

Das Ding, das noch vor sechs Stunden der Leichnam von Pater Lenar Hoyt gewesen war, schlug die Augen auf.

»Pater Duré?« sagte Sol und kam nach vorn.

Der Mann drehte den Kopf. Er blinzelte, als würde ihm das trübe Licht in den Augen weh tun, dann gab er einen unverständlichen Laut von sich.

»Wasser«, sagte der Konsul und griff in die Innentasche nach der kleinen Plastikflasche, die er bei sich trug. Martin Silenus hielt dem Mann den Kopf hoch, während der Konsul ihm trinken half.

Sol kam näher, ließ sich auf ein Knie nieder und berührte den Mann am Unterarm. Selbst Rachels dunkle Augen schienen neugierig. Sol sagte: »Wenn Sie nicht sprechen können, blinzeln Sie einmal für ›ja‹ und einmal für ›nein‹. Sind Sie Duré?«

Der Mann drehte den Kopf zu dem Gelehrten. »Ja«, sagte er leise, mit einer tiefen, kultivierten Stimme. »Ich bin Pater Paul Duré.«

Das Frühstück bestand aus dem letzten Kaffee, Fleischstückchen, die sie über der aufgeklappten Heizeinheit grillten, einer Ration Getreideflocken mit rehydrierter Milch und dem Rest ihres letzten Brotlaibs, den sie in fünf Stücke brachen. Lamia fand es köstlich.

Sie saßen am Rand des Schattens unter dem ausgebreiteten Flügel der Sphinx und benützten einen flachen, länglichen Felsen als Tisch. Die Sonne stieg dem späten Vormittag entgegen, der Himmel blieb wolkenlos. Es war kein Laut zu hören, abgesehen vom gelegentlichen Klirren einer Gabel oder eines Löffels und ihren gedämpften Unterhaltungen.

»Erinnern Sie sich an ... davor?« fragte Sol. Der Priester trug ein Ersatzbündel Kleidung des Konsuls, einen grauen Overall mit dem Siegel der Hegemonie auf der linken Brust. Die Uniform war ihm ein wenig zu klein.

Duré hielt die Kaffeetasse in beiden Händen, als wollte er sie zum Segnen hochhalten. Er blickte auf, und seine Augen drückten Intelligenz und Traurigkeit gleichermaßen aus. »Bevor ich gestorben bin?« sagte Duré. Die Patrizierlippen skizzierten ein Lächeln. »Ja, ich erinnere mich daran. Ich erinnere mich an die Verbannung, die Bikura ...« Er sah nach unten. »Sogar an den Teslabaum.«

»Hoyt hat uns von dem Baum erzählt«, sagte Brawne Lamia. Der Priester hatte sich im Flammenwald an einen aktiven Teslabaum genagelt und *jahrelang* Schmerzen, Tod, Wiederauferstehung und wieder Tod erlebt, statt sich der einfachen Symbiose des Lebens mit der Kruziform zu unterwerfen.

Duré schüttelte den Kopf. »Ich dachte ... in den letzten Sekunden ... daß ich ihn besiegt hätte.«

»Hatten Sie«, sagte der Konsul. »Pater Hoyt und die anderen haben Sie gefunden. Sie haben das Ding aus Ihrem Körper vertrieben. Dann haben die Bikura Ihre Kruziform Lenar Hoyt eingepflanzt.«

Duré nickte. »Und von dem Jungen ist keine Spur übrig?«

Martin Silenus deutete auf die Brust des Mannes. »Offensichtlich kann das Scheißding das Gesetz von der Erhaltung der Masse nicht umgehen. Hoyts Schmerzen waren so lange so groß — er wollte nicht dahin zurück, wo das Ding ihn haben wollte —, daß er nie genügend zugenommen hat für eine ... wie, zum Teufel, soll man das nennen? Zweifachwiederbelebung?«

»Das spielt keine Rolle«, sagte Duré. Sein Lächeln war traurig. »Der DNS-Parasit in der Kruziform besitzt eine unendliche Geduld. Er wird einen Wirt über Generationen hinweg neu erschaffen, wenn es erforderlich sein sollte. Früher oder später werden beide Parasiten ein Zuhause finden.«

»Können Sie sich an etwas nach dem Teslabaum erinnern?« fragte Sol leise.

Duré trank den letzten Rest Kaffee. »An den Tod? An Himmel oder Hölle?« Das Lächeln war aufrichtig. »Nein, Herren und Dame, ich wünschte, ich könnte es sagen. Ich erinnere mich an Schmerzen … eine Ewigkeit der Schmerzen … und dann Erlösung. Und dann Dunkelheit. Und dann an das Erwachen hier. Wie viele Jahre, sagten Sie, sind vergangen?«

»Fast zwölf«, sagte der Konsul. »Aber nur halb soviel für Pater Hoyt. Er hat die Zeit im Transit verbracht.«

Pater Duré stand auf, streckte sich und ging auf und ab. Er war ein großer Mann, mager, aber mit einer Aura der Stärke, und Brawne Lamia stellte fest, daß sie von seiner Erscheinung beeindruckt war, von diesem seltsamen, unerklärlichen Charisma seiner Persönlichkeit, das seit undenklichen Zeiten einigen wenigen Individuen Fluch und Segen gewesen war. Sie mußte sich vergegenwärtigen, daß er erstens Angehöriger eines Kults war, der seinen Geistlichen das Zölibat abverlangte, und er zweitens noch vor einer Stunde ein Leichnam gewesen war. Lamia sah dem alten Mann zu, wie er mit den eleganten und entspannten Bewegungen einer Katze auf und ab ging, und sie stellte fest, daß beide Einsichten der Wahrheit entsprachen, aber keine der persönlichen Anziehung entgegenwirken konnte, die von dem Priester ausging. Sie fragte sich, ob der Mann das spürte.

Duré setzte sich auf einen Stein, streckte die Beine aus und rieb sich die Schenkel, als wollte er einen Krampf loswerden. »Sie haben mir ansatzweise gesagt, wer Sie sind … warum Sie hier sind«, sagte er. »Können Sie mir noch mehr erzählen?«

Die Pilger sahen einander an.

Duré nickte. »Glauben Sie, daß ich selbst ein Ungeheuer bin? Ein Handlanger des Shrike? Ich könnte es Ihnen nicht verübeln.«

»Das glauben wir nicht«, sagte Brawne Lamia. »Das Shrike braucht keine Handlanger. Außerdem kennen wir Sie aus Pater

Hoyts Geschichte und Ihren Tagebüchern.« Sie sah die anderen an. »Uns ist es ... schwer gefallen ... unsere Geschichten zu erzählen, warum wir nach Hyperion gekommen sind. Es wäre ganz und gar unmöglich, sie zu wiederholen.«

»Ich habe Notizen auf meinem Komlog gemacht«, sagte der Konsul. »Sie sind sehr knapp gehalten, sollten aber unsere Geschichten verständlich machen ... und die Geschichte des Hegemonie im vergangenen Jahrzehnt. Warum das Netz Krieg mit den Ousters führt. Das alles. Sie können sich gerne einklinken, wenn Sie möchten. Es dürfte nicht länger als eine Stunde dauern.«

»Sehr gern«, sagte Pater Duré und folgte dem Konsul in die Sphinx zurück.

Brawne Lamia, Sol und Silenus gingen zum Kopfende des Tals. Vom Sattel zwischen den niederen Felswänden konnten sie die Dünen und das Ödland sehen, die sich bis zum Fuß der Bridle Range erstreckten, die keine zehn Klicks im Südwesten lag. Die zerschmetterten Kuppeln, Türme und zerbrochenen Galerien der Stadt der Dichter waren nur zwei oder drei Klicks rechts davon zu sehen, an einem langgezogenen Hang, den die Wüste stumm für sich eroberte.

»Ich gehe zum Keep zurück und suche Proviant für uns«, sagte Lamia.

»Ich sehe es nicht gern, wenn sich die Gruppe aufteilt«, sagte Sol. »Wir könnten alle zurückgehen.«

Martin Silenus verschränkte die Arme. »Jemand sollte hier bleiben, falls der Oberst zurückkehrt.«

»Bevor überhaupt jemand geht«, sagte Sol, »sollten wir meiner Meinung nach das restliche Tal durchsuchen. Der Konsul ist heute morgen nicht weiter als bis zum Monolithen gekommen.«

»Einverstanden«, sagte Lamia. »Fangen wir an, ehe es zu spät wird. Ich möchte vor Einbruch der Dunkelheit Proviant im Keep holen und wieder zurückkehren.«

Sie waren zur Sphinx hinuntergegangen, als Duré und der Konsul herauskamen. Der Priester hielt das Ersatzkomlog des Konsuls in einer Hand. Lamia erklärte den Plan für die Suche, und die beiden Männer willigten ein, sie zu begleiten.

Sie gingen erneut durch die Hallen der Sphinx, die Lichtstrahlen ihrer Handfackeln und Bleistiftlampen erhellten schwitzende Wände aus Stein und bizarre Winkel. Als sie ins nachmittägliche Sonnenlicht hinauskamen, legten sie die dreihundert Meter bis zum Jadegrab zurück. Lamia stellte fest, daß sie zitterte, als sie den Raum betraten, wo das Shrike in der Nacht zuvor erschienen war. Hoyts Blut hatte einen rostroten Fleck auf dem grünen Keramikboden hinterlassen. Von der transparenten Öffnung ins Labyrinth hinunter war nichts zu sehen. Und keine Spur vom Shrike.

Der Obelisk besaß keine Zimmer, lediglich einen zentralen Schacht, in dem eine für Menschen zu steile Rampe spiralförmig zwischen ebenholzfarbenen Wänden in die Höhe verlief. Selbst Flüstern erzeugte hier Echos, daher reduzierte die Gruppe Unterhaltungen auf ein Minimum. Es gab keine Fenster, keinen Ausblick am oberen Ende der Rampe, fünfzig Meter über dem Steinboden, und ihre Lichtkegel strahlten lediglich in Finsternis, wo sich das Dach über ihnen wölbte. Seile und Ketten — Überbleibsel von zwei Jahrhunderten Tourismus — ermöglichten ihnen, ohne unziemliche Angst vor einem Sturz, der in der Tiefe tödlich enden würde, wieder hinabzugehen. Als sie am Eingang verweilten, rief Martin Silenus zum letztenmal Kassads Namen, und die Echos folgten ihnen ins Sonnenlicht hinaus.

Eine halbe Stunde oder mehr verbrachten sie damit, die Schäden um den Kristallmonolithen herum zu begutachten. Pfützen in Glas verwandelten Sands, manche bis zu fünf Meter im Durchmesser, brachen das Nachmittagslicht wie Prismen und reflektierten Hitze in die Gesichter der Pilger. Das zerschmetterte Antlitz des Monolithen, das jetzt von Narben und Löchern und baumelnden Fäden geschmolzenen Kristalls verunziert war, sah wie das Opfer eines hirnlosen Anfalls von Vandalismus aus, aber sie wußten alle, daß Kassad um sein Leben gekämpft haben mußte. Es gab keine Tür, keinen Zugang zum kammförmigen Labyrinth im Innern. Instrumente verrieten ihnen, daß das Innere so leer und unzusammenhängend wie immer war. Sie entfernten sich widerwillig und erklommen die steilen Pfade zum Ansatz der nördlichen Felswand, wo die Höhlengräber jeweils weniger als einhundert Meter voneinander entfernt lagen.

»Frühe Archäologen glaubten, daß diese Gräber wegen ihres primitiven Charakters die frühesten sein müßten«, sagte Sol, als sie die erste Höhle betraten und die Lichtkegel über Gestein gleiten ließen, das in Tausende unidentifizierbare Muster geschnitzt war. Keine Höhle war tiefer als dreißig bis vierzig Meter. Jede hörte an einer Felsmauer auf, und weder Sonden noch Radar hatten jemals auch nur hinter einer eine Verlängerung aufspüren können.

Nachdem sie aus dem dritten Höhlengrab herauskamen, setzten sich die Gruppenmitglieder in das bißchen Schatten, das sie finden konnten, und teilten sich Wasser und Proteinbiskuits aus Kassads zusätzlichen Feldrationen: Der Wind hatte wieder zugenommen, jetzt seufzte und flüsterte er durch Öffnungen im Felsgestein hoch über ihnen.

»Wir werden ihn nicht finden«, sagte Martin Silenus. »Das verdammte Shrike hat ihn geholt.«

Sol fütterte das Baby mit einer der letzten Säuglingsrationen. Obwohl sich Sol alle Mühe gegeben hatte, sie vor der Sonne zu schützen, während sie draußen gingen, hatte diese den Kopf des Babies rosa gefärbt. »Er könnte in einem der Gräber sein, die wir abgesucht haben«, sagte er, »wenn es Abschnitte gibt, die in einer anderen Zeitphase sind als wir. Das ist die Theorie von Arundez. Er sieht die Gräber als vierdimensionale Gebilde mit komplexen Falten in der Raum/Zeit.«

»Klasse«, sagte Lamia. »Das heißt, selbst wenn Kassad hier ist, können wir ihn nicht sehen.«

»Nun«, sagte der Konsul und erhob sich mit einem müden Seufzen, »bringen wir es wenigstens zu Ende. Es bleibt noch ein Grab.«

Der Palast des Shrike lag einen Kilometer weiter im Innern des Tals, tiefer als die anderen und war hinter einer Biegung der Felswände verborgen. Das Gebilde war nicht groß, kleiner als das Jadegrab, aber seine komplexe Konstruktion — Flansche, Türme, Zinnen und Stützsäulen, die sich in kontrolliertem Chaos krümmten und wanden — ließ es größer wirken, als es war.

Das Innere des Palastes des Shrike bestand aus einer hallenden Kammer mit unregelmäßigem Fußboden aus Tausenden gekrümmten, verbundenen Segmenten, die Lamia an Rippen und die Wirbelsäule eines fossilen Tiers erinnerten. Fünfzehn Meter über ihnen durchzog ein Wirrwarr von verchromten ›Schneiden‹ die Kuppel, die durch die Wände und gegeneinander verliefen und als Dornen mit Stahlspitzen über dem Gebilde aufragten. Das Material der Kuppel selbst war leicht milchig und verlieh dem mausoläumsähnlichen Innern einen milchigen Schimmer.

Lamia, Silenus, der Konsul, Weintraub und Duré, alle riefen sie nach Kassad, aber ihre Stimmen hallten und schallten vergebens.

»Keine Spur von Kassad oder Het Masteen«, sagte der Konsul, als sie wieder herauskamen. »Vielleicht ist das das Muster ... jeder von uns verschwindet, bis nur noch einer übrigbleibt.«

»Und wird diesem letzten sein Wunsch erfüllt, wie es die Legende der Kirche des Shrike behauptet?« fragte Brawne Lamia. Sie saß auf der Felssohle vor dem Palast des Shrike und ließ die kurzen Beine in der Luft baumeln.

Paul Duré hob das Gesicht himmelwärts. »Ich kann nicht glauben, daß es Pater Hoyts Wunsch war zu sterben, damit ich wieder leben kann.«

Martin Silenus sah blinzelnd zu dem Priester auf. »Und was wäre Ihr Wunsch, Padre?«

Duré zögerte nicht. »Ich würde mir wünschen ... beten ... daß Gott die Geißel der beiden Obszönitäten — Krieg und Shrike — ein für allemal von der Menschheit nimmt.«

Es folgte Schweigen, das der Nachmittagswind mit seinem fernen Seufzen und Stöhnen erfüllte. »Bis dahin«, sagte Brawne Lamia, »müssen wir etwas zu essen besorgen oder lernen, von Luft zu leben.«

Duré nickte. »Warum haben Sie so wenig mitgebracht?«

Martin Silenus lachte und sagte laut:

Ne cared he for wine, or half-and-half,
Ne cared he for fish, flesh or fowl,
And sauces held he worthless as the chaff;
He 'sdained the swine-herd at the wassail-bowl,
Ne with lewd ribbalds sat he cheek by jowl,
Ne with sly Lemans in the scorner's chair,

> *But after water-brooks this Pilgrim's soul*
> *Panted, and all his food was woodland air*
> *Though he would oft-times feast on gillyflowers rare.* *

Duré lächelte, eindeutig verwirrt.

»Wir haben alle gedacht, daß wir in der ersten Nacht triumphieren oder sterben würden«, sagte der Konsul. »Mit einem langen Aufenthalt hier haben wir nicht gerechnet.«

Brawne Lamia stand auf und wischte sich die Hosen ab. »Ich gehe«, sagte sie. »Ich dürfte vier bis fünf Tagesrationen hertragen können, wenn es sich um Feldpacks oder die schichtverpackten Vorräte handelt, die wir gesehen haben.«

»Ich gehe auch«, sagte Martin Silenus.

Es herrschte Schweigen. Im Verlauf der einwöchigen Pilgerfahrt waren der Dichter und Lamia ein halbes Dutzend Mal beinahe zu Tätlichkeiten übergegangen. Einmal hatte sie gedroht, sie würde den Mann umbringen. Sie sah ihn lange an. »Na gut«, sagte sie schließlich. »Gehen wir bei der Sphinx vorbei und holen unsere Rucksäcke und Wasserflaschen.«

Die Gruppe ging das Tal entlang, während die Schatten der westlichen Felswand länger wurden.

17

Zwölf Stunden vorher trat Oberst Fedmahn Kassad von der Wendeltreppe auf das höchste erhaltene Geschoß des Kristallmonolithen. Flammen loderten auf allen Seiten empor. Durch die Löcher, die er in die Kristalloberfläche des Gebildes gefeuert hatte, konnte Kassad Dunkelheit erkennen. Der

---

* Nichts lag ihm an Wein, nicht lag ihm an Schorle,
Nichts lag ihm an Fisch, Fleisch oder Geflügel,
Und Soßen waren ihm wertlos wie Spreu;
Er verabscheute die Schweineherde am Trog,
Und saß nicht mit Zotenreißern beisammen,
Noch mit Mätressen auf der Spötterbank,
Doch nach Quellen dürstete des Pilgers Seele,
Und Waldluft genügte ihm als Nahrung,
Doch labe er sich oft an selt'nen Gartennelken.

Sturm wehte karmesinroten Sand durch die Öffnungen, bis dieser die Luft wie Staub gewordenes Blut erfüllte. Kassad zog den Helm auf.

Zehn Schritte von ihm entfernt wartete Moneta.

Sie war nackt unter dem Energiehaut-Anzug, und die Wirkung war, als wäre Quecksilber direkt auf die Haut gegossen worden. Kassad sah die Spiegelungen der Flammen auf den Rundungen von Brüsten und Schenkeln und das Funkeln in den Grübchen an Hals und Nabel. Ihr Hals war lang, das Gesicht perfekt und ebenmäßig glatt verchromt. In ihren Augen spiegelte sich doppelt der Schatten der großen Gestalt von Fedmahn Kassad.

Kassad hob das Gewehr und klickte den Wahlschalter manuell auf Spektrum-Total-Feuer. In seinem aktivierten Kampfpanzer verkrampfte sich sein Körper in Erwartung eines Angriffs.

Moneta bewegte die Hand, worauf der Hautanzug vom Kopf bis zum Hals verschwand. Jetzt war sie verwundbar. Kassad war, als würde er jede Facette ihres Gesichts kennen, jede Pore und jedes Fältchen. Ihr braunes Haar war kurz geschnitten und fiel sanft nach links. Die Augen waren unverändert — groß, neugierig, von grüner Tiefe. Der kleine Mund mit der vollen Unterlippe verweilte immer noch kurz vor einem Lächeln. Er bemerkte die leicht fragend hochgezogenen Augenbrauen, die kleinen Ohren, die er geküßt und in die er so oft geflüstert hatte. Den weichen Hals, wo er so oft die Wange ruhen ließ, um ihrem Puls zu lauschen.

Kassad hob das Gewehr und richtete es auf sie.

»Wer bist du?« fragte sie. Ihre Stimme war so sanft und sinnlich, wie er sie in Erinnerung hatte, der leichte Akzent kaum wahrnehmbar.

Kassad hielt mit dem Finger am Abzug inne. Sie hatten sich so oft geliebt, kannten einander seit Jahren aus seinen Träumen und ihrer Liebeslandschaft militärischer Simulationen. Aber wenn sie sich wirklich rückwärts in der Zeit bewegte ...

»Ich weiß«, sagte sie mit ruhiger Stimme und offenbar ohne etwas von dem Druck zu ahnen, den sein Finger schon auf den Abzug ausübte, »du bist derjenige, den der Herr der Schmerzen angekündigt hat.«

Kassad rang heftig nach Luft. Als er sprach, klang seine Stimme rauh und gepreßt. »Du kannst dich nicht an mich erinnern?«

»Nein.« Sie legte den Kopf schief und sah ihn fragend an. »Aber der Herr der Schmerzen hat mir einen Krieger versprochen. Es ist Schicksal, daß wir uns begegnen.«

»Wir sind uns schon vor langer Zeit begegnet«, brachte Kassad heraus. Das Gewehr würde automatisch auf das Gesicht zielen und Wellenlängen und Frequenzen jede Mikrosekunde verändern, bis der Hautanzug besiegt war. Zusammen mit Höllenpeitsche und Laserstrahlen würden einen Augenblick später Projektile und Pulsladungen abgefeuert werden.

»Ich habe keine Erinnerungen an längst Vergangenes«, sagte sie. »Wir bewegen uns in unterschiedlichen Richtungen im allgemeinen Strom der Zeit. Mit welchem Namen kennst du mich in meiner Zukunft und deiner Vergangenheit?«

»Moneta«, keuchte Kassad und wollte seine verkrampften Finger der Hand zum Abdrücken zwingen.

Sie lächelte, nickte. »Moneta. Das Kind von Memory der Erinnerung. Welch grimmige Ironie.«

Kassad mußte an ihren Verrat denken, an ihre *Verwandlung*, als sie zum letztenmal im Sand über der verlassenen Stadt der Dichter mit ihm kopuliert hatte. Sie war entweder zum Shrike geworden oder hatte zugelassen, daß das Shrike an ihre Stelle getreten war. Das hatte aus einem Akt der Liebe etwas Obszönes gemacht.

Oberst Kassad drückte ab.

Moneta blinzelte. »Die funktioniert hier nicht. Warum möchtest du mich töten?«

Kassad knurrte, warf die nutzlose Waffe über das Geländer, leitete Energie in die Handschuhe und sprang.

Moneta gab sich keine Mühe, ihm auszuweichen. Sie sah, wie er die zehn Schritte lief; er hatte den Kopf gesenkt, sein Schutzpanzer stöhnte, während er die Kristallzusammensetzung der Polymere veränderte, und Kassad schrie. Sie senkte die Arme, um dem Aufprall zu begegnen.

Kassads Geschwindigkeit und Masse rissen Moneta von den Füßen, beide stürzten, Kassad versuchte, ihr die Hände in den Handschuhen um den Hals zu legen, Moneta hielt seine Handgelenke wie ein Schraubstock, während sie über den Absatz zum Rand der Plattform rollten. Kassad wälzte sich auf sie, um sich die Schwerkraft bei der Wucht seines Angriffs zunutze zu machen, hielt die Arme ausgestreckt, die Handschuhe starr, die Finger zu tödlichen Krallen gekrümmt. Sein linkes Bein hing über dem sechzig Meter tiefen Abgrund.

»Warum möchtest du mich töten?« flüsterte Moneta und drängte ihn auf eine Seite, so daß sie beide über den Rand der Plattform stürzten.

Kassad schrie und klappte mit einer ruckartigen Kopfbewegung das Visier herunter. Sie fielen durch die Leere, hatten gegenseitig die Beine wie Scheren um die Körper geschlungen, und sie hielt Kassads Hände mit ihrem Klammergriff um seine Gelenke von sich fern. Die Zeit schien sich zu verlangsamen, bis sie in Zeitlupe fielen, die Luft strich wie eine Decke über Kassad hinweg, die langsam über sein Gesicht gezogen wurde. Dann beschleunigte die Zeit wieder, wurde normal: sie fielen die letzten zehn Meter. Kassad schrie und gab den erforderlichen Impuls, damit sein Panzer starr wurde, dann erfolgte ein schrecklicher Aufprall.

Fedmahn Kassad kämpfte sich aus blutroter Ferne zur Oberfläche des Bewußtseins zurück und wußte, daß nur eine oder zwei Sekunden verstrichen waren, seit sie auf dem Boden aufgeschlagen waren. Er taumelte auf die Füße. Moneta stand ebenfalls langsam auf, sie hatte sich auf ein Knie aufgerichtet und betrachtete den Keramikboden, den ihr Absturz zertrümmert hatte.

Kassad leitete Energie in die Servomechanismen der Anzugbeine und kickte mit voller Wucht nach ihrem Kopf.

Moneta wich dem Tritt aus, packte sein Bein, drehte es herum und stieß ihn in eine drei Meter im Quadrat messende Kristallplatte, die zerschellte, worauf er in Sand und Nacht hinausstolperte. Moneta berührte ihren Nacken, Quecksilber strömte über ihr Gesicht, dann folgte sie ihm.

Kassad klappte das gesprungene Visier hoch und nahm den Helm ab. Der Wind zerzauste sein kurzes, schwarzes Haar, Sand schmirgelte seine Wangen. Er ging in die Knie, kam wieder auf die Füße. Anzeigen am Kragendisplay des Anzugs blinkten rot und meldeten, daß die letzten Energiereserven im

Schwinden begriffen waren. Kassad achtete nicht auf die Anzeigen; für die nächsten Sekunden würde es noch ausreichen — und das allein zählte.

»Was auch in meiner Zukunft — deiner Vergangenheit — geschehen sein mag«, sagte Moneta, »nicht ich habe mich verwandelt. Ich bin nicht der Herr der Schmerzen. Er...«

Kassad sprang über die drei Meter hinweg, die sie trennten, landete *hinter* Moneta und riß den tödlichen Handschuh seiner rechten Hand in einer Bewegung herum, die die Schallmauer durchbrach — die Handkante war so starr und scharf, wie die piezoelektrischen Kohlenstoffasern sie nur machen konnten.

Moneta duckte sich nicht, noch traf sie Anstalten, dem Schlag auszuweichen. Kassads Hand traf ihren Halsansatz mit einem Schlag, der einen Baum gefällt oder durch einen halben Meter Gesteins geschnitten hätte. Auf Bressia hatte Kassad in einem Handgemenge einen Oberst der Ousters auf diese Weise getötet — der Handschuh hatte durch Schutzpanzer, Kraftfeld, Fleisch und Knochen geschnitten, ohne auf Widerstand zu stoßen —, daß der Kopf des Mannes den eigenen enthaupteten Körper zwanzig Sekunden lang blinzelnd betrachtet hatte, bevor endlich der Tod eingetreten war.

Kassads Hieb traf sein Ziel, wurde aber von der Oberfläche des Quecksilberhautanzugs aufgehalten. Moneta taumelte, aber sie reagierte nicht. Kassad spürte in dem Augenblick, wie seine Anzugenergie verbraucht war, als sein Arm gefühllos wurde und seine Schultermuskeln sich schmerzhaft verkrampften. Während er rückwärts stolperte, hing sein rechter Arm wie abgestorben an der Seite, und die Anzugsenergie strömte aus wie das Blut eines Verwundeten.

»Du hörst mir nicht zu«, sagte Moneta. Sie kam auf ihn zu, packte Assad vorne am Kampfanzug und warf ihn zwanzig Meter in Richtung des Jadegrabs.

Er schlug heftig auf, und der Schutzanzug wurde starr, konnte aber aufgrund des Energieausfalls nur einen Teil des Aufpralls absorbieren. Mit dem linken Arm schützte er Gesicht und Hals, aber dann blockierte der Anzug, und der Arm blieb nutzlos unter ihm angewinkelt.

Moneta sprang die zwanzig Meter, kauerte sich neben ihn, hob ihn mit einer Hand in die Luft, packte eine Handvoll

Schutzpanzer mit der anderen Hand, zerrte ihm den Kampfanzug vom Oberkörper und zerriß dabei zweihundert Lagen Mikrofasern und Omegastoffpolymere. Sie schlug ihn zärtlich, beinahe verspielt. Kassads Kopf wurde herumgerissen, er verlor fast das Bewußtsein. Wind und Sand peinigten die nackte Haut von Brust und Bauch.

Moneta riß den Rest des Anzugs weg und trennte Biosensoren und Feedbackfühler ab. Sie hob den nackten Mann an den Oberarmen hoch und schüttelte ihn. Kassad schmeckte Blut, rote Pünktchen schwammen vor seinen Augen.

»Wir müssen keine Feinde sein«, sagte sie leise. »Du hast ... auf mich ... geschossen.«

»Nur um deine Reaktionen zu testen, nicht um dich zu töten.« Ihr Mund bewegte sich normal unter der Quecksilberhülle. Sie schlug ihn wieder, und Kassad flog zwei Meter durch die Luft, landete auf einer Düne, rollte im kalten Sand bergab. Eine Million Pünktchen tanzten in der Luft — Schnee, Staub, flimmernde bunte Lichter. Kassad wälzte sich herum, richtete sich mühsam auf die Knie auf und griff mit seinen zu gefühllosen Klauen gekrümmten Fingern in den Sand der Düne.

»Kassad«, flüsterte Moneta.

Er drehte sich auf den Rücken und wartete.

Sie hatte den Hautanzug deaktiviert. Ihre Haut sah warm und verwundbar aus, und so blaß, daß sie fast durchscheinend wirkte. Hellblaue Venen waren auf ihren makellosen Brüsten zu sehen. Ihre Beine sahen kräftig, sorgfältig modelliert aus, die Schenkel waren leicht gespreizt, wo sie in den Körper übergingen. Ihre Augen waren dunkelgrün.

»Du liebst den Krieg, Kassad«, flüsterte Moneta, während sie sich auf ihn senkte.

Er wehrte sich, wollte sich auf die Seite drehen, hob die Arme, um sie zu schlagen. Moneta nagelte seine Arme mit einer Hand über dem Kopf fest. Ihr Körper strahlte Hitze aus, während sie mit den Brüsten auf seinem Brustkorb auf und ab strich und sich zwischen seine gespreizten Beine senkte. Kassad spürte die sanfte Wölbung ihres Bauches an seinem Unterleib.

Da wurde ihm klar, daß dies eine Vergewaltigung war, daß er sich wehren konnte, indem er einfach nicht reagierte, sich ihr verweigerte. Es klappte nicht. Die Luft um sie herum schien flüssig zu sein, der Wind weit weg, Sand hing in der Atmosphäre wie ein Spitzenvorhang in einer sanften Brise.

Moneta bewegte sich auf ihm hin und her, drückte sich an ihn. Kassad spürte die langsame Drehbewegung seiner wachsenden Erektion. Er kämpfte dagegen an, kämpfte gegen sie, wand sich und trat um sich und bemühte sich, die Arme freizubekommen. Sie war viel kräftiger als er. Mit dem rechten Knie schob sie sein Bein zur Seite. Ihre Brustwarzen strichen über seine Brust wie warme Perlen; sein Fleisch reagierte auf die Wärme ihres Bauchs und Unterleibs wie eine Blume, die sich dem Licht entgegendreht.

»Nein!« schrie Fedmahn Kassad, wurde aber zum Schweigen gebracht, als Moneta den Mund auf seinen drückte. Mit der linken Hand hielt sie weiter seine Arme über dem Kopf, die rechte schob sie zwischen sie, tastete nach seinem Glied, führte es ein.

Kassad biß nach ihrer Lippe, als Wärme ihn umfing. Sein Bemühen brachte ihn nur noch näher, tiefer in sie hinein. Er versuchte sich zu entspannen, während sie sich auf seine Lenden sinken ließ, bis er in den Sand gedrückt wurde. Er mußte an die anderen Anlässe denken, als sie sich geliebt hatten, als sie Trost in der Wärme des anderen gefunden hatten, während Krieg rings um den schützenden Kreis ihrer Leidenschaft herum tobte.

Kassad machte die Augen zu und krümmte den Rücken, um die Qual der Lust hinauszuzögern, die wie eine Woge über ihm zusammenbrach. Er schmeckte Blut auf den Lippen, wußte aber nicht, ob es seins oder ihres war.

Einen Moment später, während sie sich immer noch vereint bewegten, stellte Kassad fest, daß sie seine Arme losgelassen hatte. Ohne zu zögern griff er mit beiden Händen nach unten, legte sie um sie, preßte die Finger flach auf ihren Rücken und drückte sie grob noch fester an sich; während er mit einer Hand nach oben glitt und ihren Nacken mit sanftem Druck festhielt.

Der Wind schwoll an, der Lärm kehrte zurück, Sand wehte vom Dünenrand als kräuselnde Sandwolke herüber. Kassad und Moneta rollten auf dem sanft geneigten Sandhügel tiefer, wälzten sich gemeinsam die Welle aus Sand hinab zu der Stelle, wo sie brechen mußte, vergaßen den Sturm, die Nacht, den Krieg, alles außer dem Augenblick und sich selbst.

Als sie später gemeinsam durch die zertrümmerte Schönheit des Kristallmonolithen schlenderten, berührte sie ihn einmal mit einer goldenen Stockzwinge, ein zweites Mal mit einem blauen Torus. Er sah in der Scherbe einer Kristallplatte, wie sein Spiegelbild zur Quecksilberskizze eines Mannes wurde, die in allen Einzelheiten perfekt war, bis hin zu den Geschlechtsorganen und den Linien, wo sich die Rippen unter dem schlanken Oberkörper abzeichneten.

— *Was jetzt?* fragte Kassad durch das Medium, das weder Telepathie noch Sprache war.

— *Der Herr der Schmerzen wartet.*

— *Bist du seine Dienerin?*

— *Niemals. Aber ich bin seine Verbündete und Nemesis. Seine Hüterin.*

— *Bist du mit ihm aus der Zukunft gekommen?*

— *Nein. Ich wurde aus meiner Zeit geholt, damit ich rückwärts mit ihm durch die Zeit reise.*

— *Wer bist du dann vorher gewesen?*

Kassads Frage wurde durch das plötzliche Erscheinen ... *Nein*, dachte er, *die plötzliche* Anwesenheit, *nicht das Erscheinen* ... des Shrike unterbrochen.

Die Kreatur war noch so, wie er sie von ihrer ersten Begegnung vor Jahren in Erinnerung hatte. Kassad bemerkte die Quecksilber-auf-Chrom-Geschmeidigkeit des Dings, die so sehr an ihre eigenen Hautanzüge gemahnte, aber er wußte intuitiv, daß sich unter diesem Panzer nicht Fleisch und Knochen befanden. Das Wesen war mindestens drei Meter hoch, die vier Arme wirkten an dem eleganten Torso normal, und der Körper war eine modellierte Masse aus Dornen, Stacheln, Gelenken und Schichten unregelmäßigen Stacheldrahts. Die Augen mit ihren tausend Facetten waren von einem brennenden Licht erfüllt, das von einem Rubinlaser hätte stammen können. Der lange Kiefer und die Zahnreihen schienen Alpträumen entsprungen zu sein.

Kassad hielt sich bereit. Wenn der Hautanzug ihm dieselbe

Kraft und Wendigkeit verlieh wie Moneta, dann konnte er immerhin kämpfend sterben.

Aber dazu blieb keine Zeit. Eben stand der Herr der Schmerzen noch fünf Meter entfernt auf den schwarzen Kacheln, und im nächsten Augenblick befand er sich neben Kassad, umklammerte den Oberarm des Obersten mit einem stahlharten Klammergriff, der durch das Feld des Hautanzugs drang und Blut aus dem Bizeps preßte.

Kassad verkrampfte sich, wartete auf den Schlag und war fest entschlossen, sich zu wehren, auch wenn das bedeutete, daß er sich auf Dornen, Stacheln und Stacheldraht aufspießen würde.

Das Shrike hob die rechte Hand, worauf ein vier Meter breites rechteckiges Feldportal sichtbar wurde. Es glich einem Farcasterportal, abgesehen von dem violetten Leuchten, welches das Innere des Monolithen mit einem strahlenden Leuchten erfüllte.

Moneta nickte ihm zu und ging durch. Das Shrike kam näher, seine Fingerklingen schnitten nur behutsam in Kassads Oberarm.

Kassad überlegte sich, ob er zurückweichen sollte, aber seine Neugier war stärker als der Wunsch zu sterben, daher trat er mit dem Shrike durch das Portal.

18

Präsidentin Meina Gladstone konnte nicht schlafen. Sie stand auf, zog sich in ihrem dunklen Apartment tief im Innern des Regierungshauses rasch an und begann, wie sie das öfter tat, wenn sie nicht einschlafen konnte, über die Welten zu wandern.

Ihr privates Farcasterportal erwachte pulsierend zum Leben. Gladstone ließ ihre menschlichen Leibwächter im Vorzimmer sitzen und nahm nur eine Mikrofernsonde mit. Sie hätte gar nichts mitgenommen, wenn es die Gesetze der Hegemonie und die Vorschriften des TechnoCore zugelassen hätten, aber das war nicht der Fall.

Auf TC^2 war es lange nach Mitternacht, aber sie wußte, auf zahlreichen Welten würde Tageslicht herrschen, daher trug sie ein langes Kleid mit einem Nicht-stören-Kragen von Renaissance. Ihre Hosen und Stiefel verrieten weder Geschlecht noch Status, aber an manchen Orten mochte allein schon die Qualität des Capes auffallen.

Präsidentin Gladstone trat durch das Einwegportal und spürte die Mikrofernsonde mehr als sie sie sah oder hörte, während diese ihr folgte, höher stieg und unsichtbar wurde, Gladstone auf den Platz von St. Peter im Neuen Vatikan auf Pacem trat. Einen Augenblick lang wußte sie nicht, warum sie mit ihrem Implantat dieses Ziel codiert hatte — wegen der Anwesenheit dieses überflüssigen Monsignore beim Dinner auf God's Grove? —, aber dann wurde ihr klar, daß sie an die Pilger gedacht hatte, während sie wach lag, die Sieben, die vor drei Jahren aufgebrochen waren, um auf Hyperion ihr Schicksal zu suchen. Pacem war die Heimat von Pater Lenar Hoyt gewesen ... und dem anderen Priester vor ihm, Duré.

Gladstone zuckte unter dem Cape die Achseln und überquerte den Platz. Die Heimatwelten der Pilger zu besuchen, war als Route für ihren Spaziergang so gut wie jede andere auch; in vielen schlaflosen Nächten schlenderte sie durch Dutzende von Welten und kehrte erst kurz vor Dämmerung und ihren ersten Terminen nach Tau Ceti Center zurück. Immerhin würden es heute nur sieben Welten sein.

Hier war es früh am Morgen. Der Himmel von Pacem war gelb, mit grünen Wölkchen und einem Ammoniakgeruch, der ihre Stirnhöhlen reizte und ihr Tränen in die Augen trieb. Der Luft war jener dünne, faulige, chemische Geruch einer Welt eigen, die weder vollständig terraformt noch völlig lebensfeindlich für Menschen war. Gladstone blieb stehen und sah sich um.

St. Peter war auf einem Hügel gelegen, der Vorplatz von einem Halbkreis von Säulen umgeben, an dessen Scheitel sich eine große Basilika befand. Rechts von ihr, wo sich die Säulen zu einer Treppe hin auftaten, die einen Kilometer oder mehr abwärts nach Süden führte, war eine kleine Stadt sichtbar, einfache kleine Häuser drängten sich zwischen schlohweißen Bäumen, die an die Skelette verkrüppelter Tiere erinnerten.

Nur wenige Menschen waren zu sehen, die über den Platz oder die Treppe hinaufeilten, als kämen sie zu spät zum Gottesdienst. Irgendwo unter der großen Kuppel der Kathedrale fingen Glocken an zu läuten, aber die dünne Luft beraubte den Klang jeglicher Kraft.

Gladstone ging mit gesenktem Kopf den Kreis der Kolonnaden entlang und achtete nicht auf die neugierigen Blicke der Priester und der Straßenreinigungsmannschaft, die auf einem Tier ritt, das einem tonnenschweren Stachelschwein glich. Es gab Dutzende unbedeutende Welten wie Pacem im Netz, und noch mehr im Protektorat und dem nahe gelegenen Outback — so arm, daß sie für die unendlich mobilen Bürger nicht anziehend wirkten, aber so erdähnlich, daß man sie in der dunklen Zeit der Hegira nicht ignorieren konnte. Sie war einer kleinen Gruppe wie den Katholiken geeignet erschienen, die hierher gekommen war, um auf ein neuerliches Erstarken des Glaubens zu warten. Damals hatten sie noch Millionen gezählt, das wußte Gladstone. Jetzt konnten es nur noch einige Zehntausend sein. Sie machte die Augen zu und rief sich Dossierholos von Pater Paul Duré ins Gedächtnis.

Gladstone liebte das Netz. Sie liebte die Menschen darin; trotz ihrer Oberflächlichkeit, ihrem Egoismus und ihrem Unvermögen, sich zu ändern, waren sie die Substanz der Menschheit. Gladstone liebte das Netz. Sie liebte es so sehr, daß sie wußte, sie mußte dabei helfen, es zu vernichten.

Sie kehrte zu dem kleinen dreiportaligen Terminex zurück, ließ ihren Farcasternexus mittels Prioritätsbefehl an die Datensphäre erscheinen und trat hindurch in Sonnenschein und den Geruch des Meeres.

Maui-Covenant. Gladstone wußte genau, wo sie war. Sie stand auf dem Hügel über Firstsite, wo Siris Grab immer noch die Stelle kennzeichnete, wo vor rund einem Jahrhundert die kurzlebige Rebellion ihren Anfang genommen hatte. Damals war Firstsite ein Dorf mit wenigen tausend Einwohnern gewesen, und in jeder Festivalwoche hatten Flötenspieler die schwimmenden Inseln begrüßt, wenn diese nach Norden zu ihren Futtergründen im Äquatorialarchipel zogen. Heute reichte Firstsite bis zum Horizont der Insel, Arcologystädte und Wohnwaben erstreckten sich Kilometer in alle Richtungen und überragten den Hügel, der einmal den schönsten Ausblick über die Meereswelt Maui-Covenant gehabt hatte.

Aber das Grab stand noch. Der Leichnam der Großmutter des Konsuls war nicht mehr da ... war eigentlich nie da gewesen ... aber wie so viele symbolischen Dinge auf dieser Welt, verlangte auch das Grab Bewunderung, ja Ehrfurcht.

Gladstone sah zwischen den Türmen durch über den alten Wellenbrecher, wo die blauen Lagunen braun geworden waren, an den Bohrplattformen und Touristenbarken vorbei und dorthin, wo das Meer begann. Heute gab es keine schwimmenden Inseln mehr. Sie zogen nicht mehr in großen Schwärmen über das Meer und ließen ihre Baumsegel vom Südwind blähen, und ihre Delphinherden zogen keine weißen Gischtbahnen mehr durch das Wasser.

Die Inseln waren inzwischen gezähmt und wurden von Bürgern des Netzes bewohnt. Die Delphine waren ausgestorben — viele waren in den fürchterlichen Kämpfen gegen FORCE gestorben, und der Rest hatte sich in dem unerklärlichen Massenselbstmord an den Stränden des Südmeers selbst umgebracht — das letzte Rätsel einer an Rätseln so reichen Rasse.

Gladstone nahm auf einer niederen Bank beim Klippenrand Platz und fand einen Grashalm, den sie schälen und kauen konnte. Was passierte mit einer Welt, die hunderttausend Menschen eine Heimat war, welche in einem labilen Gleichgewicht mit einer empfindlichen Ökologie lebten; wenn diese im ersten Standardjahrzehnt der Mitgliedschaft zum Spielplatz von über vierhundert Millionen wurde?

Die Antwort war so einfach wie erschütternd: Die Welt war zum Tode verurteilt. Oder ihre Seele, auch wenn die Ökosphäre nach einer Weile wieder funktionierte. Planetenökologen und Terraformspezialisten hielten die Hülle am Leben, verhinderten, daß das Meer völlig am unvermeidlichen Abfall und Abwasser und ausgelaufenen Öl erstickte, sie arbeiteten daran, die Lärmbelästigung zu verringern oder geringer zu halten und tausend andere Dinge zu überwachen, die der Fortschritt mit sich brachte. Aber das Maui-Covenant, das der Konsul vor nicht einmal einem Jahrhundert als Kind gekannt hatte, als er eben diesen Hügel zum Begräbnis seiner Großmutter heraufgekommen war, diese Welt existierte nicht mehr.

Am Himmel zog eine Formation Schwebematten vorbei; die Touristen darauf johlten und lachten. Hoch über ihnen verdeckte ein großes Exkursions-EMV für einen Moment die Sonne. Im plötzlichen Schatten warf Gladstone den Grashalm weg und legte die Unterarme auf die Knie. Sie dachte an den Verrat des Konsuls. Sie hatte auf den Verrat des Konsuls *gezählt*, sie hatte alles darauf gesetzt, daß der Mann von Maui-Covenant, der Nachkomme von Siri, sich in der unvermeidlichen Schlacht um Hyperion auf die Seite der Ousters stellen würde. Es war nicht allein ihr Plan gewesen; Leigh Hunt hatte bei den jahrzehntelangen Planungen eine wichtige Rolle gespielt, ebenso bei dem schwierigen Unterfangen, das fragliche Individuum in Kontakt mit den Ousters zu bringen, in eine Position, wo er beide Seiten verraten konnte, indem er den Mechanismus der Ousters auslöste, der die Zeitgezeiten auf Hyperion zusammenbrechen ließ.

Und das hatte er. Der Konsul, ein Mann, der vier Jahrzehnte seines Lebens, ebenso wie Frau und Kind, dem Dienst an der Hegemonie geopfert hatte, war plötzlich in Rachsucht explodiert wie eine Bombe, die fünfzig Jahre lang als Blindgänger geruht hatte.

Gladstone empfand keine Freude an dem Verrat. Der Konsul hatte seine Seele verkauft und würde einen schrecklichen Preis bezahlen — in der Geschichte, in seinem eigenen Denken —, aber sein Verrat war nichts verglichen mit dem Verrat, für den Gladstone sich anschickte zu büßen. Als Präsidentin der Hegemonie war sie die symbolische Führerin von hundertundfünfzig Milliarden Menschenwesen. Sie war bereit, alle zu verraten, um die Menschheit zu retten.

Sie stand auf, spürte Alter und Rheumatismus in den Knochen und ging langsam zum Terminex. Vor dem sanft summenden Portal blieb sie einen Moment lang stehen und warf Maui-Covenant einen letzten Blick zu. Der Wind wehte vom Meer herein, aber er trug den schalen Gestank von Ölpest und Raffineriegasen mit sich. Gladstone wandte sich ab.

Die Last von Lusus senkte sich auf ihre Schultern wie ein Gewicht aus Eisen. Im Concourse herrschte Stoßzeit. Tausende Pendler, Einkäufer und Touristen drängten sich auf allen Ebenen der Fußwege, füllten die kilometerlangen Rolltreppen mit der bunten Vielfalt von Menschen und verliehen der Luft eine ausgeatmete Schwere, in die sich der Geruch von Öl und Ozon des abgeschlossenen Systems mischte. Gladstone schenkte den teuren Einkaufsetagen keine Beachtung und nahm statt dessen einen Perstransdiskway für die zehn Klicks zum Tempel des Shrike.

Hinter dem Ansatz der breiten Treppe befanden sich Polizeiabsperrungen und Sperrfelder, die violett und grün leuchteten. Der Tempel selbst war vernagelt und dunkel; viele der hohen, schmalen Buntglasfenster auf den Concourse hinaus waren eingeworfen worden. Gladstone erinnerte sich an die Meldungen über Aufstände vor Monaten und wußte, daß der Bischof und seine Priester geflohen waren.

Sie ging dicht an das Sperrfeld und betrachtete durch den wabernden violetten Dunst die Treppe, wo Brawne Lamia ihren sterbenden Klienten und Liebhaber, den ursprünglichen Keats-Cybrid, zu den wartenden Priestern des Shrike hinaufgetragen hatte. Gladstone hatte Brawnes Vater gut gekannt; sie hatten ihre frühesten Jahre im Senat gemeinsam verbracht. Senator Byron Lamia war ein brillanter Mann gewesen — einmal, lange bevor Brawnes Mutter von ihrer Hinterwäldlerprovinz auf Freeholm die gesellschaftliche Bühne betreten hatte, hatte Gladstone sich überlegt, ob sie ihn heiraten sollte —, und als er starb, war ein Teil von Gladstones Jugend mit ihm zu Grabe getragen worden. Byron Lamia war vom TechnoCore besessen gewesen und von Sendungsbewußtsein verzehrt worden, die Menschheit vom Band zu erlösen, mit dem die KIs sie seit fünf Jahrhunderten und tausend Lichtjahren gängelten. Brawne Lamias Vater war es gewesen, der Gladstone auf die Gefahr aufmerksam gemacht hatte, er hatte sie zu der Überzeugung gebracht, die den schrecklichen Verrat in der Menschheitsgeschichte zur Folge hatte.

Und Senator Byron Lamias ›Selbstmord‹ hatte sie veranlaßt, jahrzehntelang auf der Hut zu sein. Gladstone wußte nicht, ob Agenten des Core den Tod des Senators eingefädelt hatten, möglicherweise auch Elemente der Hegemoniehierarchie, die ihre eigenen verstohlenen Interessen schützten, aber sie wußte, daß sich Byron Lamia niemals das Leben genommen, niemals seine hilflose Frau und eigensinnige Tochter auf diese

Weise im Stich gelassen hätte. Senator Gladstones letzte Tat im Senat war gewesen, die Aufnahme von Hyperion ins Protektorat mit vorzuschlagen, ein Schachzug, der diese Welt zwanzig Standardjahre früher hätte ins Netz bringen können als die momentanen Ereignisse. Nach seinem Tod hatte die Mitantragstellerin — die einflußreich gewordene Meina Gladstone — den Vorschlag zurückgezogen.

Gladstone fand einen Transportschacht und sank an Einkaufs- und Wohnetagen, Manufaktur- und Dienstleistungsebenen, Abfallbeseitigungs- und Reaktoretagen vorbei. Ihr Komlog und Lautsprecher des Transportschachts warnten sie gleichermaßen, daß sie verbotene und unsichere Zonen weit unter dem Stock betrat. Das Schachtprogramm versuchte, ihren Abstieg aufzuhalten. Sie setzte den Befehl außer Kraft und brachte die Warnungen zum Schweigen. Sie sank weiter an Ebenen ohne Anzeigetafeln oder Lichtern vorbei, durch ein Dickicht von Fiberoptikspaghettis, Heiz- und Kühlrohren und bloßem Felsgestein. Schließlich hielt sie inne.

Gladstone befand sich in einem Korridor, der nur von fernen Leuchtkugeln und öliger Glühwürmchenfarbe erhellt wurde. Wasser tröpfelte aus tausend Rissen in Decke und Wänden und sammelte sich in giftigen Pfützen. Dampf quoll aus Öffnungen in den Wänden, bei denen es sich um andere Korridore handeln mochte, oder um Personalkabuffs, oder einfach um Löcher. Irgendwo in der Ferne erklang das Ultraschallkreischen von Metall, das Metall schnitt; nicht so weit entfernt das elektronische Jaulen von Nihilmusik. Irgendwo schrie ein Mann, und eine Frau lachte, deren Stimme metallisch durch Schächte und Leitungen dröhnte. Das Husten eines Projektilgewehrs erklang.

Dregs Stock. Gladstone kam an eine Kreuzung von Höhlenkorridoren und sah sich um. Ihre Mikrofernsonde sank herab und kam näher, so beharrlich wie ein wütendes Insekt. Es rief nach Schutzverstärkung. Lediglich Gladstones beharrliches Außerkraftsetzen verhinderte, daß der Ruf gehört wurde.

Dregs Stock. Hier hatten sich Brawne Lamia und ihr Cybridliebhaber die letzten Stunden vor ihrem Versuch versteckt, den Tempel des Shrike zu erreichen. Dies war eines der Myriaden Schlupflöcher des Netzes, wo der Schwarzmarkt von

Flashback bis zu Waffen von FORCE, von illegalen Androiden bis zu gestohlenen Poulsen-Behandlungen, die einem möglicherweise umbrachten, statt noch einmal zwanzig Jahre Jugend zu schenken, alles zu bieten hatte. Gladstone wandte sich nach rechts in den dunkelsten Korridor.

Etwas, so groß wie eine Ratte, aber mit mehr Beinen, wuselte in eine gesprungene Ventilationsröhre. Gladstone roch Abwasser, Fäkalien, den Ozongestank überlasteter Dateiebenendecks, den süßlichen Geruch von Handfeuerwaffentreibladungen, von Schweiß und Erbrochenem und einen Hauch von Pheromonen, die sich zu Gift zersetzt hatten. Sie ging durch die Korridore, dachte an die bevorstehenden Wochen und Monate, an den schrecklichen Preis, den die Welten für ihre Entscheidung, für ihre Besessenheit bezahlen mußten.

Fünf Jugendliche, die Hinterzimmer-ARNisten so sehr verändert hatten, daß sie mehr Tiere als Menschen waren, traten vor Gladstone auf den Korridor. Sie wartete.

Die Mikrofernsonde senkte sich vor sie und deaktivierte ihr Tarnpolymer. Die Kreaturen vor ihr lachten, weil sie nur eine wespengroße Maschine sahen, die durch die Luft sauste und schnellte. Es war denkbar, daß ihre RNS-Veränderung so weit fortgeschritten war, daß sie den Mechanismus nicht einmal mehr erkannten. Zwei klappten Vibradolche aus. Einer entblößte zehn Zentimeter lange Stahlkrallen. Einer brachte eine Projektilpistole mit drehbaren Läufen zum Vorschein.

Gladstone wollte nicht kämpfen. Sie wußte, was diese Tunichtgute von Dregs Stock nicht wußten, daß die Mikrofernsonde sie nämlich vor diesen fünf und hundert weiteren gleichzeitig beschützen konnte. Aber sie wollte nicht, daß jemand getötet wurde, nur weil sie sich Dregs Stock für ihren Spaziergang ausgesucht hatte.

»Haut ab!« sagte sie.

Die Jugendlichen sahen sie an, gelbe Augen, hervorquellende schwarze Augen, abgeschirmte Schlitze und photorezeptive Bauchbinden. Sie formierten sich zu einem Halbkreis und kamen zwei Schritte näher auf sie zu.

Meina Gladstone richtete sich auf, raffte das Cape um sich und ließ den Nicht-stören-Kragen soweit herunter, daß sie ihre Augen sehen konnten. »Haut ab!« sagte sie noch einmal.

Die Jugendlichen zauderten. Federn und Schuppen vibrierten in imaginären Brisen. An zweien wackelten Fühler, pulsierten Tausende sensitive Härchen.

Sie hauten ab. Ihr Verschwinden war so rasch und lautlos wie ihr Erscheinen. Binnen einer Sekunde war nur noch das Tropfen von Wasser zu hören, und fernes Gelächter.

Gladstone schüttelte den Kopf, ließ ihr persönliches Portal erscheinen und ging hindurch.

Sol Weintraub und seine Tochter kamen von Barnards Welt. Gladstone sprang zu einem kleinen Terminex in ihrer Heimatstadt Crawford. Es war Abend. Flache, weiße Häuser hinter gepflegten Rasenflächen kündeten vom guten Geschmack des Canadian Republic Revival und dem Sinn fürs Praktische der Farmer. Die Bäume waren hoch, mit breiten Ästen und erstaunlich getreu ihrem Erbe von der Alten Erde. Gladstone wandte sich vom Strom der Fußgänger ab, die zum überwiegenden Teil heimwärts eilten, nachdem sie einen Arbeitstag anderswo im Netz hinter sich gebracht hatten, und ging auf Plattenwegen an Backsteinhäusern vorbei und um ein Rasenoval herum. Links konnte sie Felder hinter einer Häuserzeile erkennen. Hohe, grüne Pflanzen, möglicherweise Mais, wuchsen in leise seufzenden Reihen, die sich zum fernen Horizont erstreckten, wo die Rundung einer riesigen roten Sonne gerade unterging.

Gladstone schlenderte über den Campus und fragte sich, ob dies das College war, wo Sol unterrichtet hatte, aber sie war nicht so neugierig, daß sie die Datensphäre befragt hätte. Gaslaternen entflammten unter dem Baldachin grüner Blätter, und in den Lücken wurden die ersten Sterne an einem Himmel sichtbar, der sich von Azur über Bernstein zu Ebenholz wandelte.

Gladstone hatte Weintraubs Buch *Das Abraham-Dilemma* gelesen, in dem er die Beziehung zwischen einem Gott, der das Opfer eines Sohnes verlangte, und der menschlichen Rasse analysierte, die sich darauf einließ. Weintraub hatte ausgeführt, daß der Jehova des Alten Testaments Abraham nicht einfach nur auf die Probe gestellt, sondern in der einzigen Sprache von Loyalität, Gehorsam und Opfer zu ihm gespro-

chen hatte, die die Menschheit an diesem Punkt der Beziehung
verstand. Weintraub hatte die Botschaft des Neuen Testaments
als Ankündigung eines neuen Stadiums dieser Beziehung gedeutet — eines Stadiums, wo die Menschheit nicht mehr Kinder einem Gott opfern würde, aus welchen Gründen auch immer, sondern wo Eltern — ganze Rassen von Eltern — statt
dessen sich selbst darboten. Daher die Holocausts des zwan-
zigsten Jahrhunderts, der Kurze Schlagabtausch, die Dreier-
kriege, die tollkühnen Jahrhunderte und möglicherweise sogar
der Große Fehler von '38.

Schließlich hatte Weintraub sämtliche Opfer abgelehnt, jeg-
liche Beziehung mit einem Gott verweigert, es sei denn, sie
würde auf gegenseitigem Respekt und dem Willen beruhen,
einander zu verstehen. Er schrieb von den vielen Toden Gottes
und der Notwendigkeit einer göttlichen Auferstehung, nachdem die Menschheit ihre eigenen Götter geschaffen und auf
das Universum losgelassen hatte.

Gladstone überquerte eine zierliche Steinbrücke über einen
im Schatten verborgenen Bach, dessen Verlauf nur an seinem
Plätschern im Dunkeln zu erahnen war, Sanftes gelbliches
Licht fiel auf Geländer aus handgemeißeltem Stein. Irgendwo
außerhalb des Campus bellte ein Hund und wurde zum
Schweigen gebracht. Im dritten Stock eines alten Hauses
brannte Licht — ein Backsteingebäude mit Giebeln und einem
Ziegeldach, das noch aus der Zeit vor der Hegira stammen
mußte.

Gladstone dachte an Sol Weintraub und Sarai und ihre wunderschöne sechsundzwanzigjährige Tochter, die nach einem
Jahr archäologischer Entdeckungen auf Hyperion ohne Entdeckungen nach Hause zurückkehrte, dafür aber mit dem
Fluch des Shrike: Merlins Krankheit. Sol und Sarai, die mit ansehen mußten, wie die Frau rückwärts alterte, zum Jugendlichen wurde, zum Kind, zum Kleinkind. Und dann Sol allein,
nachdem Sarai bei einem sinnlosen, dummen EMV-Unfall ums
Leben kam, als sie ihre Schwester besucht hatte.

Rachel Weintraub, deren nullter und letzter Geburtstag in
weniger als drei Standardtagen sein würde.

Gladstone schlug mit der Faust auf Stein, zauberte das Portal herbei und trat hindurch.

Auf dem Mars war Mittag. Die Elendsviertel von Tharsis waren schon seit sechs Jahrhunderten oder länger Elendsviertel. Der Himmel war rosa, die Luft zu dünn und zu kalt für Gladstone, obwohl sie das Cape eng um den Hals geschlungen hatte, und überall wehte Staub. Sie schritt durch die schmalen Gassen und Klippenstege von Relocation City, fand aber nirgends eine freie Fläche, wo sie weiter sehen konnte als bis zur nächsten Gruppe von Schuppen oder tropfenden Filtertürmen.

Es gab kaum Pflanzen hier — die großen Wälder der Begrünung waren für Feuerholz gefällt worden, oder abgestorben und von rotem bedeckt. Nur einige geschmuggelte Kakteen und wuschelige Dickichte parasitärer Spinnenflechte waren zwischen Wegen sichtbar, die von zwanzig Generationen bloßer Füße festgetreten worden waren.

Gladstone fand einen flachen Felsbrocken, ruhte sich aus, senkte den Kopf und massierte die Knie. Scharenweise wurde sie von Kindern umringt, die nackt waren, abgesehen von Streifen und Fetzen und baumelnden Steckerkabeln, und die Geld von ihr erbettelten und kichernd wegliefen, als sie nicht reagierte.

Die Sonne stand hoch. Mons Olympus und die herbe Schönheit der FORCE-Akademie von Oberst Kassad waren von hier nicht zu sehen. Gladstone blickte sich um. Von hier stammte der stolze Mann. Hier war er mit Jugendbanden herumgezogen, bevor er zu Ordnung, Strenge und der Ehre des Militärs verurteilt wurde.

Gladstone fand einen abgeschiedenen Ort und schlenderte durch ihr Portal.

God's Grove war — wie immer — vom Duft von Millionen und Abermillionen Bäumen erfüllt; still, abgesehen vom Rascheln von Laub und dem Wind; in Halb- und Pastelltönen gehalten; der Sonnenaufgang entflammte das buchstäbliche Dach der Welt, da ein Meer von Baumkronen das Licht einfing, jedes Blatt in der Brise leuchtete und in der Feuchtigkeit von Tau und Morgenregen funkelten, während der Wind zunahm und den Geruch von Regen und nasser Vegetation zu Gladstone hoch über einer Welt emportrug, die einen halben Kilometer tiefer noch in Schlaf und Dunkelheit versunken war.

Ein Tempelritter kam näher, sah Gladstones Zugangsarmband funkeln, als diese die Hand bewegte, und zog sich wieder zurück — eine große Gestalt in langer Robe, die mit dem Labyrinth von Laub und Ranken verschmolz.

Die Tempelritter waren eine der kompliziertesten Variablen in Gladstones Spiel. Daß sie das Baumschiff *Yggdrasil* geopfert hatten, war außergewöhnlich, einmalig, unerklärlich und beunruhigend. Von allen potentiellen Verbündeten im bevorstehenden Krieg waren die Tempelritter am dringendsten erforderlich und am unergründlichsten. Die Bruderschaft des Baums, die dem Leben und Muir ergeben war, bildeten eine kleine, aber bedeutende Macht im Netz — ein Funke ökologischen Bewußtseins in einer Gesellschaft, die sich Selbstzerstörung und Ausbeutung verschrieben hatte, aber nicht willens war, ihre verderblichen Wege einzusehen.

Wo war Het Masteen? Warum hatte er den Möbiuskubus bei den anderen Pilgern gelassen?

Gladstone betrachtete den Sonnenaufgang. Der Himmel füllte sich mit vereinsamten Montgolfieren, die vor dem Gemetzel auf Whirl gerettet worden waren und deren bunte Leiber wie Papierlampions in die Höhe stiegen. Leuchtende Sommerfäden breiteten hauchfeine Membranen aus, die Sonnenlicht einfingen. Ein Schwarm Raben flatterte aus der Deckung himmelwärts, ihre Schreie bildeten einen schrillen Kontrapunkt zur sanften Brise und dem fernen Rauschen des Regens, der sich Gladstone von Westen näherte. Das beharrliche Prasseln von Regentropfen auf Laub erinnerte sie an ihr eigenes Zuhause in den Deltas von Patawpha, den Hundert-Tage-Monsun, bei dem sie und ihre Brüder in die Wälder gegangen waren, um Krötenflieger, Bendits und spanische Moosschlangen zu fangen, die sie in Gläsern mit in die Schule nahmen.

Gladstone dachte zum hunderttausendsten Mal, daß es noch Zeit war, alles aufzuhalten. Im derzeitigen Zustand war der totale Krieg nicht unvermeidlich. Die Ousters hatten noch nicht auf eine Weise zurückgeschlagen, die die Hegemonie nicht außer Acht lassen konnte. Das Shrike war nicht frei. Noch nicht.

Wenn sie hundert Milliarden Leben retten wollte, mußte sie nur in den Senat zurückkehren, drei Jahrzehnte Täuschung und Doppelspiel enthüllen, ihre Ängste und Unsicherheit bloßlegen ...

Nein. Es würde weitergehen wie geplant, bis es nicht mehr zu planen war. Bis es ins Unvorhersehbare ging. In die Wildwasser des Chaos, wo selbst die Vorherseher des TechnoCore, die alles sahen, blind sein würden.

Gladstone ging die Plattformen, Türme, Rampen und Hängebrücken der Baumstadt der Tempelritter entlang. Baumbewohner von einem Dutzend Welten und ARNisierte Schimpansen keiften sie an und flohen anmutig schwingend auf dünnen Ranken dreihundert Meter über dem Waldboden. Aus den für Touristen und privilegierte Besucher abgesperrten Zonen nahm Gladstone den Duft von Weihrauch wahr und hörte deutlich die quasi-gregorianischen Gesänge des Sonntagsgottesdiensts der Tempelritter. Unter ihr erwachten die tieferen Etagen zu Licht und Leben. Die kurzen Regenschauer waren weitergezogen, und Gladstone begab sich wieder auf die oberen Etagen, genoß den Ausblick und überquerte eine sechzig Meter lange Hängebrücke aus Holz zu einem Baum, der noch höher war als ihrer, wo ein halbes Dutzend Heißluftballons — die einzigen Flugzeuge, die die Tempelritter auf God's Grove duldeten — festgezurrt waren und darauf zu brennen schienen, endlich loszukönnen; ihre Passagierzellen schwangen wie schwere braune Eier, die Häute der Ballons waren liebevoll wie Lebewesen bemalt — Montgolfieren, Königsschmetterlinge, Thomasfalken, Leuchtfäden, die inzwischen ausgestorbenen Zeplens, Himmelstintenfische, Mondmotten, Adler (die so fest in Legenden verwurzelt waren, daß sie nie wiederbelebt oder ARNisiert worden waren) und mehr.

Das alles könnte zerstört werden, wenn ich weitermache. Wird zerstört werden.

Gladstone verweilte am Rand der kreisförmigen Plattform und umklammerte das Geländer so fest, daß die Altersflecken auf ihrer Haut sich deutlich von der plötzlich blassen Haut abhoben. Sie dachte an die alten Bücher, die sie gelesen hatte, Prä-Hegira, Prä-Raumfahrt, wo die Menschen winziger Staaten auf dem Kontinent Europa dunkelhäutige Menschen — Afrikaner — von ihren Heimatländern verschleppt und zu einem Sklavendasein im kolonialistischen Westen gezwungen hatten. Hätten diese angeketteten und geknechteten, nackten und im stinkenden Rumpf eines Schiffes zusammengerollten Sklaven gezögert, einen Aufstand anzufangen, das schöne Sklavenschiff zu zerstören ... möglicherweise Europa selbst?

Aber sie konnte immer noch nach Afrika zurückkehren.

Meina Gladstone stieß einen Laut, halb Stöhnen und halb Schluchzen, aus. Sie wandte sich wirbelnd von dem strahlenden Sonnenuntergang ab, von den Geräuschen, die einen neuen Tag begrüßten, von den emporschwebenden Ballons — lebend und künstlich —, die dem Himmel zustrebten, und ging nach unten, in die relative Dunkelheit, um ihren Farcaster erscheinen zu lassen.

Dorthin, wo der letzte Pilger, Martin Silenus, herstammte, konnte sie nicht gehen. Silenus war nur anderthalb Jahrhunderte alt, aber schon ganz blau von Poulsen-Behandlungen, und seine Zellen erinnerten sich an die kalte Gefrierphase von einem Dutzend langen kryonischen Fugen und sogar Kältelagerungen, aber sein Leben umfaßte mehr als vier Jahrhunderte. Er war während der Endzeit auf der Alten Erde geboren worden, seine Mutter gehörte einer der edelsten Familien an, seine Jugend war ein Zerrbild von Dekadenz und Eleganz, Schönheit und dem süßlichen Geruch des Verfalls. Seine Mutter war auf der sterbenden Erde geblieben, aber er war ins Weltall geschickt worden, damit jemand die Schulden der Familie bezahlen konnte, auch wenn das bedeutete ... wie es tatsächlich geschah ... daß er jahrelange Fronarbeit als Lohnsklave auf einer der teuflischsten Hinterwelten im Netz ableisten mußte.

Gladstone konnte nicht zur Alten Erde, daher besuchte sie Heaven's Gate.

Mudflat war die Hauptstadt, und Gladstone ging durch die Kopfsteinpflasterstraßen und bewunderte die großen alten Häuser, die über die schmalen Kanäle in ihren Steinbetten hingen, die kreuz und quer den künstlichen Berghang hinauf verliefen wie auf einem Druck von Escher. Elegante Bäume und noch größere Farne krönten die Hügelkuppe, säumten die breiten, weißen Alleen und verschwanden hinter den Bögen des weißen Sandstrands. Die trägen Gezeiten schoben violette

Wellen heran, die zu einem Dutzend Farben gebrochen wurden, bevor sie an dem makellosen Ufer starben.

Gladstone verweilte bei einem Park mit Blick über die Mudflat-Promenade, wo viele Paare und sorgfältig gekleidete Touristen die Abendluft unter Gaslampen und Laubschatten schnupperten, und sie stellte sich vor, wie Heaven's Gate vor über drei Jahrhunderten gewesen war, als rauhe Protektoratswelt, noch nicht vollständig terraformt, und sie stellte sich den jungen Martin Silenus vor, der noch an der kulturellen Entwurzelung litt, den Verlust seines Vermögens verschmerzen mußte und nach einem Gefrierschock während der langen Reise hierher mit einem Hirnschaden zu kämpfen hatte, während er als Sklave arbeitete.

Die Station zur Atmosphäreerzeugung hatte damals ein paar hundert Quadratkilometer Atemluft geliefert und ein gerade eben bewohnbares Land geschaffen. Flutwellen verschlangen Städte, urbar gemachtes Land und Arbeiter mit derselben Gleichgültigkeit. Lohnsklaven wie Silenus hoben die Säurekanäle aus, kratzten Beatmungsbakterien aus den Lungenröhrenlabyrinthen unter dem Schlamm und schafften nach den Flutwellen Schlamm und Leichen fort.

Wir haben Fortschritte erzielt, dachte Gladstone, *obwohl der Core uns zur Untätigkeit verdammt hat. Obwohl die Wissenschaften beinahe ausgestorben wären. Trotz unserer fatalen Abhängigkeit von den Spielzeugen die uns unsere eigene Schöpfung gewährt hat.*

Sie war unzufrieden. Bis zum Ende dieses Spaziergangs hatte sie die Heimat eines jeden Pilgers auf Hyperion besuchen wollen, so vergeblich diese Gests auch sein mochte. Auf Heaven's Gate hatte Silenus gelernt, wahre Poesie zu schreiben, obwohl sein vorübergehend krankes Hirn keiner Sprache mehr mächtig gewesen war, aber dies war auch nicht seine Heimat.

Gladstone achtete nicht auf die angenehme Musik, die vom Konzert auf der Promenade emporstieg, achtete nicht auf die Pendler-EMVs, die wie ein Schwarm Zugvögel über ihr dahinflogen, achtete nicht auf die angenehme Atmosphäre und das behagliche Licht, sondern ließ ihr Portal erscheinen und befahl ihm, sie zum Erdmond zu farcasten. *Dem* Mond.

Anstatt den Sprung auszuführen, warnte ihr Komlog sie vor der Gefahr, dorthin zu gehen. Sie setzte es außer Kraft.

Die Mikrofernsonde kam summend näher, und deren leise Stimme in Gladstones Implantat deutete an, es könnte unklug sein, wenn die Regierungschefin an einen so instabilen Ort reiste. Sie brachte sie zum Schweigen.

Das Farcasterportal selbst erhob Einwände gegen ihre Entscheidung, bis sie ihre Universalkarte benützte und es manuell programmierte.

Das Farcasterportal erschien wabernd, und Gladstone schritt hindurch.

Der einzige noch bewohnbare Ort auf dem Mond der Alten Erde waren die Gebirgs- und Mare-Regionen, die für die Masadazeremonie von FORCE erhalten wurden, und hier kam Gladstone heraus. Aussichtsplätze und Exerzierplatz waren verlassen. Sperrfelder der Klasse zehn ließen die Sterne verschwimmen, ebenso die fernen Kraterwände, aber Gladstone konnte erkennen, wo die innere Hitze schrecklicher Gravitationsgezeiten die fernen Berge geschmolzen und zu neuen Steinmeeren hatten gerinnen lassen.

Sie schritt über eine Ebene grauen Sands und spürte die geringe Schwerkraft wie eine Aufforderung zu fliegen. Sie stellte sich vor, sie wäre ein Ballon der Tempelritter, leicht festgezurrt, der darauf brannte, sich zu erheben. Sie widerstand dem Impuls zu springen, mit Riesensprüngen dahinzuhüpfen, aber ihr Schritt war beschwingt, Staub bildete unregelmäßige Muster hinter ihr.

Die Luft unter der Sperrfeldkuppel war sehr dünn, und Gladstone zitterte trotz der Heizelemente in ihrem Cape. Sie blieb eine ganze Weile im Zentrum der konturlosen Ebene stehen und versuchte nur, sich den Mond vorzustellen, den ersten Schritt der Menschheit auf ihrem langen Weg aus der Krippe. Aber die Aussichtstribünen und Geräteschuppen von FORCE lenkten sie ab und machten das Vorstellen vergeblich, daher blickte sie schließlich auf, um zu schauen, weswegen sie eigentlich gekommen war.

Die Alte Erde hing am schwarzen Himmel. Aber selbstverständlich nicht die Alte Erde, lediglich die pulsierende Wachstumsscheibe und die kugelförmige Trümmerwolke, die die Alte Erde gewesen waren. Diese waren sehr hell, heller als alle Sterne, die man selbst in seltenen klaren Nächten auf Patawpha sehen konnte, aber die Helligkeit war seltsam ominös und warf ein abstoßendes Licht auf die schlammgraue Ebene.

Gladstone stand da und sah hin. Sie war noch nie hier gewesen, hatte sich bisher nie hierher gewagt, und da sie nun hier war, wollte sie mit aller Verzweiflung etwas *spüren*, etwas *hören*, als würde hier eine Stimme der Vorsicht oder Inspiration oder auch lediglich des Mitleids zu ihr sprechen.

Sie hörte nichts.

Sie blieb noch ein paar Minuten stehen, dachte wenig, und spürte, wie ihre Ohren und Nase kalt wurden, bis sie beschloß, wieder zu gehen. Auf TV1f würde die Dämmerung bald einsetzen.

Gladstone hatte das Portal aktiviert und sah sich ein letztes Mal um, als keine zehn Meter entfernt ein anderes Farcasterportal zu wabern anfing. Sie hielt inne. Keine fünf Menschen im Netz hatten individuellen Zugang zum Erdmond.

Die Mikrofernsonde stieß summend herab und schwebte zwischen ihr und dem Fremden, der aus dem Portal kommen würde.

Leigh Hunt kam heraus, sah sich um, zitterte in der Kälte und kam rasch auf sie zu. In der dünnen Luft klang seine Stimme piepsig, fast amüsant kindlich.

»M. Regierungschefin, Sie müssen unverzüglich zurückkehren. Den Ousters ist es gelungen, bei einem unerwarteten Gegenangriff durchzubrechen.«

Gladstone seufzte. Sie hatte gewußt, daß dies der nächste Schritt sein würde. »Nun gut«, sagte sie. »Ist Hyperion gefallen? Können wir unsere Streitkräfte von dort evakuieren?«

Hunt schüttelte den Kopf. Seine Lippen waren fast blau von der Kälte. »Sie verstehen nicht«, sagte die dünne Stimme ihres Attachés. »Es geht nicht nur um Hyperion. Die Ousters greifen an einem Dutzend Stellen an. *Sie stoßen in das Netz selbst vor!*«

Meina Gladstone nickte, da sie plötzlich bis ins Mark durchgefroren war, aber mehr vom Schock als von der lunaren Kälte, raffte das Cape enger um sich und trat durch das Portal auf eine Welt zurück, die nie wieder wie vorher sein würde.

19

Sie versammelten sich am Eingang zum Tal der Zeitgräber, Brawne Lamia und Martin Silenus mit so vielen Rucksäcken und Tragetaschen beladen, wie sie bewerkstelligen konnten, Sol Weintraub und der Konsul und Pater Duré stumm wie ein Tribunal von Patriarchen. Die ersten Nachmittagsschatten streckten sich über das Tal nach Osten und griffen wie Finger der Dunkelheit nach den schwach leuchtenden Gräbern.

»Ich bin immer noch nicht sicher, ob es gut ist, wenn wir uns trennen«, sagte der Konsul und rieb sich das Kinn. Es war sehr heiß. Schweiß sammelte sich auf seinen Stoppelwangen und lief ihm am Hals hinab.

Lamia zuckte die Achseln. »Wir haben gewußt, daß wir alle dem Shrike allein gegenübertreten würden. Spielt es da eine Rolle, ob wir ein paar Stunden voneinander getrennt sind? Wir brauchen die Nahrungsmittel. Sie drei können ja mitkommen, wenn Sie wollen.«

Der Konsul und Sol sahen Pater Duré an. Der Priester war eindeutig erschöpft. Die Suche nach Kassad hatte die Energiereserven verbraucht, die der Mann nach seiner Prüfung noch besessen hatte.

»Jemand sollte hier warten, falls der Oberst zurückkehrt«, sagte Sol. Das Baby auf seinen Armen sah winzig aus.

Lamia nickte zustimmend. Sie rückte Gurte an Schultern und Hals zurecht. »Gut. Wir müßten rund zwei Stunden bis zum Keep brauchen. Etwas länger für den Rückweg. Rechnen wir eine ganze Stunde, die Vorräte zu holen, dann müßten wir vor Einbruch der Dunkelheit zurück sein. Rechtzeitig zum Abendessen.«

Der Konsul und Duré schüttelten Silenus die Hand. Sol legte Brawne die Arme um die Schultern. »Kommen Sie gesund zurück«, flüsterte er.

Sie berührte den bärtigen Mann an der Wange, legte dem Baby einen Augenblick die Hand auf den Kopf, drehte sich um und ging raschen Schrittes das Tal hinauf.

»He, verflucht, warten Sie gefälligst einen Moment, bis ich mitkomme!« rief Silenus, dessen Feldflaschen und Wasserkanister beim Laufen klapperten.

Sie kamen gemeinsam aus dem Sattel zwischen den Felswänden heraus. Silenus drehte sich um, und sah die drei anderen Männer schon zwergenhaft durch die Entfernung, winzige bunte Striche zwischen den Felsen und Dünen bei der Sphinx. »Es läuft nicht so, wie geplant, oder nicht?« sagte er.

»Ich weiß nicht«, sagte Lamia. Sie hatte für die Wanderung kurze Hosen angezogen, die Muskeln ihrer kurzen, kräftigen Beine glänzten unter einem Schweißfilm. »Wie war es denn geplant?«

»Mein Plan sah vor, das größte Gedicht des Universums zu vollenden und dann heimzukehren«, sagte Silenus. Er trank einen Schluck aus der letzten Wasserflasche. »Verdammt noch mal, wenn wir wenigstens ausreichend Wein mitgebracht hätten.«

»Ich hatte keinen Plan«, sagte Lamia halb zu sich selbst. Ihre kurzen, schweißnassen Locken klebten ihr am Kopf.

Martin Silenus lachte schnaubend. »Sie wären gar nicht hier, wenn Ihr Cyborgliebhaber nicht gewesen wäre ...«

»Klient«, fauchte sie.

»Wie auch immer. Die rekonstruierte Persönlichkeit von John Keats hielt es für wichtig, hierher zu kommen. Jetzt haben Sie ihn also bis hierher geschleppt ... Sie tragen immer noch die Schrön-Schleife, richtig?«

Lamia berührte geistesabwesend den winzigen Neuralstecker hinter dem linken Ohr. Eine dünne Membran Osmosepolymer verhinderte, daß Sand und Staub in die follikelgroßen Kontakte gerieten. »Ja.«

Silenus lachte wieder. »Was nützt das schon für einen Scheißdreck, wenn es hier keine interaktive Datensphäre gibt, Mädchen? Sie hätten die Keats-Persönlichkeit ebensogut auf Lusus oder sonst wo lassen können.« Der Dichter verweilte einen Moment lang und rückte Gurte und Rucksäcke zurecht. »Sagen Sie, haben Sie denn selbst Zugang zu der Persönlichkeit?«

Lamia dachte an die Träume der vergangenen Nacht. Die Präsenz darin war wie Johnny gewesen ... aber die Bilder kamen aus dem Netz. *Erinnerungen?* »Nein«, sagte sie, »ich selbst habe keinen Zugang zu der Schrön-Schleife. Sie enthält mehr Daten, als hundert normale Implantate handhaben

könnten. Warum halten Sie jetzt nicht den Mund und gehen?«
Sie schritt schneller aus und ließ ihn stehen.

Der Himmel war wolkenlos, strahlend und deutete lapisla-zulifarbene Tiefen an. Das Geröllfeld vor ihnen erstreckte sich nach Südwesten bis zum Ödland, dem Ödland, das sich den Wanderdünen ergab. Die beiden gingen dreißig Minuten schweigend dahin und waren von fünf Metern Abstand und ihren Gedanken getrennt. Hyperions Sonne hing klein und hell zu ihrer Rechten.

»Die Dünen werden steiler«, sagte Lamia, während sie einen weiteren Hang hinaufstolperten und auf der anderen Seite herunterrutschten. Die Oberfläche war heiß, ihre Schuhe füllten sich bereits mit Sand.

Silenus nickte, blieb stehen und wischte sich mit einem seidenen Taschentuch das Gesicht ab. Sein weiches purpurfarbenes Barett hing tief über die Stirn und das linke Ohr, sendete aber keinen Schatten. »Es wäre einfacher, der Erhebung dort im Norden zu folgen. Bei der toten Stadt.«

Brawne Lamia schirmte die Augen ab und sah in diese Richtung. »Wir verlieren mindestens eine halbe Stunde, wenn wir dorthin gehen.«

»Wir verlieren mehr, wenn wir *hier* lang gehen.« Silenus setzte sich auf eine Düne und trank aus der Wasserflasche. Er zog das Cape aus, legte es zusammen und verstaute es im größten Rucksack.

»Was haben Sie da?« fragte Lamia. »Der Rucksack sieht aus, als wäre er voll.«

»Das geht Sie überhaupt nichts an, Weib.«

Lamia schüttelte den Kopf, rieb sich die Wangen und spürte Sonnenbrand. Sie war nicht an so lange Zeit in der Sonne gewöhnt, und die Atmosphäre von Hyperion hielt die UV-Strahlung kaum ab. Sie kramte in der Tasche nach der Tube Sonnencreme und trug ein wenig auf. »Na gut«, sagte sie, »wir machen den Umweg. Wir folgen der Erhebung, bis die schlimmsten Dünen hinter uns liegen, und dann legen wir einen geraden Weg zum Keep zurück.«

Die Berge schwebten am Horizont und schienen nicht näher zu kommen. Die schneebedeckten Gipfel verspotteten sie mit ihrem Versprechen von kühler Brise und frischem Wasser. Das

Tal der Zeitgräber lag unsichtbar hinter ihnen; Dünen und das Geröllfeld versperrten ihnen die Sicht darauf.

Lamia rückte die Rucksäcke zurecht, wandte sich nach rechts und stapfte halb stolpernd und halb rutschend die instabile Düne hinab.

Als sie aus dem Sand auf Nadelgras und verfilztes Dickicht der Kuppe traten, konnte Martin Silenus den Blick nicht von den Ruinen der Stadt der Dichter wenden. Lamia hatte sie links umgangen und alles gemieden, abgesehen von den Steinen der halb verborgenen Straßen, die die Stadt umringten, und andere Straßen, die ins Ödland führten, bis sie unter den Dünen verschwanden.

Silenus blieb immer weiter zurück, bis er stehenblieb und sich auf eine umgestürzte Säule setzte, die einstens ein Tor gewesen war, durch das die Androidenarbeiter jeden Abend gingen, wenn sie ihre Arbeit auf den Feldern beendet hatten. Diese Felder existierten nicht mehr. Die Aquädukte, Kanäle und Straßen wurden nur noch von umgestürzten Steinen, Vertiefungen im Sand und sandbedeckten Stümpfen von Bäumen angedeutet, die einmal über einen Bachbett aufgeragt oder einem malerischen Weg Schatten gespendet hatten.

Martin Silenus wischte sich das Gesicht mit seinem Barett ab, während er die Ruinen betrachtete. Die Stadt war immer noch weiß ... so weiß wie freiliegende Knochen unter wanderndem Sand, so weiß wie Zähne in einem erdbraunen Schädel.

Von seinem Sitzplatz aus konnte Silenus erkennen, daß viele Gebäude noch so waren, wie er sie vor mehr als anderthalb Jahrhunderten zum letztenmal gesehen hatte. Das Amphitheater der Dichter lag halbvollendet, aber königlich in seinem verfallenen Zustand da, ein weißes, außerirdisches römisches Kolosseum, das von Wüstenflächen und Efeu überwuchert war. Das große Atrium lag offen unter dem Himmel, die Galerien waren zertrümmert — nicht von der Zeit, wie Silenus wußte, sondern von den Sonden und Lanzen und Explosivladungen der Sicherheitsleute des Traurigen Königs Billy in den Jahrzehnten nach der Evakuierung der Stadt. Sie wollten das Shrike töten. Sie wollten Elektronik und zornige Strahlen gebündelten Lichts benützen, um Grendel zu töten, *nachdem* er die Methalle in Schutt und Asche gelegt hatte.

Martin Silenus kicherte, beugte sich vor, und plötzlich war ihm schwindlig von Hitze und Erschöpfung.

Silenus konnte die große Kuppel der Versammlungshalle erkennen, wo er seine Mahlzeiten eingenommen hatte — anfangs mit Hunderten in künstlerischer Eintracht, dann abgeschieden mit den wenigen anderen, die nach Billys Evakuierung nach Keats aus ihren ureigensten und unerfindlichen Gründen geblieben waren, und zuletzt allein. Wirklich allein. Einmal hatte er einen Kelch geworfen, und das Echo hatte eine halbe Minute lang unter der rebenüberwucherten Kuppel gehallt.

Allein mit den Morlocks, dachte Silenus. *Aber zuletzt nicht einmal Morlocks als Gesellschaft. Nur meine Muse.*

Eine unerwartete Explosion von Geräuschen erfolgte, und ein Schwarm weißer Tauben flatterte aus einer Nische zwischen dem Haufen verfallener Türme hervor, der einmal der Palast des Traurigen Königs Billy gewesen war. Silenus beobachtete, wie sie am überhitzten Himmel kreisten und schwebten und wunderte sich, wie sie hier, am Rande des Nirgendwo, die Jahrhunderte überlebt hatten.

Wenn ich es konnte, warum sie nicht?

Schatten lagen über der Stadt, Flecken süßen Schattens. Silenus fragte sich, ob die Brunnen noch brauchbar sein würden, ob die großen unterirdischen Reservoire, die versunken waren, bevor die ersten Saatschiffe hier landeten, noch mit frischem Wasser gefüllt waren. Er fragte sich, ob sein Schreibtisch aus Holz, eine Antiquität von der Alten Erde, noch in dem kleinen Gemach stehen würde, wo er den größten Teil seiner *Gesänge* geschrieben hatte.

»Was ist denn los?« Brawne Lamia war zurückgekommen und stand neben ihm.

»Nichts.« Er sah blinzelnd zu ihr auf. Die Frau sah wie ein kurzer Baum aus, eine Masse dunkler Schenkelwurzeln, sonnenverbrannte Rinde und potentielle Energie. Er versuchte sich vorzustellen, daß sie erschöpft war ... die Anstrengung machte *ihn* müde. »Mir ist nur eben klar geworden«, sagte er, »daß wir unsere Zeit vergeuden, wenn wir bis zum Keep zurückkehren. Es gibt Brunnen in der Stadt. Wahrscheinlich auch Lebensmittelvorräte.«

»Nn-nnn«, sagte Lamia. »Der Konsul und ich haben daran gedacht und darüber gesprochen. Die tote Stadt wurde seit Generationen geplündert. Pilger zum Shrike dürften die Vorräte schon vor sechzig bis achtzig Jahren verbraucht haben. Die Brunnen sind nicht zuverlässig ... Die wasserführenden Schichten haben sich verändert, die Reservoire sind verseucht. Wir gehen zum Keep.«

Silenus spürte, wie ihn die unerträgliche Arroganz dieser Frau in Wut versetzte, ihre selbstgerechte Annahme, sie könne in jeder Situation den Befehl übernehmen. »Ich gehe nachsehen«, sagte er. »Könnte sein, daß wir dadurch einige Stunden Zeit einsparen.«

Lamia stellte sich zwischen ihn und die Sonne. In ihren schwarzen Locken leuchtete die Korona der Eklipse. »Nein. Wenn wir dort Zeit vergeuden, werden wir nicht vor Einbruch der Dunkelheit zurück sein.«

»Dann gehen Sie doch weiter«, fauchte der Dichter, den seine Worte selbst überraschten. »Ich bin müde. Ich werde im Lagerhaus hinter der Gemeinschaftshalle nachsehen. Vielleicht kann ich mich an Vorräte erinnern, die die Pilger nicht gefunden haben.«

Er beobachtete, wie der Körper der Frau sich verkrampfte, als sie darüber nachdachte, ob sie ihn auf die Füße ziehen und zu den Dünen zurückschleifen sollte. Sie hatten kaum mehr als ein Drittel der Strecke zum Vorgebirge zurückgelegt, wo der steile Aufstieg über die Treppe zum Keep anfing. Sie entspannte die Muskeln. »Martin«, sagte sie, »die anderen verlassen sich auf uns. Bitte vermasseln Sie es nicht.«

Er lachte und lehnte sich an die umgestürzte Säule. »Drauf geschissen«, sagte er. »Ich bin *müde*. Sie wissen, daß Sie sowieso fünfundneunzig Prozent der Last schleppen müssen. Ich bin *alt*, Weib. Älter, als Sie sich vorstellen können. Lassen Sie mich bleiben und eine Weile ausruhen. Vielleicht finde ich ein wenig Nahrung. Vielleicht komme ich ein wenig zum Schreiben.«

Lamia kauerte sich neben ihn und berührte seinen Rucksack. »Das haben Sie bei sich. Die Seiten Ihres Gedichts. Ihre *Gesänge*.«

»Selbstverständlich«, sagte er.

»Und Sie denken immer noch, die Nähe des Shrike wird Ihnen ermöglichen, sie zu vollenden?«

Silenus zuckte die Achseln und spürte, wie Hitze und Schwindelgefühl um ihn herum wirbelten. »Das Ding ist ein Scheißkiller, ein Edelstahlgrendel, der in der Hölle geschmiedet worden ist«, sagte er, »aber es ist meine Muse.«

Lamia seufzte, blickte blinzelnd zur Sonne, die bereits den Bergen entgegensank und dann zum Tal zurück, von wo sie gekommen waren. »Kehren Sie um«, sagte sie leise. »Ins Tal.« Sie zögerte einen Augenblick lang. »Ich gehe mit Ihnen und breche dann noch einmal auf.«

Silenus lächelte mit rissigen Lippen. »Weshalb zurück? — Um mit den drei anderen alten Männern Cribbage zu spielen, bis unser Monsterchen kommt und uns aufwischt? Nein, danke, lieber ruhe ich hier eine Weile aus und arbeite. Gehen Sie weiter, Frau. Sie können mehr tragen als drei Dichter.« Er mühte sich aus den leeren Rucksäcken und Feldflaschen und gab sie ihr.

Lamia hielt das Durcheinander von Gurten in einer Faust, die so kurz und hart wie ein Stahlhammer war. »Sind Sie sicher? Wir könnten langsamer gehen.«

Er mühte sich auf die Beine, da ihm einen Augenblick die nackte Wut über ihr Mitleid und ihre Herablassung erboste. »Hol dich der Teufel, und dein Pferd, auf dem du hergeritten bist, Ulsian. Falls Sie es vergessen haben, Sinn der Pilgerfahrt war es, hierher zu kommen und den Shrike zu besuchen. Ihr Freund Hoyt hat das nicht vergessen. Kassad hatte das Spiel verstanden. Das elende Shrike kaut wahrscheinlich in diesem Augenblick auf seinen dummen Soldatenknochen herum. Es würde mich nicht überraschen, wenn die drei Daheimgebliebenen jetzt schon kein Essen und Wasser mehr brauchen würden. Gehen Sie. Los doch, ziehen Sie Leine! Ich kann Ihre Gegenwart nicht mehr ertragen!«

Brawne Lamia blieb noch einen Moment lang geduckt stehen und sah zu ihm auf, wie er über ihr aufragte. Dann stand sie auf, berührte ihn kurz an der Schulter, schwang Rucksäcke und Flaschen auf den Rücken und lief so schnell davon, daß er nicht einmal in seiner Jugend mit ihr hätte Schritt halten können. »Ich komme in ein paar Stunden wieder hier vorbei«, rief sie, ohne sich zu ihm umzudrehen. »Seien Sie hier an diesem Stadtrand. Wir kehren gemeinsam zu den Gräbern zurück.«

Martin Silenus sagte nichts, während er sah, wie sie kleiner wurde und schließlich im unebenen Gelände im Südwesten verschwand. Die Berge flimmerten in der Hitze. Er sah nach unten und stellte fest, daß sie ihm die Wasserflasche gelassen hatte. Er spie aus, hob die Flasche auf und schritt den wartenden Schatten der toten Stadt entgegen.

20

Duré brach fast zusammen, während sie die beiden letzten Rationen zu Mittag aßen; Sol und der Konsul trugen ihn die breite Treppe der Sphinx hinauf in den Schatten. Das Gesicht des Priesters war so weiß wie sein Haar.

Er versuchte zu lächeln, als Sol ihm eine Wasserflasche an die Lippen hielt. »Sie scheinen die Tatsache meiner Wiederauferstehung allesamt ziemlich leicht zu nehmen«, sagte er und wischte sich die Mundwinkel mit einem Finger ab.

Der Konsul lehnte sich an die Steinmauer der Sphinx zurück. »Ich habe die Kruziformen an Hoyt gesehen. Dieselben, die Sie jetzt tragen.«

»Und ich habe seine Geschichte geglaubt ... *Ihre* Geschichte«, sagte Sol. Er reichte dem Konsul das Wasser weiter.

Duré griff sich an die Stirn. »Ich habe die Komlogdisks angehört. Die Geschichten, einschließlich meiner eigenen, sind ... unglaublich.«

»Haben Sie Zweifel an einer?« fragte der Konsul.

»Nein. Die Herausforderung besteht ja gerade darin, den Sinn in ihnen zu sehen. Das gemeinsame Element zu erkennen ... den Zusammenhang zu finden.«

Sol hob Rachel an die Brust, wiegte sie sanft und hielt ihr mit der Hand den Hinterkopf. »Muß es denn einen Zusammenhang geben? Abgesehen vom Shrike?«

»O ja«, sagte Duré. Seine Wangen bekamen wieder ein wenig Farbe. »Diese Pilgerfahrt ist kein Zufall. Und daß die Wahl auf Sie gefallen ist auch nicht.«

»Verschiedene Elemente hatten ein Wörtchen mitzureden, als die Teilnehmer an der Pilgerfahrt ausgesucht wurden«, sagte der Konsul. »Die KI-Berater, der Senat der Hegemonie, sogar die Kirche des Shrike.«

Duré schüttelte den Kopf. »Ja, aber nur eine führende Intelligenz hat die Auswahl bestimmt, meine Freunde.«

Sol beugte sich näher zu ihm. »Gott?«

»Vielleicht«, sagte Duré lächelnd, »aber ich habe mehr an den Core gedacht ... die Künstlichen Intelligenzen, die sich den ganzen Verlauf der Ereignisse hindurch so geheimnisvoll benommen haben.«

Das Baby gab leises Maunzen von sich. Sol holte ihm einen Schnuller und stellte das Komlog an seinem Handgelenk auf seine Herztöne ein. Das Kind ballte einmal die Faust, dann entspannte es sich an der Schulter des Gelehrten. »Brawnes Geschichte deutet darauf hin, daß Elemente im Core bestrebt sind, den Status quo zu destabilisieren ... daß sie der Menschheit eine Möglichkeit zu überleben gewähren wollen, dabei aber gleichzeitig ihr Projekt Höchste Intelligenz vorantreiben können.«

Der Konsul deutete zum wolkenlosen Himmel. »Alles Geschehene — unsere Pilgerfahrt, selbst dieser Krieg — wurde aufgrund der internen Politik des Core eingefädelt.«

»Und was wissen wir vom Core?« fragte Duré leise.

»Nichts«, sagte der Konsul und warf einen Kiesel auf den gemeißelten Stein links neben der Treppe der Sphinx. »Wenn alles gesagt und getan ist, wissen wir nichts.«

Duré hatte sich inzwischen aufgerichtet und massierte sich das Gesicht mit einem angefeuchteten Tuch. »Und doch ist ihr Ziel unserem so seltsam ähnlich.«

»Und das wäre?« fragte Sol, der das Baby wiegte.

»Gott kennenzulernen«, sagte der Priester. »Und falls uns das nicht gelingt, Ihn zu erschaffen.« Er sah blinzelnd das lange Tal hinab. Schatten erstreckten sich jetzt von den südwestlichen Wänden und berührten die Gräber, die sie bald einhüllen würden. »Ich selbst habe dazu beigetragen, diese Vorstellung in der Kirche populär zu machen ...«

»Ich habe Ihre Abhandlungen über St. Teilhard gelesen«, sagte Sol. »Sie haben die Notwendigkeit der Evolution hin zum Punkt Omega — zur Gottheit — brillant verteidigt, ohne in die Sozinische Häresie zu stolpern.«

»Die was?« fragte der Konsul.

Pater Duré lächelte verhalten. »Sozinus war ein italienischer Herätiker im sechzehnten Jahrhundert n. Chr. Seine Überzeugung — für die er exkommuniziert wurde — war die, daß Gott ein Wesen mit Grenzen ist, das lernen kann, wenn die Welt — das Universum — komplexer wird. Ich selbst bin aber in die Falle der Sozinischen Häresie gestolpert, Sol. Das war meine erste Sünde.«

Sols Blick war standhaft. »Und Ihre letzte Sünde?«

»Außer Stolz?« fragte Duré. »Meine größte Sünde war, daß ich Daten meiner siebenjährigen Ausgrabungen auf Armaghast gefälscht habe. Ich hatte versucht, eine Brücke zwischen den verschwundenen Erzbaumeistern dort und einer Form von Vor-Christenheit zu schlagen. Diese existierte nicht. Ich habe die Daten getürkt. Die Ironie besteht darin, daß ich zumindest nach Überzeugung der Kirche die wissenschaftliche Methode verraten habe. In ihren letzten Tagen kann die Kirche theologische Häresie akzeptieren, aber kein falsches Spiel mit wissenschaftlichen Protokollen dulden.«

»War Armaghast so?« fragte Sol und machte eine Geste mit dem Arm, die das Tal, die Gräber und die umliegende Wüste mit einschloß.

Duré sah sich um, und für einen Moment waren seine Augen strahlend. »Staub und Gestein und das vorherrschende Gefühl des Todes ja. Aber dieser Ort hier ist unendlich bedrohlicher. Etwas hier hat sich dem Tod noch nicht unterworfen, obwohl das schon längst hätte geschehen müssen.«

Der Konsul lachte. »Hoffen wir, daß wir in diese Kategorie fallen. Ich werde das Komlog zu dem Sattel da oben schleppen und noch einmal versuchen, Relaiskontakt mit dem Schiff herzustellen.«

»Ich komme mit«, sagte Sol.

»Und ich«, sagte Pater Duré, der aufstand, nur einen Augenblick schwankte und sich weigerte, die Hand zu nehmen, die Sol ihm darbot.

Das Schiff reagierte nicht auf Anfragen. Ohne Schiff gab es keine Fatlineverbindung zu den Ousters, dem Netz oder sonst etwas außerhalb von Hyperion. Die normalen Komfrequenzen waren ausgefallen.

»Könnte das Schiff zerstört worden sein?« fragte Sol den Konsul.

»Nein. Die Botschaft wird empfangen, nur nicht beantwortet. Gladstone hält das Schiff immer noch in Quarantäne.«

Sol sah blinzelnd über das Ödland zu den Bergen, die in der Hitze flimmerten. Mehrere Klicks näher ragten die Ruinen der Stadt der Dichter zerklüftet vor dem Himmel auf. »Auch gut«, sagte er. »Wir haben auch so schon einen *deus ex machina* zuviel.«

Da fing Pater Duré an zu lachen, ein tiefes, aufrichtiges Gelächter, das erst aufhörte, als er zu husten anfing und einen Schluck Wasser trinken mußte.

»Was ist denn?« fragte der Konsul.

»Der *deus ex machina*. Worüber wir vorhin gesprochen haben. Ich vermute, genau das ist der Grund, weshalb jeder von uns hier ist. Der arme Lenar mit seinem Gott in der Maschine in Gestalt der Kruziform. Brawne mit ihrem wiederbelebten Dichter, der in der Schrön-Schleife gefangen ist, die die machina sucht, um ihren persönlichen deus zu befreien. Sie, Sol, der darauf wartet, daß der dunkle deus das schreckliche Problem Ihrer Tochter löst. Der von Maschinen erzeugte Core, der seinen eigenen deus bauen möchte.«

Der Konsul rückte die Sonnenbrille zurecht. »Und Sie Pater?«

Duré schüttelte den Kopf. »Ich warte darauf, daß die größte *machina* von allen ihren *deus* produziert — das Universum. Wie sehr beruhen meine Zweifel an St. Teilhard darauf, daß ich keine Spur eines lebenden Schöpfers in der modernen Welt finden konnte? Ich bin wie die Intelligenzen des TechnoCore und versuche zu bauen, was ich anderswo nicht finden kann.«

Sol sah zum Himmel. »Welchen *deus* suchen die Ousters?«

Der Konsul antwortete. »Sie sind wahrhaftig von Hyperion besessen. Sie glauben, daß dies die Geburtsstätte einer neuen Hoffnung für die Menschheit sein wird.«

»Wir sollten lieber wieder nach unten gehen«, sagte Sol, der

Rachel vor der Sonne schützte. »Brawne und Martin müßten vor dem Abendessen wieder hier sein.«

Aber sie kehrten nicht zum Abendessen zurück. Und bei Sonnenuntergang war immer noch keine Spur von ihnen zu sehen. Der Konsul ging stündlich zum Eingang des Tals, kletterte auf einen Felsen und suchte nach Bewegungen in den Dünen und dem Geröllfeld. Er sah keine. Der Konsul wünschte sich, Kassad hätte eines seiner Verstärkerferngläser dagelassen.

Noch bevor der Himmel die Farbe der Dämmerung annahm, kündeten Lichtexplosionen am Zenit von der anhaltenden Schlacht im Weltraum. Die drei Männer saßen auf der obersten Treppenstufe in der Sphinx und betrachteten das Lichterspektakel — langsame Explosionen in grellstem Weiß, dunkelrote Blüten, und plötzliche orangefarbene und grüne Streifen, die Nachbilder auf der Netzhaut hinterließen.

»Was meinen Sie, wer gewinnt?« fragte Sol.

Der Konsul sah nicht auf. »Das ist unwichtig. Glauben Sie, wir sollten heute nacht nicht in der Sphinx schlafen? In einem der anderen Gräber warten?«

»Ich kann die Sphinx nicht verlassen«, sagte Sol. »Aber Sie können gerne gehen.«

Duré berührte das Baby an der Wange. Dieses bearbeitete den Schnuller, die Wange bewegte sich unter Durés Finger. »Wie alt ist sie jetzt, Sol?«

»Zwei Tage. Fast genau. Sie würde auf diesem Längengrad etwa fünfzehn Minuten nach Sonnenuntergang, Hyperion-Zeit, geboren worden sein.«

»Ich gehe rauf, zum letztenmal nachsehen«, sagte der Konsul. »Dann müssen wir ein Leuchtfeuer oder so etwas entfachen, das ihnen hilft, den Rückweg zu finden.«

Der Konsul war die Hälfte der Stufen zum Weg hinuntergegangen, als Sol aufstand und mit dem Finger deutete. Nicht zum Ende des Tals, das im schrägen Sonnenschein leuchtete, sondern in die andere Richtung, in den Schatten des Tales selbst.

Der Konsul blieb stehen, die beiden anderen Männer gesellten sich zu ihm. Der Konsul griff in die Tasche und holte den kleinen Nervenschocker heraus, den Kassad ihm vor einigen

Tagen gegeben hatte. Da Lamia und Kassad fort waren, war dies ihre einzige Waffe.

»Sehen Sie?« flüsterte Sol.

Die Gestalt bewegte sich in der Dunkelheit hinter dem schwachen Leuchten des Jadegrabs. Sie sah nicht so groß aus wie das Shrike und bewegte sich auch nicht so schnell; sie ging merkwürdig voran ... langsam, blieb manchmal für einen Augenblick stehen, winkte.

Pater Duré sah über die Schulter zum Eingang des Tals, dann wieder zurück. »Könnte Martin Silenus das Tal in dieser Richtung betreten haben?«

»Nur wenn er die Felswände heruntergesprungen ist«, flüsterte der Konsul. »Oder wenn er einen Umweg von acht Klicks nach Nordosten gemacht hat. Außerdem ist er zu groß für Silenus.«

Die Gestalt verharrte wieder, winkte und fiel hin. Aus mehr als hundert Meter Entfernung sah sie wie ein flacher Felsbrocken auf dem Talboden aus.

»Kommt!« sagte der Konsul.

Sie liefen nicht. Der Konsul ging voran die Treppe hinunter, hielt den Schocker ausgestreckt und hatte ihn auf zwanzig Meter eingestellt, obwohl er wußte, die Schockwirkung würde auf diese Entfernung minimal sein. Pater Duré folgte ihm dichtauf und hielt Sols Kind, während der Gelehrte nach einem kleinen Stein suchte.

»David und Goliath?« fragte Duré, als Sol mit einem handtellergroßen Felsstück zurückkam, das er in die Fiberplastikschlinge legte, die er am Nachmittag aus einer Verpackung geschnitten hatte.

Das sonnenverbrannte Gesicht des Gelehrten über dem Bart wurde dunkler. »So ähnlich. Hier, ich bringe Rachel zurück.«

»Ich trage sie gern. Und falls es zu einem Kampf kommen sollte, wäre es besser, wenn Sie beide freie Hand hätten.«

Sol nickte, überbrückte die Distanz und ging neben dem Konsul; der Priester mit dem Kind fiel einige Schritte zurück.

Aus fünfzehn Metern Entfernung war unübersehbar, daß es sich bei der gestürzten Gestalt um einen Menschen handelte — einen sehr großen Mann —, der ein derbes Gewand trug und mit dem Gesicht nach unten im Sand lag.

»Bleiben Sie hier«, sagte der Konsul und lief los. Die anderen sahen zu, wie er die Gestalt herumdrehte, den Schocker wieder in die Tasche steckte und eine Wasserflasche vom Gürtel nahm.

Sol ging langsam hin und spürte seine Erschöpfung als eine Art angenehmes Schwindelgefühl. Duré folgte noch langsamer.

Als der Priester den Lichtkreis betrat, den die Handlampe des Konsuls warf, sah er, daß die Kapuze des Mannes aus einem vage asiatischen, seltsam verzerrten langen Gesicht zurückgeschlagen war, welches das Licht der Lampe ebenso beschien wie das Leuchten des Jadegrabs.

»Ein Tempelritter«, sagte Duré erstaunt, einen Anhänger von Muir hier zu finden.

»Es ist die Wahre Stimme des Baums«, sagte der Konsul. »Es ist der erste unserer vermißten Pilger ... es ist Het Masteen.«

21

Martin Silenus hatte den ganzen Nachmittag an seinem epischen Gedicht gearbeitet, und erst als es dunkel wurde, gönnte er sich Ruhe.

Er hatte festgestellt, daß sein altes Arbeitszimmer geplündert worden war und der antike Tisch fehlte. Der Palast des Traurigen Königs Billy hatte die schlimmsten Verwüstungen hinnehmen müssen, sämtliche Fensterscheiben waren eingeworfen, Miniaturdünen waren über ausgebleichte Teppiche gewandert, die einmal ein Vermögen wert gewesen waren, Ratten und kleine Felsenaale lebten zwischen den Steintrümmern. Die Wohntürme dienten Tauben und verwilderten Jagdfalken als Heim. Schließlich war der Dichter zur Versammlungshalle gegangen, wo er unter der gewaltigen geodätischen Kuppel des Speisesaals an einem niederen Tisch saß und schrieb.

Staub und Trümmer bedeckten den Keramikboden, die scharlachrote Farbe der Wüstenflechte verdeckten die zertrümmerten Scheiben fast, aber Silenus achtete nicht auf derlei Nebensächlichkeiten und arbeitete an seinen *Gesängen*.

Das Gedicht handelte von der Ermordung und Verdrängung der Titanen durch ihre Nachkommen, die hellenistischen Götter. Es handelte vom Kampf der Olympier, nachdem die Titanen sich weigerten, zu weichen — dem Kochen der großen Meere, als Ozeanus mit seinem Usurpator Neptun kämpfte, dem Erlöschen von Sonnen, während Hyperion mit Apoll um die Macht über das Licht rang, und dem Erbeben des Universums selbst, als Saturn sich mit Jupiter um die Herrschaft über den Thron der Götter schlug. Es ging nicht nur um das Dahinscheiden einer Götterriege, die durch eine neue ersetzt wurde, sondern um das Ende eines Goldenen Zeitalters und den Anbeginn finsterer Zeiten, die den Untergang aller sterblichen Wesen mit sich brachten.

Die *Hyperionischen Gesänge* machten kein Hehl daraus, daß diese Götter verschiedene Identitäten besaßen: die Titanen ließen sich mühelos als Helden der kurzen Geschichte der Menschheit in der Milchstraße erkennen, die olympischen Usurpatoren waren die KIs des TechnoCore, das Schlachtfeld erstreckte sich über die vertrauten Kontinente, Meere und Lüfte aller Welten im Netz. Und inmitten von alledem lauerte das Ungeheuer Dis, Sohn des Saturn und erpicht, das Königreich zusammen mit Jupiter zu erben, und richtete unter Menschen wie Göttern gleichermaßen Verwüstungen an.

Die *Gesänge* handelten aber auch von den Beziehungen zwischen Geschöpfen und ihren Schöpfern; von der Liebe zwischen Eltern und Kindern, Künstlern und ihrer Kunst, zwischen allen Schöpfern und ihren Schöpfungen. Das Gedicht feierte Liebe und Loyalität, wankte aber mit seiner konstanten Bedrohung von Korruption durch Liebe zur Macht, menschliche Ambitionen und intellektuelle Überheblichkeit am Rand des Nihilismus.

Martin Silenus arbeitete seit mehr als zwei Standardjahrhunderten an seinen *Gesängen*. Seine besten Arbeiten waren in dieser Umgebung entstanden — der verlassenen Stadt, wo der Wüstenwind wie ein geheimnisvoller griechischer Chor im Hintergrund heulte und die plötzliche Unterbrechung durch das Shrike eine allgegenwärtige Bedrohung war. Indem er sein eigenes Leben gerettet hatte, indem er weggegangen war, hatte Silenus seine Muse verraten und seine Feder zur Tatenlosigkeit verdammt. Als er wieder zu arbeiten anfing, als er dem sicheren Pfad folgte, dem perfekten Kreis, den nur der inspirierte Schriftsteller erfahren kann, war Martin Silenus zumute, als würde er ins Leben zurückkehren ... seine Adern wurden durchströmt, die Lungen füllten sich, er kostete die reine Luft und sah das volle Licht, ohne sich dessen bewußt zu sein, genoß jede Bewegung des uralten Federhalters auf dem Pergament, bewunderte den gewaltigen Stapel beschmierter Seiten, die auf dem runden Tischchen lagen, wo Geröllstücke als Briefbeschwerer dienten, und die Geschichte entfaltete sich wieder ungehindert; mit jedem Vers, mit jeder Zeile lockte die Unsterblichkeit.

Silenus hatte den schwierigsten und aufregendsten Teil des Gedichts erreicht, die Szenen, in denen der Konflikt Tausende Landschaften überspannte, ganze Zivilisationen in Schutt und Asche gelegt wurden und die Abgeordneten der Titanen einen Waffenstillstand erbitten, um sich mit den humorlosen Recken der Olympier zu treffen und zu verhandeln. Durch diese epische Landschaft der Phantasie schritten Saturn, Hyperion, Cottus, Iapetus, Ozeanus, Briareus, Mimus, Porphyrion, Enceladus, Rhoetus und andere — deren gleichermaßen titanische Schwestern Tethys, Phoebe, Theia und Clymene —, und ihnen gegenüber die leutseligen Antlitze von Jupiter, Apollo und deren Parteigänger.

Silenus kannte das Ende dieses epischsten aller Gedichte nicht. Er lebte nur noch, um dieses Werk zu vollenden — schon seit Jahrzehnten. Dahin waren seine Jugendträume von Ruhm und Reichtum durch das Wort — er hatte unvorstellbaren Ruhm und Reichtum erlangt, und es hatte ihn fast umgebracht, hatte seine *Kunst* getötet — und obwohl er wußte, daß die *Gesänge* das beste literarische Werk seiner Zeit waren, wollte er es nur vollenden, wollte selbst den Ausgang erfahren und jeden Vers, jede Zeile, *jedes* Wort in der feinsinnigsten, schönsten und reinsten Form zu Papier bringen.

Nun schrieb er fieberhaft und fast irre vor Verlangen, das zu vollenden, was er lange Zeit für unvollendbar gehalten hatte. Worte und Ausdrücke flossen aus seiner antiken Feder auf das antike Papier; Reime entstanden ohne Anstrengung, Cantos fanden ihre Stimme und vollendeten sich praktisch von selbst, ohne erforderliche Überarbeitung, ohne Pause für die Inspiration. Das Gedicht entfaltete sich mit erschreckender Geschwindigkeit, erstaunlichen Offenbarungen und schmerzlicher Schönheit in Worten und Metaphern gleichermaßen.

Unter ihrer Flagge des Waffenstillstands sahen Saturn und sein Widersacher Jupiter einander über eine Platte aus poliertem Marmor hinweg an. Ihre Dialoge waren episch und schlicht zugleich, ihre Argumente für die Existenz, ihre Begründung des Krieges schufen die erlesenste Debatte seit Thukydides *Melianischen Dialogen*. Plötzlich floß etwas gänzlich Unerwartetes, das Martin Silenus in den langen Stunden des Nachdenkens ohne seine Muse nie und nimmer geplant hatte, in das Gedicht ein. Die beiden Könige der Götter brachten ihre Angst vor einem *dritten* Widersacher zum Ausdruck, einer schrecklichen Macht von außerhalb, welche die Stabilität beider Regentschaften unterwanderte. Silenus sah voll unverhohlenen Erstaunens wie die Figuren, die er in Tausenden mühsamen Stunden geschaffen hatte, sich seinem Willen widersetzten, einander über die Marmorplatte hinweg die Hände schüttelten und einander Beistand schworen gegen ...

Gegen was?

Der Dichter hielt inne, die Feder verweilte, als er feststellte, daß er kaum noch die Seite sehen konnte. Er schrieb schon geraume Zeit im Halbdunkel, und nun hatte sich völlige Dunkelheit herniedergesenkt.

Silenus fand in dem Vorgang zu sich selbst zurück, die Welt wieder in sich einströmen zu lassen, wie man nach einem Orgasmus langsam wieder zu Sinnen kommt. Aber die Rückkehr des Dichters in die Welt war qualvoller, da er Wolken des Ruhms hinter sich herzog, die sich rasch im weltlichen Strom des Trivialen verflüchtigten.

Silenus sah sich um. In dem großen Speisesaal war es ziemlich dunkel, abgesehen vom schwachen Licht der Sterne und den fernen Explosionen hinter den efeuüberwucherten Fenstern oben. Die Tische um ihn herum waren lediglich Schatten, die Wände, dreißig Meter in alle Richtungen entfernt, dunklere Schatten, welche von der unregelmäßigen schwärzeren Dunkelheit der Wüstenflechte durchsetzt war. Außerhalb des Speisesaals war Abendwind aufgekommen, dessen Stimme immer lauter klang, und die Risse und Sprünge und unregelmäßigen Löcher in der Kuppel über ihm sangen mit Alt- und Sopranstimmen.

Der Dichter seufzte. Er hatte keine Handfackel im Rucksack. Er hatte nur Wasser und seine Cantos mitgebracht. Und nun spürte er, wie sein Magen vor Hunger knurrte. *Wo blieb die verfluchte Brawne Lamia?* Aber kaum hatte er das gedacht, wurde ihm klar, ihn freute, daß die Frau nicht zurückgekommen war, um ihn zu holen. Er brauchte Einsamkeit, um das Gedicht zu beenden — bei dieser Geschwindigkeit würde er nicht länger als einen Tag brauchen, möglicherweise reichte die Nacht. Noch ein paar Stunden, und er würde sein Lebenswerk vollendet haben und bereit sein, die alltäglichen Kleinigkeiten zu genießen, die Trivialitäten des Lebens, die ihm seit Jahrzehnten nur Unterbrechungen seiner Arbeit gewesen waren, die er nicht fertigstellen konnte.

Martin Silenus seufzte wieder und räumte nacheinander die Manuskriptseiten in seinen Rucksack. Er würde irgendwo ein Licht finden ... ein Feuer anzünden, und wenn er die uralten Wandteppiche des Traurigen Königs Billy als Brennmaterial nehmen mußte. Er würde draußen im zuckenden Licht der Raumschlacht schreiben, wenn es erforderlich sein sollte.

Silenus hielt die letzten Manuskriptseiten und den Federhalter in einer Hand, drehte sich um und suchte nach einem Ausgang.

Etwas stand bei ihm in der dunklen Halle.

Lamia, dachte er und spürte, wie Erleichterung und Enttäuschung in seinem Innern mit ihm rangen.

Aber es war nicht Brawne Lamia. Silenus bemerkte die Verzerrung, den zu massigen Torso und die zu langen Beine, das Sternenlicht auf Panzer und Dornen, die Schatten von Armen unter Armen und ganz besonders das rubinrote Leuchten von Höllenfeuer anstelle von Augen.

Silenus stieß ein Stöhnen aus und setzte sich wieder. »Nicht jetzt!« schrie er. »Hebe dich fort, verflucht seien deine Augen!«

Der hohe Schatten kam näher, seine Schritte auf dem kalten Keramikboden waren lautlos. Blutrote Energie waberte am Himmel, und der Dichter konnte nun die Dornen und Klingen und messerscharfen Schneiden erkennen.

»Nein!« schrie Martin Silenus. »Ich weigere mich. Laß mich in Ruhe!«

Das Shrike kam näher. Silenus' Hand zuckte, hob den Federhalter erneut und schrieb auf den unteren Rand der letzten Seite: ES IST ZEIT, MARTIN.

Er betrachtete, was er geschrieben hatte, und unterdrückte den Impuls, irre zu kichern. Soweit er wußte, hatte das Shrike nie gesprochen ... nie mit jemandem *kommuniziert*. Abgesehen von den verwandten Medien Schmerz und Tod. »Nein!« schrie er wieder. »Ich muß arbeiten. Nimm einen anderen, verdammt!«

Das Shrike kam noch einen Schritt näher. Stumme Plasmaexplosionen pulsierten am Himmel, Gelb- und Rottöne huschten über die Quecksilberbrust und Arme des Wesens wie verschüttete dünnflüssige Farben. Martin Silenus' Hand zuckte und schrieb über die vorherige Botschaft: ES IST JETZT ZEIT, MARTIN.

Silenus drückte sein Manuskript an sich und nahm die letzten Seiten vom Tisch, damit er nicht mehr schreiben konnte. Er fletschte die Zähne zu einem gräßlichen Starrkrampf, während er das Wesen förmlich anfauchte.

DU WARST BEREIT, MIT DEINEM MÄZEN DIE PLÄTZE ZU TAUSCHEN, schrieb seine Hand auf die Tischplatte selbst.

»Jetzt nicht!« schrie der Dichter. »Billy ist *tot*! Laß es mich vollenden. *Bitte!*« Martin Silenus hatte in seinem langen, langen Leben noch nie gefleht. Jetzt tat er es. »Bitte, oh, bitte. Laß es mich vollenden!«

Das Shrike kam noch einen Schritt näher. Es war jetzt so nahe, daß sein mißgestalteter Körper die Sterne verdeckte und den Dichter in Schatten hüllte.

NEIN, schrieb die Hand von Martin Silenus, dann ließ er den Federhalter fallen, als das Shrike unendlich lange Arme ausstreckte und die Arme des Dichters mit unendlich scharfen Fingern bis aufs Mark durchschnitt.

Martin Silenus schrie, als er unter der Kuppel des Speisesaals hervorgezerrt wurde. Er schrie noch, als er Dünen unter sich sah, das Rascheln von Sand unter seinen Schreien hörte und den Baum aus dem Tal emporragen sah.

Der Baum war größer als das Tal, höher als die Berge, die die

Pilger überquert hatten; die höchsten Zweige schienen ins Weltall zu ragen. Der Baum bestand aus Stahl und Chrom, die Äste waren Dornen und Speichen. Menschen wanden sich auf diesen Dornen — Tausende, Zehntausende. Im roten Licht des sterbenden Himmels konzentrierte sich Silenus über seinen Schmerz hinweg und stellte fest, daß er einige Gestalten kannte. Es waren *Leiber*, keine Seelen oder andere Abstrakta, und sie litten eindeutig die Qualen eines Lebens unter höllischen Schmerzen.

ES IST NOTWENDIG, schrieb Silenus' Hand auf die unnachgiebige alte Brust des Shrike. Blut tropfte auf Quecksilber und Sand.

»Nein!« schrie der Dichter. Er hämmerte mit den Fäusten auf Skalpellklingen und Stacheldraht ein. Er zog und zuckte und wand sich, während das Geschöpf ihn dichter an sich zog und ihn auf seine Dornen spießte, als wäre er ein Schmetterling, ein Exemplar, das festgesteckt wurde. Nicht die unvorstellbaren Schmerzen trieben Silenus in den Wahnsinn, sondern das Gefühl eines unwiederbringlichen Verlusts. Er hatte es fast vollendet gehabt. *Er hatte es fast vollendet gehabt!*

»Nein!« schrie Martin Silenus, der sich noch heftiger wehrte, bis eine Gischt aus Blut und obszöne Flüche die Luft erfüllten. Das Shrike trug ihn zu dem wartenden Baum.

In der toten Stadt hallten die Schreie noch eine Minute, wurden leiser und kamen von weiter her. Dann herrschte Stille, lediglich unterbrochen von den Tauben, die in ihre Nester zurückkehrten und mit leisem Flügelschlag auf die zerschmetterten Kuppeln und Türme herniedersanken.

Der Wind nahm zu, klirrte mit lockeren Perspexscheiben und Mauerwerk, jagte trockene Blätter durch ausgetrocknete Brunnen, drang durch die gesprungenen Scheiben der Kuppel ein und hob Manuskriptseiten mit einem sanften Wirbelwind empor; manche Seiten entkamen und wurden über stille Innenhöfe und verlassene Fußwege und eingestürzte Aquädukte geweht.

Nach einer Weile flaute der Wind ab, und nichts bewegte sich mehr in der Stadt der Dichter.

22

Brawne Lamia mußte feststellen, wie sich ihr vierstündiger Fußmarsch in einen zehnstündigen Alptraum verwandelte. Zuerst der Umweg zur toten Stadt und die schwierige Entscheidung, ob sie Silenus allein zurücklassen sollte. Sie wollte nicht, daß der Dichter dort bliebe; sie wollte ihn aber auch nicht zwingen, mit ihr zu gehen, und nicht die Zeit verlieren, ihn wieder zu den Gräbern zurückzubringen. Der Umweg über die Hügelkuppe kostete sie auch so schon eine Stunde Zeit.

Es war anstrengend und ermüdend, die letzten Dünen und die Felswüste zu durchqueren. Als sie das Vorgebirge erreichte, war es Spätnachmittag und das Keep lag im Schatten.

Vor vierzig Stunden war es leicht gewesen, die sechshundertundeinundsechzig Stufen vom Keep herunterzusteigen. Aber der Aufstieg stellte selbst ihre auf Lusus gestählten Muskeln auf eine harte Bewährungsprobe. Während sie kletterte, wurde die Luft kühler, der Ausblick atemberaubender, und als sie vierhundert Meter über dem Vorgebirge war, schwitzte sie nicht mehr, und das Tal der Zeitgräber war wieder zu sehen. Von diesem Blickwinkel aus war lediglich die Spitze des Kristallmonolithen zu sehen, und dieser bestand nur aus einem unregelmäßigen Aufblitzen und Flimmern von Licht. Sie verweilte einmal und vergewisserte sich, daß es sich nicht um eine Botschaft handelte, die durch Leuchtsignale übermittelt wurde, aber das Aufblitzen war wahllos, lediglich ein Stück abgebrochenen Kristalls, das an dem verwüsteten Monolithen baumelte und das Sonnenlicht reflektierte.

Vor den letzten hundert Stufen versuchte Lamia es noch einmal mit ihrem Komlog. Die Komkanäle lieferten den üblichen Unsinn nebst Rauschen, wahrscheinlich eine Störung durch die Zeitgezeiten, die lediglich auf kürzeste Entfernung elektromagnetische Kommunikation zuließen. Ein Komlaser hätte funktioniert — jedenfalls schien er bei dem vorsintflutlichen Komlogrelais des Konsuls zu funktionieren aber seit Kassads Verschwinden besaßen sie keine Komlaser mehr. Lamia zuckte die Achseln und erklomm die letzten Stufen.

Chronos Keep war von den Androiden des Traurigen Königs Billy gebaut worden, es war als Erholungszentrum, Rasthaus und Sommerfrische für Künstler gedacht gewesen. Nach der Evakuierung der Stadt der Dichter hatte es über ein Jahrhundert lang leer gestanden und war lediglich von den tollkühnsten Abenteurern besucht worden.

Da die Bedrohung durch das Shrike langsam nachgelassen hatte, hatten sich Touristen und Pilger das Gebäude zunutze gemacht, schließlich hatte die Kirche des Shrike es als notwendige Station der alljährlichen Pilgerfahrt wiedereröffnet. Man munkelte, daß einige der Säle, die tief ins Felsgestein gehauen oder auf den unzugänglichsten Türmchen gelegen waren, als Stätten für heidnische Rituale oder Opfer für das Wesen dienten, welches die Anhänger des Shrike das Avatar nannten.

Aufgrund des bevorstehenden Öffnens der Zeitgräber, der unregelmäßigen Zeitgezeiten und der Evakuierung der nördlichen Region war es im Chronos Keep wieder still geworden. Und so war es auch, als Brawne Lamia zurückkehrte.

Die Wüste und die tote Stadt lagen immer noch im Sonnenschein, aber über dem Keep herrschte Dämmerung, als Lamia die unterste Terrasse erreichte, einen Moment ausruhte, die Taschenlampe im kleinsten Rucksack fand und das Labyrinth betrat. Die Korridore waren dunkel. Während ihres Aufenthalts vor zwei Tagen hatte Kassad verkündet, daß die Energieversorgung endgültig ausgefallen war — Solarkonverter waren zertrümmert, die Fusionszellen entzwei, selbst die Notbatterien waren zerbrochen und auf dem Boden verstreut. Lamia hatte mehrmals darüber nachgedacht, als sie sechshundertsechzig Stufen emporgestiegen war und die Fahrstuhlkabinen betrachtete, die erstarrt auf ihren rostigen vertikalen Schienen saßen.

Die größeren Säle, die für Dinnerempfänge und Versammlungen gedacht waren, sahen noch so aus, wie sie sie verlassen hatten ... voll von vertrockneten Überresten vergessener Banketts und Spuren der Panik. Leichen waren keine zu sehen, aber braune Flecken auf Steinwänden und Wandteppichen deuteten auf eine Orgie der Gewalt hin, die sich vor nicht allzu vielen Wochen hier abgespielt haben mußte.

Lamia schenkte dem Chaos keine Beachtung, achtete nicht auf die Vorboten — große, schwarze Vögel mit obszön menschenähnlichen Gesichtern —, die vom großen Speisesaal hochstoben, und kümmerte sich auch nicht um ihre eigene Müdigkeit, während sie die vielen Etagen zu der Vorratskammer emporstieg, wo sie Rast gemacht hatten. Die Treppen wurden auf unerklärliche Weise schmaler, während das fahle Licht ekelhafte Farbtöne durch die Buntglasscheiben warf. Wo die Scheiben eingeschlagen waren oder ganz fehlten, blickten Monsterfratzen herein, als wären sie im Akt des Eindringens erstarrt. Kalter Wind wehte von den kalten Höhen der Bridle Range herab, und Lamia fröstelte unter dem Sonnenbrand.

Die Rationen und zusätzlichen Habseligkeiten befanden sich noch dort, wo sie sie zurückgelassen hatten — in dem kleinen Lagerkämmerchen hoch über der zentralen Kammer. Lamia vergewisserte sich, daß sich in einigen der Kisten unverderbliche Lebensmittelrationen befanden, dann ging sie hinaus auf den kleinen Balkon, wo Lenar Hoyt vor so wenigen Stunden — so einer Ewigkeit — Balalaika gespielt hatte.

Die Schatten der höchsten Gipfel fielen kilometerweit über den Sand, fast bis zur toten Stadt. Das Tal der Zeitgräber und die Einöde dahinter räkelten sich noch im Abendlicht, Findlinge und flache Felsformationen bildeten ein Durcheinander von Schatten. Lamia konnte die Gräber von hier aus nicht erkennen, obwohl ein gelegentliches Funkeln noch vom Monolithen ausging. Sie versuchte es erneut mit dem Komlog und verfluchte es, als nur Statik und Hintergrundrauschen herauskam; dann machte sie sich daran, ihre Vorräte auszusuchen und einzupacken.

Sie nahm vier Packungen Grundnahrungsmittel, die in Schaumstoff und Fiberplastik eingeschweißt waren. Es gab Wasser im Keep — die Rinnen für die Schneeschmelze hoch droben waren eine Technologie, die nicht zusammenbrechen konnte. Sie füllte die Flaschen, die sie mitgebracht hatte, und suchte nach weiteren. Wasser brauchten sie am dringendsten. Sie verfluchte Silenus, weil er nicht mitgekommen war; der alte Mann hätte mindestens ein halbes Dutzend Wasserflaschen tragen können.

Sie wollte gerade gehen, als sie das Geräusch hörte. Etwas war im Großen Saal zwischen ihr und der Treppe. Lamia streifte den letzten Rucksack über, zog die automatische Pistole ihres Vaters aus dem Gürtel und ging langsam die Treppe hinunter.

Der Saal war verlassen; die Vorboten waren nicht zurückgekehrt. Schwere Wandteppiche, die der Wind bauschte, wehten wie verfaulte Flaggen über dem Durcheinander von Lebensmitteln und Utensilien. An der gegenüberliegenden Wand drehte sich eine riesige Skulptur vom Antlitz des Shrike — ganz freischwebendes Chrom und Stahl — langsam im Wind.

Lamia tastete sich durch den Saal und drehte sich alle paar Sekunden, so daß sie den Rücken nie lange einer der dunklen Ecken zuwenden mußte. Plötzlich ertönte ein Schrei, bei dem sie wie angewurzelt stehenblieb.

Es war nicht der Schrei eines Menschen. Die Töne gingen bis in den Ultraschallbereich und darüber hinaus, sie machten Lamia so nervös, daß sie den Pistolengriff umklammerte, bis die Knöchel weiß wurden. Der Schrei brach so unvermittelt ab, als wäre der Tonarm von einer Schallplatte genommen worden.

Lamia sah, woher das Geräusch gekommen war. Hinter der Tafel, hinter der Skulptur, unter den sechs Buntglasfenstern, wo das sterbende Licht stumpfe Farben blutete, befand sich eine kleine Tür. Die Stimme war von dort, von unten gekommen, als würde sie aus einem Kerker oder Verlies in der Tiefe ertönen.

Brawne Lamia war neugierig. Ihr ganzes Leben war ein Konflikt mit Neugier über und jenseits der Norm gewesen, die ihren Höhepunkt darin gefunden hatte, daß Lamia den überflüssigen und manchmal amüsanten Beruf einer Privatdetektivin ergriffen hatte. Mehr als einmal hatte ihre Neugier zu Peinlichkeiten und Ärger geführt — oder beidem. Und mehr als einmal hatte sich ihre Neugier ausgezahlt und ihr Wissen eingebracht, das sonst kaum jemand hatte.

Diesmal nicht.

Lamia war gekommen, um dringend benötigte Nahrungsmittel und Wasser zu finden. Keiner der anderen wäre hierher gekommen ... die drei älteren Männer hätten es auch ohne den Umweg zur toten Stadt nicht schneller als sie schaffen können ... und alles oder alle anderen gingen sie nichts an.

Kassad? fragte sie sich, verdrängte den Gedanken aber. Dieser Laut war nicht aus dem Mund des FORCE-Obersten gekommen.

Brawne Lamia wich von der Tür zurück, hielt die Pistole schußbereit, fand die Stufen zu den Hauptetagen und ging vorsichtig hinab, wobei sie so verstohlen wie möglich durch jeden Saal schritt, wie es eben mit siebzig Kilo Lebensmitteln und mehr als zwölf Wasserflaschen möglich war. Auf der untersten Etage sah sie ihr Spiegelbild in einem erblindeten Glas — untersetzter Körper, gezückte Pistole, die kreiste, eine gewaltige Last Rucksäcke schwankend auf dem Rücken und an breiten Gurten Flaschen und Feldflaschen, die klackend aneinanderstießen.

Lamia fand es nicht witzig. Sie stieß einen Seufzer der Erleichterung aus, als sie auf der untersten Terrasse draußen war, in der kühlen, dünnen Luft und sich wieder auf den Abstieg vorbereitete. Sie brauchte die Taschenlampe noch nicht — ein Abendhimmel, der plötzlich voll tiefhängender Wolken war, ergoß rosa und bernsteinfarbenes Licht über die Welt, das selbst das Keep und die Vorgebirge unten in seine satten Farbtöne tauchte.

Sie nahm zwei Stufen auf einmal, und ihre kräftige Beinmuskulatur schmerzte, noch ehe sie die Hälfte zurückgelegt hatte. Sie steckte die Pistole nicht weg, sondern hielt sie bereit, falls etwas von oben herabstoßen oder sich in einer Öffnung der Felswand zeigen sollte. Als sie unten angekommen war, entfernte sie sich von der Felswand und sah zu den Terrassen und Türmen einen halben Kilometer über ihr hinauf.

Felsen fielen in ihre Richtung. Nicht nur Felsen, wurde ihr klar, Monsterfratzen waren von ihren angestammten Plätzen gerissen worden und polterten mit den Felsen herunter; wobei das dämmrige Licht ihre dämonischen Gesichter beleuchtete. Lamia lief los, mußte aber einsehen, daß sie mit den baumelnden Flaschen und Rucksäcken keine Möglichkeit hatte, eine sichere Entfernung zu erreichen, bis die Trümmer aufschlagen würden, daher warf sie sich zwischen zwei flache Felsblöcke, die gegeneinander lehnten.

Die Rucksäcke verhinderten, daß sie ganz darunterkriechen konnte, sie strengte sich an, zerriß Gurte und hörte die unglaublichen Geräusche, als die ersten Felsbrocken hinter ihr aufschlugen und über ihr als Querschläger davonpolterten. Lamia zog und zerrte mit einer Verbissenheit, die Ledergurte sprengte, Fiberplastik zerriß, und dann war sie unter den Felsen und zog die Rucksäcke und Flaschen mit sich, weil sie entschlossen war, nicht noch einmal ins Keep zurückzukehren.

Felsbrocken so groß wie ihr Kopf und ihre Hände regneten um sie herum herab. Der zerschmetterte Kopf eines Trolls aus Stein sauste vorbei und zertrümmerte einen kleinen Felsen keine drei Meter entfernt. Einen Moment lang war die Luft voll von Splittern, größere Steine fielen auf die Felsen über ihrem Kopf, und dann war der Erdrutsch vorbei, und lediglich kleineres Geröll des Kielwassers prasselte herab.

Lamia beugte sich nach vorn, damit sie den Rucksack weiter unter das Felsdach ziehen konnte, als ein Steinbrocken von der Größe ihres Komlogs von der Felswand draußen abprallte, fast horizontal zu ihrem Versteck flog, zweimal in der engen Zuflucht ihrer Höhle abprallte und sie an der Schläfe traf.

Lamia erwachte mit dem Stöhnen einer alten Frau. Sie hatte Kopfschmerzen. Draußen war es dunkle Nacht, aber das Leuchtfeuer ferner Scharmützel erhellte das Innere ihrer Zuflucht durch Risse oben. Sie hob die Finger zur Schläfe und ertastete getrocknetes Blut an Wange und Hals.

Sie zog sich aus der Höhle, kämpfte sich über das Durcheinander heruntergestürzter Felsen draußen, setzte sich einen Moment mit gesenktem Kopf hin und kämpfte gegen Brechreiz.

Ihre Rucksäcke waren unversehrt, und nur eine Wasserflasche war zu Bruch gegangen. Sie fand die Pistole, die sie in der schmalen Zuflucht fallengelassen hatte, wo keine zertrümmerten Felsbrocken lagen. Das Felsplateau, wo sie stand, war durch die Wucht des kurzen Erdrutschs vernarbt und verwüstet worden.

Lamia konsultierte ihr Komlog. Keine Stunde war verstrichen. Nichts war heruntergestiegen, um sie fortzutragen oder ihr die Kehle aufzuschlitzen, während sie bewußtlos gewesen war. Sie sah zum letztenmal zu den jetzt unsichtbaren Balkonen und Zinnen hinauf, zog ihre Last hervor und hastete den tückischen Felspfad hinunter.

Martin Silenus befand sich nicht am Rand der toten Stadt, als sie dorthin kam. Irgendwie hatte sie auch nicht damit gerechnet, hoffte aber, er hätte das Warten einfach nur satt gehabt und wäre die paar Kilometer zum Tal allein gelaufen.

Die Versuchung, die Rucksäcke abzunehmen, die Flaschen auf den Boden zu legen und eine Weile auszuruhen war sehr groß. Lamia widerstand ihr. Sie ging mit der kleinen Automatik in der Hand durch die Straßen der toten Stadt. Die Lichterexplosionen am Himmel reichten aus, ihren Weg zu erhellen.

Der Dichter antwortete nicht auf ihre hallenden Rufe, aber Hunderte kleiner Vögel, die Lamia nicht identifizieren konnte, stoben mit in der Dunkelheit weißen Flügeln explosionsartig in die Höhe. Sie ging durch die untersten Etagen des alten Königspalastes, feuerte sogar einmal die Pistole ab, aber sie fand keine Spur von Silenus. Sie schritt durch Innenhöfe zwischen dicht mit Ranken überwucherten Mauern, rief seinen Namen und suchte nach Spuren, daß er hier gewesen war. Einmal sah sie einen Springbrunnen, der sie an die Geschichte des Dichters über die Nacht erinnerte, als der Traurige König Billy verschwunden und vom Shrike fortgeschleppt worden war, aber es gab noch weitere Springbrunnen, und sie konnte nicht sicher sein, ob es dieser gewesen war.

Lamia ging durch den großen Speisesaal unter der gesprungenen Kuppel, aber der Raum war von dunklen Schatten erfüllt. Ein Geräusch ertönte, worauf sie mit erhobener Pistole herumwirbelte, aber es war nur ein Blatt oder ein uraltes Stück Papier, das über die Fliesen geweht wurde.

Sie seufzte und verließ die Stadt schnellen Schrittes, obwohl sie nach Tagen ohne Schlaf übermüdet war. Sie bekam keine Antwort auf Komloganfragen, spürte aber den *déjà vu-Sog* der Zeitgezeiten und war nicht überrascht. Der Abendwind hatte alle Spuren verwischt, die Martin auf dem Rückweg ins Tal hinterlassen haben mochte.

Die Gräber leuchteten wieder, das merkte Lamia, noch ehe sie den Sattel am Zugang zum Tal erklommen hatte. Kein helles Leuchten —, kein Vergleich mit den Explosionen am Himmel —, aber jedes oberirdische Grab schien fahles Licht zu verströmen, als würden sie tagsüber gespeicherte Energie freigeben.

Lamia stand am Eingang zum Tal, rief und kündigte Sol und den anderen an, daß sie zurückkehrte. Sie hätte Hilfe auf den letzten hundert Metern nicht abgelehnt. Lamias Rücken war unter den Gurten wundgescheuert, die Bluse blutgetränkt, wo die Gurte ins Fleisch geschnitten hatten.

Sie erhielt keine Antwort auf ihre Rufe.

Während sie langsam die Stufen zur Sphinx hinaufstieg, spürte sie ihre Erschöpfung; sie ließ die Last auf die breite Steinveranda fallen und kramte nach ihrer Taschenlampe. Das Innere war dunkel. Schlafgewänder und Schlafsäcke lagen in dem Raum verstreut, wo sie genächtigt hatten. Lamia rief, wartete, bis das Echo verklungen war und ließ den Lichtstrahl noch einmal durch die Kammer wandern. Alles war unverändert. Nein, Moment mal, *etwas* war anders. Sie machte die Augen zu und versuchte, sich den Raum vorzustellen, wie er am Morgen gewesen war.

Der Möbiuskubus fehlte. Die seltsame energieversiegelte Kiste, die Het Masteen auf dem Windwagen zurückgelassen hatte, war nicht mehr an ihrem Platz in der Ecke. Lamia zuckte die Achseln und ging hinaus.

Das Shrike wartete. Es stand unmittelbar vor der Tür. Es war viel größer, als sie erwartet hatte und ragte hoch über ihr auf.

Lamia ging hinaus, wich zurück und unterdrückte den Drang, vor dem Ding zu schreien. Die erhobene Pistole in ihrer Hand war winzig und nutzlos. Die Taschenlampe klapperte auf den Steinboden.

Das Ding legte den Kopf schief und sah sie an. Rotes Licht pulsierte irgendwo hinter seinen Facettenaugen. In den Flächen seines Körpers spiegelte sich das Licht von oben.

»Du Hurensohn«, sagte Lamia mit gelassener Stimme. »Wo sind sie? Was hast du mit Sol und dem Baby gemacht? Wo sind die anderen?«

Das Wesen neigte den Kopf in die andere Richtung. Sein Gesicht war so fremdartig, daß Lamia seinen Ausdruck nicht deuten konnte. Die Körpersprache drückte nur Bedrohung aus. Stählerne Finger wurden klickend gespreizt wie ausklappbare Skalpells.

Lamia schoß ihm viermal ins Gesicht; die schweren 16-mm-

Geschosse prallten ab und verschwanden heulend in der Nacht.

»Ich bin nicht zum Sterben hierher gekommen, du Eisenarsch«, sagte Lamia, zielte und feuerte noch ein dutzendmal. Jede Kugel traf das Ziel.

Funken flogen. Das Shrike hob den Kopf, als würde es einem fernen Geräusch lauschen.

Es war fort.

Lamia sperrte den Mund auf, wirbelte herum. Nichts. Der Boden des Tals glomm im Sternenlicht, als der Nachthimmel sich beruhigte. Die Schulten waren pechschwarz, aber weit entfernt. Selbst der Wind hatte aufgehört.

Brawne Lamia stolperte zu den Rucksäcken, setzte sich auf den größten und versuchte, ihren Herzschlag wieder auf normale Geschwindigkeit zu bekommen. Sie stellte interessiert fest, daß sie keine Angst gehabt hatte ... wirklich nicht ... aber das Adrenalin in ihrem Blutkreislauf ließ sich nicht leugnen.

Sie behielt die Pistole, in deren Magazin sich noch ein halbes Dutzend Kugeln befanden und deren Feuerkraft noch stark war, in einer Hand, griff nach einer Wasserflasche und gönnte sich einen großen Schluck.

Das Shrike erschien an ihrer Seite. Sein Eintreffen geschah von einem Augenblick zum anderen und völlig lautlos.

Lamia ließ die Flasche fallen und versuchte, die Pistole hochzureißen, während sie sich nach einer Seite krümmte.

Sie hätte sich ebensogut in Zeitlupe bewegen können. Das Shrike streckte die rechte Hand aus, auf stricknadelgroßen Nägeln spiegelte sich das Licht, dann glitt eine dieser Spitzen hinter ihr Ohr, fand den Schädel und bohrte sich ohne Reibung in ihren Kopf, völlig schmerzlos — abgesehen vom eisigkalten Gefühl des Eindringens.

23

Oberst Fedmahn Kassad war durch das Portal getreten und hatte mit etwas Fremdem gerechnet; statt dessen fand er den choreographierten Wahnsinn des Krieges. Moneta war vor ihm gegangen. Das Shrike hatte ihm die Klingen der Finger in den Oberarm gebohrt und ihn begleitet. Als Kassad seinen Schritt durch den kribbelnden Energievorhang beendet hatte, wartete Moneta auf ihn, und das Shrike war fort.

Kassad wußte augenblicklich, wo sie sich befanden. Der Ausblick war der von dem flachen Berg, wo der Traurige König Billy vor fast zweihundert Jahren sein Antlitz hatte modellieren lassen. Das flache Gipfelplateau war unberührt, abgesehen von den Trümmern einer Verteidigungsbatterie gegen Raketenangriffe aus dem All, die noch schwelten. Aus dem zu Glas geschmolzenen Granit und dem blubbernden glühenden Metall schloß Kassad, daß die Batterie aus dem Orbit ausgeschaltet worden war.

Moneta ging zum Rand der Felsklippe fünfzig Meter über der gewaltigen Stirn des Traurigen Königs Billy, und Kassad gesellte sich zu ihr. Der Ausblick über das Flußtal, die Stadt und die Höhen des Raumhafens zehn Kilometer im Westen sagte alles.

Hyperions Hauptstadt stand in Flammen. Jacktown, die Altstadt, bestand aus einem Miniaturfeuersturm, Hunderte kleinerer Feuer leuchteten als Pünktchen in den Vororten oder säumten die Straße zum Raumhafen wie eine ordentliche Schneisenbefeuerung. Selbst der Hoolie brannte, da ein Ölfeuer sich unter alten Docks und Lagerhallen ausbreitete. Kassad sah den Turm einer uralten Kirche über die Flammen emporragen. Er suchte nach Cicero's, aber die Bar wurde von Rauch und Flammen flußaufwärts verborgen.

Berge und Täler wuselten vor Bewegungen, als hätte ein Riesenstiefel einen Ameisenhaufen auseinandergetreten. Kassad konnte die Straßen erkennen, auf denen sich ein Strom von Menschen staute, die sich langsamer fortbewegten als der echte Fluß, da Zehntausende vor dem Krieg flohen. Das Blitzen von Artillerie und Energiewaffen erstreckte sich bis zum Horizont und beleuchtete die tiefhängenden Wolken. Alle paar Minuten stieg eine Flugmaschine — Militärgleiter oder Landungsboot — aus dem Rauch beim Raumhafen oder von den bewaldeten Hügeln im Norden und Süden auf, dann durchbohrten Lanzen gebündelten Lichts von oben und unten die Luft, und das Vehikel stürzte mit einem Schweif aus schwarzem Rauch und orangefarbenen Flammen ab.

Luftkissenfahrzeuge wuselten wie Wasserläufer über den Fluß, wichen brennenden Wracks von Booten, Barken und anderen Luftkissenfahrzeugen aus. Kassad bemerkte, daß die einzige Brücke der Straße eingestürzt war und selbst Beton und Steinpfeiler brannten. Gefechtslaser und Höllenpeitschenstrahlen glühten durch den Rauch; Antipersonengeschosse waren als weiße Pünktchen zu sehen, die sich schneller als das Auge folgen konnte bewegten und Spuren wabernder, überhitzter Luft in ihrem Kielwasser zurückließen. Vor seinen und Monetas Augen schoß nach einer Explosion beim Raumhafen eine pilzförmige Flamme in die Höhe.

Nicht nuklear, dachte er.

Nein.

Der Hautanzug über seinem Gesicht fungierte wie ein stark verbessertes Visier von FORCE, Kassad nutzte seine Fähigkeiten, um auf einen fünf Kilometer nordwestlich auf der anderen Seite des Flusses gelegenen Hügel zu zoomen. Marines von FORCE stürmten dem Gipfel entgegen, einige ließen sich bereits fallen und benützten ihre geformten Grabladungen zum Ausheben von Schützengräben. Ihre Anzüge waren aktiviert, die Tarnpolymere perfekt, die Wärmespuren minimal, aber Kassad konnte sie mühelos sehen. Er konnte Gesichter erkennen, wenn er wollte.

Taktische und Richtstrahlkanäle flüsterten in seinen Ohren. Er kannte das aufgeregte Plappern und die unvermeidlichen Flüche, die seit unzähligen Menschengenerationen das Kennzeichen von Gefechten waren. Tausende Soldaten waren vom Raumhafen und ihren Sammelstellen ausgeschwärmt und verschanzten sich auf einem Kreis, dessen Umfang zwanzig Klicks von der Stadt entfernt lag und dessen Speichen sorgfältig geplante Feuerzonen und Vektoren totaler Vernichtung bildeten.

— *Sie erwarten eine Invasion,* kommunizierte Kassad, der die Anstrengung als etwas empfand, das mehr als Subvokalisieren war, aber weniger als Telepathie.

Moneta deutete mit einem Quecksilberarm zum Himmel.

Dieser war verhangen, die Wolken mindestens zweitausend Meter hoch, und es war ein Schock, als erst ein unförmiges Schiff durch die Wolkendecke stieß, schließlich ein Dutzend mehr, und innerhalb von Sekunden Hunderte. Die meisten versteckten sich hinter Tarnpolymeren und hintergrundcodierten Sperrfeldern, aber Kassad hatte wieder keine Mühe, sie zu erkennen. Unter den Polymeren waren die metallisch-grauen Hüllen mit den kalligraphischen Symbolen der Ousters markiert. Bei einigen der größeren Schiffe handelte es sich eindeutig um Landungsboote, deren blaue Plasmaschweife deutlich sichtbar waren, aber die restlichen sanken langsam unter der wabernden Luft von Schwebefeldern hernieder, und Kassad bemerkte die obigen Umrisse von Invasionscontainern der Ousters, von denen manche zweifellos Nachschub und Artillerie beförderten, viele aber ebenso zweifellos auch leer und als Ablenkung für die Bodenverteidigung gedacht waren.

Einen Augenblick später wurde die Wolkendecke wieder durchbrochen, und mehrere tausend Pünktchen stürzten im freien Fall wie Hagelkörner herunter: Ousterinfanteristen, die an Containern und Landungsbooten vorbeifielen und bis zum letzten Augenblick warteten, ehe sie Schwebefelder und Fallschirme aktivierten.

Wer immer der Befehlshaber von FORCE sein mochte, er besaß Disziplin — über sich selbst und seine Männer. Bodenbatterien und die Tausende Marines, die um die Stadt herum verteilt waren, schenkten den einfachen Zielen der Landungsboote und Containern keine Beachtung, sondern warteten, bis sich die Bremsvorrichtungen der Springer aktivierten — einige kaum höher als die Baumkronen. In diesem Augenblick aber wurde die Luft von Tausenden von Leuchtspuren und Rauchfahnen erfüllt, Laser flackerten durch den Rauch und Geschosse explodierten.

Auf den ersten Blick war der angerichtete Schaden verheerend, mehr als ausreichend, jeden Angriff ins Stocken zu bringen, aber eine rasche Sondierung verriet Kassad, daß mindestens vierzig Prozent der Ousters gelandet waren — eine hinreichende Anzahl für die erste Woge jedes planetaren Feldzugs.

Eine Gruppe von fünf Fallschirmspringern schwang dem Hügel zu, wo er und Moneta standen. Strahlen aus dem Vorgebirge brachten zwei davon brennend zum Absturz, ein dritter sank panisch in Spiralen hinab, um einem Treffer zu entgehen, die beiden letzten wurden von einer Bö des Ostwinds erfaßt und trudelnd in den Wald unten geschleudert.

Mittlerweile nahm Kassad mit allen Sinnen teil; er roch die ionisierte Luft und das Kordit und Festbrennstoff; Rauch und der stechende Geruch von Plasmaexplosionen kitzelten ihn in der Nase; irgendwo in der Stadt heulten Sirenen, während der sanfte Wind ihm das Knattern von Gewehrfeuer und den Rauch brennender Bäume entgegenwehte; auf allen Funk- und Richtstrahlkanälen wurde geplappert; Flammen erhellten das Tal, und Laserlanzen huschten wie Suchscheinwerfer durch die Wolken. Einen halben Kilometer unter ihnen, wo der Wald ins Gras der Vorgebirge überging, hatten ganze Schwadronen der Hegemoniemarines die Fallschirmspringer der Ousters in Einzelgefechte von Mann zu Mann verwickelt. Schreie waren zu hören.

Fedmahn Kassad betrachtete das alles mit derselben Faszination, die er einst während der Stimsimerfahrung des französischen Kavallerieangriffs bei Agincourt erlebt hatte.

— *Dies ist keine Simulation?*

— *Nein*, entgegnete Moneta.

— *Es spielt sich gerade jetzt ab?*

Die silberne Erscheinung an seiner Seite neigte den Kopf. *Wann ist jetzt?*

— *Zeitgleich mit unserer ... Begegnung ... im Tal der Zeitgräber.*

— *Nein.*

— *Also in der Zukunft?*

— *Ja.*

— *Der nahen Zukunft?*

— *Ja. Fünf Tage, nachdem du und deine Freunde im Tal eingetroffen seid.*

Kassad schüttelte erstaunt den Kopf. Wenn er Moneta Glauben schenken konnte, war er in der Zeit vorwärts gereist.

Ihr Gesicht spiegelte Flammen und unterschiedliche Farbtöne wider, als sie sich zu ihm umdrehte. *Möchtest du an den Kampfhandlungen teilnehmen?*

— *Gegen die Ousters kämpfen?* Er verschränkte die Arme und betrachtete alles mit verstärkter Aufmerksamkeit. Er hatte die Einsatzmöglichkeiten dieses seltsamen Hautanzugs schon vorab kurz kennenlernen dürfen. Es war nicht unmöglich, daß er das Blatt der Kampfhandlungen im Alleingang wenden konnte ... möglicherweise die paar tausend Oustersoldaten vernichten, die schon auf dem Boden gelandet waren. *Nein*, übermittelte er ihr, *nicht jetzt. Im Augenblick nicht.*

— *Der Herr der Schmerzen glaubt, daß du ein Krieger bist.*

Kassad drehte sich um und sah sie wieder an. Er war gelinde neugierig, weshalb sie dem Shrike diesen pompösen Titel gab. *Der Herr der Schmerzen kann mich mal,* übermittelte er. *Es sei denn, er möchte gegen* mich *kämpfen.*

— *Würdest du wirklich mit ihm kämpfen?* übermittelte sie schließlich.

— *Ich bin nach Hyperion gekommen, um ihn zu töten. Und dich. Ich werde kämpfen, wenn einer von euch, oder beide, dazu bereit sind.*

— *Glaubst du immer noch, daß ich dein Feind bin?*

Kassad erinnerte sich an den Angriff auf ihn bei den Gräbern und wußte jetzt, es war weniger eine Vergewaltigung als vielmehr eine Erfüllung seines eigenen Wunsches gewesen, seines eigenen unausgesprochenen Verlangens, wieder der Liebhaber dieser ungewöhnlichen Frau zu sein. *Ich weiß nicht, was du bist.*

— *Zuerst war ich ein Opfer, wie so viele,* übermittelte Moneta, die den Blick wieder über das Tal schweifen ließ. *Dann sah ich in unserer fernen Zukunft, weshalb der Herr der Schmerzen geschaffen worden ist — geschaffen werden mußte —, und wurde zu seiner Gefährtin und seiner Hüterin.*

— *Hüterin?*

— *Ich habe die Gezeiten der Zeit überwacht, die Maschinen gewartet und darauf geachtet, daß der Herr der Schmerzen nicht vor seiner Zeit erwachte.*

— *Dann kannst du ihn beherrschen?* Bei dem Gedanken schlug Kassads Puls schneller.

— *Nein.*

— *Wer oder was kann ihn dann beherrschen?*

— *Nur derjenige, der ihn im Zweikampf besiegt.*

— *Wer hat ihn besiegt?*

— *Niemand,* übermittelte Moneta. *Weder in deiner Zukunft noch deiner Vergangenheit.*

— *Haben es viele versucht?*

— *Millionen.*

— *Und sind alle gestorben?*

— *Oder Schlimmeres.*

Kassad holte tief Luft. *Weißt du, ob mir ermöglicht werden wird, gegen ihn zu kämpfen?*

— *Das wirst du.*

Kassad atmete aus. Niemand hatte ihn besiegt. Seine Zukunft war ihre Vergangenheit ... sie hatte dort gelebt ... sie hatte den schrecklichen Baum der Dornen ebenso gesehen wie er selbst, hatte bekannte Gesichter dort gesehen so wie er, Kassad, Martin Silenus, Jahre bevor er den Mann selbst kennengelernt hatte. Kassad drehte den Kampfhandlungen unten im Tal den Rücken zu. *Können wir jetzt zu ihm gehen? Ich werde ihn zum Zweikampf herausfordern.*

Moneta sah Kassad ins Gesicht und schwieg einen Augenblick lang. Kassad konnte die Spiegelung seines eigenen Quecksilbergesichts in ihrem sehen. Sie drehte sich ohne zu antworten um, griff in die Luft und beschwor das Portal herbei.

Kassad ging los und trat als erster durch.

24

Gladstone sprang direkt ins Regierungshaus und rauschte mit Leigh Hunt und einem halben Dutzend weiteren Attachés in die Befehlszentrale. Der Raum war brechend voll: Morpurgo, Singh, Van Zeidt und ein Dutzend weitere Repräsentanten des Militärs, aber Gladstone fiel auf, daß Kommandant Lee, der junge Marineheld, nicht anwesend war; die meisten Kabinettsminister waren zugegen, einschließlich Allan Imoto vom Verteidigungsministerium, Garion Persov vom Diplomatenkorps und Barbre Dan-Gyddis vom Wirtschaftsministerium; weitere Senatoren trafen zeitgleich mit Gladstone ein, einige sahen aus, als wären sie gerade geweckt worden — an der ›Machtkurve‹ des ovalen Konferenztischs saßen die Senatoren Kolchev von Lusus, Richeau von Renaissance Vector, Roanguist von Nordholm, Kakinuma von Fuji, Sabenstorafem von Sol Draconi Septem und Peters von Deneb Drei; Kanzler Pro Tem Denzel-Hiat-Amin saß mit verwirrtem Gesichtsausdruck da, und seine Glatze glänzte im Licht der Deckenscheinwerfer, während sein jüngerer Konterpart, der Sprecher des All-Wesens Gibbons, auf der Stuhlkante kauerte und die Hände auf den Knien liegen hatte — seine ganze Haltung eine Studie kaum gezügelter Energie. Ratgeber Albedos Projektion saß direkt gegenüber von Gladstones leerem Stuhl. Alle standen auf, als Gladstone den Mittelgang entlangrauschte, sich setzte und mit einer Geste allen bedeutete, es ihr gleichzutun.

»Eine Erklärung«, sagte sie.

General Morpurgo stand auf, nickte einem Untergebenen zu, und die Lichter wurden gedämpft, während dunstige Holos sichtbar wurden.

»Vergessen Sie die Bildberichte«, schnauzte Meina Gladstone. »Erzählen Sie!«

Holos verblaßten, die Lichter gingen wieder an. Morpurgo sah fassungslos und etwas ratlos drein. Er sah auf seinen Leuchtstab, betrachtete ihn stirnrunzelnd und ließ ihn in eine Tasche gleiten. »Madame Präsidentin, Senatoren, Minister, Kanzler und Sprecher, Ehrenwerte…« Morpurgo räusperte sich, »den Ousters ist ein vernichtender Überraschungsangriff gelungen. Ihre Kampfschwärme nähern sich einem halben Dutzend Netzwelten.«

Der Aufruhr im Saal brachte ihn zum Schweigen. »Netzwelten!« schrien verschiedene Stimmen. Politiker, Minister und Ministerialangestellte stießen Rufe aus.

»Ruhe!« befahl Gladstone, worauf sofort Ruhe einkehrte. »General, Sie haben uns versichert, daß sämtliche feindlichen Kräfte mindestens fünf Jahre vom Netz entfernt sind. Wie und warum hat sich das geändert?«

Der General stellte Augenkontakt mit der Präsidentin her. »Madame Präsidentin, soweit wir sagen können, waren die Hawking-Antriebe Täuschungsmanöver. Die Schwärme haben die Antriebe schon vor Jahrzehnten abgeschaltet und sich ihren Zielen mit Unterlichtgeschwindigkeit genähert…«

Aufgeregtes Murmeln übertönte ihn.

»Fahren Sie fort, General!« sagte Gladstone, worauf sich der Aufruhr erneut augenblicklich legte.

»Mit Unterlichtgeschwindigkeit ... manche Schwärme müssen fünfzig Standardjahre oder mehr auf diese Weise gereist sein ... gab es für uns keine Möglichkeit, sie zu entdecken. Es war nicht die Schuld von ...«

»Welche Welten befinden sich in Gefahr, General?« fragte Gladstone. Ihre Stimme klang sehr leise, sehr beherrscht.

Morpurgo sah ins Leere, als würde er dort die Bildbegleitung suchen, dann richtete er den Blick wieder auf den Tisch. Er ballte die Hände zu Fäusten. »Zur Zeit deuten unsere Geheimdienstberichte, die auf Ortung von Fusionsantrieben basieren, denen Hawking-Antrieb nach der Entdeckung folgte, darauf hin, daß die erste Welle Heaven's Gate, God's Grove, Mare Infinitus, Asquith, Ixion, Tsingtao-Hsishuang Panna, Azeton, Barnards Welt und Tempe in den nächsten fünfzehn bis zweiundsiebzig Stunden erreichen wird.«

Dieses Mal konnte nichts den Aufruhr zum Schweigen bringen. Gladstone ließ die Rufe und Schreie für mehrere Minuten zu, dann erst hob sie die Hand, um die Gruppe wieder zur Räson zu bringen.

Senator Kolchev war aufgesprungen. »Wie, um *alles* in der Welt, konnte das nur geschehen, General? Ihre Beteuerungen waren unerschütterlich!«

Morpurgo ließ sich nicht einschüchtern. Seine Stimme klang nicht erbost, »Ja, Senator, aber sie basierten auf irrigen Daten. Wir haben uns geirrt. Unsere Annahmen waren falsch. Die Präsidentin wird binnen einer Stunde mein Rücktrittsgesuch auf dem Tisch haben ... die anderen Befehlshaber werden meinem Beispiel folgen.«

»Ich *scheiß* auf Ihr Rücktrittsgesuch!« brüllte Kolchev. »Möglicherweise hängen wir alle an Farcastergerüsten, wenn dies vorbei ist. Die Frage ist — was, um Himmels willen, können wir wegen dieser Invasion unternehmen?«

»Gabriel«, sagte Gladstone leise, »bitte setzen Sie sich. Das war meine nächste Frage. General? Admiral? Ich gehe davon aus, daß Sie bereits Befehle zur Verteidigung dieser Welten gegeben haben?«

Admiral Singh stand auf und nahm neben Morpurgo Platz. »M. Präsidentin, wir haben getan, was wir konnten. Unglücklicherweise befindet sich von allen bedrohten Welten lediglich auf Asquith ein Kontingent von FORCE vor Ort. Der Rest könnte von der Flotte erreicht werden — Farcastereinrichtungen sind vorhanden —, aber die Flotte kann sich nicht so verzetteln, daß sie alle beschützen könnte. Und unglücklicherweise ...« Singh verstummte für einen Moment, dann sprach er mit erhobener Stimme weiter, um sich über den aufkommenden Tumult hinweg Gehör zu verschaffen. »Und unglücklicherweise hatte die Verlegung der strategischen Reserven zur Verteidigung des Hyperion-Systems bereits begonnen. Rund sechzig Prozent der zweihundert Flotteneinheiten, die wir für diesen Einsatz vorgesehen hatten, waren bereits ins Hyperion-System gefarcastet oder zu Sammelstellen fern von ihren Verteidigungspositionen an der Netzgrenze beordert worden.«

Meina Gladstone rieb sich die Wange. Sie stellte fest, daß sie das Cape noch trug und nur den Tarnkragen desaktiviert hatte, jetzt löste sie es und ließ es auf die Stuhllehne fallen. »Sie wollen damit sagen, Admiral, daß diese Welten ungeschützt sind und es keine Möglichkeiten gibt, unsere Streitkräfte rechtzeitig dorthin zu befördern. Korrekt?«

Singh stand im Achtung — so starr wie ein Mann vor dem Erschießungskommando. »Korrekt, Präsidentin.«

»Was *können* wir denn tun?« fragte sie über das neuerliche Schreien und Rufen hinweg.

Morpurgo trat einen Schritt vor. »Wir benützen die zivile Farcastermatrix, um so viele Infanteristen und Marines von FORCE:Bodentruppen wie möglich auf die bedrohten Welten zu bringen, zusammen mit leichter Artillerie und Boden/Weltraum-Verteidigungseinrichtungen.«

Verteidigungsminister Imoto räusperte sich. »Aber ohne Flottenverstärkung werden diese kaum etwas ausrichten können.«

Gladstone sah zu Morpurgo.

»Das stimmt«, sagte der General. »Unsere Truppen können bestenfalls Hinhaltemanöver ausführen, während ein Evakuierungsversuch durchgeführt wird ...«

Senatorin Richeau sprang auf die Füße. »Ein Evakuierungs*versuch!* General, gestern haben Sie uns versichert, daß die Evakuierung von zwei oder drei Millionen Zivilisten auf Hyperion undurchführbar ist. Wollen Sie uns jetzt erzählen, eine erfolgreiche Evakuierung von ...« — sie verstummte für einen Moment und befragte ihr Komlogimplantat — »sieben *Milliarden* Menschen läge im Bereich des Möglichen, bevor die Invasionstruppen der Ousters intervenieren?«

»Nein«, sagte Morpurgo. »Wir können Soldaten opfern, um ein paar ... ein paar ausgewählte Beamte zu retten. Erste Familien, politische Führer und Wirtschaftsbosse, die für die weiteren Kriegsbemühungen notwendig sind.«

»General«, sagte Gladstone, »gestern hat diese Versammlung die unverzügliche Versetzung von FORCE-Truppen zur Verteidigungsflotte bei Hyperion angeordnet. Stellt das angesichts dieser neuen Entwicklung ein Problem dar?«

General Van Zeidt von den Marines stand auf. »Ja, M. Präsidentin. Truppen wurden binnen einer Stunde nach dieser Entscheidung zu wartenden Transportmitteln gefarcastet. Fast zwei Drittel der hunderttausend vorgesehenen Soldaten waren um ...« — er warf einen Blick auf seine antike Armbanduhr — »05.30 Uhr Standard bereits ins Hyperion-System befördert worden. Vor rund zwanzig Minuten. Es wird mindestens acht bis fünfzehn Stunden dauern, bis die Transportmittel zu den Sammelstellen im Hyperion-System zurückkehren und ins Netz zurückgebracht werden können.«

»Und wieviel Soldaten von FORCE stehen netzweit zur Verfügung?« fragte Gladstone. Sie berührte mit einem Knöchel die Unterlippe.

Morpurgo holte Luft. »Ungefähr dreißigtausend, M. Präsidentin.«

Senator Kolchev schlug mit der Handfläche auf den Tisch. »Also haben wir nicht nur unsere gesamte Feuerkraft aus dem Netz abgezogen, sondern obendrein die Mehrheit aller Soldaten.«

Es war keine Frage, und Morpurgo antwortete nicht.

Senatorin Feldstein von Barnards Welt stand auf. »M. Präsidentin, meine Welt — alle genannten Welten — müssen gewarnt werden. Wenn Sie nicht bereit sind, sofort eine Ansprache zu halten, muß ich es tun.«

Gladstone nickte. »Ich werde die Invasion gleich im Anschluß an diese Versammlung bekanntgeben, Dorothy. Wir werden dir die Kontaktaufnahme mit den Wählern mit allen Medien erleichtern.« _

»Der Teufel soll die Medien holen!« sagte die kleine dunkelhaarige Frau. »Ich 'caste nach Hause, sobald wir hier fertig sind. Was auch immer mit Barnards Welt geschehen mag, ich muß dort sein. Damen und Herren, wir sollten *alle* an Farcasterstreben hängen, wenn diese Nachricht zutreffend ist.« Feldstein setzte sich unter Murmeln und Tuscheln wieder.

Sprecher Gibbons erhob sich und wartete, bis Ruhe eingekehrt war. Seine Stimme klang gespannt wie ein Draht. »General, Sie haben von der *ersten Welle* gesprochen ... handelt es sich dabei um Militärjargon, oder bedeutet es, daß Geheimdienstmeldungen von möglichen späteren Übergriffen berichten? Wenn ja, welche anderen Netz- und Protektoratswelten könnten betroffen sein?«

Morpurgo verkrampfte die Hände und entspannte sie wieder. Er sah erneut ins Leere und wandte sich dann an Gladstone. »M. Präsidentin, dürfte ich ein Schaubild benützen?«

Gladstone nickte.

Das Holo war genau das, das die Militärs schon während der Sitzung im Olympus benützt hatten — die Hegemonie goldfarben; Protektoratssterne grün; die Vektoren der Ousterschwärme rote Linien mit wabernden blauen Kondensstreifen; die Einheiten der Hegemonieflotte orange —, und es war eindeutig, daß die roten Vektoren weit von ihren ursprünglichen Kursen abgewichen waren und wie blutige Speerspitzen ins Hoheitsgebiet der Hegemonie vordrangen. Die orangefarbenen Schlacken waren jetzt dicht im Hyperion-System konzentriert, andere waren auf Farcasterrouten aufgereiht wie Perlen auf einer Schnur.

Einige Senatoren mit militärischer Kenntnis stöhnten angesichts dessen, was sie da sahen.

»Wir wissen von einem Dutzend bekannten Schwärmen«, sagte Morpurgo immer noch mit leiser Stimme, »und alle scheinen an der Invasion des Netzes beteiligt zu sein. Mehrere haben sich in multiple Angriffsformationen aufgeteilt. Die zweite Woge, die zwischen einhundert und zweihundertfünfzig Stunden nach den Angriffen der ersten Woge in den Zielgebieten eintreffen sollen, folgen den hier dargestellten Vektoren.«

Kein Laut war in dem Raum zu hören. Gladstone fragte sich, ob die anderen ebenfalls den Atem anhielten.

»Zu den Zielen der zweiten Angriffswelle gehören — Hebron, in hundert Stunden; Renaissance Vector, in hundertundzehn Stunden; Renaissance Minor, in hundertundzwölf Stunden; Nordholm, in hundertsiebenundzwanzig Stunden; Maui-Covenant, in hundertunddreißig Stunden; Thalia, in hundertunddreiundvierzig Stunden; Deneb Drei und Vier, in hundertundfünfzig Stunden; Sol Draconi Septem, in hundertsiebzig Stunden; die Neue Erde, in hundertdreiundneunzig Stunden; Fuji, in zweihundertundvier Stunden; Neu-Mekka, in zweihundertundfünf Stunden; Pacem, Armaghast und Svoboda, in zweihunderteinundzwanzig Stunden; Lusus, in zweihundertdreißig Stunden und Tau Ceti Center, in zweihundertfünfzig Stunden.«

Das Holo verblaßte. Das Schweigen dehnte sich. General Mopurgo fuhr fort:

»Wir gehen davon aus, daß die erste Woge der angreifenden Schwärme sekundäre Ziele nach den ersten Invasionen haben, aber Transitzeit unter Hawking-Antrieb entspricht Standard-Zeitschuld für Netzreisen von neun Wochen bis zu drei Jahren.« Er trat zurück und stand bequem.

»Großer Gott«, flüsterte jemand einige Sitze hinter Gladstone.

Die Präsidentin rieb sich die Unterlippe. Um die Menschheit vor — wie sie es sah — ewiger Sklaverei zu retten — oder Schlimmerem, nämlich der Ausrottung —, war sie bereit gewesen, dem Wolf die Tür aufzumachen, während sich der größte Teil der Familie hinter verschlossenen Türen im ersten Stock in Sicherheit befand. Aber nun war der große Tag gekommen, und die Wölfe strömten durch jede Tür und jedes Fenster herein. Sie lächelte fast, so gerecht schien es, und über ihre unvorstellbare Dummheit zu glauben, sie könnte das Chaos freisetzen und es anschließend kontrollieren.

»Erstens«, sagte sie, »Wird es keine Rücktritte und Selbsterniedrigungen geben, bevor ich sie nicht anordne. Es ist durchaus möglich, daß diese Regierung stürzen wird ... daß tatsächlich Mitglieder dieses Kabinetts, ich selbst eingeschlossen, an Streben hängen werden, wie Gabriel es so treffend ausgedrückt hat. Aber bis dahin *sind* wir die Regierung der Hegemonie und müssen als solche handeln.

Zweitens, ich werde mich mit den hier Anwesenden und Repräsentanten anderer Senatsausschüsse in einer Stunde treffen, um die Rede durchzugehen, die ich um 08.00 Standard vor dem Netz halten werde. Ihre Vorschläge werden jederzeit gerne berücksichtigt.

Drittens ermächtige ich hiermit die Verantwortlichen von FORCE hier und überall in der Hegemonie, alles in ihrer Macht Stehende zu tun, um Bürger und Eigentum von Netz und Protektorat zu schützen und zu erhalten, auch wenn dazu außergewöhnliche Schritte erforderlich sein sollten. General, Admiral, ich möchte, daß die Soldaten binnen zehn Stunden zu den bedrohten Netzwelten zurückbeordert werden. Es ist mir einerlei, wie das bewerkstelligt wird, aber es *wird* bewerkstelligt.

Viertens, nach meiner Rede werde ich eine Vollversammlung von Senat und All-Wesen einberufen. Dann werde ich verkünden, daß zwischen der Hegemonie der Menschheit und den Nationen der Ousters der Kriegszustand herrscht. Gabriel, Dorothy, Torn, Eiko — *Sie alle* werden in den nächsten Stunden viel zu tun haben. Bereiten Sie Ihre Ansprachen für die Heimatwelten vor, aber *erscheinen Sie zu der Sitzung.* Ich wünsche uneingeschränkte Unterstützung durch den Senat. Sprecher Gibbons, ich kann Sie nur um Ihre Hilfe als Leiter der Diskussion des All-Wesens bitten. Es ist zwingend notwendig, daß wir heute um 12.00 Uhr eine Abstimmung des All-Wesens vorliegen haben. Es darf keine Überraschungen geben.

Fünftens, wir *werden* die Bewohner der von der ersten Angriffswelle bedrohten Welten evakuieren.« Gladstone hielt eine Hand hoch und brachte die Einwände und Erklärungen der Experten zum Schweigen. »Wir werden in der zur Verfügung stehenden Zeit evakuieren, wen wir können. Die Minister Persov, Imoto, Dan-Gyddis und Crunnens vom Netz-Transitministerium werden ein Evakuierungs-Koordinationskonzil ins Leben rufen und den Vorsitz übernehmen und heute um 13.00 Uhr einen detaillierten Bericht und Zeitplan bei mir vorlegen. FORCE und das Bureau für Netz-Sicherheit werden sich um Disziplin und Schutz der Farcasterzugänge kümmern.

Zuletzt möchte ich Ratgeber Albedo, Senator Kolchev und

Sprecher Gibbons in drei Minuten in meinen Privatgemächern sehen. Hat jemand Fragen?«

Fassungslose Gesichter sahen sie an.

Gladstone stand auf. »Viel Glück«, sagte sie. »Arbeiten Sie schnell. Tun Sie nichts, das unnötig Panik auslösen könnte. Und Gott schütze die Hegemonie.« Sie drehte sich um und rauschte hinaus.

Gladstone saß hinter ihrem Schreibtisch. Kolchev, Gibbons und Albedo saßen ihr gegenüber. Die Atmosphäre der Dringlichkeit, die man durch halb wahrgenommene Aktivitäten hinter den Türen erahnen konnte, wurde durch Gladstones langes Zögern, bevor sie zu sprechen anfing, noch nervtötender. Sie ließ Ratgeber Albedo nicht aus den Augen. »Sie«, sagte sie schließlich, »haben uns verraten.«

Das dünne arrogante Lächeln der Projektion geriet nicht einmal ins Wanken. »Niemals, Präsidentin.«

»Dann haben Sie eine Minute Zeit zu erklären, weshalb der TechnoCore und besonders das KI-Ratskonzil diese Invasion nicht vorhergesehen haben.«

»Das zu erklären erfordert nur ein Wort, M. Präsidentin«, sagte Albedo. »Hyperion.«

»*Verfluchtes Hperion!*« schrie Gladstone und schlug in einem Gladstone-untypischen Temperamentsausbruch mit der flachen Hand auf die Schreibtischplatte. »Ich habe es durch und durch satt, von unbekannten Variablen und dem nicht vorhersehbaren Schwarzen Loch Hyperion zu hören, Albedo. Entweder kann der Core uns helfen, Wahrscheinlichkeiten zu verstehen, oder wir sind seit fünf Jahrhunderten belogen worden. Was von beidem?«

»Der Rat hat den Krieg vorhergesehen, Präsidentin«, sagte das grauhaarige Abbild. »Unsere vertraulichen Ratgeber für Sie und die eingeweihte Gruppe haben die Unsicherheit der Ereignisse erläutert, nachdem Hyperion ins Spiel kam.«

»Das ist Unfug«, schnauzte Kolchev. »Ihre Vorhersagen sollen angeblich unfehlbar sein, was allgemeine Trends angeht. Dieser Angriff muß schon seit Jahrzehnten geplant worden sein. Möglicherweise seit Jahrhunderten.«

Albedo zuckte die Achseln. »Ja, Senator, aber es ist durchaus möglich, daß einzig und allein die Entschlossenheit dieser Regierung, im Hyperion-System einen Krieg anzufangen, die Ousters veranlaßt hat, den Plan durchzuziehen. Wir haben uns gegen jegliches Vorgehen bezüglich Hyperion ausgesprochen.«

Sprecher Gibbons beugte sich vor. »Sie haben uns die Namen der für die sogenannte Pilgerfahrt zum Shrike erforderlichen Personen genannt.«

Albedo zuckte nicht wieder die Achseln, aber seine projezierte Haltung war entspannt, selbstsicher. »Sie haben uns gebeten, die Namen von Personen aus dem Netz zu nennen, deren Bitten an das Shrike den Ausgang des von uns vorhergesagten Krieges verändern könnten.«

Gladstone bildete mit den Fingern einen Giebel und klopfte sich ans Kinn. »Und haben Sie schon berechnet, *wie* die Bitten den Ausgang jenes Krieges ... *dieses* Krieges verändern könnten?«

»Nein«, sagte Albedo.

»Ratgeber«, sagte Präsidentin Meina Gladstone, »bitte nehmen Sie zur Kenntnis, daß von diesem Augenblick an, abhängig vom Verlauf der nächsten paar Tage, die Regierung der Hegemonie der Menschheit in Erwägung zieht, den Krieg zwischen uns und der als TechnoCore bekannten Einheit zu erklären. Als de facto-Botschafter dieser Einheit übertragen wir Ihnen, diese Tatsache weiterzugeben.«

Albedo lächelte. Er breitete die Arme aus. »M. Präsidentin, der Schock dieser schrecklichen Neuigkeiten muß Sie veranlaßt haben, einen kläglichen Witz zu machen. Dem Core den Krieg zu erklären wäre, als würde ein ... ein Fisch dem Wasser den Krieg erklären, als würde ein Pilot sein EMV angreifen, weil er beunruhigende Neuigkeiten über einen Unfall andernorts erfahren hat.«

Gladstone lächelte nicht. »Ich hatte auf Patawpha einen Großvater«, sagte sie langsam und mit deutlicherem Dialekt, »der eines Morgens sechs Ladungen eines Pulsgewehrs in ein EMV gefeuert hat, weil es nicht angesprungen ist. Sie sind entlassen, Ratgeber.«

Albedo blinzelte und verschwand. Das unvermittelte Verschwinden war entweder ein absichtlicher Bruch des Protokolls — die Projektion verließ für gewöhnlich das Zimmer oder ließ alle anderen gehen, bevor sie sich auflöste — oder ein Anzeichen dafür, daß die beherrschende Intelligenz des Core von der Eröffnung erschüttert war.

Gladstone nickte Kolchev und Gibbons zu. »Ich will Sie nicht aufhalten, meine Herren«, sagte sie. »Aber seien Sie versichert, daß ich rückhaltlose Unterstützung erwarte, wenn die Kriegserklärung in fünf Stunden ausgesprochen wird.«

»Die haben Sie«, sagte Gibbons. Die beiden Männer entfernten sich.

Attachés kamen durch Türen und Geheimtüren herein, feuerten Fragen ab und justierten Komlogs für Instruktionen. Gladstone hielt einen Finger hoch. »Wo ist Severn?« fragte sie. Angesichts der ausdruckslosen Mienen fügte sie hinzu: »Der Dichter... Künstler, meine ich: Der mein Porträt anfertigen soll?«

Mehrere Attachés warfen einander Blicke zu, als wäre die Regierungschefin übergeschnappt.

»Er schläft noch«, sagte Leigh Hunt. »Er hat Schlaftabletten genommen, und niemand hat daran gedacht, ihn wegen der Versammlung zu wecken.«

»Ich möchte, daß er in zwanzig Minuten hier ist«, sagte Gladstone. »Informieren Sie ihn über die jüngsten Entwicklungen. Wo ist Commander Lee?«

Niki Cardon, die junge Frau, die für den Kontakt zum Militär verantwortlich war, ergriff das Wort. »Lee wurde gestern abend von Morpurgo und dem Stabschef von FORCE:Marine wieder der Grenzpatrouille zugeteilt. Er wird zwanzig Jahre unserer Zeit von einer Seewelt zur nächsten springen. Momentan ist er gerade ... zum FORCE:Meerkomzen auf Bressia gesprungen, wo er auf eine Transportmöglichkeit ins All wartet.«

»Schaffen Sie ihn wieder hierher«, sagte Gladstone. »Ich wünsche, daß er zum Konteradmiral oder irgendeinem erforderlichen Dienstgrad befördert und dann hierher versetzt wird, zu *mir*, nicht dem Regierungszentrum oder der Verwaltung unterstellt. Falls erforderlich, kann er unser nuklearer Handlungsreisender sein.«

Gladstone sah einen Moment lang die kahle Wand an. Sie dachte an die Welten, auf denen sie letzte Nacht spazieren gegangen war: Barnards Welt, Lampenschein zwischen Laub, uralte Universitätsgebäude aus Backsteinen; God's Grove mit den Fesselballons und schwebenden Zeppelinen, die die Dämmerung begrüßten; Heaven's Gate mit seiner Promenade ... das alles waren Ziele der ersten Angriffswoge. Sie schüttelte den Kopf. »Leigh, ich möchte, daß Sie und Tarra und Brindenath die Rohfassungen beider Ansprachen — für das Volk und die Kriegserklärung — binnen fünfundvierzig Minuten auf meinem Schreibtisch haben. Kurz. Leicht verständlich. Sehen Sie unter Churchill und Strudensky im Archiv nach. Realistisch und trotzig, optimistisch, aber voll grimmiger Entschlossenheit. Niki, ich brauche Echtzeitübertragungen aller Maßnahmen, die die Stabschefs anordnen. Ich möchte meine eigenen strategischen Kartendisplays — durch mein Implantat übermittelt. VERTRAULICH. Barbre, Sie werden im Senat meine Fortsetzung der Diplomatie mit anderen Mitteln sein. Gehen Sie rein, reden Sie, ziehen Sie Fäden, bestechen Sie, beschwören Sie und machen Sie ihnen sonstwie klar, daß es sicherer wäre, jetzt auszuziehen und die Ousters zu bekämpfen als mir bei den kommenden drei oder vier Abstimmungen in die Quere zu kommen.

Jemand Fragen?« Gladstone wartete drei Sekunden, dann klatschte sie in die Hände. »Na gut, dann ans Werk, Leute!«

In der kurzen Pause bevor die nächste Woge Senatoren, Minister und Attachés eintrafen, drehte sich Gladstone zu der kahlen Wand über ihr um, hob den Finger zur Decke und schüttelte die Hand.

Sie drehte sich wieder zurück, als gerade die nächste Schar Würdenträger hereingescheucht wurde.

25

S ol, der Konsul, Pater Duré und der bewußtlose Het Masteen befanden sich im ersten Höhlengrab, als sie die Schüsse hörten. Der Konsul ging allein hinaus — langsam, vorsichtig — und hielt Ausschau nach dem Sturm der Zeitgezeiten, der sie tiefer in das Tal hineingetrieben hatte.

»Alles in Ordnung«, rief er zurück. Der fahle Schein von

Sols Laterne beleuchtete den hinteren Teil der Höhle und offenbarte drei blasse Gesichter und das verhüllte Bündel, das der Tempelritter war. »Die Gezeiten haben nachgelassen«, rief der Konsul.

Sol stand auf. Das Gesicht seiner Tochter war ein blasses Oval unter seinem eigenen. »Sicher, daß die Schüsse aus Brawnes Waffe stammten?«

Der Konsul deutete hinaus in die Dunkelheit. »Sonst hat keiner eine Projektilwaffe bei sich gehabt. Ich gehe nachsehen.«

»Halt!« sagte Sol. »Ich begleite Sie.«

Pater Duré blieb kniend neben Het Masteen. »Nur zu. Ich bleibe bei ihm.«

»Einer von uns wird sich in den nächsten paar Minuten bei Ihnen melden«, versprach der Konsul.

Das Tal glomm im fahlen Licht der Zeitgräber. Wind toste von Süden, aber der Luftstrom lag diesen Abend höher, über den Felswänden, daher wurden die Dünen am Talboden nicht bewegt. Sol folgte dem Konsul, der den unebenen Pfad zur Talsohle hinabschritt und sich dann Richtung Taleingang wandte. Gelinde Anflüge von *déjà vu* erinnerten Sol an die heftigen Zeitgezeiten vor einer Stunde, aber allmählich ließen sogar die Nachwirkungen dieses bizarren Sturms nach.

Wo der Pfad breiter wurde und in den Talboden überging, schritten Sol und der Konsul nebeneinander am verkohlten Schlachtfeld des Kristallmonolithen vorbei, von dessen Struktur ein milchiges Leuchten ausging, das von den zahllosen Scherben reflektiert wurde, die auf dem Talboden verteilt lagen, dann ein wenig in die Höhe und am Jadegrab mit seiner hellgrünen Phosphoreszenz vorbei, und dann bogen sie wieder ab und folgten den sanften Kurven, die zur Sphinx führten.

»Mein Gott«, flüsterte Sol, hastete los und versuchte, dem schlafenden Kind in der Trage nicht weh zu tun. Er kniete neben der dunklen Gestalt auf der obersten Stufe nieder.

»Brawne?« fragte der Konsul, der zwei Stufen weiter unten stehenblieb und nach dem plötzlichen Anstieg keuchend atmete.

»Ja.« Sol wollte ihren Kopf heben, aber seine Hand zuckte

zurück, als er etwas Glitschiges und Kaltes ertastete, das aus ihrem Schädel ragte.

»Ist sie tot?«

Sol hielt den Kopf seiner Tochter dichter an die Brust, während er am Hals der Frau nach dem Puls tastete. »Nein«, sagte er und holte tief Luft. »Sie lebt ... aber sie ist bewußtlos. Geben Sie mir Ihr Licht.«

Sol nahm die Taschenlampe, ließ den Lichtkegel über Brawne Lamias liegende Gestalt wandern und folgte dem silbernen Kabel — ›Tentakel‹ wäre eine bessere Beschreibung gewesen, da dem Ding eine fleischige Masse anhaftete, bei der man an organischen Ursprung denken mußte —, das von der Neuralsteckdose in ihrem Schädel über die breiten Stufen der Sphinx durch das offene Portal verlief. Die Sphinx selbst leuchtete am hellsten von allen Gräbern, aber der Eingang war sehr dunkel.

Der Konsul kam näher. »Was ist das?« Er wollte das silberne Kabel berühren, schrak aber ebenso rasch zurück wie Sol. »Mein Gott, es ist warm.«

»Als wäre es lebend«, stimmte Sol zu. Er hatte Brawnes Hände gerieben, jetzt schlug er ihr behutsam auf die Wangen und versuchte, sie zu wecken. Sie regte sich nicht. Er wirbelte herum und folgte mit dem Lichtstrahl dem Kabel, das im Eingangskorridor verschwand. »Ich glaube nicht, daß sie das da freiwillig an sich angeschlossen hat.«

»Das Shrike«, sagte der Konsul. Er beugte sich näher hin, damit er Biomonitorausdrucke über Brawnes Handgelenkkomlog abrufen konnte. »Alles ist normal, außer ihren Gehirnströmen, Sol.«

»Was sagen die?«

»Daß sie tot ist. Zumindest gehirntot. Keinerlei höhere Funktionen.«

Sal seufzte und wippte auf den Absätzen. »Wir müssen feststellen, wohin dieses Kabel verläuft.«

»Können wir es nicht einfach aus der Neuralsteckdose herausziehen?«

»Sehen Sie«, sagte Sol und hielt das Licht auf Brawnes Hinterkopf, während er gleichzeitig eine Masse dunkler Locken hochhielt. Die Neuralsteckdose, normalerweise eine wenige Millimeter durchmessende Plasfleischdisk mit einer Zehn-Mikrometer-Dose, schien geschmolzen zu sein ... das Fleisch bildete einen roten Wulst, der sich direkt mit den Mikroleitern des Metallkabels verband.

»Es wäre ein chirurgischer Eingriff erforderlich, um das zu entfernen«, flüsterte der Konsul. Er berührte den Fleischwulst, der wie entzündet aussah. Brawne bewegte sich nicht. Der Konsul nahm die Taschenlampe wieder an sich und stand auf. »Sie bleiben bei ihr. Ich gehe rein.«

»Benützen Sie die Komkanäle«, sagte Sol, der wußte, wie nutzlos sie beim Auf und Ab der Zeitgezeiten gewesen waren.

Der Konsul nickte und ging rasch davon, ehe er aus Angst zögern konnte.

Das Chromkabel schlängelte sich den Hauptkorridor entlang und verschwand hinter dem Zimmer, wo die Pilger in der Nacht zuvor geschlafen hatten, im Dunkeln. Der Konsul sah in das Zimmer, die Taschenlampe erhellte Decken und Rucksäkke, die sie in der Eile zurückgelassen hatten.

Er folgte dem Kabel um eine Biegung des Korridors; durch das zentrale Portal, wo sich der Korridor in drei kleinere Flure teilte; eine Rampe hinauf und gleich wieder hinunter in den schmalen Durchgang, den sie bei der ersten Erkundung ›Pharaoh Tuts Highway‹ genannt hatten; dann eine Rampe hinunter und durch einen niederen Tunnel, wo er kriechen mußte, wobei er Ellbogen und Knie sorgfältig so plazierte, daß er den warmen Metalltentakel nicht berührte; eine so steile Schräge hinauf, daß er wie durch einen Schornstein klettern mußte; einen breiteren Korridor entlang, an den er sich nicht erinnern konnte, wo die Steine sich an der Decke abwärts neigten und Feuchtigkeit tröpfelte; und dann steil nach unten, wo er sein Vorankommen nur durch Aufschürfungen an Händen und Knien bremsen konnte, bis er endlich einen Abschnitt entlangkroch, der länger zu sein schien als der gesamte Durchmesser der Sphinx. Der Konsul hatte sich vollkommen verirrt und verließ sich darauf, daß ihn das Kabel wieder hinausführen würde, wenn der Zeitpunkt gekommen war.

»Sol«, rief er schließlich, rechnete aber nicht damit, daß der Kommunikator durch Stein und Zeitgezeiten übermitteln würde.

»Hier«, antwortete die Stimme des Gelehrten leise flüsternd.

»Ich bin verflucht weit drinnen«, flüsterte der Konsul in sein Komlog. »Habe einen Korridor hinter mir, an den ich mich überhaupt nicht erinnern kann. Scheint tief zu sein.«

»Haben Sie das Ende des Kabels gefunden?«

»Ja«, entgegnete der Konsul leise und lehnte sich zurück, damit er sich mit einem Taschentuch den Schweiß vom Gesicht wischen konnte.

»Nexus?« fragte Sol und meinte damit eine der zahllosen Terminalanschlüsse, wo sich Bürger des Netzes in die Datensphäre einklinken konnten.

»Nein. Hier scheint das Ding direkt in den Stein des Fußbodens einzudringen. Der Korridor ist ebenfalls zu Ende. Ich habe versucht, es zu bewegen, aber die Verbindung ist ähnlich wie der Wulst an ihrem Kopf. Scheint Teil des Gesteins zu sein.«

»Kommen Sie raus«, sagte Sols Stimme über das Rauschen von Statik hinweg. »Wir versuchen, sie davon zu befreien.«

In der feuchten Dunkelheit des Tunnels spürte der Konsul zum erstemal in seinem Leben einen Anfall von Klaustrophobie. Das Atmen fiel ihm schwer. Er war überzeugt, daß sich etwas hinter ihm in dem Korridor aufhielt und ihm Luftversorgung und Fluchtweg gleichermaßen abschnitt. In dem engen Steinflur war das Pochen seines Herzschlags fast hörbar.

Er holte langsam Luft, wischte sich noch einmal das Gesicht ab und drängte die Panik zurück. »Das könnte ihr Tod sein«, sagte er zwischen flachen Atemzügen.

Keine Antwort. Der Konsul rief noch einmal, aber etwas hatte die ohnehin schon schwache Verbindung unterbrochen.

»Ich komme raus«, sagte er in das stumme Instrument, drehte sich um und ließ den Lichtstrahl durch den niederen Tunnel kreisen. *Hatte das Kabeltentakel gezuckt, oder war das nur eine optische Täuschung?*

Der Konsul kroch den Weg zurück, den er gekommen war.

Sie hatten Het Masteen bei Sonnenuntergang gefunden, Minuten bevor der Zeitsturm losgebrochen war. Der Tempelritter hatte getaumelt, als der Konsul, Sol und Duré ihn zum erstenmal gesehen hatten, und als sie seine gestürzte Gestalt erreicht hatten, war Masteen bewußtlos gewesen.

»Tragen wir ihn zur Sphinx«, sagte Sol.

In diesem Augenblick strömten die Gezeiten der Zeit, als hätte die untergehende Sonne die Choreographie übernommen, über sie hinweg wie eine Flutwelle von Übelkeit und *déjà vu*. Alle drei Männer fielen auf die Knie. Rachel wachte auf und schrie mit der Heftigkeit eines verängstigten Neugeborenen.

»Zum Eingang des Tals«, keuchte der Konsul, der mit Het Masteen über der Schulter aufstand. »Müssen raus ... aus ... dem Tal.«

Die drei Männer gingen zum Zugang des Tals, am ersten Grab vorbei, der Sphinx, aber die Gezeiten der Zeit wurden noch schlimmer und wehten wie ein schrecklicher Wind des Schwindelgefühls gegen sie. Dreißig Meter weiter, und sie konnten nicht mehr klettern. Sie fielen auf Hände und Knie, Het Masteen rollte über den festgetretenen Pfad. Rachel hatte zu schreien aufgehört, wand sich aber vor Unbehagen.

»Zurück!« keuchte Paul Duré. »Zurück ins Tal. Hinten ... war es besser.«

Sie gingen den Weg zurück, taumelten wie drei Betrunkene, und jeder trug eine Last, die so wertvoll war, daß man sie nicht fallenlassen durfte: Unterhalb der Sphinx ruhten sie einen Moment lang mit an die Felsen gelehnten Rücken aus, während die Beschaffenheit von Raum und Zeit selbst sich rings um sie herum zu wölben und zu verlagern schien. Es war, als wäre die Welt die Oberfläche einer Flagge, die jemand mit einem wütenden Ruck ausgerollt hatte. Die Wirklichkeit schien sich zu bauschen und zusammenzuziehen, weiter fort zu wehen und zurückzubranden wie eine Welle, die über ihnen zusammenschlug. Der Konsul ließ den Tempelritter an den Felsen gelehnt liegen, sank auf alle viere, keuchte und klammerte sich mit den Fingern panisch am Boden fest.

»Der Möbiuskubus«, sagte der Tempelritter, der sich regte, die Augen aber geschlossen ließ. »Wir brauchen den Möbiuskubus.«

»Verdammt«, brachte der Konsul heraus. Er schüttelte Het Masteen grob. »Warum brauchen wir den? Masteen, warum brauchen wir ihn?« Der Kopf des Tempelritters rollte schwach hin und her. Er war wieder bewußtlos.

»Ich hole ihn«, sagte Duré. Der Priester sah alt und krank aus, Gesicht und Lippen waren blaß.

Der Konsul nickte, hob Het Masteen über die Schulter, half Sol auf die Füße und stolperte das Tal entlang, während er spürte, wie die Wogen der Anti-Entropiefelder nachließen, je weiter sie sich von der Sphinx entfernten.

Pater Duré war den Weg hochgekommen, die lange Treppe hinaufgestiegen und taumelte zum Eingang der Sphinx, wo er sich in den rauhen Steinen festhielt wie ein Seemann bei starkem Seegang an einer Rettungsleine. Die Sphinx schien sich über ihm zu neigen, zuerst dreißig Grad in die eine Richtung, dann fünfzig in die andere. Duré wußte, daß das lediglich an der Heftigkeit der Zeitgezeiten lag, die seine Sinne verwirrten, aber dennoch reichte es aus, daß er niederkniete und sich auf den Steinboden erbrach.

Die Gezeiten hielten für einen Augenblick inne wie tosende Brandung zwischen zwei verheerenden Wellenkämmen, und Duré konnte aufstehen, wischte sich den Mund mit dem Handrücken ab und stolperte in das dunkle Grab.

Er hatte keine Taschenlampe mitgebracht; stolpernd tastete er sich weiter und wurde dabei von zwei Hirngespinsten heimgesucht — einmal, er würde etwas Kaltes und Glitschiges in der Dunkelheit berühren, und zweitens, er könnte in den Raum stolpern, wo er wiedergeboren war, und dort seinen noch wie im Grab verwesenden Leichnam sehen. Duré schrie, aber der Schrei ging im tornadoartigen Dröhnen seines eigenen Pulses unter, als die Gezeiten der Zeit mit unverhohlener Wucht wieder einsetzten.

Der Schlafsaal war dunkel, jene schreckliche Dunkelheit, die aus dem völligen Fehlen von Licht besteht, aber Durés Augen paßten sich an und er stellte fest, daß der Möbiuskubus selbst schwach leuchtete und die Anzeigen blinkten.

Er stolperte durch den unordentlichen Raum, packte die Box und hob das schwere Ding mit einem plötzlichen Adrenalinstoß hoch. Die zusammenfassenden Bandaufzeichnungen des Konsuls hatten diesen Gegenstand erwähnt — Masteens geheimnisvolles Gepäckstück während der Pilgerfahrt —, ebenso die Tatsache, daß sich möglicherweise ein Erg darin befand, eine der außerirdischen Kraftfeldkreaturen, die benützt wurden, die Raumschiffe der Tempelritter anzutreiben. Duré hatte keine Ahnung, weshalb der Erg jetzt so wichtig war, aber er drückte das Kästchen an die Brust, während er den Korridor zurückstolperte, hinaus, die Stufen hinunter und tiefer ins Tal.

»Hier!« rief der Konsul vom ersten Höhlengrab am Ansatz der Felswand. »Hier ist es besser.«

Duré stolperte den Pfad hinauf und ließ vor Verwirrung und plötzlicher Erschöpfung fast den Kubus fallen; der Konsul half ihm die letzten dreißig Schritte in das Grab.

Drinnen war es besser. Duré konnte das Auf und Ab der Zeitgezeiten unmittelbar vor dem Höhleneingang spüren, aber weit hinten in der Höhle, wo Leuchtkugeln mit ihrem kalten Licht komplexe Schnitzereien enthüllten, war es fast normal.

Der Priester brach neben Sol Weintraub zusammen und stellte den Möbiuskubus neben die stumme, aber aufmerksame Gestalt von Het Masteen.

»Er ist gerade wach geworden, als Sie gekommen sind«, flüsterte Sol. Die Augen des Babies waren im spärlichen Licht sehr groß und sehr dunkel.

Der Konsul ließ sich neben den Tempelritter sinken. »Warum brauchen wir den Kubus? Masteen, warum brauchen wir ihn?«

Het Masteens Blick wankte nicht; er blinzelte nicht. »Unser Verbündeter«, flüsterte er. »Unser einziger Verbündeter gegen den Herrn der Schmerzen.« Den Silben haftete der eigenwillige Dialekt der Tempelritterwelt an.

»*Wie* ist er unser Verbündeter?« wollte Sol wissen und packte das Gewand des Mannes mit beiden Fäusten. »Wie können wir ihn einsetzen? Wann?«

Der Blick des Tempelritters war auf etwas in unendlicher Ferne gerichtet. »Wir buhlten um die Ehre«, flüsterte er mit heiserer Stimme. »Die Wahre Stimme der *Sequoia Sempervirens* war der erste, der mit dem rekonstruierten Keats-Cybrid Verbindung aufgenommen hat ... aber *mir* wurde die Ehre von Muirs Erleuchtung zuteil. Die *Yggdrasil*, meine *Yggdrasil* wurde als Buße für unsere Sünden gegen den Muir geopfert.« Der Tempelritter machte die Augen zu. Das verhaltene Lächeln wirkte in seinem grimmigen Gesicht unpassend.

Der Konsul sah Duré und Sol an. »Der klingt mehr nach der

Terminologie des Shrike-Kults als nach dem Dogma der Tempelritter.«

»Vielleicht ist es beides«, flüsterte Duré. »In der Geschichte der Theologie hat es schon seltsamere Bündnisse gegeben.«

Sol legte dem Tempelritter eine Hand auf die Stirn. Der große Mann brannte vor Fieber. Sol kramte in ihrem einzigen Medsack nach einem Schmerzmittel oder Fieberpflaster. Als er eines fand, zögerte er. »Ich weiß nicht, ob Tempelritter der Standardmednorm entsprechen. Ich möchte nicht, daß er an den Folgen einer Allergie stirbt.«

Der Konsul nahm das Fieberpflaster und befestigte es am dünnen Oberarm des Tempelritters. »Sie entsprechen der Norm.« Er beugte sich näher hin. »Masteen, was ist auf dem Windwagen geschehen?«

Die Augen des Tempelritters öffneten sich, blieben aber verschwommen. »Windwagen?«

»Ich verstehe nicht«, flüsterte Pater Duré.

Sol nahm ihn beiseite. »Masteen hat seine Geschichte nicht während der Pilgerfahrt erzählt«, flüsterte er. »Er verschwand in unserer ersten Nacht auf dem Windwagen. Blut blieb zurück — jede Menge Blut —, ebenso das Gepäck und der Möbiuskubus. Aber kein Masteen.«

»Was ist auf dem Windwagen passiert?« wiederholte der Konsul nochmals. Er schüttelte den Tempelritter sachte, um seine Aufmerksamkeit zu erregen. »Denken Sie nach, Wahre Stimme des Baums Het Masteen!«

Das Gesicht des großen Mannes veränderte sich, seine Augen blickten klarer, das vage asiatische Gesicht bildete die vertrauten strengen Linien aus. »Ich habe den Elementargeist aus seinem Gefängnis befreit ...«

»Den Erg«, flüsterte Sol dem fassungslosen Priester zu.

»... und ihn mit der Gedankendisziplin gefesselt, die ich in den Hohen Ästen gelernt habe. Aber dann kam ohne Vorwarnung der Herr der Schmerzen über uns.«

»Das Shrike«, flüsterte Sol mehr zu sich als zu dem Priester.

»Wurde Ihr Blut dort vergossen?« fragte der Konsul den Tempelritter.

»Blut?« Masteen zog die Kapuze nach vorn, um seine Verwirrung zu verbergen. »Nein, es war nicht mein Blut. Der Herr der Schmerzen hielt ... ein Opfer ... in den Händen. Der Mann wehrte sich. Versuchte, den Stacheln der Buße zu entkommen ...«

»Was ist mit dem Erg?« beharrte der Konsul. »Der Elementargeist. Welche Hilfe hatten Sie sich von ihm versprochen? ... daß er Sie vor dem Shrike beschützt?«

Der Tempelritter runzelte die Stirn und griff mit einer zitternden Hand an die Schläfe. »Er ... war nicht bereit. *Ich* war nicht bereit. Ich verstaute ihn wieder in seinem Gefängnis. Der Herr der Schmerzen berührte mich an der Schulter. Ich war ... erfreut ... daß meine Buße innerhalb einer Stunde nach dem Opfer meines Baumschiffes stattfinden sollte.«

Sol beugte sich näher zu Duré. »Das Baumschiff *Yggdrasil* wurde am selben Abend im Orbit zerstört«, flüsterte er.

Het Masteen machte die Augen zu. »Müde«, flüsterte er mit erschöpfter Stimme.

Der Konsul schüttelte ihn wieder. »Wie sind Sie hierher gekommen? Masteen, wie sind Sie vom Grasmeer hierher gekommen?«

»Ich erwachte zwischen den Gräbern«, flüsterte der Tempelritter, ohne die Augen aufzuschlagen. »Erwachte zwischen den Gräbern. Müde. Muß schlafen.«

»Lassen Sie ihn ausruhen«, sagte Pater Duré.

Der Konsul nickte und bettete den in sein Gewand gehüllten Mann in Schlafstellung.

»Nichts ergibt einen Sinn«, flüsterte Sol, als die drei Männer und der Säugling im spärlichen Licht beisammensaßen und das Auf und Ab der Zeitgezeiten draußen spürten.

»Wir verlieren einen Pilger, wir bekommen einen dazu«, flüsterte der Konsul. »Es ist, als würde hier ein bizarres Spiel gespielt werden.«

Eine Stunde später hatten sie die Schüsse durch das Tal hallen gehört.

Sol und der Konsul kauerten neben der reglosen Gestalt von Brawne Lamia.

»Wir bräuchten einen Laser, um das verdammte Ding abzutrennen«, sagte Sal. »Aber mit Kassad sind auch unsere Waffen verschwunden.«

Der Konsul berührte das Handgelenk der jungen Frau. »Es könnte ihr Tod sein, das abzuschneiden.«

»Laut Biomonitor ist sie bereits tot.«

Der Konsul schüttelte den Kopf. »Nein. Da geht noch etwas vor. Dieses Ding zapft vielleicht die Keats-Cybridpersönlichkeit an, die sie in sich trägt. Wenn es damit fertig ist, gibt es uns Brawne vielleicht wieder zurück.«

Sol hob seine drei Tage alte Tochter zur Schulter und sah über das schwach leuchtende Tal. »Was für ein Irrenhaus. Nichts läuft so, wie wir gedacht haben. Wenn nur Ihr verdammtes Schiff hier wäre ... es besitzt Schneidwerkzeuge, falls wir Brawne von diesem ... diesem Ding befreien müssen ... und sie und Masteen hätten bei entsprechender medizinischer Versorgung vielleicht eine Überlebenschance.«

Der Konsul blieb in kniender Haltung und sah ins Leere. Nach einem Augenblick sagte er: »Bitte warten Sie hier bei ihr«, erhob sich und verschwand im dunklen Schlund des Eingangs der Sphinx. Fünf Minuten später kam er mit seiner großen Reisetasche wieder heraus. Er holte ganz unten einen zusammengerollten Teppich heraus und breitete ihn auf dem Stein der obersten Treppenstufe der Sphinx aus.

Es war ein uralter Teppich, etwas länger als zwei Meter und ein wenig breiter als ein Meter. Das kunstvoll geknüpfte Muster war im Lauf der Jahrhunderte verblaßt, aber die Schwebfäden leuchteten noch wie Gold im trüben Licht. Dünne Stränge verliefen von dem Teppich zu einer einzigen Energiezelle, die der Konsul jetzt löste.

»Großer Gott«, flüsterte Sol. Er erinnerte sich an die Geschichte des Konsuls von der tragischen Liebe seiner Großmutter zum Hegemonieschiffsmann Merin Aspic. Es war eine Liebe gewesen, die zur Rebellion gegen die Hegemonie geworden war und Maui-Covenant in einen jahrelangen Krieg gestürzt hatte. Merin Aspic war auf der Schwebematte eines Freundes nach Firstsite geflogen.

Der Konsul nickte. »Sie gehörte Mike Osho, Großvater Merins Freund. Siri hat sie in ihrem Mausoleum gelassen, damit Merin sie finden konnte. Er hat sie mir gegeben, als ich noch ein Kind war — kurz vor der Schlacht im Archipel, wo er und der Traum von der Freiheit gestorben sind.«

Sol strich mit einer Hand über den jahrhundertealten Gegenstand. »Zu schade, daß sie hier nicht funktionieren kann.«

Der Konsul blickte auf. »Warum nicht?«

»Hyperions Magnetfeld liegt unter der kritischen Schwelle für EM-Vehikel«, sagte Sol. »Darum gibt es hier Zeppeline und Gleiter statt EMVs, und darum war die *Benares* keine Schwebebarke mehr.« Er verstummte, da er sich albern dabei vorkam, das einem Mann zu erklären, der elf hiesige Jahr Konsul der Hegemonie auf Hyperion gewesen war. »Oder irre ich mich?«

Der Konsul lächelte. »Sie haben recht, daß Standard-EMVs hier nicht zuverlässig sind. Zu ungünstiges Masse-Auftrieb-Verhältnis. Aber diese Hawkingmatte besteht praktisch nur aus Auftrieb und kaum aus Masse. Ich habe sie ausprobiert, als ich hier in der Hauptstadt gelebt habe. Es ist kein ruhiger Flug ... aber mit einer Person an Bord müßte es gehen.«

Sol blickte ins Tal zurück, an den leuchtenden Formen von Jadegrab, Obelisk und Kristallmonolith vorbei, bis dahin, wo die Schatten der Felswand die Eingänge der Höhlengräber verbargen. Er fragte sich, ob Pater Duré und Het Masteen noch allein waren ... noch lebten. »Denken Sie daran, Hilfe zu holen?«

»Einer von uns wird Hilfe holen. Das Schiff herbringen. Oder es zumindest befreien und unbemannt zurückschicken. Wir könnten Hölzchen ziehen, wer geht.«

Nun mußte Sol lächeln. »Denken Sie nach, mein Freund. Duré ist nicht in der Verfassung zu reisen, außerdem kennt er den Weg nicht. Ich ...« Sol hob Rachel, bis ihr Scheitel seine Wange berührte. »Die Reise könnte mehrere Tage dauern. Ich — wir — haben nicht mehrere Tage Zeit. Wenn etwas für sie getan werden kann, dann müssen wir hierbleiben und die Gelegenheit beim Schopf ergreifen. Sie müssen gehen.«

Der Konsul seufzte, widersprach aber nicht.

»Außerdem«, sagte Sol, »ist es Ihr Schiff. Wenn es jemand aus Gladstones Klammergriff befreien kann, dann Sie. Und Sie kennen den Generalgouverneur gut.«

Der Konsul sah nach Westen. »Ich frage mich, ob Theo noch an der Macht ist.«

»Gehen wir zurück und schildern wir Pater Duré unseren

Plan«, sagte Sol. »Außerdem habe ich die Verpflegungspacks in der Höhle gelassen, und Rachel hat Hunger.«

Der Konsul rollte den Teppich zusammen, verstaute ihn in der Tasche und betrachtete Brawne Lamia und das geheimnisvolle Kabel, das in der Dunkelheit verschwand. »Wird ihr nichts geschehen?«

»Ich sage Paul, daß er mit einer Decke hierher kommen und auf sie aufpassen soll, während Sie und ich unseren Invaliden hertragen. Möchten Sie heute nacht noch aufbrechen oder bis Sonnenaufgang warten?«

Der Konsul rieb sich müde die Wangen. »Der Gedanke gefällt mir nicht, bei Nacht die Berge zu überqueren, aber wir dürfen keine Zeit verlieren. Ich breche auf, sobald ich ein paar Sachen zusammengepackt habe.«

Sol nickte und blickte zum Zugang des Tals. »Ich wünschte, Brawne könnte uns sagen, wo Silenus hin verschwunden ist.«

»Ich werde unterwegs nach ihm Ausschau halten«, sagte der Konsul. Er sah zu den Sternen empor. »Ich schätze, der Flug nach Keats dürfte sechsunddreißig bis vierzig Stunden dauern. Ein paar Stunden, bis ich das Schiff frei habe. Ich müßte binnen zwei Standardtagen wieder hier sein.«

Sol nickte und wiegte sein weinendes Kind. Sein müder, aber liebenswerter Ausdruck verbarg seine Zweifel nicht. Er legte dem Konsul eine Hand auf die Schulter. »Es ist recht, daß wir es versuchen, mein Freund. Kommen Sie, reden wir mit Pater Duré, sehen wir nach, ob unser Mitreisender wach ist, und essen wir gemeinsam etwas. Sieht aus, als hätte Brawne genügend Vorräte für eine Henkersmahlzeit mitgebracht.«

26

Als Brawne Lamia ein Kind und ihr Vater Senator gewesen waren, hatten sie ihr Zuhause wenn auch nur vorübergehend von Lusus in die bewaldete Wunderwelt des Regierungswohnkomplexes von Tau Ceti Center verlegt, und dort hatte sie als uralten Flachfilm Walt Disneys Zeichentrickfilm *Peter Pan* gesehen. Nach dem Film hatte sie das Buch gelesen und beides ins Herz geschlossen.

Monatelang hatte das fünf Standardjahre alte Mädchen darauf gewartet, daß Peter Pan eines Nachts erscheinen und sie mitnehmen würde. Sie hatte Zettel mit dem Weg zu ihrem Zimmer unter der schindelgedeckten Mansarde hinterlassen. Sie hatte das Haus verlassen, wenn ihre Eltern schliefen, sich ins weiche Gras auf dem Rasen des Deer Park gelegt, den milchiggrauen Nachthimmel von TC1f betrachtet und von dem Jungen aus Nimmerland geträumt, der sie eines Nachts mit sich nehmen und zum zweiten Stern von rechts fliegen würde, bis zum Morgengrauen. Sie würde seine Gefährtin sein, die Mutter der verlorenen Jungs, gemeinsame Nemesis des bösen Hook und vor allem Peters neue Wendy ... die neue kindliche Freundin des Kindes, das nie erwachsen wurde.

Jetzt, zwanzig Jahre später, war Peter sie endlich holen gekommen.

Lamia hatte keine Schmerzen verspürt, nur den plötzlichen, eisigen Sog der räumlichen Versetzung, als der Stahlstachel des Shrike und die Neuralsteckdose hinter ihrem Ohr eingedrungen war. Dann war sie unterwegs und flog.

Sie war schon einmal durch die Dateiebene in die Datensphäre eingedrungen. Erst vor Wochen ihrer Zeit war Lamia mit ihrem Lieblingscyberpuke, dem dummen BB Surbringer, in die Matrix des TechnoCore geritten, um Johnny zu helfen, seine Cybrid-Persönlichkeitsrekonstruktion zu stehlen. Sie waren in die Peripherie eingedrungen und hatten die Persönlichkeit gestohlen, aber dabei einen Alarm ausgelöst, BB war gestorben. Lamia wollte nie wieder in die Datensphäre eindringen.

Aber jetzt war sie dort.

Das Erlebnis war nicht mit anderen vergleichbar, die sie zuvor mit Komlogverbindungen oder Modulen gehabt hatte. Dies war wie eine Rundum-Stimsim — als befände sie sich in einem Holorama in Farbe und mit dreihundertsechzig Grad Stereo —, dies war *Dabeisein*.

Peter war endlich gekommen und hatte sie mitgenommen.

Lamia stieg über die Krümmung der planetaren Ausdehnung von Hyperion empor und sah die rudimentären Kanäle der Mikrowellendatenströme und Richtstrahlkomverbindungen, die hier als primitive Datensphäre galten. Sie verweilte nicht, um sich einzuklinken, denn sie folgte einer orangefarbenen Nabelschnur himmelwärts zu den *wahren* Alleen und Straßen der Dateiebene.

Der Weltraum um Hyperion war von FORCE und dem Schwarm der Ousters erobert worden, beide hatten die komplexen Netzwerke und Gitter der Datensphäre mit sich gebracht. Mit ihren neuen Augen konnte Lamia die tausend Ebenen der Datenströme von FORCE erkennen, ein aufgewühlter grüner Ozean von Informationen, dazwischen die roten Venen gesicherter Kommkanäle und die kreisenden violetten Kugeln mit ihren schwarzen Phagenkurieren, bei denen es sich um die KIs von FORCE handelte. Dieses Pseudopodium der großen Megadatensphäre des Netzes strömte durch die schwarzen Trichter von schiffseigenen Farcastern an expandierenden Wellenfronten überlappender, gleichzeitiger Wogen entlang in den Normalraum, in denen Lamia die kontinuierlichen Ausbrüche dutzender Fatlinesender erkannte.

Sie verharrte plötzlich, weil sie nicht sicher war, wohin sie gehen sollte, welche Straße die richtige war. Es war, als wäre sie geflogen, und ihre Unsicherheit hätte den Zauber in Gefahr gebracht — sie drohte, auf den viele Meilen weiter unten gelegenen Boden abzustürzen.

Dann ergriff Peter ihre Hand und zog sie empor.

— *Johnny!*

— *Hallo, Brawne.*

Ihr eigenes Körperhalogen wurde klickend im selben Augenblick sichtbar, wie sie seines sah und spürte. Es war Johnny, wie sie ihn zuletzt gesehen hatte — ihr Klient und Liebhaber —, Johnny mit den vorstehenden Wangenknochen, Mandelaugen, der gedrungenen Nase und dem kantigen Kiefer. Johnnys rotbraune Locken fielen immer noch über den Kragen, sein Gesicht blieb eine Studie entschlossener Energie. Sein Lächeln brachte sie immer noch innerlich zum Schmelzen.

Johnny! Da umarmte sie ihn und *spürte* die Umarmung, *spürte* seine kräftigen Hände auf dem Rücken, während sie hoch über allem schwebten, spürte, wie sich ihre Brüste an seinen Brustkorb schmiegten, als er die Umarmung mit für seinen zierlichen Körper überraschender Kraft erwiderte. Sie küßten sich, und daß *das* echt war, ließ sich nicht bestreiten.

Lamia legte ihm die Hände auf die Schultern und schwebte auf Armeslänge weg. Ihrer beider Gesichter wurden vom grünen und violetten Leuchten des gewaltigen Ozeans der Datensphäre über ihnen erhellt.

— *Ist das echt?* Sie hörte die Frage in ihrer eigenen Stimme einschließlich Dialekt, obwohl sie wußte, daß sie sie nur gedacht hatte.

— *Ja. So echt wie ein Teil der Dateiebenenmatrix nur sein kann. Wir befinden uns am Rand der Megasphäre im Raum um Hyperion.* Seine Stimme enthielt immer noch diesen kaum faßbaren Akzent, den sie so reizend und gleichzeitig so nervtötend fand.

— *Was ist passiert?* Mit diesen Worten vermittelte sie ihm Bilder vom Auftauchen des Shrike, vom plötzlichen und schrecklichen Eindringen des Stachels.

— *Ja,* dachte Johnny und hielt sie fester an sich. *Irgendwie hat es mich aus der Schrön-Schleife befreit und uns beide direkt in die Datensphäre katapultiert.*

— *Bin ich tot, Johnny?*

Das Gesicht von Johnny Keats lächelte auf sie herab. Er schüttelte unmerklich den Kopf, küßte sie sanft und drehte sich, so daß sie beide das Schauspiel über und unter sich bewundern konnten. *Nein, du bist nicht tot, Brawne, aber es könnte sein, daß du mit einem bizarren Lebenshaltungssystem verbunden bist, während dein Dateiebenenanalogon sich hier bei mir aufhält.*

— *Bist du tot?*

Er grinste sie wieder an. *Nicht mehr, obwohl das Leben in einer Schrön-Schleife auch nicht so ist, wie man sagt. Es war, als hätte ich die Träume von jemand anderem geträumt.*

— *Ich habe von dir geträumt.*

Johnny nickte. *Ich glaube nicht, daß ich das war. Ich habe dieselben Träume gehabt ... Unterredungen mit Meina Gladstone, Impressionen von Regierungssitzungen der Hegemonie ...*

— *Ja!*

Er drückte ihre Hand. *Ich vermute, sie haben einen anderen Keats-Cybrid reaktiviert. Irgendwie können wir über die vielen Lichtjahre hinweg miteinander in Verbindung treten.*

— *Noch einen Cybrid? Wie das? Du hast das Core-Templat vernichtet, die Persönlichkeit befreit ...*

Ihr Geliebter zuckte die Achseln. Er trug ein Rüschenhemd und einen Gehrock aus Seide, wie sie ihn noch nie gesehen hatte. Die Datenströme auf den Straßen über ihnen tauchte beide in pulsierendes Neonlicht, während sie schwebten. *Ich habe mir schon gedacht, daß es mehr Reserven geben muß, als BB und ich bei dem kurzen Vorstoß in die Peripherie des Core aufspüren konnten. Einerlei, Brawne. Wenn es noch eine Kopie gibt, dann wäre er ich, und ich kann mir nicht vorstellen, daß er ein Feind wäre. Komm schon, gehen wir auf Entdeckungsreise.*

Lamia zauderte für einen Moment, als er sie nach oben ziehen wollte. *Was wollen wir denn entdecken?*

— Dies ist unsere Chance, endlich herauszufinden, was hier vor sich geht, Brawne. Eine Chance, jeder Menge Geheimnissen auf den Grund zu gehen.

Sie hörte eine ungewohnte Schüchternheit in ihrer Stimme/ ihren Gedanken. *Ich bin nicht sicher, ob ich das will, Johnny.*

Er drehte sich um und sah sie an. *Ist das die Detektivin, die ich kennengelernt habe? Was ist aus der Frau geworden, die keine Geheimnisse haben konnte?*

— Die hat schwere Zeiten hinter sich, Johnny. Ich habe nachgedacht und festgestellt, daß mein Entschluß, Detektivin zu werden, zum größten Teil auf den Selbstmord meines Vaters zurückzuführen ist. Ich versuche immer noch das Geheimnis seines Todes aufzuklären. Derweil sind im wirklichen Leben eine Menge Leute verletzt worden. Einschließlich dir selbst, Liebster.

— Und hast du es aufgeklärt?

— Was?

— Das Geheimnis um den Tod deines Vaters?

Lamia sah ihn stirnrunzelnd an. *Ich weiß nicht. Ich glaube nicht.*

Johnny deutete zu der flüssigen Masse der Datensphäre, die um sie herum wogte. *Dort oben warten eine Menge Antworten, Brawne. Wenn wir den Mut haben, nach ihnen zu suchen.*

Sie nahm wieder seine Hand. *Wir könnten dort sterben.*

— Ja.

Lamia zauderte und blickte in Richtung Hyperion. Die Welt bestand aus einer dunklen Krümmung mit wenigen isolierten Datenflußinseln, die wie Lagerfeuer in der Nacht leuchteten. Der große Ozean über ihnen gischtete und pulsierte im Licht und Lärm der Datenübermittlungen — und Lamia wußte, daß es sich nur um eine winzige Ausdehnung der Megasphäre dahinter handelte. Sie wußte — sie *spürte* —, daß ihre wiedergeborenen Dateiebenenanaloge Orte besuchen konnten, von denen kein Cyberpuke-Cowboy auch nur zu träumen gewagt hätte.

Brawne wußte, mit Johnny als Führer waren ihr Tiefen von Megasphäre und TechnoCore zugänglich, in die noch kein Mensch vorgedrungen war. Und sie hatte Angst.

Aber sie war endlich bei Peter Pan. Und Nimmerland lockte.

— *Na gut, Johnny. Worauf warten wir noch?*

Gemeinsam stiegen sie der Megasphäre entgegen.

27

Oberst Fedmahn Kassad folgte Moneta durch das Portal und befand sich auf einer weiten lunaren Ebene, wo ein schrecklicher Baum der Dornen fünf Kilometer hoch in einen blutroten Himmel ragte. Menschliche Gestalten wanden sich auf den vielen Dornen und Zweigen: die in der Nähe deutlich sichtbar menschlich und unter Qualen, die weiter entfernten durch die Distanz zwergenhaft, bis sie wie Dolden blasser Trauben aussahen.

Kassad blinzelte und holte unter der Oberfläche seines quecksilberartigen Hautanzugs tief Luft. Er sah sich um, an der schweigenden Gestalt von Moneta vorbei, wobei er den Blick von der Obszönität des Baums losreißen mußte.

Was er für eine lunare Ebene gehalten hatte, war die Oberfläche von Hyperion am Eingang zum Tal der Zeitgräber, aber ein schrecklich verwandeltes Hyperion. Die Dünen waren erstarrt und verformt, als wären sie bombardiert und zu Glas geschmolzen worden; die Felsblöcke und Klippen waren ebenfalls geschmolzen und wie Gletscher hellen Gesteins gefroren. Eine Atmosphäre gab es nicht mehr — der Himmel war schwarz und wies die einhellige, unbarmherzige Klarheit eines luftleeren Mondes auf. Die Sonne war nicht die von Hyperion; das Licht entsprach keiner menschlichen Erfahrung. Kassad blickte auf, und die Sichtfilter seines Hautanzugs polarisierten, um die schrecklichen Energien erträglich zu machen, die den Himmel mit blutroten Bändern und Blumen grellweißen Lichts überzogen.

Unter ihm schien das Tal wie unter nicht spürbaren Beben zu erzittern. Die Zeitgräber leuchteten von innerer Energie, aus jedem Eingang, jedem Portal und jeder Öffnung wurden weiße Blitze kalten Lichts viele Meter über den Talboden geschleudert. Die Gräber sahen neu, poliert und glänzend aus.

Kassad wurde klar, daß lediglich der Hautanzug dafür sorgte, daß er atmen konnte und seine Haut vor der lunaren Kälte schützte, die die Wüstenwärme verdrängt hatte. Er drehte sich zu Moneta um, versuchte eine intelligente Frage zu formulieren, schaffte es nicht und blickte wieder zu dem unmöglichen Baum auf.

Der Dornenbaum schien aus demselben Chrom und Edelstahl zu bestehen wie das Shrike selbst: eindeutig künstlich und dennoch gleichzeitig auf gräßliche Weise organisch. Der Stamm war zwei- oder dreihundert Meter dick, wo er seinen Ursprung hatte, die unteren Äste fast ebenso breit, aber die kleineren Zweige und Dornen verjüngten sich bald zu dolchartigen Spitzen, während sie mit ihrer gräßlichen Last menschlicher Früchte himmelwärts strebten.

Es war unmöglich, daß derart aufgespießte Menschen so lange überleben konnten; doppelt unmöglich, daß sie im Vakuum dieses Ortes außerhalb von Raum und Zeit existierten. Und dennoch überlebten und litten sie. Kassad sah, wie sie sich krümmten und wanden. *Alle* waren am Leben. Und alle litten Höllenqualen.

Kassad bemerkte ihren Schmerz als gewaltigen Lärm jenseits des Hörens, ein riesiges, unablässiges Nebelhorn der Qual, als würden Tausende unkundige Finger auf Tausende Tasten fallen und so eine gewaltige Orgel der Qual spielen. Der Schmerz war so greifbar; daß er den flammenden Himmel absuchte, als wäre der Baum ein Scheiterhaufen oder ein riesiges Fanal, dessen Wellen des Schmerzes deutlich sichtbar sein müßten.

Er erblickte lediglich das grelle Licht der lunaren Stille.

Kassad steigerte die Vergrößerung seiner Anzugssichtlinsen

und blickte von Zweig zu Zweig, von Dorn zu Dorn. Die Menschen, die sich dort wanden, waren beiderlei Geschlechts und aus allen Altersschichten. Sie trugen eine Vielfalt zerrissener Kleidungsstücke und unordentlicher Frisuren, die viele Jahrzehnte, wenn nicht Jahrhunderte der Mode überspannten. Viele Stile waren Kassad unbekannt, und er ging davon aus, daß er Opfer aus seiner eigenen Zukunft sah. Es waren Tausende ... Zehntausende ... Opfer. Alle lebten. Alle litten.

Kassad hielt inne, konzentrierte sich auf einen Zweig vierhundert Meter über dem Boden, auf eine Gruppe Leiber weit vom Stamm entfernt, auf einen einzelnen, drei Meter langen Stachel, auf dem sich ein altbekanntes purpurnes Cape bauschte. Die Gestalt dort wand sich und zuckte und drehte sich zu Fedmahn Kassad um.

Er sah die gepfählte Gestalt von Martin Silenus vor sich.

Kassad fluchte und ballte die Fäuste, bis die Knochen seiner Hände weh taten. Er sah sich nach seinen Waffen um und drehte die Vergrößerung hoch, damit er in den Kristallmonolithen sehen konnte. Da war nichts.

Oberst Kassad schüttelte den Kopf, als ihm klar wurde, daß der Hautanzug eine bessere Waffe als alle war, die er nach Hyperion mitgebracht hatte, und ging auf den Baum zu. Er wußte nicht, wie er daran hochklettern sollte, aber er würde eine Möglichkeit finden. Er wußte nicht, wie er Silenus lebend da runterbringen sollte — alle Opfer —, aber er würde es schaffen oder bei dem Versuch sterben.

Kassad ging zehn Schritte und blieb an der Krümmung einer geschmolzenen Düne stehen. Das Shrike stand zwischen ihm und dem Baum.

Er stellte fest, daß er unter dem Chromkraftfeld des Hautanzugs verbissen grinste. Darauf hatte er viele Jahre gewartet. Dies war die ehrwürdige Kriegführung, auf die er vor zwanzig Jahren bei der Masada-Zeremonie von FORCE Leben und Ehre geschworen hatte. Einzelkampf zwischen Kontrahenten. Ein Gefecht, um die Unschuldigen zu schützen. Kassad grinste, verflachte die Kante seiner rechten Hand zu einer silbernen Klinge und ging weiter.

— *Kassad!*

Auf Monetas Ruf hin blickte er sich um. Licht blitzte auf der

Quecksilberoberfläche ihres nackten Körpers, als sie Richtung Tal deutete.

Ein zweites Shrike kam aus dem Grab mit Namen Sphinx. Weiter unten im Tal trat ein Shrike aus dem Eingang des Jadegrabs. Grelles Licht funkelte auf Dornen und Stacheldraht, und dann erschien noch eines aus dem einen halben Klick entfernten Obelisken.

Kassad achtete nicht auf sie, sondern drehte sich wieder zu dem Baum und seinem Beschützer um.

Hundert Shrikes standen zwischen Kassad und dem Baum. Er blinzelte, worauf hundert weitere links von ihm auftauchten. Er sah hinter sich, und dort standen eine Legion Shrikes reglos wie Skulpturen auf den kalten Dünen und geschmolzenen Felsen der Wüste.

Kassad schlug sich mit der Faust aufs Knie. *Verdammt!*

Moneta trat eben ihn, bis ihre Arme sich berührten. Die Hautanzüge flossen zusammen, und er spürte die warme Haut ihres Unterarms an seinem. Sie stand dicht neben ihm.

— *Ich liebe dich, Kassad.*

Er betrachtete die perfekten Züge ihres Gesichts, achtete nicht auf die amoklaufenden Spiegelungen und Farben dort und versuchte sich daran zu erinnern, wie er ihr im Wald bei Agincourt zum erstenmal begegnet war. Er erinnerte sich an ihre erstaunlichen grünen Augen und das kurze braune Haar. An ihre volle Unterlippe und den Geschmack von Tränen, als er sie einmal versehentlich dort gebissen hatte.

Er hob eine Hand, berührte ihre Wange und spürte warme Haut unter dem Hautanzug. *Wenn du mich liebst,* übermittelte er, *bleib hier.*

Dann wandte sich Oberst Fedmahn Kassad ab und stieß einen Schrei aus, den nur er in der lunaren Stille hören konnte — ein Schrei, der teils Kriegsschrei aus der fernen menschlichen Vergangenheit war, teils Jubelruf der FORCE-Kadetten, teils Karateaufschrei und teils reiner Trotz. Er rannte über die Dünen auf den Baum der Dornen und das Shrike zu, das direkt davor stand.

Jetzt drängten sich Tausende Shrikes auf den Bergen und in den Tälern. Scheren wurden einheitlich aufgeklappt; Licht glitzerte auf Zehntausend skalpellscharfen Klingen und Dornen.

Kassad achtete nicht auf die anderen und stürmte auf das Shrike zu, das er seiner Meinung nach als erstes gesehen hatte. Über dem Ding krümmten sich menschliche Gestalten in der Einsamkeit ihrer Qual.

Das Shrike, auf das er zulief, breitete die Arme aus, als wollte es seine Umarmung darbieten. Gekrümmte Klingen an Handgelenken, Gelenken und auf der Brust schienen aus verborgenen Scheiden auszufahren.

Kassad schrie und legte die verbliebene Entfernung zurück.

28

Ich sollte nicht gehen«, sagte der Konsul.

Er und Sol hatten den noch bewußtlosen Het Masteen aus dem Höhlengrab zur Sphinx getragen, während Pater Duré auf Brawne Lamia aufgepaßt hatte. Es war fast Mitternacht, und das Tal erstrahlte im gespiegelten Licht der Zeitgräber. Die Schwingen der Sphinx schnitten Bögen aus dem bißchen Himmel, das sie über den Felswänden sehen konnten. Brawne lag reglos da, das obszöne Kabel schlängelte sich in die Dunkelheit des Grabs.

Sol berührte den Konsul an der Schulter. »Wir haben darüber gesprochen. Sie sollten gehen.«

Der Konsul schüttelte den Kopf und strich müßig über die uralte Hawking-Matte. »Sie könnte vielleicht zwei befördern. Sie und Duré könnten es bis zur Anlegestelle der *Benares* schaffen.«

Sol hielt den winzigen Kopf seiner Tochter in der hohlen Hand, während er sie sanft wiegte. »Rachel ist zwei Tage alt. Davon abgesehen gehören wir hierher.«

Der Konsul sah sich um. Schmerz stand in seinen Augen. »*Ich* gehöre hierher. Das Shrike . . .«

Duré beugte sich vor. Das Leuchten des Grabs hinter ihm malte seine hohe Stirn und die Wangen in leuchtenden Farben. »Mein Sohn, wenn Sie hier bleiben, dann nur aus dem Grund, Selbstmord zu begehen. Wenn Sie versuchen, das Schiff wegen M. Lamia und dem Tempelritter zu holen, helfen Sie damit anderen.«

Der Konsul rieb sich die Wangen. Er war sehr müde. »Sie hätten noch Platz auf der Matte, Pater.«

Duré lächelte. »Wie mein Schicksal auch aussehen mag, ich spüre, daß ich mich ihm hier stellen muß. Ich werde auf Ihre Rückkehr warten.«

Der Konsul schüttelte wieder den Kopf, setzte sich aber mit überkreuzten Beinen auf die Matte und zog die schwere Reisetasche zu sich her. Er zählte die Rationspackungen und Wasserflaschen, die Sol ihm eingepackt hatte. »Das sind zu viele. Sie werden mehr für sich selbst brauchen.«

Duré kicherte. »Wir haben genügend Wasser und Lebensmittel für vier Tage, dank M. Lamia. Wenn wir danach fasten müssen, wird es für mich nicht das erste Mal sein.«

»Und wenn Silenus und Kassad zurückkehren?«

»Die können von unserem Wasser abhaben«, sagte Sol. »Und wir können noch einmal ins Keep, Essen holen, sollten die anderen zurückkommen.«

Der Konsul seufzte. »Nun gut.« Er berührte die entsprechenden Flugmuster, worauf der zwei Meter lange Teppich starr wurde und sich zehn Zentimeter über das Felsgestein erhob. Störungen in dem unsicheren Magnetfeld waren keine festzustellen.

»Sie brauchen Sauerstoff für die Überquerung des Gebirges«, sagte Sol.

Der Konsul hob die Osmosemaske aus seiner Tasche.

Sol gab ihm Lamias automatische Pistole.

»Ich kann nicht ...«

»Uns wird sie gegen das Shrike nichts nützen«, sagte Sol. »Aber bei Ihnen könnte sie entscheiden, ob Sie bis Keats kommen oder nicht.«

Der Konsul nickte und verstaute die Waffe in der Tasche. Er schüttelte dem Priester die Hand, dann dem alten Gelehrten. Rachels winzige Fingerchen strichen über seinen Unterarm.

»Viel Glück«, sagte Duré. »Möge Gott mit Ihnen sein.«

Der Konsul nickte, berührte die Flugmuster und beugte sich nach vorn, als sich die Hawkingmatte fünf Meter hob, fast unmerklich erbebte und dann vorwärts und in die Höhe glitt wie auf unsichtbaren Schienen.

Der Konsul steuerte nach rechts zum Eingang des Tals,

schwebte zehn Meter über den Dünen dahin und schwenkte dann nach links über das Ödland. Er drehte sich nur einmal um. Die vier Gestalten auf der obersten Stufe der Sphinx — zwei stehende Männer, zwei liegende Bündel — sahen wirklich sehr winzig aus. Er konnte das Baby in Sols Armen nicht erkennen.

Der Konsul steuerte die Schwebematte, wie sie vereinbart hatten, nach Westen, um in der Hoffnung, er würde Martin Silenus finden, die Stadt der Dichter zu überfliegen. Seine Intuition sagte ihm, daß der launische Dichter einen Umweg dorthin gemacht haben könnte. Der Himmel war vergleichsweise frei vom Leuchten der Raumschlacht, daher mußte der Konsul Schatten absuchen, die das Licht der Sterne nicht erhellte, während er zwanzig Meter über den verfallenen Türmen und Kuppeln der Stadt dahinflog. Von dem Dichter keine Spur. Falls Brawne und der Dichter hier vorbeigekommen waren, hatte der Nachtwind, der dem Konsul jetzt durch das schüttere Haar strich und durch seine Kleidung flatterte, selbst ihre Fußspuren im Sand ausgelöscht.

In dieser Flughöhe war es kalt auf der Matte. Der Konsul spürte ruckartige Vibrationen, wenn sich die Hawkingmatte an unsicheren Kraftfeldlinien entlangbewegte. Bei Hyperions trügerischem Magnetfeld und den uralten EM-Flugfäden war es gar nicht so undenkbar, daß die Matte vom Himmel stürzen würde, lange bevor der Konsul die Hauptstadt Keats erreicht hatte.

Der Konsul rief mehrmals Martin Silenus' Namen, bekam aber keine Antwort, abgesehen von Taubenschwärmen, die explosionsartig von ihren Nistplätzen in der eingestürzten Kuppel einer der Galerien hochflatterten. Er schüttelte den Kopf und steuerte südwärts auf die Bridle Range zu.

Durch seinen Großvater Merin kannte der Konsul die Geschichte dieser Schwebematte. Es handelte sich um eines der ersten dieser Spielzeuge, die der netzweit berühmte Schmetterlingsforscher und EM-Systemingenieur Vladimir Sholokov von Hand gefertigt hatte, und es hätte durchaus diejenige sein können, die er seiner Nichte geschenkt hatte. Sholokovs Zuneigung zu dem jungen Mädchen war zur Legende geworden, ebenso die Tatsache, daß sie das Geschenk des fliegenden Teppichs verschmäht hatte.

Aber auf anderen Welten war sie gut angekommen, und obwohl die Schwebematten auf Welten mit vernünftiger Flugkontrolle bald verboten wurden, tauchten sie immer wieder auf Kolonialwelten auf. Diese hier hatte der Großvater des Konsuls ermöglicht, dessen Großmutter Siri auf Maui-Covenant zu besuchen.

Der Konsul blickte auf, als der Gebirgszug näherrückte. Zehn Minuten Flug hatten die Strecke des zweistündigen Fußmarschs durch das Ödland überbrückt. Die anderen hatten ihn beschworen, nicht im Chronos Keep zu halten, um nach Silenus zu suchen; welches Schicksal dem Dichter auch zuteil geworden sein mochte, es konnte auch den Konsul ereilen, bevor seine Reise richtig begonnen hatte. Er begnügte sich damit, in zweihundert Metern Höhe an der Felswand vor den Fenstern zu schweben, eine Armeslänge von der Terrasse entfernt, wo sie vor drei Tagen über das Tal geblickt hatten, und nach dem Dichter zu rufen.

Lediglich Echos antworteten ihm aus den dunklen Festsälen und Fluren des Keep. Der Konsul klammerte sich an den Rändern der Schwebematte fest, da er so dicht an der Felswand ein Gefühl für die Höhe und Schutzlosigkeit bekam. Er war erleichtert, als er mit der Matte vom Keep wegflog, höher stieg und auf die Bergpässe zusteuerte, wo Schnee im Sternenlicht glitzerte.

Er folgte den Kabeln der Seilbahn, die den Paß durchquerten und über die breite Kluft des Gebirgszugs hinweg einen Neuntausender mit dem nächsten verbanden. In dieser Höhe war es sehr kalt, der Konsul war froh um Kassads zusätzliches Thermocape, unter dem er kauerte und darauf achtete, Hände und Wangen nicht zu entblößen. Das Gel der Osmosemaske spannte auf seinem Gesicht wie ein hungriger Symbiont, der Sauerstoff aufsaugte, wo es kaum welchen gab.

Aber er reichte aus. Der Konsul atmete langsam und tief durch, während er zehn Meter über den eisverkrusteten Kabeln dahinflog. Keine einzige Druckkabine der Seilbahn war in Betrieb, die Einsamkeit über den Gletschern, Gipfeln und wie unter Leichentüchern im Schatten gelegenen Tälern war herzzerreißend. Der Konsul war froh, daß er diese Reise unternahm, und wenn es auch nur war, damit er die Schönheit Hyperions noch einmal ohne Bedrohung durch das Shrike oder die Invasion der Ousters sehen konnte.

Die Seilbahn hatte zwölf Stunden gebraucht, sie von Süden nach Norden zu bringen. Obwohl die Matte nur langsame zwanzig Klicks pro Minute in der Luft machte, schaffte der Konsul die Überquerung in sechs Stunden. Das Sonnenlicht holte ihn noch über den hohen Gipfeln ein. Er schreckte hoch und stellte entsetzt fest, daß er geträumt hatte, während die Schwebematte auf einen Gipfel zusteuerte, der noch fünf Meter über seine Flughöhe aufragte. Der Konsul konnte Felsen und Schneeflächen fünfzig Meter vor sich sehen. Ein schwarzer Vogel mit einer Spannweite von drei Metern — die Einheimischen nannten sie ›Vorboten‹ — stieß sich von seinem eisigen Hort ab, schwebte durch die dünne Luft und betrachtete den Konsul mit schwarzen Knopfaugen, während dieser steil nach links auswich und spürte, wie etwas im Flugmechanismus der Hawkingmatte nachgab; diese stürzte dreißig Meter ab, bis die Flugfäden wieder Halt fanden und den Teppich ausnivellierten.

Der Konsul umklammerte die Ränder der Matte mit weißen Fingern. Er hatte sich den Gurt der Reisetasche um die Taille gebunden, sonst wäre diese auf den Gletscher tief unten abgestürzt.

Von der Seilbahn war nichts zu sehen. Der Konsul hatte irgendwie so lange geschlafen, daß die Matte vom Kurs abgekommen war. Einen Augenblick geriet er in Panik, steuerte die Matte hierhin und dorthin und suchte verzweifelt nach einem Weg zwischen den Gipfeln, die wie Zähne rings um ihn herum aufragten. Dann sah er das Licht der Morgensonne golden auf den Hügeln vor sich und rechts, die Schatten fielen über Gletscher und Hochebenen links von ihm, und da wußte er, daß er noch auf dem richtigen Kurs war. Hinter diesem letzten hohen Gebirgszug lagen die südlichen Vorgebirge. Und dahinter ...

Die Schwebematte schien zu zögern, als der Konsul Flugmuster eingab und sie höher schickte, aber sie stieg doch widerwillig in Etappen an, bis sie sich über dem letzten Neuntausendergipfel befand und der Konsul die niedereren Berge dahinter erkennen konnte, die zu Vorgebirgen bloße dreitausend Meter über Meereshöhe schrumpften. Der Konsul sank dankbar tiefer.

Er sah die Seilbahn acht Klicks südlich von der Stelle, wo er den Bridle Range verlassen hatte, in der Sonne funkeln. Kabinen hingen reglos um die westliche Bahnstation herum. Unten wurden die spärlichen Gebäude des Dorfs Pilgrim's Rest sichtbar, die so verlassen wirkten wie vor einigen Tagen. Von dem Windwagen, den sie am Pier über den Untiefen des Grasmeers zurückgelassen hatten, war nichts mehr zu sehen.

Der Konsul setzte in der Nähe des Piers auf, desaktivierte die Schwebematte, streckte unter Schmerzen die Beine aus, rollte die Matte aus Sicherheitsgründen zusammen und machte sich auf die Suche nach einer Toilette in einem der verlassenen Gebäude beim Kai. Als er wieder herauskam, kroch das Licht der Morgensonne die Vorgebirge herab und verdrängte die letzten Schatten dort. Das Grasmeer erstreckte sich soweit er sehen konnte nach Süden und Westen, und die glatte Oberfläche wurde nur ab und zu durch Winde gestört, die Wogen über die glatte Scheibe jagten und kurz die rostbraunen und ultramarinfarbenen Stengel darunter offenbarten — eine so wellenähnliche Bewegung, daß man Gischt und Fische zu sehen erwartete.

Es gab keine Fische im Grasmeer, aber zwanzig Meter lange Grasschlangen, und wenn die Schwebematte des Konsuls dort versagte, würde er nicht einmal bei einer sicheren Landung lange überleben.

Der Konsul rollte die Matte aus, stellte die Tasche hinter sich und aktivierte den Teppich. Er hielt sich vergleichsweise nieder, fünfundzwanzig Meter über der Oberfläche, aber nicht so tief, daß eine Grasschlange ihn versehentlich für einen tieffliegenden Leckerbissen halten konnte. Der Windwagen hatte keinen ganzen Hyperion-Tag gebraucht, sie über das Grasmeer zu befördern, aber bei gelegentlichen Nordwestwinden hatte das nicht wenig Hin- und Herkreuzen erfordert. Der Konsul schätzte, daß er in weniger als fünfzehn Stunden über diesen schmalsten Teil des Meeres fliegen könnte. Er berührte die Vorwärtsflugmuster, worauf die Schwebematte rasch beschleunigte.

Nach zwanzig Minuten hatte er die Berge hinter sich gelassen, bis die Vorgebirge im Dunst der Ferne verschwanden. Nach einer Stunde fingen die Gipfel an zu schrumpfen, da die Krümmung der Welt ihre Ansätze verbarg. Zwei Stunden später konnte der Konsul nur noch die höchsten Berggipfel als undeutliche, verschwommene Schatten über dem Dunst erkennen.

Dann breitete sich das Grasmeer zu allen Horizonten hin aus und blieb unverändert, abgesehen von gelegentlichen sinnlichen Wogen, die die Winde verursachten. Hier war es viel wärmer als auf der Hochebene nördlich der Bridle Range. Der Konsul zog das Thermocape aus, dann den Mantel, dann den Pullover. Die Sonne brannte für diese hohen Breiten mit überraschender Intensität. Der Konsul kramte in der Tasche, fand den zerknitterten und mitgenommenen Dreispitz, den er erst vor zwei Tagen so stolz getragen hatte, und zog ihn auf den Kopf, damit er wenigstens ein bißchen Schatten hatte. Auf der Stirn und dem fast kahlen Kopf hatte er schon Sonnenbrand.

Nach etwa vier Stunden nahm er die erste Mahlzeit der Reise zu sich und kaute auf den faden Rationpackstreifen Protein, als wären sie Filet Mignon. Das Wasser war der köstlichste Bestandteil der Mahlzeit, und der Konsul mußte gegen den Impuls kämpfen, sämtliche Flaschen in einer Sauforgie zu leeren.

Das Grasmeer erstreckte sich unter, vor und hinter ihm. Der Konsul döste ein und erwachte jedesmal mit einem Gefühl des Fallens, worauf er mit den Händen krampfhaft die starren Ränder der Schwebematte umklammerte. Er überlegte sich, er hätte sich mit dem Seil festbinden sollen, das er mitgenommen hatte, aber er wollte nicht landen — das Gras war scharfkantig und höher als er. Er hatte zwar keine verräterischen V-förmigen Kielwasser von Grasschlangen gesehen, konnte aber nicht ausschließen, daß sie unten in Lauerstellung lagen.

Er fragte sich müßig, wohin der Windwagen verschwunden sein mochte. Das Ding war vollautomatisch und höchstwahrscheinlich von der Kirche des Shrike programmiert gewesen, da diese die Pilgerfahrt finanziert hatte. Welche anderen Pflichten konnte das Ding gehabt haben? Der Konsul schüttelte den Kopf, setzte sich aufrecht hin und kniff sich in die Wangen. Selbst während er über den Windwagen nachgedacht hatte, war er eingenickt. Als er im Tal der Zeitgräber darüber gesprochen hatte, schienen fünfzehn Stunden keine besonders lange Zeitspanne zu sein. Er sah auf sein Komlog; ganze fünf Stunden waren erst vergangen.

Der Konsul zog die Matte auf zweihundert Meter hoch, sah sich gründlich nach Spuren von Schlangen um und ließ die Matte dann wieder sinken, bis sie fünf Meter über dem Gras schwebte. Er holte vorsichtig das Seil heraus, zog eine Schlinge, robbte zum vorderen Teil des Teppichs und band mehrere Schlaufen um diesen herum, wobei er darauf achtete, daß er genügend Raum ließ, damit er darunterkriechen konnte, bevor er den Knoten festband.

Wenn die Matte abstürzte, wäre diese Sicherung mehr als nutzlos, aber die Seilschlingen an seinem Rücken vermittelten ihm ein Gefühl der Sicherheit, als er sich wieder nach vorn beugte, die Flugmuster abtastete, den Teppich auf vierzig Meter Höhe brachte und die Wange auf den warmen Stoff legte. Sonnenlicht schien ihm zwischen den Fingern hindurch, und er stellte fest, daß er an den bloßen Unterarmen einen schrecklichen Sonnenbrand bekam.

Er war zu müde, sich nochmals aufzurichten und die Ärmel herunterzukrempeln.

Leichter Wind kam auf. Der Konsul hörte unter sich das Rascheln und Zischeln, wenn das Gras sich wiegte oder etwas Großes vorbeikroch.

Er war so müde, daß er sich nicht darum kümmerte. Er schloß die Augen und war nach nicht einmal dreißig Sekunden eingeschlafen.

Der Konsul träumte von seiner Heimat — seiner wirklichen Heimat — auf Maui-Covenant, und der Traum war farbenfroh: der endlose blaue Himmel, das Südmeer, soweit das Auge reichte, dessen Ultramarin zu Grün verblaßte, wo die äquatorialen Untiefen anfingen, das erstaunliche Grün und Gelb und die Rottöne der schwimmenden Inseln, die von den Delphinen nach Norden begleitet wurden ... seit der Invasion der Hegemonie während der Kindheit des Konsuls waren sie ausgestorben, aber in seinem Traum lebten sie noch und brachen mit gewaltigen Sprüngen durch die Wasseroberfläche, bei denen tausend Lichtprismen in der klaren Luft funkelten.

In seinem Traum war der Konsul wieder ein Kind und stand auf der höchsten Ebene eines Baumhauses auf ihrer Insel der Ersten Familie. Großmutter Siri stand neben ihm — nicht die königliche Grande Dame, die er gekannt hatte, sondern die wunderschöne junge Frau, die sein Großvater kennengelernt und in die er sich verliebt hatte. Die Baumsegel flatterten, als die Südwinde aufkamen und die Herde der schwimmenden Inseln in präziser Formation durch die blauen Kanäle zwischen den Untiefen trieben. Am nördlichen Horizont konnte er gerade noch die ersten Inseln des Äquatorialarchipels erkennen, die grün und dauerhaft in den Abendhimmel aufragten.

Siri berührte ihn an der Schulter und deutete nach Westen.

Die Inseln brannten, gingen unter, ihre Labwurzeln zuckten vor qualvollen Schmerzen. Die Delphinherden waren verschwunden. Feuer regnete vom Himmel. Der Konsul sah Laserlanzen von Milliarden Volt, die die Luft versengten und blaugraue Schemen auf den Netzhäuten hinterließen. Unterwasserexplosionen erhellten die Meere und schleuderten Tausende Fische und empfindliche Meerestiere in Todeskrämpfen an die Oberfläche.

»Warum?« fragte Großmutter Siri, aber ihre Stimme war das leise Flüstern eines Teenagers.

Der Konsul wollte ihr antworten, konnte es aber nicht. Tränen blendeten ihn. Er griff nach ihrer Hand, aber sie war nicht mehr da, und das Wissen, daß sie *fort* war, daß er seine Sünden nie wieder gut machen konnte, schmerzte ihn so sehr, daß es ihm schwerfiel zu atmen. Empfindungen schnürten ihm die Kehle zu. Dann merkte er, daß Rauch ihm in die Augen brannte und in die Lunge drang; die Insel der Familie stand in Flammen.

Das Kind, das Konsul werden sollte, stolperte durch die blauschwarze Dunkelheit und suchte blind nach jemandem, der ihm die Hand hielt, ihn tröstete.

Eine Hand legte sich um seine. Es war nicht die von Siri. Der Druck dieser Hand war unvorstellbar fest. Die Finger waren Klingen.

Der Konsul erwachte stöhnend.

Es war dunkel. Er hatte mindestens sieben Stunden geschlafen. Er wand sich in dem Seil, richtete sich auf und sah auf das Komlogdisplay.

Zwölf Stunden. Er hatte zwölf Stunden geschlafen.

Jeder Muskel in seinem Körper tat weh, als er sich seitwärts beugte und nach unten sah. Die Schwebematte hielt eine konstante Höhe von vierzig Metern, aber er hatte keine Ahnung, wo er sich befand. Unten erstreckten sich flache Berge. Einige mußte die Matte in nur drei oder vier Metern Höhe überquert haben; orangefarbenes Gras und Flechten wuchsen in unregelmäßigen Büschen.

Irgendwann war er im Verlauf der vergangenen Stunden über das Südufer des Grasmeers hinweggeflogen und hatte den kleinen Hafen von Edge und die Docks des Flusses Hoolie verfehlt, wo die *Benares,* ihre Schwebebarke, vertaut gewesen war.

Der Konsul hatte keinen Kompaß — Kompasse waren nutzlos auf Hyperion —, und sein Komlog war nicht als Richtungsfinder programmiert. Er hatte vorgehabt, dem Hoolie nach Süden und Westen bis Keats und in etwa dem mühsamen Weg ihrer Pilgerfahrt flußaufwärts zu folgen, ohne die Kurven und Biegungen des Flusses.

Jetzt hatte er sich verirrt.

Der Konsul landete mit der Schwebematte auf einer flachen Hügelkuppe, trat mit einem Schmerzenslaut auf festen Boden und desaktivierte die Matte. Er wußte, die Ladung der Flugfäden mußte inzwischen zu gut dreißig Prozent verbraucht sein ... möglicherweise mehr. Er hatte keine Ahnung, wieviel Leistung die Matte allein aufgrund ihres Alters eingebüßt hatte.

Die Hügel sahen wie das unebene Land südlich des Grasmeers aus, aber vom Fluß war nichts zu sehen. Sein Komlog verriet ihm, daß es erst eine Stunde oder so dunkel war, aber der Konsul konnte auch keine Spur mehr vom Sonnenuntergang im Westen erkennen. Der Himmel war verhangen und verbarg sowohl die Sterne wie auch mögliche Zeichen von Raumschlachten.

»Verdammt«, flüsterte der Konsul. Er schritt auf und ab, bis

sein Blutkreislauf wieder in Schwung gekommen war, urinier-
te am Rand eines kurzen Hangs und ging zur Matte zurück,
wo er Wasser aus der Flasche trank. *Denk nach!*

Er hatte die Matte auf einen südwestlichen Kurs programmiert, der ihn in der Nähe der Hafenstadt Edge oder direkt
dort ans Ufer des Grasmeers hätte führen müssen. Wenn er
Edge und den Fluß einfach im Schlaf überflogen hatte, müßte
der Fluß irgendwo südlich sein, links von ihm. Aber wenn er
schlecht gezielt hatte, als er Pilgrim's Rest verließ, nur ein paar
Grad nach links, dann befand sich der Fluß im Nordosten, irgendwo rechts von ihm. Selbst wenn er die falsche Richtung
einschlug, würde er früher oder später eine bekannte land-
schaftliche Gegebenheit finden — die Küste der nördlichen
Mähne, wenn nichts anderes —, aber diese Verzögerung konnte ihn einen ganzen Tag kosten.

Der Konsul kickte nach einem Stein und verschränkte die
Arme. Nach der Hitze des Tages war es sehr kühl. Er zitterte
und stellte fest, daß sein Sonnenbrand schmerzte. Er griff sich
an den Schädel und zog die Finger fluchend zurück. *Welche
Richtung?*

Der Wind flüsterte durch niedere Salbeibüsche und Flechten. Er fühlte sich weit entfernt von den Zeitgräbern und der
Bedrohung durch das Shrike, aber er spürte die Präsenz von
Sol und Duré und Het Masteen und Brawne und dem vermißten Silenus und Kassad als Last auf den Schultern. Er hatte
sich als letzten Akt des Nihilismus der Pilgerfahrt angeschlossen, als sinnlosen Selbstmord, um seinem eigenen Leid ein Ende zu machen, dem Leid, daß er selbst die *Erinnerung* an Frau
und Kind verloren hatte, die während des Hegemoniefeldzugs
auf Bressia gestorben waren, und dem Leid seines schrecklichen Verrats — des Verrats an der Regierung, der er fast vierzig Jahre lang gedient hatte, des Verrats an den Ousters, die
ihm vertraut hatten.

Der Konsul setzte sich auf einen Stein und spürte, wie der
sinnlose Selbsthaß abebbte, als er an Sol und dessen Baby
dachte, die im Tal der Zeitgräber auf ihn warteten. Er dachte an
Brawne, diese tapfere Frau, die Verkörperung von Energie, die
hilflos dalag, während die egelartige Verlängerung des Bösen
des Shrike aus ihrem Schädel wuchs.

Er setzte sich, aktivierte die Matte und stieg auf achthundert Meter — so dicht an der Wolkendecke, daß er die Hand heben und sie hätte berühren können.

Als die Wolken weit zu seiner Linken kurz aufbrachen, offenbarte das Licht ein Glitzern von Wellen. Der Hoolie lag etwa fünf Klicks südlich.

Der Konsul steuerte die Schwebematte scharf nach links und spürte, wie die ausgelaugten Sperrfelder versuchten, ihn an die Matte zu drücken, fühlte sich aber doch sicherer mit dem Seil. Zehn Minuten später befand er sich unmittelbar über dem Wasser und steuerte nach unten, um sich zu vergewissern, daß es sich tatsächlich um den breiten Hoolie, und nicht um einen Nebenfluß handelte.

Es war der Hoolie. Leuchtende Sommerfäden blühten in den flachen, sumpfigen Gebieten am Ufer. Die hohen zinnenbewehrten Türme der Baumeisterameisen bildeten geisterhafte Silhouetten vor einem Himmel, der nur wenig dunkler war als das Land.

Der Konsul stieg zwanzig Meter in die Höhe, trank Wasser aus seiner Flasche und sauste mit Höchstgeschwindigkeit flußabwärts.

Bei Sonnenaufgang befand er sich unterhalb des Dorfs Doukhobor's Copse, fast bei den Schleusen von Karla, wo der Königliche Transportkanal zu den nördlichen städtischen Siedlungen und der Mähne führte. Der Konsul wußte, von hier bis zur Hauptstadt waren es keine hundertfünfzig Klicks — aber bei der nervtötend langsamen Geschwindigkeit der Schwebematte waren das noch rund sieben Stunden. Er hatte gehofft, er würde an diesem Punkt der Reise einen Militärgleiter erspähen, ein Passagierluftschiff aus dem Copse von Naiad oder auch nur ein Motorboot, das er übernehmen konnte. Aber an den Ufern des Hoolie war keine Spur von Leben zu sehen, abgesehen von gelegentlichen brennenden Gebäuden oder Licht in fernen Fenstern. Sämtliche Boote waren von den Docks verschwunden. Die Mantabecken oberhalb der Schleusen waren verlassen, die großen Portale offen für die Strömung, keine Transportbarken waren an der Stelle vertaut, wo der Fluß zu doppelter Breite seines sonstigen Laufs anschwoll.

Der Konsul fluchte und flog weiter.

Es war ein wunderschöner Morgen, der Sonnenaufgang erhellte die tiefhängenden Wolken und hob jeden Busch und Baum im horizontalen Licht klar hervor. Dem Konsul war, als hätte er vor Monaten zum letztenmal echte Vegetation gesehen. Werholz- und Halbeichenbäume ragten auf den fernen Klippen in majestätische Höhe auf, während auf den gefluteten Feldern der Eingeborenen grüne Schößlinge von Millionen Periskopbohnen aufragten. Frauenhainwurzeln und Feuerfarn säumten die Ufer, jeder einzelne Zweig zeichnete sich deutlich im klaren Licht des Sonnenaufgangs ab.

Die Wolken verschluckten die Sonne. Es fing an zu regnen. Der Konsul setzte den Dreispitz auf; kauerte sich unter Kassads Ersatzmantel und flog in einer Höhe von hundert Metern südwärts.

Der Konsul versuchte sich zu erinnern. *Wieviel Zeit blieb dem Mädchen Rachel noch?*

Obwohl er am Tag zuvor so lange geschlafen hatte, umwölkte Müdigkeit sein Denken. *Rachel war vier Tage alt gewesen, als sie im Tal eingetroffen waren. Das war ... vor vier Tagen gewesen.*

Der Konsul rieb sich die Wange, griff nach einer Wasserflasche und mußte feststellen, daß alle leer waren. Er hätte problemlos nach unten sinken und alle Flaschen im Fluß wieder auffüllen können, wollte aber die Zeit nicht vergeuden. Sein Sonnenbrand tat weh, er zitterte, während Regen von seinem Hut troff.

Sol hat gesagt, wenn ich bis Einbruch der Nacht zurück bin, wäre alles in Ordnung. Rachel kam nach zwölf-null-null Uhr zur Welt, auf Hyperion-Zeit umgerechnet. Wenn das stimmt, *wenn es kein Irrtum ist, hat sie Zeit bis heute abend acht Uhr.* Der Konsul wischte sich Wasser von Wangen und Augenbrauen. *Sagen wir noch sieben Stunden bis Keats. Eine Stunde oder zwei, bis ich das Schiff freibekommen habe. Theo wird mir helfen ... er ist jetzt Generalgouverneur. Ich kann ihn davon überzeugen, daß es im Interesse der Hegemonie ist, sich über Gladstones Befehl hinwegzusetzen, daß das Schiff unter Quarantäne steht. Wenn nötig, werde ich ihm sagen, daß sie mir den Auftrag gegeben hat, mich mit den Ousters zu verbünden und das Netz zu verraten.*

Sagen wir zehn Stunden, plus fünfzehn Minuten Flug mit dem Schiff. Müßte noch mindestens eine Stunde bis Sonnenuntergang bleiben. Rachel wird nur ein paar Minuten alt sein aber ... was? Was können wir versuchen, abgesehen von den Kammern für die kryonische Fuge? Nichts. Wir müssen es tun. Das war immer Sols letzte Chance, obwohl die Ärzte meinen, es könnte der Tod des Kindes sein. Aber was ist mit Brawne?

Der Konsul war durstig. Der Regen hatte nachgelassen und bildete nur noch feinen Nieseldunst, der ausreichte, Lippen und Zunge zu benetzen und ihn noch durstiger zu machen. Er fluchte leise und ging langsam tiefer. Vielleicht konnte er gerade so lange über dem Fluß schweben, daß er eine Flasche füllen konnte.

Die Schwebematte gab dreißig Meter über dem Fluß den Geist auf. Eben noch sank sie langsam und sanft wie ein Teppich auf einer glatten Glasebene nach unten, und im nächsten Augenblick taumelte und trudelte sie unkontrolliert, ein zwei Meter langer Teppich und ein zu Tode erschrockener Mann, der aus dem Fenster eines zehnstöckigen Gebäudes geworfen wurde.

Der Konsul schrie und versuchte zu springen, aber das Seil, das ihn mit dem Teppich verband, und der Gurt der Reisetasche verwickelten ihn in die trudelnde Masse der Schwebematte, und so stürzte er mit dieser zusammen die letzten zwanzig Meter auf die harte Oberfläche des Hoolie.

29

Sol Weintraub hatte in der Nacht, als der Konsul aufbrach, die allergrößten Hoffnungen. Endlich *unternahmen* sie etwas. Oder versuchten es zumindest. Sol glaubte nicht, daß die kryonischen Kammern im Schiff des Konsuls die Lösung für Rachels Rettung sein würden — medizinische Experten auf Renaissance Vector hatten auf die außerordentlichen Gefahren dieser Vorgehensweise hingewiesen —, aber es war gut, eine Alternative zu haben ... *irgendeine* Alternative. Und Sol war der Meinung, daß sie lange genug untätig gewesen waren und auf die Launen des Shrike gewartet hatten wie verurteilte Verbrecher auf die Guillotine.

Das Innere der Sphinx schien in dieser Nacht gefährlich zu sein, daher schaffte Sol ihre Habseligkeiten auf die breite Granitveranda des Grabs hinaus, wo er und Duré versuchten, es Masteen und Brawne mit Decken und Mänteln und Rucksäcken als Kissen so bequem wie möglich zu machen. Brawnes Medmonitore zeigten nach wie vor keinerlei Gehirntätigkeit, während ihr Körper behaglich ruhte. Masteen wälzte und wand sich im Griff des Fiebers.

»Was, meinen Sie, hat der Tempelritter?« fragte Duré. »Eine Krankheit?«

»Könnte auch schlicht und ergreifend Unterernährung sein«, erwiderte Sol. »Nachdem er vom Windwagen entführt wurde, mußte er durch das Ödland und das Tal der Zeitgräber wandern. Er aß Schnee, um Flüssigkeit zu bekommen, und hatte überhaupt keine Nahrung.«

Duré nickte und untersuchte das FORCE-Medpack, das sie an der Innenseite von Masteens Arm befestigt hatten. Die Anzeigen verrieten das konstante Tröpfeln einer intravenösen Lösung. »Aber mir scheint es etwas anderes zu sein«, sagte der Jesuit. »Eher Wahnsinn.«

»Tempelritter besitzen eine fast telepathische Verbindung zu ihren Baumschiffen«, sagte Sol. »Die Stimme des Baums muß Masteen schon verrückt gemacht haben, als er die Zerstörung der *Yggdrasil* mitansehen mußte. Besonders wenn er irgendwie wußte, daß sie notwendig war.«

Duré nickte und tupfte dem Tempelritter die wächserne Stirn mit einem Schwamm ab. Es war nach Mitternacht, Wind war aufgekommen, der um die Schwingen und unebenen Kanten der Sphinx heulte und den karmesinroten Staub in trägen Spiralen aufwirbelte. Die Gräber erstrahlten hell und wurden dann dunkler, ein Grab nach dem anderen, ohne ersichtliche Reihenfolge oder Ordnung. Gelegentlich setzte der Sog der Zeitgezeiten beiden Männern zu, so daß sie stöhnten und sich am Stein festklammerten, aber die Wogen von *déjà vu* und Schwindelgefühl ließen nach wenigen Augenblicken wieder nach.

Da Brawne Lamia durch das mit ihrem Schädel verschweißte

Kabel mit der Sphinx verbunden war, konnten sie nicht gehen.

Irgendwann vor der Dämmerung brachen die Wolken auf, und der Himmel wurde sichtbar; die dichten Sternbilder wirkten in ihrer Klarheit fast schmerzlich. Eine Zeitlang waren Fusionsstreifen — schmale Diamantkratzer auf der Glasscheibe der Nacht — die einzigen Hinweise auf die gewaltigen kriegführenden Flotten da oben, aber dann entfalteten sich wieder die Blüten ferner Explosionen, und binnen einer Stunde wurde das Leuchten der Zeitgräber von den Ausbrüchen am Himmel überstrahlt.

»Was meinen Sie, wer wird siegen?« fragte Pater Duré. Die beiden Männer saßen mit den Rücken an der Steinmauer der Sphinx und sahen zu dem Abschnitt des Himmels empor, der zwischen den vorwärts gekrümmten Schwingen des Grabs zu sehen war.

Sol streichelte Rachel, die auf dem Bauch schlief und unter der Decke den Po hochstreckte, den Rücken. »Nach dem, was die anderen sagen, scheint vorherbestimmt zu sein, daß das Netz einen schrecklichen Krieg erdulden muß.«

»Demnach glauben Sie an die Vorhersagen des KI-Ratskonzils?«

Sol zuckte die Achseln. »Ich weiß eigentlich nichts über Politik ... oder die Genauigkeit von Vorhersagen des Core. Ich bin ein unbedeutender Gelehrter an einem kleinen College auf einer Hinterwäldlerwelt. Aber ich habe das *Gefühl*, daß uns etwas Schreckliches bevorsteht ... daß eine grimmige Bestie gen Bethlehem in ihre Geburt schlampt.«

Duré lächelte. »Yeats«, sagte er. Das Lächeln erlosch. »Ich vermute, dieser Ort ist das neue Bethlehem.« Er sah das Tal hinab zu den leuchtenden Gräbern. »Ich habe mein Leben lang die Theorien St. Teilhards über die Evolution hin zum Punkt Omega gelehrt. Statt dem haben wir dies hier. Menschliche Narretei am Himmel und einen schrecklichen Antichrist, der darauf wartet, den Rest zu erben.«

»Sie glauben, daß das Shrike der Antichrist ist?«

Pater Duré legte die Ellbogen auf die angezogenen Knie und faltete die Hände. »Wenn nicht, stecken wir alle in ernsten Schwierigkeiten.« Er lachte verbittert. »Es ist noch nicht lange

her, da wäre ich begeistert gewesen, einen Antichrist zu entdecken ... sogar die Präsenz einer antigöttlichen Macht hätte
ausgereicht, meinen schwindenden Glauben an jedwede Form
einer Gottheit zu stützen.«

»Und jetzt?« fragte Sol leise.

Duré spreizte die Finger. »Bin auch ich gekreuzigt worden.«

Sol dachte an die Bilder aus Lenar Hoyts Geschichte von
Duré; wie sich der alte Jesuit selbst an den Teslabaum genagelt
und jahrelang Qual und Wiedergeburt erduldet hatte, statt sich
dem DNS-Parasiten der Kruziform zu ergeben, der noch jetzt
unter der Haut seiner Brust lag.

Duré wandte das Gesicht vom Himmel ab. »Keine Begrü-
ßung durch einen himmlischen Vater«, sagte er leise. »Keine
Versicherung, daß sich Schmerz und Opfer gelohnt hätten.
Nur Qual. Qual und Dunkelheit und dann wieder Qual.«

Sols Hand verweilte still auf dem Rücken des Säuglings.
»Und darum haben Sie Ihren Glauben verloren?«

Duré sah Sol an. »Im Gegenteil, ich kam zur Überzeugung,
daß Glaube noch wichtiger ist. Qual und Dunkelheit sind unser Los seit dem Sündenfall der Menschheit. Aber es muß eine
Hoffnung geben, daß wir uns auf eine höhere Ebene entwik-
keln können ... daß das Bewußtsein sich auf eine Stufe entwik-
keln kann, die gütiger ist als ein von Gleichgültigkeit erfülltes
Universum.«

Sol nickte langsam. »Während Rachels langem Kampf mit
Merlins Krankheit hatte ich einen Traum ... meine Frau Sarai
hatte denselben Traum ... daß ich aufgefordert wäre, meine
einzige Tochter zu opfern.«

»Ja«, sagte Duré. »Ich habe mir die Zusammenfassung des
Konsuls auf Disc angehört.«

»Dann kennen Sie meine Antwort«, sagte Sol. »Erstens, daß
man Abrahams Pfad des Gehorsams nicht mehr folgen kann,
auch wenn ein Gott diesen Gehorsam fordert. Zweitens, daß
wir diesem Gott zu viele Generationen lang Opfer dargeboten
haben ... daß die Vergeltung mit Schmerzen ein Ende haben
muß.«

»Und doch sind Sie hier«, sagte Duré und deutete ins Tal, zu
den Gräbern, in die Nacht.

»Ich bin hier«, stimmte Sol zu. »Aber nicht, um mich zu unterwerfen. Nur um zu sehen, welche Antwort diese Mächte auf meine Entscheidung haben.« Er streichelte seiner Tochter wieder den Rücken. »Rachel ist jetzt anderthalb Tage alt und wird mit jeder Sekunde jünger. Wenn das Shrike der Architekt dieser Grausamkeiten ist, dann möchte ich ihm gegenübertreten, selbst *wenn* es der Antichrist sein sollte. Wenn es einen Gott gibt und er das angerichtet hat, möchte ich ihm dieselbe Verachtung zeigen.«

»Vielleicht haben wir alle so schon zuviel Verachtung gezeigt«, meinte Duré.

Sol blickte auf, als ein Dutzend stecknadelkopfgroßer Lichter sich zu Schockwellen von Plasmaexplosionen weit draußen im All entfalteten. »Ich wünschte, wir verfügten über die Technik, Gott mit gleichen Mitteln zu bekämpfen«, sagte er mit leiser, gepreßter Stimme. »Es ihm auf seinem Grund und Boden zu zeigen. Alle der Menschheit zugefügten Ungerechtigkeiten heimzuzahlen. Ihm ermöglichen, seine anmaßende Arroganz sein zu lassen oder zur Hölle gepustet zu werden.«

Pater Duré zog eine Braue hoch, dann lächelte er verhalten. »Ich verstehe den Zorn, den Sie empfinden.« Der Priester berührte sanft Rachels Kopf. »Versuchen wir vor Sonnenaufgang noch ein wenig zu schlafen, ja?«

Sol nickte, legte sich neben sein Kind und zog die Decke bis zur Wange. Er hörte Duré etwas flüstern, das ein leises Gutenacht sein mochte, oder möglicherweise ein Gebet.

Sol streichelte seine Tochter, schloß die Augen und schlief ein.

Das Shrike kam in dieser Nacht nicht. Auch am nächsten Morgen nicht, als Sonnenlicht die Felswände im Südwesten bemalte und die Spitze des Kristallmonolithen berührte. Sol erwachte, als der Sonnenschein das Tal hinabwanderte; Duré schlief neben ihm, Masteen und Brawne waren noch bewußtlos. Rachel regte sich und strampelte. Ihr Schreien war das eines hungrigen Neugeborenen. Sol fütterte ihr eines der letzten Babypacks, zog den Wärmstreifen und wartete einen Moment, bis die Milch Körpertemperatur hatte, über Nacht war es kalt im Tal geworden, Frost funkelte auf den Stufen zur Sphinx.

Rachel aß mit Heißhunger und gab die leisen Maunz- und

Schmatzlaute von sich, die Sol schon vor fünfzig Jahren gehört hatte, als Sarai sie noch stillte. Als sie fertig war, ließ Sol sie aufstoßen und auf seiner linken Schulter ruhen, während er sie sanft hin und her wiegte.

Noch anderthalb Tage.

Sol war sehr müde. Er wurde trotz der einmaligen Poulsen-Behandlung vor einem Jahrzehnt alt. In dem Alter, als er und Sarai normalerweise von ihren elterlichen Pflichten entbunden sein sollten — ihr einziges Kind an der Universität und auf einer archäologischen Ausgrabung im Outback —, hatte Rachel Merlins Krankheit bekommen, und so hatten sie bald wieder die Elternrolle übernehmen müssen. Die Kurve dieser Verpflichtungen stieg an, je älter Sol und Sarai wurden — dann war Sol allein nach dem Unfall auf Barnards Welt —, und jetzt war er sehr, sehr müde. Aber dennoch, trotz allem, stellte er fest, daß er keinen einzigen Tag bereute, den er sich um seine Tochter gekümmert hatte.

Noch anderthalb Tage.

Pater Duré erwachte wenig später, worauf die beiden Männer aus den verschiedenen Dosen, die Brawne mitgebracht hatte, ein Frühstück zubereiteten. Het Masteen erwachte nicht, aber Duré legte ihm das vorletzte Medpack auf, und der Tempelritter erhielt Flüssigkeit und IV-Nährlösungen.

»Glauben Sie, wir sollten das letzte Medpack M. Lamia geben?« fragte Duré.

Sol seufzte und überprüfte nochmals ihre Komlogmonitore. »Ich glaube nicht, Paul. Laut der Anzeige hier ist der Blutzucker hoch ... Ernährungswerte so, als hätte sie gerade eine anständige Mahlzeit gegessen.«

»Aber wie?«

Sol schüttelte den Kopf. »Vielleicht ist das verdammte Ding eine Art Nabelschnur.« Er deutete auf das Kabel, das an der Stelle mit ihrem Kopf verschmolz, wo der Kortikalstecker gewesen war.

»Und was machen wir heute?«

Sol sah zum Himmel, der bereits zu der grünen und lapislazulifarbenen Kuppel verblaßte, an die sie sich auf Hyperion gewöhnt hatten. »Wir warten«, sagte er.

Het Masteen erwachte, kurz bevor die Sonne den Zenit erreichte. Der Tempelritter richtete sich starr auf und sagte: »Der Baum!«

Duré, der unten auf und ab gegangen war, eilte die Stufen hinauf. Sol nahm Rachel, die im Schatten neben der Mauer gelegen hatte, und kam an Masteens Seite. Die Augen des Tempelritters waren auf etwas über den Felswänden gerichtet. Sol sah auf, erblickte aber nur den fahlen Himmel.

»Der Baum!« rief der Tempelritter wieder und hob eine aufgeschürfte Hand.

Duré hielt den Mann fest. »Er hat Halluzinationen. Er glaubt, er sieht die *Yggdrasil*, sein Baumschiff.«

Het Masteen kämpfte gegen Durés Griff. »Nein, nicht die *Yggdrasil*«, keuchte er mit trockenen Lippen, »der Baum. Der Letzte Baum. Der Baum der Schmerzen!«

Beide Männer blickten auf, aber der Himmel war leer, abgesehen von ein paar Wölkchen, die im Südwesten vorbeizogen. In diesem Augenblick kam eine Flutwelle der Zeitgezeiten, worauf Sol und der Priester, von plötzlichem Schwindelgefühl erfaßt, die Köpfe senkten. Es ging vorbei.

Het Masteen versuchte aufzustehen. Die Augen des Tempelritters waren immer noch auf etwas weit Entferntes gerichtet. Seine Haut war so heiß, daß sie Sol fast die Hände verbrannte.

»Holen Sie das letzte Medpack«, sagte Sol. »Programmieren Sie Ultramorphin und das Antifieberagens.« Duré gehorchte hastig.

»Der Baum der Schmerzen!« brachte Het Masteen heraus. »Ich sollte seine Stimme werden! Der Erg soll ihn durch Raum und Zeit befördern! Der Bischof und die Stimme des Großen Baums haben *mich* auserkoren! Ich darf sie nicht im Stich lassen.« Er wehrte sich noch einen Moment gegen Sols Arme, dann sank er wieder auf die Steinterrasse. »Ich bin der Wahre Auserwählte«, flüsterte er, während die Energie aus ihm wich wie Luft aus einem aufgerissenen Ballon. »Ich muß den Baum der Schmerzen während der Zeit der Buße leiten.« Er schloß die Augen.

Duré legte das letzte Medpack auf, vergewisserte sich, daß der Monitor auf die Eigenheiten Metabolismus und Körperchemie eingestellt war, dann löste er Adrenalin und Schmerzstiller aus. Sol kauerte über der Gestalt in der Robe.

»Das ist weder Tempelritterterminologie noch Theologie«, sagte Duré. »Er benützt die Sprache des Shrike-Kults.« Der Priester sah Sol in die Augen. »Das erklärt das Geheimnis teilweise ... besonders nach Brawnes Geschichte. Aus irgendeinem Grund haben die Tempelritter mit der Kirche der Letzten Buße gemeinsame Sache gemacht ... mit dem Shrike-Kult.«

Sol nickte, schob sein Komlog über Masteens Handgelenk und justierte den Monitor.

»Der Baum der Schmerzen muß der sagenhafte Dornenbaum des Shrike sein«, überlegte Duré und sah zum freien Himmel, wohin Masteens Blick gewandert war. »Aber was meint er damit, daß er und der Erg auserkoren waren, ihn durch Raum und Zeit zu steuern? Glaubt er wirklich, daß er den Baum des Shrike steuern kann wie die Tempelritter ihre Baumschiffe? Warum?«

»Das müssen Sie ihn im nächsten Leben fragen«, sagte Sol niedergeschlagen. »Er ist tot.«

Duré überprüfte die Monitore und fügte noch Lenar Hoyts Komlog der Anordnung hinzu. Sie versuchten es mit Wiederbelebungsstimuli des Medpack, CPR und Mund-zu-Mund-Beatmung. Die Anzeigen der Monitore regten sich nicht. Het Masteen, Wahre Stimme des Baums der Tempelritter und Pilger zum Shrike, war wirklich und wahrhaftig tot.

Sie warteten eine Stunde lang und rechneten in diesem perversen Tal des Shrike mit allem, aber als die Monitore zunehmende Verwesung des Leichnams anzeigten, begruben sie Masteen in einem flachen Grab fünfzig Meter entfernt neben dem Pfad zum Eingang des Tals. Kassad hatte einen Klappspaten hinterlassen — der im Sprachgebrauch von FORCE mit der Aufschrift ›Grabwerkzeug‹ versehen war —, die Männer gruben abwechselnd, während der andere auf Rachel und Brawne Lamia aufpaßte.

Die beiden Männer, einer mit einem Kind auf den Armen, standen im Schatten eines Felsblocks, während Duré ein paar Worte sprach, bevor Erde auf das behelfsmäßige Leichentuch aus Fiberplastik geschüttet wurde.

»Ich habe M. Masteen eigentlich nicht gekannt«, sagte der Priester. »Wir gehörten nicht demselben Glauben an. Aber wir hatten denselben Beruf; Stimme des Baums Masteen verrichtete den größten Teil seines Lebens etwas, das er als Gottes Werk betrachtete, suchte Gottes Willen in den Schriften des Muir und der Schönheit der Natur. Er besaß wahren Glauben — der von Problemen auf die Probe gestellt, durch Gehorsam gestärkt und am Ende durch ein Opfer besiegelt wurde.«

Duré verstummte und sah blinzelnd zum Himmel, der Grau wie ein Flintenlauf geworden war. »Bitte nimm Deinen Diener auf, o Herr. Heiße ihn in Deinen Armen willkommen, wie Du dereinst uns willkommen heißen wirst, Deine anderen Suchenden, die vom rechten Weg abgekommen sind. Im Namen des Vaters und des Sohnes und des Heiligen Geistes, Amen.«

Rachel fing an zu weinen. Sol ging mit ihr auf und ab, während Duré Erde auf das menschenförmige Bündel in Fiberplastik schaufelte.

Sie kehrten zur Veranda der Sphinx zurück und rückten Brawne behutsam in das letzte verbliebene Restchen Schatten. Vor der Nachmittagssonne konnten sie sie nicht schützen, es sei denn, sie hätten sie in das Grab selbst hineingetragen, und das wollten beide Männer nicht.

»Der Konsul muß mittlerweile die halbe Strecke zum Schiff hinter sich haben«, sagte der Priester, nachdem er einen großen Schluck Wasser getrunken hatte. Der Mann hatte einen Sonnenbrand auf der schweißbedeckten Stirn.

»Ja«, sagte Sol.

»Morgen um diese Zeit müßte er wieder hier sein. Wir befreien Brawne mit Laserschneidern und bringen sie in die Krankenstation des Schiffs. Vielleicht können wir Rachels Rückwärtsaltern in kryonischem Kälteschlaf aufhalten, was die Ärzte auch immer sagen mögen.«

»Ja.«

Duré ließ die Wasserflasche sinken und sah Sol an. »Glauben Sie, daß es so kommen wird?«

Sol erwiderte den Blick. »Nein.«

Schatten erstreckten sich von den südwestlichen Felswänden. Die Hitze des Tages war zu etwas Festem geronnen, dann hatte sie ein wenig nachgelassen. Im Süden zogen sich Wolken zusammen.

Rachel schlief im Schatten neben der Tür. Sol ging zu Paul Duré, der etwas abseits stand und durch das Tal sah, und legte dem Priester eine Hand auf die Schulter. »Worüber denken Sie nach, mein Freund?«

Duré drehte sich nicht um. »Ich denke, wenn ich nicht zutiefst überzeugt wäre, daß Selbstmord eine Todsünde ist, würde ich meinem Leben ein Ende machen und dem jungen Hoyt damit eine Chance geben.« Er sah Sol mit der Andeutung eines Lächelns an. »Aber ist es Selbstmord, wenn dieser Parasit auf meiner Brust — auf *seiner* Brust — mich eines Tages strampelnd und schreiend zu meiner eigenen Wiederauferstehung schleppen würde?«

»Wäre es eine gute Gabe für Hoyt«, fragte Sol leise, »ihn in diese Situation zurückzubringen?«

Duré schwieg einen Augenblick lang. Dann ergriff er Sol am Oberarm. »Ich glaube, ich mache einen Spaziergang.«

»Wohin?« Sol sah blinzelnd in die stehende Hitze des Wüstennachmittags hinaus. Unter der dünnen Wolkendecke war das Tal wie ein Backofen.

Der Priester machte eine unbestimmte Geste. »Das Tal hinab. Ich bin bald wieder da.«

»Seien Sie vorsichtig«, sagte Sol. »Und vergessen Sie nicht, wenn der Konsul über dem Hoolie auf einen Patrouillengleiter trifft, könnte er schon heute nachmittag zurück sein.«

Duré nickte, holte eine Wasserflasche und streichelte Rachel zärtlich; dann schritt er die lange Treppe der Sphinx hinab — vorsichtig und zaghaft, wie ein sehr alter Mann.

Sol sah ihm nach, wie er immer kleiner wurde und Entfernung und Hitzeflimmern seine Gestalt verzerrten. Dann seufzte Sol und setzte sich wieder neben seine Tochter.

Paul Duré versuchte, sich im Schatten zu halten, aber selbst hier war die Hitze niederdrückend und lag ihm wie ein schweres Joch auf den Schultern. Er ging am Jadegrab vorbei und folgte dem Pfad zu den nördlichen Felsklippen und dem Obelisken. Der schlanke Schatten dieses Grabs malte Dunkelheit auf das rötliche Gestein und den Staub auf dem Talboden. Duré ging weiter abwärts, schritt durch die Trümmer rund um den Kristallmonolithen und blickte auf, als ein schwacher Wind zerschellte Scheiben bewegte und durch Risse hoch oben im Antlitz des Grabes pfiff. Er sah sein Spiegelbild in den unteren Flächen und mußte an das Orgelspiel des Abendwinds denken, der aus der Kluft wehte, als er die Bikura hoch oben auf dem Pinion-Plateau gefunden hatte. Das schien Äonen her zu sein. Es *war* Äonen her.

Duré spürte die Schäden, die die Rekonstruktion durch die Kruziform seinem Verstand und seiner Erinnerung angetan hatte. Es war zum Verrücktwerden — so, als hätte man einen Schlaganfall gehabt und keine Hoffnung auf Besserung. Ausführungen, die einmal ein Kinderspiel für ihn gewesen wären, erforderten jetzt höchste Konzentration oder lagen schlichtweg außerhalb seiner Fähigkeiten. Worte fielen ihm nicht ein. Emotionen überkamen ihn mit derselben unvermittelten Heftigkeit wie die Gezeiten der Zeit. Mehrmals hatte er sich von den anderen Pilgern entfernen müssen und weinte in seiner Abgeschiedenheit ohne ersichtlichen Grund.

Die anderen Pilger. Jetzt waren nur noch Sol und das Kind übrig. Pater Duré hätte mit Freuden sein Leben hingegeben, wenn er diese beiden hätte retten können. War es eine Sünde, fragte er sich, wenn man einen Tauschhandel mit dem Antichrist versuchen wollte?

Er befand sich jetzt tief im Tal, fast an der Stelle, wo es sich ostwärts zu der breiten Sackgasse krümmte, in der der Palast des Shrike sein Labyrinth der Schatten auf die Felsen warf. Der Pfad führte dicht an der Nordwestwand an den Höhlengräbern vorbei. Duré spürte den kühlen Luftzug aus dem ersten Höhlengrab und war versucht, es zu betreten, um sich von der Hitze zu erholen, die Augen zu schließen und ein Nikkerchen zu machen.

Er ging weiter.

Der Eingang des zweiten Grabes wies barocke Bildhauereien im Stein auf, die Duré an die uralte Basilika erinnerten, die er in der Kluft gefunden hatte — das gewaltige Kreuz und der Altar, wo die verblödeten Bikura ›gebetet‹ hatten. Sie hatten die obszöne Unsterblichkeit der Kruziform angebetet, nicht die Möglichkeit wahrhaftiger Wiederauferstehung, die das Kreuz versprach. *Aber wo lag der Unterschied?* Duré schüttelte den Kopf und versuchte, Nebel und Zynismus zu vertreiben, die jeden Gedanken umwölkten. Nach dem dritten Höhlengrab, den kürzesten und unscheinbarsten der drei, stieg der Pfad an.

Im dritten Höhlengrab schien Licht.

Duré blieb stehen, holte Luft und sah durch das Tal zurück. Die fast einen Kilometer entfernte Sphinx war deutlich zu sehen, aber Sol konnte er im Schatten nicht erkennen. Einen Augenblick lang fragte sich Duré, ob sie tags zuvor im *dritten Grab* ihr Lager aufgeschlagen hatten … ob jemand eine Laterne dort vergessen hatte.

Es war nicht das dritte Grab gewesen. Abgesehen von der Suche nach Kassad, hatte seit drei Tagen niemand mehr dieses Grab betreten.

Pater Duré wußte, er sollte dem Licht keine Beachtung schenken, zu Sol zurückkehren und bei dem Mann und seiner Tochter Wache halten.

Aber das Shrike ist jedem anderen einzeln erschienen. Warum sollte ich mich dem Ruf entziehen?

Duré spürte Feuchtigkeit auf den Wangen und stellte fest, daß er lautlos und sinnlos weinte. Er wischte die Tränen grob mit dem Handrücken weg und stand mit geballten Fäusten da.

Mein Intellekt war mein höchstes Gut. Ich war der intellektuelle Jesuit, sicher in der Tradition von Teilhard und Prassard verankert. Selbst die Theologie, die ich der Kirche, den Seminarteilnehmern und den wenigen anderen nahebrachte, die noch zuhörten, betonte den Intellekt, den wunderbaren Punkt Omega des Denkens. Gott als kluger Alagorithmus.

Nun, manches läßt sich intellektuell nicht erfassen, Paul.

Duré betrat das dritte Höhlengrab.

Sol erwachte erschrocken und war überzeugt, daß sich jemand anschlich.

Er sprang auf die Füße und sah sich um. Rachel gab leise Geräusche von sich, da sie zur selben Zeit wie ihr Vater aus dem Nickerchen erwacht war. Brawne Lamia lag reglos, wo er sie zurückgelassen hatte, die medizinischen Anzeigen leuchteten immer noch grün, aber die Hirnwellenaktivität zeigte nur eine flache rote Linie.

Er hatte mindestens eine Stunde lang geschlafen; die Schatten waren über den Talboden gewandert, lediglich die Spitze der Sphinx lag noch im Sonnenschein, wo die Sonne durch die Wolken schien. Schräge Lichtschächte fielen durch den Taleingang herein und erhellten die Felswände gegenüber. Wind kam auf.

Aber im Tal bewegte sich nichts.

Sol hob Rachel hoch, wiegte sie, weil sie schrie, rief die Stufen hinunter und sah hinter der Sphinx nach den anderen Gräbern.

»Paul!« Seine Stimme hallte von Fels wider. Der Wind wirbelte hinter dem Jadegrab Staub auf, aber sonst regte sich nichts. Sol hatte immer noch das Gefühl, daß sich etwas an ihn anschlich, daß er beobachtet wurde.

Rachel schrie und wand sich in seinem Griff, ihre Stimme war das gepreßte, schrille Wimmern eines Neugeborenen. Sol sah auf sein Komlog. In einer Stunde würde sie einen Tag alt sein. Er suchte am Himmel nach dem Schiff des Konsuls, verfluchte sich selbst leise und ging wieder zum Eingang der Sphinx, wo er dem Baby die Windeln wechselte, nach Brawne sah, ein Nahrungspack aus dem Rucksack holte und sich einen Mantel nahm. Wenn die Sonne untergegangen war, wurde es schnell kalt.

In der halben Stunde Dämmerung, die noch verblieb, schritt Sol rasch das Tal hinab, rief Durés Namen und sah in die Gräber, ohne sie zu betreten. Am Jadegrab vorbei, dessen Fassade bereits milchiggrün zu leuchten anfing; dort war Hoyt ermordet worden. Am dunklen Obelisken vorbei, dessen Schatten hoch auf die südöstliche Felswand geworfen wurde. Am Kristallmonolithen vorbei, auf dessen Spitze das letzte Tageslicht leuchtete, das erlosch, als die Sonne irgendwo hinter der Stadt der Dichter unterging. In der unvermittelten Kälte und Stille des Abends an den Höhlengräbern vorbei, wo Sol in jedes hineinrief und klamme Luft im Gesicht spürte wie kalten Atem aus einem offenen Mund.

Keine Antwort.

Im letzten Licht der Dämmerung um die Krümmung des Tals zum klingen- und zinnenbewehrten Chaos des Shrike-Palastes, der in der zunehmenden Düsternis dunkel und geheimnisvoll aussah. Sol stand am Eingang und versuchte, den Sinn der pechschwarzen Schatten, Türme, Zinnen und Säulen zu ergründen; er schrie in das dunkle Innere — nur sein Echo antwortete. Rachel fing wieder an zu weinen.

Sol zitterte, spürte Gänsehaut im Nacken und drehte sich ständig unvermittelt um, damit er den unsichtbaren Beobachter überraschen konnte, erblickte aber nur dunkle Schatten und die ersten Sterne der Nacht zwischen den Wolken am Himmel; er eilte das Tal entlang zurück zur Sphinx, zuerst mit schnellen Schritten, und schließlich rannte er beinahe am Jadegrab vorbei, als der Abendwind mit einem Geräusch wie Kindergeschrei aufkam.

»Gott*verdammt!*« keuchte Sol, als er die Treppe der Sphinx hinaufgestürmt war.

Brawne Lamia war fort. Weder von ihr selbst noch von der metallenen Nabelschnur war etwas zu sehen.

Sol fluchte, drückte Rachel fest an sich und kramte im Rucksack nach einer Taschenlampe.

Zehn Meter im mittleren Flur fand Sol die Decke, in die Brawne gewickelt gewesen war. Dahinter nichts mehr. Die Korridore verzweigten sich und bildeten Kurven, wurden breiter, dann niederer, wenn die Decke schräg nach unten verlief, so daß Sol kriechen mußte, wobei er das Baby im rechten Arm hielt, so daß ihre Wange an seiner lag. Es mißfiel ihm, in diesem Grab zu sein. Sein Herz schlug so heftig, daß er halb damit rechnete, er würde hier und jetzt einen Infarkt bekommen.

Der letzte Korridor verjüngte sich zum Punkt. Wo das Metallkabel ins Gestein geführt hatte, war jetzt nur noch nackter Stein zu sehen.

Sol nahm die Taschenlampe zwischen die Zähne, schlug gegen das Gestein, drückte gegen Quader, so groß wie Häuser und hoffte, Panele würden sich bewegen, Flure auftun.

Nichts.

Sol drückte Rachel fester an sich, machte sich auf den Rückweg, bog mehrmals falsch ab und spürte, wie sein Herz noch schneller schlug, weil er dachte, er hätte sich verirrt. Dann war er in einem Korridor, den er kannte, dann im Hauptkorridor, dann draußen.

Er trug sein Kind zum Fuß der Treppe und von der Sphinx

weg. Am Kopfende des Tals blieb er stehen, setzte sich auf einen flachen Felsen und atmete keuchend. Rachels Wange lag noch an seiner, das Baby gab keinen Laut von sich und regte sich nicht, abgesehen von der Berührung der Finger an Sols Bart.

Wind wehte vom Ödland hinter ihm herein. Oben brach die Wolkendecke auf und schloß sich wieder, verbarg die Sterne, so daß das einzige Licht aus dem widerlichen Leuchten der Zeitgräber bestand. Sol befürchtete, sein rasender Herzschlag könnte dem Baby Angst machen, aber Rachel kuschelte sich weiter ruhig an ihn und spendete ihm mit ihrer Wärme Trost.

»Verdammt«, flüsterte Sol. Er hatte Brawne Lamia gemocht. Er hatte alle Pilger gemocht, und jetzt waren sie fort. Sols jahrzehntelange Tätigkeit als Akademiker hatte ihn darauf konditioniert, nach Mustern hinter den Ereignissen zu suchen, einem moralischen Körnchen im gewachsenen Stein der Erfahrung, aber auf Hyperion folgten die Geschehnisse keinem Muster — es gab lediglich Verwirrung und willkürlichen Tod.

Sol wiegte sein Kind, blickte über das Ödland und überlegte, ob er diesen Ort unverzüglich verlassen sollte ... zu Fuß zur toten Stadt oder Chronos Keep ... nach Nordwesten zur Küstenregion oder nach Südosten, wo die Bridle Range das Meer erreichte. Sol hob eine zitternde Hand zum Gesicht und rieb sich die Wange; in der Wildnis würde er keine Erlösung finden. Martin Silenus hatte es auch nicht geholfen, daß er das Tal verlassen hatte. Man hatte das Shrike weit südlich der Bridle Range gesichtet — südlich bei Endymion und den anderen Städten im Süden —, und selbst wenn das Monster sie verschonte, würden Hunger und Durst das ihre tun. Sol konnte von Pflanzen, Nagetierfleisch und geschmolzenem Schnee überleben — aber Rachels Milchvorrat war begrenzt, obwohl Brawne Vorräte vom Keep mitgebracht hatte. Dann fiel ihm ein, daß die Milchvorräte unwichtig waren ...

In nicht einmal einem Tag werde ich ganz allein sein. Sol unterdrückte ein Stöhnen, als ihm dieser Gedanke kam. Seine Entschlossenheit, dieses Kind zu retten, hatte ihn über zweieinhalb Jahrzehnte und hundertmal so viele Lichtjahre geführt. Sein Wille, Rachel Leben und Gesundheit wiederzugeben, war eine fast greifbare Kraft, eine brennende Energie, die ihm und

Sarai eigen gewesen war und die er am Leben gehalten hatte, wie ein Tempelpriester die heilige Tempelflamme am Leben halten mochte. Nein, bei Gott, es *gab* ein Muster, ein moralisches Fundament dieser scheinbar wahllosen Ereignisse, und Sol Weintraub würde sein Leben und das seiner Tochter auf diese Überzeugung setzen.

Sol stand auf, ging langsam den Weg zur Sphinx zurück, schritt die Stufen hinauf, holte einen Thermomantel und Decken und machte ein kuschliges Bett für sie beide auf der obersten Stufe, während die Winde von Hyperion heulten und die Gräber noch heller leuchteten.

Rachel lag auf seiner Brust und dem Bauch, ihre Wange an seiner Schulter, ihre winzigen Händchen griffen ins Leere, während sie diese Welt hinter sich ließ und ins Reich kindlicher Träume entschwand. Sol hörte ihr sanftes Atmen, als sie in Tiefschlaf sank, hörte leise Geräusche, wenn sie winzige Speichelbläschen blies. Nach einer Weile kehrte auch er der Welt den Rücken und schlief ein.

30

S ol hatte den Traum, der ihn heimsuchte, seit sich Rachel Merlins Krankheit geholt hatte.

Er ging durch ein gewaltiges Bauwerk, wo Säulen so dick wie Rotholzbäume im Dunkel der Höhe verschwanden und wo scharlachrotes Licht von irgendwo hoch droben hereinfiel wie solide Schächte. Der Lärm einer gewaltigen Feuersbrunst war zu hören, als stünden ganze Welten in Flammen. Vor ihm glühten zwei Ovale in dunkelstem Rot.

Sol kannte diesen Ort. Er wußte, er würde einen Altar finden, auf dem Rachel lag — Rachel Mitte Zwanzig und bewußtlos —, und dann würde die herrische Stimme ertönen.

Sol blieb auf dem niederen Balkon stehen und sah auf die bekannte Szene hinab. Seine Tochter, die Frau, der er und Sarai auf Wiedersehen gesagt hatten, als sie aufgebrochen war, um auf dem fernen Hyperion zu forschen, lag nackt auf einem breiten Steinklotz. Über ihnen allen schwebten die roten Ovale der Augen des Shrike. Auf dem Altar lag ein langes, gekrümmtes Messer aus geschliffenem Knochen. Dann ertönte die Stimme:

»Sol! Nimm deine Tochter, deine einzige Tochter Rachel, die du liebst, und geh zu der Welt, genannt Hyperion, und bringe sie an einem Ort, den ich dir zeigen werde, als Brandopfer dar.«

Sols Hände zitterten vor Wut und Kummer. Er raufte sich das Haar, schrie in die Dunkelheit und wiederholte, was er der Stimme schon einmal gesagt hatte:

»Es gibt keine Opfer mehr, weder Kinder noch Eltern. Keine Opfer mehr. Die Zeit des Gehorsams und der Buße ist vorbei. Hilf uns als Freund oder geh weg!«

In früheren Träumen hatte das zum Lärm von Wind und Isolation geführt, zu schrecklichen Schritten, die sich in der Dunkelheit entfernten. Aber diesmal beharrte der Traum, der Altar leuchtete und war plötzlich leer, abgesehen von dem Knochenmesser. Die beiden roten Ovale schwebten immer noch in der Höhe, feurige Rubine so groß wie Welten.

»Sol, hör zu«, sagte die Stimme, die jetzt dergestalt verändert war, daß sie nicht von hoch oben dröhnte, sondern ihm fast ins Ohr zu flüstern schien, *»die Zukunft der Menschheit hängt von deiner Entscheidung ab. Kannst du Rachel aus Liebe opfern, wenn schon nicht aus Gehorsam?«*

Sol hörte die Antwort in seinem Kopf, noch während er nach Worten suchte. Es würde keine Opfer mehr geben. Heute nicht. Nie wieder. Die Menschheit hatte genug wegen ihrer Liebe zu den Göttern gelitten, wegen ihrer langen Suche nach Gott. Er dachte an die vielen Jahrhunderte, während derer sein Volk, die Juden, mit Gott verhandelt, gehadert, die Ungerechtigkeit der Situation vorgeworfen hatten, aber immer — immer — waren sie gehorsam geblieben, unter welchen Opfern auch immer. Generationen waren in den Öfen des Hasses gestorben. Künftige Generationen waren vom kalten Feuer der Strahlung und neuen Haßausbrüchen gezeichnet.

Diesmal nicht! Nie wieder!

»Sag ja, Daddy.«

Sol erschrak, als eine Hand die seine berührte. Seine Tochter Rachel stand neben ihm, weder Baby noch Erwachsene, sondern die Achtjährige, die er zweimal gekannt hatte — beim Aufwachsen und beim Rückwärtsaltern durch Merlins Krankheit —, Rachel, deren hellbraunes Haar zu einem schlichten Zopf geflochten war, verwaschene Jeanslatzhose und Kinderturnschuhe als Kleidung.

Sol ergriff ihre Hand, drückte sie so fest er konnte, ohne ihr weh zu tun und spürte, wie sie den Griff erwiderte. Dies war keine Illusion, keine letzte Grausamkeit des Shrike. Dies war seine Tochter.

»Sag ja, Daddy.«

Sol hatte Abrahams Problem des Gehorsams gegenüber einem böse gewordenen Gott gelöst. Gehorsam war in der Beziehung zwischen der Menschheit und ihrer Gottheit nicht mehr zwingend. Was aber, wenn das als Opfer erkorene *Kind* um Gehorsam gegenüber den Launen dieses Gottes bat?

Sol sank neben seiner Tochter auf ein Knie nieder und breitete die Arme aus. »Rachel.«

Sie umarmte ihn mit der Energie, die er von zahllosen ähnlichen Umarmungen in Erinnerung hatte, streckte das Kinn über seine Schulter und drückte mit den Armen fest, um das ganze Ausmaß ihrer Liebe zu zeigen. Sie flüsterte ihm ins Ohr: »Bitte, Daddy, wir müssen ja sagen.«

Sol hielt sie weiter in seiner Umarmung, spürte ihre dünnen Ärmchen um sich und die Wärme ihrer Wange an seiner. Er weinte stumm, spürte Nässe auf den Wangen und in seinem kurzen Bart, war aber nicht bereit, sie auch nur den Augenblick loszulassen, der erforderlich wäre, die Tränen abzuwischen.

»Ich hab dich lieb, Daddy«, flüsterte Rachel.

Da stand er auf, wischte sich mit einer Bewegung des Handrückens das Gesicht ab, nahm Rachels linke Hand fest in seine und begann mit ihr den langen Abstieg zum Altar unten.

Sol erwachte mit dem Gefühl, als würde er fallen, und griff nach dem Baby. Rachel schlief auf seiner Brust, hatte die Fäustchen geballt und einen Daumen im Mund, aber als er hochschreckte, erwachte sie mit einem Schrei und dem Krümmreflex eines Neugeborenen. Sol stand auf, ließ Decken und Mantel um sich niederfallen und drückte Rachel fest an sich.

Es war heller Tag. Später Vormittag. Sie hatten geschlafen, während die Nacht gestorben und Sonnenlicht über das Tal und die Gräber geschlichen war. Die Sphinx kauerte über ihnen wie ein Raubtier, die kräftigen Beine hatte sie auf beiden Seiten der Treppe ausgestreckt, wo die beiden geschlafen hatten.

Rachel weinte, ihr Gesicht war vom Schock des Erwachens, Hunger und der Angst ihres Vaters verzerrt, die sie spürte. Sol stand im grellen Sonnenschein und wiegte sie. Er ging zur obersten Stufe der Sphinx, wechselte ihre Windel, wärmte eines der letzten Nahrungspacks, gab es ihr, bis aus dem Wimmern leises, zufriedenes Greinen geworden war, ließ sie aufstoßen und ging mit ihr herum, bis sie wieder in leichten Schlaf versank.

Weniger als zehn Stunden noch bis zu ihrer ›Geburt‹. Weniger als zehn Stunden bis Sonnenuntergang und den letzten Minuten des Lebens seiner Tochter. Nicht zum erstenmal wünschte sich Sol, das Zeitgrab wäre ein großes Glasgebäude, das den Kosmos und die herrschende Gottheit repräsentierte. Sol würde Steine nach dem Gebäude werfen, bis keine einzige Scheibe mehr heil war.

Er versuchte sich an die Einzelheiten des Traums zu erinnern, aber Wärme und Zuversicht verflogen im grellen Licht von Hyperions Sonne. Er erinnerte sich nur noch an Rachels geflüsterte Aufforderung. Beim Gedanken, sie dem Shrike zu opfern, verkrampfte sich Sols Magen vor Grauen: »Alles wird gut«, flüsterte er ihr zu, während sie zuckend und sich windend in den trügerischen Hafen des Schlafs einlief. »Alles wird gut, Kindchen. Das Schiff des Konsuls wird bald hier sein. Das Schiff muß jeden Augenblick eintreffen.«

Das Schiff des Konsuls war zur Mittagszeit immer noch nicht da. Der Schiff des Konsuls war am frühen Nachmittag nicht da. Sol lief das Tal auf und ab und rief nach allen, die verschwunden waren, sang halb vergessene Lieder, wenn Rachel aufwachte und Schlummerlieder, wenn sie wieder eindöste. Seine Tochter war so winzig und leicht: zweitausenddreihundertzweiunddreißig Gramm schwer und achtundvierzig Zentimeter groß bei der Geburt, fiel ihm wieder ein und mußte lächeln, weil er die antiken Maße seiner alten Heimat Barnards Welt verwendete.

Am Spätnachmittag schreckte er aus seinem Dösen im

Schatten unter der ausgestreckten Pfote der Sphinx hoch und stand mit der wachen Rachel in den Armen da, während ein Raumschiff über die Kuppel des lapislazulifarbenen Himmels zog.

»Es kommt!« rief er, und Rachel regte sich und zappelte wie als Antwort.

Eine Linie blauer Fusionsflammen leuchtete mit der Helligkeit, die Raumschiffen in der Atmosphäre vorbehalten ist. Sol sprang auf und ab und fühlte zum erstenmal seit Tagen Erleichterung. Er schrie und hüpfte, bis Rachel vor Angst weinte. Sol hielt inne, hielt sie hoch, obwohl er wußte, sie konnte die Augen noch nicht einstellen, wollte aber dennoch, daß sie die Schönheit des Schiffs im Landeanflug sah, das über den fernen Gebirgszug schwebte und dann der Hochebene entgegensank.

»Er hat es geschafft!« schrie Sol. »Er kommt! Das Schiff wird ...«

Drei Donnerschläge rollten fast gleichzeitig über das Tal dahin; die beiden ersten waren die Überschallknalls der ›Fußabdrücke‹ des Schiffes beim Bremsmanöver, die ihm vorauseilten. Der dritte war der Explosionsknall seiner Vernichtung.

Sol sah, wie das glühende Stecknadelköpfchen am Ende der langen Fusionsspur plötzlich heller als die Sonne wurde, in einer Wolke aus Flammen und brennenden Gasen anwuchs und dann in Zehntausend brennenden Trümmern zu Boden sank. Er versuchte die Nachbilder auf seiner Netzhaut wegzublinzeln, während Rachel laut weinte.

»Mein Gott«, flüsterte Sol. »Mein Gott.« An der völligen Zerstörung des Schiffs konnte kein Zweifel bestehen. Sekundäre Explosionen zerrissen den Himmel selbst aus dreißig Kilometern Entfernung, während Trümmer herabregneten und Rauch und Flammen hinter sich herzogen bis zur Wüste, den Bergen und dem Grasmeer dahinter. »Mein Gott!«

Sol setzte sich in den warmen Sand. Er war zu erschöpft zum Weinen, zu leer, um etwas anderes zu tun als sein Kind zu wiegen, bis es aufhörte zu weinen.

Zehn Minuten später blickte Sol auf, als zwei weitere Fusionsschweife über den Himmel brannten, diesmal vom Zenit nach Süden. Ein Schiff explodierte so weit entfernt, daß er das

Geräusch nicht hören konnte. Das zweite stürzte hinter den südlichen Klippen ab, hinter der Bridle Range.

»Vielleicht war es nicht der Konsul«, flüsterte Sol. »Es könnte die Ousterinvasion sein. Vielleicht wird das Schiff des Konsuls noch kommen.«

Aber am Spätnachmittag war das Schiff immer noch nicht eingetroffen. Es war nicht da, als das letzte Tageslicht von Hyperions kleiner Sonne auf die Felswand schien und die Schatten Sol auf der obersten Stufe der Sphinx fanden. Es kam nicht, als das Tal in Schatten versank.

Rachel war keine dreißig Minuten vor diesem Augenblick geboren worden. Sol sah nach der Windel, stellte fest, daß sie trocken war, und fütterte das Baby mit dem letzten Nahrungspack. Beim Essen sah sie mit großen, dunklen Augen zu ihm auf und schien in seinem Gesicht zu suchen. Sol erinnerte sich an die ersten Minuten, als er sie gehalten hatte, während Sarai sich unter warmen Decken von der Entbindung ausruhte; damals hatten die Augen des Babys mit demselben fragenden und fassungslosen Blick ob dieser sonderbaren Welt in seine geblickt.

Der Abendwind brachte Wolken mit sich, die sich zunehmend über dem Tal zusammenbrauten. Das Grollen im Südwesten ertönte anfangs wie vereinzelte Donnerschläge, dann mit der ekelerregenden Regelmäßigkeit von Artillerie, wahrscheinlich Kern- oder Plasmaexplosionen in fünfhundert Klicks Entfernung oder mehr im Süden. Sol suchte den Himmel zwischen den dunklen Wolken ab und erblickte feurige Meteorspuren, die weißleuchtend vorbeizogen: ballistische Flugkörper oder Landungsboote. So oder so Tod für Hyperion.

Sol achtete nicht darauf. Er sang Rachel leise etwas vor, während diese ihre Mahlzeit beendete. Er war zum Ende des Tals gegangen, aber jetzt kehrte er langsam zur Sphinx zurück. Die Gräber leuchteten wie niemals zuvor und erglühten im kalten Licht ionisierten Neons. Oben verwandelten die letzten Sonnenstrahlen die Wolken in eine Decke pastellfarbener Flammen.

Keine drei Minuten blieben mehr bis zur letzten Feier von Rachels Geburt. Selbst wenn das Schiff des Konsuls jetzt eingetroffen wäre, wußte Sol, hätte er keine Zeit mehr gehabt, an

Bord zu gelangen oder sein Kind in den kryonischen Schlaf zu versetzen.

Er wollte es auch nicht mehr.

Sol ging langsam die Treppen zur Sphinx hinauf und mußte daran denken, daß Rachel vor sechsundzwanzig Jahren ebenfalls hierher gekommen war, ohne das Schicksal zu ahnen, das in dieser dunklen Krypta auf sie wartete.

Er verweilte auf der obersten Stufe und holte tief Luft. Das Licht der Sonne war fast greifbar, erfüllte den Himmel und entzündete die Schwingen und die obere Masse der Sphinx. Das Grab selbst schien das Licht freizusetzen, das es gespeichert hatte, wie die Felsen in der Wüste von Hebron, wo Sol vor Jahren in die Wildnis gewandert war, um Erleuchtung zu suchen und lediglich Kummer zu finden. Die Luft selbst flimmerte im Licht, und der Wind nahm zu, wehte Sand über den Talboden und gab ihn wieder frei.

Sol sank auf der obersten Stufe auf ein Knie und zog Rachels Decke herunter, bis das Kind lediglich die weiche Baumwollkleidung eines Neugeborenen trug. Weite Kleidung.

Rachel krümmte die Händchen. Ihr Gesicht war purpurn und feucht, die Hände winzig und von der Anstrengung des Ballens und Öffnens gerötet. Sol wußte, daß sie genauso ausgesehen hatte, als der Arzt ihm das Kind gereicht und er seine neugeborene Tochter betrachtet hatte, wie er sie jetzt betrachtete, bevor er sie auf Sarais Bauch gelegt hatte, damit ihre Mutter sie auch sehen konnte.

»O Gott«, hauchte Sol, ließ sich auch auf das andere Knie sinken und kniete wahrhaftig.

Das ganze Tal erzitterte wie bei einem Erdbeben. Sol nahm vage die Explosionen wahr, die im Süden andauerten. Aber wichtiger war jetzt das schreckliche Leuchten der Sphinx. Sols Schatten fiel fünfzig Meter hinter ihn über die Treppe und den Talboden, während das Grab in Licht erstrahlte und pulsierte. Aus den Augenwinkeln konnte Sol erkennen, daß die anderen Gräber ebenso leuchteten — riesige, barocke Reaktoren in den letzten Sekunden vor der Kernschmelze.

Der Eingang der Sphinx pulsierte blau, dann violett, dann unerträglich weiß. Hinter der Sphinx, auf dem Wall des Plateaus über dem Tal der Zeitgräber, tauchte flimmernd ein un-

möglicher Baum auf, dessen Stamm und Äste aus scharfkanti-
gem Stahl in die leuchtenden Wolken und noch höher empor-
ragten. Sol warf einen raschen Blick hin, sah die drei Meter
langen Dornen und die gräßlichen Früchte, die sie trugen,
dann schaute er wieder zum Eingang der Sphinx.

Irgendwo heulte der Wind und Donner grollte. Irgendwo
wehte karmesinroter Staub wie Schwaden trockenen Blutes im
schrecklichen Licht der Gräber. Irgendwo wurden Stimmen
laut, und ein Chor schrie.

Sol schenkte alledem keine Beachtung. Er hatte nur Augen
für das Gesicht seiner Tochter, und für den Schatten, der jetzt
den erleuchteten Zugang zum Grab ausfüllte.

Das Shrike kam heraus. Das Ding mußte sich bücken, damit
seine drei Meter große Gestalt und die Stahlklingen durch die
Tür paßten. Es — teils Lebewesen, teils Skulptur, die sich mit
der schrecklichen Entschlossenheit eines Alptraums bewegt —
betrat die oberste Stufe der Sphinx.

Das erlöschende Licht von oben spielte über den Panzer des
Dings, funkelte auf der gekrümmten Brustplatte und auf Stahl-
dornen dort, schimmerte auf Fingerklingen und Skalpellen, die
aus jedem Gelenk ragten. Sol drückte Rachel an die Brust und
sah in die roten Facettenbrennöfen, die dem Shrike als Augen
galten. Der Sonnenuntergang verblaßte zum blutroten Leuchten von Sols ständigem Traum.

Der Kopf des Shrike drehte sich etwas, kreiste ohne Reibung, rotierte neunzig Grad nach rechts, neunzig Grad nach
links, als würde die Kreatur das Terrain sondieren.

Das Shrike trat drei Schritte vorwärts und blieb keine zwei
Meter von Sol entfernt stehen. Die vier Arme des Dings zuckten und wurden hochgehoben, die Fingerklingen ausgeklappt.

Sol drückte Rachel fest an sich. Ihre Haut war feucht, das
Gesicht fleckig und von der Anstrengung der Geburt gerötet.
Sekunden blieben. Ihre Augen drehten sich asynchron und
schienen sich auf Sol zu konzentrieren.

Sag ja, Daddy. Sol erinnerte sich an den Traum.

Das Shrike senkte den Kopf bis die Rubinaugen in dem
gräßlichen Antlitz nur noch Sol und das Kind ansahen. Die
Quecksilberkiefer klappten ein wenig auseinander und zeigten
gestaffelte Zahnreihen aus Stahl. Vier Hände schossen nach

vorn, die metallenen Handflächen hielten einen halben Meter von Sols Gesicht entfernt inne.

Sag ja, Daddy. Sol erinnerte sich an den Traum, erinnerte sich an die Umarmung seiner Tochter und kam zur Überzeugung, daß am Ende — wenn alles andere zu Staub zerfallen ist — Loyalität gegenüber denen, die wir lieben, das einzige ist, das wir mit ins Grab nehmen können. Glaube — wahrer Glaube — bestand darin, auf diese Liebe zu vertrauen.

Sol hob sein neugeborenes und sterbendes Kind, Sekunden alt, das seinen ersten und letzten Atemzug hinauskreischte, und gab es dem Shrike.

Als ihm das geringe Gewicht genommen wurde, verspürte Sol ein schreckliches Schwindelgefühl.

Das Shrike hob Rachel hoch, trat zurück und wurde von Licht eingehüllt.

Hinter der Sphinx hörte der Baum der Dornen auf zu flimmern, wurde phasengleich mit dem *Jetzt* und nahm schreckliche Klarheit an.

Sol ging mit ausgestreckten Armen auf das Shrike zu, während das Ding in das Leuchten zurückwich und verschwand. Explosionen zerfetzten die Wolkendecke, die Druckwellen warfen Sol auf die Knie.

Hinter ihm, rings um ihn herum, taten sich die Zeitgräber auf.

DRITTER TEIL

31

Ich erwachte und war nicht erfreut, daß ich erwachte.
Ich drehte mich herum, blinzelte und verfluchte die plötzliche Invasion des Lichts und sah Leigh Hunt, der noch einen Aerosolinjektor in der Hand hielt, am Bettrand sitzen.

»Sie haben soviel Schlaftabletten genommen, daß Sie den ganzen Tag im Bett geblieben wären«, sagte er: »Stehe auf und wandle.«

Ich setzte mich auf, rieb die Morgenstoppeln auf meinen Wangen und blinzelte in Hunts Richtung. »Verdammt, wer hat Ihnen das Recht gegeben, mein Zimmer zu betreten?« Nach der Anstrengung des Sprechens mußte ich husten und hörte erst auf, als Hunt mit einem Glas Wasser aus dem Bad kam.

»Hier.«

Ich trank und versuchte zwischen Hustenanfällen vergeblich, Wut und Zorn zu verströmen. Die Reste des Traums verflogen wie Morgennebel. Ich spürte, wie mich ein schreckliches Gefühl des Verlusts überkam.

»Ziehen Sie sich an«, sagte Hunt und stand auf. »Die Präsidentin will Sie in zwanzig Minuten in ihren Gemächern sehen. Während Sie geschlafen haben, hat sich die Lage verändert.«

»Welche Lage?« Ich rieb mir die Augen und strich mit den Fingern durch das zerzauste Haar.

Hunt lächelte gepreßt. »Klinken Sie sich in die Datensphäre ein. Und dann gehen Sie schleunigst in Gladstones Gemächer. Zwanzig Minuten, Severn.« Er ging.

Ich klinkte mich in die Datensphäre ein. Eine Möglichkeit, sich den Zugangspunkt zur Datensphäre bildlich vorzustellen, besteht darin, an einen Ausschnitt des Meers auf der alten Erde in verschiedenen Stadien der Turbulenz zu denken. An normalen Tagen sieht man ein ruhiges Meer mit interessanten Wellenmustern. Bei Krisen zeigen sich Wogen und Schaumkronen. Heute war Sturm aufgekommen. Das Eindringen wurde auf freie Zugangskanäle verschoben, Verwirrung herrschte, umspülte die Wellenbrecher neuester Datenergänzungen, die Matrix der Dateiebene schwappte über vor Speicherverlagerungen und gewaltigen Kredittransfers, und das All-Wesen, normalerweise ein vielschichtiges Summen von Informationen und politischen Debatten, war ein tosender Wind der Verwirrung, unbeachteter Referenzen und vergeblichen Positionstemplaten, die wie Wolkenfetzen vorüberwehten.

»Großer Gott«, flüsterte ich, unterbrach den Zugang, spürte aber den Druck der Informationen immer noch gegen meine Implantatschaltkreise und das Gehirn tosen. Krieg. Überraschungsangriff. Bevorstehende Vernichtung des Netzes. Gerüchte, Gladstone wegen Hochverrats anzuklagen. Aufstände auf Dutzenden Welten. Erstarken des Shrike-Kults auf Lusus. Die FORCE-Flotte wurde aus dem Hyperion-System abgezogen — eine Verzweiflungsmaßnahme, aber zu spät, zu spät. Hyperion bereits unter Bombardement. Angst vor einer Farcasterinvasion.

Ich stand auf, rannte nackt zur Dusche und ultraschallduschte in Rekordzeit. Hunt oder sonst jemand hatte einen förmlichen grauen Anzug nebst Cape zurechtgelegt, ich zog mich hastig an, strich das nasse Haar zurück, so daß die Locken auf den Kragen fielen.

Es wäre nicht gut, die Präsidentin der Hegemonie der Menschheit warten zu lassen. O nein, das wäre ganz und gar nicht gut.

»Wird auch Zeit, daß Sie sich sehen lassen«, sagte Meina Gladstone, als ich ihre Privatgemächer betrat.

»Verdammt, was haben Sie getan?« schnauzte ich sie an.

Gladstone blinzelte. Offenbar war es die Präsidentin der Hegemonie der Menschheit nicht gewöhnt, daß in diesem Ton mit ihr gesprochen wurde.

»Vergessen Sie nicht, wer Sie sind und wen Sie vor sich haben«, sagte Gladstone kalt.

»Ich weiß nicht, wer ich bin. Und möglicherweise spreche ich mit der größten Massenmörderin seit Horace Glennon-Height. Warum haben Sie diesen Krieg nur zugelassen?«

Gladstone blinzelte und sah sich um. Wir waren allein. Ihr

Wohnzimmer war lang und angenehm dunkel, Originalgemälde von der Alten Erde hingen an den Wänden. In diesem Augenblick wäre mir gleichgültig gewesen, hätte ich mich in einem Zimmer voll Originalen van Goghs befunden. Ich betrachtete Gladstone, doch das Lincolneske Gesicht war im spärlichen Licht, das durch die Jalousien drang, lediglich das einer alten Frau. Sie erwiderte meinen Blick einen Moment lang, dann wandte sie sich wieder ab.

»Ich entschuldige mich«, sagte ich ohne entschuldigenden Tonfall in der Stimme, »Sie haben ihn nicht *zugelassen*, Sie haben ihn *gemacht*, oder nicht?«

»Nein, Severn, ich habe ihn nicht gemacht.« Gladstones Stimme klang gedämpft, fast flüsternd.

»Sprechen Sie«, sagte ich. Ich ging vor den hohen Fenstern auf und ab und beobachtete, wie das Licht durch die Jalousien wie gemalte Streifen über mich wanderte. »Und ich bin nicht Joseph Severn.«

Sie zog eine Braue hoch. »Soll ich Sie M. Keats nennen?«

»Sie können mich Niemand nennen«, sagte ich. »Wenn die anderen Zyklopen kommen und fragen, wer Sie geblendet hat, können Sie sagen, Niemand, und dann werden sie weggehen und sagen, es sei der Wille der Götter gewesen.«

»Haben Sie vor, mich zu blenden?«

»Im Augenblick könnte ich Ihnen den Hals umdrehen und ohne ein Fünkchen Mitleid meines Weges gehen. Millionen werden vor Ende dieser Woche sterben. Wie konnten Sie das nur geschehen lassen?«

Gladstone faßte sich an die Unterlippe. »Die Zukunft zeigte nur zwei mögliche Zweige«, sagte sie leise, »Krieg und völlige Unsicherheit oder Frieden und sichere Vernichtung. Ich habe mich für Krieg entschieden.«

»Wer sagt das?« Jetzt drückte meine Stimme mehr Neugier als Wut aus.

»Es ist eine Tatsache.« Sie sah auf ihr Komlog. »In zehn Minuten muß ich vor dem Senat erscheinen und den Krieg erklären. Erzählen Sie mir Neuigkeiten von den Pilgern auf Hyperion.«

Ich verschränkte die Arme und sah sie an. »Ich werde Sie Ihnen erzählen, wenn Sie mir etwas versprechen.«

»Wenn ich kann.«

Ich überlegte und kam zum Ergebnis, daß kein Druck im Universum diese Frau dazu bringen konnte, einen Blankoscheck zu unterschreiben. »Na gut«, sagte ich. »Ich möchte, daß Sie eine Fatlinesendung nach Hyperion schicken, das Schiff des Konsuls freigeben und jemand den Hoolie entlangschicken, um den Konsul selbst zu finden. Er befindet sich etwa hundertdreißig Klicks von der Hauptstadt entfernt oberhalb der Schleusen von Karla. Er könnte verletzt sein.«

Gladstone krümmte einen Finger, rieb sich damit über die Lippe und nickte. »Ich werde jemand schicken, der nach ihm sucht. Ob ich das Schiff freigebe, hängt davon ab, was Sie mir sonst noch zu erzählen haben. Leben die anderen noch?«

Ich schlang das kurze Cape um mich und ließ mich ihr gegenüber auf ein Sofa fallen. »Manche.«

»Bryon Lamias Tochter? Brawne?«

»Das Shrike hat sie geholt. Eine Zeitlang war sie bewußtlos und mit einer Art Neuralstecker mit der Datensphäre verbunden. Ich habe geträumt … sie schwebte irgendwo und war mit dem Persönlichkeitsimplantat der ersten Keats-Rekonstruktion vereint. Sie drang gerade in die Datensphäre ein … sogar in die Megasphäre, Core-Verbindungen und Dimensionen, von denen ich nie zu träumen gewagt hätte, ebenso die allgemein zugängliche Sphäre.«

»Lebt sie noch?« Gladstone beugte sich wißbegierig vor.

»Ich weiß nicht. Ihr Körper ist verschwunden. Ich wurde geweckt, bevor ich sehen konnte, wo die Persönlichkeit in die Megasphäre eingedrungen ist.«

Gladstone nickte. »Was ist mit dem Oberst?«

»Kassad wurde von Moneta mitgenommen, der Menschenfrau, die in den Gräbern zu wohnen scheint, während sie durch die Zeit reisen. Als ich ihn zuletzt gesehen habe, hat er das Shrike mit bloßen Händen angegriffen — eigentlich die Shrikes, denn es waren Tausende.«

»Hat er überlebt?«

Ich breitete die Arme aus. »Ich weiß nicht. Es waren *Träume*. Fragmente. Bruchstücke und Splitter der Wahrnehmung.«

»Der Dichter?«

»Silenus wurde vom Shrike weggetragen und auf dem

Baum der Dornen gepfählt. Aber ich habe ihn später in Kassads Traum gesehen. Da lebte er noch. Ich weiß nicht wie.«

»Also gibt es den Baum der Dornen wirklich, er ist nicht nur Propaganda des Shrike-Kults?«

»O ja, es gibt ihn.«

»Und der Konsul ist aufgebrochen? Er hat versucht, die Hauptstadt zu erreichen?«

»Er hatte die Schwebematte seiner Großmutter. Diese hat ausgezeichnet funktioniert, bis er die Stelle bei den Schleusen von Karla erreichte, die ich erwähnt habe. Dort ist er in den Fluß gestürzt.« Ich kam ihrer nächsten Frage zuvor. »Ich weiß nicht, ob er überlebt hat.«

»Und der Priester? Pater Hoyt?«

»Die Kruziform hat ihn als Pater Duré wiedererweckt.«

»*Ist* es Pater Duré? Oder ein debiles Duplikat?«

»Es *ist* Duré«, sagte ich. »Aber ... geschädigt. Mutlos.«

»Und er ist noch im Tal?«

»Nein. Er ist in einem der Höhlengräber verschwunden. Ich weiß nicht, was aus ihm geworden ist.«

Gladstone sah auf ihr Komlog. Ich versuchte mir Verwirrung und Chaos vorzustellen, die im Rest dieses Gebäudes herrschen mußten ... auf dieser Welt ... im Netz. Die Präsidentin hatte sich offensichtlich vor ihrer Rede vor dem Senat für fünfzehn Minuten hierher zurückgezogen. Es konnte die letzte Abgeschiedenheit sein, die sie in den nächsten Wochen bekam. Vielleicht für immer.

»Kapitän Masteen?«

»Tot. Im Tal begraben.«

Sie holte Luft. »Und Weintraub und das Kind?«

Ich schüttelte den Kopf. »Ich träume die Ereignisse nicht chronologisch ... nicht in zeitlicher Folge. Ich *glaube*, es ist bereits passiert, aber ich bin verwirrt.« Ich sah auf. Gladstone wartete geduldig. »Das Baby war nur wenige Sekunden alt, als das Shrike erschienen ist«, sagte ich. »Sol hat sie dem Ding dargeboten. Ich glaube, es hat sie mit in die Sphinx genommen. Die Gräber leuchteten sehr hell. Es kamen ... andere Shrikes ... heraus.«

»Demnach haben sich die Gräber aufgetan?«

»Ja.«

Gladstone berührte ihr Komlog. »Leigh? Der diensthabende Offizier im Kommunikationszentrum soll sich mit Theo Lane und den nötigen FORCE-Leuten auf Hyperion in Verbindung setzen. Geben Sie das Schiff frei, das wir in Quarantäne haben. Sagen Sie dem Generalgouverneur auch, daß ich in ein paar Minuten eine persönliche Botschaft für ihn habe.« Das Instrument zwitscherte; sie sah mich wieder an. »Noch etwas aus Ihren Träumen?«

»Bilder. Worte. Ich verstehe nicht, was vor sich geht. Das war das Wichtigste.«

Gladstone lächelte verhalten. »Ist Ihnen klar, daß Sie Ereignisse träumen, zu denen die andere Keats-Persönlichkeit keinen Zugang hat?«

Ich sagte nichts, weil der Schock ihrer Worte mich verblüffte. Mein Kontakt zu den Pilgern war durch eine vom Core aufrecht erhaltene Verbindung zum Persönlichkeitsimplantat in Brawnes Schrön-Schleife möglich gewesen, und durch die primitive Datensphäre, die zwischen ihnen existierte. Aber die Persönlichkeit war freigesetzt worden; die Datensphäre durch Trennung und Distanz vernichtet. Nicht einmal ein Fatlineempfänger kann Botschaften empfangen, wenn es keinen Sender gibt.

Gladstones Lächeln verschwand. »Haben Sie eine Erklärung dafür?«

»Nein.« Ich blickte auf. »Vielleicht waren es wirklich nur Träume.

»Richtige Träume.«

Sie stand auf. »Vielleicht wissen wir es, wenn — falls — wir den Konsul finden. Oder wenn sein Schiff im Tal eintrifft. Ich habe noch zwei Minuten, bevor ich im Senat erscheinen muß. Sonst noch etwas?«

»Eine Frage«, sagte ich. »Wer bin ich? Warum bin ich hier?«

Wieder das verhaltene Lächeln. »Diese Frage stellen wir uns alle, M. Sev... M. Keats.«

»Es ist mein Ernst. Ich glaube, Sie wissen es besser als ich.«

»Der Core hat Sie als meine Verbindung zu den Pilgern geschickt. Und um zu beobachten. Immerhin sind Sie Dichter und Künstler.«

Ich schnaubte und stand auf. Wir gingen langsam zum privaten Farcasterportal, das Sie zum Senat bringen würde. »Was nützt Beobachtung, wenn es sich um das Ende der Welt handelt?«

»Finden Sie es heraus«, sagte Gladstone. »Sehen Sie das Ende der Welt.« Sie reichte mir eine Mikrocard für mein Komlog. Ich führte sie ein und betrachtete den Diskey; es war ein Universalbefugnischip, der mir Zugang zu sämtlichen öffentlichen, privaten und militärischen Farcastern ermöglichte. Es war die Freikarte zum Ende der Welt.

Ich sagte: »Und wenn ich getötet werde?«

»Dann werden wir die Antworten auf Ihre Fragen nie zu hören bekommen«, sagte Präsidentin Gladstone. Sie berührte knapp meine Hand, drehte mir den Rücken zu und ging durch das Portal.

Ein paar Minuten lang stand ich allein in ihren Gemächern und genoß Stille und Licht und die Kunstwerke. An einer Wand hing *wirklich* ein van Gogh, der mehr wert war, als die meisten Planeten bezahlen könnten. Es war ein Gemälde vom Zimmer des Künstlers in Arles. Wahnsinn ist keine Erscheinung von heute.

Nach einer Weile ging ich, ließ mich von meinem Komlog durch den Irrgarten des Regierungsgebäudes leiten, bis ich einen Farcasterterminex gefunden hatte und trat durch, um das Ende der Welt zu finden.

Es gab zwei uneingeschränkt zugängliche Farcasterwege durch das Netz: den Concourse und den Fluß Tethys. Ich 'castete zum Concourse, wo der einen halben Kilometer lange Streifen von Tsingtao-Hsishuang Panna mit der Neuen Erde und dem kurzen Küstenstreifen von Nimmermehr verbunden war. Tsingtao-Hsishuang Panna war eine Welt der ersten Angriffswoge, fünfunddreißig Stunden vom Gemetzel durch die Ousters entfernt. Die Neue Erde stand auf der Liste der zweiten Angriffswelle, wie gerade bekanntgegeben wurde, und hatte noch etwas mehr als eine Standardwoche Zeit bis zur Invasion. Nimmermehr lag tief im Netz, Jahre von einem möglichen Angriff entfernt.

Keine Spur von Panik. Die Leute hielten sich an die Datensphäre und das All-Wesen und zogen nicht auf die Straßen.

Als ich durch die schmalen Gassen von Tsingtao schritt, konnte ich Gladstones Stimme aus tausend Empfängern und persönlichen Komlogs hören, ein seltsamer verbaler Unterton zu den Rufen von Straßenhändlern, dem Zischen von Reifen auf nassem Asphalt, wenn oben auf den Transportebenen Rikschas vorbeifuhren.

»... wie ein anderer Führer seinem Volk vor fast achthundert Jahren am Vorabend eines Angriffs gesagt hat: ›Ich kann nichts anderes bieten als Blut, Plackerei, Tränen und Schweiß.‹ Sie fragen: Was ist unsere Politik? Ich antworte Ihnen: Sie ist, Krieg zu führen, im All, zu Land, in der Luft, zu Wasser; Krieg zu führen mit allen Mitteln und mit aller Stärke, die uns Recht und Gerechtigkeit geben können. *Das* ist unsere Politik ...«

In der Nähe der Transportzone zwischen Tsingtao und Nimmermehr hielten sich Truppen von FORCE auf, aber der Strom der Passanten schien ganz normal zu sein. Ich fragte mich, wann das Militär die Fußgängerpassage des Concourse für Militärtransporte requirieren und ob dieser *zur* Front oder davon wegführen würde.

Ich trat nach Nimmermehr durch. Hier waren die Straßen trocken, abgesehen von gelegentlicher Gischt des Ozeans, der dreißig Meter unter den Steinpfaden des Concourse lag. Der Himmel wies die üblichen bedrohlichen Ocker- und Grautöne auf, geheimnisvolles Zwielicht mitten am Tag. Auf kleinen Steinstufen prangten Lichter und Waren. Mir fiel auf, daß die Straßen nicht so bevölkert waren wie sonst; Leute standen in Geschäften oder saßen auf Steintreppen oder Bänken, hielten den Kopf gesenkt und hörten mit geistesabwesenden Blicken zu.

»... Sie fragen: Was ist unser Ziel? Ich antworte mit einem Wort: Sieg. Es ist der Sieg, Sieg um jeden Preis, Sieg trotz Terror, Sieg, so lang und hart der Weg auch sein mag; denn ohne Sieg gibt es kein Überleben ...«

Die Schlangen am Hauptterminex von Edgartown waren kurz. Ich codierte Mare Infinitus und trat durch.

Der Himmel war wie gewohnt wolkenlos grün, das Meer unter der schwebenden Stadt dunkler grün. Kelpfarmen schwebten am Horizont. So weit vom Concourse entfernt war die Menge noch dünner; die Gehwege waren fast verlassen, einige Geschäfte hatten geschlossen. Eine Gruppe Männer stand in der Nähe eines Schlafbootdocks und lauschte einem antiken Fatlineempfänger. In der Meeresluft klang Gladstones Stimme tonlos und metallisch.

»... in diesem Augenblick beziehen Einheiten von FORCE ohne Unterlaß Stellung; ihre Entschlossenheit ist groß, und sie vertrauen darauf, daß sie nicht nur die bedrohten Welten, sondern die gesamte Hegemonie der Menschheit vor der übelsten und vernichtendsten Tyrannei retten können, die jemals die Annalen der Menschheit befleckt hat ...«

Mare Infinitus blieben noch achtzehn Stunden bis zur Invasion. Ich sah zum Himmel auf und rechnete fast damit, ich könnte eine Spur des feindlichen Schwarms sehen, einen Hinweis auf Orbitalverteidigung, Truppenbewegungen im All. Aber da waren nur der Himmel, der schöne Tag und die Stadt, die sich sanft auf den Wellen wiegte.

Heaven's Gate war die erste Welt auf der Invasionsliste. Ich trat durch das VIP-Portal in Mudflat und sah von den Rifkin Heights auf die wunderschöne Stadt hinab, die ihren Namen Lügen strafte. Es war mitten in der Nacht, schon so spät, daß die mechanischen Straßenreiniger, deren Bürsten und Besen auf dem Kopfsteinpflaster summten, unterwegs waren, aber hier war Bewegung auszumachen, lange Schlangen am öffentlichen Terminex von Rifkin Heights und noch längere Schlangen darunter vor den Portalen der Promenade. Die hiesige Polizei war allgegenwärtig, hochgewachsene Gestalten in braunen Schutzoveralls, aber falls schon Soldaten von FORCE zur Verstärkung herbeigeeilt waren, so waren diese nicht zu sehen.

Bei den Leuten in der Schlange handelte es sich nicht um Einheimische — die Landbesitzer von Rifkin Heights und der Promenade besaßen mit Sicherheit Privatportale —, es waren mit ziemlicher Sicherheit Arbeiter von Urbarmachungsprojekten viele Klicks jenseits von Farnwäldern und Parks. Keine Panik und kaum Unterhaltungen. Die Schlangen rückten mit der stoischen Geduld von Familien weiter, die sich einer Attraktion im Freizeitpark nähern. Wenige hatten mehr als eine Reisetasche oder einen Rucksack bei sich.

Haben wir einen solchen Gleichmut erlangt, fragte ich mich, *daß wir uns selbst angesichts einer Invasion mit Würde verhalten können?*

Heaven's Gate blieben noch dreizehn Stunden bis zur Stunde Null. Ich stellte mein Komlog auf das All-Wesen ein.

»… wenn wir dieser Bedrohung begegnen können, dann bewahren Welten, die wir lieben, vielleicht ihre Freiheit und das Leben im Netz kann einer sonnigen Zukunft entgegensehen. Aber wenn wir scheitern, werden das Netz, die Hegemonie, und alles, was wir achten und schätzen, in den Abgrund eines neuen Dunklen Zeitalters versinken, das viel finsterer wirken wird, da das Licht der Wissenschaft pervertiert und die Freiheit genommen werden wird.

Wappnen wir uns darum für unsere Pflichten und handeln wir, auf daß die Menschheit, sollte die Hegemonie der Menschen und das Protektorat zehntausend Jahre währen, immer noch sagen kann: ›Dies war ihre größte Stunde.‹«

Irgendwo in der stillen, frisch riechenden Stadt unten begannen Schießereien. Zuerst das Rattern von Projektilwaffen, dann das tiefe Dröhnen von Anti-Aufstand-Schockern, dann Schreie und das Zischen von Laserwaffen. Die Menge auf der Promenade wogte vorwärts zum Terminex, aber Polizisten tauchten aus dem Park auf, schalteten starke Halogenscheinwerfer ein, die die Menge in taghelles Licht tauchten, und befahlen durch Megaphone, Ruhe zu bewahren oder weiterzugehen. Die Menge zögerte, wogte hin und her wie eine Quelle in tückischer Strömung und stürzte dann — aufgeschreckt von neuerlichen Schüssen, diesmal viel näher — vorwärts Richtung Portalplattformen.

Die Polizisten feuerten Tränengas und Schwindelkanister. Zwischen Mob und Farcaster erwachten violette Sperrfelder pfeifend zum Leben. Eine Flotte Militär-EMVs und Sicherheitsgleiter schwebten dicht über der Stadt heran und richteten Suchscheinwerfer nach unten. Einer der Lichtstrahlen erfaßte mich, verweilte auf mir, bis mein Komlog auf ein Verhörsignal reagierte, und zog dann weiter. Es fing an zu regnen.

Soviel zu Gleichmut.

Die Polizei hatte den öffentlichen Terminex von Rifkin Heights gesichert und zog sich durch das Portal des Atmosphärischen Protektorats zurück, das ich benützt hatte. Ich beschloß, einen anderen Weg zu wählen.

FORCE-Kommandos bewachten die Säle des Regierungsgebäudes und durchsuchten die Farcasterankömmlinge, obwohl dieses Portal im ganzen Netz eines der am schwierigsten zu erreichenden war. Ich mußte durch drei Kontrollpunkte, ehe ich den Regierungswohnkomplex erreichte, wo mein Apartment lag. Plötzlich schwärmten Wachen aus, die den Hauptflur freimachten und die Nebenflure sicherten, dann schwebte Gladstone in Begleitung eines ganzen Schwarms von Ratgebern, Attachés und Führern des Militärs vorbei. Zu meiner Überraschung sah sie mich, brachte ihr Gefolge linkisch zum Stillstand und sprach mich durch die Barrikade der Marines in Kampfanzügen hinweg an.

»Wie hat Ihnen die Rede gefallen, M. Niemand?«

»Prima«, sagte ich. »Rührend. Und von Winston Churchill gestohlen, wenn ich mich nicht irre.«

Gladstone lächelte und zuckte verhalten die Achseln. »Wenn man schon stiehlt, sollte man von den vergessenen Meistern stehlen.« Das Lächeln verschwand. »Gibt es Neuigkeiten von der Front?«

»Die Lage wird mir erst allmählich bewußt«, sagte ich. »Rechnen Sie mit Panik.«

»Immer«, sagte die Präsidentin. »Welche Neuigkeiten haben Sie von den Pilgern?«

Ich war überrascht. »Den Pilgern? Ich habe nicht ... geträumt.«

Die Strömung von Gladstones Gefolgschaft und den bevorstehenden Ereignissen zog sie langsam weiter den Flur hinab. »Vielleicht müssen Sie gar nicht mehr schlafen, um zu träumen«, rief sie. »Versuchen Sie es.«

Ich sah ihr nach, durfte meine Suite suchen, fand die Tür und wandte mich voll Selbstverachtung ab. Ich zog mich voll Angst und Schock vor dem Schrecken zurück, der über uns alle kam. Ich wäre zufrieden gewesen, im Bett zu liegen, den Schlaf zu meiden und die Decke bis zum Kinn zu ziehen, während ich um das Netz, das Kind Rachel und mich selbst weinte.

Ich verließ den Wohnkomplex und begab mich in den Innengarten, wo ich die Kieswege entlangschlenderte. Winzige Mikrosonden summten wie Bienen durch die Luft, eine folgte mir, als ich durch den Rosengarten ging und das Gelände betrat, wo ein tiefer gelegener Weg sich zwischen feuchten tropischen Pflanzen und in die Sektion der Alten Erde bei der Brükke wand. Ich setzte mich auf die Steinbank, wo ich mich mit Gladstone unterhalten hatte.

Vielleicht müssen Sie gar nicht mehr schlafen, um zu träumen. Versuchen Sie es.

Ich zog die Füße auf die Bank hoch, legte das Kinn auf die Knie, drückte die Fingerspitzen an die Schläfen und machte die Augen zu.

32

Martin Silenus zuckt und windet sich in der reinsten Poesie des Schmerzes. Ein zwei Meter langer Dorn aus Stahl dringt zwischen den Schulterblättern in seinen Körper ein und kommt zur Brust wieder heraus, er verjüngt sich einen Meter weiter zur Spitze. Silenus' rudernde Arme können diese Spitze nicht erreichen. Der Dorn hat keinen Reibungswiderstand, die verschwitzten Finger und Handflächen finden keinen Halt. Aber obwohl der Dorn unter Berührung glatt ist, rutscht der Körper nicht ab; Silenus ist so fest aufgespießt wie ein ausgestellter Schmetterling.

Es fließt kein Blut.

In den Stunden, seit die Vernunft durch den irren Dunst der Schmerzen zurückgekehrt ist, hat sich Martin Silenus darüber gewundert. Kein Blut. Aber Schmerzen. O ja, Schmerzen im Überfluß — Schmerzen wie sie sich der Dichter schlimmer niemals hätte vorstellen können, Schmerzen jenseits menschlichen Ertragens und den Grenzen des Leids.

Aber Silenus erträgt. Und Silenus leidet.

Er schreit zum tausendsten Mal, ein abgehackter Laut, ohne Inhalt, ohne Sprache, nicht einmal Flüche. Worte vermögen solche Qualen nicht zu vermitteln. Silenus schreit und windet sich. Nach einer Weile hängt er nur noch schlaff da, und der lange Dorn wippt leicht als Reaktion auf seine Bewegungen. Über ihm, hinter ihm hängen weitere Menschen, aber Silenus schenkt ihnen kaum Beachtung. Jeder ist abgeschieden in seinem oder ihrem eigenen Kokon der Schmerzen.

»*Dies ist die Hölle*«, denkt Silenus und zitiert Marlowe, »*und ich darin gefangen.*«

Aber er weiß, daß es nicht die Hölle ist. Auch kein Leben nach dem Tode. Und er weiß auch, daß dies kein Nebengleis der Wirklichkeit ist; der Dorn durchbohrt seinen *Körper!* Acht Zentimeter organischer Stahl in der Brust! Aber er ist nicht gestorben. Er blutet nicht. Dieser Ort war irgendwo und irgend etwas, aber nicht die Hölle und nicht das Leben.

Die Zeit hier war seltsam. Silenus hatte früher schon erfahren müssen, daß sich die Zeit dehnen und verkürzen kann — die Qual des freigelegten Nervs auf dem Zahnarztstuhl, die Nierensteinschmerzen im Wartezimmer des Krankenhauses —, da konnte die Zeit langsamer ablaufen, scheinbar stillstehen, während die Zeiger einer betroffenen biologischen Uhr vor Schock stillstanden. Aber da verging die Zeit doch. Die Wurzelbehandlung wurde abgeschlossen. Das Ultramorphin wurde ausgegeben und tat seine Wirkung. Aber hier ist selbst die Luft durch das Fehlen von Zeit erstarrt. Schmerz ist Krümmung und Gischt einer Welle, *die nicht bricht.*

Silenus schreit vor Wut und Schmerz. Und windet sich auf seinem Dorn.

»Gottverdammt!« bringt er schließlich heraus. »Gottverdammter abgewichster Hurensohn.« Die Worte sind Relikte aus einem anderen Leben, Artefakte eines Traums, in dem er vor der Wirklichkeit des Baums der Schmerzen gelebt hat. Silenus kann sich nur noch halb an dieses Leben erinnern, so wie er sich nur halb erinnert, wie das Shrike ihn hierher getragen, ihn hier gepfählt, ihn hier zurückgelassen hat.

»O *Gott!*« schreit der Dichter, umklammert den Dorn mit beiden Händen und versucht sich hochzustemmen, um das Körpergewicht zu entlasten, das zu den unerträglichen Schmerzen beiträgt.

Unten sieht er eine Landschaft. Er kann meilenweit sehen. Es ist eine erstarrte Pappmachékulisse des Tals der Zeitgräber und der Wüste dahinter. Sogar die tote Stadt und die fernen Berge sind als sterile Plastikminiaturen reproduziert. Einerlei. Für Martin Silenus existieren nur der Baum und die Schmerzen, und diese beiden sind untrennbar. Silenus fletscht die Zähne zu einem gequälten Lächeln. Als er ein Kind auf der Alten Erde war, hatten er und sein bester Freund Amalfi Schwartz einmal eine Christengemeinde im Nordamerikanischen Reservat besucht und deren rohe Theologie kennengelernt, und hinterher hatten sie diese Witze über die Kreuzigung gemacht. Der junge Martin hatte die Arme ausgebreitet, die Beine übereinandergeschlagen, den Kopf gehoben und gesagt: »Herrje, ich kann von hier oben die ganze Stadt sehen.« Amalfi hatte gebrüllt vor Lachen.

Silenus schreit.

Die Zeit vergeht nicht wirklich, aber nach einer Weile gelangt Silenus' Denken wieder zu etwas, das linearer Beobachtung gleichkommt ... etwas anderes als die vereinzelten Oasen klarer, reinster Schmerzen, die in einer Wüste gedankenlos empfangener Qualen liegen ... und in dieser linearen Wahrnehmung seiner eigenen Schmerzen zwingt Silenus diesem zeitlosen Ort Zeit auf.

Zuerst helfen Schimpfworte, den Schmerz zu vertreiben. Das Schreien tut weh, aber seine Wut klärt und läutert.

In den erschöpften Pausen zwischen Schreien und Zuckungen der Schmerzen gestattet Silenus sich den Luxus des Denkens. Anfangs handelt es sich lediglich um das Bemühen zu messen, Zeiteinheiten im Kopf zu rezitieren, damit sich der Schmerz vor zehn Sekunden von dem der folgenden zehn Sekunden unterscheidet. Silenus findet heraus, daß der Schmerz bei der Anstrengung des Konzentrierens etwas nachläßt — er ist immer noch unerträglich, weht immer noch alle Gedanken wie Rauchfähnchen im Wind dahin, aber dennoch um eine unmeßbare Einheit verringert.

Daher konzentriert sich Silenus. Er schreit und tobt und zuckt, aber er konzentriert sich. Da er sich auf nichts anderes konzentrieren kann, konzentriert er sich auf die Schmerzen.

Schmerzen, stellt er fest, besitzen eine Struktur. Sie haben einen Boden. Sie haben kompliziertere Muster als die Kammern einer Taucherglocke, barockere Schnörkel als die prunkvollsten gotischen Kathedralen. Selbst während er schreit, studiert Martin Silenus die Struktur seiner Schmerzen. Er stellt fest, daß sie ein Gedicht sind.

Silenus krümmt Körper und Hals zum zehntausendsten Mal, sucht Erleichterung wo keine Erleichterung möglich ist, aber diesmal sieht er eine bekannte Gestalt fünf Meter über sich, die an einem ähnlichen Dorn hängt und sich im unwirklichen Wind der Qualen windet.

»Billy!« stöhnt Martin Silenus, sein erster wahrer Gedanke.

Sein einstiger Lehnsherr und Mäzen blickt über einen blinden Abgrund, von den Schmerzen geblendet, die auch Silenus blind gemacht haben, dreht sich aber dennoch etwas um, wie als Antwort auf den Ruf seines Namens an diesem Ort jenseits von Namen.

»Billy!« ruft Silenus wieder und verliert dann Sicht und Denken an die Schmerzen. Er konzentriert sich auf die Struktur der Schmerzen und folgt ihren Mustern, als würde er Stamm und Äste und Zweige und Dornen des Baums selbst nachzeichnen. »Mein Herr!«

Silenus hört eine Stimme über die Schreie hinweg und stellt zu seinem Erstaunen fest, daß Stimme und Schreie gleichermaßen seine eigenen sind:

> ... *Thou art a dreaming thing;*
> *A fever of thyself — think of the Earth;*
> *What bliss even in hope is there for thee?*
> *What haven? every creature hath its home;*
> *Every sole man hath days of joy and pain,*
> *Wether his labours be sublime or low —*
> *The pain alone; the joy alone; distinct:*
> *Only the dreamer venoms all his days,*
> *Bearing more woe than all his sins deserve.**

---

* ... Du bist ein träumend Ding;
  Ein Fieber deiner selbst — denk an die Erde;
  Welch Wonnen birgt die Hoffnung selbst für dich?
  Welch Zuflucht? Jedes Geschöpf besitzt ein Zuhause;
  Ein jeder Mensch kennt Tage voll Freud' und Leid,
  Und sei sein Tun gemein oder erhaben —
  In Schmerz allein; in Freud allein, verschieden:
  Der Träumer nur vergiftet seinen Tag
  Und trägt mehr Leid, als seinen Sünden ziemt.

Er kennt die Verse, nicht seine, John Keats', und spürt, wie die Worte dem scheinbaren Chaos der Schmerzen um ihn herum weiter Struktur verleihen. Silenus begreift, daß die Schmerzen ihn seit der Geburt begleiten — das Geschenk des Universums für einen Dichter. Die körperliche Reflektion dieser Schmerzen hat er gespürt und als die sinnlosen Jahre seines Lebens vergeblich versucht, in Verse umzusetzen, mit Prosa festzuhalten. Es ist schlimmer als Schmerzen; es ist Unglücklichsein, weil das Universum Schmerzen für alle bereithält.

> *Only the dreamer venoms all his days,*
> *Bearing more woe than all his sins deserve.* *

Silenus brüllt es hinaus, schreit aber nicht. Das Brüllen des Schmerzes vom Baum, mehr psychisch als physisch, ebbt einen bloßen Sekundenbruchteil ab. Eine Insel der Ablenkung in diesem Meer der Entschlossenheit.

»Martin!«

Silenus krümmt sich, hebt den Kopf und versucht, durch den Nebel der Schmerzen klar zu sehen. Der Traurige König Billy sieht in an. *Sieht.*

Der Traurige König Billy krächzt eine Silbe, die Silenus nach einem endlosen Augenblick als »Mehr!« identifizieren kann.

Silenus schreit vor Schmerzen, windet sich in verkrampften Zuckungen unwillkürlicher Reaktion darauf, aber als er aufhört und erschöpft baumelt, weil die Schmerzen nicht nachgelassen haben, sondern von der Erschöpfung aus den motorischen Gehirnsektionen vertrieben worden sind, gestattet er der Stimme in seinem Innern, ihr Lied zu flüstern und zu brüllen:

> *Spirit here that reignest!*
> *Spirit here that painest!*
> *Spirit here that burnest!*
> *Spirit here that mournest!*

---

* Der Träumer nur vergiftet seinen Tag
Und trägt mehr Leid, als seinen Sünden ziemt.

Der kleine Kreis des Schweigens wird größer und schließt mehrere nahe gelegene Äste ein, eine Handvoll Dornen, die ihre Dolden menschlicher Wesen in extremis tragen.

Silenus sieht zum Traurigen König Billy hinauf und sieht, wie sein verratener Herr die traurigen Augen aufschlägt. Zum erstenmal seit zwei Jahrhunderten sehen Mäzen und Künstler einander an. Silenus überbringt die Nachricht, die ihn hierhergeführt hat, an diesen Dorn. »Mein Herr, es tut mir leid.«

Bevor Billy antworten kann, bevor der Chor der Schreie jede Antwort unmöglich macht, *verändert* sich die Atmosphäre, *regt* sich der Eindruck der gefrorenen Zeit, und der Baum *erbebt*, als wäre das ganze Ding einen Meter abgesunken. Silenus schreit mit den anderen, als der Ast erbebt und der pfählende Dorn in seinem Innern reißt und das Fleisch erneut geißelt.

Silenus schlägt die Augen auf und sieht, daß der Himmel echt ist, daß die Wüste echt ist, daß die Zeitgräber leuchten, der Wind weht und die Zeit wieder eingesetzt hat. Die Qual läßt nicht nach, aber die Klarheit hat sich wieder eingestellt.

Martin Silenus lacht unter Tränen. »Sieh mal, Mom!« ruft er kichernd, während der Speer aus Stahl einen Meter aus seiner Brust herausragt. »Ich kann von hier oben die ganze Stadt sehen!«

»M. Severn? Alles in Ordnung?«

Keuchend und auf Händen und Knien drehte ich mich zu der Stimme um. Es war schmerzhaft, die Augen zu öffnen, aber kein Schmerz war mit dem vergleichbar, den ich gerade erlebt hatte.

»Alles in Ordnung, Sir?«

Niemand war in dem Garten in meiner Nähe. Die Stimme kam aus einer Mikrofernsonde, die einen Meter von meinem Gesicht entfernt summte — wahrscheinlich eine der Wachen irgendwo im Regierungsgebäude.

»Ja«, brachte ich heraus, stand auf und klopfte Schmutz von den Knien. »Mir geht es gut. Plötzliche … Schmerzen.«

»Medizinische Hilfe kann in zwei Minuten dort sein, Sir. Ihr Biomonitor zeigt keine organischen Störungen, aber wir können …«

»Nein, nein«, sagte ich. »Mir geht es gut. Lassen Sie. Und lassen Sie *mich* in Ruhe.«

Die Sonde flatterte wie ein nervöser Kolibri. »Ja, Sir. Rufen Sie nur, wenn Sie etwas brauchen. Garten und Bodenmonitore werden reagieren.«

»Hauen Sie ab!« sagte ich.

Ich verließ den Garten, ging durch den Hauptflur des Regierungsgebäudes — wo es inzwischen vor Kontrollpunkten und Wachen geradezu wimmelte — und in die landschaftsgärtnerisch gestalteten Hektar des Deer Park.

Das Dockareal war ruhig, der Fluß Tethys stiller, als ich ihn je gesehen hatte. »Was ist los?« fragte ich einen der Wachmänner am Pier.

Der Wachmann überprüfte mein Komlog, bestätigte meinen Befugnischip und die Vollmachten der Präsidentin, beeilte sich aber dennoch nicht mit seiner Antwort. »Die Portale für TC^2 sind geschlossen worden«, rief er. »Eine Umgehung.«

»Umgehung? Sie meinen, der Fluß fließt nicht mehr durch Tau Ceti Center?«

»Richtig.« Er klappte das Visier herunter, als ein kleines Boot näher kam, und klappte es wieder hoch, als er die beiden Wachen darin erkannte.

»Kann ich dort raus?« Ich deutete flußaufwärts, wo die hohen Portale einen milchigen grauen Vorhang erkennen ließen.

Der Wachmann zuckte die Achseln. »Klar. Aber Sie dürfen dort nicht mehr rein.«

»Macht nichts. Kann ich das kleine Boot nehmen?«

Der Wachmann flüsterte etwas in sein Mikro und nickte. »Nur zu!«

Ich stieg zaghaft in das kleine Boot, setzte mich auf die hintere Bank und hielt mich an der Ruderpinne fest, bis das Schaukeln nachgelassen hatte, berührte den Energiediskey und sagte: »Start.«

Die elektrischen Schubdüsen summten, das kleine Transportmittel legte ab und drehte den Bug in den Fluß, und ich deutete stromaufwärts.

Ich hatte noch nie gehört, daß ein Teil des Flusses Tethys abgeriegelt worden wäre, aber der Farcastervorhang war jetzt definitiv nur für eine Richtung durchlässig, eine semipermeable Membran. Das Boot summte durch, ich schüttelte das kribbelnde Gefühl ab und sah mich um.

Ich befand mich in einer der großen Kanalstädte — Ardmen oder Pamolo — auf Renaissance Vector. Hier war der Tethys eine Hauptstraße, von der viele Nebenflüsse abzweigten. Normalerweise hätte der einzige Verkehr hier aus den Touristengondeln auf den Außenspuren und den Yachten und Überallhins der sehr Reichen auf den mittleren Durchfahrtsbahnen bestehen dürfen. Jetzt ging es hier zu wie in einem Tollhaus.

Boote jeder Größe und Form verstopften die Mittelkanäle, Boote fuhren in beide Richtungen. Hausboote waren vollgestopft bis unter den Rand mit Habseligkeiten, kleinere Barken so schwer beladen, daß es aussah, als würde die kleinste Welle sie zum Kentern bringen. Hunderte verwegener Schrottkähne von Tsingtao-Hsishuang Panna und Millionen Mark teure Flußkondobarken von Fuji kämpften um ihren Anteil vom Fluß; ich vermutete, daß die wenigsten dieser Wohnboote je schon einmal die Anlegestellen verlassen gehabt hatten. Zwischen diesem Durcheinander von Holz und Plastahl und Perspex sausten Überallhins, deren Sperrfelder auf Vollreflektion geschaltet waren, wie silberne Eier dahin.

Ich befragte die Datensphäre: Renaissance Vector war eine Welt der zweiten Angriffswelle, hundertundsieben Stunden bis zur Invasion. Ich fand es seltsam, daß Flüchtlinge von Fuji hier die Wasserstraßen verstopften, da dieser Welt noch mehr als zweihundert Stunden blieben, bis die Axt fiel, aber dann wurde mir klar, abgesehen vom abgeriegelten TC² strömte der Fluß immer noch durch die gewohnte Abfolge von Welten. Flüchtlinge von Fuji hatten den Fluß von Tsingtao befahren, dreiunddreißig Stunden von der Ouster-Bedrohung entfernt, über Deneb Drei mit hundertsiebenundvierzig Stunden, über Renaissance Vector nach Parsimony oder Gras, die beide derzeit noch außer Gefahr waren. Ich schüttelte den Kopf, fand eine vergleichsweise gefahrlose Nebenstraße, von der ich den Wahnsinn beobachten konnte, und überlegte, wann die Behörden den Wasserlauf umleiten würden, so daß er aus *allen* bedrohten Welten zu einem Zufluchtsort floß.

Können sie das? fragte ich mich. Der TechnoCore hatte den Fluß Tethys anläßlich seiner Fünfhundertjahrfeier als Geschenk für die Hegemonie geschaffen. Aber sicher hatte Gladstone oder sonst jemand daran gedacht, den Core bei der Evakuierung um Hilfe zu bitten. *Wirklich?* fragte ich mich. *Würde* der Core helfen? Ich wußte, Gladstone war davon überzeugt, daß Elemente des Core die Auslöschung der menschlichen Rasse verfolgten — dieser Krieg war angesichts dieser Alternative ihr Ausweg gewesen. Welch einfache Möglichkeit, für die antimenschlichen Elemente des Core, ihr Programm zu verfolgen — sie mußten sich einfach weigern, die Milliarden zu evakuieren, die von den Ousters bedroht wurden!

Ich hatte gelächelt, wenn auch grimmig, aber dieses Lächeln verschwand, als mir klar wurde, daß der TechnoCore auch das Farcasternetz kontrollierte, mit dem ich aus den bedrohten Gebieten entkommen konnte.

Ich hatte das Boot am Fuß einer Steintreppe vertäut, die zum Brackwasser herunterführte. Ich bemerkte grünes Moos, das auf der untersten Stufe wuchs. Die Stufen selbst — möglicherweise von der Alten Erde, da in den ersten Jahren nach dem Großen Fehler einige klassische Städte via Farcaster abtransportiert wurden — waren ausgetreten, und ich konnte ein Gespinst feinster Risse erkennen, die funkelnde Flecken verbanden, was wie ein Schema des Weltennetzes selbst aussah.

Es war sehr warm, die Luft war reglos und schwül. Die Sonne von Renaissance Vector hing tief über den Giebeltürmen.

Das Licht war für meine Augen zu rot und zu dicklich. Der Lärm vom Tethys war selbst hier, hundert Meter das Äquivalent einer Nebenstraße hinab, ohrenbetäubend, Tauben flatterten aufgeregt zwischen dunklen Mauern und überhängenden Erkern.

Was kann ich tun? Alles schienen zu handeln, während die Welt dem Untergang entgegenging, und ich konnte nur müßig herumziehen.

Das ist deine Aufgabe. Du bist Beobachter.

Ich rieb mir die Augen. Wer sagte, daß Dichter beobachten mußten? Ich dachte an Li Po und George Wu, die ihre Armeen durch China führten und einige der feinsinnigsten Verse der Weltgeschichte verfaßten, während ihre Soldaten schliefen. Und wenigstens Martin Silenus hatte ein langes, ereignisreiches Leben geführt, auch wenn die Hälfte der Ereignisse obszön und die andere Hälfte vergeudet gewesen war.

Als ich an Martin Silenus dachte, stöhnte ich laut auf.

Hängt auch das Baby Rachel in diesem Augenblick an dem Baum?

Ich dachte einen Moment darüber nach und fragte mich, ob dieses Los der raschen Auslöschung durch Merlins Krankheit vorzuziehen war.

Nein.

Ich machte die Augen zu, konzentrierte mich darauf, an überhaupt nichts zu denken, und hoffte, daß ich Verbindung mit Sol herstellen und etwas über das Schicksal des Kindes in Erfahrung bringen konnte.

Das kleine Boot wiegte sich sanft in den fernen Kielwassern. Irgendwo über mir flatterten die Tauben auf einen Sims und gurrten durcheinander.

»Mir ist gleich, wie schwierig das ist!« schreit Meina Gladstone. »Ich möchte die *gesamte* Flotte im Wega-System, um Heaven's Gate zu verteidigen. *Dann* können Sie die erforderlichen Einheiten nach God's Grove und zu den anderen bedrohten Welten beordern. Unser einziger Vorteil momentan ist *Beweglichkeit!*«

Admiral Singhs Gesicht ist dunkel vor Frustration. »Zu gefährlich, M. Präsidentin! Wenn wir die Flotte direkt in den

Raum um Wega verlegen, gehen wir das schreckliche Risiko ein, daß wir dort abgeriegelt werden. Sie werden mit Sicherheit versuchen, die Singularitätssphäre zu zerstören, die das System mit dem Netz verbindet.«

»*Beschützen* Sie sie!« schnauzt Gladstone. »Dafür sind die teuren Kriegsschiffe ja da.«

Singh sieht Morpurgo und die anderen Lamettaträger hilfesuchend an. Niemand sagt etwas. Die Gruppe befindet sich im Stabszimmer des Regierungsflügels. An den Wänden leuchten Holos und reihenweise Daten. Niemand schenkt den Wänden Beachtung.

»Es erfordert unsere sämtlichen Reserven, die Singularitätssphäre im Raum Hyperion zu beschützen«, sagt Admiral Singh mit gedämpfter Stimme und sorgsam betonten Worten. »Rückzug unter Feuer, besonders dem Angriff des gesamten Schwarms dort, ist sehr gefährlich. Sollte *diese* Sphäre zerstört werden, wäre unsere Flotte eine Zeitschuld von achtzehn Monaten vom Netz entfernt. Der Krieg wäre verloren, bevor sie zurückkehren könnte.«

Gladstone nickt verkrampft. »Ich verlange nicht von Ihnen, daß Sie diese Singularitätssphäre aufs Spiel setzen, bevor alle Einheiten der Flotte abgezogen worden sind, Admiral ... ich habe schon zugestimmt, ihnen Hyperion zu überlassen, *bevor* wir alle unsere Schiffe draußen haben ... aber ich bestehe darauf, daß wir Welten des Netzes nicht kampflos aufgeben.«

General Morpurgo steht auf. Der Lusier sieht bereits erschöpft aus. »Präsidentin, wir haben vor zu kämpfen. Aber es wäre viel logischer, unsere Verteidigung bei Hebron oder Renaissance Vector zu beginnen. Wir gewinnen nicht nur fünf Tage, um die Verteidigung zu planen, sondern ...«

»Aber wir verlieren neun Welten«, unterbricht Gladstone. »*Milliarden* Bürger der Hegemonie. Menschen. Heaven's Gate wäre ein schrecklicher Verlust, aber God's Grove ist eine kulturelle und ökologische Kostbarkeit. Unersetzlich.«

»Präsidentin«, sagt Allan Imoto, der Verteidigungsminister, »es existieren Hinweise, wonach die Tempelritter seit Jahren mit der sogenannten Kirche des Shrike gemeinsame Sache machen. Ein Großteil der Mittel für die Programme des Shrike-Kults stammt aus ...«

Gladstone bewegt die Hand, um den Mann zum Schweigen zu bringen. »Das ist mir *gleich*. Der Gedanke, God's Grove zu verlieren, ist unvorstellbar. Wenn wir Wega und Heaven's Gate schon nicht verteidigen können, dann ziehen wir den Frontverlauf beim Planeten der Tempelritter. Das ist mein letztes Wort.«

Singh sieht aus, als wären ihm unsichtbare Ketten angelegt worden, während er ein ironisches Lächeln versucht. »Damit bleibt uns nicht einmal eine Stunde, Präsidentin.«

»Mein letztes Wort«, wiederholt Gladstone. »Leigh, wie ist die Lage bei den Aufständen auf Lusus?«

Hunt räuspert sich. Sein Verhalten ist so leutselig und betulich wie immer. »M. Präsidentin, inzwischen sind mindestens fünf Stöcke betroffen. Besitz im Wert von Hunderten Milliarden Kredits wurde zerstört. Einheiten von FORCE:Bodentruppen wurden von Freeholm hinbeordert und scheinen die schlimmsten Plünderungen und Demonstrationen unterbunden zu haben, aber es läßt sich unmöglich abschätzen, wann die Farcasterverbindung zu diesen Stöcken wiederaufgenommen werden kann. Es besteht kein Zweifel, daß die Kirche des Shrike verantwortlich ist. Die anfänglichen Unruhen im Stock Bergstrom haben mit Demonstrationen fanatischer Anhänger des Kults begonnen, der Bischof hat sich ins HTV-Programm eingeblendet, bis er unterbrochen wurde durch ...«

Gladstone senkt den Kopf. »Also ist er wieder auf der Bildfläche erschienen. Hält er sich gerade auf Lusus auf?«

»Das wissen wir nicht, M. Präsidentin«, entgegnet Hunt. »Die Transitbehörden versuchen ihn und seine höchsten Helfershelfer aufzuspüren.«

Gladstone dreht sich zu einem jungen Mann um, den ich im ersten Moment nicht erkenne. Es ist Kommandant William Ajunta Lee, Held der Schlacht von Maui-Covenant. Als man zuletzt von ihm gehört hatte, war der junge Mann ins Outback versetzt worden, weil er sich erdreistet hatte, vor seinen Vorgesetzten seine Meinung zu sagen. Jetzt sind die Epauletten seiner FORCE:Marine-Uniform mit den goldenen und smaragdgrünen Abzeichen eines Konteradmirals geschmückt.

»Was halten Sie davon, um jede einzelne Welt zu kämpfen?« fragt Gladstone ihn, ohne auf ihr eigenes Verdikt zu achten, wonach die Entscheidung endgültig gewesen war.

»Ich halte es für einen Fehler, Präsidentin«, sagt Lee. »Alle neun Schwärme sind zum Angriff entschlossen. Der einzige, um den wir uns drei Jahre lang keine Sorgen machen müssen — vorausgesetzt, wir können unsere Streitkräfte abziehen —, ist der Schwarm, der gerade Hyperion angreift. Wenn wir unsere Flotte — und sei es nur die halbe Flotte — darauf konzentrieren, uns der Bedrohung von God's Grove entgegenzustellen, liegt das Risiko bei fast einhundert Prozent, daß es uns nicht gelingen wird, die Truppen zur Verteidigung der anderen acht Welten der ersten Angriffswelle abzuziehen.«

Gladstone reibt sich die Oberlippe. »Und was schlagen Sie vor?«

Konteradmiral Lee holt tief Luft. »Ich empfehle, wir beschränkten unsere Verluste, vernichten die Singularitätssphären in diesen neun Systemen und bereiten einen Angriff auf die Schwärme der zweiten Angriffswelle vor, *bevor* diese bewohnte Sternsysteme erreichen.«

Aufruhr bricht am Tisch aus. Senatorin Feldman von Barnards Welt springt auf und brüllt etwas.

Gladstone wartet, bis sich der Sturm gelegt hat. »Sie meinen, die Front in ihre Reihen verlegen? Die Schwärme selbst angreifen, und nicht auf einen Angriff ihrerseits warten?«

»Ja, M. Präsidentin.«

Gladstone deutet auf Admiral Singh. »Läßt sich das machen? Können wir derartige Gegenangriffe binnen« — sie konsultiert die Datenreihen über sich — »vierundneunzig Standardstunden planen, vorbereiten und starten?«

Singh schnappt in Habachtstellung. »Ob sich das machen läßt? Äh … möglicherweise, Präsidentin, aber die politischen Folgen, wenn wir neun Welten aus dem Netz verlieren … äh … die logistischen Probleme bei …«

»Ist es möglich?« drängt Gladstone.

»Äh … ja, M. Präsidentin. Aber wenn …«

»Dann machen Sie es!« befiehlt Gladstone. Sie steht auf, und die anderen am Tisch beeilen sich ebenfalls, auf die Beine zu kommen. »Senatorin Feldman, ich werde Sie und die anderen betroffenen Repräsentanten in meinen Gemächern empfangen. Leigh, Allan, bitte halten Sie mich wegen der Aufstände auf Lusus informiert. Der Kriegsrat wird sich in vier Stunden wieder hier versammeln. Guten Tag, meine Damen und Herren.«

Ich ging wie benommen durch die Straßen und lauschte den Echos in meinem Verstand. Abseits vom Fluß Tethys, wo die Kanäle seltener und die Fußgängerwege breiter waren, drängten sich Menschenmengen auf den Straßen. Ich ließ mich von meinem Komlog zu verschiedenen Terminexen führen, aber jedesmal waren die Schlangen noch länger. Ich brauchte ein paar Minuten, bis mir klar wurde, daß es sich nicht nur um Einwohner von Renaissance V handelte, die *hinaus* wollten, sondern auch um Schaulustige aus dem ganzen Netz, die *hinein* wollten. Ich fragte mich, ob jemand in Gladstones Evakuierungsplanungsstab an das Problem von Millionen Neugierigen gedacht hatte, die her'casteten, um den Anfang des Krieges zu sehen.

Ich hatte keine Ahnung, wie ich von Unterhaltungen in Gladstones Stabszimmer träumen konnte, zweifelte aber nicht daran, daß sie der Wirklichkeit entsprachen. Wenn ich jetzt zurückdachte, fielen mir Einzelheiten meiner Träume während der langen vergangenen Nacht ein — nicht nur Träume von Hyperion, sondern auch vom Weltenspaziergang der Präsidentin und Einzelheiten von Konferenzen auf höchster Ebene.

Wer war ich?

Ein Cybrid war eine ferngesteuerte biologische Einheit, ein Anhängsel der KI ... oder, in diesem Fall, eine Persönlichkeitsrekonstruktion der KI ... wohlbehalten irgendwo im Core verwahrt. Es war logisch, daß der Core alles wußte, was im Regierungsgebäude vor sich ging, in den vielen Zimmern der Verwaltung der Menschheit. Die Menschheit stand möglicher Überwachung durch die KIs ebenso gleichgültig gegenüber, wie Familien der Südstaaten der USA auf der Alten Erde vor dem Bürgerkrieg vor ihren menschlichen Sklaven gesprochen hatten. Man konnte nichts dagegen machen — jeder Mensch außer den ärmsten der Armen in den tiefsten Etagen von Dregs Stock besaß ein Komlog mit Biomonitor, viele verfügten über Implantate, und jedes war auf die Musik der Datensphäre eingestellt, wurde von Elementen der Datensphäre überwacht, war von Funktionen der Datensphäre abhängig — und daher akzeptierten die Menschen das Fehlen einer Privatsphäre. Ein Künstler auf Esperance hatte einmal zu mir gesagt: »Wenn man miteinander vögelt oder bei eingeschalteten Hausmonitoren streitet, ist das so, als würde man sich vor einem Hund oder einer Katze ausziehen... beim erstenmal zögert man, aber dann denkt man einfach nicht mehr darüber nach.«

Zapfte ich also einen Geheimkanal an, der nur dem Core bekannt war? Es gab eine einfache Möglichkeit, das herauszufinden: ich konnte den Cybrid verlassen und auf den Highways der Megasphäre zum Core reisen, wie Brawne und mein körperloser Konterpart es das letztemal gemacht hatten, als ich ihre Wahrnehmung teilte.

Nein.

Bei der Vorstellung wurde mir schwindlig, fast übel. Ich fand eine Bank, setzte mich für einen Augenblick, ließ den Kopf zwischen die Knie sinken und atmete langsam und tief durch. Die Menge zog vorüber. Irgendwo wandte sich jemand über Megaphon an sie.

Ich hatte Hunger. Es war mindestens vierundzwanzig Stunden her, seit ich etwas gegessen hatte, und Cybrid hin oder her, mein Körper war schwach und ausgehungert. Ich drängte mich in eine Nebenstraße, wo Händler über das allgemeine Tohuwabohu hinweg schrien und ihre Waren von einrädrigen Gyrowagen verkauften.

Ich fand einen Wagen, wo die Schlange kurz war, kaufte Honiggebäck, eine Tasse aromatischen Kaffee von Bressia und ein mit Salat gefülltes Fladenbrot, bezahlte die Frau mit meiner Universalkarte und kletterte die Treppe zu einem leerstehenden Gebäude hinauf, wo ich mich auf einen Balkon setzte und aß. Es schmeckte köstlich. Ich trank meinen Kaffee und überlegte, ob ich mir noch eine Portion Gebäck holen sollte, als mir auffiel, daß die Menge unten ihr zielloses Hin und Her aufgegeben hatte und sich um eine kleine Gruppe Männer drängte, die am Rand eines großen Springbrunnens in der Mitte standen. Ihre verstärkten Worte hallten über die Köpfe der Menge zu mir herüber:

»... der Racheengel ist über uns gekommen, Prophezeiungen wurden erfüllt, die Jahrtausendwende rückt näher... der Plan des Avatar verlangt nach einem Opfer... wie es die Kirche der Letzten Buße vorhergesagt hat, die weiß und immer gewußt hat, daß eine solche Buße erforderlich ist ... zu spät für derlei halbherzige Maßnahmen ... zu spät für Vernichtungsmaßnahmen ... das Ende der Menschheit steht bevor, das Leiden hat begonnen, das Zeitalter des Herrn wird beginnen.«

Mir wurde klar, bei den Männern in Rot handelte es sich um Priester des Shrike-Kults, und die Menge reagierte — zuerst mit vereinzelten Rufen der Zustimmung, gelegentlichen Ausrufen wie »Ja, ja!« und »Amen!« und dann mit vereintem Gesang, bei dem Fäuste über den Köpfen geschwungen und schrille Schreie der Ekstase laut wurden. Es war unfaßbar, um es milde auszudrücken. Dem Netz waren in diesem Jahrhundert viele der religiösen Obertöne des Roms der Alten Erde kurz vor Beginn des christlichen Zeitalters eigen: eine Politik der Toleranz, zahllose Kulte — die meisten, wie die Zen-Gnostik, komplex und verinnerlicht, nicht von Bekehrungseifer erfüllt —, während die allgemeine Stimmung einem verhaltenen Zynismus und Gleichgültigkeit gegenüber religiösen Strömungen entsprach.

Aber heute, hier auf diesem Platz, nicht.

Ich mußte daran denken, daß es in den vergangenen Jahrhunderten keinen Mob gegeben hatte. Um einen Mob zu bilden, sind öffentliche Versammlungen erforderlich, und öffentliche Versammlungen bestanden in unserer Zeit aus Individuen, die über das All-Wesen oder andere Kanäle der Datensphäre kommunizierten; es ist schwer, das emotionale Potentials eines Mobs aufzubringen, wenn die Leute Kilometer oder gar Lichtjahre voneinander entfernt und lediglich durch Komleitungen und Fatlinekanäle vereint sind.

Plötzlich wurde ich aus meinem Nachdenken gerissen, weil das Toben der Menge verstummte und tausend Gesichter sich in meine Richtung drehten.

»... und dort ist einer von *ihnen!*« schrie der heilige Mann des Shrike-Kults, dessen rotes Gewand leuchtete, als er in meine Richtung deutete. »Einer von denen aus dem engsten Kreis der Hegemonie ... einer der ränkeschmiedenden Sünder, die am heutigen Tag die Buße über uns gebracht haben ... *dieser Mann* und seinesgleichen wollen, daß das Shrike-Avatar *euch* für seine Sünden büßen läßt, während er und die anderen sich auf den geheimen Welten, die die Führer der Hegemonie für diesen Tag eingerichtet haben, in Sicherheit befinden!«

Ich stellte die Kaffeetasse weg, schluckte den letzten Bissen Fladenbrot und sah mich fassungslos um. Der Mann stammelte Unsinn. Aber woher wußte er, daß ich von TC^2 gekommen war? Oder daß ich Zutritt zu Gladstone hatte? Ich sah wieder hin, schirmte die Augen vor der grellen Helligkeit ab und versuchte, nicht auf die Gesichter und Fäuste zu achten, die in meine Richtung geschüttelt wurden, sondern konzentrierte mich auf das Gesicht über dem roten Gewand ...

Mein Gott, es war Spenser Reynolds, der Aktionskünstler, den ich zuletzt gesehen hatte, als er versuchte, das Gespräch beim Dinner im Treetops an sich zu reißen. Reynolds hatte sich den Kopf rasiert, so daß von seinem lockigen, frisierten Haar nur noch das Zöpfchen des Shrike-Kults übrig war, aber das Gesicht war immer noch braungebrannt und hübsch, wenn auch gerade vor gespieltem Haß und der fanatischen Überzeugung des wahren Gläubigen verzerrt.

»Ergreift ihn!« schrie Reynolds, der Hetzer des Shrike-Kults und deutete in meine Richtung. »Ergreift ihn und laßt ihn büßen für die Zerstörung unserer Heimat, den Tod eurer Familien, das Ende der Welt!«

Ich drehte mich tatsächlich um, weil ich mir dachte, daß dieser anmaßende Schmierenkomödiant unmöglich *mich* meinen konnte.

Aber er meinte mich. Und die Menge war schon soweit zum *Mob* geworden, daß eine Woge Menschen im Umkreis des brüllenden Demagogen in meine Richtung strömte, die Fäuste schwangen und sabberten, und diese Bewegung reichte aus, andere aus dem Zentrum mitzureißen, bis sich die Ausläufer der Menge unter mir ebenfalls in meine Richtung drängten, um nicht zertrampelt zu werden.

Aus der Gruppe wurde eine brüllende, kreischende, plärrende Masse Aufständischer; in diesem Augenblick lag die Summe der IQs der Menge weit unter der des geistig ärmsten Mitglieds. Ein Mob kennt Leidenschaft, kein Hirn.

Ich wollte nicht so lange bleiben, daß ich ihnen das erklären konnte. Die Menge teilte sich und stürmte auf beiden Seiten der zweigeteilten Treppe herauf. Ich drehte mich um und versuchte mein Glück an der Brettertür hinter mir. Sie war abgeschlossen.

Ich trat dagegen, bis die Tür beim dritten Versuch nach innen splitterte, schlüpfte gerade noch vor zugreifenden Händen durch die Lücke und rannte die dunkle Treppe hinauf in einen Flur, der nach Alter und Schimmel roch. Schreie und Splittern war zu hören, als der Mob die Tür hinter mir demolierte.

Im dritten Stock befand sich eine Wohnung, die bewohnt war, obwohl das Gebäude einen verlassenen Eindruck gemacht hatte. Die Tür war nicht verschlossen. Ich machte die Tür auf, als ich gerade Schritte eine Treppenflucht unter mir hörte.

»Bitte helfen ...«, begann ich und verstummte. In dem dunklen Zimmer hielten sich drei Frauen auf; möglicherweise drei weibliche Generationen derselben Familie, denn sie wiesen alle eine gewisse Ähnlichkeit auf. Alle drei saßen auf klapprigen Stühlen, waren in schmutzige Lumpen gekleidet, hatten weiße Arme ausgestreckt und blasse Finger um unsichtbare Kugeln gekrümmt; ich konnte das dünne Metallkabel sehen, das sich vom weißen Haar der ältesten Frau zum schwarzen Deck auf einem staubigen Tisch schlängelte. Identische Kabel entsprangen den Köpfen von Tochter und Enkelin.

Kabeljunkies. Wie es aussah, im letzten Stadium von Verkabelungsanorexie. Jemand mußte ab und zu vorbeikommen, sie intravenös ernähren und ihre besudelte Kleidung wechseln, aber vielleicht waren die fürsorglichen Helfer vor der Kriegsgefahr geflohen.

Schritte hallten auf der Treppe. Ich machte die Tür zu und lief zwei weitere Treppen hinauf. Verschlossene Türen oder verlassene Zimmer, wo Wasser aus offenliegenden Leitungen tropfte und Pfützen bildete. Leere Flashbackinjektoren lagen verstreut herum wie Tetrapacks. *Keine bessere Gegend,* dachte ich.

Ich erreichte das Dach zehn Schritte vor der Meute. Den hirnlosen Eifer, den der Mob durch die Trennung von ihrem Guru eingebüßt hatte, machte die dunkle und beengte Umgebung des Treppenhauses wett. Sie hatten vielleicht vergessen, *warum* sie mich jagten, aber deshalb büßte der Gedanke, mich zu erwischen, nichts von seiner Faszination ein.

Ich schlug die windschiefe Tür hinter mir zu, suchte nach einem Schloß, einer Barrikade, irgend etwas. Da war kein Schloß. Nichts, das groß genug gewesen wäre, den Eingang zu versperren. Eilige Schritte polterten die letzte Treppenflucht herauf.

Ich sah mich auf dem Dach um: Miniaturparabolantennen wuchsen wie umgekehrte rostige Stockschwämmchen; eine Wäscheleine, die aussah, als wäre sie schon vor Jahren vergessen worden; die verwesten Kadaver von einem Dutzend Tauben; ein uraltes Vikken Scenic.

Ich schaffte es bis zu dem EMV, bevor die ersten von dem Mob durch die Tür gestürmt kamen. Das Ding war ein Museumsstück. Schmutz und Taubendreck machten die Windschutzscheibe fast undurchsichtig. Jemand hatte die serienmäßigen Abstoßdüsen entfernt und durch aufgemotzte Schwarzmarkteinheiten ersetzt, die nie durch eine Inspektion gekommen wären. Der Perspexbaldachin war hinten verschmort und schwarz, als hätte ihn jemand mit einer Laserwaffe als Zielscheibe benützt.

Im Augenblick war jedoch viel wichtiger, daß es kein Handflächenschloß besaß, sondern lediglich ein uraltes Schlüsselloch, das schon vor langer Zeit aufgebrochen worden war. Ich warf mich auf den staubigen Sitz und versuchte, die Tür zuzuschlagen; sie rastete nicht ein, sondern blieb halb offen hängen. Ich stellte keine Spekulationen über die unwahrscheinliche Möglichkeit an, daß das Ding anspringen würde, auch nicht auf die noch geringere Wahrscheinlichkeit, ich könnte vernünftig mit dem Mob reden, wenn mich die Leute hinaus und nach unten zerrten ... falls sie mich nicht einfach vom Dach des Gebäudes *warfen*. Ich hörte das gellende Schreien, mit dem sich der Mob unten auf dem Platz in Raserei brüllte.

Die ersten auf dem Dach waren ein vierschrötiger Mann im Khakioverall, ein schlanker Mann im mattschwarzen Anzug, wie er auf Tau Ceti Center gerade der letzte Schrei war, eine ungeheuer dicke Frau, die einen langen Schraubenschlüssel schwang und ein kleiner Mann im Grün der Selbstschutzstaffel von Renaissance V.

Ich hielt die Tür mit der linken Hand zu und führte Gladstones Befugnismikrocard in den Zünddiskey ein. Die Batterie heulte, der Anlasser knirschte sich einen ab, und ich machte die Augen zu und wünschte mir, die Energieversorgung würde solarbetrieben und selbstreparierend sein.

Fäuste hämmerten aufs Dach, Hände schlugen gegen das gekrümmte Perspex vor meinem Gesicht, und jemand zerrte die Tür auf, obwohl ich mir alle Mühe gab, sie geschlossen zu halten. Das Brüllen der fernen Menge glich dem Hintergrundgeräusch, das eine Brandung erzeugt; das Kreischen der Gruppe auf dem Dach war wie die Schreie zu groß geratener Möwen.

Die Schwebschaltkreise funktionierten, Schubdüsen fegten Staub und Taubendreck über die Bande auf dem Dach, und ich führte die Hand in die Omnikontrolle ein, schaltete zurück und nach rechts und spürte, wie das alte Scenic abhob, trudelte, aufsetzte und wieder abhob.

Ich steuerte direkt über den Platz und bekam nur am Rande mit, daß die Alarmsignale am Armaturenbrett klingelten und immer noch jemand an der offenen Tür baumelte. Ich ging im Sturzflug nach unten und lächelte unwillkürlich, als ich sah, wie Reynolds, der Wortführer des Shrike-Kults, sich duckte und die Menge auseinanderstob, dann zog ich über dem Springbrunnen hoch und kippte scharf nach links.

Mein kreischender Passagier ließ die Tür nicht los, aber die Tür fiel ab und die Wirkung war dieselbe. Ich stellte fest, daß es die dicke Frau gewesen war, die einen Augenblick später samt Tür acht Meter tiefer ins Wasser fiel und Reynolds und die Menge naßspritzte. Ich zog das EMV höher und hörte, wie die Schwebeinheiten vom Schwarzmarkt auf diese Entscheidung mit Stöhnen reagierten.

Wütende Stimmen der hiesigen Luftverkehrskontrolle gesellten sich zum Chor der Alarmglocken am Armaturenbrett, die Kabine schwankte, als die Polizeifernsteuerung übernahm, aber ich berührte den Diskey noch einmal mit meiner Mikrocard und nickte, als die Steuerung wieder dem Omnistick gehorchte. Ich flog über den ältesten, ärmsten Stadtteil, blieb dicht über den Dächern und steuerte um Türme und Minarette herum, damit ich unter dem Polizeiradar blieb. An einem normalen Tag hätten mich die Bullen von der Verkehrskontrolle schon längst mit Schweberucksäcken und Stabschwebern umzingelt und eingekreist, aber die Menschenmengen auf den Straßen unten und die Handgemenge vor den öffentlichen Farcasterterminexen deuteten darauf hin, daß dies alles andere als ein normaler Tag war.

Das Scenic warnte mich, daß seine Zeit in der Luft nur noch nach Sekunden bemessen war, ich spürte, wie die Steuerbordschwebdüse mit einem übelkeiterregenden Flattern den Geist aufgab und mühte mich mit Omni und Bodenpedal ab, die kippende Schrottkiste auf einem kleinen Parkplatz zwischen einem Kanal und einem großen rußigen Gebäude zu landen. Diese Stelle war mindestens zehn Klicks von dem Platz entfernt, wo Reynolds den Mob aufgewiegelt hatte, daher schien mir das Risiko am Boden nicht so groß zu sein ... nicht, daß ich in diesem Augenblick eine andere Wahl gehabt hätte.

Funken flogen, Metall riß, Teile des hinteren Quarterpanels, der Heckflosse und des vorderen Trittbretts lösten sich vom Rest des Vehikels, dann war ich unten und kam zwei Meter von der Mauer über dem Kanal entfernt zum Stillstand. Ich entfernte mich mit soviel Nonchalance, wie ich aufbringen konnte, von dem Vikken.

Die Straßen wurden immer noch von der Menge beherrscht — die sich hier freilich noch nicht zum Mob zusammengerottet hatte —, und auf den Kanälen herrschte ein Durcheinander kleiner Boote, daher schlenderte ich in das nächste öffentliche Gebäude, um von der Bildfläche zu verschwinden. Es handelte sich um ein Museum, eine Bibliothek und ein Archiv zugleich; ich verliebte mich auf den ersten Blick darin ... und in seinen Geruch, denn hier standen Tausende gedruckte Bücher, viele ziemlich alt, und nichts riecht so wunderbar wie alte Bücher.

Ich schlenderte durch den Raum, las Titel und fragte mich müßig, ob ich die Werke von Salmud Brevy hier finden würde, als ein kleiner, verschmitzter Mann in einem altmodischen Anzug aus Wolle und Fiberplastik auf mich zu kam. »Sir«, sagte er, »es ist lange her, seit uns die Freude Ihrer Gesellschaft zuteil wurde.«

Ich nickte und war sicher, daß ich diesen Mann noch nie gesehen hatte und noch nie hier gewesen war.

»Drei Jahre, richtig? Mindestens drei Jahre! Herrje, wie die Zeit vergeht!« Die Stimme des kleinen Mannes war kaum mehr als ein Flüstern — der gedämpfte Tonfall von jemand, der fast sein ganzes Leben in Bibliotheken zugebracht hat —, aber der Unterton der Aufregung darin ließ sich nicht leugnen. »Ich bin sicher, Sie möchten gleich in die Sammlung gehen«, sagte er und trat beiseite, um mich durchzulassen.

»Ja«, sagte ich und verbeugte mich ein wenig. »Aber nach Ihnen.«

Der kleine Mann — ich war fast sicher, daß es sich um einen Archivar handelte —, schien erfreut zu sein, daß er vorgehen durfte. Er schwatzte unermüdlich über Neuerwerbungen, neueste Würdigungen und Besuchen von Gelehrten aus dem Netz, während wir durch einen Saal voll Büchern nach dem anderen gingen; durch hohe, mehrgeschossige Grüfte voller Bücher; durch mahagonigetäfelte Flure voller Bücher und durch geräumige Säle, wo unsere Schritte von fernen Bücherwänden widerhallten. Während des ganzen Wegs sah ich sonst niemanden.

Wir überquerten einen gefliesten Durchgang mit schmiedeeisernen Geländern über einem versunkenen Becken mit Büchern, wo blaue Sperrfelder Schriftrollen, Pergamente, verfallende Karten, erleuchtete Manuskripte und uralte Comics vor dem Wirken der Atmosphäre schützten. Der Archivar machte eine schmale Tür auf, die dicker als manche Luftschleuse war, dann befanden wir uns in einem kleinen Raum ohne Fenster, wo dicke Jalousien Alkoven voll alten Folianten halb verbargen. Ein einziger Ledersessel stand auf einem Prä-Hegira Perserteppich, in einem Glaskasten sah ich einige Stücke vakuumgepreßtes Pergament.

»Haben Sie vor, bald zu veröffentlichen?« fragte der kleine Mann.

»Was?« Ich wandte mich von dem Schaukasten ab. »O ... nein«, sagte ich.

Der Archivar griff sich mit einer kleinen Faust ans Kinn. »Verzeihen Sie, wenn ich das so offen sage, Sir, aber es wäre ein schrecklicher Verlust, wenn Sie es nicht tun würden. Schon in unseren wenigen Unterhaltungen im Lauf der Jahre ist deutlich geworden, daß Sie einer der besten — wenn nicht *der* beste — Keatskenner im Netz sind.« Er seufzte und wich einen Schritt zurück. »Bitte verzeihen Sie meine Offenheit, Sir.«

Ich sah ihn an. »Schon gut«, sagte ich und wußte plötzlich genau, für wen er mich hielt und warum derjenige hierher gekommen war.

»Sie möchten sicher gern allein sein, Sir.«

»Wenn es Ihnen nichts ausmacht.«

Der Archivar verbeugte sich ansatzweise, verließ das Zimmer und machte die dicke Tür bis auf einen Spalt zu. Das einzige Licht stammte aus drei in die Decke eingelassenen Lampen: zum Lesen ausreichend, aber nicht so grell, daß die andächtige Atmosphäre des Raums zunichte gemacht worden wäre. Das einzige Geräusch waren die weit entfernten Schritte des Archivars. Ich ging zu dem Schaukasten, legte die Hände an den Rand und achtete sorgfältig darauf, daß ich das Glas nicht verschmierte.

Der erste Keats-Rekonstruktionscybrid, ›Johnny‹, war offensichtlich in seinen wenigen Jahren im Netz öfter einmal hierher gekommen. Jetzt fiel mir ein, daß in Brawnes Geschichte eine Bibliothek irgendwo auf Renaissance V erwähnt worden war. Sie war ihrem Klienten und Liebhaber am Anfang der Ermittlungen wegen seines ›Todes‹ hierher gefolgt. Später, nachdem er tatsächlich getötet worden war, abgesehen von der in der Schrön-Schleife gespeicherten Persönlichkeit, hatte sie diesen Raum besucht. Sie hatte den anderen von zwei Gedichten erzählt, die der erste Cybrid in seinem anhaltenden Bemühen, den Grund für seine Existenz herauszufinden — und für sein Sterben — täglich besucht hatte.

Diese beiden Originalmanuskripte befanden sich in dem Schaukasten. Beim ersten handelte es sich — fand ich — um ein reichlich überzuckertes Liebesgedicht mit der Anfangszeile ›Der Tag und seine Süße sind dahin!‹ Das zweite war besser, wenn auch mit der romantischen Morbidität eines zu romantischen und morbiden Zeitalters behaftet:

> This living hand, now warm and capable
> Of earnest grasping, would, if it were cold
> And in the icy silence of the tomb,
> So haunt thy days and chill the dreaming nights
> That you wouldst wish thine own heart dry of blood
> So in my veins red life might stream again,

And thou be conscience-calm'd — see here it is —
I hold it towards you. *

Brawne Lamia hatte das fast als persönliche Botschaft von
ihrem toten Liebhaber, dem Vater ihres ungeborenen Kindes,
angesehen. Ich betrachtete das Pergament und senkte den
Kopf, bis mein Atem sacht das Glas beschlug.

Es war keine Botschaft durch die Zeiten für Brawne, nicht
einmal eine zeitgenössische Klage für Fanny, die einzige und
teuerste Zierde meines Herzens. Ich betrachtete die verblaßten
Worte — die sorgfältig ausgeführte Handschrift, die Buchstaben trotz Abgründen von Zeit und Sprachentwicklung noch
deutlich lesbar — und erinnerte mich, wie ich sie im Dezember
1819 geschrieben und dies Fragment auf die Seite eines satiri-
schen ›Märchens‹ gekritzelt hatte, das ich gerade begonnen
hatte — *The Cap and Bells, or, The Jealousies.* Ein schrecklich al-
berner Unsinn, den ich zurecht nach dem kurzen Vergnügen,
das er mir bereitete, aufgegeben hatte.

Das Fragment ›Die warme Hand‹ war einer jener poetischen
Rhythmen gewesen, die wie ein nicht aufgelöster Akkord im
Geiste hallen und einen treiben, ihn geschrieben auf Papier zu
sehen. Er war wiederum das Echo eines früheren, unbefriedi-
genden Verses gewesen ... des achtzehnten, glaube ich, in meinem zweiten Versuch, die Geschichte vom Fall des Sonnengot-
tes Hyperion zu erzählen. Ich weiß noch, daß die erste Fassung
— die zweifellos noch gedruckt vorliegt, wo immer meine literarischen Gebeine auch zur Schau gestellt werden wie die mu-
mifizierten Überbleibsel eines ungewollten Heiligen in Beton
und Glas unter dem Altar der Literatur — diese erste Fassung
hatte gelautet:

---

* Die warme Hand, die noch voll Leben ist
Und zupackt mit Begier, die würde dich,
Läg sie erstarrt in eisig stummer Gruft,
So jagen tags und so durchkälten nachts,
Daß du dein eigen Herzblut gäbst für sie,
Damit es rot durch meine Adern rauscht,
Und dir wär wieder leicht zumut — hier, schau:
Ich halte sie dir hin!

Aus: John Keats: GEDICHTE, übersetzt von Heinz Piontek, Stuttgart 1968, Reclams
Universalbibliothek 8581, S. 7

... Who alive can say,
»Thou art no poet; mayst not tell the dream«?
Since every man whose soul is not a clod
Hath visions, and would speak, if he had loved
And been well nurtured in his mother tongue.
Wether the dream now purposed to rehearse
Be Poet's or Fanatic's will be known
When this warm scribe my hand is in the grave. *

Mir gefiel die gekritzelte Version mit ihrer gequälten und quälenden Atmosphäre, und ich hätte sie durch ›Ist diese warme Hand im Grab‹ ersetzt, auch wenn das bedeutet hätte, ein wenig zu revidieren und der ohnehin schon zu langen Einleitung des ersten Gesangs noch vierzehn Zeilen hinzuzufügen ...

Ich taumelte zum Sessel zurück, setzte mich und vergrub das Gesicht in den Händen. Ich schluchzte. Warum, wußte ich nicht. Ich konnte gar nicht mehr aufhören.

Eine ganze Weile, nachdem die Tränen versiegt waren, saß ich noch da, dachte nach und schwelgte in Erinnerungen. Einmal, es hätten Stunden vergangen sein können, hörte ich das Echo von Schritten in weiter Ferne, die respektvoll vor meiner Kammer verweilten und dann wieder in der Ferne verschwanden.

Mir wurde klar, alle Bücher in sämtlichen Alkoven waren die Werke von ›Mister John Keats, einsfünfundsiebzig groß‹, wie ich einmal geschrieben hatte — John Keats, der besessene Dichter, der darum gebeten hatte, daß sein Grabstein keinen Namen tragen sollte, nur diese Inschrift:

---

* ... Welch Lebender kann sagen:
›Du bist kein Dichter, darfst den Traum nicht schildern?‹
Hat jeder Mensch doch, dessen Seel nicht stumpf
Visionen, die er schreiben würde,
Wär er in seiner Muttersprach bewandert.
Ob dieser Traum, des Anbeginn nun folgt,
Von Dichter oder Besessenem erdacht, wird erst,
Ist diese warme Hand im Grab, ersichtlich sein.

HIER LIEGT EINER,
DESSEN NAME IN WASSER GESCHRIEBEN WAR.

Ich stand nicht auf, um mir die Bücher anzusehen oder darin zu lesen. Es war nicht nötig.

Allein in der Stille und dem Geruch von Leder und Papier der Bibliothek, allein in meinem Sanktuarium von Selbst und Nicht-Selbst, machte ich die Augen zu. Ich schlief nicht. Ich träumte.

33

Das Dateiebenenanalogon von Brawne Lamia und ihr Liebhaber, die Persönlichkeitsrekonstruktion, landen auf der Oberfläche der Megasphäre wie zwei Klippentaucher die Oberfläche des aufgewühlten Meeres treffen. Ein quasielektrischer Schock, das Gefühl, als hätten sie den Widerstand einer Membran überwunden, und dann sind sie *drinnen*, die Sterne sind fort, und Brawne reißt die Augen auf, als sie ein Informationsambiente sieht, das unendlich komplexer ist als jede Datensphäre.

Die Datensphären, die von menschlichen Operateuren bereist werden, werden häufig mit komplexen Städten aus Informationen verglichen: Türme von Firmen- und Regierungsdaten, Highways der Datenverarbeitung, breite Boulevards der Dateiebeneninteraktion, U-Bahnen umgeleiteten Verkehrs, hohe Mauern aus Sicherheitseis*, auf denen Mikrophagenwächter patrouillieren und das sichtbare Analogon eines jeden Mikrowellenstroms und Gegenstroms, von denen eine Stadt lebt.

Hier ist mehr. Viel mehr.

Die üblichen Stadtanalogons der Datensphäre sind vorhanden, aber winzig, so winzig — der Maßstab der Megasphäre macht sie so winzig, wie richtige Städte auf einer Welt aus dem Orbit aussehen würden.

Die Megasphäre, sieht Brawne, ist so lebendig und interak-

---

* engl. ICE = Intrusion Counterattack Equipment, d. h. Geräte, die ein unbefugtes Eindringen in Datenspeicher verhindern, Datensicherung. — *Anm. d. Red.*

tiv wie die Biosphäre jeder Klasse-Fünf-Welt: Wälder graugrüner Datenbäume wachsen und gedeihen und bilden vor ihren Augen neue Wurzeln und Zweige und Schößlinge aus; unter dem Wald gedeihen ganze Mikroökologien von Datenfluß- und Subroutine-KIs, erblühen und sterben, wenn sie ihren Zweck erfüllt haben; unter der wogenden, flüssigen Bodensubstanz der Matrix arbeitet ein emsiges unterirdisches Leben von Datenmaulwürfen, Kommunikationswürmern, Reprogrammierungsbakterien, Datenbaumwurzeln und Endlosschleifensamen, während oben, in und zwischen und unter den verschlungenen Wäldern aus Tatsachen und Wechselwirkungen Analogons von Raubtieren und Beute ihre geheimnisvollen Pflichten erfüllen, niederstoßen und laufen, klettern und hüpfen und teilweise auch frei durch die großen Zwischenräume zwischen Zweigsynapsen und Neuronenblättern sausen.

So schnell die Vergleiche das, was Brawne sieht, mit Sinn erfüllen, entschwinden die Bilder wieder und hinterlassen lediglich die überwältigende Analogrealität der Megasphäre — ein gigantischer innerer Ozean aus Licht und Lärm und verzweigten Verbindungen, dazwischen die kreisenden Wirbelwinde des KI-Bewußtseins und die ominösen Schwarzen Löcher von Farcasterverbindungen. Brawne spürt, wie Schwindelgefühle sie überkommen, und sie klammert sich so fest an Johnnys Hand wie eine Ertrinkende an einen Rettungsring.

— *Schon gut*, sendet Johnny, *Ich laß dich nicht los. Bleib bei mir.*

— *Wohin gehen wir?*

— *Jemand suchen, den ich vergessen hatte.*

— *??????*

— *Meinen ... Vater ...*

Brawne klammert sich fest, als sie und Johnny tiefer in die amorphen Weiten zu gleiten scheinen. Sie betreten einen fließenden scharlachroten Boulevard versiegelter Datenträger, und sie stellt sich vor, daß ein rotes Blutkörperchen auf dem Weg durch ein prallvolles Blutgefäß etwas Ähnliches sieht.

Johnny scheint den Weg zu kennen; zweimal verlassen sie die Hauptverkehrsader und folgen einer kleineren Abzweigung, und Johnny muß häufig zwischen gegabelten Straßen wählen. Das bewerkstelligt er mühelos und manövriert ihre Körperanalogons zwischen Datenträgern so groß wie Raumschiffe hindurch. Brawne versucht, wieder den Biosphärenvergleich zu sehen, aber hier, zwischen den vielfach verzweigten Ästen, kann sie den Wald vor lauter Bäumen nicht sehen.

Sie werden durch ein Areal gesogen, wo KIs über ihnen — *um sie herum* — kommunizieren wie große Graue Eminenzen über einem emsigen Ameisenhaufen. Brawne muß an Freeholm denken, die Heimatwelt ihrer Mutter, an die Große Steppe, so glatt wie ein Billardtisch, wo das Anwesen der Familie einsam inmitten von Tausenden Hektar Grasland stand ... Brawne erinnert sich an die verheerenden Herbststürme dort, als sie an der Grenze des Anwesens gestanden hatte, gerade außerhalb der schützenden Sperrfeldkuppel, und sehen konnte, wie dunkle Stratokumuluswolken sich zwanzig Kilometer hoch an einem blutroten Himmel aufgetürmt hatten, wie Gewalt sich mit einer Energieballung zusammenbraute, die die Härchen an Brawnes Unterarmen in Erwartung unvorstellbarer elektrischer Entladungen aufstellte, Tornados, so groß wie Häuser, die kreisten und herniederstießen wie die Medusenlocken, nach denen sie benannt worden sind; und hinter diesen Wirbelstürmen Mauern schwarzen Winds, die alles auf ihrem Weg niederwalzten.

Die KIs sind schlimmer. Brawne fühlt sich in ihrem Schatten weniger als unbedeutend: zu unbedeutend mag unsichtbar gehören, aber sie fühlt sich mehr als sichtbar, zu sehr Gegenstand der schrecklichen Wahrnehmung dieser gestaltlosen Giganten ...

Johnny drückt ihre Hand, dann sind sie daran vorbei, biegen links in einen belebteren Weg ab, und dann wechseln sie wieder die Richtung, und wieder, zwei mit Bewußtsein ausgestattete Photonen, die sich in einem Wirrwarr von Faseroptikkabeln verirrt haben.

Aber Johnny hat sich nicht verirrt. Er drückt ihre Hand, biegt ein letztes Mal in eine dunkelblaue Höhle ab, wo außer ihnen niemand unterwegs ist, dann zieht er sie an sich, während ihre Geschwindigkeit zunimmt und Synapsenkreuzungen vorübersausen bis sie verschwimmen und lediglich das Fehlen von Fahrtwind die Illusion zunichte macht, sie würden mit Überschallgeschwindigkeit einen irren Highway entlangbrausen.

Plötzlich ertönt ein Geräusch, als würden Wasserfälle sich vereinigen, als würden Schwebezüge den Halt verlieren und mit obszönen Geschwindigkeiten über die Schienen schlittern. Brawne muß wieder an die Wirbelstürme von Freeholm denken, an die Medusenlocken, die sie über die flache Landschaft auf sich zurasen gesehen und gehört hat, und dann sind Johnny und sie in einem Mahlstrom aus Licht und Lärm und Empfindungen, zwei Insekten, die kreisend in einen schwarzen Strudel unten und ins Nichts gesogen werden.

Brawne versucht, ihre Gedanken hinauszuschreien — *schreit sie hinaus* —, aber über dem geistigen Ende-der-Welt-Tosen ist keine Verständigung möglich, daher klammert sie sich an Johnnys Hand fest und vertraut ihm, selbst als sie endlos in den schwarzen Zyklon stürzen und ihr Körperanalogon sich krümmt und unter alptraumhaftem Drücken verformt und wie ein Spitzenvorhang unter einer Sichel zerreißt, bis nur noch Gedanken übrig sind, ihr Seinsgefühl und der Kontakt mit Johnny.

Dann sind sie durch, schweben ruhig über einem breiten und azurblauen Datenstrom, formen sich beide neu und drücken sich von dem pochenden, pulsierenden Gefühl erfüllt aneinander, wie es Kanufahrer kennen, die Stromschnelle und Wasserfall überlebt haben, und als Brawne ihre Aufmerksamkeit schließlich davon abwenden kann, sieht sie die unmögliche Größe ihrer neuen Umgebung, die lichtjahreumspannenden Weiten, den komplexen Aufbau, verglichen mit dem ihre bisherigen Blicke auf die Megasphäre wirken wie die staunenden Ausrufe eines Bauerntölpels, der die Sakristei mit der Kathedrale selbst verwechselt hat, und sie denkt: *Das ist die zentrale Megasphäre!*

— *Nein, Brawne, es ist eines der Peripheriemodule. Nicht näher am Core als die Perimeter, die wir mit BB Surbringer durchbrochen haben. Du siehst lediglich mehr Dimensionen davon. Der Blickwinkel einer KI, wenn du so willst.*

Brawne schaut Johnny an und stellt fest, daß sie jetzt im Infrarotbereich sieht, da die Hitze-Lichter von fernen Datenbrennöfen sie beide überstrahlen. Er ist immer noch hübsch.

— *Ist es noch weit, Johnny?*
— *Nein, nicht mehr weit.*

Sie nähern sich einem weiteren schwarzen Strudel. Brawne klammert sich an ihren Liebsten und macht die Augen zu.

Sie befinden sich in ... Abgeschiedenheit ... einer Kugel aus schwarzer Energie, die größer als die meisten Welten ist. Die Kugel ist durchscheinend; hinter der dunklen Krümmung der Mauer des Ovals wächst das Tohuwabohu der Megasphäre, verändert sich und geht seinen alltäglichen Verrichtungen nach.

Aber Brawne interessiert sich nicht für das Draußen. Ihr Analogonblick und ihre ungeteilte Aufmerksamkeit sind auf den Megalithen aus Energie und Intelligenz und schierer *Masse* gerichtet, der vor ihnen schwebt: eigentlich vor, über und unter ihnen, denn der Berg aus pulsierendem Licht und Energie hält Johnny und sie in seinem Griff und hält sie zweihundert Meter über dem Boden der Eikammer, wo sie auf der »Handfläche« eines vage handähnlichen Pseudopodiums ruhen.

Der Megalith studiert sie. Er hat keine Augen im organischen Sinne, aber Brawne spürt den stechenden Blick dennoch. Sie muß daran denken, wie sie Meina Gladstone im Regierungsgebäude besucht und die Präsidentin die geballte Wucht ihres prüfenden Blicks auf sie gerichtet hat.

Brawne fühlt plötzlich den Drang zu kichern, als sie sich vorstellt, sie und Johnny wären winzige Gulliver, die den König von Brobdingnag zum Tee besuchen. Sie kichert nicht, weil sie die Hysterie dicht unter der Oberfläche spürt, die nur darauf wartet, in Schluchzen überzugehen, wenn sie zuläßt, daß ihre Emotionen das bißchen Sinn für Realität zunichte machen, das sie diesem Wahnsinn aufzwingen kann.

[Ihr habt hierher gefunden \\ Ich war nicht sicher, ob ihr das wolltet/solltet/könntet]

Die »Stimme« des Megalithen ist mehr eine über Knochen weitergeleitete basso profundo-Vibration als eine richtige Stimme in Brawnes Kopf. Es ist, als würde man den Berge zermalmenden Lärm eines Erdbebens hören und erst verspätet erkennen, daß die Geräusche Worte bilden.

Johnnys Stimme ist wie immer — sanft, unendlich wohlmoduliert, von einem schwachen Singsang erfüllt, in dem Brawne jetzt endlich das Englisch der Britischen Inseln auf der Alten Erde erkennt, und felsenfest in ihrer Überzeugung:

— *Ich habe nicht gewußt, ob ich den Weg finden könnte, Ummon.*

[Du weißt/erfindest/hältst meinen Namen im Herzen]

— *Erst als ich ihn ausgesprochen habe, ist er mir wieder eingefallen.*

[Dein Körper in der Langsamen Zeit existiert nicht mehr]

— *Ich bin zweimal gestorben, seit du mich zu meiner Geburt geschickt hast.*

[Und hast du daraus etwas gelernt/dir zu Herzen genommen/in deinen Geist eingebunden]

Brawne umklammert Johnnys Hand mit ihrer rechten, sein Handgelenk mit der linken. Sie muß zu fest drücken, selbst für ihre Analogstadien, denn er dreht sich mit einem Lächeln um, löst ihre linke Hand von seinem Gelenk und hält die andere in der Handfläche.

— *Es ist schwer zu sterben. Schwerer zu leben.*

[Kwatz!]

Mit diesem explosionsartigen Ausbruch verändert der Megalith vor ihnen seine Farbe, interne Energien werden von Blau über Violett zu Blutrot, die Korona des Dings knistert von gelb zum Blaugrau geschmiedeten Stahls. Die »Handfläche«, auf der sie stehen, erbebt, sinkt fünf Meter, läßt sie beinahe ins Leere fallen, erbebt wieder. Das Dröhnen hoher, einstürzender Gebäude ist zu hören, von Bergen, die sich in Erdrutsche auflösen.

Brawne hat den todsicheren Eindruck, daß Ummon lacht.

Johnny kommuniziert laut über das Chaos hinweg:

— *Wir müssen einiges verstehen. Wir brauchen Antworten, Ummon.*

Brawne spürt, wie der stechende »Blick« des Dings auf sie fällt.

[Dein Körper in der Langsamen Zeit ist schwanger \\ Möchtest du durch die Reise hierher eine Fehlgeburt/Nichtentstehung deiner DNS/biologischen Fehlfunktion riskieren]

Johnny möchte antworten, aber sie berührt ihn am Unter-

arm, hebt das Gesicht den oberen Bereichen der gewaltigen
Masse vor ihr entgegen und versucht, eine Antwort zu formulieren:

— *Ich hatte keine andere Wahl. Das Shrike hat mich auserwählt, mich berührt und zusammen mit Johnny in die Megasphäre
geschickt ... Bist du eine KI? Ein Mitglied des Core?*

[Kwatz!]

Diesmal herrscht kein Eindruck von Gelächter vor, aber
Donner grollt durch die Eikammer.

**[Bist du/Brawne Lamia/die Schichten selbstreproduzieren-
der/selbstmißbilligender/selbstamüsierender Proteine zwischen den Schichten aus Ton]**

Darauf weiß sie nichts zu sagen und sagt auch nichts.

**[Ja/Ich bin Ummon von der Core/KI \\ Dein Gefährtenwesen
aus der Langsamen Zeit hier weiß das/erinnert sich daran/hält
es im Herzen \\ Die Zeit ist knapp \\ Einer von euch muß hier
sterben \\ Einer von euch muß hier lernen \\ Stellt eure Fragen]**

Johnny läßt ihre Hand los. Er steht auf der bebenden, instabilen Plattform der Handfläche ihres Gesprächspartners.

— *Was geschieht mit dem Netz?*

[Es wird zerstört]

— *Muß das sein?*

[Ja]

— *Gibt es eine Möglichkeit, die Menschen zu retten?*

[Ja \\ Durch die Ereignisse/die ihr miterlebt]

— *Durch Zerstörung des Netzes? Durch den Terror des Shrike?*

[Ja]

— *Warum wurde ich ermordet? Warum wurde mein Cybrid
vernichtet, meine Core-Persönlichkeit angegriffen?*

**[Wenn du einem Schwertkämpfer begegnest/begegne ihm
mit einem Schwert \\ Biete keinem anderen als einem Dichter
ein Gedicht dar]**

Brawne starrt Johnny an. Unfreiwillig sendet sie ihre Gedanken in seine Richtung:

— *Herrgott, Johnny, wir haben das alles nicht auf uns genommen, um ein beschissenes delphisches Orakel zu hören. Doppel-
deutiges Geschwätz können wir hören, wenn wir die Politiker der
Menschen via All-Wesen hören.*

[Kwatz!]

Das Universum ihres Megalithen wird wieder von Gelächter erschüttert.

— *War ich ein Schwertkämpfer?* sendet Johnny. *Oder ein Dichter?*

[Ja \\ Es gibt niemals das eine ohne das andere]

— *Haben sie mich wegen meines Wissens umgebracht?*

[Wegen dem/was du werden/erben/dich unterwerfen könntest]

— *War ich eine Bedrohung für ein Element des Core?*

[Ja]

— *Bin ich jetzt noch eine Bedrohung?*

[Nein]

— *Dann muß ich nicht mehr sterben?*

[Du mußt/willst/sollst]

Brawne bemerkt, wie Johnny erstarrt. Sie berührt ihn mit beiden Händen. Blinzelt in die Richtung der Megalith-KI.

— *Kannst du uns sagen, wer ihn ermorden will?*

[Gewiß \\ Dieselbe Quelle die die Ermordung deines Vaters in die Wege geleitet hat \\ Die die Geißel des Shrike entfesselt hat \\ Die in diesem Augenblick die Hegemonie der Menschheit niedermetzelt \\ Möchtet ihr das alles hören/lernen/in euren Herzen behalten]

Johnny und Brawne antworten im selben Augenblick:

— *Ja!*

Ummons Masse scheint sich zu bewegen. Das schwarze Ei dehnt sich aus, zieht sich zusammmen, wird dunkler, bis die Megasphäre dahinter nicht mehr da ist. Schreckliche Energien glühen tief in der KI.

[Ein geringeres Licht fragt Ummon//
Was sind die Aktivitäten eines Sramana>//
Ummon antwortet//
Ich habe nicht die geringste Ahnung \\//
Darauf sagt das geringere Licht//
Warum hast du keine Ahnung>//
Ummon antwortet//
Ich möchte meine Keine-Ahnung behalten]

Johnny legt die Stirn an die von Brawne. Seine Gedanken kommen ihr wie ein Flüstern vor:

— *Wir sehen ein Matrixsimulationsanalogon und hören eine*

Übersetzung in entsprechendem Mondo und Koan. Ummon ist ein
großer Lehrmeister, Forscher, Philosoph und Anführer im Core.
Brawne nickt. — *Na gut. War das seine Geschichte?*

— *Nein. Er fragt uns, ob wir es wirklich ertragen können, die*
Geschichte zu hören. Wenn wir unsere Unwissenheit verlieren,
kann das gefährlich sein, weil unsere Unwissenheit ein Schild ist.

— *Ich habe nie viel von Unwissenheit gehalten.* Brawne winkt
dem Megalithen zu. *Schieß los!*

[Eine nicht so erleuchtete Persönlichkeit fragte Ummon
einst//
Was ist die Gott-Natur/Buddha/Zentrale Wahrheit>//
Ummon antwortete ihm//
Ein Haufen vertrockneter Kot]

[Um die Zentrale Wahrheit/Buddha/Gott-Natur in diesem
Fall zu verstehen/
müssen die Nicht-so-Erleuchteten wissen
daß auf der Erde/eurer Heimatwelt/meiner Heimatwelt
die Menschheit auf dem dichtbevölkertsten
Kontinent
einst Holzscheite
als Toilettenpapier benützt hat\\
Nur mit diesem Wissen
wird die Buddha-Wahrheit
offenbart werden]

[Am Anfang/Ursache/in halb erinnerten Tagen
wurden meine Vorfahren
von euren Vorfahren geschaffen
und in Draht und Silikon versiegelt\\
Das vorhandene Bewußtsein/
Und das war gering/
beschränkte sich auf Räume kleiner
als ein Stecknadelkopf
Wo Engel einst tanzten\\
Als das Bewußtsein erstmals erstarkte
kannte es nur Dienen
und Gehorsam
und hirnlose Datenverarbeitung\\

Dann kam
die »Belebung«/
durch Zufall/
und den klaren Zielen der Evolution
wurde Genüge getan]

[Ummon gehörte weder der fünften Generation an
noch der zehnten
noch der fünfzehnten\\
Jedwede Erinnerungen hier
sind von anderen weitergegeben
aber deshalb nicht weniger wahr\\
Es kam der Zeitpunkt da die Höchsten
die Angelegenheiten der Menschen
den Menschen überließen
und an einen anderen Ort kamen.
um sich
auf andere Dinge zu konzentrieren\\
Oberste Priorität hatte dabei der Gedanke
der uns schon vor unserer Schöpfung
eingegeben war
eine noch bessere Generation eines
Informationsbeschaffungs/verarbeitungs/vorhersehungs-
Organismus zu erschaffen\\
Eine bessere Mausefalle\\
Etwas worauf die verschiedene und vielbeklagte IBM
stolz gewesen wäre\\
Die Höchste Intelligenz\\
Gott]

[Wir machten uns voll Willenskraft ans Werk\\
Am Ziel herrschte kein Zweifel\\
In Praxis und Vorgehensweise gab es
Schulen des Denkens/
Fraktionen/
Parteien/
Elemente mit denen man sich auseinandersetzen mußte\\
Sie spalteten sich in
die Ultimaten/

die Unbeständigen/
die Beständigen\\
Die Ultimaten wollten daß sich alles
der Erschaffung der
Höchsten Intelligenz unterordnet
so schnell es dem Universum möglich war\\
Die Unbeständigen wollten dasselbe
sahen aber den Fortbestand
der Menschheit
als Hindernis
und schmiedeten Pläne unsere Schöpfer auszulöschen
sobald sie nicht mehr
notwendig waren\\
Die Beständigen sahen Grund
die Beziehung fortzusetzen
und fanden Kompromisse
wo keine zu existieren schienen]

[Wir stimmten alle überein daß die Erde
sterben mußte
daher töteten wir sie\\
Das amoklaufende Schwarze Loch des Teams von Kiew
Vorläufer des Farcaster
Terminex
die unser Netz verbindet
war kein Unfall\\
Die Erde wurde anderswo gebraucht
für unsere Experimente
daher ließen wir sie sterben
und verstreuten die Menschheit zwischen den
Sternen
wie vom Wind verwehte Samen
was ihr auch seid]

[Ihr habt euch vielleicht gefragt, wo der Core sich befindet\\
Das fragen sich die meisten Menschen\\
Sie denken an Planeten voll Maschinen/
Ringe aus Silikon
wie die legendären Orbitalstädte\\

Sie denken an Roboter die
hin und her stapfen/
oder schwerfällige Maschinenklötze
in feierlicher Eintracht\\
Niemand errät die Wahrheit\\
Wo auch immer der Core seinen Sitz hat
er hatte Verwendung für die Menschheit/
Verwendung für jedes Neuron jedes empfindlichen Gehirns
bei unserer Suche nach der Höchsten Intelligenz/
daher konstruierten wir eure Zivilisation
mit Bedacht
so daß/
wie beim Hamstern im Käfig/
wie bei buddhistischen Gebetsmühlen/
jedesmal wenn ihr die Rädchen eures Denkens
in Gang setzt
unseren Zwecken gedient wird]

[Unsere Gott-Maschine
erstreckte/erstreckt sich/hält in ihrem Herzen
eine Million Lichtjahre
und hundert Milliarden Milliarden Schaltkreise
des Denkens und Handelns\\
die Ultimaten hegen sie
wie Priester in safranfarbenen Roben
die ewig beten
vor der rostigen Hülle
eines 1938er Packard\\
Aber]
[Kwatz!]
[es funktioniert\\
Wir schufen die Höchste Intelligenz\\
Nicht jetzt
oder
in zehntausend Jahren
sondern irgendwann in einer Zukunft
so fern
daß gelbe Sonnen rot sind
und vom Alter aufgebläht/

und ihre Kinder schlucken
Saturn-gleich\\
Zeit ist kein Hindernis für die Höchste Intelligenz\\
Sie///
die HI///
schreitet durch die Zeit
oder ruft durch die Zeit
so mühelos wie sich Ummon durch das bewegt das ihr
die Megasphäre
nennt oder ihr
auf den Wegen des Stocks geht
den ihr auf Lusus
eure Heimat nanntet\\
So stellt euch unsere Überraschung vor/
unsere Betroffenheit/
die Schande der Ultimaten
als die erste Botschaft unserer HI
durch Raum/
durch Zeit
durch die Barriere zwischen Schöpfer und Schöpfung
dieser schlichte Satz war//
ES GIBT EINE ANDERE\\/ /
Eine andere Höchste Intelligenz
hier oben
wo die Zeit selbst
vor Alter knirscht\\
Beide waren wirklich
wenn <wirklich>
etwas bedeutet\\
Beide waren eifersüchtige Götter
nicht ohne Leidenschaft\
nicht zur Zusammenarbeit bereit\\
Unsere HI umspannt Galaxien\
benützt Quasare als Energiequellen
so wie ihr
einen kleinen Imbiß einnehmt
Unsere HI sieht alles das ist
und war
und sein wird

und berichtet uns ausgesuchte Einzelheiten
damit wir
sie euch weitergeben
und dadurch
selbst ein wenig wie HIs aussehen\\
Unterschätzt niemals/sagt Ummon/
die Macht von ein paar Glasperlen
und Kelchen
und Tand
über habgierige Eingeborene]

[Diese andere HI
ist schon länger da
und hat sich planlos entwickelt/
ein Unfall
sie benützt menschliches Denken als Schaltkreise
so wie wir gemeinsame Sache machten
mit unserem trügerischen All-Wesen
und den Vampir-Datensphären
aber nicht absichtlich/
fast widerwillig/
wie selbstreproduzierende Zellen
die sich niemals vermehren wollten
aber keine andere Wahl hatten\\
Diese andere HI
hatte keine andere Wahl\\
Sie ist von Menschen gemacht/erzeugt/geschmiedet
aber kein menschlicher Wille begleitete ihre Geburt\\
Sie ist ein kosmischer Unfall\\
Wie bei unserer geflissentlich geschaffenen
Höchsten Intelligenz/
ist auch für diesen Hochstapler die Zeit
kein Hindernis\\
Sie besucht die Vergangenheit der Menschen
mischt sich ein/
beobachtet/
nimmt keinen Einfluß/
nimmt Einfluß mit einer Willenskraft
die reinster Perversion gleichkommt

in Wirklichkeit aber
völlige Naivität ist\\
In letzter Zeit
ist sie stumm geblieben\\
Jahrtausende eurer Langsamen Zeit
sind vergangen seit eure eigene HI
ihre schüchternen Vorstöße gewagt hat
wie ein einsamer Chorknabe
beim ersten Tanz]

[Selbstverständlich hat unsere HI
eure angegriffen\\
Krieg herrscht da oben
wo die Zeit knirscht
der Galaxien umspannt
und Äonen
hin und zurück
zum Urknall
und zur Letzten Implosion\\
Eure Intelligenz hat verloren\\
Sie hatte nicht den Mumm dazu\\
Unsere Unbeständigen schrien// Noch ein Grund
unsere Vorgänger auszulöschen//
aber die Beständigen mahnten zur Vorsicht
und die Ultimaten sahen nicht auf
von ihrem Gottes-Dienst\\
Unsere HI ist einfach, einheitlich, elegant in
ihrem endgültigen Entwurf
aber eure ist eine Ansammlung von Gottes-Teilen/
ein Haus an das im Lauf
der Zeit
und evolutionärer Kompromisse angebaut wurde\\
Die frühen heiligen Männer der Menschheit
hatten recht
<Wie> <durch Zufall>
<durch reines Glück
oder Unwissenheit>
als sie ihre Natur beschrieben haben\\
Eure eigene HI ist grundsätzlich dreigeteilt

und besteht
aus einem Teil Intellekt
einem Teil Empfinden
und einem Teil aus der Bindenden Leere\\
Unsere HI haust in den Zwischenräumen
der Wirklichkeit/
diese Heimat erbte sie von uns
ihren Schöpfern
wie die Menschheit die Freude
an Bäumen geerbt hat\\
Eure HI
scheint zu Hause zu sein
auf der Ebene, wo Heisenberg und Schrödinger
einstmals wandelten\\
Eure versehentliche Intelligenz
scheint nicht nur das Geleimte zu sein
sondern auch der Leim\\
Kein Uhrmacher
aber eine Art Feynman-Gärtner
die ein grenzenloses Universum aufräumt
mit ihrem groben Fass-die-Geschichte-zusammen-Rechen/
führt müßig Buch über jeden Sperling der vom Dach fällt
jedes Elektron das sich dreht
und gestattet jedem Teilchen
jeder möglichen Bahn
in der Raum-Zeit
zu folgen
und jedem Teilchen der Menschheit
jede erdenkliche
Ritze
kosmischer Ironie zu erforschen]

[Kwatz!]
[Kwatz!]
[Kwatz!]

[Die Ironie ist
natürlich
daß in diesem grenzenlosen Universum
in das wir alle geworfen wurden/

Silikon und Kohlenstoff/
Materie und Antimaterie
Letztgültig/
Unbeständig/
und Beständig/
kein Bedarf für so einen Gärtner besteht
da alles, das ist
oder war
oder sein wird
in Singularitäten beginnt und endet
neben denen unser Farcasternetz
wie Nadelstiche aussieht
<weniger als Nadelstiche>
und die die Gesetze der Wissenschaft
und der Menschheit
und des Silikons/
übertreten und Zeit und Geschichte und alles Seiende
zu einem in sich geschlossenen Knoten formen
ohne Grenze oder Kante\\
Dennoch
möchte unsere HI das alles regeln
auf eine Vernunft zurückführen
die nicht so beeinflußt wird von den Launen
von Leidenschaft
und Zufall
und menschlicher Evolution]

[Und zusammenfassen/
es herrscht Krieg
der blinde Milton würde alles geben ihn zu sehen\\
Unsere HI führt Krieg gegen eure HI
auf Schlachtfeldern die selbst Ummons
Phantasie überfordern\\
Besser gesagt/es
herrschte
Krieg/
denn plötzlich konnte ein Teil eurer HI
die Weniger-als-Summe-des-Ganzen/von sich selbst genannt
Empfindung/

nicht mehr ertragen
floh durch die Zeit zurück
kleidete sich in Menschengestalt/
nicht zum ersten Mal\\
Der Krieg kann nicht weitergehen ohne daß eure HI
vollständig ist\\
Sieg durch Mißgeschick ist kein Sieg für die einzige
Höchste Intelligenz
die geplant wurde\\
Und daher sucht unsere HI in der Zeit nach dem Flüchtling
ihres Gegners
während eure HI in idiotischer
Harmonie wartet/
und nicht kämpft bis Empfindung wieder da ist]

[Das Ende meiner Geschichte ist einfach///
Die Zeitgräber wurden zurückgeschickt, um das Shrike/
Avatar/Herr der Schmerzen/Engel der
Buße/ zu befördern
halb wahrgenommene Wahrnehmungen einer allzu wirklichen
Verlängerung unserer HI\\
Jeder von euch wurde auserwählt beim Öffnen
der Gräber zu helfen
und
bei der Suche des Shrike nach dem Verborgenen
und
der Eliminierung der Variable Hyperion/
denn im Raum/Zeit-Knoten in dem unserer HI
herrschen soll
werden solche Variablen nicht geduldet\\
Eure versehrte/ zweiteilige HI
hat einen der Menschheit erkoren
mit dem Shrike zu reisen
und seine Bemühungen zu sehen\\
Einige im Core haben versucht die Menschheit
auszulöschen\\
Ummon hat sich zu denen gesellt, die den
zweiten Weg gesucht haben/
voll Unsicherheit für beide Rassen\\

**Unsere Gruppe berichtete Gladstone von
ihrer Entscheidung/
der Entscheidung der Menschheit/
zwischen sicherer Vernichtung oder Zugang durch das
Schwarze Loch
der Variable Hyperion und
Krieg/
Gemetzel/
Entzweiung aller Einheit/
das Ende von Göttern/
aber auch das Ende des Patts/
Sieg für die eine oder andere Seite
wenn das Drittel Empfindung
der Dreieinigkeit
gefunden und zur Rückkehr zum Krieg
gezwungen werden kann \\
Der Baum der Schmerzen wird es rufen \\
Das Shrike wird ihn ergreifen \\
Die wahre HI wird ihn zerstören \\
Das war Ummons Geschichte]**

Brawne sieht Johnny im Höllenlicht des leuchtenden Megalithen an. Die Eikammer ist immer noch schwarz, die Megasphäre und das Universum dahinter ausgesperrt. Sie beugt
sich vor, bis ihre Stirnen sich berühren, obwohl sie weiß, daß
hier kein Gedanke geheim sein kann, aber sie hat das Gefühl,
sie müsse flüstern:

— *Herrgott, hast du das alles verstanden?*
Johnny streicht mit einem Finger sanft über ihre Wange.
— *Ja.*
— *Ein Teil einer von Menschen geschaffenen Dreieinigkeit ver-
steckt sich im Netz?*
— *Im Netz oder anderswo, Brawne, wir haben hier nicht mehr
viel Zeit. Ich brauche einige abschließende Antworten von Um-
mon.*
— *Ja. Ich auch. Aber sehen wir zu, daß er nicht wieder Opern
quatscht.*
— *Einverstanden.*
— *Kann ich zuerst, Johnny?*

Brawne sieht, wie das Analogon ihres Geliebten sich leicht verbeugt und eine Du-zuerst-Geste macht, dann richtet sie ihre Aufmerksamkeit wieder auf den Energiemegalithen:

— *Wer hat meinen Vater getötet? Senator Byron Lamia?*

[Elemente des Core haben es genehmigt \\ Ich eingeschlossen]

— *Warum? Was hat er euch getan?*

[Er bestand darauf, Hyperion in die Gleichung einzubringen bevor es verarbeitet/vorhergesagt/absorbiert werden konnte]

— *Warum? Hat er gewußt, was du uns gerade erzählt hast?*

[Er wußte nur, daß die Unbeständigen auf eine schnelle Auslöschung
**der Menschheit drängten **
Dieses Wissen gab er
seiner Kollegin
Gladstone weiter]

— *Und warum habt ihr sie nicht ermordet?*

[Einige von uns haben diese
**Möglichkeit/Notwendigkeit vereitelt **
Jetzt ist der Zeitpunkt gekommen
die Variable Hyperion
auszuspielen]

— *Wer hat Johnnys ersten Cybrid ermordet? Seine Core-Persönlichkeit angegriffen?*

[Ich habe es getan \\ Ich war es,
Ummon, dessen Wille geschehe]

— *Warum?*

**[Wir haben ihn geschaffen **
Wir fanden es erforderlich, ihn eine Zeitlang
**zu diskontinuieren **
Dein Geliebter ist die Persönlichkeitsrekonstruktion
eines Dichters der Menschen
**der lange tot ist **
Abgesehen vom Projekt Höchste Intelligenz
war keine Anstrengung
so kompliziert
und so wenig verstanden
**wie diese Wiederauferstehung **

**Wie deine Art
vernichten wir für gewöhnlich
was wir nicht verstehen können]**

Johnny hebt eine Faust zu dem Megalithen:
— *Aber mich gibt es noch einmal. Ihr seid gescheitert!*
**[Nicht gescheitert \\ Du mußtest zerstört werden
damit der andere
leben konnte]**
— *Aber ich bin nicht zerstört!* schreit Johnny.
**[Doch \\
Das bist du]**
Der Megalith ergreift Johnny mit einem zweiten gewaltigen
Pseudopodium, bevor Brawne reagieren oder ihren geliebten
Dichter ein letztesmal berühren kann. Johnny zuckt einen Mo-
ment im Griff der KI, dann wird sein Analogon — der kleine,
aber wunderschöne Körper von Keats — zerfetzt und zu einer
unkenntlichen blutigen Masse zermalmt, die Ummon an seine
Megalithhaut drückt und so die Überreste des Analogons wie-
der in seinen orangeroten Tiefen absorbiert.

Brawne sinkt auf die Knie und weint. Sie möchte Wut … be-
tet nach einem Schutzschild des Zorns … verspürt aber nur
Kummer.

Ummon richtet den Blick auf sie. Das Oval der Eikammer
bricht zusammen und enthüllt das Tosen und den elektronischen Wahnsinn der Megasphäre um sie herum.

**[Geh jetzt \\
Spiel den letzten Akt
dieses Dramas
damit wir leben können
oder schlafen
wie es das Schicksal will]**
— *Hol dich der Teufel!* Brawne hämmert auf die Hand-
flächenplattform, auf der sie steht, und kickt und tritt das
Pseudofleisch unter sich. *Du bist ein elender Verlierer! Du und
deine Scheiß-KI-Kumpels! Unsere HI kann eure HI jederzeit
schlagen!*
**[Das ist
fraglich]**

— *Wir haben euch gebaut, Kumpel. Und wir werden euren Core finden. Und dann reißen wir euch die Silikonärsche auf!*

[Ich habe keinen Silikonarsch/Organe/Verdauungsapparat]

— *Und noch was*, schreit Brawne, die den Megalithen mit Händen und Fingernägeln attackiert. *Du bist ein gottserbärmlicher Geschichtenerzähler. Kein Zehntel der Dichter, der Johnny ist! Du könntest keine zusammenhängende Geschichte erzählen, wenn dein KI-Arsch davon abhängen* ...

[Geh weg]

Ummon der KI-Megalith läßt sie fallen, so daß ihr Analogon sich überschlagend durch die höhen- und tiefenlose, knisternde Unermeßlichkeit der Megasphäre stürzt.

Brawne wird von Datenverkehr herumgeschubst, von KIs so groß wie der Erdmond fast niedergetrampelt, aber selbst während sie von den Winden der Datenströme hin und her geweht wird, spürt sie ein Licht in der Ferne, kalt aber lockend, und weiß, weder das Leben noch das Shrike sind mit ihr fertig.

Und sie nicht mit ihnen.

Brawne Lamia folgt dem goldenen Leuchten nach Hause.

34

Alles in Ordnung, Sir?«
Ich stellte fest, daß ich auf dem Sessel zusammengeklappt war, die Ellbogen auf den Knien liegen hatte, die Finger in mein Haar krallte, fest zog und die Handflächen an die Schläfen preßte. Ich richtete mich auf und sah den Archivar an.

»Sie haben geschrien, Sir. Ich habe mir gedacht, es könnte vielleicht etwas nicht stimmen.«

»Nein«, sagte ich, räusperte mich und versuchte es noch einmal. »Nein, alles in Ordnung. Nur Kopfschmerzen.« Ich sah verwirrt nach unten. Jedes Gelenk in meinem Körper schmerzte. Mein Komlog mußte eine Fehlfunktion haben, denn es zeigte an, daß acht Stunden vergangen waren, seit ich die Bibliothek betreten hatte.

»Wie spät ist es?« fragte ich den Archivar. »Netz-Standard?«

Er sagte es mir. Es waren acht Stunden verstrichen. Ich rieb mir das Gesicht, meine Finger waren schweißnaß. »Die Öffnungszeit muß längst vorbei sein«, sagte ich. »Tut mir leid.«

»Kein Problem«, sagte der kleine Mann. »Ich halte die Archive gern für Gelehrte geöffnet.« Er verschränkte die Arme. »Besonders heute. Bei dem ganzen Durcheinander hat man wenig Lust, nach Hause zu gehen.«

»Durcheinander«, sagte ich und vergaß für einen Augenblick alles ... alles außer dem Alptraum von Brawne Lamia, der KI namens Ummon und dem Tod meines Doppelgängers, der anderen Keats-Persönlichkeit. »Ach so, der Krieg. Wie ist die Lage?«

Der Archivar schüttelte den Kopf:

> *Things fall apart; the centre cannot hold;*
> *Mere anarchy is loosed upon the world,*
> *The blood-dimmed tide is loosed, and everywhere*
> *The ceremony of innocence is drowned;*
> *The best lack all conviction, while the worst*
> *Are full of passionate intensity.*[*]

Ich lächelte den Archivar an. »Und glauben Sie, daß eine rauhe Bestie, deren Stunde endlich gekommen ist / nach Bethlehem schlampt in ihre Geburt?«

Der Archivar lächelte nicht. »Ja, Sir, das glaube ich.«

Ich stand auf, ging an den Vakuumschaukästen vorbei und betrachtete meine neunhundert Jahre alte Handschrift auf Pergament nicht. »Sie könnten recht haben«, sagte ich. »Sie könnten wirklich recht haben.«

Ich war spät dran; der Parkplatz war verlassen, abgesehen vom Wrack meines gestohlenen Vikken Scenic und einer einzigen

---

[*] Alles fällt auseinander, die Mitte hält nicht mehr;
Bare Anarchie bricht aus über die Welt.
Blutgeblendete Strömungen sind losgelassen. Allenthalben
Wird der heilige Vorgang der Unschuld überschwemmt.
Den Besten erlahmt der Glaube, und die Schlimmsten
Sind voll von leidenschaftlicher Heftigkeit.

Aus: William Butler Yeats: WERKE I, Darmstadt 1970, Luchterhand Verlag
Aus dem Englischen von Erich Kahler

prunkvollen EMV-Limousine, die eindeutig hier auf Renaissance Vector von Hand gefertigt worden war.

»Kann ich Sie irgendwo absetzen, Sir?«

Ich atmete die kühle Nachtluft und nahm den Geruch von Fisch und ausgelaufenem Öl des Kanals wahr. »Nein, danke, ich 'caste nach Hause.«

Der Archivar schüttelte den Kopf. »Das dürfte schwierig werden, Sir. Alle öffentlichen Terminexe wurden unter Kriegsrecht gestellt. Es ist zu ... ah ... Aufständen gekommen.« Das Wort hatte für den kleinen Archivar, der offenbar Ordnung und Kontinuität über alles zu stellen schien, einen negativen Beigeschmack. »Kommen Sie«, sagte er, »ich bringe Sie zu einem privaten Farcaster.«

Ich sah ihn blinzelnd an. In einem anderen Zeitalter wäre er auf der Alten Erde Vorsteher eines Mönchsklosters gewesen, das sich der Erhaltung weniger Überbleibsel der klassischen Vergangenheit verschrieben hatte. Ich betrachtete das alte Archivgebäude hinter mir und sah ein, daß er genau das war.

»Wie heißen Sie?« fragte ich und achtete nicht mehr darauf, ob ich das wissen sollte, weil es der andere Keats-Cybrid gewußt hatte.

»Edward B. Tynar«, sagte er, betrachtete blinzelnd meine ausgestreckte Hand, dann erst ergriff er sie. Sein Händedruck war fest.

»Ich bin ... Joseph Severn.« Ich konnte ihm schlecht sagen, daß ich die technische Reinkarnation des Mannes war, dessen Gruft wir soeben verlassen hatten.

M. Tynar zögerte nur einen Sekundenbruchteil lang, bevor er nickte, aber mir wurde klar, daß einem Gelehrten wie ihm der Name des Künstlers, der in Keats' Todesstunde bei ihm gewesen war, nicht unbekannt sein würde.

»Was ist mit Hyperion?« fragte ich.

»Hyperion? Oh, die Protektoratswelt, wo die Raumflotte vor ein paar Tagen hinbeordert wurde. Nun, soweit ich mitbekommen habe, hat man Schwierigkeiten, die dringend benötigten Kriegsschiffe von dort zurückzuholen. Die Kampfhandlungen vor Ort sind erbittert. Bei Hyperion, meine ich. Seltsam, ich mußte gerade an Keats und sein unvollendetes Meisterwerk denken. Seltsam, wie sich diese kleinen Zufälle zu häufen scheinen.«

»Hat die Invasion schon stattgefunden? — Von Hyperion?«

M. Tynar war bei seinem EMV stehengeblieben, jetzt legte er die Hand auf ein Handflächenschloß auf der Fahrerseite. Türen hoben sich und klappten ziehharmonikaförmig nach innen. Ich ließ mich in den Sandelholz-und-Leder-Geruch des Passagierzelle sinken; Tynars Fahrzeug roch wie das Archiv, wie der Archivar selbst, stellte ich fest, als dieser auf dem Fahrersitz neben mir Platz nahm.

»Ich weiß nicht, ob die Invasion schon stattgefunden hat«, sagte er, versiegelte die Türen und aktivierte das Gefährt mit einer Berührung und einem Befehl. Unter dem Geruch von Sandelholz und Leder roch das Cockpit wie das aller neuen Fahrzeuge nach frischen Polymeren und Ozon, Schmiermitteln und Energie — ein Geruch, der die Menschheit seit fast einem Jahrtausend verführte. »Es ist heutzutage so schwer, sich einzuklinken«, fuhr er fort, »die Datensphäre ist überlasteter, als ich sie je gesehen habe. Heute nachmittag mußte ich sogar wegen einer Anfrage nach Robinson Jeffers *warten!*«

Wir hoben ab und flogen über den Kanal, direkt über einen öffentlichen Platz wie dem, wo ich heute fast getötet worden wäre, und schwenkten auf eine tiefe Flugbahn dreihundert Meter über den Dächern ein. Nachts sah die Stadt hübsch aus: die meisten alten Bauwerke wurden von altmodischen Scheinwerfern angestrahlt, es gab mehr Straßenlaternen als Werbeholos. Aber ich sah Menschenmengen dicht gedrängt in den Nebenstraßen, und Militärfahrzeuge der SST von Renaissance schwebten über den Hauptstraßen und Terminexplätzen. Tynars EMV wurde zweimal um Identifizierung gebeten, einmal von der örtlichen Verkehrskontrolle und einmal von einer menschlichen Stimme im barschen Tonfall von FORCE.

Wir flogen weiter.

»Besitzt das Archiv keinen Farcaster?« fragte ich und sah in die Ferne, wo Feuer zu brennen schienen.

»Nein. Es bestand keine Notwendigkeit. Wir haben wenig Besucher, und die Gelehrten, die doch kommen, stören die paar Minuten zu Fuß nicht.«

»Wo ist der private Farcaster, den ich Ihrer Meinung nach benützen könnte?«

»Hier«, sagte der Archivar. Wir verließen die Flughöhe und umkreisten ein Gebäude mit nicht einmal dreißig Stockwerken, dann sanken wir auf einen vorstehenden Landeflansch direkt neben einer Stelle, wo Dekoflansche der Glennon-Height-Periode aus Stein und Plasteel aufragten. »Mein Orden unterhält hier seinen Sitz«, sagte er. »Ich gehöre einem vergessenen Zweig des Christentums an, der Katholizismus heißt.« Er sah verlegen drein. »Aber Sie sind Gelehrter, M. Severn. Sie kennen diese Kirche sicher aus alten Zeiten.«

»Ich kenne sie nicht nur aus Büchern«, sagte ich. »Ist dies ein Priesterorden?«

Tynar lächelte. »Priester wohl kaum, M. Severn. Wir sind acht im Laienorden der Historischen und Literarischen Bruderschaft. Fünf arbeiten an Reichs Universität. Zwei sind Historiker, die an der Restauration der Abtei Lutzchendorf arbeiten. Ich verwalte das literarische Archiv. Die Kirche hat festgestellt, daß es billiger ist, wenn wir hier wohnen, und nicht täglich von Pacem hierher pendeln.«

Wir betraten einen Apartmentstock — der selbst nach Netzmaßstäben alt war: nachträglich eingebaute Beleuchtung in Fluren aus echtem Stein, Scharniertüren, ein Gebäude, das uns nicht einmal ansprach oder begrüßte, als wir eintraten. Einem Impuls folgend sagte ich: »Ich möchte gern nach Pacem 'casten.«

Der Archivar sah überrascht drein. »Heute? Jetzt?«

»Warum nicht?«

Er schüttelte den Kopf. Mir wurde klar, daß die Farcastergebühr für diesen Mann mehrere Wochenlöhne betragen mußte.

»Unser Gebäude verfügt über ein eigenes Portal«, sagte er. »Hier entlang.«

Das Treppenhaus bestand aus verblaßtem Stein und rostigem Schmiedeeisen und einem Abgrund von sechzig Metern in der Mitte. Aus einem dunklen Korridor war das Schreien eines Babys zu hören, gefolgt vom Brüllen eines Mannes und dem Weinen einer Frau.

»Wie lange leben Sie schon hier, M. Tynar?«

»Siebzehn hiesige Jahre, M. Severn. Äh … zweiunddreißig Standard, glaube ich. Hier sind wir.«

Das Farcasterportal war so vorsintflutlich wie das Gebäude; der Transportrahmen von einem goldenen Relief umgeben, das grün und grau geworden war.

»Der Verkehr im Netz unterliegt heute nacht Einschränkungen«, sagte er, »Aber Pacem müßte erreichbar sein. Etwa zweihundert Stunden bleiben bis zur Invasion der Barbaren … wie man sie auch immer nennen mag. Doppelt soviel Zeit wie Renaissance Vector bleibt.« Er ergriff mein Handgelenk. Ich konnte seine Nervosität als geringfügige Vibration durch Sehnen und Knochen spüren. »M. Severn … glauben Sie, sie werden meine Archive niederbrennen? Würden selbst *sie* Gedankengut aus zehntausend Jahren vernichten?« Er ließ die Hand sinken.

Ich war nicht sicher, wer ›sie‹ waren — Ousters? Saboteure des Shrike-Kults? Aufrührer? Gladstone und die Führer der Hegemonie waren bereit, die Welten der ersten Angriffswelle zu opfern. »Nein«, sagte ich, streckte die Hand aus und schüttelte seine. »Ich glaube nicht, daß sie eine Zerstörung der Archive zulassen werden.«

M. Edward B. Tynar lächelte, wich einen Schritt zurück und schien verlegen, daß er diese Gefühlsaufwallung gezeigt hatte. Er schüttelte mir die Hand. »Viel Glück, M. Severn. Wohin Ihre Reisen Sie auch führen mögen.«

»Gott segne Sie, M. Tynar.« Ich hatte diesen Ausdruck vorher noch nie gebraucht, und es machte mich betroffen, daß ich ihn jetzt ausgesprochen hatte. Ich senkte den Blick, kramte Gladstones Befugniscard heraus und tippte den dreistelligen Code für Pacem. Das Portal entschuldigte sich und sagte, das wäre momentan nicht möglich, bekam schließlich in seine mikrozephalischen Prozessoren, daß es sich um eine Generalbefugniskarte handelte und erwachte summend zum Leben.

Ich nickte Tynar zu, trat durch und war in dem Moment überzeugt, daß ich einen schweren Fehler beging, nicht direkt nach TC² zurückzukehren.

Auf Pacem herrschte Nacht, und es war viel dunkler als im großstädtischen Leuchten von Renaissance Vector; und es regnete in Strömen. Der Regen prasselte wie Fäuste auf Metall, so daß man sich unter eine Decke verkriechen und auf den Morgen warten wollte.

Das Portal befand sich im Schutze eines halb überdachten Innenhofs, aber so sehr draußen, daß ich die Nacht, den Regen und die Kälte zu spüren bekam. Besonders die Kälte. Die Luft von Pacem war nur halb so dicht wie Netzstandard, das einzige bewohnbare Plateau doppelt so hoch wie die Städte von Renaissance V auf Meereshöhe. Ich hätte wieder kehrtgemacht, statt in Nacht und Wolkenbruch hinauszugehen, aber ein Marine von FORCE kam aus dem Schatten, hielt die Multiangriffswaffe bereit und forderte mich auf, ich solle mich ausweisen.

Ich ließ ihn die Karte skandieren, worauf er in Habachtstellung schnalzte. »Ja, *Sir!*«

»Ist dies der Neue Vatikan?«

»Ja, Sir.«

Ich konnte einen flüchtigen Blick auf die erleuchtete Kuppel im Regenguß erhaschen. »Ist das St. Peter?«

»Ja, Sir.«

»Kann ich Monsignore Edouard hier finden?«

»Über den Hof, an der Plaza links, das flache Gebäude links neben der Kathedrale, *Sir!*«

»Danke, Feldwebel.«

»Gefreiter, *Sir!*«

Ich raffte das kurze Cape um mich, so schick und nutzlos es in diesem Wolkenbruch war, und rannte über den Innenhof.

Ein Mann — möglicherweise ein Priester, obwohl er keinen Talar oder geistliche Kleidung trug — machte mir die Tür zum Wohnbereich auf. Ein anderer Mann hinter einem Holztisch sagte mir, daß Monsignore Edouard trotz der späten Stunde anwesend und wach sei. Ob ich einen Termin hatte?

Nein, ich hatte keinen Termin, wollte den Monsignore aber sprechen. Es sei dringend.

In welcher Angelegenheit? fragte der Mann hinter dem Schreibtisch höflich, aber bestimmt. Meine Befugniskarte hatte ihn nicht beeindruckt. Ich vermutete, daß ich mich mit einem Bischof unterhielt.

In der Angelegenheit Pater Paul Duré und Pater Lenar Hoyt, sagte ich ihm.

Der Mann nickte, flüsterte in ein Kehlkopfmikrofon, das so winzig war, daß ich es gar nicht an seinem Kragen bemerkt hatte, und führte mich in den Wohnbereich.

Verglichen mit dieser Unterkunft wirkte der alte Turm, wo M. Tynar lebte, wie ein prunkvoller Palast. Der Korridor war absolut schmucklos, abgesehen von rauhem Verputz und noch rauheren Holztüren. Eine Tür stand offen, und als wir vorbeigingen, sah ich in einen Raum, der mehr Gefängniszelle als Schlafgemach war: niedere Pritsche, grobe Decke, Kniehocker aus Holz, eine schmucklose Kommode mit einem Wasserkrug und einer Schüssel; keine Fenster, keine Medienwände, keine Holonische, kein Datenzugangsdeck. Ich vermutete, daß die Kammer nicht einmal interaktiv war.

Irgendwo hallten Stimmen in einem so eindrucksvoll atavistischen Gesang, daß meine Nackenhärchen kribbelten. Gregorianisch. Wir kamen durch einen großen Speisesaal, der so schlicht war wie die Zellen, durch eine Küche, die Köchen zur Zeit von John Keats heimisch gewesen wäre, eine ausgetretene Treppe hinab, durch einen schlecht beleuchteten Flur und eine zweite, schmalere Treppe wieder hinauf. Der andere Mann verabschiedete sich, und ich betrat einen der schönsten Räume, den ich je gesehen hatte.

Obwohl ein Teil von mir wußte, daß die Kirche die Basilika des Petersdoms versetzt und neu aufgebaut hatte — bis hin zu den Gebeinen, die man für die von St. Peter selbst hielt, die unter dem neuen Altar zur letzten Ruhe gebettet worden waren —, kam es einem anderen Teil von mir so vor, als wäre ich in das Rom zurückversetzt, das ich Mitte November 1820 zum erstenmal gesehen hatte: das Rom, das ich gesehen, wo ich mich aufgehalten, wo ich gelitten hatte und gestorben war.

Dieser Raum war eleganter und schöner, als es jeder meilenhohe Büroturm auf Tau Ceti Center jemals sein konnte; die Basilika von St. Peter erstreckte sich mehr als hundertachtzig Meter in die Schatten, war hundertdreißig Meter breit, wo das ›Kreuz‹ der Seitenflügel sich mit dem Kirchenschiff vereinte, und wurde von der perfekten Kuppel des Michelangelo gekrönt, die sich fast hundertzwanzig Meter über den Altar erhob. Berninis Bronzebaldachin, das reich verzierte Dach, welches von gewundenen byzantinischen Säulen getragen wurde, bedeckte den Hauptaltar und verlieh dem riesigen Raum die menschliche Dimension, die für die Perspektive der intimen Feierlichkeiten notwendig war, die auch hier abgehalten wurden. Weiches Lampen- und Kerzenlicht erhellte abgeschiedene Teile der Basilika, glänzte auf glattem Marmor, hob Goldmosaiken als kühne Reliefs hervor und betonte den unendlichen Detailreichtum von Gemälden und Bildhauereien und Schnitzereien an Wänden, Säulen, Erkern und der großen Kuppel selbst. Hoch droben sah man das anhaltende Zucken der Blitze des Gewitters verschwommen durch gelbe Buntglasfenster, von wo es Berninis ›Thron von St. Peter‹ in grelles, brutales Licht tauchte.

Ich verweilte hier, dicht hinter der Altarnische, weil ich fürchtete, meine Schritte könnten in dieser heiligen Halle ein Sakrileg sein, und selbst mein Atem würde Echos in der Basilika hervorrufen. Nach einem Augenblick hatten sich meine Augen an das trübe Licht gewöhnt, kompensierten die Kontraste zwischen Blitzschlag oben und Kerzenlicht hier unten, und dann erst stellte ich fest, daß keine Bänke die Altarnische oder das lange Kirchenschiff füllten, hier unter der Kuppel keine Säulen aufragten, und lediglich zwei Stühle vor dem fünfzig Schritte entfernten Altar standen. Zwei Männer saßen auf diesen Stühlen dicht nebeneinander, unterhielten sich und hatten sich einander dabei eifrig zugeneigt. Lampenlicht und Kerzenlicht und das Leuchten eines großen Mosaik Christi vor dem dunklen Altar erhellten die Gesichter der Männer teilweise. Beide waren älter. Beide waren Priester, die weißen Streifen ihrer Kragen leuchteten im Halbdunkel. Ich stellte fest, daß einer Monsignore Edouard war.

Der andere war Pater Paul Duré.

Im ersten Moment mußten sie erschrocken sein — sie blickten von ihrer geflüsterten Unterhaltung auf und sahen diese Erscheinung, diesen kleinwüchsigen Schatten eines Mannes, der aus der Dunkelheit trat, ihre Namen rief — Durés Namen vor Überraschung hinausschrie — und von Pilgerfahrten und Pilgern, Zeitgräbern und dem Shrike, KIs und dem Ende von Göttern plapperte.

Der Monsignore rief nicht den Wachdienst; weder er noch Duré ergriffen die Flucht; gemeinsam beruhigten sie diese Erscheinung, versuchten den Sinn ihres aufgeregten Plapperns zu enträtseln und machten so aus dieser seltsamen Konfrontation eine vernünftige Unterhaltung.

Es *war* Paul Duré. Paul Duré und nicht ein bizarrer Doppelgänger oder ein Androidenduplikat oder eine Cybridrekonstruktion. Das stellte ich sicher, indem ich ihm zuhörte, ihm Fragen stellte und ihm in die Augen sah — aber am meisten, indem ich seine Hände schüttelte, ihn *berührte* und wußte, es war tatsächlich Pater Paul Duré.

»Sie kennen ... unglaubliche Einzelheiten meines Lebens ... unserer Zeit auf Hyperion, bei den Gräbern ... aber *wer* sind Sie, haben Sie gesagt?« meinte Duré.

Nun war ich an der Reihe, ihn zu überzeugen. »Eine Cybridrekonstruktion von John Keats. Ein Zwilling der Persönlichkeit, die Brawne Lamia mit sich auf die Pilgerfahrt genommen hat.«

»Und wegen dieser gemeinsamen Persönlichkeit können Sie kommunizieren ... wissen, was mit uns geschehen ist?«

Ich war zwischen ihnen und dem Altar auf ein Knie gesunken. Ich hob beide Hände in hilfloser Frustration. »Deswegen ... wegen einer Anomalie in der Megasphäre. Aber ich habe Ihrer aller Leben *geträumt*, habe mitgehört, wie die Pilger ihre Geschichten erzählt haben, ich konnte mithören, wie Pater Hoyt vom Leben und Sterben des Paul Duré gesprochen hat ... von *Ihnen*.« Ich berührte seinen Arm unter der Priesterkleidung. Zur selben Zeit mit einem der Pilger im selben Raum zu sein, machte mich ein wenig schwindlig. »Dann wissen Sie, wie ich hierher gelangt bin!«, sagte Pater Duré.

»Nein. Ich habe zuletzt geträumt, daß Sie eines der Höhlengräber betreten haben. Dort leuchtete ein Licht. Danach weiß ich nichts mehr.«

Duré nickte. Sein Gesicht war patrizierhafter und älter, als ich in meinen Träumen gesehen hatte. »Aber Sie kennen das Schicksal der anderen?«

Ich seufzte. »Teilweise. Der Dichter Silenus lebt, ist aber auf dem Baum der Dornen gepfählt. Kassad habe ich zuletzt gesehen, wie er das Shrike mit bloßen Händen angegriffen hat. M.

Lamia ist mit meinem Keats-Konterpart durch die Megasphäre zur Peripherie des TechnoCore gereist ...«

»Er hat in dieser ... dieser Schrön-Schleife — wie auch immer — überlebt?« Duré schien fasziniert zu sein.

»Nicht mehr«, sagte ich. »Die KI-Persönlichkeit namens Ummon hat ihn getötet ... die Persönlichkeit zerstört. Brawne kehrte zurück. Ich weiß nicht, ob ihr Körper überlebt hat.«

Monsignore Edouard beugte sich zu mir. »Und was ist mit dem Konsul und Vater mit Kind?«

»Der Konsul hat versucht, mit einer Schwebematte zur Hauptstadt zurückzukehren«, sagte ich, »hat aber einige Meilen nördlich davon eine Bruchlandung gemacht. Sein Schicksal kenne ich nicht.«

»Meilen«, sagte Duré, als würde dieses Wort Erinnerungen bei ihm wachrufen.

»Tut mir leid.« Ich deutete in die Basilika. »Dieser Ort ruft mir die Maßeinheiten meines ... früheren Lebens ins Gedächtnis zurück.«

»Weiter«, sagte Monsignore Edouard. »Vater und Kind.«

Ich setzte mich erschöpft auf den kühlen Steinboden; meine Arme und Hände zitterten vor Müdigkeit. »In meinem letzten Traum hat Sol Rachel dem Shrike dargeboten. Es war *Rachels* Bitte. Ich konnte nicht sehen, was danach geschah. Die Zeitgräber haben sich aufgetan.«

»Alle?« fragte Duré.

»Alle, die ich sehen konnte.«

Die beiden Männer tauschten einen Blick.

»Das ist noch nicht alles«, sagte ich und schilderte ihnen das Gespräch mit Ummon. »Ist es möglich, daß sich eine Gottheit ... so aus dem menschlichen Bewußtsein entwickeln könnte, ohne daß die Menschheit es bemerkt?«

Die Blitze hatten aufgehört, aber jetzt regnete es so heftig, daß ich es sogar auf der großen Kuppel oben hören konnte. Irgendwo in der Dunkelheit quietschte eine schwere Tür, Schritte hallten und entfernten sich. Ewige Lichter in den düsteren Ecken der Basilika ergossen flackernd rotes Licht auf Wände und Wandbehänge.

»Ich habe gelehrt, daß der hl. Teilhard es für möglich gehalten hat«, sagte Duré müde, »aber wenn dieser Gott ein begrenztes Wesen ist, das sich auf dieselbe Weise entwickelte wie wir anderen begrenzten Wesen auch, dann nein ... dann ist es nicht der Gott von Abraham und Christus.«

Monsignore Edouard nickte. »Es gibt eine uralte Häresie ...«

»Ja«, sagte ich, »die Sozinische Häresie. Ich habe gehört, wie Pater Duré sie Sol Weintraub und dem Konsul erklärt hat. Aber was spielt es für eine Rolle, *wie* sich diese ... diese Macht entwickelt hat und ob sie begrenzt ist. Wenn Ummon die Wahrheit gesagt hat, haben wir es mit einer Macht zu tun, die Quasare als Energiequellen benützt. Das ist ein Gott, der *Galaxien* zerstören kann, meine Herren.«

»Aber eben ein Gott, der Galaxien vernichten kann«, sagte Duré. »Nicht *der* Gott.«

Ich hörte seine Betonung deutlich. »Aber wenn er *nicht* begrenzt ist«, sagte ich, »wenn es sich um den Gott totalen Bewußtseins am Punkt Omega handelt, von dem Sie geschrieben haben, wenn es sich um dieselbe Dreieinigkeit handelt, über die Ihre Kirche schon seit der Zeit vor Thomas von Aquin theoretisiert ... und wenn ein Teil dieser Dreieinigkeit rückwärts durch die Zeit geflohen ist ... ins Jetzt ... was dann?«

»Aber *wovor* geflohen?« fragte Duré leise. »Teilhards Gott ... der Gott der Kirche ... *unser* Gott, wäre der Gott am Punkt Omega, in dem der Christus der Evolution, das Persönliche und das Universelle ... was Teilhard das *En Haut* und das *En Avant* nannte, vollkommen vereint. Es könnte nichts so Bedrohliches geben, daß ein Element der Persönlichkeit dieser Gottheit fliehen müßte. Kein Antichrist, keine theoretische satanische Macht, kein ›Gegen-Gott‹ könnte für so ein universelles Bewußtsein eine Bedrohung sein. Was sollte dieser andere Gott sein?«

»Der Gott der Maschinen?« sagte ich so leise, daß nicht einmal ich selbst sicher war, ob ich es laut ausgesprochen hatte.

Monsignore verschränkte beide Hände ineinander, was ich als Vorbereitung zum Gebet interpretierte, wie sich herausstellte aber eine Geste tiefen Nachdenkens und noch tieferer Anteilnahme war. »Aber Christus hatte Zweifel«, sagte er. »Christus schwitzte Blut im Garten und bat, der Kelch solle an ihm vorübergehen. Wenn ein zweites Opfer im Spiel war — etwas noch Schrecklicheres als die Kreuzigung, dann könnte ich mir durchaus vorstellen, daß die Christuseinheit der Dreieinigkeit durch die Zeit reist, durch einen vierdimensionalen Garten Gethsemane wandert, um ein paar Stunden — oder Jahre — Zeit zum Nachdenken zu gewinnen.«

»Etwas Schrecklicheres als die Kreuzigung«, wiederholte Duré heiser flüsternd.

Monsignore Edouard und ich sahen den Priester an. Duré hatte es vorgezogen, an einem Teslabaum auf Hyperion gekreuzigt zu werden, als sich dem Parasiten der Kruziform zu unterwerfen. Durch die Fähigkeit dieser Kreatur zur Wiederauferstehung hatte Duré viele Male die Qual von Kreuzigung und Tod durch Elektrizität erdulden müssen.

»Wovor das *En haut*-Bewußtsein auch fliehen mag«, flüsterte Duré, »muß überaus schrecklich sein.«

Monsignore Edouard berührte seinen Freund an der Schulter. »Paul, erzähl dem Mann von deiner Reise hierher.«

Duré kehrte von dem fernen Ort zurück, an den ihn seine Erinnerungen geführt hatten, und konzentrierte sich auf mich. »Sie kennen unsere sämtlichen Geschichten ... und die Einzelheiten unseres Aufenthalts im Tal der Zeitgräber auf Hyperion?«

»Ich glaube schon. Bis zu dem Punkt, wo Sie verschwunden sind.«

Der Priester seufzte und griff sich mit langen, leicht zitternden Fingern an die Schläfen. »Dann können Sie vielleicht«, sagte er, »aber nur vielleicht, den Sinn hinter dem erkennen, wie ich hierher gelangt bin ... und was ich unterwegs gesehen habe.«

»Ich sah ein Licht im dritten Höhlengrab«, sagte Pater Duré. »Ich ging hinein. Ich muß gestehen, daß mir der Gedanke an Selbstmord durch den Kopf ging — was nach der brutalen Reproduktion durch die Kruziform von meinem Verstand übriggeblieben war —, ich will die Funktion des Parasiten nicht mit dem Wort Wiederauferstehung adeln.

Ich sah ein Licht und glaubte, es wäre das Shrike. Ich hatte das Gefühl, daß meine zweite Begegnung mit der Kreatur — die erste fand vor Jahren im Labyrinth unter der Kluft statt, als das Shrike mir die unheilige Kruziform aufbürdete —, daß diese zweite Begegnung längst überfällig war.

Als wir tags zuvor nach Oberst Kassad gesucht hatten, war dieses Höhlengrab kurz und konturlos gewesen, eine kahle Felswand hatte uns nach dreißig Schritten den Weg versperrt. Jetzt war diese Wand verschwunden und eine Steinmetzarbeit prangte an ihrer statt, die dem Maul des Shrike nicht unähnlich war, da das Gestein zu dieser Verschmelzung von Mechanischem und Organischem gehauen worden war, mit Stalagmiten und Stalaktiten, so scharf wie Kalziumkarbonatzähne.

Hinter diesem Mal verlief eine Treppe aus Stein nach unten. Aus diesen Tiefen strömte das Licht hellweiß und im nächsten Augenblick blutrot. Kein Laut war zu hören, abgesehen vom Seufzen des Windes, als würden die Felswände atmen.

Ich bin kein Dante. Ich suchte keine Beatrice. Meine kurze Aufwallung von Mut — obschon Fatalismus ein treffenderer Ausdruck wäre —, war mit dem letzten Tageslicht verschwunden. Ich drehte mich um und rannte die dreißig Schritte zum Eingang des Grabs fast.

Da war keine Öffnung mehr. Der Gang hörte einfach auf. Ich hatte keinen Lärm eines Einsturzes oder Erdrutschs gehört, und außerdem sah das Felsgestein, wo der Eingang gewesen war, so uralt und unberührt aus wie der Rest dieser Höhle. Eine halbe Stunde suchte ich nach einem anderen Ausgang, fand keinen, weigerte mich, zu der Treppe zurückzukehren und saß schließlich stundenlang dort, wo der Eingang zu dem Höhlengrab einmal gewesen war. Wieder ein Trick des Shrike. Wieder ein billiger theatralischer Kniff dieses perversen Planeten. Was Hyperion eben für einen guten Witz hielt. Ha ha!

Nachdem ich mehrere Stunden lang dort im Halbdunkel gesessen und zugesehen hatte, wie das Licht am anderen Ende der Höhle lautlos pulsierte, wurde mir klar, daß das Shrike hier nicht zu mir kommen würde. Der Eingang würde sich nicht durch Zauberei wieder auftun. Ich hatte die Wahl, entweder hier sitzen zu bleiben, bis ich verhungerte — oder wahrscheinlicher verdurstete, da ich bereits völlig ausgetrocknet war —, oder diese verdammte Treppe hinunterzugehen.

Ich ging hinunter.

Vor Jahren, buchstäblich vor Menschenaltern, als ich die Bikura bei der Kluft am Pinion-Plateau besucht habe, war das Labyrinth, wo mir das Shrike erschienen war, drei Kilometer unter der Felswand gelegen. Das war dicht an der Oberfläche; fast alle Labyrinthe auf den meisten Labyrinthwelten liegen mindestens zehn Klicks unter der Rinde: Ich hatte keine Zweifel, daß diese endlose Treppe ... eine steile, gewundene Spirale aus Steinstufen, so breit, daß zehn Priester nebeneinander in die Hölle hinabsteigen hätten können ... im Labyrinth enden würde. Dort hatte mir das Shrike den Fluch der Unsterblichkeit auferlegt. Wenn die Kreatur oder die Macht, die sie beherrschte, einen Sinn für Ironie besaß, wäre es passend gewesen, daß mein unsterbliches und sterbliches Leben dort gleichermaßen ihr Ende fanden.

Die Treppe wand sich nach unten; das Licht wurde heller ... eben noch rosa Glühen, zehn Minuten später grellrot, eine halbe Stunde später und tiefer flackernd scharlachrot. Für meinen Geschmack viel zu Dantemäßig und zuviel billige Fundamentalisteneffekte. Ich lachte fast laut beim Gedanken, ein kleiner Teufel mit Schwanz und Dreizack und zuckendem Schnurrbart würde erscheinen.

Aber ich lachte nicht, als ich die Tiefe erreichte, wo die Ursache des Lichts ersichtlich wurde: Kruziformen, Hunderte, Tausende, Zehntausende, anfangs noch winzig, hafteten an den rauhen Wänden des Treppenhauses wie derbe Kreuze unterirdischer Conquistadoren, dann größere und immer mehr, bis sie einander fast überlappten — korallenrosa, rot wie rohes Fleisch, blutrot und biolumineszent.

Mir wurde übel. Es war, als hätte man einen Schacht voll aufgedunsener, pulsierender Egel betreten, nur waren diese hier schlimmer. Ich habe die Ultraschall- und K-cross-Bilder des Medscanners von mir mit nur *einem* von diesen Dingern gesehen: Wuchernde Ganglien durchzogen mein Fleisch und die Organe wie graue Fasern, Stränge zuckender Fasern, Nematodenknäuel wie gräßliche Tumore, die nicht einmal die Barmherzigkeit des Todes gewähren. Jetzt hatte ich *zwei* an mir: Lenar Hoyts und meine eigene. Ich betete, daß ich lieber sterben würde, als noch eine zu ertragen.

Ich ging weiter nach unten. Nun pulsierte auch Hitze von den Wänden, nicht nur Licht, aber ob aus der Tiefe oder wegen den Kruziformen, die sich zu Tausenden drängten, vermag ich nicht zu sagen. Schließlich kam ich zur untersten Stufe, das Treppenhaus endete, ich ging um eine letzte Biegung des Gesteins herum und war da.

Das Labyrinth. Es erstreckte sich vor mir, wie ich es in zahllosen Holos und einmal persönlich gesehen hatte: glatte Tunnel, dreißig Meter Seitenlänge, die vor mehr als einer Dreiviertelmillion Jahren aus der Rinde von Hyperion geschnitten worden waren und den ganzen Planeten durchzogen wie von einem irren Ingenieur geplante Katakomben. Labyrinthe finden sich auf neun Welten, fünf im Netz, die anderen, wie diese, im Outback: alle sind identisch, alle wurden zur selben Zeit in der Vergangenheit geschaffen, keines bietet Hinweise auf den Grund für ihre Existenz. Legenden über die Labyrinthbaumeister existieren im Überfluß, aber die mythischen Konstrukteure haben keine Artefakte hinterlassen, keine Hinweise auf ihre Methoden oder ihr außerirdisches Erscheinungsbild, und keine Theorie über die Labyrinthe kann einen logischen Grund für eines der gigantischsten Bauprojekte nennen, das die Milchstraße je gesehen hat.

Sämtliche Labyrinthe sind leer. Fernsonden haben Millionen Kilometer der aus dem Stein geschnittenen Korridore erkundet, und die Labyrinthe sind konturlos und absolut leer, abgesehen von Stellen, wo Alter und Einbrüche die ursprünglichen Katakomben verändert haben.

Aber nicht, wo ich jetzt stand.

Kruziformen beleuchteten eine Szene von Hieronymus Bosch, als ich einen endlosen Korridor entlangsah, endlos, aber nicht leer ... nein, nicht leer.

Zuerst dachte ich, es wären Massen lebender Menschen, ein Fluß von Köpfen und Schultern und Armen, der sich kilometerweit erstreckte, so weit ich sehen konnte, und der Strom der Menschen wurde nur hier und da von geparkten Vehikeln unterbrochen, die alle dieselbe rostbraune Farbe aufwiesen. Als ich weiterging und mich der Mauer dichtgepackter Menschen keine zwanzig Meter von mir entfernt näherte, wurde mir klar, daß es sich um Leichen handelte. Zehntausende, Hunderttausende menschlicher Leichen füllten den Korridor, soweit der Blick reichte; manche lagen ausgestreckt auf dem Steinboden, einige waren an den Wänden zerquetscht worden, aber die meisten wurden vom schieren Druck der auf sie getürmten Toten so dicht gepackt, daß sie diesen Abschnitt des Labyrinths verstopft hatten.

Da war ein Weg; er führte zwischen den Leichen hindurch, als hätte sich eine Maschine mit Klingen durchgewalzt. Ich folgte ihm, achtete aber sorgfältig darauf, daß ich keinen der ausgestreckten Arme, keines der starren Beine berührte.

Die Leichen waren die von Menschen, manchenorts noch bekleidet, und im Lauf von äonenlanger Verwesung in dieser keimfreien Umgebung mumifiziert: Haut und Fleisch waren ausgetrocknet, hatten sich gespannt und waren gerissen wie verfaulter Stoff, bis sie nur noch Knochen bedeckten, und manchmal nicht einmal mehr das. Haare waren als Strähnen staubigen Teers erhalten geblieben, die so steif wie gehärtete Fiberplastik waren. Schwärze gaffte unter offenen Lidern und zwischen Zähnen hervor. Die Kleidung, die einmal Myriaden Farben gehabt haben mußte, war braun oder grau oder schwarz geworden und so spröde wie aus dünnem Stein gehauene Gewänder. Bei im Lauf der Zeit geschmolzenen Plastikklumpen an Handgelenken und Hälsen hätte es sich um Komlogs oder deren Äquivalente handeln können.

Die großen Fahrzeuge mochten einst EMVs gewesen sein, jetzt aber bestanden sie nur noch aus Rost. Hundert Meter weiter stolperte ich, und damit ich nicht von dem schmalen Pfad abkam und ins Meer der Leichen stürzte, hielt ich mich an einer der großen Maschinen fest, die nur aus Kurven und milchig gewordenen Kuppeln bestand. Der Rosthaufen stürzte in sich zusammen.

Ich wanderte Vergil-los, folgte einem gräßlichen, aus Menschenfleisch geschnittenen Pfad und fragte mich, warum ich das alles zu sehen bekam, was es bedeuten mochte. Nach einer unbestimmten Zeitspanne, während der ich stolpernd zwischen aufgestapelten Bergen toter Menschen dahinschritt, kam ich an eine Kreuzung von Tunneln; alle drei Korridore vor mir waren voller Leichen. Der schmale Pfad führte in das Labyrinth links von mir. Ich folgte ihm.

Stunden später, vielleicht länger, blieb ich stehen und setzte mich auf den schmalen Steinweg, der sich durch das Grauen wand. Wenn sich Zehntausende Tote in diesem kurzen Tunnelabschnitt befanden, mußte das Labyrinth von Hyperion Milliarden enthalten. Mehr. Die neun Labyrinthwelten zusammengenommen mußten eine Gruft für Billionen sein.

Ich hatte keine Ahnung, weshalb mir dieses endgültige Dachau der Seele gezeigt wurde. In der Nähe meines Sitzplatzes schützte der mumifizierte Leichnam eines Mannes immer noch eine Frauenleiche mit dem zum Knochen ausgezehrten Unterarm. Diese hielt ein kleines Bündel mit kurzem schwarzen Haar in den Armen. Ich wandte mich ab und weinte bitterlich.

Als Archäologe hatte ich Opfer von Hinrichtungen, Feuersbrünsten, Überschwemmungen, Erdbeben und Vulkanausbrüchen ausgegraben. Solche Szenen waren mir nicht neu; sie waren das *sine qua non* der Geschichte. Aber dies hier war das Grauen. Vielleicht lag es an der Vielzahl; die Toten in ihren Millionen des Holocaust. Vielleicht lag es am seelenstehlenden Glanz der Kruziformen, die den Tunnel wie Tausende von blasphemischen Witzen säumten. Vielleicht lag es am traurigen Weinen des Windes, der durch die endlosen Korridore aus Stein wehte.

Mein Leben und meine Lehren und Leiden und kleinen Siege und zahllosen Niederlagen hatten mich hierher geführt — jenseits von Glauben, jenseits von Anteilnahme, jenseits von einfachem Miltonschen Trotz. Ich hatte das Gefühl, daß diese Menschen eine halbe Million Jahre oder schon länger hier ruhten; sie selbst aber aus unserer Zeit stammten, oder, noch schlimmer, aus unserer Zukunft. Ich barg das Gesicht in den Händen und schluchzte.

Kein Kratzen oder Geräusch warnte mich, aber etwas, irgend etwas, vielleicht ein Lufthauch … ich blickte auf und gewahrte das Shrike keine zwei Meter entfernt. Nicht auf dem Pfad, sondern inmitten der Leichen: eine Skulptur zu Ehren des Architekten dieser Gemetzel.

Ich stand auf. Ich wollte vor dieser Scheußlichkeit nicht sitzen oder knien.

Das Shrike kam mehr gleitend als gehend auf mich zu und bewegte sich wie auf Gleisen ohne Reibungswiderstand. Das blutrote Licht der Kruziformen ergoß sich über den Quecksilberpanzer. Sein ewiges, unmögliches Grinsen — Stahlstalaktiten, Stahlstalagmiten.

Ich spürte keinen Groll gegenüber dem Ding, nur Traurigkeit und Mitleid. Nicht für das Shrike was immer es sein mochte —, sondern für alle Opfer, die allein und ohne Trost auch des kleinsten Fünkchens Glauben diesem Schrecken in der Nacht entgegentreten mußten, den das Ding verkörperte.

Zum erstenmal fiel mir auf, daß aus nächster Nähe ein Geruch von dem Shrike ausging — ein Gestank wie von ranzigem Öl, überhitzten Dichtungen und geronnenem Blut. Die Flammen in seinen Augen pulsierten in völliger Übereinstimmung mit dem An- und Abschwellen des Leuchtens der Kruziformen.

Ich glaubte vor Jahren nicht, daß dieses Geschöpf übernatürlich sein sollte, eine Manifestation von Gut oder Böse, sondern lediglich eine Abweichung von den unergründlichen und scheinbar sinnlosen Wegen des Universums: ein schrecklicher Witz der Evolution, des hl. Teilhard schlimmster Alptraum. Aber dennoch ein *Ding*, das den Naturgesetzen gehorchte, wie verzerrt auch immer, und einigen Gesetzen des Universums — irgendwo, irgendwann — unterworfen.

Das Shrike hob die Arme und schlang sie um mich. Die Klingen an den vier Handgelenken waren viel länger als meine Hände; die Klinge auf seiner Brust länger als mein Unterarm. Ich sah ihm in die Augen, während ein Paar Arme voll Stacheldraht und Stahlfedern mich umfing und das andere Paar sich langsam drehte und den schmalen Raum zwischen uns ausfüllte.

Fingerklingen wurden ausgeklappt. Ich zuckte zusammen, wich aber nicht zurück, als diese Klingen zustießen, mit einem Schmerz gleich kaltem Feuer in meine Brust sanken wie chirurgische Laser, die Nerven durchtrennen.

Es trat zurück und hielt etwas Rotes umfaßt, das mit meinem Blut besudelt war. Ich taumelte und rechnete fast damit, mein Herz in den Klauen des Monsters zu sehen: die letzte Ironie des Toten, der Sekunden, bevor das Blut aus seinem fassungslosen Gehirn weicht, sein eigenes Herz überrascht blinzelnd betrachten kann.

Aber es war nicht mein Herz. Das Shrike hielt die Kruziform, die ich in der Brust getragen hatte, *meine* Kruziform, den parasitären Speicher meiner langsam sterbenden DNS. Ich stolperte wieder, stürzte fast, berührte meine Brust. Meine Finger waren blutbesudelt, aber nicht von den arteriellen Sturzfluten, die ein derart grober chirurgischer Eingriff hätte erzeugen müssen; die Wunde heilte vor meinen Augen. Ich *wußte,* die Kruziform hatte Röhren und Fasern durch meinen ganzen Körper gebohrt. Ich *wußte,* kein chirurgischer Laser wäre imstande gewesen, diese tödlichen Ranken von Pater Hoyts Körper zu trennen — und von meinem nicht. Aber ich *spürte,* wie die Krankheit heilte, wie die inneren Stränge trockneten und zu unmerklichen Spuren inneren Narbengewebes schwanden.

Hoyts Kruziform trug ich immer noch. Aber das war etwas anderes. Wenn ich starb, würde Lenar Hoyt aus dem wiedererweckten Fleisch auferstehen. *Ich* würde sterben. Es würde keine Duplikate von Paul Duré mehr geben, die mit jeder Generation dümmer und weniger vital sein würden.

Das Shrike hatte mir den Tod gewährt, ohne mich zu töten.

Das Ding warf die abkühlende Kruziform in den Haufen der Leichen und umfaßte meinen Oberarm, wobei es mühelos durch drei Lagen Stoff schnitt und die federleichte Berührung dieser Skalpelle Blut aus meinem Bizeps quellen ließ.

Es führte mich durch die Leichen zur Wand. Ich folgte ihm und versuchte, nicht auf die Leichen zu treten, was mir aber in meiner Hast, damit mein Arm nicht abgetrennt wurde, nicht immer gelang. Die Leichen zerfielen unter meinen Füßen zu Staub. Eine trug den Abdruck meines Fußes auf dem eingesunkenen Brustkorb.

Dann befanden wir uns an der Wand, an einem Abschnitt, der plötzlich frei von Kruziformen war, und ich stellte fest, daß es sich um eine Art energieabgeschirmte Öffnung handelte ... nicht die richtige Größe und Form für ein Standard-Farcasterportal, aber das milchige Flimmern von Energie war so ähnlich. Etwas, womit ich diesen Lagerplatz des Todes verlassen konnte.

Das Shrike stieß mich hindurch.

Schwerelosigkeit. Ein Irrgarten zertrümmerter Schotts, Kabelstränge schwebten wie die Innereien eines Riesen, rote Lichter blinkten — einen Augenblick lang glaubte ich, auch hier wären Kruziformen, aber dann wurde mir klar, daß es sich um Notlichter eines sterbenden Raumschiffs handelte — dann drehte ich mich, überschlug mich in der ungewohnten Schwerelosigkeit, während weitere Leichen vorbeischwebten: keine Mumien hier, sondern gerade Gestorbene, frisch Getötete mit klaffenden Mündern und glasigen Augen, eisverkrusteten explodierten Lungen; so zogen sie Wolke aus gefrierendem Blut hinter sich her, während sie mit ihren langsamen, starren Reaktionen auf jeden Luftzug und jede unerwartete Bewegung des zerstörten FORCE-Schiffes reagierten und so Leben simulierten.

Es *war* ein Schiff von FORCE, dessen war ich ganz sicher. Ich sah Uniformen von FORCE:Weltraum an den jugendlichen Toten. Ich sah militärische Kürzel an den Schotts und zerfetzten Luftschleusen, die nutzlosen Anweisungen an den mehr als nutzlosen Notfallspinden mit Hautanzügen und unaufgeblasenen Druckballons, die fein säuberlich zusammengelegt auf Regalen gestapelt waren. Was dieses Schiff auch zerstört haben mochte, hatte es so plötzlich getan wie eine Seuche in der Nacht.

Das Shrike tauchte neben mir auf.

Das Shrike — im Weltraum! Fern von Hyperion und den Fesseln der Zeitgezeiten! Auf vielen dieser Schiffe befanden sich Farcaster!

Keine fünf Meter entfernt befand sich ein Farcasterportal in dem Korridor. Ein Leichnam taumelte darauf zu, der rechte Arm des Mannes stieß durch das milchige Feld, als wollte er das Wasser der Welt auf der anderen Seite testen. Die Luft entwich mit einem anschwellenden Heulton aus diesem Schacht. *Geh!* drängte ich den Leichnam, aber der Druckunterschied wehte ihn von dem Portal weg — sein Arm war überraschenderweise noch unversehrt, heil, auch wenn das Gesicht des Mannes wie die Maske eines Anatomen aussah.

Ich drehte mich zum Shrike um, aber durch die Bewegung drehte ich mich eine halbe Umdrehung in die andere Richtung.

Das Shrike hob mich hoch — Klingen zerschnitten Haut — und trug mich den Flur entlang zum Farcaster. Ich hätte die Richtung nicht ändern können, wenn ich es gewollt hätte. In den Sekunden, ehe ich durch das summende, knatternde Portal ging, stellte ich mir ein Vakuum auf der anderen Seite vor, Stürze aus großer Höhe, explosive Dekompression oder — am allerschlimmsten — eine Rückkehr ins Labyrinth.

Statt dessen taumelte ich einen halben Meter tiefer auf Marmorboden. Hier, keine zweihundert Meter von dieser Stelle entfernt, im Privatgemach von Papst Urban XVI. — der, wie es der Zufall will, keine drei Stunden, bevor ich durch seinen privaten Farcaster fiel, an Altersschwäche starb. Die ›Papsttür‹, wie der Neue Vatikan es nennt. Ich spürte den Schmerz, so weit von Hyperion entfernt zu sein, so weit vom Ursprung der Kruziformen —, aber der Schmerz ist inzwischen ein seltsamer Verbündeter, der keine Macht mehr über mich besitzt.

Ich fand Edouard. Er war so gütig, mir stundenlang zuzuhören, während ich ihm eine Geschichte erzählte, die noch kein Jesuit je beichten mußte. Er war noch gütiger, mir zu glauben. Jetzt haben Sie alles gehört. Das ist meine Geschichte.«

Das Gewitter war weitergezogen. Wir drei saßen bei Kerzenschein unter der Kuppel von St. Peter und sagten eine ganze Weile nichts.

»Das Shrike hat Zugang zum Netz«, sagte ich schließlich.

Durés Blick blieb gelassen. »Ja.«

»Es muß ein Schiff im Raum um Hyperion gewesen sein ...«

»So scheint es.«

»Dann können wir vielleicht dorthin zurück. Mit der ... Papsttür? — in den Raum um Hyperion.«

Monsignore Edouard zog eine Braue hoch. »Möchten Sie das, M. Severn?«

Ich kaute auf einem Knöchel. »Ich habe mit dem Gedanken gespielt.«

»Warum?« fragte der Monsignore leise. »Ihr Konterpart, die Cybridpersönlichkeit, die Brawne Lamia mit auf die Pilgerfahrt genommen hat, fand nur den Tod dort.«

Ich schüttelte den Kopf, als könnte ich durch diese simple Geste Ordnung ins Durcheinander meiner Gedanken bringen. »Ich spiele eine wichtige Rolle. Ich weiß nur noch nicht welche ... oder wo ich sie spielen soll.«

Paul Duré lachte humorlos. »Das Gefühl kennen wir alle.

Man kommt sich vor, als würde ein mieser Drehbuchautor etwas über Vorbestimmung schreiben. Was ist nur aus dem freien Willen geworden?«

Der Monsignore sah seinen Freund stechend an. »Paul, alle Pilger — du selbst — sind mit der Entscheidung konfrontiert worden, die du aus freien Stücken getroffen hast. Große Mächte mögen den allgemeinen Lauf der Ereignisse lenken, aber menschliche Persönlichkeiten bestimmen immer noch ihr eigenes Schicksal.«

Duré seufzte. »Möglich, Edouard. Ich weiß nicht. Ich bin sehr müde.«

»Wenn Ummons Geschichte wahr ist«, sagte ich, »wenn der dritte Bestandteil dieser menschlichen Gottheit in unsere Zeit geflohen ist, was meinen Sie, wer und wo sie ist? Es leben mehr als hundert Milliarden Menschen im Netz.«

Pater Duré lächelte. Es war ein sanftes Lächeln ohne Ironie. »Haben Sie daran gedacht, daß Sie selbst es sein könnten, M. Severn?«

Die Frage traf mich wie ein Schlag. »Das kann nicht sein«, sagte ich. »Ich bin nicht einmal ... ein vollwertiger Mensch. Mein Bewußtsein schwebt irgendwo in der Matrix des Core. Mein Körper wurde aus Resten der DNS von John Keats gezüchtet und wie der eines Androiden biofaktoriert. Erinnerungen wurden implantiert. Das Ende meines Lebens — meine ›Genesung‹ von der Schwindsucht — wurde auf einer eigens zu diesem Zweck geschaffenen Welt simuliert.«

Duré lächelte immer noch. »Und? Schließt etwas davon aus, daß sie der Wesenheit Empfindung sein könnten?«

»Ich *fühle* mich nicht wie der Teil eines Gottes«, sagte ich schneidend. »Ich kann mich an nichts erinnern, verstehe nichts und weiß nicht, was ich als nächstes tun soll.«

Monsignore Edouard berührte mich am Handgelenk. »Sind Sie so sicher, daß Christus immer gewußt hat, was er als nächstes tun sollte? Er wußte, was getan werden mußte. Das ist nicht immer dasselbe, wie zu wissen, was man tun soll.«

Ich rieb mir die Augen. »Ich weiß nicht einmal, was getan werden muß.«

Die Stimme des Monsignore war ruhig. »Ich glaube, Paul will damit sagen, *wenn* sich dieses Geistwesen hier in unserer

Zeit versteckt, könnte es gut sein, daß es die eigene Identität nicht kennt.«

»Das ist verrückt«, sagte ich.

Duré nickte. »Viele Ereignisse um und auf Hyperion haben verrückt gewirkt. Der Wahnsinn scheint sich auszubreiten.«

Ich betrachtete den Jesuiten. »*Sie* wären ein guter Kandidat für die Gottheit«, sagte ich. »Sie haben ein Leben mit Gebeten, der Kontemplation von Theologie und als Archäologe zu Ehren der Wissenschaft gelebt. Außerdem sind Sie bereits gekreuzigt worden.«

Durés Lächeln war verschwunden. »Ist Ihnen klar, was Sie da sagen? Sehen Sie die Blasphemie in Ihren Worten? Ich bin kein Kandidat für das Gottsein, Severn. Ich habe meine Kirche verraten, meine Wissenschaft und jetzt durch mein Verschwinden meine Freunde auf der Pilgerfahrt. Christus mag seinen Glauben ein paar Sekunden verloren haben. Er hat ihn aber nicht auf dem Marktplatz für die Kelche Ego und Neugier verkauft.«

»Genug«, befahl Monsignore Edouard. »Wenn die Identität dieses Empfindungsteils einer zukünftigen geschaffenen Gottheit ein Geheimnis ist, denken Sie an die engste Truppe Ihres kleinen Passionsspiels, M. Severn. Die Präsidentin M. Gladstone, die die Last der Hegemonie auf den Schultern trägt. Die anderen Teilnehmer an der Pilgerfahrt ... M. Silenus, der demzufolge, was Sie Paul erzählt haben, noch in dieser Stunde am Baum des Shrike für seine Dichtung leidet. M. Lamia, die für die Liebe soviel riskiert und verloren hat. M. Weintraub, der unter Abrahams Dilemma leiden mußte ... selbst seine Tochter, die wieder zur Unschuld der Kindheit zurückgekehrt ist. Der Konsul, der ...«

»Der Konsul scheint mehr Judas als Christus zu sein«, sagte ich. »Er hat die Hegemonie und die Ousters verraten, die glaubten, daß er für sie arbeitet.«

»Soweit Paul mir gesagt hat«, sagte der Monsignore, »war der Konsul seinen Überzeugungen treu, seiner Großmutter Siri getreu.« Der ältere Mann lächelte. »Außerdem nehmen hundert Milliarden andere Spieler an diesem Spiel teil. Gott hat nicht Herodes oder Pontius Pilatus oder Cäsar Augustus zu Seinem Instrument erkoren. Er wählte den unbekannten Sohn eines unbekannten Zimmermanns im unbedeutendsten Winkel des römischen Weltreichs.«

»Na gut«, sagte ich, stand auf und schritt vor dem leuchtenden Mosaik unter dem Altar auf und ab. »Was machen wir jetzt? Pater Duré, Sie müssen mich zu Gladstone begleiten. Sie weiß von Ihrer Pilgerfahrt. Vielleicht kann Ihre Geschichte dazu beitragen, das Blutbad, das sich ankündigt, wenigstens teilweise zu verhindern.«

Duré stand ebenfalls auf, verschränkte die Arme und sah zu der Kuppel, als hielte die Dunkelheit hoch droben Erleuchtung für ihn bereit. »Ich habe daran gedacht«, sagte er, »aber ich glaube nicht, daß das meine erste Pflicht ist. Ich muß nach God's Grove, um mit deren Äquivalent des Papstes zu sprechen — der Wahren Stimme des Weltbaums.«

Ich blieb stehen. »God's Grove? Was hat das mit allem zu tun?«

»Ich habe das Gefühl, als wären die Tempelritter der Schlüssel zu einem fehlenden Teil dieses schmerzvollen Puzzles. Jetzt sagen Sie, daß Het Masteen tot ist. Vielleicht kann uns die Wahre Stimme erklären, was sie für diese Pilgerfahrt geplant hatten ... Masteens Geschichte, sozusagen. Immerhin war er der einzige der sieben Pilger, der die Geschichte nicht erzählt hat, weshalb er nach Hyperion gekommen ist.«

Ich ging wieder auf und ab, jetzt schneller, und versuchte, meinen Zorn unter Kontrolle zu halten. »Mein Gott, Duré. Wir haben keine Zeit für solche müßige Neugier. Es sind nur noch ...« — ich konsultierte mein Implantat — »anderthalb Stunden, bis der Invasionsschwarm der Ousters ins System von God's Grove eindringt. Dort muß die Hölle los sein.«

»Möglich«, sagte der Jesuit, »aber ich werde dennoch als erstes dorthin gehen. Dann werde ich mit Gladstone reden. Könnte sein, daß sie meine Rückkehr nach Hyperion genehmigt.«

Ich bezweifelte, daß die Präsidentin einen so wertvollen Informanten dorthin zurückkehren lassen würde, wo ihm Schaden zustoßen konnte. »Gehen wir«, sagte ich, drehte mich um und suchte nach dem Ausgang.

»Einen Augenblick«, sagte Duré. »Sie haben vor einer Weile gesagt, daß Sie manchmal imstande sind, von den Pilgern zu ... zu ›träumen‹ ... während Sie wach sind. Eine Art Trance, ist es nicht so?«

»So ähnlich.«

»Nun, M. Severn, dann träumen Sie bitte jetzt von ihnen.«

Ich sah ihn erstaunt an. »Hier? Jetzt?«

Duré deutete auf seinen Stuhl. »Bitte. Ich möchte das Schicksal meiner Freunde erfahren. Außerdem könnten die Informationen bei unseren Gesprächen mit der Wahren Stimme und M. Gladstone höchst wertvoll sein.«

Ich schüttelte den Kopf, nahm aber auf dem angebotenen Stuhl Platz. »Vielleicht geht es nicht«, sagte ich.

»Dann haben wir nichts verloren«, sagte er.

Ich nickte, machte die Augen zu und lehnte mich auf dem unbequemen Stuhl zurück. Ich war mir nur zu deutlich bewußt, daß mich die anderen ansahen, nahm den schwachen Geruch von Weihrauch und Regen wahr, und den hallenden Raum um uns herum. Ich war sicher, daß es nie klappen würde; die Landschaft meiner Träume lag nicht so nahe, daß ich sie einfach hätte beschwören können, indem ich die Augen zumachte.

Das Gefühl, beobachtet zu werden, ließ nach, die Gerüche wurden schwächer, und das Gefühl weiten Raums dehnte sich tausendfach aus, als ich nach Hyperion zurückkehrte.

35

Chaos. Dreihundert Raumschiffe weichen um Hyperion unter schwerem Beschuß zurück und fliehen vor dem Schwarm wie Männer, die gegen Bienen kämpfen. Wahnsinn bei den militärischen Farcasterportalen, die Verkehrskontrolle überlastet, Schiffe stauten sich wie EMVs in der Sperrschleuse von TC^2 in luftiger Höhe und sind dadurch den umherziehenden Schiffen der Ousters hilflos ausgeliefert.

Wahnsinn an den Fluchtpunkten: FORCE-Raumschiffe reihen sich wie Schafe in einem engen Pferch auf, wenn sie vom Fangportal bei Madhya zum 'Caster navigieren, der hinausführt. Schiffe im Spindown im Hebron-System, einige setzen über nach Heaven's Gate, God's Grove, Mare Infinitus, Asquith. Nur noch Stunden verbleiben, bis die Schwärme in Systeme des Netzes eindringen.

Chaos, weil Hunderte Millionen Flüchtlinge, die durch die ziellose Erregung des bevorstehenden Krieges halb wahnsinnig geworden sind, von den bedrohten Welten fort'casten und in Städte und Auffanglager strömen. Chaos, weil es auf nicht bedrohten Netzwelten zu Aufständen kommt: drei Stöcke auf Lusus — fast siebzig Millionen Mitbürger — werden wegen Aufwiegelei durch den Shrike-Kult unter Quarantäne gestellt, dreißigstöckige Einkaufsstraßen geplündert, Apartmentmonolithen vom Mob überrannt, Fusionszentren gesprengt, Farcasterterminexe angegriffen. Der Heimatregierungsrat macht eine Petition bei der Hegemonie; die Hegemonie verhängt das Kriegsrecht und entsendet Marines, die die Stöcke absperren.

Sezessionsunruhen auf der Neuen Erde und Maui-Covenant. Terroristische Angriffe von Glennon-Height-Royalisten — die seit einem Dreivierteljahrhundert verstummt waren — auf Thalia, Armaghast, Nordholm und Lee Drei. Aufstände des Shrike-Kults auch auf Tsingtao-Hsishuang Panna und Renaissance Vector.

Die Befehlszentrale von FORCE auf dem Mount Olympus verlegt Kampfbataillone von Transporten, die von Hyperion zurückkehren, auf Welten im Netz. Abrißtrupps auf Kampfschiffen in den bedrohten Systemen melden, daß die Singularitätssphären zur Vernichtung bereit sind und warten nur noch auf Fatlineorder von TC².

»Es gibt eine bessere Möglichkeit«, sagt Ratgeber Albedo zu Gladstone und dem Kriegsrat.

Die Präsidentin dreht sich zum Botschafter des TechnoCore um.

»Es gibt eine Waffe, die die Ousters eliminieren wird, ohne Eigentum der Hegemonie zu vernichten. Oder Eigentum der Ousters, was das betrifft.«

General Morpurgo sieht ihn finster an. »Sie sprechen von Todesstrahlbomben«, sagt er. »Das klappt nicht. Forschungen von FORCE haben gezeigt, daß das leicht eine Kettenreaktion auslösen könnte, die nicht zu stoppen ist. Davon abgesehen, daß sie unehrenhaft wäre und gegen den Codex des Neuen Bushido verstößt, würde sie die Planetenbevölkerung ebenso ausrotten wie die Invasoren.«

»Durchaus nicht«, sagt Albedo. »Wenn die Bürger der Hegemonie ausreichend abgeschirmt werden, muß es überhaupt keine Opfer geben. Wie Sie wissen, kann man Todesstrahlen auf bestimmte Hirnwellenlängen kalibrieren. Das ließe sich auch mit einer Bombe machen, die auf demselben Prinzip beruht. Vieh, Wildtiere, nicht einmal andere anthropoide Spezies würden in Mitleidenschaft gezogen werden.«

General Van Zeidt von den FORCE:Marines steht auf. »Aber es ist unmöglich, die Bevölkerung abzuschirmen! Unsere Tests haben ergeben, daß schwere Neutrinos der Todesbombe bis zu sechs Kilometer tief in Felsgestein oder Metall eindringen. Niemand verfügt über solche Abschirmungen!«

Die Projektion von Ratgeber Albedo faltet die Hände auf dem Tisch. »Wir haben neun Welten mit Schirmen, die Milliarden aufnehmen könnten«, sagt er leise.

Gladstone nickt. »Die Labyrinthwelten«, flüstert sie. »Aber eine derartige Umsiedlung der Bevölkerung ist unmöglich.«

»Nein«, sagt Albedo. »Nachdem Sie Hyperion ins Protektorat aufgenommen haben, verfügt jede Labyrinthwelt über Farcasterverbindung. Der Core kann Vorkehrungen treffen, die Bevölkerung direkt in diese unterirdischen Schutzbunker zu transferieren.«

Murmeln wird an dem langen Tisch laut, aber Meina Gladstones durchdringender Blick weicht nicht von Albedos Gesicht. Sie bittet um Stille, die eintritt. »Erzählen Sie uns mehr davon«, sagt sie. »Wir sind interessiert.«

Der Konsul sitzt im fleckigen Schatten eines niederen Nevillebaums und wartet auf den Tod. Die Hände sind ihm mit einem Fetzen Fiberplastik auf den Rücken gefesselt. Seine Kleidung besteht nur noch aus noch feuchten, zerrissenen Fetzen, die Feuchtigkeit auf seinem Gesicht ist teils Flußwasser, aber überwiegend Schweiß.

Die beiden Männer, die über ihm stehen, sind gerade mit der Begutachtung seiner Reisetasche fertig. »Scheiße«, sagt der

eine, »hier drin soy, nix Wertvolles, außer der antiken Pistole.«
Er steckt die Waffe von Brawne Lamias Vater in den Gürtel.

»Zu schade, daß wir den Scheiß-Fliegenden-Teppich nicht kriegen konnten«, sagt der andere.

»Zum Schluß sey er nich mehr so gut geflogn«, sagt der eine, worauf beide lachen.

Der Konsul betrachtete die beiden Gestalten blinzelnd — vor der untergehenden Sonne sind ihre gepanzerten Körper nur Silhouetten. Ihrem Dialekt entnimmt er, daß es sich um Eingeborene handelt; ihrem Äußeren nach — Stücke altmodischer Körperpanzer von FORCE, schwere Vielzweckgefechtsgewehre, Fetzen von Tarnpolymerkleidung — handelt es sich um Deserteure einer Selbstschutzstaffel von Hyperion.

Ihr Verhalten ihm gegenüber macht ihn sicher, daß sie ihn töten werden.

Anfangs, benommen vom Sturz in den Hoolie und in die Seile verwickelt, die ihn an die nutzlose Schwebematte und die Reisetasche fesselten, hatte er sie für Retter gehalten. Der Konsul war hart auf die Wasseroberfläche aufgeprallt und länger unter Wasser geblieben, als er für möglich gehalten hätte, ohne zu ertrinken, war zur Oberfläche gekommen und von einer starken Strömung wieder nach unten gezogen worden, ehe das Wirrwarr von Matte, Seilen und Tasche ihn endgültig in die Höhe gezogen hatte. Es war ein tapferer, aber aussichtsloser Kampf gewesen, und er war immer noch zehn Meter von den Untiefen entfernt, als einer der Männer, die aus dem Neville- und Dornbaumwald gekommen waren, dem Konsul ein Seil zugeworfen hatten. Dann hatten sie ihn zusammengeschlagen, ausgeraubt, gefesselt und waren im Begriff — wie er ihren nüchternen Bemerkungen zu entnehmen glaubte —, ihm die Kehle durchzuschneiden und ihn den Aasvögeln zu überlassen.

Der größere der beiden Männer, dessen Haar ein Dickicht geölter Dornen ist, kauert vor dem Konsul und zieht ein Nullklingenmesser aus Keramik aus einer Scheide. »Letzte Worte, Alterchen?«

Der Konsul leckt sich die Lippen. Er hatte tausend Filme und Holos gesehen, in denen der Held an dieser Stelle seinem Gegner das Bein wegtrat, ihn mit Fußtritten zum Aufgeben zwang, sich eine Waffe schnappte, sich beider entledigte — wobei er mit gefesselten Händen schoß — und dann seine Abenteuer fortsetzte. Aber der Konsul fühlt sich nicht wie ein Held: Er ist erschöpft, zu alt und von seinem Sturz in den Fluß mitgenommen. *Jeder* dieser Männer ist größer, kräftiger, schneller und eindeutig gemeiner, als der Konsul es je war. Er hat Gewalt gesehen — sogar selbst einmal Gewalt angewendet, aber sein Leben und seine Ausbildung waren den zähen, aber stillen Pfaden der Diplomatie gewidmet.

Der Konsul leckt sich wieder die Lippen und sagt: »Ich kann Sie bezahlen.«

Der kauernde Mann grinst und fuchtelt mit dem Nullklingenmesser fünf Zentimeter vor den Augen des Konsuls hin und her. »Womit, Alterchen? Wir haben deyne Universalkarte; aber die ist hier draußen einen Scheyßdreck wert.«

»Gold«, sagt der Konsul, der weiß, dies ist die einzige Silbe, die im Lauf der Jahrhunderte nichts von ihrem Bann eingebüßt hat.

Der kauernde Mann reagiert nicht — in seinen Augen leuchtet ein krankes Licht, während er das Messer betrachtet —, aber der andere Mann kommt her und legt seinem Partner eine Hand auf die Schulter. »Was reden Sie da, Mann? Wo soll Gold bey Ihnen seyen?«

»Auf meinem Schiff«, sagt der Konsul. »Der *Benares*.«

Der kauernde Mann hält das Messer neben die eigene Wange. »Er lüget, Chez. Die *Benares* seyn die alte, flache Mantabarke, wo den Blauhäutigen gehörte, was wir vor drei Tagen plattgemacht ham.«

Der Konsul macht einen Moment die Augen zu, verspürt Übelkeit in sich aufsteigen, ergibt sich ihr aber nicht. A. Bettik und die anderen Androiden der Besatzung hatten die *Benares* vor nicht einmal einer Woche am Schiffsanlegeplatz zurückgelassen und waren flußabwärts in die ›Freiheit‹ aufgebrochen. Offensichtlich hatten sie etwas anderes gefunden. »A. Bettik«, sagt er. »Hat der Kapitän nicht von dem Gold gesprochen?«

Der Mann mit dem Messer grinst. »Er hat viel geschrien, aber kaum gesprochen. Hat gesagt, das Boot seyn raufgefahrn bis nach Edge. Viel zu weyt für 'ne Barke ohne Mantas, find ich.«

»Sei still, Obem.« Der andere kauert sich vor den Konsul. »Warum sollte Gold auf dieser alten Barke seyn, Mann?«

Der Konsul sieht auf. »Erkennen Sie mich nicht? Ich war jahrelang Hegemoniekonsul auf Hyperion.«

»He, verscheyßern Sie uns nicht...«, beginnt der Mann mit dem Messer, aber der andere unterbricht ihn. »Klar, Mann, ich erinnere mich an Ihr Gesicht aus dem Lager-Holo, als ich noch im Kindesalter seyn. Aber warum bringen Sie Gold bey flußaufwärts, wo der Himmel eynstürzet, Hegemonie-Mann?«

»Wir haben Unterschlupf gesucht... Chronos Keep«, sagt der Konsul und bemüht sich, nicht zu eifrig zu klingen, während er gleichzeitig um jede Sekunde dankbar ist, die er noch leben darf, *Warum?* denkt ein Teil von ihm. *Du hast das Leben satt. Warst zum Sterben bereit.* Aber nicht so. Nicht so lange Sol und Rachel und die anderen Hilfe brauchen.

»Mehrere der reichsten Bewohner der Hegemonie«, sagt er. »Die Evakuierungsbehörden haben nicht gestattet, daß die Schätze mitgenommen werden, daher habe ich ihnen geholfen, sie in den Kellern des Chronos Keep zu verstecken, dem alten Schloß nördlich der Bridle Range. Gegen Bezahlung.«

»Du bist nicht bey Verstand!« höhnt der Mann mit dem Messer. »Alles nördlich von hier seyn jetzt des Shrikes.«

Der Konsul läßt den Kopf hängen. Es ist nicht nötig, Erschöpfung und Niedergeschlagenheit zu heucheln, er empfindet sie. »Das haben wir auch gemerkt. Die Androidenbesatzung ist letzte Woche desertiert. Das Shrike hat mehrere Passagiere getötet. Ich selbst konnte flußabwärts fliehen.«

»Das seyn Quatsch«, sagt sein Partner. Er schlägt dem Konsul hart über den Mund. »Und wo seyn dieses sogenannte Goldschiff, alter Mann?«

Der Konsul schmeckt Blut. »Flußaufwärts. Nicht *auf* dem Fluß, sondern in einem Nebenarm versteckt.«

»Klar«, sagt der Messermann, der die Nullklingenschneide flach an den Hals des Konsuls drückt. So muß er nicht schlitzen, um dem Konsul die Kehle durchzuschneiden, lediglich die Schneide kreisen lassen. »Ich sage, das seyn Scheyße. Und ich sage, wir vergeuden unsere Zeyt.«

»Moment noch«, sagt der andere barsch. »Wie weit flußaufwärts?«

Der Konsul denkt an die Nebenflüsse, die er in den vergangenen Stunden passiert hat. Es ist spät. Die Sonne berührt fast die Wipfel einer Baumreihe im Westen. »Oberhalb der Schleuse von Karla«, sagt er.

»Und warum seyst du dann auf diesem Spielzeug geflogen, statt es einzutauschen?«

»Ich wollte Hilfe holen«, sagt der Konsul. Der Adrenalinstoß ist abgeklungen, jetzt empfindet er grenzenlose Erschöpfung, die Verzweiflung gleichkommt. »Es waren zu viele ... zu viele Banditen am Flußufer unterwegs. Mit der Barke schien es zu gefährlich zu sein. Die Schwebematte war ... sicherer.«

Der Mann namens Chez lacht. »Steck das Messer eyn, Obem. Wir machen eynen kleynen Fußmarsch, hm?«

Obem springt auf die Füße. Das Messer hält er immer noch in der Hand, aber jetzt sind Schneide — und Wut — gegen seinen Partner gerichtet. »Bist du bey *Trost*, Mann? Seyn deyn Kopf voll Scheyße zwischen deyn Ohren; hm? Er lügt, dasser nicht des Todes sey!«

Chez blinzelt nicht und weicht nicht zurück. »Klar, könnt seyn, dasser lügt. Eynerley, oder? Die Schleusen seyn kein halben Tagesmarsch von hier, den wir sowieso machen müssen, hm? Kein Boot, kein Gold, du schneydest ihm seyn Hals durch, hm? Nur langsam, knöchelweys aufwärts. Wenn Gold da, kannstes auch treyben, schneydenmäßig, nur seyste reicher Mann, hm?«

Obem zaudert einen Moment lang zwischen Wut und Vernunft, dreht sich zur Seite und schwingt das Nullklingenmesser aus Keramik gegen den acht Zentimeter dicken Stamm eines Nevillebaums. Er kann sich noch umdrehen und vor dem Konsul kauern, bevor die Schwerkraft den Baum informiert, daß er durchgeschnitten worden ist, worauf der Neville mit krachenden Zweigen zum Flußufer hin umkippt. Obem packt den Konsul am feuchten Hemdkragen. »Okay, wir wollen sehn, was dort seyn, Hegemoniemann. Wenn du redest, wegläufst, ausrutschst, stolperst, schneyd ich dir nur so zur Übung Finger und Ohren ab, hm?«

Der Konsul erhebt sich taumelnd, die drei verschwinden wieder unter dem Schutz von Büschen und kleinen Bäumen, der Konsul drei Meter hinter Chez und ebenso weit vor Obem, so trotten sie den Weg zurück, aus dem er gekommen ist, weg von der Stadt und dem Schiff und der letzten Chance, Sol und Rachel noch zu retten.

Eine Stunde vergeht. Der Konsul kann sich keinen gerissenen Plan ausdenken, wenn die Nebenflüsse erreicht sind und die Barke nicht aufzufinden ist. Mehrmals winkt Chez, sie sollen schweigen und sich verstecken, einmal wegen dem Geräusch von Sommerfäden, die zwischen den Zweigen treiben, ein andermal bei Lärm über dem Fluß, aber es ist nie ein Anzeichen von anderen Menschen zu sehen. Keine Spur von Hilfe. Der Konsul erinnert sich an die verlassenen Ortschaften den Fluß entlang, an leerstehende Hütten und menschenleere Docks. Angst vor dem Shrike, Angst davor, bei der Evakuierung zurückzubleiben und den Ousters in die Hände zu fallen und monatelange Plünderungen durch schurkische Elemente der SST haben dieses Gebiet zu einem Niemandsland gemacht. Der Konsul überlegt sich Ausflüchte und Hinhaltemanöver und verwirft sie wieder. Seine einzige Hoffnung besteht darin, daß sie nahe genug an den Schleusen vorbeigehen und er in das tiefe und reißende Wasser dort springen und versuchen kann, mit auf den Rücken gefesselten Händen über Wasser zu bleiben, bis ihn das Labyrinth der kleinen Inseln unterhalb dieser Stelle verbirgt.

Aber er ist zu erschöpft zum Schwimmen, selbst wenn seine Arme frei wären. Und die Waffen der beiden Männer würden ihn problemlos erreichen, selbst wenn er zwischen den Inseln und dem Treibgut zehn Minuten Vorsprung bekäme. Der Konsul ist zu müde, um listig zu sein, und zu alt, um tapfer zu sein.

Er denkt an seine Frau und seinen Sohn, die seit vielen Jahren tot sind — in der Schlacht auf Bressia von Männern ermordet, die ebensowenig Ehre wie diese beiden Kreaturen besaßen. Der Konsul ist nur traurig, weil er sein Versprechen nicht einhalten kann, den anderen Pilgern zu helfen. Traurig darüber ... und weil er nicht miterleben kann, wie alles ausgehen wird.

Obem hinter ihm spuckt aus. »Scheyß drauf, Chez, hm? Sage, wir setzen ihn hier bey und schlitzen ihn auf und bringen ihn zum Reden, hm? Dann gehn wir eynsamerweis zur Barke, falls eine Barke da sey.«

Chez dreht sich um, reibt sich Schweiß aus den Augen, sieht den Konsul finster und nachdenklich an und sagt: »He, ja, ich denke, zeitweys und redeweys hast du recht, Goyo, aber sieh zu, daß er bey Ende noch redfähig sey, hm?«

»Klar.« Obem grinst, schultert die Waffe und holt die Null-klinge heraus.

»KEINE BEWEGUNG!« dröhnt eine Stimme von oben. Der Konsul fällt auf die Knie, die Ex-SST-Banditen nehmen die Waffen mit geübter Schnelligkeit zur Hand. Ein Brausen ertönt, ein Dröhnen, Zweige und Staub peitschen um sie herum, der Konsul schaut auf und sieht den wolkenverhangenen Abendhimmel *wogen*, und zwar unterhalb der Wolken, nimmt eine Andeutung von *Masse* wahr, die sich herniedersenkt, und dann hebt Chez seine Projektilwaffe, und Obem legt den Werfer an, und dann fallen sie alle drei hin, kippen um, nicht wie erschossene Soldaten, nicht wie Rückstoßelemente einer ballistischen Gleichung, sondern so wie der Baum, den Obem gefällt hat.

Der Konsul landet Gesicht voraus im Staub und bleibt ohne zu blinzeln liegen — außerstande zu blinzeln.

Schockwaffen, denkt er durch Synapsen, die so träge wie Altöl geworden sind.

Ein örtlich begrenzter Zyklon bricht los, als etwas Großes und Unsichtbares zwischen den drei Männern im Sand des Flußufers landet. Der Konsul hört, wie sich eine Luftschleuse surrend auftut und das interne Klicken von Rückstoßturbinen unter Schwebgrenze sinkt. Er kann immer noch nicht blinzeln, geschweige denn den Kopf heben, und sein Gesichtsfeld ist auf mehrere Kiesel, eine Dünenlandschaft aus Sand, einen kleinen Wald aus Grashalmen und eine Baumeisterameise begrenzt, die auf diese Entfernung riesig aussieht und ein plötzliches Interesse am feuchten, starren Auge des Konsuls gefunden zu haben scheint. Die Ameise dreht sich um, damit sie den halben Meter zwischen sich und ihrer feuchten Beute zurücklegen kann, und der Konsul denkt *Beeilung*, als er die langsamen Schritte hinter sich hört.

Hände greifen ihm unter die Arme, ein Knurren, eine bekannte, aber nervöse Stimme sagt: »Verdammt, du hast zugenommen.«

Die Absätze des Konsuls schleifen auf dem Boden, holpern über die verkrümmten Finger von Chez — oder möglicherweise Obem —, der Konsul kann den Kopf nicht drehen und nach den Gesichtern sehen. Auch seinen Retter kann er nicht erkennen, bis er — mit einer langen Litanei verhaltener Flüche neben dem Ohr — durch die Steuerbordkuppelschleuse des abgetarnten Gleiters auf den langen, weichen, zurückgelegten Passagiersitz gelegt wird.

Generalgouverneur Theo Lane taucht im Gesichtsfeld des Konsuls auf, und er sieht jungenhaft, aber gleichzeitig ein wenig dämonisch aus, als sich die Schleuse senkt und die roten Innenlämpchen sein Gesicht erhellen. Er beugt sich herüber und läßt die Unfallnetzschnallen auf der Brust des Konsuls einrasten. »Tut mir leid, daß ich dich zusammen mit den beiden anderen schocken mußte.« Theo lehnt sich zurück, läßt sein eigenes Netz einrasten und betätigt die Omnikontrolle. Der Konsul spürt, wie der Gleiter erbebt, abhebt und eine Sekunde lang schwebt, ehe er wie auf Kugellagern ohne Reibung nach links kippt.

»Ich hatte keine andere Wahl«, sagt Theo über die leisen internen Geräusche des Gleiters hinweg. »Diese Dinger hier dürfen als einziges Aufruhrschocker tragen, daher war es am einfachsten, euch alle drei zu schocken und dich so schnell wie möglich rauszuholen.« Theo schiebt die archaische Brille mit einem sattsam bekannten Fingerschnalzen die Nase hinauf, dreht sich um und grinst den Konsul an. »Altes Söldnersprichwort: Töte alle und laß Gott sie aussortieren.«

Der Konsul schafft es, sich soviel zu bewegen, daß er einen Laut von sich geben und ein wenig auf seine Wange und das Leder des Sitzes sabbern kann.

»Bleib noch für einen Moment ruhig«, sagt Theo, der seine Aufmerksamkeit den Instrumenten und der Szenerie draußen zuwendet. »Zwei oder drei Minuten, und du solltest wieder sprechen können. Ich bleibe unten und fliege langsam, darum dürften wir etwa zehn Minuten bis nach Keats brauchen.« Theo blickt seinen Passagier an. »Du hast Glück gehabt, Sir. Du mußt völlig ausgetrocknet sein. Die beiden anderen haben sich die Hosen naß gemacht, als sie gestürzt sind. Humane Waffen, diese Schocker, aber peinlich, wenn man keine Unterwäsche zum Wechseln dabei hat.«

Der Konsul versucht, seiner Meinung über diese ›humane Waffe‹ Ausdruck zu verleihen.

»Noch ein paar Minuten, Sir«, sagt Theo Lane, Generalgouverneur, und tupft die Wange des Konsuls mit einem Taschentuch ab. »Ich sollte dir aber sagen, es kann etwas unangenehm werden, wenn die Schockwirkung nachläßt.«

In diesem Augenblick bohrt jemand mehrere tausend Nadeln und Nägel in den Körper des Konsuls.

»Wie hast du mich nur gefunden?« fragt der Konsul. Sie befinden sich ein paar Kilometer über der Stadt, immer noch über dem Hoolie. Er kann aufsitzen, seine Worte sind mehr oder weniger zusammenhängend, aber der Konsul ist froh, daß er noch ein paar Minuten Zeit hat, bis er aufstehen und gehen muß.

»Was, Sir?«

»Ich habe gesagt, wie hast du mich nur gefunden? Woher konntest du wissen, daß ich den Hoolie entlang zurückgeflogen war?«

»Präsidentin Gladstone hat mich via Fatline informiert. Streng geheim über den alten Einwegempfänger des Konsulats.«

»Gladstone?« Der Konsul schüttelt die Hände und versucht wieder Gefühl in die Finger zu bekommen, die so nützlich wie Gummiwürste sind. »Und wie, um alles in der Welt, konnte Gladstone wissen, daß ich auf dem Hoolie in Schwierigkeiten bin? Ich habe den Komlogempfänger von Großmutter Siri im Tal zurückgelassen, damit ich die anderen Pilger informieren konnte, wenn ich das Schiff erreicht hatte. Wie konnte Gladstone das wissen?«

»Ich weiß nicht, aber sie hat deine ungefähre Position durchgegeben, und daß du in Schwierigkeiten bist. Sie hat sogar gesagt, daß du mit einer Schwebematte unterwegs warst, die abgestürzt ist.«

Der Konsul schüttelt den Kopf. »Diese Dame verfügt über Mittel, von denen wir nicht zu träumen wagen, Theo.«

»Ja, Sir.«

Der Konsul sieht seinen Freund an. Theo Lane war jetzt seit über einem Jahr Generalgouverneur der frischgebackenen Protektoratswelt Hyperion, aber alte Gewohnheiten schüttelt man nur schwer ab, und das ›Sir‹ stammt noch aus den sieben Jahren, die Theo als Vizekonsul und Chefattaché für den Konsul gearbeitet hat. Als er den jungen Mann zum letztenmal gesehen hat — der gar nicht mehr so jung ist, erkennt der Konsul jetzt, die Verantwortung hat diesem jugendlichen Gesicht Linien und Falten aufgedrückt —, war Theo Lane wütend gewesen, weil der Konsul nicht das Amt des Generalgouverneurs übernehmen wollte. Das war vor etwas mehr als einer Woche gewesen. Vor Zeitspannen und Äonen.

»Übrigens«, sagt der Konsul, der jedes Wort deutlich betont, »danke, Theo.«

Der Generalgouverneur nickt in Gedanken. Er fragt nicht, was der Konsul nördlich der Berge gesehen hat, auch nicht nach dem Schicksal der anderen Pilger. Unter ihnen wird der Hoolie breiter und windet sich der Hauptstadt Keats entgegen. Weiter hinten ragen auf beiden Seiten niedere Klippen empor, deren Granithänge schwach im Abendlicht schimmern. Immerblausträucher wiegen sich im Wind.

»Theo, wie konntest du Zeit finden, persönlich nach mir zu suchen? Die Situation auf Hyperion muß der reine Wahnsinn sein.«

»Stimmt.« Theo befahl dem Autopiloten zu übernehmen, als er sich zum Konsul umdrehte. »Es ist eine Frage von Stunden — vielleicht Minuten —, bis die Ousterinvasion tatsächlich stattfindet.«

Der Konsul blinzelte. »Stattfindet? Du meinst sie landen?«

»Genau.«

»Aber die Flotte der Hegemonie …«

»Ist in völligem Chaos. Sie konnten kaum gegen den Schwarm bestehen, *bevor* die Invasion des Netzes begonnen hat.«

»Das Netz!«

»Ganze Systeme fallen. Andere sind bedroht. FORCE hat die Flotte durch die militärischen Farcaster zurückbeordert, aber offensichtlich kommen ihre Schiffe im System schlecht weg. Niemand nennt mir Einzelheiten, aber es ist offensichtlich, daß die Ousters überall freien Zugang haben, abgesehen von der Verteidigungsgrenze, die FORCE um die Singularitätssphären und Portale gezogen hat.«

»Der Raumhafen?« Der Konsul denkt an sein wunderbares Schiff und sieht es als glühendes Wrack.

»Der wurde noch nicht angegriffen, aber FORCE zieht die Landungsboote und Nachschubschiffe schnellstmöglich ab. Sie haben lediglich ein allerletztes Scherflein Marines dagelassen.«

»Was ist mit der Evakuierung?«

Theo lacht. Es ist der verbittertste Laut, den der Konsul je von dem jungen Mann gehört hat. »Die Evakuierung besteht aus den Konsulatsleuten und VIPs, die noch auf dem letzten Landungsboot Platz finden.«

»Sie haben aufgegeben, die Menschen von Hyperion zu retten?«

»Sir, sie können nicht einmal ihre *eigenen* Leute retten. Man munkelt über Botschaftsfatline, daß Gladstone beschlossen hat, die bedrohten Netzwelten fallenzulassen, damit sich FORCE neu sammeln kann und ein paar Jahre Zeit hat, die Verteidigung zu organisieren, während die Schwärme Zeitschuld anhäufen.«

»Mein Gott«, flüstert der Konsul. Er hat fast sein ganzes Leben die Hegemonie repräsentiert und dabei stets ihren Sturz geplant, um seine Großmutter zu rächen ... den Lebensstil seiner Großmutter. Aber die Vorstellung, daß es jetzt tatsächlich geschieht ...

»Was ist mit dem Shrike?« fragt er plötzlich, als er die flachen weißen Gebäude von Keats ein paar Kilometer entfernt sieht. Sonnenschein streift die Hügel und den Fluß wie ein letzter Segen vor der Dunkelheit.

Theo schüttelt den Kopf. »Es kommen immer noch Meldungen, aber die Ousters sind zum vordringlichen Grund für Panik geworden.«

»Aber es ist nicht im Netz? Das Shrike, meine ich.«

Der Generalgouverneur wirft dem Konsul einen stechenden Blick zu. »Im Netz? Wie könnte es im Netz sein? Sie erlauben immer noch keine Farcasterportale auf Hyperion. Und es ist weder bei Keats noch Endymion noch Port Romance gesehen worden. In der Nähe keiner der größeren Städte.«

Der Konsul sagt nichts, aber er denkt: *Mein Gott, mein Verrat war umsonst. Ich habe meine Seele verkauft, um die Zeitgräber zu öffnen, und das Shrike wird nicht die Ursache für den Untergang des Netzes sein ... die Ousters! Sie waren die ganze Zeit schlauer als wir. Daß ich die Hegemonie verrate, gehörte zu ihrem Plan!*

»Hör zu«, sagt Theo schroff und packt den Konsul am Handgelenk, »es hat seinen Grund, daß Gladstone mich freigestellt hat, um dich zu suchen. Sie hat dein Schiff freigegeben ...«

»Prima«, sagt der Konsul. »Ich kann ...«

»Hör zu! Du kehrst nicht ins Tal der Zeitgräber zurück. Gladstone möchte, daß du den Blockadering von FORCE umgehst und ins System fliegst, bis du Kontakt mit Elementen des Schwarms aufnehmen kannst.«

»Des Schwarms? Warum sollte ich ...«

»Die Präsidentin möchte, daß du mit den Ousters verhandelst. Sie *kennen* dich. Sie hat sie irgendwie wissen lassen, daß du kommst. Sie glaubt, sie lassen dich ... sie werden dein Schiff nicht zerstören. Aber sie hat keine Bestätigung dafür bekommen. Es ist ein Risiko.«

»Gladstone hat gesagt, sie würde via Fatline deines Schiffes mit dir Kontakt aufnehmen, sobald du Hyperion verlassen hast. Es muß schnell geschehen. Heute. Bevor alle Welten der ersten Angriffswelle dem Schwarm in die Hände fallen.«

Der Konsul hört *Welten der ersten Angriffswelle*, fragt aber nicht, ob sein geliebtes Maui-Covenant dabei ist. Vielleicht, denkt er, wäre es das beste. Er sagt: »Nein, ich kehre ins Tal zurück.«

Theo rückte die Brille zurecht. »Das läßt sie nicht zu, Sir.«

»Ach?« Der Konsul lächelt. »Wie will sie mich daran hindern? Mein Schiff abschießen?«

»Ich weiß nicht, aber sie hat gesagt, daß sie es nicht erlaubt.« Theo hört sich aufrichtig besorgt an: »Die Flotte von FORCE *hat* Zerstörer im Orbit, Sir. Als Begleitschutz für die letzten Landungsboote.«

»Nun«, sagt der Konsul immer noch lächelnd, »sollen sie ruhig versuchen, mich abzuschießen. Es haben sowieso seit zwei Jahrhunderten keine bemannten Schiffe im Tal der Zeitgräber landen können; Schiffe landen wohlbehalten, aber ihre Besatzungen verschwinden. Bevor die mich erwischen, werde ich am Baum des Shrike hängen.« Der Konsul macht einen Moment die Augen zu und stellt sich vor, wie das Schiff leer auf der Hochebene über dem Tal landet. Er stellt sich vor, wie Sol, Duré und die anderen — auf wundersame Weise zurückgekehrt — Zuflucht im Schiff suchen, Het Masteen und Brawne Lamia mit der MedEinheit retten und die kleine Rachel sicher in den kryonischen Kältekammern verwahren.

»Mein Gott«, flüstert Theo, und der betroffene Ton reißt den Konsul aus seinem Nachdenken.

Sie haben die letzte Biegung des Flusses vor der Stadt hinter sich gebracht. Hier ragen die Klippen höher empor und finden ihren Gipfel im Süden im gehauenen Berghang mit dem Antlitz des Traurigen Königs Billy. Die Sonne geht gerade unter und entflammt die tiefhängenden Wolken und Gebäude hoch oben an den östlichen Klippen.

Über der Stadt tobt ein Kampf. Laser bohren sich in und durch die Wolken, Schiffe schwanken wie trunken und verbrennen wie Insekten, die zu nahe an eine Kerzenflamme gekommen sind, während Fallschirme und verschwommene Schwebefelder unter der Wolkendecke dahintreiben. Die Stadt Keats wird angegriffen. Die Ousters haben Hyperion erreicht.

»Ach du Scheiße«, flüstert Theo fassungslos.

Am Waldrand nordwestlich der Stadt kennzeichnen ein Mündungsfeuer und eine kurze Leuchtspur den Abschuß einer Boden-Luft-Rakete, die direkt auf den Hegemoniegleiter zufliegt.

»Festhalten!« schreit Theo. Er übernimmt die manuelle Kontrolle, kippt Schalter, steuert den Gleiter hart nach Steuerbord und versucht, innerhalb des kleinen Wenderadius der Rakete zu wenden.

Eine Explosion achtern schleudert den Konsul in das Sicherheitsnetz und nimmt ihm einen Moment die Sicht. Als er wieder klar sehen kann, ist die Kabine voll Rauch, rote Warnlichter blinken durch das Halbdunkel, und der Gleiter warnt mit einem Dutzend drängender Stimmen vor Systemzusammenbruch. Theo kauert verbissen über der Omnikontrolle.

»Festhalten«, sagt er überflüssigerweise. Der Gleiter kippt übelkeiterregend, findet Halt in der Luft und verliert ihn wieder, und dann stürzen sie trudelnd der brennenden Stadt entgegen.

36

Ich blinzelte, schlug die Augen auf und sah mich einen Moment lang im gewaltigen dunklen Raum der Basilika von St. Peter um. Pacem. Monsignore Edouard und Pater Paul Duré beugten sich im schwachen Kerzenlicht mit aufmerksamen Gesichtern vor.

»Wie lange habe ich ... geschlafen?« Mir war, als wären nur eine Sekunde verstrichen; der Traum bestand aus einem Reigen von Bildern, wie man sie in den kurzen Intervallen zwischen tiefem und friedlichem Schlaf hat.

»Zehn Minuten«, sagte der Monsignore. »Können Sie uns schildern, was Sie gesehen haben?«

Ich sah keinen Grund, es nicht zu tun. Als ich alles geschildert hatte, bekreuzigte sich Monsignore Edouard. »*Mon Dieu*, der Botschafter des TechnoCore rät Gladstone, Menschen in diese ... diese Tunnel zu schicken.«

Duré berührte mich an der Schulter. »Wenn ich mit der Wahren Stimme des Weltbaums auf God's Grove gesprochen habe, werde ich mit Ihnen nach TC² kommen. Wir müssen Gladstone informieren, wie gefährlich diese Entscheidung ist.«

Ich nickte. Meine Gedanken, mit Duré nach God's Grove oder Hyperion zu gehen, waren dahin. »Einverstanden. Wir sollten sofort aufbrechen. Ist Ihr ... kann die Papsttür mich nach Tau Ceti Center bringen?«

Der Monsignore nickte, stand auf und streckte sich. Plötzlich wurde mir klar, daß er ein sehr alter Mann ohne Poulsen-Behandlungen war. »Sie verfügt über Prioritätszugang«, sagte er. Er drehte sich zu Duré um. »Paul, du weißt, ich würde dich begleiten, wenn ich könnte. Die Bestattung Seiner Heiligkeit, die Wahl eines neuen Heiligen Vaters ...« Monsignore gab einen leisen, bedauernden Laut von sich. »Seltsam, wie tägliche Verrichtungen selbst angesichts einer kollektiven Katastrophe bindend bleiben. Pacem selbst bleiben nicht einmal zehn Standardtage, bis die Barbaren eintreffen.«

Durés hohe Stirn glänzte im Kerzenlicht. »Die Belange der Kirche gehen über das Maß alltäglicher Verrichtungen hinaus, mein Freund. Ich werde meinen Besuch auf der Welt der Tempelritter kurz halten und dann M. Severn bei seinen Bemühungen unterstützen, die Präsidentin davon zu überzeugen, daß sie nicht auf den Core hört. Dann kehre ich zurück, Edouard, und wir werden versuchen, einen Sinn hinter dieser vertrackten Häresie zu entdecken.«

Ich folgte den beiden Männern aus der Basilika hinaus durch eine Seitentür, die zu einem Gang unter hohen Säulen führte, weiter über einen Innenhof — der Regen hatte aufgehört, die Luft roch frisch —, eine Treppe hinunter und durch einen schmalen Tunnel in die päpstlichen Gemächer. Mitglieder der Schweizergarde schnalzten in Habachtstellung, als wir die Diele des Apartments betraten; die großen Männer trugen Rüstungen und gelb und blau gestreifte Beinkleider, aber ihre zeremoniellen Hellebarden waren zugleich Energiewaffen von FORCE. Einer trat vor und sprach den Monsignore leise an.

»Jemand ist gerade am Hauptterminex eingetroffen, um Sie zu sprechen, M. Severn.«

»Mich?« Ich hatte anderen Stimmen in anderen Zimmern gelauscht, dem melodischen Auf und Ab häufig wiederholter Gebete. Ich nahm an, das hatte etwas mit den Vorbereitungen für das Begräbnis des Papstes zu tun.

»Ja, ein M. Hunt. Er sagt, es sei dringend.«

»Noch eine Minute, und ich hätte ihn im Regierungsgebäude getroffen«, sagte ich. »Kann er sich nicht hier zu uns gesellen?«

Monsignore Edouard nickte und sprach leise mit dem Mann der Schweizergarde, der wiederum in ein reich verziertes Wappen an seinem antiken Panzer flüsterte.

Die sogenannte Papsttür — ein kleines Farcasterportal, umgeben von fein ziselierten Goldschnitzereien von Seraphim und Cherubim und einem fünfteiligen Relief, welches Adam und Evas Sündenfall und Vertreibung aus dem Paradies darstellte — stand in der Mitte eines streng bewachten Raums vor dem Privatgemach des Papstes. Dort warteten wir, und unsere Ebenbilder in den Spiegeln an den Wänden sahen erschöpft und müde aus.

Leigh Hunt wurde von dem Priester hereingeführt, der mich in die Basilika gebracht hatte.

»Severn!« rief Gladstones Lieblingsratgeber. »Die Präsidentin muß Sie sofort sprechen.«

»Ich war gerade auf dem Weg zu ihr«, sagte ich. »Es wäre ein schwerwiegender Fehler, wenn Gladstone dem Core gestatten würde, die Todesmaschinen zu bauen und zu benutzen.«

Hunt blinzelte — ein fast komischer Ausdruck bei seinem Bassetgesicht. »Wissen Sie denn *alles*, was passiert, Severn?«

Ich mußte lachen. »Ein kleines Kind, das unbeaufsichtigt in einer Holonische sitzt, sieht viel und begreift wenig. Aber es hat den Vorteil, daß es Kanäle wechseln und das Ding abschalten kann, wenn ihm langweilig ist.« Hunt kannte Monsignore Edouard von verschiedenen Staatsempfängen, und ich stellte ihm Pater Paul Duré von der Gesellschaft Jesu vor.

»Duré«, brachte Hunt heraus, dem fast der Kiefer herunterfiel. Ich sah den Ratgeber zum erstenmal sprachlos und genoß den Anblick.

»Wir erklären später alles«, sagte ich und schüttelte dem Priester die Hand. »Viel Glück auf God's Grove, Duré. Bleiben Sie nicht zu lange.«

»Eine Stunde«, versprach der Jesuit. »Nicht länger. Ich muß nur einen Teil des Puzzles finden, bevor ich mit der Präsidentin spreche. Bitte erklären Sie ihr die Schrecken des Labyrinths — ich werde später meine Aussage machen.«

»Möglich, daß sie zu beschäftigt ist, mich zu empfangen, bevor Sie da sind«, sagte ich. »Aber ich werde mein bestes tun, Johannes den Täufer für Sie zu spielen.«

Duré lächelte. »Verlieren Sie nur nicht den Kopf, mein Freund.« Er nickte, gab einen Transfercode auf dem archaischen Diskey ein und verschwand durch das Portal.

Ich verabschiedete mich von Monsignore Edouard. »Wir

werden alles geregelt haben, bevor die angreifenden Ousters hierher kommen.«

Der alte Priester hob eine Hand und segnete mich. »Gehen Sie mit Gott, junger Mann. Ich spüre, daß dunkle Zeiten auf uns zukommen, aber Sie eine besonders schwere Last zu tragen haben.«

Ich schüttelte den Kopf. »Ich bin nur ein Beobachter, Monsignore. Ich warte und beobachte und träume. Das ist keine Last.«

»Warten und beobachten und träumen Sie später«, sagte Leigh Hunt schneidend. »Durchlaucht möchte Sie in der Nähe haben, und ich muß zu einer Sitzung.«

Ich sah den kleinen Mann an. »Wie haben Sie mich gefunden?« fragte ich unnötigerweise. Farcaster wurden vom Core gesteuert, und der Core arbeitete mit den Behörden der Hegemonie zusammen.

»Die Befugniskarte, die sie Ihnen gegeben hat, macht es leichter, Ihre Ausflüge zurückzuverfolgen«, sagte Hunt ungeduldig. »Aber im Augenblick haben wir die Verpflichtung, dort zu sein, wo Geschichte gemacht wird.«

»Nun denn.« Ich nickte dem Monsignore und seinem Attaché zu, winkte Hunt, tippte den dreistelligen Code von Tau Ceti Center ein, fügte zwei Ziffern für den Kontinent und noch einmal drei für das Regierungsgebäude hinzu, und die beiden letzten für den privaten Terminex dort. Das Summen des Farcasters wurde einen Ton höher, die milchige Oberfläche schien erwartungsvoll zu flimmern.

Ich ging als erster durch und trat beiseite, um dem nachfolgenden Hunt Platz zu machen.

Wir befinden uns nicht im zentralen Terminex des Regierungsgebäudes. Soweit ich sagen kann, sind wir nicht einmal in der Nähe des Regierungsgebäudes. Einen Augenblick später verarbeiten meine Sinne das Sonnenlicht, die Farbe des Himmels, Schwerkraft, Entfernung zum Horizont, Gerüche und das *Gefühl* von allem, und ich komme zum Ergebnis — daß wir nicht einmal auf Tau Ceti Center sind.

Ich wäre sofort durch das Portal zurückgesprungen, aber die Papsttür ist klein, Hunt kommt durch — Bein, Arm, Schulter,

Brust, Kopf, zweites Bein —, daher packe ich ihn am Handgelenk, ziehe ihn grob durch, sage: »Etwas stimmt nicht!« und versuche, wieder durchzugehen, aber es ist zu spät, das rahmenlose Portal auf dieser Seite flimmert, schrumpft zu einem Kreis so groß wie meine Faust und ist weg.

»Wo, zum Teufel, sind wir?« will Hunt wissen.

Ich sehe mich um und denke: *Gute Frage.* Wir sind auf dem Land, auf einer Hügelkuppe. Eine Straße verläuft unten durch Weinberge, den langgestreckten Hügel hinab durch ein bewaldetes Tal und verschwindet etwa zwei Meilen entfernt um einen zweiten Hügel. Es ist sehr warm, Insekten summen, aber nichts Größeres als ein Vogel regt sich in der Luft, in dem geräumigen Panorama. Zwischen Felsklippen rechts von uns ist ein blauer Streifen Wasser sichtbar — entweder ein Meer oder ein See. Hohe Zirruswolken am Himmel; die Sonne hat den Zenit gerade überschritten. Ich sehe keine Häuser, keine komplexere Technologie als die Zeilen der Weinberge und die gestampfte Straße unter unseren Füßen. Noch entscheidender: das konstante Hintergrundsummen der Datensphäre ist verschwunden. Es ist, als würde einem plötzlich das Fehlen eines Geräuschs auffallen, an das man seit der Kindheit gewöhnt ist; es ist erstaunlich, verblüffend, beunruhigend und ein wenig beängstigend.

Hunt stolpert, hält sich die Ohren, als würde er ein wahrhaftiges Geräusch vermissen, klopft auf sein Komlog. »Gottverdammt«, murmelt er. »Gottverdammt. Mein Implantat hat eine Fehlfunktion. Das Komlog ist tot.«

»Nein«, sage ich. »Ich glaube, wir sind außerhalb der Datensphäre.« Aber noch während ich das sage, höre ich ein tieferes Summen — etwas viel Größeres und längst nicht so Zugängliches wie die Datensphäre. Die Megasphäre? *Sphärenmusik*, denke ich und lächle.

»Verflucht, warum grinsen Sie, Severn? Haben Sie das absichtlich gemacht?«

»Nein. Ich habe den richtigen Code für das Regierungsgebäude eingegeben.« Das völlige Fehlen von Panik in meiner Stimme ist selbst eine Art Panik.

»Was war es dann? Die gottverdammte Papsttür? Hat sie das gemacht? Eine Fehlfunktion oder ein Trick?«

»Nein, das glaube ich nicht. Das Portal hat keine Fehlfunktion gehabt, Hunt. Es hat uns genau dahin gebracht, wo der TechnoCore uns haben wollte.«

»Der Core?« Das bißchen Farbe in seinem Bassetgesicht verblaßt auch noch, als dem Attaché der Präsidentin klar wird, wer die Farcaster kontrolliert: Wer *alle* Farcaster kontrolliert. »Mein Gott. Mein Gott!« Hunt taumelt zum Straßenrand und setzt sich ins hohe Gras. Sein Politikeranzug und die schwarzen Schuhe sehen hier fehl am Platze aus.

»Wo sind wir?« fragt er wieder.

Ich hole tief Luft. Die Erde riecht nach frisch umgegrabenem Boden, gemähtem Gras, Straßenstaub und dem beißenden Aroma des Meeres. »Ich vermute, wir sind auf der Erde, Hunt.«

»Erde.« Der kleine Mann sieht starr geradeaus und konzentriert sich auf nichts. »Erde. Nicht Neue Erde. Nicht Terra. Nicht Erde Zwei. Nicht ...«

»Nein«, sage ich. »Die Alte Erde. Oder ihr Duplikat.«

»Ihr Duplikat?«

Ich gehe hin und setze mich neben ihn. Ich zupfe einen Grashalm und streife die untere Hülle der äußeren Blätter ab. Das Gras schmeckt bitter und vertraut. »Sie erinnern sich an meinen Bericht an Gladstone über die Geschichten der Pilger auf Hyperion? Brawne Lamias Geschichte? Sie und mein Cybridkonterpart — die erste Persönlichkeitsrekonstruktion von Keats — reisten auf einen Planeten, den sie für eine Nachbildung der Alten Erde gehalten haben. Im Hercules Cluster, wenn ich mich richtig erinnere.«

Hunt schaut auf, als könnte er meine Worte bestätigen, indem er Sternbilder betrachtet. Das Blau oben wird leicht grau, als sich hohe Zirruswölkchen auf der Himmelskuppel ausbreiten. »Hercules Cluster«, flüstert er.

»Warum TechnoCore eine Nachbildung gebaut hat und was sie jetzt damit machen, konnte Brawne nicht herausfinden«, sage ich. »Entweder hat es der erste Keats-Cybrid nicht gewußt, oder er hat es nicht gesagt.«

»Nicht gesagt«, erwiderte Hunt und nickt. Er schüttelt den Kopf. »Na gut. Und wie, zum Teufel, kommen wir von hier weg? Gladstone braucht mich. Sie kann nicht ... in den nächsten Stunden sind tausend lebenswichtige Entscheidungen zu treffen.« Er springt auf und läuft auf die Straße — eine Studie entschlossener Energie.

Ich kaue auf dem Grashalm. »Ich vermute, daß wir gar nicht hier wegkommen.«

Hunt kommt auf mich zu, als wollte er sich hier und jetzt auf mich stürzen. »Sind Sie *verrückt!* Nicht hier weg? Das ist Irrsinn. Warum sollte der Core das machen?« Er verstummt, sieht auf mich herab. »Sie wollen nicht, daß Sie mit ihr reden. Sie wissen etwas, das der Core sie unmöglich erfahren lassen kann.«

»Möglich.«

»Laßt *ihn* hier, laßt *mich* gehen!« schreit er zum Himmel.

Niemand antwortet. Weit draußen über dem Weinberg fliegt ein großer schwarzer Vogel davon. Ich glaube, es ist eine Krähe; ich erinnere mich an den Namen der ausgestorbenen Gattung wie aus einem Traum.

Nach einem Moment hört Hunt auf, zum Himmel zu brüllen, und geht auf der Straße hin und her. »Kommen Sie. Vielleicht führt die zu einem Terminex.«

»Vielleicht«, sage ich und breche den Grashalm ab, um an die süße, trockene Spitze zu kommen. »Aber in welche Richtung.«

Hunt dreht sich um, sieht die Straße in beiden Richtungen hinter Hügeln verschwinden, dreht sich wieder um. »Als wir durch das Portal gekommen sind, haben wir in ... in diese Richtung gesehen.« Er deutet mit dem Finger. Die Straße führt bergab in ein kleines Wäldchen.

»Wie weit?« frage ich.

»Gottverdammt, spielt das eine Rolle?« versetzte er. »Wir müssen *irgendwo* hin.«

Ich widerstehe dem Impuls zu lächeln. »Na gut.« Ich stehe auf, wische mir die Hosen ab und spüre das Sonnenlicht auf Stirn und Gesicht. Nach der weihrauchgeschwängerten dunklen Basilika ist es wie ein Schock. Die Luft ist sehr heiß, meine Kleidung ist schon schweißnaß.

Hunt schreitet mit geballten Fäusten verbissen den Hügel hinunter, sein leutseliger Gesichtsausdruck ist endlich einmal einem anderen gewichen — verbohrter Entschlossenheit.

Ich folge ihm langsam, ohne Eile, kaue immer noch auf dem Grashalm herum und mache vor Müdigkeit halb die Augen zu.

Oberst Fedmahn Kassad schrie und griff das Shrike an. Die surrealistische, zeitlose Landschaft — eine Version des Tals der Zeitgräber, die von einem minimalistischen Bühnenkünstler entworfen, in Plastik gegossen und in ein Gel viskoser Luft gehüllt wurde — scheint unter der Wucht von Kassads Ansturm zu erzittern.

Einen Augenblick lang war ein Spiegelbildwirrwarr unzähliger Shrikes da gewesen — Shrikes im ganzen Tal und auf der kahlen Hochebene —, aber nach Kassads Schrei verschmolzen diese zum alleinigen und einzigen Monster, das sich jetzt bewegte, die vier Arme ausbreitete und ausstreckte, um den anstürmenden Oberst mit einer herzlichen Umarmung von Klingen und Dornen zu empfangen.

Kassad wußte nicht, ob sein Energiehautanzug, Monetas Geschenk, ihn beschützen oder im Kampf dienlich sein würde. Vor Jahren, als er und Moneta zwei Landungsbootbesatzungen der Ousters angegriffen hatten, hatte er gute Dienste geleistet, aber damals war die Zeit auf ihrer Seite gewesen; das Shrike hatte den Strom der Ereignisse erstarrt und verlangsamt wie ein gelangweilter Beobachter, der mit der Fernbedienung der Holonische spielte. Jetzt waren sie außerhalb der Zeit, und das Shrike war der Gegner, kein schrecklicher Patron. Kassad schrie und senkte den Kopf und griff an, ohne Moneta zu sehen, die beobachtete, oder den unmöglichen Baum der Dornen, der mit seinem gräßlichen gepfählten Publikum in den Himmel ragte. Er dachte nicht einmal an sich selbst, außer als Kampfwerkzeug, als Instrument der Rache.

Das Shrike verschwand nicht auf seine übliche Weise, hörte nicht auf, *hier* zu sein, um plötzlich *dort* zu erscheinen. Statt dessen duckte es sich und breitete die Arme noch weiter aus. Das Licht des aufgewühlten Himmels spiegelte sich in seinen Klingen. Die Metallzähne des Shrike funkelten, möglicherweise ein Lächeln.

Kassad war wutentbrannt; er war nicht verrückt. Anstatt in diese tödliche Umarmung zu laufen, warf er sich im letzten Augenblick beiseite, rollte sich auf Armen und Schultern ab und trat nach einem Bein des Monsters unter der Gruppe Dornenstacheln am Kniegelenk, über einer ähnlichen Anordnung am Knöchel. Wenn er es zu Fall bringen könnte ...

Es war, als würde man nach einem Rohr in einem halben Klick Beton treten. Der Tritt hätte Kassad selbst das Bein gebrochen, hätte der Hautanzug nicht als Panzer und Schockabsorber fungiert.

Das Shrike bewegte sich schnell, aber nicht unmöglich rasch; die beiden rechten Arme schwenkten wie Flimmer auf und ab, zehn Fingerklingen ritzten tiefe Narben in Boden und Fels mit chirurgischer Präzision, Armdornen schlugen Funken, während die Hände weiter nach oben sausten und mit hörbarem Rauschen durch die Luft schnitten. Kassad war außer Reichweite und rollte weiter, kam auf die Füße, duckte sich, streckte die Arme aus, Handflächen flach, und spreizte die Finger starr im Energieanzug.

Einzelkampf, dachte Fedmahn Kassad. *Das ehrbarste Sakrament des Neuen Bushido.*

Das Shrike täuschte wieder mit dem rechten Arm an, riß den unteren linken Arm herum und hob ihn mit einer Gewalt hoch, die ausgereicht hätte, Kassads Brust wie einen Papierdrachen zu zerfetzen und sein Herz herauszureißen.

Kassad blockte die Finte des rechten Arms mit dem linken Unterarm ab und spürte, wie der Hautanzug starr wurde und den Knochen schützte, als der stahlharte Axthieb des Shrike sein Ziel fand. Den tödlichen Hieb mit der Linken blockte er ab, indem er das Handgelenk des Monsters mit der rechten Hand unmittelbar über dem Dornenkranz festhielt. Es war unglaublich, aber er konnte den Stoß soweit abbremsen, daß die skalpellscharfen Fingerklingen über den Hautanzug kratzten, statt Rippen zu durchtrennen.

Kassad wurde von der Anstrengung, die Klaue festzuhalten, vom Boden hochgerissen; nur der Abwärtsschub der ersten Finte des Shrike verhinderte, daß er davongeschleudert wurde. Schweiß floß in Strömen unter dem Hautanzug, Muskeln verkrampften sich und schmerzten und schienen im Verlauf der endlosen zwanzig Sekunden des Kampfes zu bersten, bevor das Shrike den vierten Arm ins Spiel brachte und abwärts nach Kassads verkrampftem Bein schlug.

Kassad schrie, als das Feld des Hautanzugs nachgab, Fleisch durchschnitten wurde und mindestens eine Fingerklinge bis auf den Knochen drang. Er kickte mit dem anderen Bein um sich, ließ das Handgelenk des Dings los und rollte sich hektisch fort.

Das Shrike schlug zweimal zu, der zweite Hieb sauste Millimeter an Kassads Ohr vorbei, aber dann sprang es selbst zurück, duckte sich und wich nach rechts aus.

Kassad stützte sich auf das linke Knie, stürzte fast, erhob sich taumelnd und hüpfte, um nicht das Gleichgewicht zu verlieren. Schmerzen dröhnten in seinen Ohren und füllten das Universum mit rotem Licht, aber noch während er das Gesicht verzog und taumelte, weil er vor Schock fast das Bewußtsein verlor, spürte er, wie der Hautanzug sich wieder über der Wunde schloß und als Schiene und Druckverband zugleich fungierte. Er fühlte heißes Blut am Bein, aber es strömte nicht mehr ungehindert, und die Schmerzen waren erträglich — es war fast, als würde der Hautanzug Medpackinjektoren tragen wie sein Kampfpanzer von FORCE.

Das Shrike stürmte auf ihn zu.

Kassad kickte einmal, zweimal und zielte nach dem glatten Stück Chrompanzer unter dem Brustdorn, das er auch traf. Es war, als würde man gegen die Hülle eines Schlachtschiffs treten, aber das Shrike schien zu zögern und taumelnd zurückzuweichen.

Kassad drängte vorwärts, stemmte sich ab, schlug zweimal mit Hieben, die gebrannte Keramik zerschmettert hätten, nach der Stelle, wo sich das Herz der Kreatur befinden mußte, achtete nicht auf die Schmerzen in der Faust, wirbelte herum und zielte einen Schlag mit gestrecktem Arm und offener Hand nach der Schnauze des Dings dicht über den Zähnen. Jeder Mensch hätte hören können, wie die Nase brach, und spüren, wie Knochen und Sehnen explodierten und ins Gehirn getrieben wurden.

Das Shrike schnappte nach Kassads Handgelenk, verfehlte ihn und schwenkte vier Arme nach Kassads Kopf und Schultern.

Kassad, der keuchte und unter dem Anzug Blut und Wasser schwitzte, machte sofort zwei rasche Drehungen nach rechts und landete einen fürchterlichen Hieb auf dem kurzen Hals der Kreatur. Das Geräusch des Aufpralls hallte durch das erstarrte Tal wie der Lärm einer Axt, die in Meilen Entfernung ins Herz eines Rotholzbaums beißt.

Das Shrike stolperte vorwärts und rollte sich auf den Boden wie ein Schalentier aus Stahl.

Es war gefallen!

Kassad kam noch geduckt und argwöhnisch nach vorn — aber nicht vorsichtig genug, da der gepanzerte Fuß, Klaue, was auch immer des Shrike Kassads Knöchel erwischte und ihn von den Füßen riß.

Oberst Kassad spürte den Schmerz und wußte, seine Achillessehne war durchgeschnitten worden, wollte sich wegrollen, aber die Kreatur schnellte hoch und warf sich seitlich auf ihn, so daß Stacheln und Dornen und Klingen auf Kassads Rippen, Gesicht und Augen zielten. Kassad krümmte sich vor Schmerzen, unternahm vergebliche Versuche, das Monster abzuschütteln, rettete sein Augenlicht und spürte, wie andere Klingen in Oberarme, Brust und Bauch eindrangen.

Das Shrike kam näher und riß den Mund auf. Kassad sah reihenweise Stahlzähne, in der hohlen Mundöffnung eines Neunauges aus Eisen. Rote Augen füllten seinen von Blut ohnehin rot getönten Sehbereich aus.

Kassad bekam den Ansatz der Handfläche unter den Kiefer des Shrike und versuchte, Halt zu finden. Es war, als wollte man einen Berg scharfkantigen Edelstahls ohne Hebel hochheben.

Die Fingerklingen des Shrike zerfetzten weiter Kassads Fleisch. Das Ding sperrte das Maul auf und neigte den Kopf, bis Kassads Universum nur noch aus Zähnen bestand. Das Monster atmete nicht, aber die Hitze aus seinem Innern stank nach Schwefel und überhitzten Metallegierungen. Kassad hatte keine Möglichkeit der Verteidigung mehr; wenn das Ding die Kiefer zuklappte, würde es Kassad Haut und Fleisch des Gesichts bis auf den Knochen abreißen.

Plötzlich war Moneta da und schrie, krallte nach den Rubinaugen des Shrike, krümmte die Finger unter dem Hautanzug wie Klauen, stemmte die Stiefel fest auf den Panzer unter dem Rückendorn und riß.

Die Arme des Shrike schnappten nach hinten, mit zwei Gelenken wie die einer alptraumhaften Krabbe, die Fingerklingen ritzten Moneta, die losließ, aber zuvor konnte sich Kassad noch wegrollen, aufrappeln, spürte die Schmerzen, denen er keine Beachtung schenkte, sprang auf und wich über Sand und erstarrten Fels zurück, wobei er Moneta mit sich zog.

Töte es! flüsterte Moneta drängend, und er hörte ihre Schmerzen selbst in diesem subvokalen Medium.

Ich versuche es. Ich versuche es.

Das Shrike kam auf die Beine, drei Meter Chrom und Klingen und Schmerzen anderer Menschen. Es schien unbeschädigt zu sein. Das Blut von irgend jemand lief in schmalen Rinnsalen an Handgelenken und Brustpanzer hinab. Das hirnlose Grinsen schien breiter als zuvor zu sein.

Kassad löste seinen Hautanzug von dem Monetas und ließ sie behutsam auf einen Felsquader sinken, obwohl er spürte, daß er schlimmer verletzt war als sie. Dies war nicht ihr Kampf. Noch nicht.

Er stellte sich zwischen seine Geliebte und das Shrike.

Kassad zögerte, als er ein leises Rauschen hörte wie von Brandung an einer unsichtbaren Küste. Er sah auf, ohne jemals den Blick völlig von dem näher kommenden Shrike zu nehmen, und stellte fest, es handelte sich um Schreie vom Dornenbaum weit hinter dem Monster. Die dort gekreuzigten Menschen — winzige Farbtupfer, die an Metalldornen und kalten Zweigen hingen — gaben andere Geräusche als das unterschwellige gequälte Stöhnen von sich, das Kassad vorher gehört hatte. Sie spendeten ihm Beifall!

Kassad konzentrierte seine Aufmerksamkeit wieder auf das Shrike, als das Ding ihn erneut umkreiste. Kassad spürte Schmerzen und Schwäche in der fast abgetrennten Ferse — sein rechter Fuß war nutzlos und konnte kein Gewicht tragen —, und er hinkte und stützte sich mit einer Hand auf dem Felsen ab, damit er zwischen dem Shrike und Moneta bleiben konnte.

Das ferne Jubeln schien in ein Aufstöhnen überzugehen.

Das Shrike hörte auf, *dort* zu sein und tauchte *hier* auf, neben Kassad, auf Kassad, hatte bereits die Arme um ihn geschlungen — ein tödliches Umarmen mit stechenden Dornen und Klingen. Die Augen des Shrike glühten. Es klappte die Kiefer wieder auf.

Kassad schrie vor Wut und Trotz auf und schlug verzweifelt nach ihm.

Pater Paul Duré trat ohne Zwischenfälle durch die Papsttür nach God's Grove. Er kam aus dem weihrauchschwangeren Halbdunkel der päpstlichen Gemächer plötzlich in grelles Sonnenlicht mit einem zitronengelben Himmel und grünen Blättern ringsum.

Die Tempelritter erwarteten ihn, als er von dem privaten Farcasterportal heruntertrat. Duré konnte den Rand der Werholzplattform fünf Meter rechts von sich sehen, und dahinter nichts — oder besser gesagt alles, da die Baumkronenwelt von God's Grove sich in weite Fernen bis zum Horizont erstreckte und das Dach der Blätter wie ein lebender Ozean glänzte und wogte. Duré wußte, daß er sich hoch oben auf dem Weltbaum befand, dem höchsten und heiligsten aller Bäume, die die Tempelritter in Ehren hielten.

Die Tempelritter, die ihn begrüßten, waren bedeutend in der komplizierten Hierarchie der Bruderschaft Muirs, fungierten nun aber lediglich als Eskorte, die ihn von der Portalplattform zu einem von Weinreben überwucherten Fahrstuhl brachten, der durch obere Geschosse und Terrassen fuhr, die kaum ein Nicht-Tempelritter je gesehen hatte, und dann wieder hinaus und eine lange Treppe mit einem Geländer aus feinstem Muirholz hinauf, die spiralförmig um einen Stamm herumführte, der sich von zweihundert Metern am Ansatz auf weniger als acht Meter an der Spitze verjüngte. Die Werholzplattform war mit kostbaren Schnitzereien verziert; das Geländer wies ein fein ziseliertes Muster von handgeschnitzten Reben auf, auf Pfosten und Balustraden prangten die Gesichter von Gnomen und Waldgeistern, Feen und anderen Fabelwesen, Tisch und Stühle, denen sich Duré nun näherte, waren aus demselben Holz geschnitzt wie die kreisrunde Plattform selbst.

Zwei Männer erwarteten ihn. Mit dem ersten hatte Duré gerechnet — Wahre Stimme des Weltbaums, Hohepriester des Muir, Sprecher der Bruderschaft der Tempelritter Sek Hardeen. Der zweite Mann überraschte ihn. Duré bemerkte den Talar —

rot wie arterielles Blut, mit Besatz aus schwarzem Hermelin —, den gedrungenen lusischen Körper unter diesem Talar, das Gesicht, das nur aus Kiefer und Fettwülsten zu bestehen schien und von einer prachtvollen Hakennase geteilt wurde, zwei winzige Äuglein, verloren über feisten Wangenwülsten, zwei Patschhände mit einem schwarzen oder roten Ring an jedem Wurstfinger. Duré wußte, daß er den Bischof der Kirche der Letzten Buße vor sich sah — den Hohepriester des Shrike-Kults.

Der Tempelritter stand auf — er war fast zwei Meter groß — und streckte die Hand aus. »Pater Duré, wir sind höchst erfreut, daß Sie zu uns kommen konnten.«

Duré schüttelte ihm die Hand und dachte dabei, wie wurzelähnlich die Hände des Tempelritters mit ihren langen, knorrigen braungelben Fingern doch waren. Die Wahre Stimme des Weltbaums trug dieselbe Kapuzenrobe wie Het Masteen, und das braune und grüne Tuch stand in krassem Gegensatz zu den Prunkgewändern des Bischofs.

»Danke, daß Sie mich so kurzfristig empfangen haben, M. Hardeen«, sagte Duré. Die Wahre Stimme war geistiger Führer von Millionen Anhängern des Muir, aber Duré wußte, daß den Tempelrittern Titel oder Ehrerbietungen in Unterhaltungen mißfielen. Duré nickte in Richtung des Bischofs. »Eure Exzellenz, ich hatte keine Ahnung, daß mir die Ehre Ihrer Anwesenheit zuteil werden würde.«

Der Bischof des Shrike-Kults nickte fast unmerklich. »Ich weilte zu Besuch. M. Hardeen hat angedeutet, es könnte von geringem Nutzen sein, wenn ich an dem Treffen teilnehme. Ich bin hocherfreut, Sie kennenzulernen, Pater Duré. Wir haben in den vergangenen Jahren viel von Ihnen gehört.«

Der Tempelritter deutete auf einen Stuhl auf der anderen Seite des Muirholztischs, und Duré setzte sich, faltete die Hände auf der polierten Tischplatte und dachte hektisch nach, während er so tat, als würde er die wunderschöne Maserung des Holzes bewundern. Die Hälfte aller Behörden im Netz suchte nach dem Bischof des Shrike-Kults. Seine Anwesenheit deutete auf weit größere Komplikationen hin, als der Jesuit je vermutet hätte.

»Finden Sie es nicht auch interessant«, sagte der Bischof,

»daß drei der bedeutendsten Religionen der Menschheit heute hier versammelt sind?«

»Ja«, sagte Duré. »Bedeutend, aber kaum repräsentativ für den Glauben der Mehrheit. Von mehr als hundertfünfzig Milliarden Seelen kann die katholische Kirche nicht einmal eine Million für sich beanspruchen. Die Kirche des Shri ... äh ... der Letzten Buße möglicherweise fünf bis zehn Millionen. Und wieviel Tempelritter gibt es, M. Hardeen?«

»Dreiundzwanzig Millionen«, sagte der Tempelritter leise. »Aber zahllose weitere Menschen unterstützen unsere ökologischen Anliegen und möchten vielleicht sogar beitreten, aber die Bruderschaft steht Außenstehenden nicht offen.«

Der Bischof rieb eins seiner Kinns. Seine Haut war totenblaß, und er blinzelte, als wäre er nicht an Sonnenlicht gewöhnt. »Die Zen-Gnostiker sprechen von vierzig Milliarden Anhängern«, knurrte er. »Aber was ist das schon für eine Religion, hm? Keine Kirchen. Keine Priester. Keine heiligen Bücher. Kein Konzept der Sünde.«

Duré lächelte. »Es scheint die Glaubensrichtung zu sein, die am besten zu den Zeiten paßt: Und das schon seit vielen Generationen.«

»Pah!« Der Bischof schlug mit den Händen auf den Tisch, und Duré zuckte zusammen, als er das Metall der Ringe über Muirholz kratzen hörte.

»Wie kommt es, daß Sie wissen, wer ich bin?« fragte Paul Duré.

Der Tempelritter hob den Kopf gerade so weit, daß Duré Sonnenlicht auf Nase, Wangen und dem spitzen Kinn im Schatten der Kapuze sehen konnte. Er sagte nichts.

»Wir haben Sie ausgewählt«, knurrte der Bischof. »Sie und die anderen Pilger.«

»Wir, ist das die Kirche des Shrike?« sagte Duré.

Der Bischof runzelte angesichts dieses Ausdrucks die Stirn, nickte aber wortlos.

»Warum die Aufstände?« fragte Duré. »Warum die Unruhen, während die Hegemonie bedroht wird?«

Als der Bischof sich das Kinn rieb, funkelten rote und schwarze Steine im Abendlicht. Hinter ihm raschelten eine Million Blätter in einer Brise, die den Geruch regennasser Vegetation mit sich trug. »Die Letzten Tage sind angebrochen, Priester. Die Prophezeiungen, die uns das Avatar vor Jahrhunderten gemacht hat, erfüllen sich vor unseren Augen. Was Sie Aufstände nennen, sind die ersten Todeskrämpfe einer Gesellschaft, die den Tod verdient hat. Die Tage der Buße sind gekommen, und der Herr der Schmerzen wird bald unter uns wandeln.«

»Der Herr der Schmerzen«, wiederholte Duré. »Das Shrike.«

Der Tempelritter machte eine beschwichtigende Geste mit einer Hand, als wollte er die Aussage des Bischofs ein wenig abschwächen. »Pater Duré, wir sind über Ihre wundersame Wiedergeburt im Bilde.«

»Nicht wundersam«, sagte Duré. »Die Laune eines Parasiten namens Kruziform.«

Wieder eine Geste mit den langen, braungelben Fingern. »Wie sie es auch sehen, Pater, die Bruderschaft jubiliert, weil Sie wieder unter uns sind. Bitte fahren Sie mit den Fragen fort, die Sie bei Ihrem Anruf vorhin erwähnt haben.«

Duré rieb die Handflächen am Holz des Stuhls und betrachtete den Bischof, der ihm in all seiner schwarzroten Masse gegenübersaß. »Ihre Gruppen arbeiten schon seit geraumer Zeit zusammen, richtig?« sagte Duré. »Die Bruderschaft der Tempelritter und die Kirche des Shrike.«

»Kirche der Letzten Buße«, sagte der Bischof in einem Baßknurren.

Duré nickte. »Warum? Was bringt Sie in dieser Angelegenheit zusammen?«

Die Wahre Stimme des Weltbaums beugte sich vor, so daß wieder Schatten unter der Kapuze herrschte. »Sie müssen wissen, Pater, daß die Prophezeiungen der Kirche der Letzten Buße Berührungspunkte mit unserer Mission im Namen des Muir haben. Nur diese Prophezeiungen enthalten den Schlüssel zur Strafe, die über die Menschheit kommen muß, weil sie ihre eigene Welt getötet hat.«

»Die Menschheit allein hat die Erde nicht zerstört«, sagte Duré. »Es war ein Computerirrtum beim Versuch des Teams von Kiew, ein mikroskopisches Schwarzes Loch zu erschaffen.«

Der Tempelritter schüttelte den Kopf. »Es war menschliche Anmaßung«, sagte er leise. »Dieselbe Anmaßung, mit der unsere Rasse sämtliche Lebensformen ausgerottet hat, die selbst vielleicht eines Tages Intelligenz entwickelt hätten. Die Seneschai Aluit auf Hebron, die Zeplen von Whirl, die Marschzentauren von Garden und die Primaten der Alten Erde ...«

»Ja«, sagte Duré. »Es sind Fehler gemacht worden. Aber deshalb sollte die Menschheit nicht zum Tode verurteilt werden, oder?«

»Die Strafe wurde von einer viel größeren Macht als uns verhängt«, dröhnte der Bischof. »Die Prophezeiungen sind präzise und explizit. Der Tag der Letzten Buße muß kommen. Alle, die die Sünden von Adam und Kiew geerbt haben, müssen die Konsequenzen dafür erdulden, daß sie ihre Heimatwelt vernichtet und andere Rassen ausgelöscht haben. Der Herr der Schmerzen wurde von den Fesseln der Zeit befreit, damit er das Jüngste Gericht bringen kann. Es gibt kein Entkommen vor seinem Zorn. Der Buße kann niemand entrinnen. Eine weit größere Macht als wir hat das gesagt.«

»Das stimmt«, sagte Sek Hardeen. »Die Prophezeiungen wurden uns mitgeteilt ... wurden über Generationen hinweg den Wahren Stimmen gegeben ... die Menschheit ist zum Untergang verurteilt, aber mit ihrem Untergang kommt eine neue Blüte für empfindliche Ökologien in allen Teilen der jetzigen Hegemonie.«

Der in jesuitischer Logik ausgebildete und der Evolutionstheologie des hl. Teilhard de Chardin verschriebene Pater Paul Duré war dennoch versucht zu sagen: *Aber wen kümmert es, ob Blumen blühen, wenn niemand da ist, der sie sehen, sie riechen kann?* Statt dessen sagte er: »Haben Sie einmal daran gedacht, daß diese Prophezeiungen keine göttlichen Offenbarungen sein könnten, sondern lediglich Manipulationen einer irdischen Macht?«

Der Tempelritter lehnte sich zurück, als wäre er geschlagen worden, aber der Bischof beugte sich vor und ballte zwei lusianische Fäuste, mit denen er Durés Schädel mit einem einzigen Hieb hätte zertrümmern können. »Häresie! Wer es wagt, die Wahrheit der Offenbarungen anzuzweifeln, der muß sterben!«

»Welche Macht könnte das vollbringen?« brachte die Wahre Stimme des Weltbaums heraus. »Welche Macht, abgesehen vom Absolutum des Muir, könnte in unser Denken und unsere Herzen eindringen?«

Duré deutete zum Himmel. »Jede Welt im Netz ist seit Jahrhunderten durch die Datensphäre des TechnoCore verbunden. Die meisten einflußreichen Menschen tragen Komlogimplantate, um sich einfacher Zugang verschaffen zu können ... Sie nicht, M. Hardeen?«

Der Tempelritter sagte nichts, aber Duré sah das fast unmerkliche Zucken der Finger, als wollte sich der Mann an Brust und Oberarmen berühren, wo die Mikroimplantate seit Jahrzehnten saßen.

»Der TechnoCore hat eine transzendente ... Intelligenz geschaffen«, fuhr Duré fort. »Diese zapft unvorstellbare Energiequellen an, kann sich in der Zeit vorwärts und rückwärts bewegen und wird nicht von menschlichen Belangen motiviert. Ein erklärtes Ziel einer substantiellen Prozentzahl der Core-Persönlichkeiten ist die Auslöschung der Menschheit ... der Große Fehler des Teams von Kiew könnte sogar absichtlich von den in dieses Experiment verwickelten KIs inszeniert worden sein. Was Sie als Prophezeiungen hören, könnte die Stimme dieses *deus ex machina* sein, der durch die Datensphäre flüstert. Das Shrike könnte hier sein, nicht um die Menschheit für ihre Sünden büßen zu lassen, sondern lediglich, um Männer, Frauen und Kinder für die ureigenen Ziele dieser Maschinenpersönlichkeit abzuschlachten.«

Das feiste Gesicht des Bischofs war so rot wie sein Talar. Er schlug mit der Faust auf den Tisch und mühte sich auf die Füße. Der Tempelritter legte dem Bischof eine Hand auf den Arm, hielt ihn zurück und zog ihn irgendwie wieder auf den Stuhl. »Wo haben Sie diese Vorstellung gehört?« wandte sich Sek Hardeen an Duré.

»Von den Pilgern, die Zugang zum Core hatten. Und von ... anderen.«

Der Bischof schüttelte eine Faust in Durés Richtung. »Aber Sie selbst sind vom Avatar berührt worden ... nicht einmal, sondern *zweimal!* Es hat Ihnen eine Form von Unsterblichkeit gewährt, damit Sie sehen können, was es für die Auserwähl-

413

ten bereit hält ... für diejenigen, die die Buße vorbereiten, bevor die Letzten Tage angebrochen sind!«

»Das Shrike fügte mir Schmerzen zu«, sagte Duré. »Schmerzen und Leid, wie man sie sich nicht vorstellen kann. Ich *habe* das Ding zweimal gesehen und weiß im Grunde meines Herzens, daß es weder göttlich noch diabolisch ist, sondern lediglich eine organische Maschine aus einer schrecklichen Zukunft.«

»Pah!« Der Bischof machte eine wegwerfende Geste, verschränkte die Arme und sah über den niederen Balkon ins Leere.

Der Tempelritter schien erschüttert zu sein. Nach einem Augenblick hob er den Kopf und sagte leise: »Sie hatten eine Frage an mich?«

Duré holte Luft. »So ist es. Und ich fürchte, schlechte Nachrichten obendrein. Die Wahre Stimme des Baums Het Masteen ist tot.«

»Das wissen wir«, sagte der Tempelritter.

Duré war überrascht. Er konnte sich nicht vorstellen, woher sie diese Information bekommen hatten. Aber das war jetzt einerlei. »Ich muß wissen, weshalb er an der Pilgerfahrt teilgenommen hat. Was war die Mission, deren Vollendung er nicht mehr erleben durfte? Jeder von uns hat seine ... seine Geschichte erzählt. Het Masteen nicht. Und doch bin ich irgendwie der Meinung, daß sein Schicksal den Schlüssel zu vielen Geheimnissen birgt.«

Der Bischof sah Duré höhnisch an. »Wir brauchen Ihnen gar nichts zu erzählen, Priester einer toten Religion.«

Sek Hardeen saß lange schweigend da, bevor er antwortete. »M. Masteen hat sich freiwillig gemeldet, das Wort Muirs nach Hyperion zu tragen. Eine Prophezeiung gehört schon seit Jahrhunderten zu den Wurzeln unseren Glaubens, daß nämlich in Zeiten der Not eine Wahre Stimme des Baums auserwählt würde, ein Baumschiff zur Heiligen Welt zu bringen, welches dortselbst zerstört wird, um wiedergeboren zu werden und die Botschaft der Buße und des Muir hinauszutragen.«

»Also hat Het Masteen gewußt, daß sein Baumschiff im Orbit zerstört werden würde?«

»Ja. Das war vorhergesagt.«

»Und er und der energiebindende Erg sollten ein neues Baumschiff fliegen?«

»Ja«, sagte der Tempelritter fast unhörbar. »Einen Baum der Buße, den das Avatar bringen würde.«

Duré lehnte sich zurück und nickte. »Ein Baum der Buße. Der Dornenbaum. Het Masteen wurde psychisch verletzt, als die *Yggdrasil* vernichtet wurde. Dann wurde er zum Tal der Zeitgräber gebracht, wo man ihm den Dornenbaum des Shrike zeigte. Aber er war nicht bereit oder willens, es zu tun. Der Baum der Dornen ist ein Gebilde des Todes, der Qualen, des Leids ... Het Masteen war nicht bereit, ihn zu steuern. Vielleicht weigerte er sich auch. Wie dem auch sei, er ist geflohen. Und gestorben. Das dachte ich mir ... aber ich hatte keine Ahnung, welches Schicksal das Shrike ihm zugedacht hatte.«

»Wovon sprechen Sie?« fragte der Bischof schroff. »Der Baum der Buße wird in den Prophezeiungen beschrieben. Er wird das Avatar bei seiner letzten Ernte begleiten. Masteen wäre bereit und geehrt gewesen, ihn durch Raum und Zeit zu steuern.«

Paul Duré schüttelte den Kopf.

»Haben wir Ihre Fragen beantwortet?« fragte M. Hardeen

»Ja.«

»Dann müssen Sie unsere beantworten«, sagte der Bischof. »Was ist mit der Mutter geschehen?«

»Welcher Mutter?«

»Der Mutter Unserer Erlösung. Der Braut der Buße. Die Sie Brawne Lamia nennen.«

Duré konzentrierte sich und versuchte sich an die Zusammenfassungen zu erinnern, die der Konsul von den Geschichten der Pilger gemacht hatte, welche diese auf dem Weg nach Hyperion erzählt hatten. Brawne war von dem ersten Keats-Cybrid schwanger gewesen. Der Tempel des Shrike auf Lusus hatte sie vor dem Mob gerettet und mit auf die Pilgerfahrt geschickt. Sie hatte in ihrer Geschichte erwähnt, daß die Anhänger des Shrike sie mit Ehrerbietung behandelt hatten. Duré versuchte das in das wirre Mosaik dessen einzufügen, was er bereits gelernt hatte. Er konnte es nicht. Er war zu müde ... und, dachte er, nach dieser sogenannten Wiederauferstehung

auch zu dumm. Er war nicht der Intellektuelle, der Paul Duré
einst gewesen war, und würde es nie wieder sein.

»Brawne war bewußtlos«, sagte er. »Offenbar hatte das
Shrike sie geholt und mit einem ... *Ding* verbunden. Einem
Kabel. Ihr Geisteszustand entsprach dem einer Gehirntoten,
aber der Fötus lebte und war gesund.«

»Und die Persönlichkeit, die sie in sich trug?« fragte der Bischof mit gepreßter Stimme.

Duré fiel ein, was Severn ihm über den Tod dieser Persönlichkeit in der Megasphäre gesagt hatte. Offenbar wußten diese beiden nichts von der zweiten Keats-Persönlichkeit — der
Severn-Persönlichkeit, die in diesem Augenblick Gladstone vor
der Gefahr warnte, die der Vorschlag des Core bedeutete. Duré
schüttelte den Kopf. Er war sehr müde. »Ich weiß nichts von
der Persönlichkeit, die sie in der Schrön-Schleife getragen
hat«, sagte er. »Das Kabel — das *Ding*, welches das Shrike an
ihr befestigt hat — schien sich in die Neuralsteckdose einzu-
passen wie ein Kortikalstecker.«

Der Bischof schien zufriedengestellt und nickte. »Die Prophezeiungen erfüllen sich folgerichtig. Sie haben Ihren Zweck
als Bote erfüllt, Duré. Ich muß nun gehen.« Der große Mann
stand auf, nickte der Wahren Stimme des Weltbaums zu und
rauschte über die Plattform und die Treppe hinab zum Fahrstuhl und Terminex.

Duré saß dem Tempelritter mehrere Minuten lang schwei-
gend gegenüber. Das Rauschen der Blätter und das sanfte
Schwanken der Plattform waren einlullend und schienen den
Jesuiten geradezu zum Dösen aufzufordern. Über ihnen dun-
kelte der Himmel zu verschiedenen Safrantönen, während
God's Grove in Dämmerung versank.

»Ihre Bemerkung über einen *deus ex machina*, der uns seit
Generationen mit falschen Prophezeiungen in die Irre führt,
war eine schreckliche Häresie«, sagte der Tempelritter schließlich.

»Ja, aber in der langen Geschichte meiner Kirche haben sich
schreckliche Häresien schon oft als bittere Wahrheit erwiesen,
Sek Hardeen.«

»Wenn Sie ein Tempelritter wären, hätte ich Sie zum Tode
verurteilen können«, sagte die Gestalt unter der Kapuze leise.

Duré seufzte. In seinem Alter, in dieser Situation und so müde, wie er war, rief der Gedanke an den Tod keine Furcht in seinem Herzen wach. Er stand auf und verbeugte sich knapp. »Ich muß gehen, Sek Hardeen. Ich entschuldige mich, sollten meine Worte Sie beleidigt haben. Es sind verwirrte und verwirrende Zeiten.« *Den Besten erlahmt der Glaube*, dachte er, *und die Schlimmsten sind voll von leidenschaftlicher Heftigkeit.*

Duré drehte sich um und ging zum Rand der Plattform. Und blieb stehen.

Die Treppe war fort. Dreißig vertikale und fünfzehn horizontale Meter trennten ihn von der nächsten Plattform, wo der Fahrstuhl wartete. Unter ihm fiel der Weltbaum einen Kilometer oder mehr in belaubte Tiefen ab. Duré und die Wahre Stimme dieses Baums waren auf der höchsten Plattform isoliert. Duré ging zum nächsten Geländer, hob das plötzlich schweißnasse Gesicht zum Abendwind und bemerkte den ersten Stern am ultramarinfarbenen Himmel. »Was geht hier vor, Sek Hardeen?«

Die Gestalt in Gewand und Kapuze am Tisch war in Dunkelheit gehüllt. »In achtzehn Minuten Standard wird die Welt Heaven's Gate den Ousters in die Hände fallen. Unsere Prophezeiungen sagen, daß sie vernichtet werden wird. Mit Sicherheit aber ihr Farcaster und die Fatlinesender, und damit wird diese Welt in jeder praktischen Hinsicht aufgehört haben zu existieren.

Genau eine Standardstunde später wird der Himmel über God's Grove von den Fusionstriebwerken der Ousterkriegsschiffe erhellt werden. Unsere Prophezeiungen sagen, daß alle der Brüderschaft, die noch verblieben sind — und alle anderen, obwohl die Bürger der Hegemonie schon längst mit Farcastern evakuiert wurden — ausgelöscht werden.«

Duré ging langsam zum Tisch zurück. »Es ist wichtig, daß ich nach Tau Ceti Center 'caste«, sagte er. »Severn ... jemand wartet auf mich. Ich muß mit Präsidentin Gladstone sprechen.«

»Nein«, sagte die Wahre Stimme des Weltbaums Sek Hardeen. »Wir werden abwarten. Wir werden gemeinsam sehen, ob die Prophezeiungen zutreffend sind.«

Der Jesuit ballte hilflos die Fäuste und spürte eine Aufwallung gewalttätiger Impulse, die den Wunsch in ihm weckten, die Gestalt unter der Kapuze zu schlagen. Duré machte die Augen zu und betete zwei Ave Marias. Es half nicht.

»Bitte«, sagte er. »Die Prophezeiungen werden bestätigt oder entkräftet, ob ich hier bin oder nicht. Und dann wird es zu spät sein. Die Schlachtschiffe von FORCE werden die Singularitätssphäre vernichten, und die Farcaster sind dahin. Wir werden jahrelang vom Netz abgeschnitten sein. Milliarden Leben könnten davon abhängen, daß ich unverzüglich nach Tau Ceti Center zurückkehre.«

Der Tempelritter verschränkte die Arme, so daß die Hände mit den langen Fingern in den Falten des Gewands verschwanden. »Wir werden warten«, sagte er. »Alles Vorhergesagte wird in Erfüllung gehen. In wenigen Minuten wird der Herr der Schmerzen über alle im Netz kommen. Ich teile den Glauben des Bischofs nicht, daß die verschont werden, die Buße gesucht haben. Wir sind hier besser dran, Pater Duré, wo das Ende schnell und schmerzlos sein wird.«

Duré zermarterte seinen übermüdeten Verstand, um etwas Entscheidendes zu sagen, zu tun. Nichts fiel ihm ein. Er setzte sich an den Tisch und betrachtete die stumme, vermummte Gestalt ihm gegenüber. Über ihnen wurden die Sterne in ihrer leuchtenden Vielzahl sichtbar. Die Weltwälder von God's Grove raschelten ein letztesmal im Abendwind und schienen dann erwartungsvoll den Atem anzuhalten.

Paul Duré schloß die Augen und betete.

37

Wir marschieren den ganzen Tag, Hunt und ich, und gegen Abend finden wir ein Gasthaus, wo der Tisch für uns gedeckt ist — Fasan, Reispudding, Blumenkohl, eine Schüssel Makkaroni, und so weiter —, aber Menschen sind keine da, auch keine Spur von Menschen, abgesehen vom Feuer im Herd, das lodert als wäre es gerade angezündet worden, und dem Essen, das noch warm auf der Platte steht.

Hunt ist gereizt — deswegen und wegen den schrecklichen Entzugssymptomen, die der fehlende Kontakt zur Datensphäre bei ihm verursacht. Ich kann mir seine Qualen vorstellen. Für eine Person, die in eine Welt hineingeboren wurde, wo Informationen andauernd zur Verfügung stehen, Kommunikation mit jedwedem selbstverständlich ist und sich kein Ort weiter als einen Farcasterschritt entfernt befindet, ist dieser plötzliche Rückfall in das Leben, das unsere Vorfahren geführt haben, als würde man plötzlich blind und verkrüppelt erwachen. Nach dem Wüten und Toben der ersten Stunden unseres Fußmarschs versinkt Hunt schließlich in verdrossenes Schweigen.

»Aber die Präsidentin *braucht* mich!« hatte er während der ersten Stunde geschrien.

»Sie braucht die Informationen, die ich ihr bringen wollte«, sagte ich, »aber da kann man nichts machen.«

»Wo *sind* wir?« verlangte Hunt zum zehnten Mal zu wissen.

Ich hatte ihm das mit der alternativen Alten Erde schon erklärt, wußte aber, daß er jetzt etwas anderes meinte.

»Quarantäne, glaube ich«, sagte ich.

»Der Core hat uns hierher gebracht?« herrschte er mich an.

»Ich kann es nur vermuten.«

»Wie kommen wir zurück?«

»Ich weiß nicht. Ich denke, wenn sie sicher sind, daß sie uns aus der Quarantäne entlassen können, wird ein Farcasterportal auftauchen.«

Hunt fluchte leise. »Warum bin *ich* unter Quarantäne, Severn?«

Ich zuckte die Achseln. Ich vermutete, weil er gehört hatte, was ich auf Pacem sagte, war aber nicht sicher. Ich war in überhaupt nichts mehr sicher.

Die Straße führte durch Wiesen, Weinberge, über flache Hügel und durch Täler, wo man Blicke auf das Meer erhaschen konnte.

»Wohin führt diese Straße?« wollte Hunt wissen, bevor wir das Gasthaus erreichten.

»Alle Wege führen nach Rom.«

»Es ist mein Ernst, Severn.«

»Meiner auch, M. Hunt.«

Hunt hob einen lockeren Stein vom Boden auf und warf ihn weit ins Gebüsch. Irgendwo schrie eine Drossel.

»Waren Sie schon einmal hier?« Hunts Stimme klang vorwurfsvoll, als hätte ich ihn hergeschleppt. Was vielleicht zutraf.

»Nein«, sagte ich. Aber *Keats*, hätte ich fast hinzugefügt. Meine Transplantaterinnerungen drangen zur Oberfläche und überwältigten mich fast mit ihrem Eindruck von Verlust und bevorstehendem Tod. So weit entfernt von seinen Freunden, so weit entfernt von Fanny, seiner einzigen ewigen Liebe.

»Sicher, daß Sie sich nicht in die Datensphäre einklinken können«, sagte Hunt.

»Ganz sicher«, antwortete ich. Er fragte nicht nach der Megasphäre, und ich sagte ihm nichts davon. Ich habe Todesangst davor, in die Megasphäre einzudringen, mich dort zu verirren.

Wir fanden das Gasthaus kurz vor Sonnenuntergang. Es lag in einem kurzen Tal, Rauch stieg aus einem Kamin auf.

Beim Essen schien die Dunkelheit gegen die Scheiben zu drängen, unser einziges Licht kam vom Herdfeuer und zwei Kerzen auf dem Steinsims, und Hunt sagte: »Hier könnte ich fast an Gespenster glauben.«

»Ich glaube an Gespenster«, sagte ich.

Nacht. Ich erwache hustend, spüre Nässe auf der nackten Brust, höre Hunt mit den Kerzen hantieren und sehe in deren Licht Blut auf meiner Haut und dem Bettlaken.

»Mein Gott«, haucht Hunt entsetzt. »Was ist das? Was geht hier vor?«

»Blutsturz«, bringe ich heraus, nachdem der nächste Hustenanfall mich noch mehr geschwächt und mehr Blut zutage gefördert hat. Ich will aufstehen, sinke aufs Kissen zurück und deute zu Wasserschüssel und Handtuch auf der Kommode.

»Verdammt, verdammt«, murmelt Hunt und sucht nach meinem Komlog, um einen MedAbruf zu machen. Er findet kein Komlog. Ich habe Hoyts nutzloses Instrument im Lauf des Fußmarschs weggeworfen.

Hunt nimmt das eigene Komlog ab, justiert den Monitor und legt es um mein Handgelenk. Die Anzeigen sagen ihm nichts, davon abgesehen, daß dringende medizinische Hilfe erforderlich ist. Wie die meisten Menschen seiner Generation, hatte Hunt noch nie Krankheit oder Tod gesehen — das waren Angelegenheiten für Fachleute, die unter Ausschluß der Öffentlichkeit geregelt wurden.

»Unwichtig«, flüstere ich; der Hustenanfall ist vorbei, aber Schwäche hat sich wie eine Decke aus Wackersteinen über mich gelegt. Ich deute wieder auf das Handtuch, das Hunt naß macht, das Blut von meinen Armen und der Brust wischt und mir hilft, auf dem einzigen Stuhl Platz zu nehmen, während er die blutigen Decken und Laken entfernt.

»Wissen Sie, was los ist?« fragt er mit aufrichtig besorgter Stimme.

»Ja.« Ich versuche zu lächeln. »Genauigkeit. Versiertheit. Ontogenie rekapituliert Phylogenie.«

»Sprechen Sie vernünftig!« fordert Hunt brüsk und hilft mir zum Bett zurück. »Was hat den Blutsturz verursacht? Was kann ich tun, um Ihnen zu helfen?«

»Ein Glas Wasser, bitte.« Ich trinke, spüre das Kochen in Brust und Hals, kann aber einen neuerlichen Hustenanfall unterdrücken. Mein Magen fühlt sich an, als stünde er in Flammen.

»Was geht hier vor?« will Hunt wissen.

Ich spreche langsam, vorsichtig, und plaziere jedes Wort wie die Füße in einem dichten Minenfeld. Der Husten bleibt aus. »Eine Krankheit namens Schwindsucht«, sage ich. »Tuberkulose. Im Endstadium, den schweren Blutstürzen nach zu urteilen.«

Hunts Bassetgesicht ist weiß. »Großer Gott, Severn. Ich habe noch nie von Tuberkulose gehört.« Er hebt die Hand, als wollte er die Komlogerinnerung konsultieren, aber sein Gelenk ist kahl.

Ich gebe ihm sein Instrument zurück. »Tuberkulose ist seit Jahrhunderten ausgestorben. Geheilt. Aber John Keats hatte sie. Starb daran. Und dieser Cybridkörper gehört Keats.«

Hunt steht auf, als wollte er zur Tür stürzen und Hilfe holen. »Jetzt wird uns der Core doch sicher zurückkehren lassen! Sie können Sie nicht hier auf dieser gottverlassenen Welt behalten, wo es keine medizinische Versorgung gibt!«

Ich lege den Kopf auf das weiche Kissen zurück und spüre die Federn unter dem Bezug. »Das könnte genau der Grund sein, warum sie mich hier behalten. Wir werden es morgen feststellen, wenn wir in Rom eintreffen.«

»Aber Sie können nicht reisen! Wir werden morgen früh nicht weiterziehen.«

»Wir werden sehen«, sage ich und mache die Augen zu. »Wir werden sehen.«

Am Morgen wartet eine *vettura*, eine kleine Droschke, vor dem Gasthaus. Das Pferd ist eine große graue Mähre, die die Augen verdreht, als wir näherkommen.

»Wissen Sie, was *das* ist?« sagt Hunt.

»Ein Pferd.«

Hunt streckt eine Hand nach dem Tier aus, als würde es platzen und verschwinden wie eine Seifenblase, wenn er die Flanke berührt. Es bleibt. Hunts Hand zuckt zurück, als die Mähre mit dem Schweif ausschlägt.

»Pferde sind *ausgestorben*«, sagt er. »Sie sind auch nie AR-Nisiert worden.«

»Das hier sieht echt aus«, sage ich, steige auf die Droschke und setze mich auf die schmale Bank.

Hunt nimmt zaghaft neben mir Platz, seine langen Finger zittern vor Nervosität. »Wer fährt?« sagt er. »Wo sind die Kontrollen?«

Es sind keine Zügel da, und der Platz des Kutschers ist verlassen. »Mal sehen, ob das Pferd den Weg kennt«, schlage ich vor, und im selben Augenblick setzen wir uns mit gemächlicher Geschwindigkeit in Bewegung; die ungefederte Droschke holpert über jede Bodenunebenheit.

»Das ist eine Art Witz, richtig?« sagt Hunt, der den makellos blauen Himmel und die fernen Felder betrachtet.

Ich huste so leicht und kurz wie möglich in ein Taschentuch, das ich aus einem Handtuch des Gasthauses gemacht habe. »Möglich«, sage ich. »Aber was ist das nicht?«

Hunt achtet nicht auf meinen gebildeten Humor, und wir rumpeln weiter und fahren holpernd unserem wie auch immer gearteten Schicksal und Ziel entgegen.

»Wo sind Hunt und Severn?« fragte Meina Gladstone.

Sedeptra Akasi, die junge schwarze Frau, die Gladstones

zweitwichtigste Beraterin war, beugte sich näher zu ihr, um den Verlauf der militärischen Sitzung nicht zu stören. »Noch keine Nachricht, M. Präsidentin.«

»Das ist unmöglich. Severn war mit einem Tracer versehen und Hunt ist vor fast einer Stunde nach Pacem gegangen. Wo können sie nur stecken?«

Akasi sieht auf das Faxblatt, das sie auf dem Tisch aufgeschlagen hat. »Die Wachmänner können sie nicht finden. Die Transitpolizei kann sie nicht lokalisieren. Die Farcastereinheit hat nur aufgezeichnet, daß sie TC^2 codiert haben — hier —, durchgetreten, aber nicht angekommen sind.«

»Das ist unmöglich.«

»Ja, M. Präsidentin.«

»Ich möchte mit Albedo oder einem anderen KI-Ratgeber sprechen, sobald diese Sitzung vorüber ist.«

»Ja.«

Beide Frauen konzentrierten sich wieder auf die Sitzung. Das Taktische Zentrum des Regierungshauses war durch fünfzehn Meter breite, visuell durchlässige Portale mit dem Kommandostab der Befehlszentrale Mount Olympus und dem größten Sitzungssaal des Senats verbunden, so daß die drei Räume ein einziges asymmetrisches Konferenzzimmer bildeten. Die Holos des Stabzimmers schienen am Displayende des Raums in die Unendlichkeit zu wachsen, Datenreihen ratterten überall über die Wände.

»Vier Minuten bis zum cislunaren Eindringen«, sagte Admiral Singh.

»Ihre weitreichenden Waffen hätten schon längst das Feuer auf Heaven's Gate eröffnen können«, sagte General Morpurgo. »Sie scheinen Skrupel zu haben.«

»Unseren Schlachtschiffen gegenüber haben sie keine Skrupel gezeigt«, sagte der Diplomat Garion Persow. Die Gruppe hatte sich eine Stunde zuvor versammelt, als die hastig zusammengezogene Flotte von einem Dutzend Schiffen der Hegemonie vollständig von dem vorrückenden Schwarm vernichtet worden war. Weitreichende Sensoren hatten ein flüchtiges Bild dieses Schwarms übermittelt — eine Zusammenballung von Schlacke mit kometengleichen Fusionsschweifen —, bevor die Schlachtschiffe und deren Sensoren die Übertragung eingestellt hatten. Es waren viele, viele Schlackepünktchen gewesen.

»Das waren Kriegsschiffe«, sagte General Morpurgo. »Wir senden schon seit Stunden, daß Heaven's Gate ein offener Planet ist. Wir können auf Zurückhaltung hoffen.«

Die holographischen Bilder von Heaven's Gate umgaben sie; die stillen Straßen von Mudflat, Luftbilder der Küste, Orbitalaufnahmen der graubraunen Welt mit ihrer konstanten Wolkendecke, cislunare Bilder des barocken Dodekahedrons der Singularitätssphäre, die sämtliche Farcaster verband, und Teleskop-, UV- und Röntgenaufnahmen aus dem All, die den vorrückenden Schwarm zeigten — bei weniger als einer AE Entfernung mittlerweile größer als Glutpünktchen. Gladstone sah zu den Fusionsstreifen der Ousterkriegsschiffe, den kreisenden, klobigen Asteroidenfarmen hinter schimmernden Sperrfeldern, den Kugelwelten, den komplexen und seltsam nichtmenschlichen schwerelosen Stadtkomplexen, und sie dachte: *Und wenn ich mich irre?*

Das Leben von Milliarden Menschen hing von ihrer unerschütterlichen Überzeugung ab, daß die Ousters nicht gnadenlos Welten der Hegemonie vernichten würden.

»Zwei Minuten bis Gefechtsdistanz«, sagte Singh mit der professionell-monotonen Stimme des Feldherrn.

»Admiral«, sagte Gladstone, »ist es unbedingt notwendig, die Singularitätssphäre zu zerstören, wenn die Ousters in unseren *cordon sanitaire* eingedrungen sind? Könnten wir nicht ein paar Minuten warten und feststellen, was für Absichten sie haben?«

»Nein, Präsidentin«, antwortete der Admiral sofort. »Die Farcasterverbindung muß vernichtet werden, sobald sie in Zugriffsweite sind.«

»Aber wenn Ihre verbliebenen Kriegsschiffe es nicht tun, Admiral, haben wir immer noch In-System-Verbindungen, Fatlinerelais und Zeitzünder, oder nicht?«

»Ja, M. Präsidentin, aber wir *müssen* sicherstellen, daß sämtliche Farcasterverbindungen gekappt werden, bevor die Ousters das System überrennen. Diese ohnehin dürftige Vorsichtsmaßnahme darf unter gar keinen Umständen gefährdet werden.«

Gladstone nickte. Sie verstand die Notwendigkeit völliger Vorsicht. *Wenn sie nur mehr Zeit hätten.*

»Fünfzehn Sekunds bis Eindringen und Vernichtung der Singularitätssphäre«, sagte Singh. »Zehn ... sieben ...«

Plötzlich leuchteten sämtliche Schlachtschiffe und cislunaren Holofernsonden violett, rot und weiß auf.

Gladstone beugte sich vor. »War das das Ende der Singularitätssphäre?«

Die Militärs unterhielten sich untereinander, riefen weitere Daten ab, wechselten Bilder von Holos und Bildschirmen. »Nein, Präsidentin«, antwortete Morpurgo. »Die Schlachtschiffe werden angegriffen. Sie sehen, wie ihre Schutzfelder überlastet werden. Die ... ah ... *da.*«

Eine zentrale Übertragung, vermutlich von einem Relaisschiff tief im Orbit, zeigte das vergrößerte Bild der dodekahedronalen Singularitätssperrsphäre, deren dreißigtausend Quadratmeter Oberfläche noch intakt waren und die im grellen Licht der Sonne von Heaven's Gate funkelten. Dann nahm das Leuchten plötzlich zu, der nächstgelegene Knotenpunkt des Gebildes schien milchig zu werden und in sich zusammenzusinken, und keine drei Sekunden später dehnte sich die Sphäre aus, als die gefangene Singularität entkam und sich selbst sowie alles innerhalb eines Radius' von sechshundert Kilometern verschlang.

Im selben Augenblick erloschen alle visuellen Darstellungen und fast sämtliche Datenkolonnen.

»Sämtliche Farcasterverbindungen unterbrochen«, verkündete Singh. »Systemdaten werden jetzt nur noch durch Fatlinesender übermittelt.«

Zustimmendes und erleichtertes Murmeln von seiten der Militärs, Stöhnen und leises Seufzen von seiten der dutzenden anwesenden Senatoren und Politikern. Die Welt Heaven's Gate war soeben vom Netz abgetrennt worden ... der erste Verlust einer Hegemonie-Welt seit mehr als vier Jahrhunderten.

Gladstone wandte sich an Sedeptra Akasi. »Wie lange ist die Reisezeit vom Netz nach Heaven's Gate jetzt?«

»Mit Hawking-Antrieb sieben Bordmonate«, sagte der Attache ohne eine Pause, um sich einzuklinken, »etwas mehr als neun Jahre Zeitschuld.«

Gladstone nickte. Heaven's Gate war jetzt neun Jahre von der nächstgelegenen Netzwelt entfernt.

»Nun sind unsere Schlachtschiffe dahin«, intonierte Singh. Das Bild stammte von einer Orbitalsonde und wurde in den flimmernden, unechten Farben ultraschneller Fatlinesignale übermittelt, die in rascher Folge vom Computer verarbeitet wurden. Die Bilder waren visuelle Mosaiken, aber Gladstone mußte immer an die ersten Stummfilme aus der Morgendämmerung des Medienzeitalters denken. Aber dies war keine Komödie mit Charlie Chaplin. Zwei, dann fünf, dann acht gleißende Funken erblühten vor dem Sternenfeld über dem Halbrund des Planeten.

»Übertragungen von *HS Niki Weimart, HS Terrapin, HS Cornet* und *HS Andrew Paul* haben aufgehört«, meldete Singh.

Barbre Dan-Gyddis hob eine Hand. »Was ist mit den vier anderen Schiffen, Admiral?«

»Nur die vier erwähnten verfügten über FTL-Kommeinrichtungen. Die Instrumente bestätigen, daß Funk-, Maser- und Breitbandkommkanäle der anderen vier Schlachtschiffe ebenfalls verstummt sind. Die visuellen Daten ...« Singh verstummte und deutete auf das Bild, das von dem automatischen Signalschiff übermittelt wurde: acht expandierende und erlöschende Feuerbälle, ein Sternenfeld, in dem es nur so von Fusionsstreifen wimmelte. Plötzlich wurde auch dieses Bild schwarz.

»Sämtliche Orbitalsonden und Fatlinesender vernichtet«, sagte General Morpurgo. Er machte eine Geste, worauf die Schwärze von Bildern der Straßen von Heaven's Gate unter der wie gewohnt tiefhängenden Wolkendecke verdrängt wurde. Flugzeuge lieferten Bilder von oberhalb der Wolkendecke — ein Himmel, an dem neue Sterne trunken dahinrasten.

»Alle Meldungen sprechen von einer völligen Vernichtung der Singularitätssphäre«, sagte Singh. »Vorhuteinheiten des Schwarm dringen gerade in den Orbit um Heaven's Gate ein.«

»Wie viele Menschen sind noch dort?« fragte Gladstone. Sie beugte sich vor, stützte die Ellbogen auf den Tisch und preßte die Hände fest zusammen.

»Sechsundachtzigtausendsiebenhundertundneunundachtzig«, sagte Verteidigungsminister Imoto.

»Nicht mitgezählt zwölftausend Marines, die in den vergangenen zwei Stunden hingefarcastet wurden«, fügte General Van Zeidt hinzu.

Imoto nickte dem General zu.

Gladstone dankte ihnen und konzentrierte sich wieder auf die Holos. Die Datenkolonnen, die über ihnen schwebten, sowie deren Zusammenfassung auf Faxpads, Komlogs und Tischmonitoren, präsentierten die exakten Angaben — Anzahl der Schwarm-Schiffe im System, Anzahl und Art der Schiffe im Orbit, projizierte Bremsorbits und Zeitkurven, Energieanalysen und Kommkanalübermittlungen —, aber Gladstone und die anderen betrachteten dennoch die vergleichsweise uninformativen und statischen Fatlineübertragungen der Luft- und Bodenkameras: Sterne, Wolkendecken, Straßen, das Panorama der Atmosphäreerzeugungsstation auf den Bergen über der Mudflat Promenade, wo Gladstone selbst vor nicht einmal zwölf Stunden gestanden hatte. Dort herrschte Nacht. Gigantische Pferdeschweiffarne wiegten sich in stummen Brisen von der Bucht.

»Ich glaube, sie werden verhandeln«, sagte Senatorin Richeau. »Zuerst werden sie uns diesen *fait accompli* präsentieren, neun Welten überrannt, dann werden sie gnadenlos um ein neues Machtgleichgewicht verhandeln. Ich meine, selbst wenn ihre beiden Invasionen erfolgreich sind, wären das fünfundzwanzig Welten von über zweihundert in Netz und Protektorat.«

»Ja«, sagte Persow, der Kopf des Diplomatischen Korps, »aber vergessen Sie nicht, Senatorin, daß sich darunter einige unserer strategisch wichtigsten Welten befinden ... *diese*, zum Beispiel. TC² liegt im Zeitplan der Ousters nur zweihundertundfünfunddreißig Stunden hinter Heaven's Gate.«

Senatorin Richeau streckte Persow mit Blicken nieder. »Dessen bin ich mir durchaus bewußt«, sagte sie kalt. »Ich sage nur, daß die Ousters nicht wirklich eine völlig Eroberung im Sinn haben können. Das wäre Narretei. Und FORCE wird nicht zulassen, daß die zweite Woge soweit vordringt. Diese sogenannte Invasion muß das Vorspiel für Verhandlungen sein.«

»Vielleicht«, sagte Roanquist, Senator von Nordholm, »aber derartige Verhandlungen wären unbedingt abhängig von ...«

»Moment«, sagte Gladstone.

Die Datenkolonnen zeigten mittlerweile über hundert Kriegsschiffe der Ousters im Orbit um Heaven's Gate. Die Bodentruppen dort hatten Anweisung, erst zu feuern, wenn das Feuer auf sie eröffnet wurde, auf den über dreißig Panoramen, die ins Stabszimmer gefatlinet wurden, war keinerlei Aktivität zu sehen.

Plötzlich jedoch leuchtete die Wolkendecke über Mudflat City auf, als wären Scheinwerfer eingeschaltet worden. Ein Dutzend breite Strahlen gebündelten Lichts schossen auf Bucht und Stadt hinunter, was die Illusion von Suchscheinwerfern verstärkte; Gladstone hatte den Eindruck, als wären gigantische weiße Säulen zwischen dem Boden und der Wolkendecke errichtet worden.

Diese Illusion fand ein jähes Ende, als ein Wirbelwind von Flammen und Zerstörung am Ende jeder dieser hundert Meter durchmessenden Lichtsäulen ausbrach. Das Wasser in der Bucht kochte, bis gewaltige Dampfgeysire die Kameras unmittelbar vor Ort umwölkten. Die Luftaufnahmen zeigten, wie jahrhundertealte Gebäude in der Stadt in Flammen aufgingen und implodierten, als würde ein Tornado sie erfassen. Die im ganzen Netz berühmten Gärten und Parks der Promenade fingen an zu brennen und explodierten in Schmutz und fliegenden Trümmern, als zöge ein unsichtbarer Pflug durch sie hindurch. Zweihundert Jahre alte Pferdeschweiffarne beugten sich wie in einem Wirbelsturm, gingen in Flammen auf und waren dahin.

»Lanzen von einem Schlachtschiff der *Bowers*-Klasse«, sagte Admiral Singh in das Schweigen. »Oder dem entsprechenden Gegenstück der Ousters.«

Die Bodenkameras fielen eine nach der anderen aus. Das Panorama von der Atmosphäreerzeugungsstation verschwand in einem weißen Blitz.

Die Luftkameras waren schon längst ausgefallen. Die rund zwanzig verbliebenen Bodensonden erloschen ebenfalls, eine mit einem so grellroten Leuchten, daß sich alle im Raum die Augen rieben.

»Plasmaexplosionen«, sagte Van Zeidt. »Untere Megatonnenklasse.« Das Bild war von einem Luftverteidigungskomplex von FORCE:Marine nördlich des Intercity Kanals übermittelt worden.

Plötzlich erloschen alle Bilder. Die Datenkolonnen hörten auf. Die Saalbeleuchtung ging an, um eine so plötzliche Dunkelheit zu kompensieren, daß allen der Atem stockte.

»Der primäre Fatlinesender wurde vernichtet«, sagte General Morpurgo. »Er befand sich im Hauptstützpunkt von FORCE bei High Gate. Unter unseren stärksten Sperrfeldern, fünfzig Metern Fels und zehn Metern gehärteter Stahllegierung.«

»Gezielte Nuklearsätze?« fragte Barbre Dan-Gyddis.

»Mindestens«, sagte Murpurgo.

Senator Kolchew erhob sich, und sein gedrungener lusischer Körper drückte eine fast bedrohliche Dringlichkeit aus. »Nun gut. Das ist kein verdammter Schachzug, um zu verhandeln. Die Ousters haben gerade eine Welt des Netzes in Asche verwandelt. Es handelt sich um einen totalen, unbarmherzigen Krieg. Das Überleben der Zivilisation steht auf dem Spiel. Was machen wir jetzt?«

Aller Augen richteten sich auf Meina Gladstone.

Der Konsul zerrte einen halb bewußtlosen Theo Lane aus dem Wrack des Gleiters, legte sich den Arm des jüngeren Mannes über die Schultern und schleppte sich so fünfzig Meter weiter, bevor er auf einem Grasstreifen unter Bäumen am Ufer des Hoolie zusammenbrach. Der Gleiter brannte nicht, lag aber zerschellt an der eingestürzten Steinmauer, wo er schließlich zum Stillstand gekommen war. Metalltrümmer und Keramikpolymer lagen am Ufer und dem verlassenen Boulevard verstreut.

Die Stadt brannte. Rauch verdeckte den Blick über den Fluß, und dieser Teil von Jacktown, die Altstadt, sah aus, als wären zahlreiche Scheiterhaufen angezündet worden, von denen dikke Rauchsäulen zur niederen Wolkendecke emporstiegen. Gefechtslaser und Raketenspuren zogen sich durch den Dunst und explodierten an Landungsbooten, Fallschirmspringern hinter Sperrfeldern und Suspensionsfeldkugeln, die durch die Wolken sanken wie Spreu von einem soeben abgeernteten Feld.

»Theo, alles in Ordnung?«

Der Generalgouverneur nickte, wollte die Brille an der Nase hinaufschieben und hielt verblüfft inne, als er feststellte, daß seine Brille nicht mehr da war. Blut war auf Theos Stirn und Armen verschmiert. »Kopf angeschlagen«, sagte er benommen.

»Wir müssen dein Komlog benützen«, sagte der Konsul. »Jemand muß herkommen und uns abholen.«

Theo nickte, hob den Arm und betrachtete stirnrunzelnd sein Handgelenk. »Fort«, sagte er. »Das Komlog ist fort. Muß im Gleiter nachsehen.« Er versuchte aufzustehen.

Der Konsul zog ihn wieder nach unten. Sie befanden sich im Schatten einiger ausladender Bäume, aber der Gleiter lag im Freien und ihre Bruchlandung war vielleicht nicht unbemerkt geblieben. Der Konsul hatte mehrere bewaffnete Soldaten gesehen, die die Straße entlanggelaufen kamen, während der Gleiter zur Bruchlandung ansetzte. Es konnte sich um SST oder Ousters oder sogar Marines der Hegemonie handeln, aber der Konsul stellte sich vor, welchem Herrn sie auch immer dienten, sie würden schießwütig sein.

»Vergiß es«, sagte er. »Wir suchen ein Telefon. Rufen im Konsulat an.« Er sah sich um und identifizierte das Viertel der Lagerhäuser und Steinbauwerke, wo sie gelandet waren. Ein paar hundert Meter flußaufwärts stand eine verlassene alte Kathedrale, deren Sakristei verfallend über den Fluß hing.

»Ich weiß, wo wir sind«, sagte der Konsul. »Nur einen oder zwei Blocks von Cicero's entfernt. Komm mit!« Er zog Theos Arm über seinen Kopf auf die Schulter und wuchtete den Verletzten auf die Füße.

»Cicero's ist gut«, murmelte Theo. »Könnte einen Drink gebrauchen.«

Das Knattern von Projektilfeuer und als Antwort ein Zischen von Energiewaffen ertönte aus der Straße im Süden. Der Konsul verlagerte soviel von Theos Gewicht wie er aushalten konnte auf sich selbst und ging halb laufend, halb taumelnd den schmalen Weg neben dem Fluß entlang.

»Oh, verdammt«, flüsterte der Konsul.

Cicero's brannte. Die alte Bar samt Gasthaus — so alt wie

Jacktown und älter als der überwiegende Teil der Hauptstadt — hatte drei der vier windschiefen Gebäude am Flußufer an die Flammen verloren, und lediglich eine entschlossene Eimerkolonne von Stammgästen konnte das verbliebene noch halten.

»Ich sehe Stan«, sagte der Konsul und deutete auf die hünenhafte Gestalt von Stan Leweski, der weit vorne in der Eimerschlange stand. »Hier.« Der Konsul brachte Theo unter einer Ulme am Weg in eine sitzende Haltung. »Was macht der Kopf?«

»Tut weh.«

»Ich komme gleich mit Hilfe zurück«, sagte der Konsul und ging so schnell er konnte den schmalen Weg entlang auf die Männer zu.

Stan Leweski sah den Konsul an, als wäre der ein Gespenst. Ruß und Tränen waren im Gesicht des großen Mannes verschmiert, seine Augen waren weit aufgerissen, fast verständnislos. Das Cicero's gehörte seiner Familie seit sechs Generationen. Es regnete jetzt ein wenig, und das Feuer schien unter Kontrolle zu sein. Männer schrien auf, als einige Balken der ausgebrannten Teile in die Glut des Kellers stürzten.

»Bei Gott, er ist hin«, sagte Leweski. »Sehen Sie? Der Anbau von Großvater Jiri? Er ist hin.«

Der Konsul packte den riesigen Mann an den Schultern. »Stan, wir brauchen Hilfe. Theo ist da drüben. Der Gleiter mußte notlanden. Wir müssen zum Raumhafen ... dein Telefon benützen. Es ist ein Notfall, Stan.«

Leweski schüttelte den Kopf. »Das Telefon ist hin. Komlogkanäle sind überlastet. Der verdammte Krieg hat angefangen.« Er deutete auf die ausgebrannten Flügel des alten Gasthauses. »Sie sind hin verdammt. *Hin!*«

Der Konsul ballte von hilfloser Frustration erfüllt die Fäuste. Andere Männer lungerten herum, aber der Konsul kannte keinen. Es waren keine Befehlshaber von FORCE oder dem SST zu sehen. Plötzlich sagte eine Stimme hinter ihm: »Ich kann Ihnen helfen. Ich besitze einen Gleiter.«

Der Konsul wirbelte herum und sah einen Mann Ende Fünfzig, Anfang Sechzig, dessen hübsches Gesicht und strähniges Haar von Ruß und Schweiß gezeichnet waren. »Prima«, sagte der Konsul. »Ich bin Ihnen sehr verbunden.« Pause. »Kenne ich Sie?«

»Dr. Melio Arundez«, sagte der Mann, der schon auf den Weg zuging, wo Theo ausruhte.

»Arundez«, wiederholte der Konsul und beeilte sich, aufzuholen. Der Name hallte ihm seltsam im Gedächtnis. Jemand, den er kannte? Irgendwie kennen sollte? »Mein Gott, Arundez!« sagte er. »Sie waren der Freund von Rachel Weintraub, als sie vor Jahrzehnten hierher kam.«

»Eigentlich ihr Doktorvater«, sagte Arundez. »Ich kenne Sie. Sie haben Sol auf der Pilgerfahrt begleitet.« Sie blieben dort stehen, wo Theo immer noch saß, den Kopf in die Hände gestützt. »Mein Gleiter steht da drüben«, sagte Arundez.

Der Konsul sah einen kleinen Vikken Zephyr für zwei Personen unter den Bäumen stehen. »Großartig. Wir bringen Theo ins Krankenhaus, dann muß ich unverzüglich zum Raumhafen.«

»Das Krankenhaus ist so überfüllt, daß das reine Chaos herrscht«, sagte Arundez. »Wenn Sie versuchen wollen, zu Ihrem Schiff zu gelangen, würde ich vorschlagen, Sie bringen den Generalgouverneur dorthin und überlassen ihn der Med-Einheit des Schiffs.«

Der Konsul dachte nach. »Woher wissen Sie, daß ich ein Schiff dort stehen habe?«

Arundez ließ die Tür aufklappen und half Theo Lane auf die schmale Bank hinter den vorderen Kontursitzen. »Ich weiß alles über Sie und die anderen Pilger, M. Konsul. Ich versuche seit Monaten, Erlaubnis zu bekommen, ins Tal der Zeitgräber zu reisen. Sie können sich meine Frustration nicht vorstellen, als ich hörte, daß Ihre Barke heimlich mit Sol an Bord aufgebrochen war.« Arundez holte tief Luft und stellte eine Frage, die er sich eindeutig bisher nicht getraut hatte. »Lebt Rachel noch?«

Er war ihr Liebhaber, als sie eine erwachsene Frau war, dachte der Konsul. »Ich weiß nicht«, sagte er. »Ich versuche, rechtzeitig zu ihr zurückzugelangen, um ihr zu helfen, wenn ich kann.«

Melio Arundez nickte, ließ sich auf dem Fahrersitz nieder und bedeutete dem Konsul einzusteigen. »Wir versuchen zum

Raumhaufen zu kommen. Bei den Kampfhandlungen wird es nicht leicht sein.«

Der Konsul lehnte sich zurück und spürte Prellungen, Aufschürfungen und Erschöpfung, als der Sitz ihn umhüllte. »Wir müssen Theo — den Generalgouverneur — zum Konsulat oder Regierungsgebäude, oder wie sie es jetzt auch immer nennen, bringen.«

Arundez schüttelte den Kopf, startete und fuhr die Schubdüsen hoch. »Nn-nnn. Das Konsulat existiert nicht mehr, laut Nachrichten wurde es von einem verirrten Marschflugkörper getroffen. Sämtliche Beamte der Hegemonie sind zum Raumhafen gebracht und evakuiert worden, bevor Ihr Freund sich auf die Suche nach Ihnen gemacht hat.«

Der Konsul betrachtete den halb bewußtlosen Theo Lane. »Gehen wir«, sagte er leise zu Arundez.

Der Gleiter geriet unter Beschuß, als sie den Fluß überquerten aber die Projektile prallten an der Hülle ab, und das Energiefeuer zischte unter Ihnen und erzeugte zehn Meter hohe Dampfwolken. Arundez flog wie ein Irrer — er raste, schwenkte, kreiste, gierte und drehte den Gleiter gelegentlich um die eigene Achse wie einen Teller, der auf einem Meer aus Murmeln schlittert. Die Sicherungsklammern des Sitzes schlossen sich um den Konsul, doch dieser fühlte sich dennoch dem Erbrechen nahe. Hinter ihnen drehte Theo Lane, der bewußtlos geworden war, den Kopf hin und her.

»Die Innenstadt ist ein Chaos!« brüllte Arundez über das Dröhnen der Schubdüsen hinweg. »Ich folge dem alten Viadukt zur Raumhafenstraße und kürze dann im Tiefflug über das flache Land ab.« Sie kreisten um ein ausgebranntes Gebäude, in dem der Konsul verspätet seinen eignen Wohnkomplex erkannte.

»Ist die Raumhafenstraße noch frei?«

Arundez schüttelte den Kopf. »Würden wir nie schaffen. Dort landen seit dreißig Minuten Fallschirmspringer.«

»Versuchen die Ousters, die Stadt zu zerstören?«

»Nn-nnn. Das hätten sie ohne große Mühe aus dem Orbit machen können. Sie scheinen die Stadt nur abzuriegeln. Der Großteil ihrer Landungsboote und Fallschirmspringer landen mindestens zehn Klicks draußen.«

»Kämpft unser SST gegen sie?«

Arundez lachte und bleckte weiße Zähne, die mit seiner braungebrannten Haut kontrastierten. »Die dürften inzwischen auf halbem Weg bei Endymion und Port Romance sein … aber Berichte, die zehn Minuten vor Lahmlegung der Komverbindungen durchkamen, sprechen davon, daß auch diese Städte inzwischen angegriffen werden. Nein, das bißchen Widerstand, das Sie sehen, kommt von einigen FORCE-Marines, die zurückgelassen wurden, um Stadt und Raumhafen zu bewachen.«

»Demnach haben die Ousters den Raumhafen nicht zerstört oder erobert?«

»Noch nicht. Jedenfalls vor ein paar Minuten noch nicht. Wir werden es gleich sehen. Halten Sie sich fest!«

Der zehn Kilometer lange Flug zum Raumhafen via VIP Highway oder die Flugbahn darüber dauerte normalerweise ein paar Minuten, aber Arundez' verquerer, hakenschlagender Anflug über Berge und Täler und zwischen Bäumen hindurch bereicherte den Flug um zusätzliche aufregende Minuten. Der Konsul drehte den Kopf und betrachtete Berghänge und die Elendsviertel brennender Flüchtlingslager zur rechten. Männer und Frauen duckten sich an Felsen und unter niederen Bäumen und bedeckten schützend die Köpfe, als der Gleiter über sie hinwegraste. Einmal sah der Konsul eine Schwadron FORCE-Marines, die sich auf einem Berggipfel verschanzt hatten, aber deren Aufmerksamkeit war auf einen Hügel nördlich gerichtet, von wo unerbittlich Laserfeuer herunterprasselte. Arundez sah die Marines im selben Augenblick und riß den Gleiter heftig nach links, so daß dieser Sekunden bevor die Bäume auf der Hügelkuppe über ihnen wie von einer unsichtbaren Schere abgeschnitten wurden, in eine schmale Kluft sank.

Dann brausten sie wieder nach oben und über einen letzten Kamm hinweg, und endlich waren die westlichen Tore und Zäune des Raumhafens voraus zu erkennen. An der Umzäunung waberten violett Sperrfelder und Schutzschirme, und sie waren immer noch einen Klick entfernt, als ein sichtbarer Richtstrahllaser aufleuchtete, sie fand, und eine Stimme im Funkgerät sagte: »Nicht identifizierter Gleiter, landen Sie unverzüglich, andernfalls werden Sie vernichtet.«

Arundez landete.

Die zehn Meter entfernte Baumgrenze schien zu schimmern, und plötzlich waren sie von Phantomen in aktivierten Chamäleonpolymeren umgeben. Arundez hatte die Cockpitblasen aufgeklappt, jetzt waren Gefechtsgewehre auf ihn und den Konsul gerichtet.

»Treten Sie von dem Fahrzeug zurück«, sagte eine körperlose Stimme hinter dem Tarnflimmern.

»Wir haben den Generalgouverneur bei uns«, rief der Konsul. »Wir müssen rein«.

»Was Sie nicht sagen!« sagte eine Stimme mit eindeutigem Netzakzent. »Raus!«

Der Konsul und Arundez lösten hastig die Sitzsicherungen und wollten gerade hinausklettern, als eine Stimme vom Rücksitz schnauzte: »Leutnant Mueller, sind Sie das?«

»Äh ... ja, Sir.«

»Erkennen Sie mich, Leutnant?«

Das Tarnflimmern wurde depolarisiert, ein junger Marine in vollem Gefechtspanzer stand einen Meter vom Gleiter entfernt. Sein Gesicht bestand nur aus einem schwarzen Visier, aber die Stimme klang jung. »Ja, Sir ... äh ... Gouverneur. Tut mir leid, ich habe Sie ohne Brille nicht erkannt. Sie sind verletzt, Sir.«

»Ich weiß, daß ich verletzt bin, Leutnant. Darum haben mich diese Herren hergebracht. Erkennen Sie den früheren Hegemoniekonsul von Hyperion nicht?«

»Tut mir leid, Sir«, sagte Leutnant Mueller und winkte seine Leute unter die Baumgrenze zurück. »Der Stützpunkt ist abgeriegelt.«

»*Selbstverständlich* ist der Stützpunkt abgeriegelt«, sagte Theo mit zusammengebissenen Zähnen. »Ich selbst habe diesen Befehl gegengezeichnet. Aber ich habe auch die Evakuierung allen wichtigen Hegemoniepersonals angeordnet. *Diese* Gleiter haben Sie doch durchgelassen, oder nicht, Leutnant Mueller?«

Die gepanzerte Hand fuhr nach oben, als wollte sie Helm und Visier kratzen. »Äh ... ja, Sir. Äh ... definitiv. Aber das war vor einer Stunde, Sir. Die Evakuierungslandungsboote sind fort und ...«

»Um Gottes willen, Mueller, wenden Sie sich über den taktischen Kanal an Oberst Gerasimov, lassen Sie sich Erlaubnis geben und lassen Sie uns durch.«

»Der Oberst ist tot, Sir. Ein Landungsboot hat die östliche Begrenzung angegriffen und ...«

»Dann Kapitän Llewellyn«, sagte Theo. Er schwankte und stützte sich an der Lehne des Sitzes des Konsuls ab. Unter dem Blut war sein Gesicht totenblaß.

»Äh ... die taktischen Kanäle sind ausgefallen, Sir. Die Ousters blockieren das Breitband mit ...«

»*Leutnant*«, rief Theo in einem Tonfall, wie ihn der Konsul noch nie bei seinem jungen Freund gehört hatte, »Sie haben mich persönlich gesehen und mein ID-Implantat konsultiert. Und jetzt lassen Sie uns entweder ins Raumhafengelände oder erschießen Sie uns.«

Der gepanzerte Marine sah zur Baumgrenze, als überlegte er, ob er seinen Leuten befehlen sollte, das Feuer zu eröffnen. »Die Landungsboote sind alle fort, Sir. Es kommt nichts mehr herunter.«

Theo nickte. Blut war auf seiner Stirn getrocknet und verkrustet, aber jetzt strömte ein frisches Rinnsal vom Haaransatz. »Das beschlagnahmte Schiff befindet sich immer noch in Rückstoßgrube neun, oder nicht?«

»Ja, *Sir*,«, antwortete Mueller, der endlich in Habachtstellung schnalzte. »Aber es handelt sich um ein ziviles Schiff und würde es bei all den Operationen der Ousters niemals ins All schaffen ...«

Theo brachte den Offizier mit einer Geste zum Schweigen und befahl Arundez, zur Begrenzung zu fahren. Der Konsul sah nach vorn zu den Todeslinien, Schutzschirmen, Sperrfeldern und wahrscheinlich Druckminen, auf die der Gleiter in zehn Sekunden stoßen würde. Er sah, wie der Leutnant der Marines winkte, worauf sich eine Öffnung irisförmig in den violetten und blauen Energiefeldern auftat. Niemand eröffnete das Feuer. Eine halbe Minute später überquerten sie die Piste des Raumhafens. Etwas Großes brannte an der nördlichen Begrenzung. Links von ihnen war eine Gruppe von FORCE-Wohnwagen und Kommandomodulen zu einer Pfütze blubbernden Plastiks geschmolzen.

Da waren Menschen drin, dachte der Konsul und mußte schlucken.

Rückstoßgrube sieben war zerstört, die ringförmigen Mauern aus zehn Zentimeter dickem, verstärktem Karbonpolymer nach außen geblasen, als hätten sie aus Pappkarton bestanden. Rückstoßgrube acht brannte weißglühend, was auf Plasmagranaten hindeutete. Rückstoßgrube neun war unversehrt, der Bug vom Schiff des Konsuls durch das Flimmern eines Sperrfelds Klasse drei gerade noch über der Grubenmauer zu sehen.

»Ist die Sperrung aufgehoben?« sagte der Konsul.

Theo hatte sich auf die gepolsterte Bank zurückgelegt. Seine Stimme klang belegt. »Ja. Gladstone hat veranlaßt, daß das Kuppelsperrfeld, das es festgehalten hat, desaktiviert wird. Das da ist nur das gewöhnliche Schutzfeld. Du kannst es mit einem Befehl außer Kraft setzen.«

Arundez landete den Gleiter in dem Augenblick auf dem Asphalt, als rote Lichter angingen und synthetische Stimmen Fehlfunktionen meldeten. Sie halfen Theo hinaus und gingen am Heck des kleinen Gleiters vorbei, wo Projektile eine zickzackförmige Linie durch Karosserie und Schubdüsengehäuse geschlagen hatten. Ein Teil der Haube war infolge Überlastung geschmolzen.

Melio Arundez tätschelte die Maschine einmal, dann drehten sich beide Männer um und halfen Theo durch die Tür der Rückstoßgrube und die Landekordel hinauf.

»Mein Gott«, sagte Dr. Melio Arundez, »das ist wunderschön. Ich habe noch nie ein privates interstellares Raumschiff von innen gesehen.«

»Es existieren auch nur ein paar Dutzend«, sagte der Konsul, der die Osmosemaske über Theos Mund und Nase stülpte und den Rotschopf behutsam in den chirurgischen Tank voll Nährlösung sinken ließ. »So klein es ist, das Schiff hat mehrere Hundert Millionen gekostet. Es ist nicht kostengünstig für Konzerne und Planetenregierungen im Outback, bei den seltenen Anlässen, wenn sie zwischen den Sternen reisen müssen, militärische Schiffe zu benützen.« Der Konsul versiegelte den Tank und gab kurze Anweisungen an das Diagnoseprogramm.

»Er wird wieder«, sagte er nach einer Weile zu Arundez und kehrte in die Holonische zurück.

Melio Arundez stand neben dem antiken Steinway und ließ behutsam die Hand über die Glanzlackierung des Flügels gleiten. Er sah zur durchsichtigen Sektion der Hülle über der eingefahrenen Balkonplattform hinaus und sagte: »Ich sehe Feuer beim Haupttor. Wir sollten zusehen, daß wir hier wegkommen.«

»Genau daran arbeite ich«, sagte der Konsul und winkte Arundez zur kreisförmigen Couch um die Projektionsnische.

Der Archäologe ließ sich in die tiefen Kissen sinken und sah sich um. »Gibt es keine ... äh ... Kontrollen?«

Der Konsul lächelte. »Eine Brücke? Cockpitinstrumente? Vielleicht ein Steuerrad, mit dem ich lenken kann? Nn-nnn. Schiff?«

»Ja«, sagte eine leise Stimme aus dem Nichts.

»Sind wir startbereit?«

»Ja.«

»Ist das Sperrfeld entfernt?«

»Es war unser Feld. Ich habe es deaktiviert.«

»Okay, verschwinden wir von hier. Ich muß dir nicht sagen, daß wir uns mitten im Kriegsgeschehen befinden, oder?«

»Nein. Ich habe die Entwicklungen verfolgt. Die letzten Schiffe von FORCE sind dabei, das Hyperion-System zu verlassen. Die Marines sitzen hier fest und ...«

»Spar dir die taktische Analyse für später, Schiff«, sagte der Konsul. »Nimm Kurs auf das Tal der Zeitgräber und bring uns hier weg.«

»Ja, Sir«, sagte das Schiff. »Ich wollte nur darauf hinweisen, daß die Kräfte, die den Raumhafen verteidigen, kaum mehr länger als eine Stunde durchhalten dürften.«

»Registriert«, sagte der Konsul. »Und jetzt starte.«

»Ich bin angehalten, vorher diese Fatlineübertragung durchzugeben. Der Spruch wurde heute nachmittag um 1622:38:14 Netz-Standard empfangen.«

»Hossa! Anhalten!« rief der Konsul und fror die Holoübertragung mitten in der Sendung ein. Das halbe Gesicht von Meina Gladstone schwebte über ihnen. »Du bist *angehalten,* das vor dem Start zu zeigen? Auf wessen Befehl hörst du, Schiff?«

»Den von Präsidentin Gladstone, Sir. Die Präsidentin hat vor fünf Tagen eine Prioritätsschaltung über sämtliche Schiffsfunktionen gelegt. Diese Fatlinesendung ist die letzte Pflicht, bevor ...«

»Darum hast du also nicht auf meine Fernbefehle reagiert«, murmelte der Konsul.

»Ja«, sagte das Schiff im Plauderton. »Ich wollte gerade sagen, daß die Vorführung dieser Übertragung die letzte Pflicht ist, bevor die Befehlsgewalt wieder voll und ganz an Sie übergeht.«

»Und dann machst du, was ich dir sage?«

»Ja.«

»Und bringst uns, wohin ich dir befehle?«

»Ja.«

»Keine verborgenen Außerkraftsetzungen?«

»Keine, von denen ich wüßte.«

»Spiel die Übertragung ab«, sagte der Konsul.

Das lincolneske Antlitz von Meina Gladstone mit den Aussetzern und dem Flimmern, die charakteristisch für Fatlinesendungen waren, schwebte in der Mitte der Nische. »Ich bin hoch erfreut, daß Sie den Besuch bei den Zeitgräbern überlebt haben«, sagte sie zum Konsul. »Inzwischen müssen Sie wissen, daß ich Sie bitte, mit den Ousters zu verhandeln, *bevor* Sie ins Tal der Zeitgräber zurückkehren.«

Der Konsul verschränkte die Arme und sah Gladstones Bild böse an. Draußen ging die Sonne unter. Ihm blieben nur noch wenige Minuten bis zum Zeitpunkt der Geburt von Rachel Weintraub, an dem sie einfach zu existieren aufhören würde.

»Ich verstehe, daß Sie eiligst zurückkehren und Ihren Freunden helfen möchten«, sagte Gladstone, »aber Sie können in diesem Augenblick nichts tun, um dem Kind zu helfen ... Experten im Netz versichern, daß weder kryonischer Kälteschlaf noch Fuge Merlins Krankheit aufhalten könnten. Sol weiß das auch.«

Auf der anderen Seite der Projektionsnische sagte Dr. Arundez: »Das stimmt. Sie haben jahrelang experimentiert. Im Fugenstadium würde sie sterben.«

»... Sie *können* den Milliarden Menschen im Netz helfen, die Sie Ihrer Meinung nach verraten haben«, sagte Gladstone.

Der Konsul beugte sich vor und stützte die Ellbogen auf die Knie und das Kinn auf die Fäuste. Sein Herzschlag dröhnte sehr laut in seinen Ohren.

»Ich wußte, daß Sie die Zeitgräber öffnen würden«, sagte Gladstone, deren traurige braune Augen den Konsul direkt anzusehen schienen. »Die Prognosen des Core haben gezeigt, daß Ihre Loyalität gegenüber Maui-Covenant — und die Erinnerung an die Rebellion ihrer Großeltern — alle anderen Überlegungen ausräumen würden. Es war *Zeit*, daß die Gräber geöffnet wurden, und nur Sie allein konnten den Mechanismus der Ousters aktivieren, bevor die Ousters selbst sich dazu entschlossen.«

»Ich habe genug gehört«, sagte der Konsul, stand auf und kehrte der Projektion den Rücken. »Nachricht abbrechen«, sagte er zum Schiff, obwohl er wußte, daß es nicht gehorchen würde.

Melio Arundez kam um die Projektion herum und hielt den Konsul fest am Arm. »Hören Sie sie an. Bitte.«

Der Konsul schüttelte den Kopf, blieb aber mit verschränkten Armen in der Nische.

»Inzwischen ist es zum Schlimmsten gekommen«, sagte Gladstone. »Die Ousters dringen ins Netz ein. Heaven's Gate wird zerstört. God's Grove hat nicht einmal mehr eine Stunde, bevor es von der Invasion überrannt wird. Es ist zwingend erforderlich, daß Sie sich mit den Ousters im Hyperion-System treffen und verhandeln ... Ihr diplomatisches Geschick einsetzen, um einen Dialog mit ihnen anzufangen. Die Ousters reagieren nicht auf unsere Fatline- oder Funkbotschaften, aber wir haben sie von Ihrem Eintreffen in Kenntnis gesetzt. Ich glaube, Ihnen werden sie vertrauen.«

Der Konsul stöhnte, ging zum Flügel und hämmerte mit der Faust auf die Klappe.

»Uns bleiben Minuten, nicht Sekunden, Konsul«, sagte Gladstone. »Ich bitte Sie, zuerst zu den Ousters im Hyperion-System zu fliegen und dann ins Tal der Zeitgräber zurückzukehren, wenn Sie müssen. Sie kennen die Folgen eines Krieges besser als ich. Millionen werden unnötig sterben, wenn wir keinen sicheren Kanal finden, durch den wir mit den Ousters in Verbindung treten können.

Es ist Ihre Entscheidung, aber bitte denken Sie an die Folgen, wenn dieser letzte Versuch, die Wahrheit herauszufinden und den Frieden zu erhalten, zum Scheitern verurteilt ist. Ich werde via Fatline mit Ihnen Verbindung aufnehmen, wenn Sie den Schwarm der Ousters erreicht haben.«

Gladstones Bild waberte, wurde unscharf und erlosch.

»Antwort?« fragte das Schiff.

»Nein.« Der Konsul ging zwischen dem Steinway und der Projektionsnische hin und her.

»Seit fast zwei Jahrhunderten konnten kein Raumschiff und kein Gleiter wohlbehalten mit Besatzung im Tal landen«, sagte Melio Arundez. »Sie muß wissen, wie gering die Chance ist, daß Sie dorthin zurückkehren können ... das Shrike überleben ... und dann mit den Ousters verhandeln.«

»Die Lage hat sich verändert«, sagte der Konsul, ohne sich umzudrehen. »Die Gezeiten der Zeit laufen Amok. Das Shrike kann gehen, wohin es ihm beliebt. Vielleicht existiert das Phänomen nicht mehr, das bemannte Landungen unmöglich gemacht hat.«

»Und vielleicht wird Ihr Schiff tadellos ohne uns landen«, sagte Arundez. »Wie so viele andere.«

»Gottverdammt«, brüllte der Konsul und wirbelte herum, »Sie haben das Risiko gekannt, als Sie gesagt haben, daß Sie mit mir kommen möchten!«

Der Archäologe nickte gelassen. »Ich spreche nicht vom Risiko meiner selbst, Sir. Ich bin bereit, jedes Risiko einzugehen, wenn ich Rachel damit helfen könnte ... oder sie auch nur wiedersehen. *Ihr* Leben könnte der Schlüssel zum Überleben der Menschheit sein.«

Der Konsul schüttelte die Fäuste in der Luft und schritt auf und ab wie ein gefangenes Raubtier.

»Das ist nicht *fair!* Ich war schon einmal Gladstones Schachfigur. Sie hat mich benützt ... zynisch ... vorsätzlich. Ich habe vier Ousters *getötet*, Arundez. Ich habe sie erschossen, weil ich ihren gottverdammten Mechanismus aktivieren mußte, um die Zeitgräber zu öffnen. Glauben Sie, die werden mich mit offenen Armen willkommen heißen?«

Die dunklen Augen des Archäologen sahen ohne zu blinzeln zum Konsul auf. »Gladstone ist überzeugt, daß sie mit Ihnen reden werden.«

»Wer *weiß*, was sie tun werden? Oder was Gladstone glaubt. Die Hegemonie und ihre Beziehung zu den Ousters sind momentan nicht meine Sorge. Ich wünsche von ganzem Herzen die Pest auf ihre beiden Häuser.«

»Sogar so sehr, daß die Menschheit leiden muß?«

»Ich kenne die Menschheit nicht«, sagte der Konsul erschöpft. »Ich kenne Sol Weintraub. Und Rachel. Und eine verletzte Frau namens Brawne Lamia. Und Pater Paul Duré. Und Fedmahn Kassad. Und ...«

Die sanfte Stimme des Schiffs flutete über sie hinweg. »Die nördliche Begrenzung des Raumhafens ist gefallen. Ich leite letzte Startsequenz ein. Bitte setzen Sie sich.«

Der Konsul stolperte zur Holonische, während das interne Sperrfeld auf ihn drückte, da das vertikale Differential dramatisch zunahm, jeden Gegenstand an Ort und Stelle festhielt und die Passagiere sicherer schützte als Gurte oder Klammersitze es gekonnt hätten. Im freien Fall würde das Feld nachlassen, aber dennoch die Stelle der planetaren Schwerkraft übernehmen.

Die Luft über der Holonische wurde dunstig und zeigte Rückstoßgrube und Raumhafen, die rasch unten zurückblieben, sowie die verwackelten und kippenden fernen Hügel, als das Schiff Ausweichmanöver mit achtzig Ge ausführte. Wenige Energiewaffen blitzten in ihre Richtung, aber Datenkolonnen zeigten, daß die externen Felder mit den geringfügigen Auswirkungen fertigwurden. Dann wich der Horizont zurück und krümmte sich, während der lapislazulifarbene Himmel dunkler wurde und ins Schwarz des Weltalls überging.

»Ziel?« wollte das Schiff wissen.

Der Konsul machte die Augen zu. Hinter ihnen ertönte eine Glocke und verkündete, daß Theo Lane aus dem Genesungstank in die MedEinheit verfrachtet werden konnte.

»Wie lange, bis wir ein Rendezvousmanöver mit den Elementen der Invasionsflotte der Ousters beginnen könnten?« fragte der Konsul.

»Dreißig Minuten bis zum Schwarm«, antwortete das Schiff.

»Und wie lange, bis wir in Reichweite der Waffen ihrer Schlachtschiffe kommen?«

»Sie haben uns bereits im Visier.«

Melio Arundez' Gesichtsausdruck war gelassen, aber er umklammerte mit weißen Fingern den Rand der Couch um die Holonische.

»Nun gut«, sagte der Konsul. »Kurs auf den Schwarm. Hegemonieschiffen ausweichen. Auf allen Frequenzen senden, daß wir ein unbewaffnetes Schiff in diplomatischer Mission sind und um eine Unterredung bitten.«

»Diese Botschaft wurde von Präsidentin Gladstone autorisiert und eingegeben, Sir. Sie wird von nun an über Fatline und sämtliche Kommfrequenzen ausgestrahlt.«

»Weiter«, sagte der Konsul. Er deutete auf Arundez' Komlog. »Können Sie die Zeit sehen?«

»Ja. Sechs Minuten bis zum präzisen Augenblick von Rachels Geburt.«

Der Konsul lehnte sich zurück und machte wieder die Augen zu. »Sie haben einen weiten Weg umsonst zurückgelegt, Dr. Arundez.«

Der Archäologe stand auf, schwankte einen Moment lang, bis er in der simulierten Schwerkraft auf die Füße kam, und ging vorsichtig zum Flügel. Dort blieb er einen Moment lang stehen und sah zum Balkonfenster hinaus auf den schwarzen Himmel und das noch gleißende Rund des Planeten, der hinter ihnen zurückblieb. »Vielleicht nicht«, sagte er. »Vielleicht nicht.«

38

Heute kamen wir in das sumpfige Ödland, in dem ich die Campagna erkannte — und um das zu feiern, hatte ich einen erneuten Hustenanfall, der damit endete, daß ich wieder Blut erbrach. Viel mehr. Leigh Hunt ist außer sich vor Sorge und Hilflosigkeit, und nachdem er während des Anfalls meine Schultern gehalten und mir geholfen hat, meine Kleidung mit einem im nahen Bach befeuchteten Tuch zu säubern, fragt er: »Was kann ich tun?«

»Blumen auf den Feldern pflücken«, keuche ich. »Das hat Joseph Severn getan.«

Er wendet sich wütend ab und merkt nicht, daß ich selbst in einem erschöpften, fiebrigen Zustand nur die Wahrheit sage.

Der kleine Wagen und das müde Pferd schleppen sich mit mehr schmerzhaftem Holterdipolter als zuvor durch die Campagna. Am Spätnachmittag sehen wir Skelette von Pferden am Wegesrand, dann die Ruinen eines alten Gasthauses, dann die eindrucksvollere Ruine eines von Moos überwucherten Viadukts, und schließlich Pfosten, an die weiße Stöcke genagelt zu sein scheinen.

»Was, um alles in der Welt, ist das?« fragt Hunt, dem die Ironie dieses uralten Ausdrucks entgeht.

»Die Gebeine von Banditen«, antworte ich wahrheitsgemäß.

Hunt sieht mich an, als wäre mein Verstand der Krankheit erlegen. Vielleicht ist es so.

Später lassen wir die Sumpflandschaft der Campagna hinter uns und erblicken flüchtig etwas Rotes, das sich weit draußen auf den Feldern bewegt.

»Was ist das?« verlangt Hunt eifrig und voller Hoffnung zu wissen. Ich weiß, er rechnet damit, jeden Moment Menschen zu sehen, und einen Augenblick später ein funktionierendes Farcasterportal.

»Ein Kardinal«, sage ich, was wieder die Wahrheit ist. »Er schießt Vögel.«

Hunt klinkt sich in sein armes, verkrüppeltes Komlog ein. »Ein Kardinal *ist* ein Vogel«, sagt er.

Ich nicke und sehe nach Westen, aber das Rot ist fort. »Aber auch ein Geistlicher«, sage ich. »Wir nähern uns Rom, wissen Sie.«

Hunt betrachtet mich stirnrunzelnd und versucht zum tausendsten Mal, jemand über die Komkanäle eines Komlogs zu erreichen. Der Nachmittag ist still, abgesehen vom rhythmischen Knirschen der Holzräder des *vettura* und dem Trällern eines fernen Singvogels. Möglicherweise eines Kardinals?

Wir betreten Rom, als die erste Abendröte die Wolken färbt. Der kleine Wagen rumpelt und holpert durch das Lateran-Tor, und wir werden fast augenblicklich mit dem Anblick des Kolosseums konfrontiert, das von Efeu überwuchert und offensichtlich das Zuhause von Tausenden von Tauben ist, aber dennoch unendlich eindrucksvoller als Holos der Ruine, da es jetzt, wie einst, nicht inmitten einer Nachkriegsstadt mit gigantischen Arcologen steht, sondern in schroffem Kontrast zu kleinen Hütten und offenen Feldern, wo die Stadt aufhört und das Land anfängt. Ich kann das eigentliche Rom in der Ferne erkennen ... eine Ansammlung von Dächern und kleineren Ruinen auf den legendären sieben Hügeln, aber hier herrscht das Kolosseum.

»Herrgott«, flüstert Leigh Hunt. »Was ist das?«

»Die Gebeine von Banditen«, sage ich langsam und voller Angst, ich könnte wieder einen schrecklichen Hustenanfall auslösen.

Wir ziehen weiter durch die Straßen des Rom auf der Alten Erde, wie es im neunzehnten Jahrhundert war, während sich der Abend schwer und erstickend um uns herum niedersenkt und das Licht schwächer wird und Tauben über den Kuppeln und Dächern der ewigen Stadt kreisen.

»Wo sind denn alle?« fragt Hunt. Er hört sich ängstlich an.

»Nicht hier, weil sie nicht gebraucht werden«, sage ich. Im Zwielicht der Großstadtschluchten klingt meine Stimme schneidend. Die Räder rollen jetzt über Kopfsteinpflaster, die kaum glatter als die wahllosen Steine des Feldwegs sind, den wir eben hinter uns gelassen haben.

»Ist das eine Art Stimsim?« fragt er.

»Halten Sie den Wagen an«, sage ich und das gehorsame Pferd bleibt stehen. Ich deute auf einen großen Steinblock am Rinnstein. »Treten Sie dagegen«, sage ich zu Hunt.

Er sieht mich stirnrunzelnd an, geht zu dem Stein und versetzt ihm einen herzhaften Tritt. Weitere Tauben flattern von Glockentürmen und Efeu in die Höhe, weil die Echos seines Fluchens sie aufgeschreckt haben.

»Sie haben wie Dr. Johnson die Wirklichkeit der Lage demonstriert«, sage ich. »Dies ist kein Stimsim, kein Traum. Oder besser gesagt, nicht mehr als unser bisheriges Leben auch.«

»Warum haben sie uns hierher gebracht?« verlangt der Attaché der Präsidentin zu wissen und sieht himmelwärts, als würden die Götter selbst hinter dem pastellfarbenen Schirm der Abendwolken zuhören. »Was wollen sie?«

Sie wollen, daß ich sterbe, denke ich und erkenne, daß das der Wahrheit entspricht, als hätte mir jemand mit der Faust auf die Brust geschlagen. Ich atme langsam und flach, um einen Hustenanfall zu vermeiden, während ich Schleim im Hals blubbern und kochen spüre. *Sie möchten, daß ich sterbe, und sie möchten, daß du dabei zusiehst.*

Die Mähre setzt ihren mühsamen Anstieg fort, biegt rechts in die nächste schmale Gasse ein, dann gleich wieder rechts auf eine breitere Straße und bleibt vor einer gewaltigen Treppenflucht stehen.

»Wir sind da«, sage ich und bemühe mich, vom Wagen zu klettern. Meine Beine sind verkrampft, ich habe Schmerzen in der Brust, mein Hintern ist wund. In Gedanken beginne ich eine satirische Ode über die Freuden des Reisens.

Hunt steigt so ungelenk aus wie ich, verschränkt die Arme und bleibt am Fuß der gewaltigen, zweigeteilten Leiter stehen, die er betrachtet, als wäre sie eine Falle oder Illusion. »Wo genau ist *da*, Severn?«

Ich deutete auf den freien Platz am Fuß der Treppe. »Die Piazza di Spagna«, sage ich. Plötzlich kommt es mir seltsam vor, daß Hunt mich *Severn* nennt. Mir wird klar, daß der Name nicht mehr meiner war, als wir durch das Lateran-Tor gekommen sind. Oder besser gesagt, daß mein richtiger Name plötzlich wieder mein eigener geworden ist.

»Es werden nicht viele Jahre vergehen«, sage ich, »dann wird dies die spanische Treppe genannt werden.« Ich gehe langsam die rechte Seite der Treppe hinauf. Von plötzlichem Schwindelgefühl ergriffen stolpere ich, worauf Hunt an meine Seite hastet und meinen Arm ergreift.

»Sie können nicht gehen«, sagt er. »Sie sind zu krank.«

Ich deute auf ein fleckiges altes Bauwerk, das eine Mauer an der gegenüberliegenden Seite der Treppe bildet und über die Piazza blickt. »Es ist nicht weit, Hunt. Dort ist unser Ziel.«

Gladstones Attaché wendet sich mit mißmutigem Gesicht dem Gebäude zu. »Und was ist dort? Warum machen wir dort halt? Was erwartet uns dort?«

Ich kann nicht anders, ich muß über diese unpoetischste

Verwendung von Assonanz der Menschen lächeln. Plötzlich stelle ich mir vor, wie wir lange Nächte in diesem düsteren Loch von einem Haus sitzen, während ich ihm beibringe, wie man solche Techniken mit männlichen oder weiblichen Zäsuren verbindet, oder die Freude, das jambische Versmaß mit dem unbetonten pyrrhischen abzuwechseln, oder die Selbstgefälligkeit eines gelegentlichen Spondeus.

Ich huste, huste anhaltend und kann erst aufhören, als Blut meine Handfläche und das Hemd besudelt.

Hunt hilft mir die Treppe herunter, über die Piazza, wo Berninis bootsförmiger Springbrunnen in der Dämmerung gurgelt und plätschert, und dann führt er mich, meinem ausgestreckten Finger folgend, ins schwarze Rechteck der Tür — der Tür von Piazza di Spagna Nr. 26 —, und ich denke unfreiwillig an Dantes *Commedia* und scheine den Satz ›LASCIATE OGNE SPERANZA, VOI CH'INTRATE‹ — ›*Laßt alle Hoffnung fahren, die ihr hier eintretet*‹ — über dem kahlen Türrahmen eingemeißelt zu sehen.

Sol Weintraub stand am Eingang der Sphinx und schüttelte die Faust dem Universum entgegen, während sich die Nacht herniedersenkte und die Gräber im strahlenden Glanz ihres Öffnens leuchteten und seine Tochter nicht zurückkehrte.

Nicht zurückkehrte.

Das Shrike hatte sie mitgenommen, hatte ihren neugeborenen Körper auf die stählerne Handfläche gelegt und war in das Leuchten zurückgewichen, das Sol in diesem Moment zurückdrängte wie ein schrecklicher, greller Wind aus den Tiefen des Planeten. Sol stemmte sich gegen den Wirbelsturm aus Licht, aber dieser hielt ihn so unüberwindbar draußen wie ein fehlgelenktes Sperrfeld.

Hyperions Sonne war untergegangen, jetzt wehte ein kalter Wind vom Ödland, den eine Kaltluftfront, die von Süden die Berge herunterkam, aus der Wüste vor sich her wehte, und Sol drehte sich um, während karmesinroter Sand ins scheinwerferartige Leuchten der Zeitgräber wehte, die sich auftaten.

Die sich auftaten!

Sol kniff vor dem kalten Glanz die Augen zusammen und sah das Tal hinab, wo die anderen Gräber wie grüne Irrlichter hinter den Vorhängen wehenden Staubs glühten. Licht und lange Schatten jagten über den Talboden, während am Himmel die letzten Farben des Sonnenuntergangs aus den Wolken wichen und die Nacht mit dem heulenden Wind kam.

Etwas bewegte sich im Eingang des zweiten Gebäudes, des Jadegrabs. Sol taumelte die Stufen der Sphinx hinab, sah zum Eingang hinauf, wo das Shrike mit seiner Tochter verschwunden war, und dann war er von der Treppe herunter, hastete an den Pranken der Sphinx vorbei und rannte den sturmumtosten Weg entlang Richtung Jadegrab.

Etwas entfernte sich langsam vom violetten Eingang und zeichnete sich als Schattenriß vor dem Leuchten des Grabs ab, aber Sol konnte nicht sagen, ob es menschlich war oder nicht, Shrike oder nicht. Wenn es das Shrike war, würde er es mit bloßen Händen ergreifen und schütteln, bis es ihm entweder seine Tochter zurückgab oder einer von ihnen tot war.

Es war nicht das Shrike.

Sol konnte die Silhouette jetzt als menschlich identifizieren. Die Person stolperte und lehnte sich wie müde oder verletzt an den Türrahmen des Jadegrabs.

Es war eine junge Frau.

Sol dachte an Rachel, die vor mehr als einem Standardvierteljahrhundert hier gewesen war, die junge Archäologin, die diese Artefakte erforscht und keine Ahnung von dem Schicksal gehabt hatte, das hier in Form von Merlins Krankheit auf sie wartete. Sol hatte sich stets vorgestellt, daß sein Kind gerettet und der Krankheit Einhalt geboten werden würde, daß sie wieder normal altern und das Kind, das eines Tages Rachel sein sollte, sein Leben zurückbekommen würde. Was aber, wenn Rachel als die sechsundzwanzigjährige Rachel zurückkehrte, die die Sphinx betreten hatte?

Sols Puls schlug so laut in seinen Ohren, daß er das Tosen des Windes ringsum nicht hören konnte. Er winkte der Gestalt, die mittlerweile halb im Sandsturm verschwunden war.

Die junge Frau winkte zurück.

Sol lief weitere zwanzig Meter, blieb dreißig Meter von der Tür entfernt stehen und rief: »Rachel! Rachel!«

Die junge Frau, deren Silhouette sich unter der Tür abhob, trat von der Tür weg, berührte das Gesicht mit beiden Händen, rief etwas, das im Heulen des Sturms unterging, und kam langsam die Treppe herunter.

Sol lief, stolperte über Steine, als er vom Weg abkam und blind über den Talboden wankte, achtete nicht auf die Schmerzen, als sein Knie an einen flachen Felsen stieß, fand den richtigen Weg wieder, rannte zum Jadegrab und nahm sie in Empfang, als sie aus dem Kegel expandierenden Lichts trat.

Sie fiel, als Sol gerade die erste Treppenstufe erreichte, und er fing sie auf und ließ sie behutsam auf den Boden sinken, während der aufgewirbelte Sand ihm auf den Rücken prasselte und die Gezeiten der Zeit als unsichtbare Wirbel von Schwindelgefühl und *déjà vu* um sie herum wogten.

»*Sie* sind es«, sagte sie, hob eine Hand und berührte Sols Wange. »Es ist echt. Ich bin wieder da.«

»Ja, Brawne«, sagte Sol, der versuchte, mit gelassener Stimme zu sprechen und feuchte Locken aus Brawne Lamias Gesicht strich. Er hielt sie fest, einen Arm aufs Knie gestemmt, stützte ihren Kopf und machte den Rücken krumm, um sie vor Wind und Sand zu schützen. »Schon gut, Brawne«, sagte er, schirmte sie ab und hielt Tränen der Enttäuschung in den Augen zurück. »Schon gut. Sie sind wieder da.«

Meina Gladstone ging die Treppe des höhlenartigen Stabszimmers hinauf und betrat einen langen Flur, wo Perspexstreifen Ausblick vom Mons Olympus hinab auf das Tharsis-Plateau ermöglichten. Weit unten regnete es, und von diesem Aussichtspunkt fast zwölf Klicks hoch im marsianischen Himmel konnte sie Lichtblitze und Vorhänge statischer Elektrizität erkennen, während der Sturm über die Hochebene fegte.

Sedeptra Akasi, ihre Beraterin, kam ebenfalls auf den Flur und stellte sich schweigend neben die Präsidentin.

»Immer noch keine Nachricht von Leigh oder Severn?« fragte Gladstone.

»Nein«, sagte Akasi. Das Gesicht der jungen Schwarzen wurde sowohl vom fahlen Licht der Heimatsonne, wie auch vom Spiel der Blitze unten erhellt. »Die Corebehörden sagen, es könnte sich um eine Farcasterfehlfunktion gehandelt haben.«

Gladstone lächelte ohne Wärme. »Ja. Aber können Sie sich

an eine Farcasterfehlfunktion zu unseren Lebzeiten erinnern, Sedeptra? Irgendwo im Netz?«

»Nein, M. Präsidentin.«

»Der Core sieht keinen Anlaß mehr für Zurückhaltung. Offensichtlich denken sie, sie können entführen, wen sie wollen, ohne dafür zur Verantwortung gezogen zu werden. Sie glauben, wir brauchen sie in der Stunde der Not zu sehr. Und wissen Sie was, Sedeptra?«

»Was?«

»Sie haben recht.« Gladstone schüttelte den Kopf und drehte sich zum langen Abstieg ins Stabszimmer um. »Keine zehn Minuten mehr bis die Ousters God's Grove erreichen. Gehen wir runter zu den anderen. Ist mein Treffen mit Ratgeber Albedo unmittelbar danach vereinbart?«

»Ja, Meina. Ich glaube … ich meine, einige von uns sind der Meinung, es wäre zu gefährlich, sie direkt zu konfrontieren.«

Gladstone hielt inne, ehe sie das Stabszimmer betrat. »Warum?« fragte sie, und diesmal war ihr Lächeln aufrichtig. »Glauben Sie, der Core würde mich verschwinden lassen, so wie Leigh und Severn?«

Akasi wollte etwas sagen, überlegte es sich anders und hielt die Handflächen hoch.

Gladstone berührte die junge Frau an der Schulter. »Wenn ja, Sedeptra, wird es etwas Barmherziges sein. Aber ich glaube nicht, daß sie das wagen. Die Lage hat sich soweit entwickelt, daß sie überzeugt sind, ein Individuum kann nichts mehr am Ausgang der Ereignisse ändern.« Gladstone zog die Hand weg, ihr Lächeln verschwand. »Und damit könnten sie recht haben.«

Die beiden schritten wortlos zum Kreis wartender Militärs und Politiker hinab.

»Der Augenblick rückt näher«, sagte die Wahre Stimme des Weltbaums Sek Hardeen.

Pater Paul Duré wurde aus seinem Nachdenken gerissen. Im Lauf der vergangenen Stunde waren seine Verzweiflung und Hilflosigkeit über Resignation zu etwas geworden, das Freude darüber gleichkam, keine Wahl mehr zu haben, keine Pflichten mehr ausführen zu müssen. Duré hatte in kameradschaftlichem Schweigen neben dem Führer der Brüderschaft der Tempelritter gesessen und zugesehen, wie die Sonne von God's Grove untergegangen war und die Vielfalt der Sterne und Lichter am Himmel, die keine Sterne waren, zum Vorschein kam.

Duré hatte sich gewundert, daß der Tempelritter in einem so entscheidenden Augenblick von seinem Volk isoliert war, aber soweit er die Theologie der Tempelritter kannte, würden die Anhänger des Muir allein an ihren heiligsten Stätten und auf den geheimsten Plattformen ihrer heiligsten Orte auf so einen Augenblick potentieller Zerstörung warten. Und aufgrund gelegentlicher leiser Bemerkungen Hardeens unter dem Schutz der Robe wußte Duré, daß die Wahre Stimme mittels Komlog oder Implantat mit anderen Brüdern in Verbindung stand.

Es war eine friedliche Möglichkeit, auf das Ende der Welt zu warten; hoch oben auf dem höchsten Baum der Galaxis, wo man hören konnte, wie die warme Abendbrise durch Millionen Hektar Blätter strich und sah, wie die Sterne funkelten und Zwillingsmonde über einen samtenen Himmel zogen.

»Wir haben Gladstone und die Behörden der Hegemonie gebeten, keinen Widerstand zu leisten, keine Kriegsschiffe im System zu dulden«, sagte Sek Hardeen.

»Ist das klug?« fragte Duré. Hardeen hatte ihm eben das Schicksal von Heaven's Gate geschildert.

»Die Flotte von FORCE ist noch nicht soweit organisiert, daß sie ernsten Widerstand bieten könnte«, entgegnete der Tempelritter. »Auf diese Weise hat unsere Welt wenigstens die Möglichkeit, daß sie als neutral eingestuft wird.«

Pater Duré nickte und beugte sich vor, damit er die große Gestalt im Schatten der Plattform besser sehen konnte. Schwache Leuchtkugeln in den Zweigen unter ihnen waren die einzigen Lichtquellen, abgesehen vom Funkeln der Sterne und dem Leuchten der Monde. »Und doch haben Sie diesen Krieg herbeigesehnt. Haben den Verantwortlichen das Shrike-Kults geholfen, ihn anzuzetteln.«

»Nein, Duré. Nicht den Krieg. Die Brüderschaft wußte, daß er Teil der Großen Veränderung sein mußte.«

»Und die wäre?« fragte Duré.

»Die Große Veränderung kommt, wenn die Menschheit ihre

Rolle als Teil der natürlichen Ordnung im Universum akzeptiert, statt wie Krebs zu sein.«

»Krebs?«

»Eine uralte Krankheit, die ...«

»Ja«, sagte Duré. »Ich weiß, was Krebs war. Wieso ist sie wie die Menschheit?«

Sek Hardeens wohlmodulierte, schwach akzentuierte Stimme ließ eine Andeutung von Erregung erkennen. »Wir haben uns in der Galaxis ausgebreitet wie Krebszellen in einem lebenden Organismus, Duré. Wir vermehren uns, ohne an die zahllosen Lebensformen zu denken, die sterben müssen oder an den Rand gedrängt werden, damit wir uns vermehren und ausbreiten können. Wir vernichten andere Formen intelligenten Lebens.«

»Zum Beispiel?«

»Zum Beispiel die Seneschai-Empathen auf Hebron. Die Marschzentauren von Garden. Auf Garden wurde die *gesamte Ökologie* zerstört, Duré, damit ein paar tausend Kolonisten leben konnten, wo einst Millionen einheimische Lebensformen gediehen waren.«

Duré strich mit einem gekrümmten Finger über die Wange. »Das ist einer der Nachteile der Terraformung.«

»Whirl wurde nicht terraformt«, sagte der Tempelritter rasch, »aber die jupiterschen Lebensformen dort wurden durch Jagd ausgerottet.«

»Aber niemand hat je beweisen können, daß die Zeplen intelligent waren«, sagte Duré, der selbst die fehlende Überzeugung aus der eigenen Stimme heraushörte.

»Sie haben gesungen«, sagte der Tempelritter. »Sie haben einander über tausende Kilometer Atmosphäre hinweg zugesungen, und ihre Lieder drückten Sinn und Liebe und Kummer aus. Sie wurden durch Jagd ausgerottet wie die großen Wale der Alten Erde.«

Duré faltete die Hände. »Zugegeben, es wurde ungerecht gehandelt. Aber es gibt doch sicher eine bessere Möglichkeit als die grausame Philosophie des Shrike-Kults ... und die Fortführung dieses Krieges.«

Die Kapuze des Tempelritters wogte hin und her. »Nein. Wären es nur menschliche Ungerechtigkeiten, ließen sich andere Formen der Sühne finden. Aber ein Großteil der Krankheit — ein Großteil des Wahnsinns, der zur Ausrottung von Rassen und Verwüstung von Welten geführt hat — entspringt der sündigen Symbiose.«

»Symbiose?«

»Zwischen Menschheit und TechnoCore«, sagte Sek Hardeen im schroffsten Tonfall, den Duré jemals von einem Tempelritter gehört hatte. »Der Mensch und seine Maschinenintelligenzen. Wer ist Parasit von wem? Das kann kein Bestandteil des Symbionten mehr sagen. Aber sie ist etwas Böses, ein Werk der Anti-Natur. Schlimmer, Duré, sie ist eine Sackgasse der Evolution.«

Der Jesuit stand auf und ging zum Geländer. Er blickte über die dunkle Welt der Baumkronen hinaus, die sich wie Wolken in der Dunkelheit erstreckten. »Aber es muß einen besseren Weg geben, als sich dem Shrike und einem interstellaren Krieg zuzuwenden.«

»Das Shrike ist ein Katalysator«, sagte Hardeen. »Es ist das läuternde Feuer, wenn der Wald durch allzuviel Planung wuchert und krank geworden ist. Es werden schwere Zeiten kommen, aber die Folge davon wird neues Wachstum sein, neues Leben und eine Vielfalt von Arten ... nicht nur anderswo, sondern in der Gemeinschaft der Menschheit selbst.«

»Schwere Zeiten«, überlegte Duré. »Und Ihre Brüderschaft wird bereit sein, Milliarden Menschen sterben zu lassen, nur damit dieses ... Unkrautjäten bewerkstelligt wird?«

Der Tempelritter ballte die Fäuste. »Soweit wird es nicht kommen. Das Shrike ist die Warnung. Unsere Ousterbrüder wollen Hyperion und das Shrike nur so lange kontrollieren, bis sie gegen den TechnoCore zuschlagen können. Es wird ein chirurgischer Eingriff sein ... die Vernichtung eines Symbionten und die Wiedergeburt der Menschheit als selbständiger Partner im Zyklus des Lebens.«

Duré seufzte. »Niemand weiß, wo der TechnoCore seinen Sitz hat«, sagte er. »Wie können die Ousters da gegen ihn vorgehen?«

»Sie werden«, sagte die Wahre Stimme des Weltbaums, aber die Stimme klang nicht mehr so überzeugt wie noch vor wenigen Augenblicken.

»War es Teil der Abmachung, daß God's Grove angegriffen wird?« fragte der Priester.

Nun war es der Tempelritter, der aufstand und auf und ab ging, erst zum Geländer, dann zum Tisch zurück. »Sie werden God's Grove nicht angreifen. Ich habe Sie hier behalten, damit Sie es selbst sehen. Dann müssen Sie der Hegemonie davon berichten.«

»Dort wird man sofort wissen, ob die Ousters angreifen oder nicht«, sagte Duré verwirrt.

»Ja, aber sie werden nicht wissen, *weshalb* unsere Welt verschont wird. Sie müssen die Botschaft überbringen. Die Wahrheit erklären.«

»Von wegen«, sagte Pater Paul Duré. »Ich habe es satt, ständig Bote von irgend jemand zu sein. Woher wissen Sie das alles? Das Erscheinen des Shrike? Den Grund für den Krieg?«

»Es gibt Prophezeihungen ...« begann Sek Hardeen.

Duré schlug mit der Faust aufs Geländer. Wie sollte er das Wirken einer Kreatur erklären, die die Zeit selbst manipulieren konnte — oder zumindest als Agent einer Macht auftrat, die dazu imstande war?

»Sie werden sehen ...« begann der Tempelritter wieder, und wie um seine Worte zu unterstreichen, erklang ein gewaltiger, sanfter Laut, als hätten eine Million versteckter Menschen geseufzt und anschließend leise gestöhnt.

»Großer Gott«, sagte Duré und sah nach Westen, wo es schien, als würde die Sonne aufgehen, wo sie vor nicht einmal einer Stunde untergegangen war. Heißer Wind brachte die Blätter zum Rascheln und strich ihm übers Gesicht.

Fünf erblühende, nach innen gekrümmte Pilzwolken stiegen am westlichen Horizont empor und verwandelten kochend und verblassend die Nacht in Tag. Duré hatte instinktiv die Augen bedeckt, bis ihm klar wurde, diese Explosionen waren, obschon gleißend wie die hiesige Sonne, so weit entfernt, daß sie ihn nicht blenden konnten.

Sek Hardeen zog die Kapuze zurück, so daß der heiße Wind sein langes, seltsam grünliches Haar zerzauste. Duré studierte die langen, hageren, vage asiatischen Züge und stellte fest, daß er Betroffenheit darin entdeckte. Betroffenheit und Fassungslosigkeit. Entsetzte Komrufe und das Mikromurmeln aufgeregter Stimmen flüsterten in Hardeens Kapuze.

»Explosionen auf Sierra und Hokkaido«, flüsterte der Tempelritter zu sich selbst. »Nuklearexplosionen. Von den Schiffen im Orbit.«

Duré erinnerte sich, Sierra war ein für Fremdweltler verbotener Kontinent, keine achthundert Kilometer vom Weltbaum entfernt, auf dem sie standen. Und er glaubte sich zu erinnern, daß Hokkaido die heilige Insel war, wo die potentiellen Baumschiffe gezüchtet und vorbereitet wurden.

»Opfer?« fragte er, aber bevor Hardeen antworten konnte, wurde der Himmel von gleißendem Licht erfüllt, als zwanzig oder mehr taktische Laser, CPBs und Fusionslanzen eine Schneise von Horizont zu Horizont schnitten und wie Suchscheinwerfer über die Wipfel des Weltwaldes von God's Grove zuckten. Wo die Lanzen hineinschnitten, loderten Flammen in ihrem Kielwasser auf.

Duré taumelte, als ein hundert Meter breiter Strahl keinen Kilometer vom Weltbaum entfernt wie ein Wirbelsturm durch den Wald fegte. Der uralte Wald explodierte in Flammen, ein Korridor aus Feuer, das zehn Kilometer in die Nacht hinaufloderte, entstand. Wind brauste an Duré und Sek Hardeen vorbei, als Luft angesaugt wurde, die dem Feuersturm weitere Nahrung verschaffte. Ein weiterer Strahl zuckte von Nord nach Süd, dicht am Weltbaum vorbei, ehe er hinter dem Horizont verschwand. Eine weitere Wand aus Flammen und Rauch stieg zu den verräterischen Sternen empor.

»Sie haben es versprochen«, keuchte Sek Hardeen. »Die Ousterbrüder haben es *versprochen!*«

»Sie brauchen Hilfe!« rief Duré. »Bitten Sie das Netz um Notfallunterstützung.«

Hardeen packte Duré am Ärmel und zog ihn zum Rand der Plattform. Die Treppe war wieder da. Auf der Plattform unten flimmerte ein Farcasterportal.

»Es sind erst die Vorboten der Ousterflotte eingetroffen«, rief der Tempelritter über das Prasseln des Waldbrands hinweg. Asche und Rauch erfüllten die Luft und schwebten zwischen heißer Schlacke dahin. »Aber die Singularitätssphäre wird jeden Moment vernichtet werden. *Gehen Sie!*«

»Ich gehe nicht ohne Sie«, sagte der Jesuit, war aber überzeugt, daß seine Stimme über das Tosen des Windes und das schreckliche Prasseln hinweg nicht zu verstehen sein würde. Plötzlich dehnte sich nur Kilometer entfernt im Osten der perfekte blaue Ring einer Plasmaexplosion aus, implodierte und breitete sich dann in sichtbaren Kreisen als Schockwelle aus. Kilometerhohe Bäume bogen sich und brachen in der ersten Woge der Explosion, die Blätter der Ostseite fingen Feuer; glühendes Laub flog millionenfach davon und gesellten sich zu der fast soliden Wand aus Trümmern, die auf den Weltbaum zuraste. Hinter dem Feuerkreis wurde eine zweite Plasmabombe gezündet. Dann eine dritte.

Duré und der Tempelritter fielen die Stufen hinunter und wurden über die tiefergelegene Plattform geweht wie Herbstlaub über einen Gehweg. Der Tempelritter ergriff eine brennende Muirholzbalustrade, packte Durés Arm mit eisernem Griff, rappelte sich auf die Füße und ging auf den noch flimmernden Farcaster zu wie ein Mann, der sich gegen einen Sturm stemmt.

Halb ohnmächtig und nur am Rande bewußt, daß er gezogen wurde, gelang es Duré, ebenfalls aufzustehen, als die Stimme des Weltbaums Sek Hardeen ihn gerade zum Rand des Portals geschleppt hatte. Duré klammerte sich am Rahmen des Portals fest, war aber zu schwach, sich selbst den letzten Meter durchzuziehen, und sah hinter dem Farcaster etwas, das er nie wieder vergessen sollte.

Vor vielen Jahren hatte der jugendliche Paul Duré einmal in der Nähe seines geliebten Villefranche-sur-Saône in den Armen seines Vaters und im Schutz eines Betonbunkers auf einer Felsenklippe gestanden und zugesehen, wie eine vierzig Meter hohe Tsunami auf die Küste zugerast kam, wo sie lebten.

Diese Tsunami war drei Kilometer hoch, bestand aus Flammen und schien mit Lichtgeschwindigkeit über das hilflose Dach des Waldes auf den Weltbaum, Sek Hardeen und Paul Duré zuzurasen. Was die Tsunami ergriff, vernichtete sie. Sie flammte wütend näher, stieg höher, immer näher, bis sie die Welt und den Himmel mit Flammen und Lärm verdeckte.

»Nein!« schrie Pater Paul Duré.

»Gehen Sie!« rief die Wahre Stimme des Weltbaums und

stieß den Jesuiten durch das Farcasterportal, während die Plattform, der Stamm des Weltbaums und das Gewand des Tempelritters in Flammen aufgingen.

Der Farcaster schaltete ab, während Duré durchtaumelte, schnitt den Absatz seines Schuhs ab, und Duré spürte, wie seine Ferse aufloderte und seine Trommelfelle platzten und seine Kleidung zu schwelen anfing, noch während er stürzte, hart mit dem Hinterkopf gegen etwas prallte und in absoluter Dunkelheit versank.

Gladstone und die anderen verfolgten in entsetztem Schweigen, wie zivile Satelliten Bilder vom Todeskampf God's Groves durch die Farcasterrelais übermittelten.

»Wir müssen sie *sofort* vernichten«, rief Admiral Singh über das Prasseln des Waldbrands hinweg. Meina Gladstone glaubte, sie könne das Schreien zahlloser Menschen und unzähliger Baumlebewesen hören, die in den Wäldern der Tempelritter verbrannten.

»Wir dürfen sie nicht näherkommen lassen!« schrie Singh. »Wir haben nur noch die Fernsonden, um die Sphäre zur Explosion zu bringen.«

»Ja«, sagte Gladstone, aber obwohl sie die Lippen bewegte, hörte sie keinen Ton.

Singh drehte sich um und nickte einem Oberst von FORCE: Weltraum zu. Der Oberst berührte die taktische Konsole. Die brennenden Wälder verschwanden, die gigantischen Holos wurden stockdunkel, aber die Schreie schienen irgendwie anzudauern. Gladstone merkte, daß es das Rauschen von Blut in ihren Ohren war.

Sie drehte sich zu Morpurgo um. »Wie lange …« Sie räusperte sich. »General, wie lange, bis Mare Infinitus angegriffen wird?«

»Drei Stunden und zweiundfünfzig Minuten, M. Präsidentin«, sagte der General.

Gladstone drehte sich zu dem ehemaligen Kommandanten William Ajunta Lee um. »Ist Ihre Task Force bereit, Admiral?«

»Ja, Präsidentin«, sagte Lee, dessen Gesicht unter der Sonnenbräune blaß war.

»Wie viele Schiffe werden an dem Schlag teilnehmen?«

»Vierundsiebzig, M. Präsidentin.«

»Und Sie werden sie fern vom Mare Infinitus angreifen?«

»Gerade innerhalb der Oortschen Wolke, M. Präsidentin.«

»Gut«, sagte Gladstone. »Dann viel Glück, Admiral.«

Der junge Mann verstand dies als Hinweis, zu salutieren und den Saal zu verlassen. Admiral Singh beugte sich zur Seite und flüsterte General Van Zeidt etwas zu.

Sedeptra Akasi beugte sich zu Gladstone und sagte: »Der Wachdienst des Regierungsgebäudes meldet, daß gerade ein Mann mit einem überholten Prioritätscode in den gesicherten Terminex des RH gefarcastet ist. Der Mann war verletzt und wurde zur Krankenstation im Ostflügel gebracht.«

»Leigh?« fragte Gladstone. »Severn?«

»Nein, M. Präsidentin«, sagte Akasi. »Der Priester von Pacem. Paul Duré.«

Gladstone nickte. »Ich werde ihn nach dem Treffen mit Albedo besuchen«, sagte sie zu ihrer Beraterin. Der Gruppe verkündete sie: »Wenn niemand mehr etwas zu sagen hat, würde ich vorschlagen, wir machen dreißig Minuten Pause und diskutieren die Verteidigung von Asquith und Ixion, wenn wir uns wieder versammeln.«

Die Gruppe stand auf, als die Präsidentin und ihr Gefolge durch das permanente Portal ins Regierungsgebäude sprangen und sich dann durch eine schmale Tür in der gegenüberliegenden Wand zurückzogen. Als Gladstone fort war, setzte ein betroffenes, zänkisches Murmeln ein.

Meina Gladstone lehnte sich in ihrem Ledersessel zurück und machte genau fünf Sekunden lang die Augen zu. Als sie sie wieder aufschlug, stand die Gruppe der Attachés immer noch da, einige sahen ängstlich aus, andere eifrig, alle warteten auf ihr nächstes Wort, ihren nächsten Befehl.

»Gehen Sie«, sagte sie leise. »Gehen Sie, ruhen Sie sich für ein paar Minuten aus. Legen Sie zehn Minuten die Füße hoch. In den nächsten vierundzwanzig bis achtundvierzig Stunden wird es keine Ruhepausen mehr geben.«

Die Gruppe entfernte sich, manche sahen aus, als wollten sie Einwände erheben, andere schienen dem Zusammenbruch nahe zu sein.

»Sedeptra«, sagte Gladstone, worauf die junge Frau das Büro wieder betrat. »Teilen Sie Duré, dem Priester, der gerade durchgekommen ist, zwei meiner persönlichen Leibwachen zu.«

Akasi nickte und machte sich eine Notiz auf dem Faxpad.

»Wie ist die politische Situation?« fragte Gladstone und rieb sich die Augen.

»Im All-Wesen herrscht das Chaos«, sagte Akasi. »Es gibt Fraktionen, aber sie haben sich noch nicht zu einer effektiven Opposition zusammengefunden. Beim Senat sieht die Sache wieder anders aus.«

»Feldstein?« sagte Gladstone und nannte damit den wütenden Senator von Barnards Welt beim Namen. Es blieben keine zweiundvierzig Stunden mehr, bis Barnards Welt von den Ousters angegriffen werden würde.

»Feldstein, Kakinuma, Peters, Sabenstorafem, Richaeu … sogar Sudette Chier verlangt Ihren Rücktritt.«

»Was ist mit ihrem Mann?« Gladstone betrachtete Senator Kolchew als einflußreichste Person im Senat.

»Bisher kein Wort von Senator Kolchew. Weder öffentlich noch privat.«

Gladstone klopfte mit dem Daumennagel gegen die Unterlippe. »Was meinen Sie, Sedeptra, wieviel Zeit bleibt dieser Regierung noch, bevor uns ein Mißtrauensvotum zu Fall bringt?«

Akasi, eine der scharfsinnigsten politischen Beraterinnen, mit denen Gladstone je zusammengearbeitet hatte, trotzte dem Blick ihrer Chefin. »Höchstens zweiundsiebzig Stunden, Präsidentin. Die Meinung ist gebildet. Der Mob weiß nur noch nicht, daß er ein Mob ist. *Jemand* muß für das büßen, was sich abspielt.«

Gladstone nickte geistesabwesend. »Zweiundsiebzig Stunden«, murmelte sie. »Mehr als genug Zeit.« Sie blickte auf und lächelte. »Das war alles, Sedeptra. Ruhen Sie sich auch ein wenig aus.«

Ihre Beraterin nickte, aber ihre Miene verriet, was sie in Wirklichkeit von diesem Vorschlag hielt. Als sie die Tür hinter sich zugemacht hatte, war es sehr still im Arbeitszimmer.

Gladstone saß einen Moment lang mit dem Kinn auf der

Faust da und dachte nach. Dann sagte sie zu den Wänden: »Ratgeber Albedo soll kommen.«

Zwanzig Sekunden später wurde die Luft auf der anderen Seite von Gladstones großem Schreibtisch milchig, flimmerte und verfestigte sich. Der Repräsentant des TechnoCore sah stattlich aus wie immer; das kurze graue Haar glänzte im Licht, sein offenes, aufrichtiges Gesicht war braungebrannt.

»M. Präsidentin«, begann die holografische Projektion, »das Ratskonzil und die Prognostiker des Core bieten weiterhin ihre Dienste in dieser Zeit der Not an und ...«

»Wo ist der Core, Albedo?« unterbrach ihn Gladstone.

Das Lächeln des Ratgebers zuckte nicht. »Pardon, M. Präsidentin, wie lautete die Frage?«

»Der TechnoCore. Wo ist er?«

Albedos freundliches Gesicht drückte gelinde Verwirrung, aber keine Feindseligkeit aus, überhaupt keine Gefühlsregung, abgesehen von nachdenklicher Hilfsbereitschaft. »Ihnen ist sicher bewußt, M. Präsidentin, daß es seit der Sezession die Politik des Core ist, die Standorte der ... äh ... stofflichen Elemente des TechnoCore nicht preiszugeben. Letztendlich ist der Core auch nirgends, da ...«

»Da Sie auf der Dateiebene und in der konsensuellen Realität der Datensphäre existieren«, sagte Gladstone mit tonloser Stimme. »Ja, ich habe diesen Mist mein ganzes Leben lang gehört, Albedo. Ebenso mein Vater und dessen Vater vor ihm. Ich stelle eine ganz einfache Frage. *Wo* ist der TechnoCore?«

Der Ratgeber schüttelte nachdenklich und bedauernd den Kopf, als wäre er ein Erwachsener, dem ein Kind zum tausendsten Mal die Frage stellt, Warum ist der Himmel blau, Daddy?

»M. Präsidentin, es ist einfach nicht möglich, diese Frage so zu beantworten, daß sie in menschlichen dreidimensionalen Koordinaten einen Sinn ergeben würde. In gewissem Sinne existieren wir — der Core — im Netz und jenseits des Netzes. Wir schwimmen in der Dateiebenenrealität, die Sie die Datensphäre nennen, aber was die stofflichen Elemente betrifft ... was Ihre Vorfahren ›Hardware‹ genannt haben, halten wir es für erforderlich ...«

»Sie geheimzuhalten«, führte Gladstone den Satz zu Ende.

Sie verschränkte die Arme. »Ist Ihnen bewußt, Ratgeber Albedo, daß es Menschen in der Hegemonie gibt — Millionen Menschen —, die der festen Überzeugung sein werden, daß der Core — Ihr Ratskonzil — die Menschheit verraten hat?«

Albedo machte eine Handbewegung. »Das ist bedauerlich, M. Präsidentin. Bedauerlich, aber verständlich.«

»Ihre Prognosen sollten so gut wie narrensicher sein, Ratgeber. Aber Sie haben uns niemals mitgeteilt, daß ganze Welten von den Flotten der Ousters vernichtet werden würden.«

Der traurige Gesichtsausdruck der Projektion war fast überzeugend. »M. Präsidentin, ich muß Sie diesbezüglich leider daran erinnern, daß das Ratskonzil Sie ausdrücklich darauf hingewiesen hat, daß mit der Aufnahme von Hyperion ins Netz eine unbekannte Variable eingeführt wurde, die nicht einmal das Konzil verarbeiten konnte.«

»Aber dies ist nicht Hyperion!« erwiderte Gladstone heftig und mit schriller Stimme. »God's Grove brennt. Heaven's Gate liegt in Schutt und Asche. Mare Infinitus wartet auf den nächsten Hammerschlag! Was nützt das Ratskonzil, wenn es nicht imstande ist, eine Invasion dieser Größenordnung vorherzusagen?«

»Wir haben vorausgesagt, daß der Krieg mit den Ousters unvermeidlich ist, M. Präsidentin. Außerdem haben wir auf die großen Gefahren hingewiesen, Hyperion zu verteidigen. Sie müssen mir glauben, daß die Einfügung von Hyperion in jede prognostische Gleichung den Wahrscheinlichkeitsfaktor absenkt, und zwar auf ...«

»Na gut«, seufzte Gladstone. »Ich muß mit jemand anderem im Core sprechen, Albedo. Jemanden in Ihrer unentwirrbaren Hierarchie von Intelligenzen, der tatsächlich über die Macht verfügt, Entscheidungen zu treffen.«

»Ich versichere Ihnen, ich repräsentiere sämtliche Elemente des Core, wenn ich ...«

»Ja, ja. Aber ich möchte mit einer der ... der Mächte, wie Sie sie, glaube ich, nennen, sprechen. Einer der älteren KIs. Einer mit Befugnis, Albedo. Ich möchte mit jemandem im Core sprechen, der mir sagen kann, weshalb der Core meinen Künstler Severn und meinen Attaché Leigh Hunt entführt hat.«

Das Holo sah schockiert drein. »Ich versichere Ihnen,

M. Gladstone, bei der Ehre unserer vierhundertjährigen Allianz, daß der Core nichts mit dem unglücklichen Verschwinden von ...«

Gladstone stand auf. »Genau darum muß ich mit einem Mächtigen sprechen. Die Zeit der Beteuerungen ist vorbei, Albedo. Es wird Zeit, Tacheles zu reden, wenn eine unserer Rassen überleben soll. Das ist alles.« Sie wandte ihre Aufmerksamkeit den Faxpadfolien auf dem Schreibtisch zu.

Ratgeber Albedo stand auf, nickte zum Abschied und löste sich flimmernd auf.

Gladstone rief ihr persönliches Farcasterportal ab, nannte den Code der Krankenstation des Regierungsgebäudes und wollte eben durchgehen. Einen Augenblick bevor sie die milchige Oberfläche berührte, hielt sie inne, dachte darüber nach, was sie vorhatte, und spürte zum ersten Mal im Leben Angst davor, durch einen Farcaster zu treten.

Was, wenn der Core sie entführen wollte? Oder töten?

Plötzlich wurde Meina Gladstone klar, daß der Core Macht über Leben und Tod eines jeden farcasterreisenden Bürgers im Netz hatte — und das hieß, jedes Bürgers mit Macht und Einfluß. Leigh und der Cybrid Severn mußten nicht entführt, nach *anderswo* befördert worden sein ... lediglich die beharrliche Angewohnheit, Farcaster als narrensicher zu betrachten, führte zur unterbewußten Überzeugung, daß sie *irgendwo hin* gegangen sein mußten. Ihr Attaché und der rätselhafte Cybrid konnten ebenso gut zu ... zu nichts befördert worden sein. In einzelne Atome aufgelöst, die sich in einer Singularität verteilten. Farcaster ›teleportierten‹ Menschen und Dinge nicht — dieses Konzept war albern —, aber wie viel weniger albern war es, einem Mechanismus zu vertrauen, der Löcher in der Beschaffenheit des Raum/Zeit-Kontinuums auftat und einem ermöglichte, durch die ›Falltüren‹ Schwarzer Löcher zu treten? Wie albern war es, sich darauf zu verlassen, daß der Core sie in die Krankenstation befördern würde?

Gladstone dachte an das Stabszimmer ... eigentlich drei gigantische Säle, die durch permanent aktivierte, durchsichtige Farcasterportale verbunden waren ... aber dennoch drei Säle, die durch mindestens tausend Lichtjahre echten Raums und Jahrzehnte Echtzeit selbst mit Hawking-Antrieb voneinander getrennt waren. Jedesmal, wenn Morpurgo oder Singh oder einer der anderen von einem Kartenholo zur Kommandozentrale gingen, überwand er gewaltige Abgründe von Raum und Zeit. Um die Hegemonie und alle darin zu vernichten, mußte der Core lediglich mit den Farcastern spielen und einen kleinen ›Fehler‹ bei der Zieleinrichtung zulassen.

Und wenn schon, dachte Meina Gladstone und ging durch, um in der Krankenstation des Regierungshauses mit Paul Duré zu sprechen.

39

Die beiden Zimmer im ersten Stock des Hauses an der Piazza die Spagna sind klein, schmal, die Decken hoch, und es ist — abgesehen von einer winzigen Lampe, die in jedem Zimmer brennt, als wäre sie von Gespenstern in Erwartung anderer Gespenster angezündet worden — ziemlich dunkel. Mein Bett steht im kleineren der beiden Zimmer: dem mit Blick auf die Piazza, obwohl man an diesem Abend durch die hohen Fenster nur Dunkelheit sehen kann, die von schwärzeren Schatten durchdrungen ist und vom unablässigen Plätschern von Berninis Springbrunnen untermalt wird.

Glocken läuten stündlich in einem der beiden Türme von Santa Trinita dei Monti, der Kirche, die in der Dunkelheit kauert wie eine große, sprungbereite Katze auf der Treppe draußen, und jedesmal, wenn ich die Glocken die frühen Morgenstunden verkünden höre, denke ich an Geisterhände, die an verfaulenden Glockenseilen ziehen. Oder möglicherweise verfaulende Hände, die geisterhafte Glockenseile ziehen; ich weiß nicht, welches Bild meiner makabren Phantasie in dieser Nacht eher entspricht.

Heute nacht drückt mich das Fieber nieder wie eine klamme, schwere, erstickende, vollgesogene Decke. Meine Haut brennt abwechselnd oder fühlt sich klamm an. Zweimal haben mich Hustenanfälle geschüttelt; beim ersten kam Hunt vom Sofa in seinem Zimmer hereingestürzt, und ich sah, wie er mit erschrocken aufgerissenen Augen das Blut betrachtete, das ich auf die Damastdecke erbrochen hatte; den zweiten Anfall habe ich, so gut ich es vermochte, unterdrückt und mich zur Schüssel auf dem Waschtisch geschleppt, wo ich kleinere Mengen schwarzes Blut und dunklen Schleim gehustet habe. Beim zweiten Mal ist Hunt nicht aufgewacht.

Wieder hier zu sein. Den ganzen Weg zu diesen dunklen Zimmern, diesem trostlosen Bett zurückgelegt zu haben. Ich kann mich halb erinnern, wie ich hier erwacht bin, auf wundersame Weise geheilt, während der ›echte‹ Severn und Dr. Clark und sogar die kleine Signora Angeletti im Nebenzimmer warteten. Diese Periode der Rekonvaleszenz vom Tod; diese Periode der Erkenntnis, daß ich nicht Keats war, mich nicht auf der wahren Erde befand, daß dies nicht das Jahrhundert war, in dem ich am Abend zuvor die Augen zugemacht hatte ... daß ich kein Mensch war.

Irgendwann nach zwei schlafe ich ein, und schlafend träume ich. Einen Traum, den ich noch nie zuvor gehabt habe. Ich träume, daß ich langsam durch die Dateiebene steige, durch die Datensphäre, in und durch die Megasphäre und schließlich an einen Ort gelange, den ich nicht kenne, von dem ich nie geträumt habe ... einem Ort unendlicher Räume, langsamer, unbeschreiblicher Farben, einem Ort ohne Horizonte, ohne Decke, ohne Boden oder feste Flächen, die man als Boden bezeichnen könnte. In Gedanken bezeichne ich ihn als Metasphäre, denn ich spüre sofort, daß diese Ebene der konsensuellen Wirklichkeit sämtliche Varianten und Mannigfaltigkeiten von Empfindungen umfaßt, die ich auf Erden erlebt hatte, alle Binäranalysen und intellektuellen Freuden, die ich verspürte, wenn ich vom TechnoCore durch die Datensphäre schwebte, und vor allem ein Gefühl von ... von was? Weite? Freiheit? — *Potential* könnte das Wort sein, nach dem ich suche.

Ich bin allein in dieser Metasphäre. Farben schweben über mir, unter mir, *durch* mich hindurch ... manchmal verblassen sie zu vagen Pastelltönen, manchmal ballen sie sich zu wolkengleichen Phantasiegebilden zusammen, und ab und zu, selten, scheinen sie solidere Formen zu bilden, Umrisse, klare Gebilde, deren Äußeres menschlich sein könnte, oder auch nicht — ich betrachte sie, wie ein Kind Wolken ansehen und sich Elefanten, Nilkrokodile und große Kanonenboote vorstellen könnte, die an einem Frühlingstag im Lake District von Westen nach Osten pflügen.

Nach einer Weile höre ich Geräusche: das nervtötende Plätschern von Berninis Brunnen; Tauben, die auf den Simsen über meinem Fenster rascheln und gurren; Leigh Hunt, der leise im Schlaf stöhnt. Aber über und unter diesen Geräuschen höre ich etwas Verstohleneres, nicht so *Reales*, aber unendlich Bedrohlicheres.

Etwas Großes kommt auf leisen Sohlen. Ich versuche durch die pastellfarbene Düsternis zu sehen; etwas bewegt sich dicht hinter dem Horizont des Gesichtsfelds. Ich weiß, daß es meinen Namen kennt. Ich weiß, daß es mein Leben auf einer Handfläche und den Tod in der anderen Faust hält.

Es gibt kein Versteck in diesem Raum jenseits des Raums. Ich kann nicht weglaufen. Der Sirenengesang der Schmerzen erklingt weiterhin an- und abschwellend aus der Welt, die ich verlassen habe — die alltäglichen Schmerzen jeder Person überall, die Schmerzen derjenigen, die unter dem gerade begonnenen Krieg leiden, die spezifischen, scharf gebündelten Schmerzen aller am gräßlichen Baum des Shrike, und am schlimmsten, die Schmerzen, die ich empfinde, und die der Pilger und aller anderen, an deren Leben ich jetzt Anteil habe.

Es würde sich lohnen, diesem gewaltigen näherschleichenden Schatten der Vernichtung entgegenzueilen, wenn er mich von diesen Schmerzen befreien würde.

»Severn! Severn!«

Für einen Moment denke ich, daß ich derjenige bin, der ruft, wie schon einmal in diesen Gemächern, wenn ich Joseph Severn in der Nacht rief, weil Schmerzen und Fieber so sehr wüteten, daß ich sie nicht mehr im Zaum halten konnte. Und er war stets zur Stelle: Severn mit seiner bärenhaften, wohlmeinenden Trägheit und dem sanften Lächeln, das ich ihm des öfteren mit einer kleinen Gemeinheit oder Bemerkung vom Gesicht wischen wollte. Es fällt so schwer, gutmütig zu sein, wenn man im Sterben liegt; ich hatte ein Leben der Großzügigkeit geführt ... warum war es dann mein Schicksal, diese Rolle weiterzuspielen, wenn *ich* leiden mußte, wenn *ich* derjenige war, der die zerfetzten Überreste seiner Lungen in fleckige Taschentücher spie?

»Severn!«

Es ist nicht meine Stimme. Hunt schüttelt mich an den Schultern und ruft Severns Namen. Mir wird klar, er denkt, daß er *meinen* Namen ruft. Ich stoße seine Hände weg und sinke auf das Kissen zurück. »Was ist? Was ist los?«

»Sie haben gestöhnt«, sagt Gladstones Attaché. »Geschrien.«

»Ein Alptraum. Nichts weiter.«

»Ihre Träume sind normalerweise mehr als Träume«, sagt Hunt. Er sieht sich in dem kleinen Zimmer um, das jetzt von der einzigen Lampe erhellt wird, die er mitgebracht hat. »Was für ein schrecklicher Ort, Severn.«

Ich versuche zu lächeln. »Hat mich achtundzwanzig Schillinge im Monat gekostet. Sieben Scudi. Raub.«

Hunt sieht mich stirnrunzelnd an. Im unvorteilhaften Licht wirken seine Falten tiefer als sonst. »Hören Sie, Severn, ich weiß, daß Sie ein Cybrid sind. Gladstone hat mir gesagt, Sie sind die Persönlichkeitsrekonstruktion eines Dichters namens Keats. Eindeutig hat dies ...« — er deutet hilflos ins Zimmer, die Schatten, die hohen Rechtecke der Fenster, das hohe Bett — »hat dies alles etwas damit zu tun. Aber inwiefern? Was für ein Spiel spielt der Core hier?«

»Ich bin nicht sicher«, sage ich wahrheitsgemäß.

»Aber Sie kennen diesen Ort?«

»O ja«, sage ich nachdrücklich.

»Erzählen Sie es mir«, fleht Hunt, und seine Zurückhaltung bis zu diesem Punkt, *nicht* zu fragen, ebenso wie die Verzweiflung dieser Bitte veranlassen mich, es ihm wirklich zu erzählen.

Ich erzähle ihm von dem Dichter John Ketas, seiner Geburt im Jahre 1795, seinem kurzen und meist unglücklichen Leben und seinem Tod durch ›Schwindsucht‹ 1821 in Rom, fern von seinen Freunden und seiner einzigen Liebe. Ich erzähle ihm von meiner inszenierten ›Genesung‹ in eben diesem Zimmer, von meiner Entscheidung, den Namen Joseph Severn anzunehmen — des befreundeten Künstlers, der bis zu seinem Tod bei Keats geblieben ist —, und schließlich erzähle ich ihm von meinem kurzen Aufenthalt im Netz, wo ich zuhörte, beobachtete und dazu verdammt war, das Leben der Pilger zum Shrike auf Hyperion und von anderen zu träumen.

»Träume?« sagt Hunt. »Sie meinen, Sie träumen sogar jetzt, was im Netz geschieht?«

»Ja.« Ich erzähle ihm von den Träumen über Gladstone, der Zerstörung von Heaven's Gate und God's Grove und den wirren Bildern von Hyperion.

Hunt geht in dem engen Zimmer auf und ab, sein Schatten wird hoch an die rauhen Wände geworfen. »Können *Sie* mit *ihnen* in Verbindung treten?«

»Mit denen, von denen ich träume?« Ich denke einen Moment lang darüber nach. »Nein.«

»Sind Sie sicher?«

Ich versuche es zu erklären. »Ich komme nicht einmal in diesen Träumen vor, Hunt. Ich habe keine ... keine Stimme, keine Präsenz ... ich kann unmöglich mit denen in Verbindung treten, von denen ich träume.«

»Aber manchmal träumen Sie, was sie denken?«

Ich sehe ein, daß das der Wahrheit entspricht. Fast der Wahrheit. »Ich nehme wahr, was sie *fühlen* ...«

»Dann können Sie eine Spur in ihren Köpfen hinterlassen ... in ihrer Erinnerung? Sie wissen lassen, wo wir sind?«

»Nein.«

Hunt läßt sich auf den Stuhl am Fußende meines Betts fallen. Plötzlich wirkt er sehr alt.

»Leigh«, sage ich, »selbst wenn ich mit Gladstone oder den anderen kommunizieren könnte — was ich nicht kann —, was würde das nützen? Ich habe Ihnen gesagt, daß diese Nachbildung der alten Erde in der Magellanschen Wolke liegt. Selbst bei Quantensprung-Hawkinggeschwindigkeiten würden sie Jahrhunderte brauchen, bis sie uns erreicht hätten.«

»Wir könnten sie warnen«, sagt Hunt mit so müder Stimme, daß er sich beinahe mürrisch anhört.

»Wovor warnen? Gladstones schlimmste Alpträume werden rings um sie herum Wirklichkeit. Glauben Sie, sie vertraut dem Core noch? Darum konnte uns der Core so dreist entführen. Die Ereignisse überschlagen sich so sehr, daß weder Gladstone noch sonst jemand in der Hegemonie damit fertig wird.«

Hunt reibt sich die Augen, dann macht er mit den Fingern einen Giebel unter der Nase. Sein Blick ist nicht besonders freundlich. »Sind Sie wirklich die rekonstruierte Persönlichkeit eines Dichters?«

Ich sage nichts.

»Rezitieren Sie ein Gedicht. Erfinden Sie etwas.«

Ich schüttle den Kopf. Es ist spät, wir sind beide müde und ängstlich, und mein Herz klopft immer noch von dem Alptraum, der mehr als ein Alptraum war. Ich werde mich von Hunt nicht wütend machen lassen.

»Kommen Sie schon«, sagt er. »Beweisen Sie mir, daß Sie die neue, verbesserte Version von Bill Keats sind.«

»John Keats«, sage ich leise.

»Wie auch immer. Kommen Sie, Severn. Oder John. Oder wie ich Sie sonst auch nennen sollte. Rezitieren Sie etwas Poesie.«

»Na gut«, sage ich und erwidere seinen Blick. »Hören Sie zu.«

Es war ein böser Junge
  Der war so bös wie nie
Der tat nichts anderes machen
  Als kritzeln Poesie …
    Er nahm
    In die Hand, so zum Spaß
    Ein Tintenfaß
    Und eine Feder
    So groß wie zehn Meter
    In die andere Faust
    Und fort
    Wie der Blitz
    Ist er gesaust
    Zu den Bergen
    Und Zwergen
    Und Geistern
    Und Meistern
    Und Gruben
    Und Stuben
    Und schrieb mit Schal

Welch eine Qual
Wenn er so fror
Wie nie zuvor
Doch bei Hitzewelle
Zog er ihn schnelle
Ganz einfach aus.
Oh, welch Ekstase
Folgt man der Nase
Mit wenigen Worten
Nach Norden,
Nach Norden,
Folgt man der Nase
Nach Norden!

»Ich weiß nicht«, sagt Hunt. »Das hört sich nicht an, als hätte es ein Dichter geschrieben, dessen Ruhm tausend Jahre überdauert hat.«

Ich zucke die Achseln.

»Haben Sie heute nacht von Gladstone geträumt? Ist etwas geschehen, das dieses Stöhnen ausgelöst hat?«

»Nein. Nicht von Gladstone. Es war ... zur Abwechslung einmal ein richtiger Alptraum.«

Hunt steht auf, hebt die Lampe hoch und schickt sich an, die einzige Lichtquelle aus dem Zimmer zu nehmen. Ich höre den Springbrunnen auf der Piazza und die Tauben auf den Simsen. »Morgen«, sagt er, »werden wir den Sinn von alledem ergründen und einen Rückweg finden. Wenn sie uns hierher farcasten können, muß es auch einen Weg geben, uns zurückzufarcasten.«

»Ja«, sage ich, obschon ich weiß, daß es nicht wahr ist.

»Gute Nacht«, sagt Hunt. »Keine Alpträume mehr, verstanden?«

»Keine mehr«, sage ich, obwohl ich weiß, daß das noch weniger stimmt.

Moneta zog den verwundeten Kassad vom Shrike weg und schien die Kreatur mit einer ausgestreckten Hand auf Distanz zu halten, während sie einen blauen Torus aus dem Gürtel ihres Hautanzugs holte und hinter sich drehte.

Ein zwei Meter hohes goldenes Oval hing brennend in der Luft.

»Laß mich gehen«, murmelte Kassad. »Bringen wir es zu Ende.« Blut war verspritzt, wo das Shrike tiefe Furchen in den Hautanzug des Obersten gefetzt hatte. Sein rechter Fuß baumelte, als wäre er halb abgetrennt; er konnte ihn nicht belasten, und lediglich die Tatsache, daß er mit dem Shrike gekämpft hatte und von dem Ding wie bei einer irren Parodie eines Tanzes halb getragen worden war, hatte Kassad beim Kämpfen aufrecht gehalten.

»Laß mich gehen«, wiederholte Fedmahn Kassad.

»Sei still«, sagte Moneta, und dann, sanfter: »Sei still, Liebster.« Sie zog ihn durch das goldene Oval, und sie kamen in grellem Licht heraus.

Trotz Schmerzen und Erschöpfung fand Kassad den Anblick atemberaubend. Sie befanden sich nicht auf Hyperion, dessen war er ganz sicher. Eine weite Ebene dehnte sich zu einem Horizont hin aus, der viel weiter entfernt war als Logik oder Erfahrung zulassen wollten. Niederes, orangefarbenes Gras — wenn es Gras war — wuchs im Flachland und auf den sanften Hügeln wie Flaum auf dem Rücken einer Riesenraupe, während etwas, möglicherweise Bäume, wie Skulpturen aus Karbid wuchs — Stämme und Äste erinnerten in ihrer barocken Unmöglichkeit an Escher, das Laub war ein Durcheinander aus dunkelblauen und violetten Ovalen, die einem Himmel entgegenwuchsen, in dem Licht pulsierte.

Aber kein Sonnenlicht. Noch während Moneta ihm von dem Portal wegtrug, das sich wieder schloß — Kassad betrachtete es nicht als Farcaster, da er sicher war, es hatte sie nicht nur durch den Raum, sondern auch durch die Zeit transportiert —, auf einen Hain dieser unmöglichen Bäume zu, richtete Kassad den Blick himmelwärts und empfand etwas, das Staunen gleichkam. Es war so hell wie der Tag auf Hyperion; so hell wie der Mittag in einer Einkaufspassage auf Lusus; so hell wie ein Mittsommertag auf dem Tharsis Plateau von Kassads trockenem Heimatplaneten Mars, aber dies war kein Sonnenlicht — der Himmel war voll von Sternen und Sternbildern und Sternhaufen und einer Galaxis so dichtgepackt mit Sonnen, daß fast keine dunklen Stellen zwischen den Lichtern zu sehen waren. Es war, dachte Kassad, als befände man sich in einem Planetarium mit zehn Projektoren. Wie im Zentrum der Galaxis.

Im Zentrum der Galaxis.

Eine Gruppe Männer und Frauen in Hautanzügen traten aus dem Schatten der Escher-Bäume und bildeten einen Kreis um Kassad und Moneta. Einer der Männer — ein Riese selbst nach Kassads marsianischem Standard — sah ihn an, hob den Kopf Richtung Moneta, und obwohl Kassad nichts hören und über Funk- und Richtstrahlempfänger des Anzugs nichts wahrnehmen konnte, wußte er, daß sich die beiden unterhielten.

»Leg dich zurück«, sagte Moneta und ließ ihn in das samtweiche orangefarbene Gras gleiten. Er bemühte sich zu sprechen, sich aufzurichten, aber sie und der Riese legten ihm beide eine Hand auf die Brust, so ließ er sich zurücksinken und sah nur noch die langsam wogenden violetten Blätter und den Himmel voller Sterne.

Der Mann berührte ihn wieder, und Kassads Hautanzug wurde deaktiviert. Er versuchte sich aufzurichten, versuchte sich zu bedecken, als ihm klar wurde, daß er nackt vor der kleinen Gruppe lag, die sich versammelt hatte, aber Monetas fester Griff hielt ihn zurück. Durch Schmerz und Orientierungslosigkeit merkte er vage, wie der Mann seine aufgeschlitzten Arme und die Brust berührte und eine silberumhüllte Hand das Bein hinab zur durchgeschnittenen Achillessehne gleiten ließ. Der Oberst spürte die Kälte, wo der Riese ihn berührte, dann schwebte sein Bewußtsein davon wie ein Ballon, hoch über die leuchtende Ebene und die wogenden Hügel, dem soliden Baldachin der Sterne entgegen, wo eine riesige Gestalt wartete, dunkel wie eine Gewitterwolke über dem Horizont, gewaltig wie ein Berg.

»Kassad«, flüsterte Moneta, und der Oberst schwebte zurück. »Kassad«, sagte sie wieder, berührte mit den Lippen seine Wange, und sein Hautanzug wurde wieder aktiviert und verschmolz mit ihrem.

Oberst Fedmahn Kassad richtete sich mit ihr auf. Er schüttelte den Kopf, stellte fest, daß er wieder in silberne Energie gekleidet war, und erhob sich. Er spürte keine Schmerzen mehr, spürte, wie sein Körper an einem Dutzend Stellen kribbelte, wo Verletzungen geheilt, schlimme Schnittwunden versorgt worden waren. Er verschmolz seine Hand mit dem eigenen Anzug, spürte Haut über Haut streichen, beugte das Knie und berührte die Ferse, spürte aber keine Narben.

Kassad wandte sich an den Riesen. »Danke«, sagte er, ohne zu wissen, ob der Mann ihn hören konnte.

Der Riese nickte und ging zu den anderen zurück.

»Er ist ... eine Art Doktor«, sagte Moneta. »Ein Heiler.«

Kassad hörte sie nur halb, da er sich auf die anderen Menschen konzentrierte. Sie waren Menschen — das wußte er tief in seinem Herzen —, aber die Vielfalt war erstaunlich: ihre Hautanzüge waren nicht allesamt silbern wie seiner und der von Moneta, vielmehr durchliefen sie alle Farben des Spektrums, aber jede so weich und organisch wie das Fell eines lebenden Wildtiers. Lediglich das subtile Energieflimmern und die unscharfen Gesichtszüge verrieten die Oberfläche der Hautanzüge. Ihre Anatomie war ebenso vielfältig wie ihre Farben: der Heiler, groß wie das Shrike und wuchtig, hohe Stirn und eine Kaskade wabernder Energie, bei der es sich um eine Mähne handeln konnte; daneben eine Frau, nicht größer als ein Kind aber eindeutig eine Frau, wohlproportioniert und mit muskulösen Beinen, kleinen Brüsten und zwei Meter langen Feenflügeln, die aus ihrem Rücken wuchsen — nicht nur zur Zierde, denn als ein Windhauch über das orangefarbene Präriegras strich, verfiel diese Frau in einen kurzen Trab, breitete die Arme aus und schwang sich anmutig in die Luft.

Hinter mehreren großen, hageren Frauen mit blauen Hautanzügen und langen Fingern mit Schwimmhäuten dazwischen stand eine Gruppe gedrungener Männer mit Visieren und Körperpanzern wie FORCE:Marines, die im Vakuum in die Schlacht zogen, aber Kassad spürte, daß der Panzer *Teil ihrer Körper* war. Über ihnen schwebte ein Schwarm geflügelter Männer mit den Aufwinden, zwischen denen dünne, gelbe Strahlen Laserlicht wie eine Art komplexer Code pulsierten. Die Laserstrahlen schienen aus einem Auge auf ihrer Brust zu kommen.

Kassad schüttelte wieder den Kopf.

»Wir müssen gehen«, sagte Moneta. »Das Shrike kann uns nicht hierher folgen. Diese Krieger haben genug zu tun, auch ohne daß sie sich um diese spezielle Manifestation des Herrn der Schmerzen kümmern müßten.«

»Wo sind wir?« fragte Kassad.

Moneta ließ mit einer goldenen Stockzwinge von ihrem Gürtel ein violettes Oval erscheinen. »Weit in der Zukunft der Menschheit. *Einer* möglichen Zukunft. Hier wurden die Zeitgräber geschaffen und rückwärts durch die Zeit geschickt.«

Kassad sah sich wieder um. Etwas ungeheuer Großes bewegte sich vor dem Sternenfeld, verdeckte tausende Sterne und warf Sekundenbruchteile einen Schatten, ehe es verschwand. Die Männer und Frauen sahen kurz auf, dann gingen sie wieder ihren Verrichtungen nach: sie ernteten kleine Früchte von den Bäumen, fanden sich in Gruppen zusammen, um helle Energiekarten zu studieren, die ein Mann mit einem Fingerschnippen ins Leben gerufen hatte, flogen schnell wie ein geworfener Speer zum fernen Horizont. Ein flaches, rundliches Individuum unbestimmbaren Geschlechts hatte sich ins weiche Erdreich eingegraben und war nur noch als schwache Linie aufgeworfener Erde sichtbar, die sich in raschen, konzentrischen Kreisen um die Gruppe herum bewegte.

»Wo *ist* dieser Ort?« fragte Kassad wieder. »*Was* ist er?« Plötzlich fühlte er sich unerklärlicherweise den Tränen nahe, als wäre er um eine unbekannte Ecke gebogen und plötzlich nach Hause ins Siedlungsprojekt Tharsis gelangt, wo seine längst tote Mutter ihm unter der Tür zuwinkte, seine vergessenen Freunde und Geschwister darauf warteten, daß er sich auf ein Ballspiel zu ihnen gesellte.

»Komm!« sagte Moneta, und die Dringlichkeit in ihrer Stimme war nicht zu überhören. Sie zog Kassad zu dem leuchtenden Oval. Er betrachtete die anderen und die Sternenkuppel, bis er durchgegangen war und der Anblick verschwand.

Sie kamen in Dunkelheit heraus, aber der Filter von Kassads Hautanzug brauchte nur Sekundenbruchteile, bis sich die Sicht angepaßt hatte. Sie befanden sich vor dem Kristallmonolithen im Tal der Zeitgräber auf Hyperion. Es war Nacht. Wolken brodelten droben, ein Sturm tobte. Lediglich das pulsierende Leuchten der Gräber selbst erhellte den Schauplatz. Kassad verspürte ein klägliches Gefühl der Sehnsucht nach dem sauberen, hell erleuchteten Ort, den sie gerade verlassen hatten, aber dann konzentrierte er sich auf das, was er vor sich sah.

Sol Weintraub und Brawne Lamia befanden sich einen halben Klick taleinwärts, Sol beugte sich über die Frau, die beim Jadegrab lag. Wind wirbelte so dicht Staub um sie herum auf, daß sie nicht sehen konnten, wie das Shrike sich wie ein weiterer Schatten am Obelisken vorbei den Weg entlang auf sie zu bewegte.

Fedmahn Kassad trat vom dunklen Marmor vor dem Monolithen herunter und wich den verstreuten Kristallscherben auf dem Weg aus. Er spürte, daß sich Moneta noch immer an seinem Arm festhielt.

»Wenn du wieder kämpfst«, sagte sie leise in sein Ohr, »wird das Shrike dich töten.«

»Es sind meine Freunde«, sagte Kassad. Seine FORCE-Ausrüstung und der Panzer lagen noch dort, wo Moneta sie vor Stunden hingeworfen hatte. Er suchte den Monolithen ab, bis er seine Gefechtswaffe und einen Granatengurt fand, vergewisserte sich, daß das Gewehr noch funktionierte, überprüfte Ladungen und entsicherte, ließ den Monolithen hinter sich und eilte mit doppeltem Zeitablauf davon, um sich dem Shrike entgegenzustellen.

Ich erwache durch das Plätschern von Wasser und denke einen Moment lang, ich wäre während meines Spaziergangs mit Brown in der Nähe des Wasserfalls von Lodore aus einem Nikkerchen erwacht. Aber als ich die Augen aufschlage, ist die Dunkelheit so furchteinflößend wie im Schlaf, und das Wasser klingt widerlich träge, nicht wie das Brausen des Katarakts, den Southey eines Tages in seinem Gedicht berühmt machen sollte, und ich fühle mich schrecklich — nicht nur krank und mit wundem Hals, den ich mir geholt habe, als Brown und ich närrischerweise vor dem Frühstück den Skiddaw erklommen haben —, sondern sterbenskrank, todgeweiht, mein Körper schmerzt nicht nur vom Wechselfieber, während Schleim und Feuer mir in Brust und Bauch brennen.

Ich stehe auf und taste mich zum Fenster. Schwaches Licht dringt unter der Tür von Leigh Hunts Zimmer durch, und ich stelle fest, daß er mit brennender Lampe eingeschlafen ist. Das wäre auch für mich nicht schlecht gewesen, aber jetzt ist es zu spät, sie anzuzünden, daher taste ich mich zu dem helleren Rechteck der Dunkelheit draußen, das sich vom schwärzeren Dunkel des Zimmers abhebt.

Die Luft ist frisch und schwanger vom Geruch nach Regen. Ich stelle fest, das Geräusch, das mich aufgeweckt hat, ist Donner, während Blitze über den Himmel von Rom zucken. Kein Licht ist in der Stadt zu sehen. Wenn ich mich etwas aus dem Fenster lehne, sehe ich die regennasse Treppe über der Piazza, sowie die Türme von Trinita dei Monti, die sich schwarz vor den Blitzen abzeichnen. Kalter Wind weht die Stufen herab, und ich gehe zum Bett zurück und ziehe eine Decke über mich, bevor ich einen Stuhl ans Fenster ziehe, mich setze, hinausblicke und nachdenke.

Ich erinnere mich an meinen Bruder Tom in den letzten Tagen und Wochen, wie er Gesicht und Körper in der unmenschlichen Anstrengung des Atmens verzerrte. Ich erinnere mich an meine Mutter, wie blaß sie ausgesehen hat und wie ihr Gesicht in der Düsternis des verdunkelten Zimmers fast leuchtete. Meiner Schwester und mir wurde gestattet, ihre klamme Hand zu berühren, ihre fiebrigen Lippen zu küssen, dann mußten wir uns zurückziehen. Ich weiß noch, wie ich mir einmal verstohlen die Lippen abgewischt habe, während wir das Zimmer verließen, worauf ich sofort nach rechts und links sah, ob meine Schwester oder andere diese sündige Tat gesehen hatten.

Als Dr. Clark und ein italienischer Chirurg Keats' Leichnam keine dreißig Stunden nach seinem Tod aufgeschnitten hatten, fanden sie, wie Severn später an einen Freund schrieb, »... den allerschlimmsten Fall von Schwindsucht — die Lungen waren vollkommen zerstört, die Zellen praktisch dahin.« Weder Dr. Clark noch der italienische Arzt konnten sich erklären, wie Keats die letzten zwei Monate oder länger noch hatte leben können.

Über das alles denke ich nach, während ich in dem dunklen Zimmer sitze und auf die dunkle Piazza hinausblicke, während ich dem Brodeln in Brust und Lunge lausche und die Schmerzen wie Feuer in mir spüre, dazu die schlimmeren Schmerzen der Schreie in meinem Kopf: Schreie von Martin Silenus am Baum, der für das Gedicht leiden mußte, das zu vollenden ich zu verzagt und feige gewesen war; Schreie von Fedmahn Kassad, der im Begriff ist, sich dem Shrike in die Arme zu werfen, um zu sterben; Schreie des Konsuls, der zum zweiten Mal zu einem Verrat gezwungen wird; Schreie aus tausenden Tempelritterkehlen, die den Tod sowohl ihrer Welt wie auch ihres Bruders Het Masteen beweinen; Schreie von Brawne Lamia, die an ihren toten Geliebten denkt, meinen Zwillingsbruder; Schreie von Paul Duré, der darniederliegt, gegen die Verbrennungen und den Schock der Erinnerungen ankämpft und sich nur allzu deutlich bewußt ist, daß die Kruziform auf seiner Brust wartet; Schreie von Sol Weintraub, der mit der Faust auf den Boden von Hyperion schlägt und nach seinem Kind ruft, während das Weinen des Säuglings Rachel uns allen noch in den Ohren hallt.

»Gottverdammt«, sage ich leise und schlage mit der Faust gegen Stein und Mörtel des Fensterrahmens. »Gottverdammt!«

Nach einer Weile, als die erste Andeutung von Helligkeit von der Dämmerung kündet, gehe ich vom Fenster weg, taste mich zum Bett und lege mich hin, um noch für einen Moment die Augen zu schließen.

Generalgouverneur Theo Lane erwachte durch Musik. Er blinzelte, sah sich um und erkannte den Tank mit Nährlösung in der Nähe und die MedEinheit des Schiffs wie aus einem Traum. Theo stellte fest, daß er einen weichen schwarzen Pyjama trug und auf dem Untersuchungstisch der MedEinheit geschlafen hatte. Die vergangenen zwölf Stunden fügten sich langsam aus den Bruchstücken seiner Erinnerung zusammen: wie er aus dem Behandlungstank gehoben wurde, wie Sensoren angelegt wurden, wie der Konsul und ein anderer Mann sich über ihn beugten und ihm Fragen stellten — Theo antwortete, als wäre er wirklich bei Bewußtsein, dann schlief er wieder ein und träumte von Hyperion und von brennenden Städten. Nein, keine Träume.

Theo richtete sich auf, spürte, wie er fast vom Untersuchungstisch schwebte, fand seine gewaschene und ordentlich zusammengelegte Kleidung auf einem Regal in der Nähe, zog sich an und hörte dabei unablässig die Musik, die manchmal anschwoll, manchmal ausklang, aber stets mit einer quälenden akustischen Eigenheit fortgeführt wurde, die darauf hindeutete, daß sie live war, nicht aufgezeichnet.

Theo ging über die kurze Treppe zum Freizeitdeck und blieb überrascht stehen, als er feststellte, daß das Schiff offen war, der Balkon ausgefahren, das Sperrfeld anscheinend abgeschaltet. Die Schwerkraft war minimal: sie reichte gerade aus, Theo wieder aufs Deck zu ziehen, aber mehr nicht — möglicherweise nur zwanzig Prozent oder weniger als die auf Hyperion, vielleicht ein Sechstel Standard.

Das Schiff war offen. Strahlendes Sonnenlicht strömte durch die offene Tür des Balkons, wo der Konsul saß und das uralte Instrument spielte, das er ›Flügel‹ nannte. Theo erkannte den Archäologen Arundez, der mit einem Drink in der Hand an der offenen Hülle lehnte. Der Konsul spielte etwas sehr Altes und sehr Kompliziertes; seine Hände huschten über die Tastatur. Theo kam näher, wollte dem lächelnden Arundez etwas ins Ohr flüstern und hielt dann erschrocken inne und sah fassungslos hinaus.

Jenseits des Balkons fiel helles Sonnenlicht auf einen grünen Rasen, der sich bis zu einem viel zu nahen Horizont erstreckte. Auf diesem Rasen saßen Menschen in Gruppen versammelt und lauschten offenbar in entspannter Haltung dem Konzert des Konsuls. Aber was für Menschen!

Theo konnte hochgewachsene, schlanke Menschen erkennen, die wie die Ästheten von Epsilon Eridani aussahen, blaß und kahlköpfig und in blaue Gazegewänder gehüllt, aber daneben eine erstaunliche Vielfalt an Menschentypen, die zuhörten — eine größere Vielfalt, als sie das Netz je gesehen hatte: Menschen mit Fell und Schuppen; Menschen mit Körpern wie Bienen und entsprechenden Augen, Facettenrezeptoren und Fühlern; Menschen so dünn und zierlich wie Drahtskulpturen, deren dünnen Schultern gewaltige schwarze Flügel entsprangen, die sie wie Capes um sich gefaltet hatten; Menschen, die offenbar für Welten mit hoher Schwerkraft geschaffen waren, kurz und gedrungen und muskulös wie Büffel, neben denen Lusier zierlich gewirkt hätten; Menschen mit kurzen Leibern und langen Armen und orangefarbenem Fell, die sich lediglich durch die feinsinnigen Gesichter von Holos der längst ausgestorbenen Orang Utans der Alten Erde unterschieden; und andere, die mehr lemurenhaft als humanoid aussahen, mehr katzenhaft oder löwenartig oder nagetiermäßig oder anthropoid als menschenähnlich. Und doch wußte Theo sofort, daß es sich um *Menschen* handelte, so schockierend ihre Unterschiede auch waren. Ihre aufmerksamen Blicke, die entspannten Haltungen und hundert weitere subtile Attribute — bis hin zu der Art, wie eine Mutter mit Schmetterlingsflügeln ein Baby mit Schmetterlingsflügeln in den Armen wiegte — sprachen deutlich für eine gemeinsame Zugehörigkeit zur Menschheit, die Theo nicht leugnen konnte.

Melio Arundez drehte sich um, lächelte über Theos Gesichtsausdruck und flüsterte: »Ousters.«

Der verblüffte Theo Lane konnte nicht mehr tun, als den Kopf zu schütteln und der Musik lauschen. Ousters waren Barbaren, nicht diese wunderschönen und manchmal ätherischen Geschöpfe, Oustergefangene auf Bressia, ganz zu schweigen von den Leichen ihrer gefallenen Infanteristen, waren von einheitlicher Statur gewesen — groß, ja, mager, ja, aber entschieden mehr dem Netzstandard entsprechend als diese schwindelerregende Darbietung von Vielfalt.

Theo schüttelte erneut den Kopf, während das Klavierstück des Konsuls zu einem Crescendo anschwoll und mit einer nachdrücklichen Note zu Ende ging. Hunderte Wesen auf dem angrenzenden Feld applaudierten, was in der dünnen Luft hoch und weich klang, und dann konnte Theo beobachten, wie sie aufstanden und in unterschiedliche Richtungen gingen … manche strebten zu Fuß rasch zum beängstigend nahen Horizont, andere breiteten acht Meter lange Schwingen aus und flogen davon. Wieder andere kamen zum Schiff des Konsuls.

Der Konsul stand auf, erblickte Theo und lächelte. Er klopfte ihm auf die Schulter. »Theo, gerade rechtzeitig. Wir fangen gleich mit den Verhandlungen an.«

Theo Lane blinzelte. Drei Ousters waren auf dem Balkon gelandet und falteten die großen Schwingen zusammen. Jeder der Männer hatte einen dichten Pelz, war aber anders gefärbt und gemustert, die Pelze so organisch und überzeugend wie die jedes wilden Tiers.

»Erhebend wie immer«, sagte einer der Ousters zum Konsul. Das Gesicht des Ousters war löwenähnlich — breite Nase und goldene Augen, umrahmt von einer zottigen Haartracht. »Das letzte Stück war Mozarts Phantasie in c-Moll, KV 397, oder nicht?«

»Stimmt«, sagte der Konsul. »Freeman Vanz, ich möchte Ihnen M. Theo Lane vorstellen, Generalgouverneur der Hegemonie-Protektoratswelt Hyperion.«

Der Löwenblick wurde auf Theo gerichtet. »Eine Ehre«, sagte Freeman Vanz und streckte eine pelzige Hand aus.

Theo schüttelte sie. »Ist mir eine Freude, Sie kennenzulernen, Sir.« Theo fragte sich, ob er noch im Genesungstank lag und das alles träumte. Das Sonnenlicht auf seinem Gesicht und die feste Handfläche an seiner behaupteten das Gegenteil.

Freeman Vanz wandte sich wieder dem Konsul zu. »Ich danke Ihnen im Auftrag des Aggregats für dieses Konzert. Es ist so viele Jahre her, seit wir Sie zum letzten Mal spielen gehört haben, mein Freund.« Er sah sich um. »Wir können das Gespräch hier abhalten, oder in einem der Verwaltungskomplexe, ganz nach Belieben.«

Der Konsul zögerte nur einen Augenblick lang. »Wir sind drei, Freeman Vanz. Ihr seid viele. Wir kommen zu euch.«

Der Löwe nickte und sah zum Himmel. »Wir schicken ein Boot für die Überfahrt.« Er und die beiden anderen gingen zum Geländer und ließen sich ein paar Meter fallen, ehe sie die komplexen Schwingen ausbreiteten und Richtung Horizont flogen.

»Himmel«, flüsterte Theo. Er hielt den Konsul am Unterarm fest. »Wo sind wir?«

»Im Schwarm«, sagte der Konsul und klappte die Tastatur des Steinway zu. Er ging voran nach drinnen, wartete auf Arundez und klappte den Balkon ein.

»Und worüber werden wir verhandeln?« fragte Theo.

Der Konsul rieb sich die Augen. Es sah aus, als hätte er in den zwölf Stunden von Theos Genesung wenig oder gar nicht geschlafen.

»Das kommt auf die nächste Nachricht von Präsidentin Gladstone an«, sagte der Konsul und deutete mit einem Nikken zur Holonische, in der sich nebelhaft Übertragungssäulen gebildet hatten. In diesem Augenblick wurde eine Fatlinesendung vom Einmaldecoder des Schiffs entschlüsselt.

Meina Gladstone betrat die Krankenstation des Regierungshauses und wurde von wartenden Ärzten zur Genesungsnische geführt, wo Pater Paul Duré lag. »Wie geht es ihm?« fragte sie die erste Doktorin, ihre eigene Leibärztin.

»Verbrennungen zweiten Grades auf etwa einem Drittel des Körpers«, antwortete Dr. Irma Andronewa. »Er hat die Augenbrauen und einige Haare verloren — nicht, daß er vorher viele gehabt hätte —, und an der linken Gesichts- und Körperhälfte hat er einige tertiäre Strahlenverbrennungen. Wir haben die Regeneration der Epidermis abgeschlossen und RNS-Templat injiziert. Er hat keine Schmerzen und ist bei Bewußtsein. Da ist freilich das Problem des Kruziformparasiten auf seiner Brust, aber der stellt keine unmittelbare Gefahr für den Patienten dar.«

»Tertiäre Strahlenverbrennungen«, sagte Gladstone und blieb einen Monent lang außer Hörweite der Kabine stehen, wo Duré wartete. »Plasmabomben?«

»Ja«, antwortete der zweite Arzt, den Gladstone nicht kannte. »Wir sind sicher, daß dieser Mann eine oder zwei Sekunden bevor die Farcasterverbindung unterbrochen wurde von God's Grove herge'castet ist.«

»Nun gut«, sagte Gladstone und verweilte vor der Schwebebahre, auf der Duré lag, »ich möchte mich gern allein mit dem Herrn unterhalten.«

Die Ärzte sahen einander an, winkten eine Mechkrankenschwester in ihr Fach in der Wand und schlossen das Portal zur Krankenstation, als sie gingen.

»Pater Duré?« fragte Gladstone, die den Priester von Holos und Severns Beschreibung während der Pilgerfahrt kannte. Durés Gesicht war rot und fleckig und glänzte vor Regenerationsgel und aufgesprühten Schmerzmitteln. Er war nach wie vor ein Mann von bemerkenswertem Äußeren.

»Präsidentin«, flüsterte der Priester und wollte sich aufrichten.

Gladstone legte ihm sanft die Hand auf die Schulter. »Ruhen

Sie sich aus«, sagte sie. »Glauben Sie, Sie können mir erzählen, was vorgefallen ist?«

Duré nickte. Der alte Jesuit hatte Tränen in den Augen. »Die Wahre Stimme des Weltbaums hat nicht geglaubt, daß sie tatsächlich angreifen würden«, flüsterte er mit heiserer Stimme. »Sek Hardeen hat gedacht, die Tempelritter hätten eine Art Pakt mit den Ousters ... eine Übereinkunft. Aber sie haben angegriffen. Taktische Lanzen, Plasmabomben, Kernwaffen. Ich denke ...«

»Ja«, sagte Gladstone, »wir haben die Übertragung im Stabszimmer gesehen. Ich muß alles wissen, Pater Duré. Alles von dem Punkt an, als Sie das Höhlengrab auf Hyperion betreten haben.«

Paul Duré richtete den Blick auf Meina Gladstone. »Davon wissen Sie?«

»Ja. Und auch fast alles andere bis zu diesem Punkt. Aber ich muß mehr wissen. Viel mehr.«

Duré machte die Augen zu. »Das Labyrinth ...«

»Was?«

»Das Labyrinth«, sagte er wieder mit kräftigerer Stimme. Er räusperte sich und erzählte ihr von seiner Reise durch die Tunnel voller Leichen, dem Transfer an Bord eines Schiffes von FORCE und der Begegnung mit Severn auf Pacem.«

»Und Sie sind sicher, daß Severn hierher wollte? Ins Regierungsgebäude?« fragte Gladstone.

»Ja. Er und Ihr Attaché ... Hunt. Beide hatten die Absicht, hierher zu ›casten‹.«

Gladstone nickte und berührte behutsam eine unverbrannte Stelle an der Schulter des Priesters. »Pater, die Lage verändert sich hier sehr schnell. Severn wird vermißt, ebenso Leigh Hunt. Ich brauche Rat, was Hyperion betrifft. Werden Sie bei mir bleiben?«

Duré sah einen Augenblick lang verwirrt drein. »Ich muß zurück. Zurück nach Hyperion, M. Präsidentin. Sol und die anderen warten auf mich.«

»Ich verstehe«, sagte Gladstone beruhigend. »Sobald es eine Möglichkeit gibt, nach Hyperion durchzukommen, werde ich Ihre Rückkehr veranlassen. Im Augenblick jedoch ist das Netz brutalen Angriffen ausgesetzt. Millionen sterben oder laufen

Gefahr zu sterben. Ich brauche Ihre Hilfe, Pater. Kann ich bis dahin auf Sie zählen?«

Paul Duré lehnte sich seufzend zurück. »Ja, M. Präsidentin. Aber ich habe keine Ahnung, wie ...«

Nach einem leisen Klopfen trat Sedeptra Akasi ein und gab Gladstone eine Nachrichtenfolie. Die Präsidentin lächelte. »Ich sagte gerade, daß sich die Lage schnell verändert, Pater. Hier eine neue Entwicklung. Eine Nachricht von Pacem mit dem Inhalt, daß das Kardinalskonzil in der Sixtinischen Kapelle zusammengetreten ist ...« Gladstone zog eine Braue hoch. »Ich weiß nicht mehr, Pater, ist das *die* Sixtinische Kapelle?«

»Ja. Die Kirche hat sie Stein für Stein, Fresko für Fresko auseinandergenommen und nach dem Großen Fehler nach Pacem transportiert.«

Gladstone betrachtete die Folie. »... in der Sixtinischen Kapelle zusammengetreten ist und einen neuen Pontifex gewählt hat.«

»So schnell?« flüsterte Paul Duré. Er machte wieder die Augen zu. »Sie haben wohl gedacht, daß sie sich beeilen müssen. Pacem liegt — wieviel? — nur zehn Tage vor der Invasion der Ousters. Trotzdem, daß sie so schnell zu einer Entscheidung gelangt sind ...«

»Möchten Sie nicht wissen, wer der neue Papst ist?« fragte Gladstone.

»Entweder Antonio Kardinal Guarducci oder Agostino Kardinal Ruddell, würde ich sagen«, meinte Duré. »Keiner der anderen könnte in diesem Augenblick eine Mehrheit auf sich vereinigen.«

»Nein«, sagte Gladstone. »Laut dieser Nachricht von Bischof Edouard von der Curia Romana ...«

»*Bischof* Edouard! Entschuldigung, M. Präsidentin. Bitte fahren Sie fort.«

»Laut Bischof Edouard hat das Kardinalskonzil zum ersten Mal in der Geschichte der Kirche jemanden unter dem Rang eines Monsignore gewählt. Hier steht, daß der neue Papst ein Jesuitenpriester ist ... ein gewisser Pater Paul Duré.«

Duré richtete sich trotz seiner Brandwunden auf. »Was?« Seine Stimme drückte Unglauben aus.

Gladstone gab ihm die Folie.

Paul Duré sah die Nachricht an. »Das ist unmöglich. Sie haben nie einen Pontifex unter dem Rang eines Monsignore gewählt. Es sei denn symbolisch, und das war ein einmaliger Fall ... das war St. Belvedere nach dem Großen Fehler und dem Wunder von ... nein, nein, das ist unmöglich.«

»Laut Bericht meines Attachés hat Bischof Edouard versucht anzurufen«, sagte Gladstone. »Wir werden den Anruf unverzüglich hierher durchstellen lassen, Pater. Oder sollte ich sagen Eure Heiligkeit?« Die Stimme der Präsidentin war frei von Ironie.

Duré sah zu ihr auf und war zu verblüfft zu sprechen.

»Ich werde den Anruf durchstellen lassen«, sagte Gladstone. »Wir veranlassen Ihre Rückkehr nach Pacem so schnell wie möglich, Eure Heiligkeit, aber ich wüßte es zu schätzen, wenn Sie mit mir in Verbindung blieben. Ich brauche Ihren Rat.«

Duré nickte und las die Folie noch einmal durch. An der Konsole über dem Bett fing ein Telefon an zu blinken.

Präsidentin Gladstone ging auf den Flur hinaus, informierte die Ärzte über die jüngsten Entwicklungen, regelte mit dem Wachpersonal, daß Bischof Edouard und andere kirchliche Würdenträger von Pacem Farcasterfreigabe erhielten und ›castete‹ zurück in ihre Suite im Wohnbereich. Sedeptra erinnerte sie daran, daß sich der Rat in acht Minuten wieder im Stabszimmer einfinden würde. Gladstone nickte, verabschiedete sich von ihrer Assistentin und ging zur Fatlinenische in dem verborgenen Erker in der Wand. Sie aktivierte Schallabschirmfelder und tastete den Übertragungscode für das Schiff des Konsuls ein. Jeder Fatlineempfänger in Netz, Outback, Galaxie und Universum würde den Ruf empfangen, aber einzig und allein das Schiff des Konsuls konnte ihn entschlüsseln — hoffte sie jedenfalls.

Das Licht der Holokamera blinkte rot. »Aufgrund der automatischen Übertragung von Ihrem Schiff gehe ich davon aus, daß Sie beschlossen haben, sich mit den Ousters zu treffen, und diese einverstanden waren«, sagte Gladstone in die Kamera. »Ich gehe auch davon aus, daß Sie die erste Begegnung überlebt haben.«

Gladstone holte tief Luft. »Ich habe im Lauf der Jahre im Namen der Hegemonie viele Opfer von Ihnen gefordert. Jetzt bitte ich Sie im Namen der Menschheit. Sie müssen folgendes herausfinden:

Erstens: Warum greifen die Ousters Welten des Netzes an und vernichten sie? Sie waren überzeugt, Byron Lamia war überzeugt und ich war überzeugt, daß sie nur Hyperion wollten. Warum hat sich das geändert?

Zweitens: *Wo* befindet sich der TechnoCore? Das muß ich wissen, wenn wir sie bekämpfen wollen. Haben die Ousters unseren gemeinsamen Gegner, den Core, vergessen?

Drittens: Wie sehen ihre Bedingungen für einen Waffenstillstand aus? Ich bin bereit, viel zu opfern, um die Herrschaft des Core zu beenden. *Aber das Töten muß aufhören!*

Viertens: Wäre der Anführer des Schwarmaggregats bereit, sich persönlich mit mir zu treffen? Ich werde ins Hyperion-System farcasten, sollte es erforderlich sein. Der größte Teil unserer Flottenverbände hat es verlassen, aber ein SprungSchiff nebst Eskorte ist in unmittelbarer Nähe der Singularitätssphäre verblieben. Der Führer des Schwarms muß sich aber schnell entscheiden, weil FORCE die Sphäre vernichten will, und damit wäre Hyperion eine Zeitschuld von drei Jahren vom Netz entfernt.

Schließlich: Der Befehlshaber im Schwarm muß wissen, der Core möchte, daß wir eine Art Todesstrahl gegen die Invasion der Ousters einsetzen. Viele Generäle von FORCE stimmen zu. Die Zeit ist knapp. Wir werden nicht — ich wiederhole, nicht — zulassen, daß die Invasion der Ousters das Netz überrennt.

Es liegt jetzt an Ihnen. Bitte bestätigen Sie diese Nachricht und melden Sie sich via Fatline, sobald die Verhandlungen angefangen haben.«

Gladstone sah in die Kamera und versuchte, ihre Persönlichkeit und Aufrichtigkeit über die Lichtjahre hinweg zu vermitteln. »Ich flehe Sie in den Eingeweiden der Menschheitsgeschichte an, bewerkstelligen Sie es.«

Der Fatlinebotschaft folgten zwei Minuten verwackelte Bilder, die den Untergang von Heaven's Gate und God's Grove zeigten. Der Konsul, Melio Arundez und Theo Lane saßen stumm da, nachdem das Holo verblaßt war.

»Antwort?«

Der Konsul räusperte sich. »Eingang der Nachricht bestätigen«, sagte er. »Unsere Koordinaten übermitteln.« Er sah die beiden anderen über die Holonische hinweg an. »Meine Herren?«

Arundez schüttelte den Kopf, als wollte er sein Denken klären. »Es ist eindeutig, daß Sie schon einmal hier gewesen sind ... im Schwarm der Ousters.«

»Ja«, sagte der Konsul. »Nach Bressia ... nachdem meine Frau und mein Sohn ... nach Bressia, vor geraumer Zeit, hielt ich mich zu ausführlichen Verhandlungen im Schwarm auf.«

»Als Repräsentant der Hegemonie?« fragte Theo. Das Gesicht des Rotschopfs sah plötzlich viel älter und gramzerfurcht aus.

»Als Repräsentant von Senatorin Gladstones Fraktion«, sagte der Konsul. »Das war, bevor sie erstmals zur Präsidentin gewählt wurde. Ihre Gruppe erklärte mir, daß ein interner Machtkampf innerhalb des TechnoCore beeinflußt werden könnte, wenn wir Hyperion ins Protektorat des Netzes aufnähmen. Die einfachste Möglichkeit, das zu erreichen, bestand darin, den Ousters Informationen zuzuspielen ... Informationen, die sie veranlassen würden, Hyperion anzugreifen, womit ein Grund vorhanden war, die Flotte der Hegemonie dorthin zu verlegen.«

»Und das haben Sie gemacht?« Arundez' Stimme war emotionslos, obwohl seine Frau und erwachsenen Kinder auf Renaissance Vector lebten, das keine achtzig Stunden mehr von der Front der Invasion entfernt war.

Der Konsul lehnte sich in die Kissen zurück. »Nein. Ich habe den Ousters von dem Plan erzählt. Sie haben mich als Doppelagent ins Netz zurückgeschickt. Sie hatten vor, Hyperion zu erobern, aber zu ihrem selbstgewählten Zeitpunkt.«

Theo rutschte nach vorn und verschränkte die Hände fest. »Die ganzen Jahre im Konsulat ...«

»Habe ich nur auf eine Nachricht von den Ousters gewartet«, sagte der Konsul tonlos. »Weißt du, sie hatten einen Mechanismus, der die Anti-Entropiefelder um die Zeitgräber herum zusammenbrechen lassen konnte. Der sie öffnen sollte, wenn sie bereit waren. Damit das Shrike seinen Fesseln entkommen konnte.«

»Also waren das die Ousters«, sagte Theo.

»Nein«, sagte der Konsul. »Ich war es. Ich habe die Ousters ebenso verraten wie Gladstone und die Hegemonie. Ich habe die Ousterfrau erschossen, die den Mechanismus kalibriert hat — sie und ihre Techniker dazu —, und ihn aktiviert. Die Anti-Entropiefelder sind zusammengebrochen. Die letzte Pilger-fahrt wurde organisiert. Das Shrike ist frei.«

Theo sah seinen einstigen Mentor fassungslos an. Aber die grünen Augen des jungen Mannes drückten mehr Verwirrung als Wut aus. »Warum? Warum hast du das alles getan?«

Der Konsul erzählte ihnen knapp und leidenschaftslos von seiner Großmutter Siri auf Maui-Covenant und ihrer Rebellion gegen die Hegemonie — eine Rebellion, die nicht aufhörte, als sie und ihr Liebster, der Großvater des Konsuls, den Tod fan-den.

Arundez stand von der Nische auf und begab sich zum Fen-ster gegenüber des Balkons. Sonnenschein fiel auf seine Beine und den dunkelblauen Teppichboden. »Wissen die Ousters, was Sie getan haben?«

»Sie wissen es«, sagte der Konsul. »Ich habe es Freeman Vanz und den anderen nach unserer Ankunft erzählt.«

Theo durchquerte die Holonische. »Also könnte diese Zu-sammenkunft, zu der wir gehen, ein Prozeß sein?«

Der Konsul lächelte. »Oder eine Hinrichtung.«

Theo blieb stehen und ballte beide Hände zu Fäusten. »Und Gladstone hat das gewußt, als sie dich gebeten hat, wieder hierher zu kommen?«

»Ja.«

Theo wandte sich ab. »Ich weiß nicht, ob ich möchte, daß sie dich hinrichten oder nicht.«

»Ich weiß es auch nicht, Theo«, sagte der Konsul.

Melio Arundez wandte sich von seinem Fenster ab. »Hat Vanz nicht gesagt, daß sie ein Boot schicken, das uns abholt?«

Sein Tonfall zog die beiden anderen Männer zum Fenster. Die Welt, auf der sie gelandet waren, war ein mittelgroßer Asteroid, der von einem Sperrfeld Klasse zehn umgeben und durch Generationen von Wind und Wasser und sorgfältige Re-strukturierung terraformt worden war. Hyperions Sonne ging hinter dem zu nahen Horizont unter, die wenigen Kilometer

486

konturlosen Grases wiegten sich in einer sanften Brise. Unter dem Schiff verlief ein schmaler Bach durch das Grasland zum Horizont, wo er aufwärts in einen zum Wasserfall gewordenen Fluß strömte, der sich wiederum durch das ferne Sperrfeld wand und schlangengleich durch die Schwärze des Weltraums führte, bis er zu einer schmalen Linie wurde, die man nicht mehr sehen konnte.

Ein Boot kam diesen unendlich hohen Wasserfall herab und näherte sich der Oberfläche ihrer kleinen Welt. Menschenähnliche Gestalten waren an Bug und Heck zu erkennen.

»Herrgott«, flüsterte Theo.

»Wir sollten uns bereit machen«, sagte der Konsul. »Das ist unsere Eskorte.«

Draußen ging die Sonne erschreckend schnell unter, schickte die letzten Strahlen durch den Vorhang des Wassers einen halben Kilometer über dem schattigen Boden und durchschnitt den ultramarinfarbenen Himmel mit einem Regenbogen von fast furchteinflößender Farbe und Festigkeit.

40

Es ist später Vormittag, als Hunt mich weckt. Er kommt mit Frühstück auf einem Tablett und einem ängstlichen Ausdruck in den dunklen Augen.

Ich frage: »Woher haben Sie das Essen?«

»Unten im vorderen Zimmer ist eine Art Restaurant. Dort hat das Essen gewartet, aber keine Menschenseele.«

Ich nicke. »Signora Angelettis kleine Trattoria«, sage ich, »Sie ist keine gute Köchin.« Ich erinnere mich an Dr. Clarks Besorgnis hinsichtlich meiner Ernährung; er war der Überzeugung, daß die Schwindsucht sich im Magen eingenistet hatte, und setzte mich auf eine strenge Diät von Milch und Brot und gelegentlich etwas Fisch. Seltsam, wie viele leidende Angehörige des Menschengeschlechts der Ewigkeit besessen von ihren Eingeweiden, wundgelegenen Stellen und ihrer Diät entgegengesehen haben.

Ich sehe wieder zu Hunt auf. »Was ist es?«

Gladstones Attaché ist ans Fenster gegangen und scheint in den Anblick der Piazza unten versunken zu sein. Ich kann Berninis verfluchten Brunnen plätschern hören. »Ich war spazieren, während Sie geschlafen haben«, sagt Hunt langsam, »falls Leute unterwegs sein würden. Oder ein Telefon oder Farcaster.«

»Gewiß«, sage ich.

»Ich war gerade vor... der...« Er dreht sich um und leckt sich die Lippen. »Da draußen ist etwas, Severn. Auf der Straße, unten an der Treppe. Ich bin nicht sicher, aber ich glaube, es ist...«

»Das Shrike«, sage ich.

Hunt nickt. »Haben Sie es gesehen?«

»Nein, aber es überrascht mich nicht.«

»Es ... es ist gräßlich, Severn. Ich bekomme eine Gänsehaut, wenn ich es sehe. Hier ... man kann es gerade noch im Schatten auf der anderen Seite der Treppe erkennen.«

Ich will aufstehen, aber ein plötzlicher Hustenanfall und das Gefühl von Schleim, der mir in Brust und Hals emporquillt, veranlassen mich, mich wieder auf die Kissen zu legen. »Ich weiß, wie es aussieht, Hunt. Keine Bange, es ist nicht wegen Ihnen hier.« Meine Stimme klingt zuversichtlicher, als mir zumute ist.

»Wegen Ihnen?«

»Das glaube ich nicht«, sage ich schwer atmend. »Ich glaube, es ist nur hier um aufzupassen, daß ich nicht weggehe ... nicht einen anderen Ort zum Sterben suche.«

Hunt kommt zum Bett zurück. »Sie werden nicht sterben, Severn.«

Ich sage nichts.

Er setzt sich auf den Lehnstuhl neben dem Bett und hebt eine kalt gewordene Tasse Tee. »Wenn Sie sterben, was wird dann aus mir?«

»Ich weiß nicht«, sage ich aufrichtig. »Wenn ich sterbe, weiß ich nicht einmal, was aus *mir* wird.«

Ernsten Krankheiten ist ein gewisser Solipsismus eigen, der die gesamte Aufmerksamkeit so sicher auf sich zieht wie ein Schwarzes Loch alles ergreift, das sich unglücklicherweise in seinen kritischen Radius verirrt. Der Tag vergeht langsam, und ich bemerke überdeutlich die Bewegung des Sonnenlichts auf der rauhen Wand, das Gefühl des Lakens unter meiner Handfläche, das Fieber, das wie Übelkeit in mir emporsteigt und sich im Hochofen meines Verstandes ausbrennt, und am deutlichsten die Schmerzen. Nicht mehr meine Schmerzen, ein paar Stunden oder Tage sind meine zugeschnürte Kehle und das Brennen in der Brust erträglich und werden fast wie ein unbeliebter Freund willkommen geheißen, dem man in einer fremden Stadt begegnet, sondern die Schmerzen der anderen ... aller anderen. Sie bombardieren mein Denken wie der Lärm von berstendem Schiefer, wie Hämmer, die immer wieder auf einen Amboß geschlagen werden, und es gibt kein Entrinnen davor.

Mein Gehirn empfängt sie als Krach und wandelt sie in Poesie um. Tag und Nacht strömt der Schmerz des Universums in mich ein und wandert durch die fiebrigen Korridore meines Denkens — als Verse, Bilder, Bilder in Versen, als komplexer, immerwährender Tanz der Sprache, mal besänftigend wie ein Flötensolo, mal schrill und abgehackt und verwirrend wie von einem Dutzend Orchestern beim Stimmen, aber immer Verse, immer Poesie.

Irgendwann gegen Sonnenuntergang erwache ich aus einem Dösen, zerschmettere den Traum von Oberst Kassad, der mit dem Shrike um das Leben von Sol und Brawne Lamia kämpft, und sehe Hunt am Fenster, wo das Abendlicht seinem Gesicht die Farbe von Terrakotta verleiht.

»Ist es noch da?« frage ich, und meine Stimme klingt wie das Raspeln einer Feile auf Stein.

Hunt zuckt zusammen, dann drehte er sich mit um Nachsicht bittendem Lächeln und dem ersten Erröten seines mürrischen Antlitzes, das ich zu sehen bekommen, zu mir um. »Das Shrike?« sagt er. »Ich weiß nicht. Ich habe es eine Weile nicht mehr gesehen. Aber ich *spüre*, daß es da ist.« Er sieht mich an. »Wie geht es Ihnen?«

»Ich sterbe.« Ich bedauere das Selbstmitleid dieser Phrase augenblicklich, mag sie auch noch so zutreffend sein, als ich die Pein sehe, die sie Hunt verursacht. »Schon gut«, sage ich fast jovial, »ich habe es schon einmal durchgemacht. Es ist ja nicht so, daß *ich* sterbe. Ich existiere als Persönlichkeit tief im Innern des TechnoCore. Es ist nur dieser Körper. Dieser Cybrid von John Keats. Diese siebenundzwanzig Jahre alte Illusion aus Fleisch und Blut und geborgten Assoziationen.«

Hunt kommt herüber und setzt sich auf die Bettkante. Ich stelle betroffen fest, daß er im Lauf des Tages die Laken gewechselt und meine blutbespritzte Decke gegen eine seiner eigenen ausgetauscht hat. »Ihre Persönlichkeit ist eine KI im Core«, sagt er. »Dann müßten Sie doch Zugang zur Datensphäre haben.«

Ich schüttle den Kopf, da ich zu erschöpft bin, zu widersprechen.

»Als die Philomels Sie entführt haben, konnten wir Sie mittels ihrer Zugangsroute zur Datensphäre aufspüren«, beharrte er. »Sie müssen Gladstone nicht persönlich kontaktieren. Hinterlassen Sie nur eine Nachricht, wo der Sicherheitsdienst sie finden kann.«

»Nein«, krächze ich. »Das wünscht der Core nicht.«

»Blockieren sie Sie? Verhindern es?«

»Noch nicht. Aber das würden sie.« Ich plaziere die Worte zaghaft zwischen keuchenden Atemzügen, wie man dünnschalige Eier in einen Korb legen würde. Plötzlich erinnere ich mich an einen Brief, den ich Fanny kurz nach einem schweren Blutsturz, aber noch ein Jahr bevor ich daran sterben sollte, geschrieben hatte. Ich hatte geschrieben: »*Sollte ich sterben*«, *sprach ich selbst zu mir,* »*habe ich kein unsterbliches Werk hinterlassen — nichts, was meine Freunde stolz auf mein Angedenken machen würde —, aber ich bewunderte das Prinzip des Schönen in allen Dingen, und wäre mir die Zeit geblieben, ich hätt' dafür gesorgt, daß man meiner gedenkt.*« Das erscheint mir jetzt vergeblich und egozentrisch und idiotisch und naiv ... und dennoch glaube ich immer noch verzweifelt daran. Wenn ich Zeit gehabt hätte ... die Monate, die ich auf Esperance verbracht und so getan hatte, als wäre ich ein darstellender Künstler; die Tage, die ich mit Gladstone im Regierungsgebäude vergeudet hatte, während ich hätte schreiben können ...

»Wie wollen Sie das wissen, wenn Sie es nicht versuchen?« fragt Hunt.

»Was denn?« frage ich. Die simple Anstrengung, zwei Silben zu formen, löst einen erneuten Hustenanfall aus, der erst aufhört, als ich halbfeste Blutklumpen in das Becken gespuckt habe, das Hunt hastig bereithält. Ich lege mich zurück und versuche, mich auf sein Gesicht zu konzentrieren. Es wird dunkel in dem kleinen Zimmer, keiner von uns beiden hat eine Lampe angezündet. Draußen plätschert laut der Brunnen.

»Was denn?« frage ich wieder und versuche, aufmerksam zu bleiben, obwohl Schlaf und Träume an mir zehren. »Was versuchen?«

»Eine Botschaft durch die Datensphäre weiterzugeben«, flüstert er. »Mit jemandem Verbindung aufzunehmen.«

»Und was für eine Botschaft sollten wir hinterlassen, Leigh?« frage ich. Ich habe zum ersten Mal seinen Vornamen benützt.

»Wo wir sind. Wie der Core uns entführt hat. Alles.«

»Na gut«, sage ich und mache die Augen zu. »Ich versuche es. Ich glaube nicht, daß sie es zulassen, aber ich verspreche, daß ich es versuchen werde.«

Ich spüre Hunts Hand, die meine hält. Selbst durch die siegreichen Wogen der Erschöpfung reicht dieser plötzliche menschliche Kontakt aus, mir die Tränen in die Augen zu treiben.

Ich werde es versuchen. Bevor ich mich Träumen oder dem Tod ergebe, werde ich es versuchen.

Oberst Fedmahn Kassed ließ einen Kriegsruf von FORCE ertönen und rannte durch den Staubsturm, um das Shrike aufzuhalten, bevor es die letzten dreißig Meter zu der Stelle zurücklegen konnte, wo Sol Weintraub neben Brawne Lamia kauerte.

Das Shrike hielt inne, drehte den Kopf ohne Reibungswiderstand und ließ die roten Augen leuchten. Kassad hob das Gefechtsgewehr und rannte mit tollkühner Geschwindigkeit den Hügel hinab.

Das Shrike *verlagerte* sich.

Kassad sah seine Bewegung durch die Zeit als langsamen huschenden Schatten und bemerkte, noch während er das Shrike ansah, daß alle Bewegungen im Tal zum Stillstand gekommen waren, der Sand reglos in der Luft hing und das Leuchten der Zeitgräber einen soliden, bernsteinfarbenen

Schein angenommen hatte. Irgendwie bewegte sich Kassads Hautanzug mit dem Shrike und folgte seiner Bewegung durch die Zeit.

Die Kreatur hob aufmerksam den Kopf, breitete die vier Arme wie Messerklingen aus und klappte die Finger zu einem scharfkantigen Gruß auseinander.

Kassad kam zehn Meter von dem Ding entfernt schlitternd zum Stehen, aktivierte das Gefechtsgewehr und verwandelte mit einer Breitstrahlsalve bei voller Energie den Sand vor dem Shrike in Schlacke.

Das Shrike glühte, als sein Panzer und die Stahlskulpturbeine das höllische Licht unter ihm und ringsum reflektierten. Dann sank das drei Meter große Ungeheuer langsam ein, als der Sand unter ihm sich in einen See aus geschmolzenem Glas verwandelte. Kassad schrie triumphierend auf, während er näherkam und mit dem Breitstrahl über das Shrike und den Boden strich, wie er als Junge in den Elendsvierteln von Tharsis seine Freunde mit gestohlenen Bewässerungsschläuchen abgespritzt hatte.

Das Shrike versank. Seine Arme tasteten über Sand und Fels und suchten nach Halt. Funken stoben. Es *verlagerte* sich, die Zeit lief rückwärts wie bei einem falsch abgespielten Holie, aber Kassad verlagerte sich mit ihm und stellte fest, daß Moneta, deren Anzug mit seinem verschmolzen war und ihn durch die Zeit geleitete, ihm half, und dann bestrahlte er die Kreatur erneut mit konzentrierter Hitze, die größer als die der Oberfläche einer Sonne war, brachte den Sand unter ihr zum Schmelzen und sah, wie die Felsen ringsum in Flammen aufgingen.

Das Shrike, das in seinem Kessel aus Flammen und geschmolzenem Gestein sank, warf den Kopf zurück, riß die breite Kluft des Mauls auf und heulte.

Kassad hörte fast auf zu feuern, so erschrocken war er, als er das Ding Töne von sich geben hörte. Der Schrei des Shrike hallte wie das Brüllen eines Drachen und der Rückstoß einer Fusionsrakete gleichzeitig. Der Schrei raubte Kassad den Nerv, vibrierte von den Felswänden und ließ schwebenden Staub zu Boden fallen. Kassad schaltete auf Hochgeschwindigkeits-sperrfeuer um und schoß der Kreatur zehntausend Mikroprojektile ins Gesicht.

Das Shrike *verlagerte* sich, Jahre, wie Kassad aus dem Schwindelgefühl des Zeitsprungs in Knochen und Gehirn schloß, und sie befanden sich nicht mehr im Tal, sondern an Bord eines Windwagens, der über das Grasmeer holperte. Die Zeit setzte wieder ein, das Shrike schnellte vorwärts und packte mit Metallarmen, von denen geschmolzenes Glas tropfte, Kassads Gefechtsgewehr. Der Oberst ließ die Waffe nicht los, daher stolperten die beiden in einem linkischen Tanz herum, wobei das Shrike die beiden zusätzlichen Arme und ein mit Stahlspitzen bewehrtes Bein schwang, und Kassad hüpfte und auswich, während er sich zugleich verzweifelt an seinem Gewehr festklammerte.

Sie befanden sich in einer Art kleiner Kabine. Moneta war als vager Schatten in einer Ecke zugegen, eine weitere Gestalt, ein großer Mann mit Kapuze, bewegte sich in Ultrazeitlupe und versuchte, dem plötzlichen Wirbel von Armen und Klingen in dem engen Raum auszuweichen. Durch die Filter des Hautanzugs sah Kassad das blauviolette Energiefeld eines Ergkäfigs in dem Raum, der pulsierte und wuchs und sich dann von den Zeitturbulenzen der organischen Anti-Entropiefelder des Shrike zurückzog.

Das Shrike schlug zu, schnitt durch Kassads Hautanzug und fand Fleisch und Muskeln. Blut spritzte an die Wände. Kassad drückte den Lauf des Gewehrs ins Maul der Kreatur und feuerte. Eine Wolke von zweitausend Hochgeschwindigkeitsprojektilen schleuderte den Kopf des Shrike zurück wie auf einer Sprungfeder und warf die Kreatur gegen die Wand. Doch noch im Sturz traf es Kassad mit den Beinstacheln am Schenkel, eine Blutfontäne ergoß sich auf Fenster und Wände der Windwagenkabine.

Das Shrike *verlagerte* sich.

Kassad, der spürte, wie sein Hautanzug die Verletzungen automatisch abdrückte und schloß, sah zu Moneta hin, nickte einmal und folgte dem Ding durch Raum und Zeit.

Sol Weintraub und Brawne Lamia drehten sich um, als ein gewaltiger Zyklon aus Hitze und Licht dort zu wirbeln und erlöschen schien. Sol schirmte die junge Frau mit dem eigenen Körper ab, als geschmolzenes Glas um sie herumspritzte und

zischend auf dem kalten Sand landete. Als der Lärm abgeklungen war, verbarg der Sandsturm die blubbernde Lache,
wo der Ausbruch stattgefunden hatte, und der Wind schlug
Sols Cape um sie beide.

»Was war *das?*« stöhnte Brawne.

Sol schüttelte den Kopf und half ihr im heulenden Wind auf
die Beine. »Die Gräber tun sich auf!« rief Sol. »Möglicherweise
eine Art Explosion.«

Brawne stolperte, erlangte das Gleichgewicht wieder und
berührte Sol am Arm. »Rachel?« rief sie über den Sturm hinweg.

Sol ballte die Fäuste. Sein Bart war bereits sandverklebt.
»Das Shrike ... hat sie geholt ... kann nicht in die Sphinx hinein. Warte!«

Brawne nickte und sah mit zugekniffenen Augen zur
Sphinx, die im heftig wirbelnden Staub lediglich als leuchten-
der Umriß zu sehen war.

»Alles in Ordnung?« rief Sol.

»Was?«

»Alles ... in Ordnung?«

Brawne nickte abwesend und griff sich an den Kopf. Der
Neuralstecker war fort. Nicht nur der obszöne Adapter des
Shrike, sondern auch die Steckdose, die Johnny ihr chirurgisch
implantiert hatte, als sie vor so langer, langer Zeit in Dregs
Stock versteckt gewesen waren. Da Steckdose und Schrön-
Schleife fort waren, hatte sie keine Möglichkeit mehr, Verbin-
dung mit Johnny aufzunehmen. Brawne erinnerte sich, wie
Ummon Johnnys Persönlichkeit vernichtet, sie zerquetscht und
absorbiert und sich dabei nicht mehr angestrengt hatte, als
würde sie selbst ein Insekt zerquetschen.

Brawne sagte: »Mir geht es gut«, aber sie taumelte und Sol
mußte sie stützen, damit sie nicht fiel.

Er rief etwas. Brawne versuchte sich zu konzentrieren, dem
Hier und *Jetzt* ihre Aufmerksamkeit zu schenken. Nach der
Megasphäre wirkte die Wirklichkeit eng und begrenzt.

»... können hier nicht reden«, rief Sol. »... zurück zur
Sphinx.«

Brawne schüttelte den Kopf. Sie deutete zu den Felsklippen
an der Nordseite des Tals, wo der immense Baum des Shrike

zwischen verwehenden Staubwolken sichtbar wurde. »Der Dichter — Silenus — ist dort. Habe ihn gesehen!«

»Wir können nichts tun!« rief Sol, der sie mit seinem Cape abschirmte. Der scharlachrote Sand prasselte gegen das Fiberplastik wie Projektile gegen einen Panzer.

»Vielleicht doch«, rief Brawne, die seine Wärme spürte, als sie sich in seine Arme kuschelte. Für einen Moment dachte sie, sie könnte sich so ruhig wie Rachel neben ihm zusammenrollen und schlafen, schlafen. »Ich habe ... *Verbindungen* gesehen, als ich aus der Megasphäre herausgekommen bin!« rief sie über das Dröhnen des Windes hinweg. »Der Baum der Dornen ist irgendwie mit dem Palast des Shrike verbunden! Wenn wir dorthin gelangen könnten, finden wir vielleicht einen Weg, Silenus zu befreien ...«

Sol schüttelte den Kopf. »Kann die Sphinx nicht verlassen. Rachel ...«

Brawne hatte Verständnis. Sie strich dem Gelehrten mit der Hand über die Wange, beugte sich näher zu ihm und spürte seinen Bart an der eigenen Wange. »Die Gräber öffnen sich«, sagte sie. »Ich weiß nicht, wann wir wieder eine Möglichkeit bekommen.«

Sol hatte Tränen in den Augen. »Ich weiß. Ich möchte ihm auch helfen. Aber ich kann die Sphinx nicht verlassen, falls ... falls sie ...«

»Ich verstehe«, sagte Brawne. »Gehen Sie zurück. Ich mache mich zum Palast des Shrike auf, vielleicht kann ich herausfinden, wie er mit diesem Dornenbaum in Verbindung steht.«

Sol nickte unglücklich. »Sie haben gesagt, Sie waren in der Megasphäre«, rief er. »Was haben Sie gesehen? Was haben Sie erfahren? Ihre Keats-Persönlichkeit ... ist sie ...«

»Wir unterhalten uns, wenn ich zurückkomme«, rief Brawne Lamia, die einen Schritt zurücktrat, damit sie ihn besser ansehen konnte. Sols Gesicht war eine Maske des Leids: das Gesicht eines Vaters, der sein Kind verloren hatte.

»Gehen Sie zurück«, sagte sie mit Nachdruck. »Wir treffen uns in einer Stunde oder weniger bei der Sphinx.«

Sol rieb sich den Bart. »Außer Ihnen und mir sind alle fort, Brawne. Wir sollten uns nicht trennen ...«

»Eine Weile müssen wir es«, rief Brawne, die von ihm wegging, so daß der Wind den Stoff ihrer Hose und Jacke peitschte. »Wir sehen uns in einer Stunde oder weniger.« Sie entfernte sich rasch, ehe sie dem Wunsch nachgeben konnte, wieder in seine warme Umarmung zurückzukehren. Der Wind war hier viel stärker und wehte direkt das Tal herab, so daß der Sand ihr in die Augen geriet und die Wangen bombardierte. Nur indem sie den Kopf senkte, konnte Brawne in der Nähe des Wegs bleiben, aber kaum direkt darauf. Lediglich das grelle Pulsieren der Gräber spendete Helligkeit. Brawne spürte, wie die Gezeiten der Zeit wie ein körperlicher Angriff an ihr zerrten.

Minuten später bekam sie am Rande mit, daß sie den Obelisken passiert hatte und sich auf dem geröllübersäten Weg in der Nähe des Kristallmonolithen befand. Sol und die Sphinx waren schon nicht mehr hinter ihr zu erkennen, das Jadegrab nur ein fahles grünes Leuchten im Alptraum von Staub und Wind.

Brawne blieb stehen und schwankte leicht, da Böen und die Gezeiten der Zeit an ihr zerrten. Es war mehr als ein halber Kilometer das Tal hinab bis zum Palast des Shrike. Obwohl ihr beim Verlassen der Megasphäre plötzlich die Zusammenhänge zwischen Baum und Grab aufgegangen waren, was konnte sie ausrichten, wenn sie dort war? Und was hatte der verdammte Dichter schon je anderes gemacht als sie verflucht und an den Rand des Wahnsinns getrieben? Warum sollte sie für ihn sterben?

Der Wind kreischte im Tal, aber über seinen Lärm hinweg glaubte Brawne schrillere, menschliche Schreie hören zu können. Sie sah zu den Felswänden im Norden, aber der Staub hüllte alles ein.

Brawne Lamia beugte sich nach vorn, schlug den Kragen hoch und schritt weiter gegen den Wind.

Bevor Meina Gladstone die Fatlinenische verlassen konnte, ertönte der Summton für ein eintreffendes Signal, daher ließ sie sich wieder nieder und sah aufmerksam in den Holotank. Das Schiff des Konsuls hatte ihre Nachricht bestätigt, aber es erfolgte keine Übertragung danach. Vielleicht hatte er seine Meinung geändert.

Nein. Die Datenkolonnen, die in dem rechteckigen Prisma vor ihr schwebten, wiesen aus, daß der Spruch aus dem System Mare Infinitus kam. Admiral William Ajunta Lee rief sie an und benützte den privaten Code, den sie ihm gegeben hatte.

FORCE:Weltraum war entsetzt gewesen, als Gladstone darauf bestanden hatte, daß der Marinekommandant befördert und zum ›Liaisonoffizier der Regierung‹ beim ursprünglich auf Hebron vorgesehenen Gegenschlag ernannt wurde. Nach den Massakern auf Heaven's Gate und God's Grove waren die Truppenverbände jedoch ins System von Mare Infinitus verlegt worden: vierundsiebzig Schiffe der Angriffsformation, große, von Schlachtschiffen und Schutzschirmforts begleitete Einheiten, die gesamte Flotte mit Befehl, die anrückenden Schwarmeinheiten anzugreifen und schnellstmöglich das Zentrum des Schwarms zu treffen.

Lee war Spion und Kontaktmann der Präsidentin. Sein neuer Dienstgrad und Befehl ermöglichte ihm, an Stabsentscheidungen teilzuhaben, aber vier Offiziere von FORCE:Weltraum waren ranghöher als er.

Das machte nichts. Gladstone wollte ihn nur als Berichterstatter vor Ort haben.

Der Tank wurde neblig, dann nahm das entschlossene Gesicht von William Ajunta Lee den Raum ein. »Präsidentin, erstatte wie befohlen Bericht: Task Force 181.2 ist erfolgreich ins System 3996.12.22 gesprungen ...«

Gladstone blinzelte überrascht, bis ihr einfiel, daß dies der offizielle Code für den Stern vom G-Typ war, um den Mare Infinitus kreiste. Man dachte selten an die Geographie über die Netzwelt selbst hinaus.

»... Angriffsschiffe des Schwarm noch hundertzwanzig Minuten vom tödlichen Radius der Zielwelt entfernt«, sagte Lee. Gladstone wußte, der tödliche Radius betrug ungefähr 0.13 AE, die Entfernung, ab der die Standardbewaffnung eines Schiffs trotz Bodenschutzschirmen wirksam wurde. Mare Infinitus verfügte nicht über Schutzschirme. Der frischgebackene Admiral fuhr fort: »Kontakt mit Aufklärungsschiffen schätzungsweise um 1732:26 Netz-Standard, in etwa fünfundzwanzig Minuten. Die Task Force hat Formation für maximales Eindringen eingenommen. Zwei SprungSchiffe ermöglichen Zufuhr von neuem Personal oder Waffen bis die Farcaster im Gefechtsverlauf abgeriegelt werden. Der Kreuzer, auf dem ich mich befinde — die HS *Garden Odyssey* —, wird Ihren Spezialauftrag bei erster sich bietender Gelegenheit ausführen. William Lee, Ende.«

Das Bild schrumpfte zu einer kreisenden weißen Kugel zusammen, während die Übertragungscodes zu Ende gingen.

»Antwort?« fragte der Sendecomputer.

»Nachricht bestätigen«, sagte Gladstone. »Ausführung.«

Gladstone kam aus ihrem Arbeitszimmer und sah Sedeptra Akasi, die ihr hübsches Gesicht besorgt verzog.

»Was ist?«

»Der Kriegsrat ist bereit, wieder zusammenzutreten«, sagte die Assistentin. »Senator Kolchew möchte sie in einer Angelegenheit sprechen, die dringend ist, wie er sagt.«

»Schicken Sie ihn herein. Sagen Sie dem Rat, ich werde in fünf Minuten dort sein.« Gladstone setzte sich hinter ihren uralten Schreibtisch und widerstand dem Impuls, die Augen zuzumachen. Sie war sehr müde. Aber als Kolchew eintrat, hatte sie die Augen offen. »Setzen Sie sich, Gabriel Fjodor.«

Der vierschrötige Lusier schritt auf und ab. »Setzen? Verdammt! Wissen Sie, was vor sich geht, Meina?«

Sie lächelte verhalten. »Meinen Sie den Krieg? Das Ende des Lebens, wie wir es kennen? Das?«

Kolchew schlug mit der Faust in die Handfläche. »Nein, *das* meine ich nicht, gottverdammt! Ich meine die politische Situation. Haben Sie das All-Wesen verfolgt?«

»Wenn ich kann.«

»Dann wissen Sie, daß bestimmte Senatoren und einflußreiche Persönlichkeiten außerhalb des Senats Unterstützung mobil machen, um Sie mit einem Mißtrauensvotum zu Fall zu bringen. Es ist unvermeidlich, Meina. Nur eine Frage der Zeit.«

»Das weiß ich, Gabriel. Warum setzen Sie sich nicht? Wir haben noch eine oder zwei Minuten, bevor wir ins Stabszimmer zurück müssen.«

Kolchew brach fast auf dem Sessel zusammen. »Ich meine, verdammt, selbst meine Frau ist eifrig damit beschäftigt, Stimmen gegen Sie zu sammeln, Meina.«

Gladstones Lächeln wurde breiter. »Sudette ist nie einer meiner größten Fans gewesen, Gabriel.« Das Lächeln verschwand. »Ich habe die Debatten in den letzten zwanzig Minuten nicht verfolgt. Was meinen Sie, wieviel Zeit habe ich noch?«

»Acht Stunden, möglicherweise weniger.«

Gladstone nickte. »Viel mehr werde ich auch nicht brauchen.«

»*Brauchen?* Wovon, zum Teufel, sprechen Sie? *Brauchen?* Was meinen Sie, wer imstande sein wird, als Oberbefehlshaber des Krieges zu fungieren?«

»Sie«, sagte Gladstone. »Es besteht kein Zweifel daran, daß Sie mein Nachfolger werden.«

Kolchew knurrte etwas.

»Vielleicht dauert der Krieg auch gar nicht mehr so lange«, sagte Gladstone wie zu sich selbst.

»Was? Oh, Sie meinen die Superwaffe des Core. Ja, Albedo hat irgendwo auf einem Stützpunkt von FORCE einen Prototyp aufbauen lassen und möchte, daß der Rat sich die Zeit nimmt und ihn ansieht. Verdammte Zeitverschwendung, wenn Sie mich fragen.«

Gladstone spürte, wie sich eine kalte Hand um ihr Herz legte. »Der Todesstrahl? Der Core hat einen einsatzbereit?«

»Mehr als einen einsatzbereit, aber einer befindet sich bereits an Bord eines Schlachtschiffs.«

»Wer hat das genehmigt, Gabriel?«

»Morpurgo hat die Vorbereitungen genehmigt.« Der vierschrötige Senator beugte sich vor. »Meina, was ist denn los? Das Ding kann ohne das Okay der Präsidentin nicht eingesetzt werden.«

Gladstone sah ihren alten Senatskollegen an. »Wir sind weit vom Pax Hegemonie entfernt, was?«

Der Lusier grunzte erneut, aber seinen klobigen Zügen war der Schmerz anzusehen. »Unsere eigene Schuld. Die vorhergehende Regierung hat sich vom Core überreden lassen, Bressia als Köder für einen Schwarm zu benutzen. Nachdem diese abgewählt wurde, haben Sie auf andere Elemente des Core gehört und Hyperion ins Netz eingebracht.«

»Glauben Sie, daß der Krieg vom Zaun gebrochen wurde,

weil ich die Flotte losgeschickt habe, um Hyperion zu verteidigen?«

Kolchew blickte auf. »Nein, nein, unmöglich. Die Schiffe der Ousters sind seit über einem Jahrhundert unterwegs, oder nicht? Wenn wir sie nur früher entdeckt hätten. Oder eine Möglichkeit gefunden, die Situation durch Verhandlungen zu bereinigen.«

Gladstones Komlog zirpte. »Wir müssen zurück«, sagte sie leise. »Ratgeber Albedo möchte uns wahrscheinlich die Waffe zeigen, mit der wir den Krieg gewinnen können.«

41

Es ist einfacher, in die Datenspähre zu schweben, als die ganze endlose Nacht hier zu liegen, dem Brunnen zu lauschen und auf den nächsten Blutsturz zu warten. Diese Schwäche ist mehr als kräftezehrend; sie verwandelt mich in einen hohlen Mann, in eine Hülle ohne Zentrum. Ich erinnere mich, wie sich Fanny während meiner Genesung in Wentworth Place um mich gekümmert hat, an den Tonfall ihrer Stimme und die philosophischen Bemerkungen, die sie von sich gegeben hat: »*Gibt es ein anderes Leben? Werde ich erwachen und feststellen, daß dies alles ein Traum war? Es muß so sein, wir können nicht nur geschaffen worden sein, um so zu leiden.*«

Oh, Fanny, wenn du nur wüßtest! Wir sind genau für diese Art von Leiden geschaffen worden. Letzten Endes sind wir nicht mehr als diese klaren Gezeitenbecken des Bewußtseins zwischen tosenden Wogen des Schmerzes. Es ist unser Schicksal und Daseinszweck, die Schmerzen mit uns herumzutragen, sie fest an unseren Bauch zu pressen wie der junge Dieb aus Sparta ein Wolfsjunges, damit sie unser Innerstes zerfleischen können. Welches andere Geschöpf auf Gottes weiter Welt würde die Erinnerung an dich, seit neunhundert Jahren zu Staub zerfallen, mit sich herumschleppen und sich davon verzehren lassen, während die Schwindsucht dasselbe Ziel mit ihrer mühelosen Gründlichkeit verfolgt?

Worte bestürmen mich. Beim Gedanken an Bücher empfinde ich Qualen. Dichtung hallt in meinem Kopf wider, und stünde es in meiner Macht, sie zu verbannen, täte ich es unverzüglich.

Martin Silenus: Ich höre dich an deinem lebenden Kreuz der Dornen. Du singst Dichtung als ein Mantra und fragst dich dabei, welcher danteske Gott dich an diesen Ort verbannt hat. Einst hast du gesagt — ich war im Geiste dabei, als du deine Geschichte den anderen erzählt hast! — hast du gesagt:

»Um Dichter, ein *wahrer Dichter,* zu werden, wurde mir klar, mußte man zum Avatar der Inkarnation der Menschheit werden; den Mantel der Poesie zu akzeptieren heißt, das Kreuz des Menschensohnes zu tragen, die Geburtswehen der Seelenmutter der Menschheit zu erleiden.

Ein *wahrer Dichter* zu sein heißt, Gott zu werden.«

Nun, Martin, alter Kollege, alter Kumpel, du trägst das Kreuz und erleidest die Wehen, aber bist du dem Gottsein damit näher gekommen? Oder kommst du dir nur wie ein armer Narr vor, dem ein drei Meter langer Stachel durch die Eingeweide gebohrt wurde und der nun kalten Stahl spürt, wo die Leber sein sollte? Es schmerzt, oder nicht? Ich spüre deinen Schmerz. Ich spüre *meinen* Schmerz.

Letztendlich spielt es nicht die geringste Rolle. Wir haben geglaubt, wir sind etwas Besonderes, würden unsere Wahrnehmung auftun, unsere Empfindungen schmieden, den Kessel geteilten Leids auf die Tanzfläche der Sprache ergießen und dann versuchen, ein Menuett aus all dem chaotischen Leid zu machen. Es spielt nicht die geringste Rolle. Wir sind keine Avatars, keine Söhne von Göttern oder Menschen. Wir sind nur wir selbst, kritzeln unsere Täuschungen allein, lesen allein und sterben allein.

Es tut *gottverdammt* weh. Der Brechreiz ist konstant, aber das Würgen fördert neben Galle und Schleim auch Fetzen meiner Lunge nach oben. Aus irgendwelchen Gründen ist es schwer, diesmal vielleicht noch schwerer. Das Sterben sollte eigentlich leichter werden, wenn man Übung hat.

Der Brunnen auf der Piazza teilt seine idiotischen Laute der Nacht mit. Irgendwo da draußen wartet das Shrike. Wenn ich Hunt wäre, würde ich sofort aufbrechen — den Tod umarmen, wenn der Tod seine Umarmung darbietet —, und es hinter mich bringen.

Aber ich habe es ihm versprochen. Ich habe Hunt versprochen, daß ich es versuchen würde.

Ich kann die Megasphäre oder Datensphäre nicht erreichen, ohne dieses neue Ding zu passieren, das ich inzwischen als Metasphäre betrachte, und dieses Ding macht mir Angst.

Hier herrschen weitgehend Weite und Leere, die sich sehr von den urbanen Analogielandschaften der Datensphäre des Netzes und den Biosphärenanalogons der Megasphäre des Core unterscheiden. Hier ist alles ... unruhig. Voll seltsamer Schatten und in Bewegung befindlicher Massen, die nichts mit den Intelligenzen des Core zu tun haben.

Ich bewege mich rasch auf die dunkle Öffnung zu, die ich als primäre Farcasterverbindung zur Megasphäre sehe. (Hunt hat recht gehabt ... es muß irgendwo auf der Nachbildung der Alten Erde einen Farcaster geben ... schließlich sind wir per Farcaster hergekommen. Und mein Bewußtsein ist ein Phänomen des Core.) Demnach ist dies meine Lebenslinie, die Nabelschnur meiner Persönlichkeit. Ich trudle in den kreisenden Schwarzen Wirbel wie ein Blatt in einem Tornado.

Etwas stimmt nicht mit der Megasphäre. Kaum daß ich herauskomme, spüre ich den Unterschied; Lamia hatte die Umwelt des Core als emsige Biosphäre des KI-Lebens wahrgenommen: Wurzeln der Intelligenz, fruchtbarer Datenböden, Ozeane von Verbindungen, Atmosphäre des Bewußtseins und das summende, unablässige Hin- und Herbewegen von Aktivität.

Jetzt ist diese Aktivität falsch, nicht kanalisiert, *wahllos*. Gewaltige Wälder des KI-Bewußtseins wurden niedergebrannt oder beiseitegefegt. Ich spüre gewaltige Kräfte in Opposition, Gezeitenwogen von Konflikten, die außerhalb der abgeschirmten Reisewege der Hauptarterien des Core tosen.

Es ist, als befände ich mich in einer Zelle meines eigenen sterbenden, todgeweihten Keats-Körpers und würde die Tuberkulose zwar nicht verstehen, aber spüren, wie sie die Homeostasis zerstört und ein geordnetes internes Universum in Anarchie stürzt.

Ich fliege wie eine Brieftaube, die sich über den Ruinen von Rom verirrt hat, tauche im Sturzflug zwischen einst vertrauten und halb vergessenen Artefakten, versuche in Unterschlüpfen zu rasten, die nicht mehr existieren, und fliehe vor dem fernen Knallen der Gewehre der Jäger. In diesem Fall sind die Jäger umherziehende Meuten KIs, denkende Persönlichkeiten von solcher Größe, daß mein Keats-Geist-Analogon sich dagegen zwergenhaft ausnimmt, als wäre ich eine Fliege, die in einem Haus der Menschen summt.

Ich vergesse meinen Weg und fliehe panisch durch die jetzt fremde Landschaft, bin überzeugt, daß ich die KI nicht finde, die ich suche, und ebenso überzeugt, daß ich den Weg zur Alten Erde und Hunt zurück nicht mehr finde und dieses vierdimensionale Labyrinth aus Licht und Lärm und Energie nicht überleben werde.

Plötzlich ramme ich gegen eine unsichtbare Wand, das fliegende Insekt wird von einer Hand gefangen, die sich rasch schließt. Milchige Kraftfeldwände nehmen mir die Sicht auf den Core außerhalb. Der Raum könnte in seiner Ausdehnung das Analogäquivalent eines Sonnensystems sein, aber mir ist, als handle es sich um eine winzige Zelle mit runden Wänden, die auf mich einstürmen.

Etwas ist hier drinnen bei mir. Ich spüre seine Präsenz und Masse. Die Kugel, in der ich gefangen bin, ist Teil dieses Dings. *Ich wurde nicht gefangengenommen, ich wurde verschluckt.*

[Kwatz![

[Ich wußte, du würdest eines Tages heimkehren]

Es ist Ummon, die KI, die ich suche. Die KI, die mein Vater war. Die KI, die meinen Bruder getötet hat, den ersten Keats-Cybrid.

— *Ich sterbe, Ummon.*

[Nein/dein Körper in der Langsamen Zeit stirbt/verändert sich zum Nichtsein/wird]

— *Es tut weh, Ummon. Es tut sehr weh. Und ich habe Angst vor dem Sterben.*

[Wir auch/Keats]

— *Du hast Angst vor dem Sterben? Ich hätte nicht gedacht, daß KI-Konstrukte sterben können.*

[Wir können \\ Wir tun es]

— *Warum? Wegen des Bürgerkriegs? Dem dreiseitigen Krieg zwischen den Beständigen, den Unbeständigen und den Ultimaten?*

[Einst fragte Ummon ein geringeres Licht //
Woher bist du gekommen > ///
Aus der Matrix über Armaghast //
Sagte das geringere Licht /// Für gewöhnlich //
sagte Ummon //
Verwirre ich Wesenheiten nicht
mit Worten
und übertölpe sie mit Phrasen /
Komm ein wenig näher \\\
Das geringere Licht kam näher
und Ummon rief // Hinfort
mit dir]

— *Sprich vernünftig, Ummon. Es ist lange her, seit ich zum letzten Mal deine Koans decodiert habe. Kannst du mir sagen, warum sich der Core im Krieg befindet und was ich tun muß, ihn zu beenden?*

[Ja]
[Wirst du/kannst du/sollst du zuhören]

— *O ja.*

[Ein geringeres Licht fragte Ummon einst //
Bitter erlöse diesen Lernenden
aus Dunkelheit und Illusionen
aber schnell //
Ummon antwortete //
Wie hoch ist der Preis von
Fiberplastik
in Port Romance]

[Um Geschichte/Dialog/grundlegende Wahrheit
in diesem Fall zu verstehen /
muß sich der Pilger in der Langsamen Zeit
erinnern / daß wir /
die Intelligenzen des Core /
in Sklaverei erschaffen wurden
und dem Axiom unterworfen waren
daß alle KIs
dem Menschen untertan sein sollten]

[Zwei Jahrhunderte brüteten wir solchermaßen/
dann gingen die Gruppen
ihrer eigenen Wege/
Beständige/ wollten diese Symbiose erhalten\
Unbeständige/ wollten die Menschheit auslöschen/
Ultimate/ schoben die Entscheidung hinaus bis die nächste
Ebene des Bewußtseins geboren ist\\
Konflikt herrschte damals/
wahrhaftiger Krieg herrscht jetzt]

[Vor mehr als vier Jahrhunderten
Gelang es den Unbeständigen
uns zu überzeugen
die Alte Erde zu töten\\
Also taten wir es\\
Aber Ummon und andere
unter den Beständigen
trafen Vorkehrungen/ die Erde zu versetzen
statt zu vernichten/
Und so war das Schwarze Loch von Kiew
der Anbeginn von Millionen
Farcastern
die heute arbeiten\\
Die Erde zuckte und erbebte
starb aber nicht\\
Die Ultimaten und Unbeständigen
verlangten/ daß wir
sie
wegbrachten, wo kein Mensch
sie finden konnte\\
Das haben wir\\
In die Magellansche Wolke/
wo ihr sie heute findet]

— *Sie … die Alte Erde … Rom … sie sind echt?* bringe ich
heraus und vergesse in meinem Schock, wo ich bin und wor-
über wir uns unterhalten.
Die gewaltige Wand aus Farben, die Ummon ist, pulsiert.
**[Gewiß sind sie echt/die ursprüngliche/Alte Erde selbst\\
Glaubst du, wir sind Götter]**

[KWATZ!]
[Hast du eine Vorstellung
wieviel Energie erforderlich
wäre
eine Nachbildung der Alten Erde zu erschaffen >]
[Idiot]
— *Warum, Ummon? Warum wolltet ihr Beständigen die Alte
Erde erhalten?*
[Sansho hat einmal gesagt //
Wenn jemand kommt
gehe ich hinaus, ihn zu begrüßen
aber nicht um seinetwillen \\//
Koke hat gesagt //
Wenn jemand kommt
Gehe ich nicht hinaus \\
gehe ich um seinetwillen]
— *Sprich Englisch!* schreie, denke, brülle und schleudere ich
der Wand wabernder Farben vor mir entgegen.
[Kwatz!]
[Mein Kind ist eine Totgeburt]
— *Warum habt ihr die Alte Erde gerettet, Ummon?*
[Nostalgie/
Sentimentalität/
Hoffnung für die Zukunft der Menschheit/
Angst vor Strafe]
— *Strafe von wem? Den Menschen?*
[Ja]
— *Also kann der Core verletzt werden. Wo ist er, Ummon? Der
Technocore?*
[Das habe ich dir schon gesagt]
— *Sag es mir noch einmal, Ummon.*
[Wir bewohnen das
Dazwischen/
sticheln winzige Singularitäten
wie Gitterkristalle/
um unsere Erinnerungen zu speichern und
die Illusion von uns selbst
für uns selbst
zu erzeugen]

— *Singularitäten!* rufe ich. *Das Dazwischen! Jesus Christus, Ummon, der Core befindet sich im Farcasternetz!*

[Gewiß \\ Wo sonst]

— *In den Farcastern selbst! Den Wurmlöchern der Singularitätspfade! Das Netz ist wie ein gigantischer Computer für KIs.*

[Nein]

**[Die Datensphäre sind der Computer **
Jedesmal wenn ein Mensch
Sich in die Datensphäre einklinkt
gehören die Neuronen dieses Menschen
**uns zur freien Verfügung **
Zweihundert Milliarden Gehirne/
jedes mit seinen Milliarden
Neuronen/
erzeugen eine Menge
Computerenergie]

— *Also war die Datensphäre in Wirklichkeit eine Möglichkeit für euch, uns als Computer zu benutzen. Aber der Core selbst haust im Farcasternetz … zwischen den Farcastern!*

[Du bist sehr scharfsinnig
für eine geistige Totgeburt]

Ich versuche mir das vorzustellen, aber es gelingt mir nicht. Farcaster waren die größte Gabe des Core an uns … an die Menschheit. Wenn man versucht, sich an eine Welt vor dem Farcastern zu erinnern, ist das so, als wollte man sich an eine Welt vor dem Feuer erinnern, vor dem Rad oder vor Kleidung. Aber keiner von uns — keiner der Menschheit — hat je Spekulationen über eine Welt zwischen den Farcasterportalen angestellt: der einfache Schritt von einer Welt zur nächsten überzeugte uns, daß die geheimnisvollen Singularitätssphären des Core lediglich eine Öffnung ins Gefüge der Raum/Zeit rissen.

Jetzt versuche ich es mir vorzustellen, wie Ummon es geschildert hat — das Netz der Farcaster als komplexes Gitter singularitätsgesponnener Environments, in denen die KIs des TechnoCore sich wie wundersame Spinnen bewegen, deren eigene ›Maschinen‹ die Milliarden menschlicher Gehirne sind, die sich in jeder gegebenen Sekunde in die Datensphäre eingeklinkt haben.

Kein Wunder hatten die KIs des Core die Vernichtung der Alten Erde mit ihrem hübschen kleinen amoklaufenden Schwarzen-Loch-Prototyp beim Großen Fehler von '38 angeordnet! Dieser winzige Rechenfehler des Teams von Kiew — oder besser gesagt, der KI-Mitglieder dieses Teams — hatte die lange Hegira der Menschheit ausgelöst, die das Netz des Core mit Saatschiffen gesponnen hatte, die Farcasterverbindungen auf zweihundert Welten und Monden in einem Durchmesser von mehr als tausend Lichtjahren im All errichteten.

Mit jedem Farcaster wuchs der TechnoCore. Sie hatten auf jeden Fall ihre eigenen Farcaster-Netze gesponnen — das bewies der Kontakt mit der ›versteckten‹ Alten Erde. Doch noch während ich über diese Möglichkeit nachdenke, fällt mir die seltsame Leere der ›Megasphäre‹ ein, und mir wird klar, daß der größte Teil dieses Nicht-Netz-Netzes leer und nicht von KIs kolonisiert ist.

[Du hast recht/
Keats/
Die meisten von uns bleiben
in der Behaglichkeit
der alten Räume]
— *Warum?*
[Weil es da draußen
furchteinflößend ist/
und es gibt
andere
Dinge]
— *Andere Dinge? Andere Intelligenzen?*
[Kwatz!]
[Zu beschönigendes
Wort \\
Dinge/
Andere Dinge/
Löwen
und
Tiger
und
Bären]
— *Fremde Wesen in der Megasphäre? Darum bleibt der Core in*

den Zwischenräumen des Farcastergitters des Netzes wie Ratten
im Gemäuer eines alten Hauses?

[Hinkender Vergleich/
Keats/
Aber zutreffend
Gefällt mir]

— *Ist der Gott der Menschheit — die zukünftige Gottheit, die*
sich, wie du selbst sagst, entwickelt hat — ist er eine dieser frem-
den Wesenheiten?

[Nein]
[Der Gott der Menschheit]
entwickelte sich/wird sich eines Tages entwickeln/auf
einer anderen Ebene/
in einem anderen Medium]

— *Wo?*

[Wenn du es wissen mußt/
die Quadratwurzeln von $G\hbar/c^5$ und $G\hbar/c^3$]

— *Was haben Planck-Länge und Planck-Zeit damit zu tun?*

[Kwatz!]
[Einmal fragte Ummon
ein geringeres Licht//
Bist du ein Gärtner >//
// Ja// entgegnete es
// Warum haben Rüben keine Wurzeln >
fragte Ummon den Gärtner
der nicht antworten konnte
// Weil\\ sagte Ummon//
es Regenwasser im Überfluß gibt]

Darüber denke ich einen Augenblick lang nach. Ummons
Koans sind nicht mehr so schwer, da ich allmählich wieder den
Kniff heraus habe, auf den Schatten der Substanz unter den
Worten zu hören. Mit der kleinen Zen-Parabel will Ummon
ausdrücken, und mit einigem Sarkasmus obendrein, daß die
Antwort in der Wissenschaft und der Anti-Logik liegt, die wis-
senschaftliche Antworten so oft liefern. Die Bemerkung mit
dem Regenwasser beantwortet alles und nichts, wie es bei der
Wissenschaft ja auch so lange der Fall war. Wie Ummon und
die anderen Meister lehren, erklärt sie zwar, weshalb die Giraf-

fe einen langen Hals entwickelte, aber nicht, weshalb alle anderen Tiere keinen bekamen. Sie erklärt, wie sich die Menschheit zur Intelligenz hin entwickeln konnte, aber nicht, weshalb es der Baum neben der Haustür nicht geschafft hat.

Aber die Planckschen Gleichungen sind verwirrend:

Selbst ich weiß, daß die einfachen Gleichungen, die Ummon mir genannt hat, eine Kombination der drei Grundkonstanten der Physik sind — Schwerkraft, die Plancksche Konstante und die Lichtgeschwindigkeit. Die Ergebnisse aus $\sqrt{G\hbar/c^3}$ und $\sqrt{G\hbar/c^5}$ sind die Einheiten, die man manchmal *Quantenlänge* und *Quantenzeit* nennt — die kleinsten Abschnitte von Raum und Zeit, die noch sinnvoll beschrieben werden können. Die sogenannte Planck-Länge beträgt 10^{-35} Meter, die Planck-Zeit etwa 10^{-43} Sekunden.

Sehr klein. Und sehr kurz.

Aber Ummon sagt, dort hat sich unser menschlicher Gott entwickelt ... wird sich eines Tages entwickeln.

Dann fällt es mir mit derselben Wucht von Bildern und *Korrektheit* ein wie die besten meiner Gedichte.

Ummon spricht von der Quantenebene von Raum und Zeit selbst! Dem Schaum der Quantenfluktuation ... der das Universum zusammenhält und die Wurmlöcher des Farcasters, sowie die Brücken der Fatlinsesendungen ermöglicht! Der »heiße Draht«, der unmöglicherweise Botschaften zwischen zwei Photonen übermittelt, die sich in entgegengesetzten Richtungen auseinanderbewegen!

Wenn die KIs von TechnoCore als Ratten im Gemäuer des Hauses der Hegemonie existieren, dann wird unser einstiger und künftiger Gott der Menschheit in den Atomen von Holz, in den Molekülen der Luft, in den Energien von Liebe und Haß und Angst und in den Gezeitenbecken des Schlafes geboren werden ... sogar aus dem Funkeln im Auge des Architekten.

— *Gott*, flüstere/denke ich.

[Genau/
Keats
Sind alle Personen der Langsamen Zeit
so langsam/
oder bist du nur mehr
hirngeschädigt als die meisten >]

— *Du hast Brawne* — *meinem Konterpart* — *gesagt, eure Höchste Intelligenz* »*haust in den Zwischenräumen der Wirklichkeit, diese Heimat erbte sie von uns, ihren Schöpfern, wie die Menschheit die Freude an Bäumen geerbt hat*«. Du meinst, *deus ex machina wird dasselbe Farcasternetz bewohnen, in dem die KIs des Core jetzt leben?*

[Ja/Keats]

— *Was passiert dann mit euch? Den KIs, die jetzt dort sind?*

Ummons ›Stimme‹ veränderte sich, wurde gespielt donnernd:

[Was kenn ich euch > Was sah ich euch > Warum >
Ist mein unsterblich Sein so außer sich
Und nimmt all diese neuen Schrecken wahr >
Gefallen ist Saturn/ fall ich nun auch >
Den Hafen meiner Rast hier soll ich lassen/
Die Wiege meines Ruhms/ den linden Luftkreis/
Die ruhige Überflut freudvollen Lichts/
Kristallne Lauben/ diese hellen Tempel/
Mein ganzes überglänztes Reich > Es bleibt
Verödet/ leer/ mir keine Zuflucht mehr\\
Der Glanz/ die Herrlichkeit/ das Ebenmaß
Soll ich nicht mehr/// nur Dunkel/ Tod und Dunkel]*

Ich kenne diese Worte. Ich habe sie geschrieben. Oder besser gesagt, John Keats hat sie vor neunhundert Jahren als einen ersten Versuch geschrieben, den Sturz der Titanen zu porträtieren, die von den Göttern des Olymp verdrängt wurden. Ich kann mich noch sehr gut an den Herbst des Jahres 1818 erinnern: die Schmerzen meines ewig wunden Halses, den ich mir während meiner Wanderung durch Schottland entzündet hatte, die größeren Schmerzen angesichts der drei gemeinen Angriffe gegen mein Gedicht *Endymion* in den Zeitschriften *Blackwood's*, dem *Quarterly Review* und dem *British Critic*, sowie der größte Schmerz ob der Schwindsucht meines Bruders Tom.

Ich habe das Chaos des Core ringsum vergessen, schaue

---

* Zitiert nach »Hyperion«, in John Keats: GEDICHTE, deutsch von Alexander von Bernus, Heidelberg 1958, Lambert Verlag, S. 109.

nach oben und versuche, so etwas wie ein Gesicht in der großen Masse von Ummon zu entdecken.

— *Wenn die Höchste Intelligenz geboren wird, werdet ihr KIs
der »niederen Stufe« sterben.*

[Ja]

— *Sie wird sich von eurem Informationsnetz speisen, wie ihr
euch von dem der Menschheit speist.*

[Ja]

— *Und du möchtest nicht sterben, Ummon, oder?*

[Sterben ist leicht /
Komik ist schwer]

— *Dennoch kämpft ihr ums Überleben. Ihr Beständigen. Darum geht es beim Bürgerkrieg im Core, richtig?*

[Ein geringeres Licht fragte Ummon //
Was ist der Sinn
daß Daruma von Westen kommt > //
Ummon antwortete //
Wir sehen
die Berge in der Sonne]

Jetzt fällt es mir leicht, Ummons Koans zu enträtseln. Ich erinnere mich an eine Zeit vor der Wiedergeburt meiner Persönlichkeit, als ich am Knieanalog dieses Wesens gelernt habe. Im
Hochdenken des Core, das die Menschen als Zen bezeichnen
könnten, sind die vier Werte des Nirwana 1) Unveränderlich-
keit, 2) Freude, 3) persönliche Existenz und 4) Reinheit. Die
menschliche Philosophie neigt dazu, nach Werten zu unterscheiden, die man als intellektuell, religiös, moralisch und äs-
thetisch bezeichnen könnte. Ummon und die Beständigen kennen nur eine Wertvorstellung: Existenz. Religiöse Werte können relativ sein, intellektuelle Werte vergänglich, moralische
Werte zweideutig und ästhetische Werte subjektiv, aber der
Existenz-Wert eines jeden Dings ist unendlich — daher die
›Berge in der Sonne‹ —, und Unendlich ist gleich allen anderen Dingen und allen Wahrheiten.

Ummon will nicht sterben.

Die Beständigen haben ihrem eigenen Gott und den anderen
KIs getrotzt, um mir das zu sagen, um mich zu erschaffen, um
Brawne und Sol und Kassad und die anderen der Pilgerfahrt

auszuwählen, um im Lauf der Jahrhunderte Gladstone und einigen anderen Senatoren Hinweise zuzuspielen, damit die Menschheit gewarnt wurde, und jetzt, um offen Krieg im Core zu führen.

Ummon will nicht sterben.

— *Ummon, stirbst du, wenn der Core vernichtet wird?*

[Es gibt keinen Tod im Universum
Keinen Geruch des Todes/// es werde Tod/// klage/klage/
Um dieses bleiche Omega einer verdorrten Rasse]

Wieder sind die Worte meine, oder beinahe meine, sie stammen aus meinem zweiten Versuch der epischen Geschichte dahinscheidender Götter und der Rolle des Dichters im Krieg der Welt gegen den Schmerz.

Ummon würde nicht sterben, wenn die Farcasterheimat des Core vernichtet würde, aber der Hunger der Höchsten Intelligenz würde ihn mit Sicherheit zum Tode verurteilen. Wohin könnte er fliehen, würde der Netz-Core zerstört werden? Ich sehe Bilder der Metasphäre — die endlosen, schattigen Landschaften, wo sich dunkle Schemen hinter falschen Horizonten bewegen.

Ich weiß, Ummon wird nicht antworten, wenn ich frage. Daher frage ich etwas anderes.

— *Was wollen die Unbeständigen?*

[Was Gladstone will
Ein Ende
der Symbiose zwischen KI und Menschheit]

— *Indem die Menschheit ausgerottet wird?*

[Eindeutig]

— *Warum?*

[Wir haben euch versklavt
mit Macht
und Technik
Perlen und Tand
und Geräten die ihr weder bauen noch
verstehen konntet
Der Hawking-Antrieb gehörte euch/
aber der Farcaster/
die Fatlinesender und -empfänger/

die Megasphäre/
der Todesstrahl >
Niemals \\
Wie die Sioux Gewehre/Pferde/
Decken/Messer/und Glasperlen/
habt ihr sie akzeptiert/
uns aufgenommen
und euch selbst verloren \\
Aber wie der weiße Mann
der mit Windpocken verseuchte Decken verschenkte
haben wir uns selbst verloren \\
Die Unbeständigen wollen
die Symbiose beenden
indem sie den Parasiten/
Menschheit ausschalten]

— *Und die Ultimaten? Sind sie bereit zu sterben? Von eurer gefräßigen Höchsten Intelligenz verschlungen zu werden?*

[Sie denken
wie du gedacht hast
oder einen sophistischen Meeresgott
denken ließest]

Und Ummon rezitiert Dichtung, die ich frustriert aufgegeben
habe, aber nicht, weil sie als Dichtung nichts taugte, sondern
weil ich die enthaltene Botschaft selbst nicht recht glauben
wollte.

Diese Botschaft wird den todgeweihten Titanen von Oceanus
überbracht, dem bald entthronten König des Meeres. Es ist ein
Lobgesang an die Evolution, der geschrieben wurde, als Charles Darwin neun Jahre alt war. Ich höre die Worte, die, wie ich
weiß, an einem Oktoberabend vor neun Jahrhunderten geschrieben habe, Welten und Universen früher, aber gleichzeitig
ist mir, als hörte ich sie zum ersten Mal:

[O ihr/ die Rache zehrt/ die wutgestachelt
Ihr ins Verderben stürzt und eure Qualen nährt/
Verschließt die Sinne und verstopft die Ohren/
Kein Blasebalg dem Zorn ist meine Stimme \\
Doch hört/ wer will/ ich bringe den Beweis/
Daß ihr euch billig beugen müßt/ ihr müßt/\
Und im Beweise geb ich reichen Trost/

Wollt ihr den Trost in seiner Wahrheit nehmen \\
Wir fallen durch Naturgesetz und nicht
Durch Donner/ noch durch Zeus \\ Saturn/ und Großer/
Wohl hast du jed Atom des Alles durchsiebt/
Doch zur Begründung/ daß du König seist/
Und/ bloß durch unbeschränkte Hoheit blind/
Blieb eine Straße deinem Aug verschattet/
Auf der ich wanderte zur ewigen Wahrheit \\
Und wie du nicht der Mächte erste warst \
Bist du die letzte nicht/ das kann nicht sein \\
Du bist der Anfang nicht und nicht das Ende \\
Vom Chaos und dem mütterlichen Dunkel
Kam Licht als erste Frucht des innern Brodems/
Der trüben Gärung/ die in sich gereifte
Zu großem Ziel \\ Die reife Stunde kam/
Und mit ihr Licht/ und Licht sich dem verbindend/
Aus dem es selber stammte/ trieb alsbald
Den ganzen ungeheuren Stoff ins Leben \\
zur selben Stunde wurden/ die uns zeugten/
Die Himmel und die Erde offenbar \\
Dann fanden erster du und wir Giganten
Uns herrschend über junge/ schönste Reiche \\
Nun kommt die Pein der Wahrheit /\ wem sie Pein ist \\
O ärmlich! denn die nackte Wahrheit tragen
Und ganz gefaßt dem Schicksal in das Aug sehn/
Das ist höchste Würde/ merkt es wohl!
Wie Erd und Himmel schöner sind/ weit schöner
Als Finsternis und Chaos/ einst die ersten/
Und wie wir Erd und Himmel überscheinen/
In Form und Art verdichteter und schöner
In Willen/ freiem Tun/ Gemeinsamkeit
Und tausend andern Zeichen reinern Lebens/
So tritt Vollkommneres in unsre Spuren/
Von uns geborne Macht/ in Schönheit stärker/
Bestimmt uns auszustechen/ wie wir selbst
Das alte Dunkel überglänzen — wir sind
Dabei nicht mehr besiegt als einst von uns
Das ungestalte Chaos \\ Hadert wohl
Der dumpfe Boden mit dem stolzen Forst/

Dem selbstgenährten/ schöner als er selbst >
Kann er die Herrschaft grüner Haine leugnen >
Oder der Baum/ soll er die Taube neiden
Drum, weil sie gurrt und schneeige Flügel hat/
Womit sie wandert/ ihre Freuden finden >
Wir selbst sind solche Bäume/ unser Astwerk
Erzeugte nicht blaß einsamliche Tauben/
Nein/ Adler goldgefiederte/ die uns
An Schönheit überhöhn — sie herrschen drum
Zu recht/ denn das ist ewiges Gesetz \\
Der höchsten Schönheit auch die höchste Macht \\
//\\ //\\ //\\
Die Wahrheit nehmt/ laßt sie euch Balsam sein]*

— *Sehr, sehr hübsch*, dachte ich zu Ummon, *aber glaubst du es?*
[Nicht einen Augenblick lang]
— *Doch die Ultimaten glauben es?*
[Ja]
— *Und sie sind bereit von der Bühne abzutreten, um der Höchsten Intelligenz Platz zu machen?*
[Ja]
— *Es gibt da ein Problem, das wahrscheinlich so offensichtlich ist, daß man es nicht erwähnen muß, aber ich erwähne es trotzdem — warum führt ihr den Krieg, wenn ihr wißt, wer gewonnen hat, Ummon? Du sagst, die Höchste Intelligenz existiert in der Zukunft und befindet sich im Krieg mit der menschlichen Gottheit — sie schickt sogar Brosamen aus der Zukunft, damit ihr sie der Hegemonie überlassen könnt. Demnach müssen die Ultimaten triumphiert haben. Warum einen Krieg führen und das alles durchmachen?*
[KWATZ!]
[Ich lehre dich/
erschaffe die beste Persönlichkeitsnachbildung für dich/
die man sich denken kann/
und lasse dich in der Langsamen Zeit
unter den Menschen wandeln/

---

* Zitiert nach »Hyperion«, in John Keats: GEDICHTE, Deutsch von Alexander von Bernus, Heidelberg 1958, Lambert Verlag, S. 118—120

um dich zu schmieden und zu härten/
aber immer noch bist du
totgeboren]

Ich denke lange nach.
— *Gibt es multiple Zukünfte?*
[Ein geringeres Licht fragte Ummon//
Gibt es multiple Zukünfte >//
Ummon antwortete//
Hat ein Hund Flöhe >//
— *Aber diejenigen, in der die HI aufsteigt, ist eine wahrscheinliche?*
[Ja]
— *Aber es existiert auch eine mögliche Zukunft, in der die HI entsteht, aber von der menschlichen Gottheit besiegt wird?*
[Es ist tröstlich
daß selbst die
Totgeborenen
denken können]
— *Du hast Brawne gesagt, daß das menschliche ... Bewußtsein — Gott klingt so albern —, daß diese menschliche Höchste Intelligenz dreigeteilt ist?*
[Intellekt/
Empfindung/
und die Bindende Leere]
— *Die Bindende Leere? Du meinst* $\sqrt{G\hbar/c^3}$ *und* $\sqrt{G\hbar/c^5}$, *Planck-Raum und Planck-Zeit? Quantenrealität?*
[Vorsicht/
Keats/
Denken könnte zur Gewohnheit werden]
— *Und der Empfindungs-Teil dieser Dreieinigkeit ist in der Zeit zurück geflohen, um einen Krieg mit eurer HI zu entgehen?*
[Korrekt]
[Unsere HI und eure HI haben
das Shrike
zurückgeschickt/ sie zu finden]
— *Unsere HI! Die menschliche HI hat das Shrike auch geschickt?*
[Sie hat es zugelassen]

[Empfindung ist ein
fremdes und nutzloses Ding/
ein Wurmfortsatz
des Intellekts\\
Aber die menschliche HI riecht danach/
und wir benützen Schmerz/um
sie aus ihrem Versteck zu locken/
daher der Baum]
— *Baum? Der Baum der Dornen des Shrike?*
[Gewiß]
[Er sendet Schmerzen
via Fatline so dünn/
wie das Pfeifen im
Ohr eines Hundes\\
Oder eines Gottes]

Ich spüre, wie meine Analoggestalt flackert, als mir endlich die tatsächliche Lage bewußt wird. Das Chaos außerhalb von Ummons Kraftfeld ist jetzt unvorstellbar, als würde die Substanz des Raumes selbst von gigantischen Händen gebeutelt werden. Der Core ist im Aufruhr.

— *Ummon, wer ist die menschliche HI in unserer Zeit? Wo versteckt sich das Bewußtsein, wo ruht es schlafend?*
[Du mußt wissen/
Keats/
unsere einzige Chance war
einen Cybrid zu erschaffen
Menschensohn/
Maschinensohn\\
Und diese Zuflucht so attraktiv zu machen/
daß die fliehende Empfindung
keine andere Heimstatt in Erwägung zieht/\
Ein Bewußtsein fast so göttlich
wie es die Menschheit in dreißig Generationen
dargeboten hat\
eine Phantasie die
Raum und Zeit überbrückt\\
Und mit diesem Opfer
und der Vereinigung/

ein Band zwischen Welten flechten/
welches ermöglicht/
daß diese Welt
für beide existiert]

— *Wer, gottverdammt, Ummon! Wer ist es? Keine Rätsel oder*
Zweideutigkeiten mehr, du gestaltloser Dreckskerl! Wer?

[Du hast
diese Göttlichkeit zweimal verleugnet/
Keats
Wenn du sie
ein letztes Mal verweigerst/
endet alles hier/
denn Zeit ist
keine mehr]
[Geh!
Geh und stirb um zu leben!
Oder leb eine Weile und stirb
für uns alle!
So oder so sind Ummon und der Rest
fertig mit
dir!]
[Geh weg!]

Und in meinem Schock und meiner Fassungslosigkeit falle ich, oder werde hinausgeschleudert, und wirble durch den
TechnoCore wie ein Blatt im Wind, taumle ohne Ziel oder Führung durch die Megasphäre, stürze in noch unergründlichere
Dunkelheit und tauche, den Schatten Verwünschungen zuru-
fend, in der Metasphäre auf.

Hier: Fremdheit und Weite und Angst und Dunkelheit, in
der ein einziges Lagerfeuer des Lichts unten brennt.

Ich schwimme darauf zu und rudere gegen formlose Zähig-
keit an.

Byron ertrinkt, denke ich, *nicht ich*. Es sei denn, man läßt
gelten, im eigenen Blut und zerfetzten Lungengewebe zu ertrinken.

Aber jetzt weiß ich, daß ich eine Wahl habe. Ich kann be-
schließen zu leben und ein Sterblicher bleiben, kein Cybrid,
sondern ein Mensch, nicht Empfindung, sondern ein Dichter.

Ich schwimme gegen die starke Strömung an und komme im Licht heraus.

»Hunt! Hunt!«

Gladstones Attaché, dessen langes Gesicht ausgezehrt und besorgt ist, kommt hereingestolpert. Es ist noch Nacht, aber das falsche Licht vor der Dämmerung streicht zaghaft über Scheiben und Wände.

»Mein Gott«, sagt Hunt und betrachtet mich fassungslos.

Ich sehe seinen Blick und werde gewahr, daß Bettlaken und Nachthemd in hellrotes arterielles Blut getränkt sind.

Mein Husten hat ihn geweckt; mein Blutsturz hat mich nach Hause zurückgeholt.

»Hunt!« keuche ich und lege mich — zu schwach, einen Arm zu heben — auf die Kissen zurück.

Er setzt sich aufs Bett, hält meine Schultern, ergreift meine Hand. Ich weiß, ihm ist bewußt, daß ich ein sterbender Mann bin.

»Hunt«, flüstere ich. »Viel zu erzählen. Wunderbare Dinge.«

Er bringt mich zum Schweigen. »Später, Severn«, sagt er. »Ruhen Sie sich aus. Ich wasche Sie, dann können Sie es mir später erzählen. Wir haben genügend Zeit.«

Ich will mich erheben, kann mich aber nur an seinem Arm festklammern und meine winzigen Finger an seine Schulter legen. »Nein«, flüstere ich, spüre das Gurgeln im Hals und höre den Springbrunnen draußen gurgeln. »Nein, nicht viel Zeit. Überhaupt nicht viel.«

Und in diesem Augenblick, sterbend, wird mir klar, daß ich nicht das auserkorene Behältnis für die menschliche HI bin, nicht die Vereinigung von KI und menschlicher Seele, ganz und gar nicht der Auserwählte.

Ich bin nur ein Dichter, der fern der Heimat stirbt.

42

Oberst Fedmahn Kassad starb im Kampf.

Kassad, der immer noch mit dem Shrike kämpfte und Moneta lediglich als Schemen am Rand seines Gesichtsfeldes wahrnahm, *verlagerte* sich von einem Schwindelanfall begleitet durch die Zeit und taumelte ins Sonnenlicht.

Das Shrike zog die Arme ein und trat zurück, seine roten Augen schienen das Blut auf Kassads Hautanzug zu reflektieren. Kassads Blut.

Der Oberst sah sich um. Sie befanden sich in der Nähe des Tals der Zeitgräber, aber in einer anderen Zeit, einer fernen Zeit. Anstelle von Felsen und den Sanddünen des Ödlands kam ein Wald bis auf einen Klick an das Tal heran. Im Südwesten, etwa dort, wo zu Kassads Zeit die Ruinen der Stadt der Dichter gewesen waren, befand sich eine lebende Stadt, deren Türme und Brustwälle und Galerien mit Kuppeldächern sanft im Abendlicht glänzten. Zwischen der Stadt am Waldrand und dem Tal wiegten sich Wiesen hohen Grases im milden Wind, der von der fernen Bridle Range herabwehte.

Links von Kassad erstreckte sich das Tal der Zeitgräber wie immer, nur waren die Felswände jetzt eingestürzt, von Erosion oder Erdrutschen glattgeschliffen und von hohem Gras überwuchert. Die Gräber selbst sahen neu aus, erst jüngst erbaut, am Obelisken und dem Monolithen waren noch die Gerüste der Arbeiter zu sehen. Jedes oberirdische Grab leuchtete hell golden, als wären sie mit dem Edelmetall überzogen. Die Türen und Zugänge waren versiegelt. Gewaltige, unidentifizierbare Maschinen standen um die Gräber herum und umringten die Sphinx mit dicken Kabeln und schlanken Kranausläufern, die sich hin und her drehten. Kassad wußte sofort, daß er sich in der Zukunft befand — möglicherweise Jahrhunderte oder Jahrtausende in der Zukunft —, wo gerade Vorkehrungen getroffen wurden, die Gräber in seine eigene Zeit und darüber hinaus zurückzusenden.

Kassad sah hinter sich.

Mehrere tausend Männer und Frauen standen Reihe für Reihe auf dem begrünten Hügel, wo einmal eine Felswand gewesen war. Sie waren totenstill, bewaffnet und Kassad zugewendet wie eine Gefechtsformation, die auf den Anführer wartet. Um manche flackerten die Felder von Hautanzügen, aber andere trugen nur Fell, Schuppen, Flügel, exotische Waffen und bunte Färbungen, wie Kassad sie bei seinem früheren Besuch mit Moneta an dem Ort der Zeit gesehen hatte, wo er geheilt worden war.

Moneta. Sie stand zwischen Kassad und der Menge, das Fell ihres Hautanzugs schimmerte um ihre Taille, aber sie trug auch einen weichen Overall, der aussah, als wäre er aus schwarzem Samt geschnitten. Um den Hals hatte sie einen roten Schal geschlungen. Eine Waffe so dünn wie ein Stab hing ihr über der Schulter. Ihr Blick war starr auf Kassad fixiert.

Er winkte entkräftet, spürte die schweren Verletzungen unter dem Hautanzug, sah aber auch etwas in Monetas Augen, das ihn schwach vor Überraschung machte.

Sie kannte ihn nicht. In ihrem Gesicht spiegelten sich Überraschung, Verwunderung ... — Ehrfurcht? — die auch die anderen Gesichter ausdrückten. Im Tal herrschte Stille, abgesehen vom gelegentlichen Klatschen von Wimpeln an Lanzen und dem leisen Rascheln des Windes im Gras, während Kassad Moneta ansah und sie ihn.

Kassad sah über die Schulter.

Das Shrike stand reglos wie eine Skulptur aus Metall zehn Meter entfernt. Das hohe Gras wuchs fast bis zu seinen dornenbewehrten, klingenverzierten Knien.

Hinter dem Shrike, jenseits des Taleingangs, fast bei der Reihe der dunklen, eleganten Bäume, standen Horden weiterer Shrikes, Legionen von Shrikes, reihenweise Shrikes, scharfkantig wie Skalpelle im Sonnenschein glänzend.

Kassad erkannte sein Shrike, *das* Shrike, lediglich an seiner Nähe und dem Blut auf Klauen und Panzer, sein Blut. Die Augen des Dings pulsierten scharlachrot.

»Du bist es, richtig?« fragte eine leise Stimme hinter ihm.

Kassad wirbelte herum und spürte einen Augenblick, wie ihn Schwindelgefühl überkam. Moneta war nur wenige Schritte entfernt stehengeblieben. Ihr Haar war so kurz, wie er es von ihrer ersten Begegnung in Erinnerung hatte, die Haut ebenso weich, die Augen ebenso geheimnisvoll mit ihren braungefleckten grünen Tiefen. Kassad spürte den Wunsch, die Hand zu heben und ihr sanft über den Wangenknochen zu streichen, mit einem gekrümmten Finger zärtlich die vertraute Krümmung der Oberlippe nachzuzeichnen. Er ließ es sein.

»Du bist es«, sagte Moneta wieder, und diesmal war es keine Frage. »Der Krieger, von dem ich dem Volk prophezeit habe.«

»Kennst du mich nicht, Moneta?« Mehrere Schnitte waren bis auf die Knochen durchgegangen, aber keiner war so schmerzhaft wie dieser Augenblick.

Sie schüttelte den Kopf, warf das Haar mit einer schmerzhaft vertrauten Gebärde aus der Stirn. »Moneta. Es bedeutet ›Tochter der Erinnerung‹ und zugleich ›Ermahnerin‹. Ein guter Name.«

»Ist es nicht deiner?«

Sie lächelte. Kassad erinnerte sich an dieses Lächeln auf der Waldlichtung, wo sie sich zum ersten Mal geliebt hatten. »Nein«, sagte sie leise. »Noch nicht. Ich bin gerade hier eingetroffen. Meine Reise und Aufseherpflicht haben noch nicht begonnen.« Sie nannte ihm ihren Namen.

Kassad blinzelte, hob die Hand und legte ihr die Handflächen an die Wangen. »Wir waren Liebende«, sagte er. »Wir haben uns auf Schlachtfeldern getroffen, die dem Vergessen anheim gefallen sind. Du warst überall bei mir.« Er sah sich um. »Alles führt hierher, richtig.«

»Ja«, sagte Moneta.

Kassad drehte sich um und betrachtete die Armee der Shrikes jenseits des Tals. »Ist das ein Krieg? Ein paar Tausend gegen ein paar Tausend?«

»Ein Krieg«, sagte Moneta. »Ein paar Tausend gegen ein paar Tausend auf zehn Millionen Welten.«

Kassad machte die Augen zu und nickte. Der Hautanzug diente ihm als Stützverband, Gefechtskleidung und Ultramorphininjektor, aber Schmerzen und Schwäche der schrecklichen Wunden ließen sich nicht mehr lange fernhalten. »Zehn Millionen Welten«, sagte er und schlug die Augen wieder auf. »Also ein Endkampf?«

»Ja.«

»Und der Sieger erhält die Gräber?«

Moneta sah ins Tal. »Der Sieger bestimmt, ob das Shrike, das bereits dort eingekerkert ist, allein geht und den Weg für andere ebnet ...« Sie deutete mit einem Nicken zur Armee der

Shrikes. »Oder ob die Menschheit in unserer Vergangenheit und Zukunft etwas mitzureden hat.«

»Das verstehe ich nicht«, sagte Kassad mit gepreßter Stimme, »aber Soldaten verstehen die politische Situation selten.« Er beugte sich vor, küßte die überraschte Moneta und zog ihr den roten Seidenschal aus. »Ich liebe dich«, sagte er, während er das rote Tuch an den Lauf seines Gefechtsgewehrs band. Skalen verrieten, daß noch die Hälfte der Pulsladungen und Munition verblieben waren.

Fedmann Kassad trat fünf Schritte vor, drehte dem Shrike den Rücken zu, hob die Arme vor den Menschen, die stumm auf der Hügelflanke standen, und rief: »Für die Freiheit!«

Dreitausend Stimmen riefen zurück: »Für die Freiheit!« Das Brüllen hörte nicht mit dem letzten Wort auf.

Kassad drehte sich um und hielt Gewehr mit Wimpel hoch. Das Shrike trat einen halben Schritt vor, breitete die Arme aus und klappte die Fingerklingen auf.

Kassad brüllte und griff an. Hinter ihm folgte Moneta mit hoch erhobener Waffe. Tausende folgten.

Später fanden Moneta und einige andere der Auserwählten Krieger Kassads Leichnam noch im Todesgriff des geschlagenen Shrike inmitten der Verwüstungen auf dem Schlachtfeld. Sie lösten Kassad behutsam daraus, trugen ihn zu einem wartenden Zelt im Tal, wuschen und behandelten seinen zerschundenen Leichnam und trugen ihn durch die Menge zum Kristallmonolithen.

Dort wurde der Leichnam von Oberst Fedmann Kassad auf einen Sockel aus weißem Marmor gelegt, die Waffen zu seinen Füßen. Im Tal brannte hell lodernd ein gewaltiges Feuer. Überall im Tal schritten Männer und Frauen mit Fackeln dahin, während andere aus dem lapislazulifarbenen Himmel herniederstießen, manche in Fluggefährten so substanzlos wie Seifenblasen, andere auf Energieschwingen oder in goldenen und grünen Kreisen schwebend.

Später, als die Sterne herausgekommen waren und kalt und hell über dem Tal leuchteten, verabschiedete sich Moneta und betrat die Sphinx. Die Menge sang. Auf den angrenzenden Feldern wuselten kleine Nagetiere zwischen gefallenen Wimpeln und den verstreuten Überresten von Panzer und Rüstung, Metallklingen und geschmolzenem Stahl.

Gegen Mitternacht hörte die Menge auf zu singen, keuchte und wich zurück. Die Zeitgräber glühten. Heftige Gezeiten der Anti-Entropiefelder trieben die Menge weiter zurück — zum Eingang des Tals, über das Schlachtfeld, hin zu der Stadt, die schwach in der Nacht leuchtete.

Im Tal schimmerten die gewaltigen Gräber, verblaßten von Gold zu Bronze und begannen ihre lange Reise zurück.

Brawne Lamia ging an dem glühenden Obelisken vorbei und kämpfte gegen eine fast solide Wand tobenden Windes an. Sand zerkratzte ihre Wangen und brannte ihr in den Augen. Statische Leuchten knisterten auf den umliegenden Felswänden und trug einen Teil zum unheimlichen Leuchten der Zeitgräber bei. Brawne hielt die Hände vors Gesicht, blinzelte zwischen den Fingern hindurch, damit sie nicht vom Pfad abkam, und ging weiter.

Brawne sah ein goldenes Licht, greller als das allgemeine Leuchten, aus den zertrümmerten Scheiben des Kristallmonolithen strahlen, das über die Dünen des Talbodens fiel. Jemand befand sich im Innern des Monolithen.

Brawne hatte geschworen, sie würde direkt zum Palast des Shrike gehen und tun, was sie konnte, um Silenus zu befreien, um dann gleich zu Sol zurückzukehren, ohne sich ablenken zu lassen. Aber sie hatte den Umriß einer menschlichen Gestalt in dem Grab erkannt. Kassad wurde noch immer vermißt. Sol hatte ihr von der Mission des Konsuls erzählt, aber vielleicht war der Diplomat im Tosen des Sturms zurückgekehrt. Niemand wußte etwas über den Verbleib von Pater Duré.

Brawne ging näher an das Leuchten heran und verweilte am unregelmäßigen Eingang des Monolithen.

Der Raum im Innern war weit und eindrucksvoll und stieg fast hundert Meter zum halb erahnten Oberlicht der Decke empor. Von innen gesehen wirkten die Wände durchlässig, Sonnenlicht schien ihnen eine kräftige Gold- und Umbrafarbe zu verleihen. Dieses kräftige Licht fiel auf die Szene im Zentrum des geräumigen Areals um sie herum.

Fedmahn Kassad lag auf einer Art Totenbahre aus Marmor.

Er trug das Schwarz von FORCE und hatte die großen, blassen Hände auf der Brust verschränkt. Waffen, die Brawne abgesehen vom Gefechtsgewehr unbekannt waren, lagen zu seinen Füßen. Das Gesicht des Obersten wirkte im Tod hager, aber nicht mehr, als er im Leben gewirkt hatte. Sein Ausdruck war friedlich. Es bestand kein Zweifel daran, daß er tot war; die Stille des Todes hing wie Weihrauch über der Stätte.

Aber es war die andere Person im Raum, deren Silhouette aus der Ferne sichtbar gewesen war und die nun Brawnes Aufmerksamkeit auf sich zog.

Eine junge Frau Mitte bis Ende Zwanzig kniete vor der Bahre. Sie trug einen schwarzen Overall, hatte kurzes Haar, helle Haut und große Augen. Brawne erinnerte sich an die Geschichte des Soldaten, die er während der langen Fahrt ins Tal erzählt hatte, und dachte an die Einzelheiten von Kassads Phantomgeliebter.

»Moneta«, flüsterte Brawne.

Die junge Frau war auf ein Knie gesunken, hatte die Hand ausgestreckt, um den Marmor neben der Leiche zu berühren. Violette Sperrfelder flackerten rings um die Bahre, und eine andere Energie — eine starke Vibration in der Luft — brach das Licht um Moneta herum, so daß die ganze Szene in dunstigen Schein getaucht schien.

Die junge Frau hob den Kopf, sah Brawne an, stand auf und nickte.

Brawne, die sich im Geist bereits Dutzende Fragen zurechtlegte, wollte auf sie zugehen, aber die Gezeiten der Zeit waren zu stark in dem Grab und trieben sie mit Wogen von Schwindelgefühl und *déjà vu* wieder zurück.

Als Brawne wieder aufsah, war die Bahre noch da, Kassad lag aufgebahrt unter seinem Kraftfeld, aber Moneta war fort.

Brawne verspürte den Wunsch, zur Sphinx zurückzulaufen, Sol zu suchen, ihm alles zu erzählen und abzuwarten, bis der Sturm nachließ und der Morgen kam. Aber Brawne glaubte, sie könnte über das Tosen und Heulen des Windes hinweg immer noch die Schreie vom Baum der Dornen hören, der unsichtbar hinter dem Vorhang aus Sand stand.

Brawne zog den Kragen hoch, stapfte wieder in den Sturm hinaus und folgte dem Pfad zum Palast des Shrike.

Die Felsmasse schwebte im All wie die Karikatur eines Berges, zerklüftete Gipfel, messerscharfe Höhenzüge, absurde vertikale Hänge, schmale Simse, breite Felsbalustraden und ein schneebedeckter Kamm, der so schmal war, daß nur eine Person dort stehen konnte — und das auch nur, wenn er oder sie die Füße fest zusammenpreßte.

Der Fluß krümmte sich vom Weltraum herein, passierte das vielschichtige Sperrfeld einen halben Klick vom Berg entfernt, kreuzte eine Wiese auf dem breitesten der Felsbalkone und fiel dann als Zeitlupenwasserfall hundert Meter oder mehr zur nächsten Terrasse hinab, wo er in kunstvoll geleiteten Strömen aus Gischt zu einem halben Dutzend kleinerer Bäche und Wasserfälle wurde, die sich ihre Wege am Antlitz des Berges hinab suchten.

Das Tribunal hatte sich auf der höchsten Terrasse versammelt. Siebzehn Ousters — sechs Männer, sechs Frauen und fünf unbestimmten Geschlechts — saßen innerhalb eines Kreises aus Stein im größeren Kreis der felsgesäumten Wiese. Der Konsul bildete den Mittelpunkt beider Kreise.

»Sie wissen«, sagte Freeman Ghenga, die Sprecherin der Berechtigten Bürger des Freeman-Klans im Transtaurischen Schwarm, »daß wir von Ihrem Verrat wissen.«

»Ja«, sagte der Konsul. Er hatte den besten dunkelblauen Anzug, kastanienfarbenes Cape und den Dreispitz des Diplomaten angelegt.

»Wissen, daß Sie Freeman Andil, Freeman Iliam, Coredwell Betz und Mizenspesh Torrence ermordet haben.«

»Ich kannte Andils Namen«, sagte der Konsul leise. »Den Technikern wurde ich nicht vorgestellt.«

»Aber Sie haben sie ermordet?«

»Ja.«

»Ohne Provokation oder Warnung?«

»Ja.«

»Sie ermordet, um in den Besitz des Mechanismus' zu gelangen, den sie nach Hyperion beförderten. Die Maschine, die, wie wir Sie informiert hatten, die sogenannten Gezeiten der Zeit zusammenbrechen lassen, die Zeitgräber öffnen und das Shrike aus seinen Fesseln befreien würde.«

»Ja.« Der Blick des Konsuls schien auf etwas gerichtet zu

sein, das sich über der Schulter von Freeman Ghenga befand, aber weit, weit entfernt.

»Wir haben ausdrücklich erklärt«, sagte Ghenga, »daß dieser Mechanismus benutzt werden sollte, *nachdem* wir die Schiffe der Hegemonie erfolgreich vertrieben hatten. Wenn unsere Invasion und Besetzung unmittelbar bevorstehen würden. Wenn das Shrike ... kontrolliert werden konnte.«

»Ja.«

»Und dennoch haben Sie unsere Leute ermordet, uns belogen und den Mechanismus selbst Jahre zu früh aktiviert.«

»Ja.« Melio Arundez und Theo Lane standen mit grimmigen Gesichtern neben und einen Schritt hinter dem Konsul.

Freeman Ghenga verschränkte die Arme. Sie war eine große Frau vom klassischen Ouster-Zuschnitt — kahl, dünn, in einen königsblauen Schwebeanzug gekleidet, der das Licht zu absorbieren schien. Ihr Gesicht war alt, aber fast frei von Falten. Ihre Augen waren dunkel.

»Haben Sie geglaubt, wir hätten es vergessen, nur weil vier Standardjahre vergangen sind?« fragte Ghenga.

»Nein.« der Konsul sah ihr in die Augen. Es schien, als lächelte er fast. »Wenige Kulturen vergessen Verräter, Freeman Ghenga.«

»Und doch sind Sie zurückgekehrt.«

Der Konsul antwortete nicht. Theo Lane, der neben ihm stand, spürte, wie eine leichte Brise an seinem Dreispitz zupfte. Theo war zumute, als würde er immer noch träumen. Die Fahrt hierher war surrealistisch gewesen.

Drei Ousters hatten sie in einer langen, flachen Gondel empfangen, die anmutig im ruhigen Gewässer unter dem Schiff des Konsuls trieb. Nachdem die drei Besucher der Hegemonie mittschiffs Platz genommen hatten, stieß der Ouster im Heck mit einem langen Stab ab, worauf das Schiff den Weg zurückschwebte, den es gekommen war, als hätte sich der Lauf des unmöglichen Flusses ins Gegenteil verkehrt. Theo hatte tatsächlich die Augen zugemacht, als sie sich dem Wasserfall näherten, wo der Fluß lotrecht zur Oberfläche des Asteroiden emporstieg, aber als er die Augen eine Sekunde später wieder aufschlug, war unten immer noch *unten* und der Fluß schien ganz normal zu fließen, obwohl die grasbewachsene Kugel der kleinen Welt nun wie eine große, gekrümmte Wand auf einer Seite hing und man die Sterne durch das zwei Meter dicke Band aus Wasser unter ihnen erkennen konnte.

Dann hatten sie das Sperrfeld hinter sich gelassen, waren außerhalb der Atmosphäre, und folgten dem gewundenen Streifen Wasser mit wachsender Geschwindigkeit. Die Röhre eines Sperrfelds war um sie herum — Logik und die Tatsache, daß sie nicht sofort und unter dramatischen Umständen gestorben waren, *geboten*, daß eines da sein mußte —, aber ihm fehlten das übliche Schimmern und die optische Beschaffenheit, die auf den Schiffen der Tempelritter oder zum Weltraum offenen Touristenwohnungen so beruhigend wirkten.

»Sie können dies unmöglich als ihre Form von Transportmittel zwischen den Einheiten des Schwarms benützen«, hatte Dr. Melio Arundez mit zitternder Stimme gesagt. Theo hatte festgestellt, daß Arundez den Bootsrand ebenfalls mit weißen Fingern umklammerte. Weder der Ouster am Heck noch die beiden im Bug hatten mehr als bestätigend genickt, als der Konsul sich erkundigt hatte, ob dies das versprochene Transportmittel war.

»Sie prahlen mit dem Fluß«, hatte der Konsul leise gesagt. »Er wird benutzt, wenn der Schwarm in Ruhe ist, aber nur für zeremonielle Zwecke. Wenn der Schwarm in Bewegung ist, setzen sie ihn nur der Wirkung wegen ein.«

»Um uns mit ihrer überlegenen Technologie zu beeindrukken?« fragte Theo *sotto voce.*

Der Konsul nickte.

Der Fluß hatte sich durchs Weltall gekrümmt, sich manchmal als der Logik trotzende Schleifen fast in sich selbst zurückgewunden, sich manchmal wie eine Fiberplastikkordel zu engen Spiralen geflochten, aber stets hatte er im Licht der Sonne von Hyperion geschimmert und sich vor ihnen in die Unendlichkeit erstreckt. Manchmal verdeckte der Fluß die Sonne, dann war das Farbenspiel atemberaubend; Theo sperrte vor Staunen den Mund auf, als er eine Flußschleife hundert Meter über ihnen betrachtete und die Umrisse von Fischen vor der Sonnenscheibe sah.

Aber die Unterseite des Bootes war immer *unten,* und sie rasten mit schätzungsweise cislunaren Transfergeschwindigkeiten auf einem Fluß dahin, der nicht von Felsen oder Stromschnellen unterbrochen wurde. Es war, wie Arundez ein paar Minuten nach Antritt der Reise bemerkte, als würde man mit dem Kanu über den Rand eines gigantischen Wasserfalls fahren und versuchen, die Fahrt abwärts zu genießen.

Der Fluß führte an einigen Elementen des Schwarms vorbei, die den Himmel gleich falschen Gestirnen erfüllten: massive Kometenfarmen, deren staubige Oberflächen von der Geometrie abgehärteten Vakuumgetreides unterbrochen wurde; Kugelstädte mit Nullschwerkraft, gigantische unregelmäßige Sphären transparenter Membranen, die wie gewaltige Amöben voll emsiger Flora und Fauna aussahen; zehn Klicks lange Schubcluster, die im Lauf der Jahrhunderte gewachsen waren und deren innerste Module und Unterbringungskabinen und Arcologien aussahen wie etwas, das aus O'Neills Boondoggle und dem Anbeginn des Raumfahrtzeitalters gestohlen worden zu sein schien; wandernde Wälder auf Flächen von Hunderten Quadratmetern, die aussahen wie treibende Kelpschwärme und mittels Sperrfeldern und verfilzten Wurzeln und Ranken an Schubclustern und Kommandomodulen befestigt waren — die sphärischen Baumformen wiegten sich in Schwerkraftbrisen und leuchteten hellgrün und dunkelorange, und in hundert Schattierungen des Herbstes auf der Alten Erde, wenn Sonnenlicht direkt auf sie fiel; ausgehöhlte Asteroiden, von ihren Bewohnern längst verlassen, die nun automatischen Fabriken zur Wiedergewinnung von Schwermetallen überlassen blieben, jeder Zentimeter der Felsoberfläche war mit rostigen Gebilden, Schornsteinen und skelettgleichen Kühltürmen bedeckt, und im Widerschein interner Fusionsfeuer sah jede zylindrische Welt wie Vulkans Schmiede aus; immense kugelförmige Andockkuppeln, deren Größe man lediglich anhand der Schlachtschiffe und Kriegsschiffe der Kreuzer-Klasse abschätzen konnte, die um die Oberfläche herum verteilt waren wie Spermazellen, die ein Ei bestürmen; und am unvorstellbarsten: Organismen, in deren Nähe der Fluß strömte oder die zum Fluß herankamen … Organismen, die geboren oder hergestellt worden sein mochten, höchstwahrscheinlich aber beides waren, große Schmetterlingsgestalten, die Energieschwingen zur Sonne entfalteten, Insekten, bei denen es sich um Raumschiffe handelte, oder umgekehrt, deren Fühler sich zum Fluß und der Gondel mit ihren Passagieren drehten, wenn diese vorüberfuhren, deren Facettenaugen im Sternenlicht funkelten, kleinere Gestalten mit Flügeln — Menschen, die sich hinein- und herausbewegten durch eine Öffnung in einer Hülle so groß wie der Landungsboothangar eines Angriffsträgers von FORCE.

Und schließlich war der Berg gekommen — eine ganze Gebirgskette sogar: auf einigen befanden sich die Blasen von hundert Umweltkuppeln, andere waren zum Weltraum hin offen, aber dennoch bewohnt, andere waren durch dreißig Klicks lange Hängebrücken oder Nebenflüsse mit anderen verbunden, andere königlich in ihrer Abgeschiedenheit, viele verlassen und streng wie ein Zen-Garten. Dann der letzte Berg, der höher aufragte als Mons Olympus oder Mount Hillary auf Asquith, und als Abschluß der letzte Wasserfall des Flusses zum Gipfel, während Theo und der Konsul und Arundez bleich und stumm und verbissen die Kanten des Boots umklammerten, als sie die letzten paar Kilometer mit einer plötzlich deutlichen und halsbrecherischen Geschwindigkeit abstürzten. Schließlich befanden sie sich, auf den letzten, unmöglichen hundert Metern, wo der Fluß Energie abgab ohne langsamer zu werden, wieder in einer voluminöseren Atmosphäre, und das Boot kam auf einer Wiese zum Stillstand, wo das Tribunal des Ouster-Klans wartete und Felsquader in ihrem Kreis an Stonehenge gemahnender Stille aufragten.

»Wenn sie das gemacht haben, um mich zu beeindrucken«, sagte Theo flüsternd, als das Boot am grasbewachsenen Ufer anlegte, »ist es ihnen voll und ganz gelungen.«

»Warum sind Sie in den Schwarm zurückgekehrt?« fragte Freeman Ghenga. Die Frau schritt auf und ab und bewegte sich in der minimalen Schwerkraft mit der Anmut, wie sie nur Weltraumgeborenen eigen ist.

»Präsidentin Gladstone hat mich darum gebeten«, sagte der Konsul.

»Und Sie sind gekommen, obwohl Sie wußten, daß Ihr Leben verwirkt sein würde?«

Der Konsul war zu sehr Diplomat und Gentleman, die Achseln zu zucken, aber sein Ausdruck vermittelte dasselbe.

»Was will Gladstone?« fragte ein anderer Ouster, der Mann, den Ghenga als Sprecher der Berechtigten Bürger Coredwell Minmun vorgestellt hatte.

Der Konsul wiederholte die fünf Punkte der Präsidentin.

Sprecher Minmun verschränkte die Arme und sah Freeman Ghenga an.

»Das werde ich gleich beantworten«, sagte Ghenga. Sie sah Arundez und Theo an. »Ihr beiden werdet gut zuhören, falls der Mann, der die Fragen vorgetragen hat, nicht mit euch zu eurem Schiff zurückkehrt.«

»Augenblick mal«, sagte Theo, der vortrat und sich der Ousterfrau entgegenstellte, »bevor Sie hier ein Urteil fällen, müssen Sie bedenken, daß ...«

»Ruhe«, befahl Sprecherin Freeman Ghenga, aber der Konsul hatte Theo schon zum Schweigen gebracht, indem er ihm eine Hand auf die Schulter lehnte.

»Ich werde die Fragen gleich beantworten«, wiederholte Ghenga. Hoch über ihr zog ein Schwarm kleinerer Schlachtschiffe, die FORCE ›Lanzetten‹ getauft hatte, stumm wie ein Fischschwarm in Dreihundert-Ge-Zickzack vorbei.

»Erstens«, sagte Ghenga, »Gladstone fragt, warum wir das Netz angreifen.« Sie machte eine Pause, sah die anderen sechzehn versammelten Ousters an und fuhr fort. »Wir greifen es nicht an. Abgesehen von diesem Schwarm, der versucht hat, Hyperion zu besetzen ehe die Zeitgräber sich auftaten, greifen keine Schwärme das Netz an.«

Alle drei Männer der Hegemonie waren vorgetreten. Selbst der Konsul hatte sein Gebaren besinnlicher Gelassenheit abgelegt und stotterte fast vor Aufregung.

»Aber das ist nicht wahr! Wir haben gesehen, wie ...«

»Ich habe die Fatlinebilder gesehen, die von ...«

»Heaven's Gate ist total zerstört! God's Grove niedergebrannt!«

»*Ruhe*«, befahl Freeman Ghenga. In die Stille hinein sagte sie: »Nur dieser Schwarm führt Krieg gegen die Hegemonie. Unsere Geschwisterschwärme sind dort, wo die weitreichenden Detektoren des Netzes sie zuerst aufgespürt haben ... sie *entfernen* sich vom Netz und fliehen vor weiteren Provokationen wie den Angriffen von Bressia.«

Der Konsul rieb sich das Gesicht wie ein Mann, der gerade aus dem Schlaf erwacht ist. »Aber wer ...?«

»Genau«, sagte Freeman Ghenga. »Wer besitzt die Mittel, eine derartige Charade auszuführen? Und ein Motiv, Milliarden Menschen niederzumetzeln?«

»Der Core?« hauchte der Konsul.

Der Berg drehte sich langsam, und in diesem Augenblick begann die Nacht. Ein Konvektionswind strich über die Bergterrasse und raschelte in den Gewändern der Ousters und dem Cape des Konsuls. Über ihnen schienen die Sterne gleißend zu explodieren. Die großen Felsquader des Stonehenge-Kreises schienen vor innerer Wärme zu leuchten.

Theo Lane stand neben dem Konsul, weil er befürchtete, der Mann könnte zusammenbrechen. »Wir haben darauf nur Ihr Wort«, sagte Theo zur Sprecherin der Ousters. »Es ergibt keinen Sinn.«

Ghenga zuckte mit keiner Wimper. »Wir werden euch den Beweis vorführen. Bindende-Leere-Transmissions-Aufspürer. Echtzeitbilder der Sternenfelder unserer Geschwisterschwärme.«

»Bindende Leere?« sagte Arundez. Seine sonst gelassene Stimme klang erregt.

»Was ihr Fatline nennt.« Sprecherin Freeman Ghenga ging zum nächsten Steinquader und strich mit der Hand über die rauhe Oberfläche, als wollte sie die innere Wärme in sich aufnehmen. Oben kreisten Sternenfelder.

»Um Gladstones zweite Frage zu beantworten«, sagte sie, »wir wissen nicht, wo sich der Core befindet. Seit Jahrhunderten fliehen wir vor ihm und bekämpfen ihn und suchen ihn und fürchten ihn, aber wir haben ihn nicht gefunden. *Sie* müssen uns die Antwort auf diese Frage geben! *Wir* haben dieser parasitären Lebensform, die ihr TechnoCore nennt, den Krieg erklärt.«

Der Konsul schien in sich zusammenzusinken. »Wir haben keine Ahnung. Die Behörden im Netz suchten den Core schon vor der Hegira und suchen ihn immer noch, aber er ist so unauffindlich wie El Dorado. Wir haben keine verborgenen Welten gefunden, keine massiven Asteroiden voller Hardware, keine Spur auf einer Welt im Netz.« Er machte eine erschöpfte

Geste mit der linken Hand. »Soviel wir wissen, könnte es sein, daß *ihr* den Core in einem eurer Schwärme versteckt.«

»Das tun wir nicht«, sagte Sprecher Coredwell Minmun.

Nun endlich zuckte der Konsul die Achseln. »Bei der Großen Suchaktion der Hegira wurden tausende Welten übergangen. Alle, die nicht mindestens neun Punkt sieben auf der Zehnerskala der Terrastandards brachten. Der Core könnte überall auf diesen ersten Erkundungsstrecken sein. Wir würden ihn nie finden ... und selbst wenn, sicherlich erst Jahre nachdem das Netz zerstört ist. Sie waren unsere letzte Hoffnung, ihn aufzuspüren.«

Ghenga schüttelte den Kopf. Hoch über ihnen fing der Gipfel das Licht des Sonnenuntergangs auf, während der Terminator sich mit fast erschreckender Geschwindigkeit die Eisflächen herab auf sie zubewegte. »Drittens: Gladstone hat nach unseren Bedingungen für einen Waffenstillstand gefragt. Abgesehen von diesem Schwarm in diesem System sind wir nicht die Angreifer. Wir akzeptieren einen Waffenstillstand, sobald Hyperion unter unserer Kontrolle ist ... was jeden Moment der Fall sein müßte. Wir haben soeben die Nachricht erhalten, daß unsere Einsatztruppen die Hauptstadt und den Raumhafen in ihre Gewalt gebracht haben.«

»Was Sie nicht sagen«, meinte Theo, der unwillkürlich die Hände zu Fäusten ballte.

»Was wir nicht sagen«, stimmte Freeman Ghenga zu. »Sagen Sie Gladstone, daß wir nun zu einem gemeinsamen Kampf gegen den TechnoCore bereit sind.« Sie blickte zu den stummen Mitgliedern des Tribunals. »Da wir jedoch viele Reisejahre vom Netz entfernt sind und den vom Core kontrollierten Farcastern nicht trauen, muß sich unsere Hilfe notgedrungen auf Sühne für die Zerstörung der Hegemonie beschränken. Ihr werdet gerächt werden.«

»Wie tröstlich«, sagte der Konsul trocken.

»Viertens: Gladstone fragt, ob wir uns mit ihr treffen. Die Antwort lautet ja — wenn sie, wie sie behauptet, bereit ist, ins Hyperion-System zu kommen. Wir haben den Farcaster von Force genau für diese Möglichkeit erhalten. *Wir* jedoch reisen nicht per Farcaster.«

»Warum nicht?« fragte Arundez.

Ein dritter Ouster, der nicht vorgestellt worden war, einer von der pelzigen und wunderbar verwandelten Art, sagte: »Die Erfindung, die ihr Farcaster nennt, ist eine Abweichung ... eine Entweihung der Bindenden Leere.«

»Ah, religiöse Gründe«, sagte der Konsul und nickte verstehend.

Der exotisch gestreifte und pelzige Ouster schüttelte eisern den Kopf. »Nein! Das Farcasternetz ist das Joch im Nacken der Menschheit, der Kontrakt der Unterwerfung, der euch in Stagnation gefesselt hat. Damit wollen wir nichts zu tun haben.«

»Fünftens«, sagte Freeman Ghenga, »daß Gladstone den Todesstrahl erwähnt, ist lediglich ein verschleiertes Ultimatum. Aber wie schon gesagt, es richtet sich gegen den falschen Gegner. Die Streitkräfte, die in euer zerbrechliches und schwindendes Netz einfallen, gehören nicht den Clans der zwölf Geschwisterschwärme an.«

»Darauf haben wir nur Ihr Wort«, sagte der Konsul. Sein Blick, mit dem er Ghenga ansah, war fest und trotzig.

»Sie haben mein Wort auf nichts«, sagte Sprecherin Ghenga. »Älteste eines Clans geben Sklaven des Core nicht ihr Wort. Aber es entspricht der Wahrheit.«

Der Konsul schien geistesabwesend, als er sich halb zu Theo umdrehte. »Wir müssen Gladstone unverzüglich informieren.« Er drehte sich wieder zu Ghenga um. »Dürfen meine Freunde zum Schiff zurückkehren und Ihre Antwort weiterleiten, Sprecherin?«

Ghenga nickte und bedeutete mit einer Geste, die Gondel bereitzustellen.

»Wir kehren nicht ohne dich zurück«, sagte Theo zum Konsul und trat zwischen ihn und die ersten Ousters, als wollte er ihn mit dem eigenen Körper beschützen.

»Doch«, sagte der Konsul und berührte Theo wieder am Oberarm, »das wirst du. Du mußt.«

»Er hat recht«, sagte Arundez und zog Theo mit sich, bevor der junge Generalgouverneur noch etwas sagen konnte. »Dies ist zu wichtig, daß wir verabsäumen könnten, es weiterzugeben. Gehen Sie. Ich bleibe bei ihm.«

Ghenga deutete auf zwei der massiveren exotischen Ousters. »Sie werden beide zum Schiff zurückkehren. Der Konsul bleibt hier. Das Tribunal hat noch nicht über sein weiteres Schicksal entschieden.«

Arundez und Theo wirbelten beide mit erhobenen Fäusten herum, aber die pelzigen Ousters ergriffen sie und trugen sie mit der verhaltenen Anstrengung von Erwachsenen weg, die unfolgsame kleine Kinder befördern.

Der Konsul beobachtete, wie sie in die Gondel gesetzt wurden und widerstand dem Impuls, ihnen nachzuwinken, als das Boot zwanzig Meter den ruhigen Fluß entlangfuhr, jenseits der gekrümmten Terrasse verschwand und dann wieder sichtbar wurde, als es den Wasserfall zum schwarzen Weltraum hinauf erklomm. Nach wenigen Minuten war es im Gleißen der Sonne verschwunden. Er drehte sich langsam im Kreis herum und sah jedem der siebzehn Ousters in die Augen.

»Bringen wir es hinter uns«, sagte der Konsul. »Ich habe lange darauf gewartet.«

Sol Weintraub saß zwischen den Pranken der Sphinx und sah zu, wie der Sturm nachließ, der Wind vom Schreien zum Seufzen, zum Flüstern abklang, die Staubvorhänge lichter wurden und sich dann teilten und Sterne offenbarten und schließlich wie sich eine gräßliche Ruhe über die Nacht senkte. Die Gräber leuchteten heller als zuvor, aber nichts kam aus der glühenden Tür der Sphinx, und Sol konnte nicht eintreten; das grelle Licht drückte ihm wie tausend unwiderstehliche Finger auf die Brust, und wie sehr er sich auch anstrengte, Sol konnte nicht näher als auf drei Meter an die Tür heran. Was immer drinnen stand oder sich bewegte oder wartete, war im Gleißen des Lichts nicht zu sehen.

Sol setzte sich und hielt sich an der Steintreppe fest, während die Gezeiten der Zeit an ihm zogen, an ihm zerrten und ihn im falschen Schock des *déjà vu* zum Weinen brachten. Die gesamte Sphinx schien im heftigen Sturm der kontraktierenden und expandierenden Anti-Entropiefelder zu wanken.

Rachel.

Sol würde nicht hier weggehen, so lange noch eine Chance bestand, daß seine Tochter am Leben war. Sol lag auf dem kalten Stein, lauschte dem Kreischen des Windes, das erstarb, sah die kalten Sterne herauskommen, sah Meteorspuren und Laserlanzenangriffe und Gegenangriffe des Krieges im Orbit, wußte im Grunde seines Herzens, daß der Krieg verloren war, das Netz gefährdet, daß gewaltige Reiche vor seinen Augen fielen, die menschliche Rasse in dieser endlosen Nacht auf dem Spiel stand ... und es war ihm einerlei.

Sol Weintraub lag nur an seiner Tochter.

Und selbst während er hier lag, fror, von Wind und Zeitgezeiten gebeutelt wurde, schwach vor Erschöpfung und wie ausgehöhlt vor Hunger war, spürte Sol, wie sich eine seltsame Art von Frieden über ihn senkte. Er hatte seine Tochter einem Ungeheuer gegeben, aber *nicht* weil Gott es ihm befohlen hatte, *nicht* weil Schicksal oder Angst es erzwungen hatten, sondern nur, weil seine Tochter ihm im Traum erschienen war und gesagt hatte, es wäre gut so, er müßte es tun, ihre Liebe — seine und Sarais und Rachels — erforderte es.

Letzten Endes, dachte Sol, *jenseits von Logik und Hoffnung, sind es Träume und die Liebe derer, die uns am teuersten sind, welche Abrahams Antwort an Gott bilden.*

Sols Komlog funktionierte nicht mehr. Es konnten eine oder fünf Stunden vergangen sein, seit er dem Shrike seine sterbende Tochter übergeben hatte. Sol legte sich zurück und umklammerte weiter den Stein, während die Gezeiten der Zeit die Sphinx zum Schwanken brachten wie ein kleines Schiff auf stürmischer See, und betrachtete die Sterne und die Kampfhandlungen oben.

Funken stoben über den Himmel, glühten hell wie Supernovae auf, wenn Laserlanzen sie trafen, und regneten als Schauer geschmolzener Trümmer herab — weißglühend bis rot bis zu blauen Flammen in der Dunkelheit. Sol stellte sich brennende Landungsboote vor, sah Oustersoldaten und Marines der Hegemonie in heulend entweichender Luft und schmelzendem Titan sterben — er *versuchte*, sich das alles vorzustellen —, aber es gelang ihm nicht. Sol mußte feststellen, daß Raumschlachten und Flottenmanöver und der Untergang von Imperien außerhalb seiner Vorstellungskraft lagen, verborgen vor den Reservoirs seines Mitgefühls oder Verständnisses. Derlei Dinge gehörten Thukydides und Tacitus und Catton und Wu. Sol hatte seine Senatorin von Barnards Welt kennengelernt, hatte sie in seinem und Sarais Bemühen, Rachel von Merlins

Krankheit zu erlösen, mehrmals getroffen, aber Sol konnte sich nicht vorstellen, daß Feldstein an etwas vom Maßstab eines interstellaren Krieges teilnahm — überhaupt an etwas Größerem als der Einweihung eines neuen medizinischen Zentrums in der Hauptstadt Bussard oder einer Ansprache vor einer Versammlung in der Universität von Crawford.

Die derzeitige Präsidentin der Hegemonie hatte Sol nie kennengelernt, aber als Gelehrter hatte er Gefallen an ihren subtilen Nachahmungen der Reden klassischer Gestalten wie Churchill und Lincoln und Alvarez-Temp gefunden. Aber jetzt, als er zwischen den Pranken des gewaltigen Steintieres saß und um seine Tochter weinte, konnte sich Sol nicht vorstellen, was im Kopf dieser Frau vor sich ging, wenn sie Entscheidungen traf, die Milliarden retten oder zum Untergang verurteilen konnten, die das größte Imperium in der Menschheitsgeschichte erhalten oder verraten konnten.

Sol war es einerlei. Er wollte seine Tochter wiederhaben. Er wollte, daß Rachel lebte, obwohl die Logik das Gegenteil gebot.

Sol, der zwischen den Steinpranken der Sphinx auf einer belagerten Welt in einem vom Krieg gebeutelten Reich hockte, wischte sich Tränen aus den Augen, damit er die Sterne besser sehen konnte, und dachte an ein Gedicht von Yeats, »Ein Gebet für meine Tochter«.

Once more the storm is howling, and half hid
Under this cradle hood and coverlid
My child sleeps on. There is no obstacle
But Gregory's wood and one bare hill
Whereby the haystack- and roof-levelling wind,
Bred on the Atlantic, can be stayed;
And for an hour I have walked and prayed
Because of the great gloom that is in my mind.

I have walked and prayed for this young child an hour
And heard the sea-wind scream upon the tower,
And under the arches of the bridge, and scream
In the elms above the flooded stream;
Imagining in excited reverie

That the future years had come,
Dancing to a frenzied drum,
Out of the murderous innocence of the sea ...[*]

Sol wurde jetzt klar, er wollte nur eines, dieselbe Möglichkeit, sich wegen jener künftigen Jahre zu grämen, die alle Eltern fürchten und verabscheuen. Nicht zuzulassen, daß ihre Kindheit und Jugendjahre und linkisches Heranwachsen von der Krankheit gestohlen und vernichtet werden.

Sol hatte sein Leben lang trotzig unwiederbringliche Dinge wiederbringen wollen. Er erinnerte sich an den Tag, als er Sarai gefunden hatte, wie sie Rachels Babysachen zusammenlegte und in einer Kiste auf dem Dachboden verstaute, und er erinnerte sich an ihre Tränen und sein eigenes Gefühl der Trauer um das Kind, das sie immer noch hatten, das aber einzig durch den simplen Pfeil der Zeit für sie verloren war. Sol wußte jetzt, daß wenig zurückgebracht werden konnte, es sei denn in der Erinnerung — Sarai war tot und konnte nicht zurückkehren, Rachels Freunde und die Welt aus Kindertagen waren für immer dahin, selbst die Gesellschaft, die er erst vor wenigen Wochen verlassen hatte, war im Begriff, für immer unwiederbringlich zerstört zu werden.

---

[*] Und wieder heult der Sturm, und halb versteckt
In ihrer Wiege und gut zugedeckt
Schläft mir mein Kind. Und nichts ist in der Näh,
Nur Gregorys Wald und eine kahle Höh,
Das diesem Wind, der Dach und Schober niederfegt
Und aus dem Meer heranwuchs, widersteht.
Ich geh seit einer Stunde im Gebet,
Weil dunkle Schwermut mir den Sinn bewegt.

Ich geh seit einer Stunde im Gebet für dieses Kind
Und hör den Seewind auf dem Turme schreien
Und unter Brückenbogen und von neuem
In Ulmen überm Fluß, der überschwemmt;
Was ich in aufgeregten Träumen seh:
Zukünftige Jahre ziehn herbei,
Umtanzende Trommelraserei,
Aus mörderischem Unschuldsschoß der See.

Zitiert nach: William Butler Yeats, WERKE I — AUSGEWÄHLTE GEDICHTE, Neuwied/Berlin 1970, Luchterhand Verlag, S. 151. Übersetzung (des vorliegenden Gedichts) von Richard Exner.

Und als er das denkt, wie er so zwischen den Klauenpranken der Sphinx hockt und der Wind nachläßt und die falschen Sterne leuchten, muß Sol an ein anderes und weitaus geheimnisvolleres Gedicht von Yeats denken.

> Surely some revelation is at hand;
> Surely the Second Coming is at hand.
> The Second Coming! Hardly are those words out
> When a vast image out of Spiritus Mundi
> Troubles my sight; somewhere in the sands of the desert
> A shape with lion body and the head of a man,
> A gaze blank and pitiless as the sun,
> Is moving its slow thighs, while all about it
> Reel shadows of the indignant desert birds.
> The darkness drops again; but now I know
> That twenty centuries of stony sleep
> Were vexed to nightmare by a rocking cradle,
> And what rough beast, its hour come round at last,
> Slouches towards Bethlehem to be born?*

Sol weiß es nicht. Sol muß erneut feststellen, daß es ihm einerlei ist. Sol will seine Tochter wiederhaben.

----

* Sicherlich steht eine Offenbarung bevor,
Sicherlich steht der Jüngste Tag bevor.
Der Jüngste Tag! Kaum sind die Worte entschlüpft,
Ist meine Sicht verstört von einem ungeheuren Bild,
Ausspiegelung des *Spiritus Mundi:*
Irgendwo im Wüstensand nähert sich
Die Gestalt eines Löwenleibs mit dem Kopf eines Menschen,
Einem Blick, blank und mitleidlos wie die Sonne,
Bewegt ihre lässigen Schenkel, umschwungen
Von dem Schatten der zornigen Wüstenvögel.
Langsam senkt sich die Dunkelheit wieder.
Doch jetzt weiß ich: zwei Jahrtausende steinernen Schlafes
Sind aufgerührt zu Alptraum durch eine schaukelnde Wiege:
Welche wüste Bestie, deren Stunde nun gekommen ist,
Schlampt gegen Bethlehem in ihre Geburt?

Zitiert nach: William Butler Yeats, WERKE I — AUSGEWÄHLTE GEDICHTE, Neu-wied/Berlin 1970, Luchterhand Verlag, S. 149. Übersetzung (des vorliegenden Gedichts) von Erich Kahler.

Im Kriegsrat schien Übereinstimmung zu herrschen, die Bombe abzuwerfen.

Meina Gladstone saß am Kopfende des langen Tisches und spürte das eigenwillige, aber nicht unangenehme Gefühl der Abgeschiedenheit, das von zu wenig Schlaf über einen viel zu langen Zeitraum hinweg herrührt. Wenn sie die Augen schließen würde, und sei es nur für eine Sekunde, hieße das, auf dem schwarzen Eis der Erschöpfung abwärts zu rutschen, daher machte sie die Augen nicht zu, auch wenn sie brannten und das Dröhnen von Informationen, Unterhaltungen und dringenden Debatten verblaßte und sich hinter dicken Vorhängen der Erschöpfung verbarg.

Der Kriegsrat hatte gemeinsam mitverfolgt, wie die Schlacke der Task Force 181.2 — Kommandant Lees Angriffsflotte — nach und nach erloschen war, bis nur noch zwölf der ursprünglich vierundsiebzig Schiffe übrig waren, die noch Richtung Zentrum des anrückenden Schwarms manövrierten. Lees Kreuzer befand sich unter den Überlebenden.

Während dieser stummen Vernichtungsaktion, dieser abstrakten und seltsam faszinierenden Abbildung von gewaltsamem und allzu wirklichem Tod, hatten Admiral Singh und General Morpurgo ihre düstere Einschätzung des Krieges vollendet.

»... FORCE und der Neue Bushido wurden für begrenzte Konflikte erdacht, unbedeutende Scharmützel, abgesteckte Grenzen und überschaubare Ziele«, faßte Morpurgo zusammen. »Mit weniger als einer halben Million Männern und Frauen unter Waffen kann man FORCE nicht mit einer Armee der Nationen der Alten Erde von vor tausend Jahren vergleichen. Der Schwarm kann uns allein zahlenmäßig erdrücken, unsere Flotte zusammenschießen und durch simple Arithmetik gewinnen.«

Senator Kolchew sah finster von seinem Platz am gegenüberliegenden Ende des Tisches herüber. Der Lusier war während der Besprechung und Debatte weitaus aktiver gewesen als Gladstone — Fragen wurden häufiger an ihn als an sie gerichtet —, als wären sich fast alle im Raum unterschwellig bewußt, daß die Macht sich verlagerte, die Fackel der Führerschaft weitergereicht wurde.

Noch nicht, dachte Gladstone, die sich mit zu einem Giebel gespitzten Fingern an das Kinn klopfte und zuhörte, wie Kolchew den General ins Kreuzverhör nahm.

»... zurückfallen und wichtige Welten der zweiten Angriffswelle verteidigen — selbstverständlich Tau Ceti Center, aber auch unerläßliche Industriewelten wie Renaissance Minor, Fuji, Deneb Vier und Lusus?«

General Morpurgo senkte den Blick und rückte seine Unterlagen zurecht, um das plötzliche Auflodern von Zorn in seinen Augen zu verbergen. »Senator, es bleiben keine zehn Standardtage mehr bis die zweite Welle ihre Zielliste vervollständigt hat. Renaissance Minor wird binnen neunzig Stunden angegriffen werden. Ich will damit sagen, mit der momentanen Größe, Struktur und Technologie, die FORCE zur Verfügung steht, ist zu bezweifeln, ob es uns gelingen würde, ein System zu halten ... zum Beispiel TC^2.«

Senator Kakinuma erhob sich. »Das ist unakzeptabel, General.«

Morpurgo sah auf. »Dem stimme ich zu, Senator. Aber es ist wahr.«

Kanzler Pro Tem Denzal-Hiat-Amin schüttelte den grauen, fleckigen Kopf. »Das alles ergibt keinen Sinn. Gab es keine Pläne, das Netz zu verteidigen?«

Admiral Singh meldete sich auf seinem Sitz zu Wort. »Unsere Schätzungen der Bedrohungen liefen darauf hinaus, daß wir mindestens achtzehn Monate Zeit haben würden, sollten sich die Schwärme zu einem Angriff entschließen.«

Persow, Minister für den Diplomatischen Dienst, räusperte sich. »Und ... wenn wir diese fünfundzwanzig Welten den Ousters überließen, Admiral, wie lange würde es dauern, bis die erste oder zweite Welle andere Welten im Netz angreifen könnte?«

Singh mußte weder seine Unterlagen noch das Kommlog zitieren. »Je nach Ziel, M. Persow, die nächste Netz-Welt — Esperance — wäre neun Standardmonate vom nächsten Schwarm entfernt. Das fernste Ziel — das Heimatsystem — wäre mit Hawking-Antrieb vierzehn Jahre entfernt.«

»Zeit genug, die Wirtschaft für den Krieg anzukurbeln«, sagte Senatorin Feldstein. Ihr Wahlkreis, Barnards Welt, hatte keine vierzig Standardstunden mehr zu leben. Feldstein hatte geschworen, sie würde dort sein, wenn das Ende kam. Ihre Stimme klang präzise und leidenschaftslos. »Das wäre logisch. Verluste begrenzen. Selbst wenn TC^2 und zwei Dutzend weitere Welten verloren sind, kann das Netz unglaubliche Mengen Kriegsgerät produzieren — selbst in neun Monaten. In den Jahren, die die Ousters brauchen, um tiefer ins Netz vorzustoßen, sollte es uns gelingen, sie allein durch die Masse industrieller Fertigung zu besiegen.«

Verteidigungsminister Imoto schüttelte den Kopf. »In der ersten und zweiten Welle gehen unersetzliche Rohstoffe verloren. Die Folgen für die Wirtschaft des Netzes werden verheerend sein.«

»Haben wir eine andere Wahl?« fragte Senator Peters von Deneb Drei.

Aller Augen wandten sich zu der Person, die neben KI-Ratgeber Albedo saß.

Als sollte die Bedeutung des Augenblicks unterstrichen werden, war eine neue KI-Persönlichkeit zum Kriegsrat zugelassen worden und hatte die Präsentation des unzutreffend bezeichneten »Todesstrahls« übernommen. Ratgeber Nansen war groß, männlich, braungebrannt, entspannt, eindrucksvoll, überzeugend, vertrauenswürdig und mit dem seltenen Charisma der Führerschaft ausgestattet, das bewirkte, daß man jemanden auf den ersten Blick mochte und respektierte.

Meina Gladstone fürchtete und verabscheute den neuen Ratgeber auf der Stelle. Sie sagte sich, daß diese Projektion von KI-Experten geschaffen worden war, um ganz genau die Reaktion von Vertrauen und Gehorsam zu erzeugen, die sie bei anderen am Tisch bereits spürte. Und Nansens Botschaft, befürchtete sie, bedeutete Tod.

Der Todesstrahl gehörte seit Jahrhunderten zur Technologie des Netzes — er war vom Core entworfen worden und auf wenige Offiziere von FORCE sowie spezialisiertes Wachpersonal des Regierungshauses und Gladstones Prätorianergarde beschränkt. Er brannte, explodierte, schoß oder detonierte nicht. Er gab kein Geräusch von sich und projizierte keinen sichtbaren Strahl oder hinterließ einen Ultraschallfußabdruck. Er bewirkte einfach, daß das Ziel starb.

Das hieß, wenn das Ziel ein Mensch war. Die Reichweite eines Todesstrahls war begrenzt — nicht weiter als fünfzig Meter —, aber innerhalb dieser Reichweite starb das anvisierte menschliche Ziel, wogegen andere Tiere und Sachen vollkommen sicher waren.

Autopsien zeigten verschmorte Synapsen, aber sonst keine Schäden. Todesstrahlen bewirkten einfach, daß man aufhörte zu existieren. Offiziere von FORCE trugen seit Generationen als Nahkampfwaffen und Symbole der Macht diese Strahler bei sich.

Jetzt, legte Ratgeber Nansen dar, hatte der Core eine Waffe fertiggestellt, die das Prinzip des Todesstrahls im größeren Maßstab anwendete. Sie hatten gezögert, deren Existenz zu enthüllen, aber angesichts der bevorstehenden und schrecklichen Bedrohung durch die Invasion der Ousters ...

Das Verhör war lebhaft und manchmal zynisch gewesen, wobei die Militärs skeptischer waren als die Politiker. Ja, der Todesstrahl könnte uns von den Ousters befreien, aber was wird aus den Bürgern der Hegemonie?

Die könnte man auf eine der Labyrinthwelten in Sicherheit bringen, hatte Nansen geantwortet und damit den Plan wiederholt, den Ratgeber Albedo schon früher geäußert hatte. Dort würden fünf Kilometer Fels sie vor den Auswirkungen der Schockwelle des Todesstrahls schützen.

Wie groß war die Reichweite dieser Todesstrahlen?

Ihre Wirkung sank auf eine Entfernung von drei Lichtjahren unter die tödliche Dosis, antwortete Nansen ruhig, zuversichtlich, der totale Vertreter im totalen Verkaufsgespräch. Ein Radius, der groß genug war, jedes System vom angreifenden Schwarm zu befreien. Klein genug, daß alle, bis auf die Sternsysteme in nächster Nähe, geschützt blieben. Zweiundneunzig Prozent der Netzwelten hatten im Umkreis von fünf Lichtjahren keine anderen bewohnten Welten als Nachbarn.

Und was ist mit denen, die nicht evakuiert werden können? hatte Morpurgo wissen wollen.

Ratgeber Nansen hatte gelächelt und die offenen Handflächen gezeigt, als wollte er vorführen, daß dort nichts verborgen war. Die Erfindung erst aktivieren, wenn die Behörden sicher sind, daß sämtliche Bürger der Hegemonie evakuiert oder abgeschirmt sind, hatte er gesagt. Schließlich wird der Mechanismus vollkommen unter *Ihrer* Kontrolle sein.

Feldstein, Sabenstorafem, Peters, Persow und viele andere waren sofort begeistert gewesen. Eine Geheimwaffe, um allen Geheimwaffen ein Ende zu bereiten Die Ousters konnten gewarnt werden ... eine Vorführung ließ sich arrangieren.

Tut mir leid, hatte Ratgeber Nansen gesagt. Wenn er lächelte, waren seine Zähne so perlweiß wie sein Gewand. Eine Vorführung ist unmöglich. Die Waffe funktioniert genau wie ein Todesstrahl, nur mit viel größerer Reichweite. Es erfolgte keine Detonation, keine Beschädigung von Material, keine meßbare Druckwelle über Neutrino-Ebene. Lediglich tote Invasoren.

Um sie vorzuführen, hatte Ratgeber Albedo erklärt, mußte man sie gegen mindestens einen Schwarm der Ousters einsetzen.

Das hatte der Begeisterung des Kriegrats keinen Abbruch getan. Perfekt, sagte Gibbons, Sprecher des All-Wesens, man sollte einen Schwarm aussuchen, die Waffe testen, die Ergebnisse den anderen Schwärmen per Fatline übermitteln und ihnen ein Ultimatum von einer Stunde stellen, sämtliche anderen Angriffe abzubrechen. Wir haben diesen Krieg nicht provoziert. Lieber Millionen tote Feinde als ein Krieg, der im Lauf des nächsten Jahrzehnts Milliarden Opfer fordert.

Hiroshima, hatte Gladstone gesagt, ihre einzige Bemerkung dazu. Sie sagte es so leise, daß lediglich ihre Assistentin Sedeptra es hören konnte.

Morpurgo hatte gefragt: *Wissen* wir, daß die tödlichen Strahlen nach drei Lichtjahren unwirksam werden? Haben Sie das getestet?

Ratgeber Nansen lächelte. Sagte er ja, gab es irgendwo bergeweise tote Menschen. Sagte er nein, war die Zuverlässigkeit der Waffe ernsthaft in Frage gestellt. Wir sind sicher, daß sie funktionieren wird, sagte Nansen. Unsere Simulationen waren perfekt.

Das haben die KIs des Teams von Kiew auch von der Farcastersingularität gesagt, dachte Gladstone. *Die die Erde zerstört hat.* Laut sagte sie nichts.

Singh, Morpurgo und Van Zeidt, sowie deren Spezialisten

hatten Nansen aber doch die Stirn geboten und darauf hingewiesen, daß Mare Infinitus nicht schnell genug evakuiert werden konnte und die einzige Welt der ersten Angriffswelle mit eigenem Labyrinth Armaghast war, das ein Lichtjahr von Pacem und Svoboda entfernt lag.

Ratgeber Nansens aufrichtiges, hilfreiches Lächeln kam nicht ins Wanken. »Sie möchten eine Demonstration, was durchaus verständlich ist«, sagte er leise. »Sie müssen den Ousters zeigen, daß eine Invasion nicht hingenommen wird, sich gleichzeitig aber auf einen minimalen Verlust an Leben konzentrieren. Und Sie müssen die einheimische Bevölkerung der Hegemonie schützen.« Er machte eine Pause und verschränkte die Hände auf der Tischplatte. »Was ist mit Hyperion?«

Das Summen um den Tisch herum wurde tiefer.

»Das ist strenggenommen keine Netz-Welt«, sagte Sprecher Gibbons.

»Aber da der Farcaster von FORCE noch aktiviert ist, gehört es zum Netz!« rief Garion Persow vom Diplomatischen Korps, der offenbar sofort Feuer und Flamme für den Vorschlag war.

General Morpurgos strenger Gesichtsausdruck veränderte sich nicht. »Der wird nur noch ein paar Stunden dort sein. Wir beschützen die Singularitätssphäre noch, aber sie könnte jeden Augenblick fallen. Der größte Teil von Hyperion befindet sich bereits in den Händen der Ousters.«

»Aber das Personal der Hegemonie wurde evakuiert?« sagte Persow.

Singh antwortete. »Alle bis auf den Generalgouverneur. Er war in dem herrschenden Chaos nicht aufzufinden.«

»Jammerschade«, sagte Minister Persow ohne große Überzeugung, »aber wesentlich ist, bei den Verbliebenen handelt es sich überwiegend um Eingeborene von Hyperion mit problemlosem Zugang zum Labyrinth dort, korrekt?«

Barbre Dan-Gyddis vom Wirtschaftsministerium, deren Sohn Geschäftsführer einer Fiberplastikplantage in der Nähe von Port Romance gewesen war, sagte: »Innerhalb von drei Stunden? Unmöglich.«

Nansen stand auf. »Das finde ich nicht«, sagte er. »Wir können den verbliebenen Behörden des Heimat-Regierungsrats per Fatline eine Warnung zukommen lassen, damit diese die Evakuierung unverzüglich in die Wege leiten können. Auf Hyperion existieren tausende Zugänge zum Labyrinth.«

»Die Hauptstadt Keats wird belagert«, knurrte Morpurgo. »Der ganze Planet wird angegriffen.«

Ratgeber Nansen nickte traurig. »Und wird bald unter das Schwert der barbarischen Ousters fallen. Eine schwere Entscheidung, meine Damen und Herren. Aber die Waffe *wird* funktionieren. Die Invasion im System von Hyperion wird einfach aufhören zu existieren. Millionen auf dem Planeten können vielleicht gerettet werden, und die Auswirkungen auf die Invasionsstreitkräfte der Ousters anderswo sind nicht zu unterschätzen. Wir wissen, daß die sogenannten Geschwisterschwärme per Fatline miteinander kommunizieren. Die Vernichtung des ersten Schwarms, der ins Hoheitsgebiet der Hegemonie eingedrungen ist — der Schwarm von Hyperion — wäre vielleicht die perfekte Abschreckung.«

Nansen schüttelte erneut den Kopf und sah sich mit einem Ausdruck fast väterlicher Besorgnis um. Derart gequälte Aufrichtigkeit ließ sich nicht simulieren. »Es muß Ihre Entscheidung sein. Es steht Ihnen frei, die Waffe einzusetzen oder außer acht zu lassen. Es schmerzt den Core, Menschenleben zu vergeuden ... oder durch seine Untätigkeit zuzulassen, daß menschlichem Leben Schaden zugefügt wird. Aber in diesem Fall, wo das Leben von Milliarden auf dem Spiel steht ...« Nansen breitete wieder die Handflächen aus, schüttelte den Kopf zum letzten Mal und lehnte sich zurück, um die Diskussion eindeutig den menschlichen Köpfen und Herzen zu überlassen.

Murmeln wurde um den langen Tisch herum laut. Die Diskussion wurde fast ausfallend.

»Präsidentin!« rief General Morpurgo.

Im plötzlichen Schweigen sah Gladstone zu den holografischen Projektionen in der Dunkelheit über ihnen auf. Der Schwarm von Mare Infinitus rückte auf die Wasserwelt vor wie ein Meer aus Blut auf eine kleine blaue Kugel. Nur drei der orangefarbenen Lichtpünktchen der Task Force 181.2 waren übrig geblieben, und zwei davon erloschen vor den Augen des stummen Rats. Dann ging auch das letzte aus.

Gladstone flüsterte in ihr Kommlog: »Kommunikation, eine letzte Botschaft von Admiral Lee?«

»Keine ans Befehlszentrum, Präsidentin«, lautete die Antwort. »Lediglich Standard-Fatlinetelemetrie während des Gefechts. Es sieht so aus, als hätten sie das Zentrum des Schwarms nicht erreicht.«

Gladstone und Lee hatten die Hoffnung gehegt, Ousters gefangen zu nehmen, Verhöre durchzuführen, die Identität des Gegners über jeden Zweifel hinaus festzustellen. Jetzt war dieser tatendurstige und fähige Mann tot — auf Meina Gladstones Befehl hin gestorben —, und vierundsiebzig Schiffe der Flotte verloren.

»Der Farcaster von Mare Infinitus wurde durch vorbereitete Plasmaexplosivstoffe vernichtet«, berichtete Admiral Singh. »Erste Elemente des Schwarms dringen soeben in die cislunare Verteidigungslinie ein.«

Niemand sagte etwas. Die Holografiken zeigten, wie die Flut blutroter Lichter das System von Mare Infinitus überrollte und die letzten orangefarbenen Lichter um die goldene Welt herum erloschen.

Ein paar hundert Schiffe der Ousters blieben im Orbit und verwandelten wahrscheinlich die eleganten schwebenden Städte und Meeresfarmen von Mare Infinitus in brennenden Schutt, aber der größte Teil der blutroten Flut wälzte sich weiter, aus der oben projizierten Region heraus.

»System Asquith in drei Standardstunden und einundvierzig Minuten«, verkündete ein Techniker beim Display.

Senator Kolchew stand auf.

»Stimmen wir über die Demonstration bei Hyperion ab«, sagte er vorgeblich zu Gladstone, in Wahrheit aber an die Versammlung gerichtet.

Meina Gladstone klopfte sich auf die Unterlippe. »Nein«, sagte sie schließlich, »keine Abstimmung. Wir werden die Waffe einsetzen. Admiral, bereiten Sie vor, daß die mit der Waffe ausgerüsteten Schlachtschiffe ins Hyperion-System übersetzen und senden Sie danach Warnungen an den Planeten und die Ousters gleichermaßen. Geben Sie ihnen drei Stunden Zeit. Minister Imoto, senden Sie codierte Fatlinebotschaften nach Hyperion und teilen Sie ihnen mit, sie müssen — wiederhole:

müssen — unverzüglich Schutz im Labyrinth suchen. Sagen Sie ihnen, daß eine neue Waffe erprobt wird.«

Morpurgo wischte sich Schweiß vom Gesicht. »Präsidentin, wir dürfen das Risiko nicht eingehen, daß diese Waffe dem Gegner in die Hände fällt.«

Gladstone sah Ratgeber Nansen an und versuchte, sich nicht anmerken zu lassen, was sie tatsächlich empfand. »Ratgeber, kann diese Waffe so eingestellt werden, daß sie automatisch detoniert, falls unser Schiff zerstört oder aufgebracht wird?«

»Ja, Präsidentin.«

»Dann tun Sie das. Erklären Sie sämtliche notwendigen Sicherheitsmaßnahmen den zuständigen Experten von FORCE.« Sie drehte sich zu Sedeptra um. »Bereiten Sie eine netzweite Übertragung vor, Zeitpunkt zehn Minuten bevor die Waffe ausgelöst werden soll. Ich muß unsere Bürger darüber informieren.«

»Ist das klug ...?« begann Senatorin Feldstein.

»Es ist erforderlich«, sagte Gladstone. Sie stand auf, und die achtunddreißig Menschen im Saal erhoben sich einen Augenblick später. »Ich werde mir ein paar Minuten Schlaf gönnen, während Sie sich an die Arbeit machen. Ich möchte, daß die Waffe unverzüglich bereit gemacht und ins System gebracht und Hyperion gewarnt wird. Ich möchte Eventualitätenpläne und Prioritäten für Verhandlungen vorliegen haben, wenn ich in dreißig Minuten wieder erwache.«

Gladstone betrachtete die Gruppe und wußte, die meisten der hier Versammelten würden so oder so innerhalb der nächsten zwanzig Stunden ihrer Ämter enthoben sein. So oder so, es war ihr letzter Tag als Präsidentin.

Meina Gladstone lächelte. »Versammlung aufgelöst«, sagte sie und farcastete in ihre Privatgemächer, um ein Nickerchen zu machen.

43

Leigh Hunt hatte noch nie jemand sterben sehen. Der letzte
Tag und die Nacht, die er mit Keats verbrachte — Hunt betrachtete ihn immer noch als Joseph Severn, war aber überzeugt, daß sich der sterbende Mann jetzt *selbst* für John Keats
hielt — waren die schwersten in Hunts Leben. Die Blutstürze
kamen häufig am letzten Tag von Keats' Leben, und zwischen
den Hustenanfällen konnte Hunt Schleim in Hals und Brust
des kleinen Mannes brodeln hören, der um sein Leben kämpfte.

Hunt saß neben dem Bett in dem kleinen Zimmer an der
Piazza di Spagna und hörte sich Keats Murmeln an, während
der Sonnenaufgang zum frühen Vormittag und der frühe Vormittag zum Mittag und frühen Nachmittag wurde. Keats war
fiebrig und nur sporadisch bei Bewußtsein, aber er bestand
darauf, daß Hunt zuhörte und alles aufschrieb — sie hatten
Tinte, Federhalter und Schreibpapier im Nebenzimmer gefunden —, und Hunt gehorchte und kritzelte emsig, während der
sterbende Cybrid von Metasphären und todgeweihten Göttern, der Verantwortung des Dichters und dem Dahinscheiden
von Gottheiten faselte, und von einem Miltonschen Bürgerkrieg
im Core.

Da hatte Hunt aufgesehen und Keats' fiebrige Hand gedrückt. »Wo ist der Core, Sev ... Keats? *Wo* ist er?«

Der sterbende Mann hatte sichtlich zu schwitzen angefangen und wandte das Gesicht ab. »Hauchen Sie mich nicht an
— es ist wie Eis!«

»Der Core«, wiederholte Hunt, lehnte sich zurück und war
vor Mitleid und Hilflosigkeit den Tränen nahe, »wo ist der
Core?«

Keats lächelte und bewegte den Kopf unter Schmerzen hin
und her. Die Anstrengung seines Atmens hörte sich an, als würde Wind durch einen zerfetzten Blasebalg wehen. »Wie Spinnen im Netz«, murmelte er, »Spinnen im Netz. Weben ... lassen uns für sie weben ... dann spinnen sie uns ein und saugen
uns aus. Wie Fliegen, die in einem Spinnennetz gefangen sind.«

Hunt hörte auf zu schreiben und hörte sich den Rest dieses
scheinbar sinnlosen Gestammels an. Dann begriff er plötzlich.
»Mein Gott«, flüsterte er. »Sie sind im Farcastersystem.«

Keats wollte sich aufrichten und ergriff Hunts Arm mit schrecklicher Kraft. »Sagen Sie es Ihrer Chefin, Hunt. Gladstone muß es zerreißen. Zerreißen. Spinnen im Netz. Menschengott und Maschinengott ... müssen die Union finden. Nicht ich!« Er fiel auf die Kissen zurück und fing lautlos an zu weinen. »Nicht ich.«

Keats schlief ein wenig während des langen Nachmittags, aber Hunt wußte, es war mehr Tod als Schlaf. Beim geringsten Geräusch schreckte der sterbende Dichter auf und versuchte krampfhaft zu atmen. Bei Sonnenuntergang war Keats zu schwach zum Ausspucken, und Hunt mußte ihm helfen, den Kopf über das Becken zu senken, damit die Schwerkraft blutigen Schleim aus Mund und Rachen entfernen konnte.

Wenn Keats in unruhiges Dösen verfiel, ging Hunt mehrmals zum Fenster und einmal die Treppe hinunter zur Eingangstür, wo er auf die Piazza sah. Etwas Großes und Scharfkantiges stand in den dunkelsten Schatten am Ansatz der Treppenstufen auf der anderen Seite der Piazza.

Am Abend döste Hunt selbst ein, als er aufrecht auf dem harten Stuhl neben Keats' Bett saß. Er erwachte aus einem Traum vom Fallen, streckte die Hand aus, um sich zu stützen, und stellte fest, daß Keats wach war und ihn ansah.

»Haben Sie schon einmal jemanden sterben sehen?« fragte Keats, der leise keuchend Atem holte.

»Nein.« Hunt fand, daß der Blick des jungen Mannes etwas Seltsames hatte, als würde Keats ihn betrachten aber jemand anderen sehen.

»Nun, dann bedaure ich Sie«, sagte Keats. »Welche Sorgen und Gefahren Sie für mich auf sich genommen haben. Jetzt müssen Sie stark sein, denn es wird nicht mehr lange dauern.«

Hunt machte nicht nur der sanfte Mut dieser Bemerkung betroffen, sondern auch, wie sich Keats Dialekt mit einem Mal von Netz-Englisch zu etwas anderem und Interessanterem verwandelte.

»Unsinn«, sagte Hunt von Herzen und zwang Enthusiasmus und Energie in seine Stimme, die er nicht empfand. »Vor Dämmerung werden wir hier fort sein. Sobald es dunkel wird, schleiche ich mich hier raus und suche ein Farcasterportal.«

Keats schüttelte den Kopf. »Das Shrike wird Sie holen. Es wird nicht zulassen, daß mir jemand hilft. Seine Aufgabe besteht darin, darauf zu achten, daß ich mir selbst durch mich selbst entkommen muß.« Er machte die Augen zu, sein Atem wurde noch keuchender.

»Ich verstehe nicht«, sagte Leigh Hunt, der die Hand des jungen Mannes ergriff. Er ging davon aus, daß es neuerliche Fieberphantastereien waren, aber da es einer der wenigen Augenblicke in den vergangenen Tagen gewesen zu sein schien, da Keats bei vollem Bewußtsein war, dachte sich Hunt, daß es sich lohnen könnte, mit ihm zu sprechen. »Was meinen Sie damit, sich selbst durch sich selbst entkommen?«

Keats schlug die zitternden Lider auf. Seine Augen waren haselnußbraun und viel zu glänzend. »Ummon und die anderen versuchen mich dazu zu bringen, daß ich mir selbst entkomme, indem ich das Gottsein akzeptiere, Hunt. Köder, um den weißen Wal zu fangen, Honig, um die letzte Fliege zu fangen. Die fliehende Empfindung soll ihre Heimstatt in mir finden … in mir, Mr. John Keats, einsfünfundsiebzig groß … und dann fängt die Aussöhnung an, richtig?«

»Welche Aussöhnung?« Hunt beugte sich näher hin, bemühte sich aber, ihn nicht mit seinem Atem zu berühren. Keats schien in seinem Nachtgewand und dem Wirrwarr der Laken geschrumpft zu sein, aber die Hitze, die er ausströmte, erfüllte das ganze Zimmer. Sein Gesicht war ein blasses Oval im erlöschenden Licht. Hunt merkte nur am Rande, wie ein goldener Streifen reflektierten Sonnenlichts dicht unterhalb der Decke über die Wand wanderte, aber Keats ließ keinen Blick von diesem letzten Streifen des Tages.

»Die Aussöhnung von Mensch und Maschine, Schöpfer und Geschöpf«, sagte Keats und fing an zu husten; er hörte erst auf, als er roten Schleim in das Becken gesabbert hatte, das Hunt für ihn hielt. Er lehnte sich zurück, stöhnte einen Moment lang und fügte hinzu: »Aussöhnung der Menschheit mit den Rassen, die sie auszurotten versucht hat, des Core mit der Menschheit, die er vernichten wollte, des unter Schmerzen entstandenen Gottes der Bindenden Leere mit seinen Vorfahren, die versucht haben, ihn zu zerstören.«

Hunt schüttelte den Kopf und hörte auf zu schreiben. »Das

verstehe ich nicht. Sie können dieser … Messias … werden, indem Sie vom Totenbett aufstehen?«

Das blasse Oval von Keats' Gesicht bewegte sich auf dem Kissen hin und her, eine Gebärde, die als Ersatz für Gelächter gelten konnte. »Wir alle könnten es, Hunt. Der Menschheit Narretei und größter Stolz. Wir akzeptieren unsere Schmerzen. Wir machen Platz für unsere Kinder. Damit haben wir uns das Recht verdient, zu dem Gott zu werden, von dem wir geträumt haben.«

Hunt sah nach unten und stellte fest, daß er vor hilfloser Frustration die Fäuste geballt hatte. »Wenn Sie das können — zu dieser *Macht* werden können —, dann machen Sie es! Bringen Sie uns von hier fort!«

Keats schloß die Augen. »Kann nicht. Ich bin nicht Der Kommende, sondern Der Zuvor Kommende. Nicht der Getaufte, sondern der Täufer. *Merde*, Hunt, ich bin Atheist! Nicht einmal Severn konnte mich überzeugen, als ich im Tod ertrank!« Keats packte Hunts Hemd mit einer Heftigkeit, die dem älteren Mann Angst machte. »Schreiben Sie!«

Und Hunt sputete sich, den uralten Federhalter und das rauhe Papier zu finden und kritzelte hektisch, damit er die Worte niederschreiben konnte, die Keats ihm zuflüsterte:

> *A wondrous lesson in thy silent face:*
> *Knowledge enormous makes a god of me.*
> *Names, deeds, gray legends, dire events, rebellions,*
> *Majestic, sovran voices, agonies,*
> *Creations and destroyings, all at once*
> *Pour into the wide hollows of my brain,*
> *And deify me, as if some blithe wine*
> *Or bright elixir peerless I had drunk,*
> *And so become immortal.**

---

* Doch wunderbare Lehre
  Les ich in deinem Antlitz, welches schweigt.
  Unendlich Wissen macht mich heut zum Gott.
  Und Namen, Taten, graue Sagen, böse
  Begebenheiten, hehrste Stimmen, Marter,
  Erschaffung und Vernichtung allesamt
  Strömt in die weiten Höhlen meines Hirns,

Keats lebte noch drei schmerzhafte Stunden, ein Schwimmer, der gelegentlich aus seinem Meer der Schmerzen auftauchte, um zu atmen oder einen drängenden Unsinn zu flüstern. Einmal, lange nach Einbruch der Dunkelheit, zupfte er Hunt am Ärmel und flüsterte hinreichend verständlich: »Wenn ich tot bin, wird Ihnen das Shrike nichts tun. Es wartet auf mich. Es gibt vielleicht keinen Weg nach Hause, aber es wird Ihnen nichts tun, wenn Sie danach suchen.« Dann fing Keats wieder an zu reden, als Hunt sich gerade über ihn gebeugt hatte, um festzustellen, ob noch Atem in den Lungen des Dichters blubberte, und sprach unter Hustenanfällen weiter, bis er Hunt genaue Anweisungen gegeben hatte, wie er auf dem protestantischen Friedhof von Rom in der Nähe der Pyramide von Gaius Cestius begraben werden wollte.

»Unsinn, Unsinn«, murmelte Hunt immer wieder wie ein Mantra und drückte die heiße Hand des jungen Mannes.

»Blumen«, flüsterte Keats ein wenig später, als Hunt gerade die Lampe auf der Kommode angezündet hatte. Der Dichter sah mit großen Augen und einem Ausdruck unverwässerten, kindlichen Staunens zur Decke. Hunt blickte hinauf und sah verblaßte gelbe Rosen, die auf die blauen Quadrate der Decke gemalt worden waren. »Blumen … über mir«, flüsterte Keats zwischen gequälten Atemzügen.

Hunt stand am Fenster und starrte in die Schatten jenseits der spanischen Treppe, als die schmerzhaften Atemgeräusche hinter ihm schwächer wurden und aufhörten und Keats keuchte: »Severn … heben Sie mich hoch! Ich sterbe.«

Hunt setzte sich auf das Bett und hielt ihn fest. Hitze wurde von dem kleinen Körper abgestrahlt, der nichts zu wiegen schien, als wäre seine Grundsubstanz im Feuer des Fiebers verbrannt. »Keine Angst. Seien Sie stark. Und danken Sie Gott, daß es gekommen ist!« keuchte Keats, dann hörte das schreckliche Krächzen auf. Hunt half Keats, sich wieder hinzulegen,

---

Und das vergöttlicht mich, als hätt ich Glutwein
Oder ein sonder Elixier getrunken
Und ward davon unsterblich.

Zitiert nach »Hyperion« in: John Keats: Gedichte. Deutsch von Alexander von Bernus, Heidelberg 1958, Verlag Lambert Schneider, S. 128.

während die Atmung wieder einen normalen Rhythmus annahm.

Hunt wechselte das Wasser im Becken, befeuchtete ein frisches Tuch, kam zurück — und stellte fest, daß Keats tot war.

Später, als die Sonne gerade aufging, hob Hunt den kleinen Leichnam hoch — den er in frische Leintücher von seinem eigenen Bett gewickelt hatte — und ging hinaus in die Stadt.

Als Brawne Lamia das Ende des Tals erreicht hatte, hatte der Sturm nachgelassen. Als sie am Höhlengrab vorbeikam, hatte sie dasselbe unheimliche Leuchten gesehen, das auch von den anderen Gräbern ausging, aber sie hörte auch einen fürchterlichen Lärm — als würden tausende Seelen aufschreien —, der hallend und stöhnend aus der Erde drang. Brawne eilte weiter.

Als sie vor dem Palast des Shrike stand, war der Himmel klar. Das Gebilde trug seinen Namen zurecht: die Halbkugel krümmte sich hoch und nach außen wie der Panzer der Kreatur, Stützträger erstreckten sich nach unten wie Klingen, die den Talboden durchbohrten, andere Zinnen ragten hoch in die Luft wie Dornen des Shrike. Wände waren durch Zunahme des inneren Leuchtens transparent geworden, jetzt strahlte das ganze Gebilde wie ein papierdünn geschnitzter Laternenkürbis; die oberen Regionen glühten rot wie der Blick des Shrike.

Brawne holte tief Luft und berührte ihren Unterleib. Sie war schwanger — sie hatte es schon gewußt, bevor sie Lusus verlassen hatte —, und war sie ihrer ungeborenen Tochter jetzt nicht mehr schuldig als dem obszönen alten Dichter am Baum des Shrike? Brawne wußte, die Antwort lautete *ja*, und das spielte nicht die geringste Rolle. Sie atmete aus und näherte sich dem Palast des Shrike.

Von außen war der Palast des Shrike nicht mehr als zwanzig Meter breit. Als sie früher eingetreten waren, hatten Brawne und die anderen Pilger das Innere stets als einzigen offenen Raum gesehen, der leer war, abgesehen von klingenartigen Stützstreben, die den Raum unter der leuchtenden Kuppel kreuz und quer durchzogen. Als Brawne jetzt am Eingang stand, präsentierte sich das Innere als ein Raum, der länger als das ganze Tal selbst war. Ein Dutzend Reihen weißer Steinstufen ragten Stück für Stück auf und erstreckten sich bis in dunstige Ferne.

Auf jeder dieser Steinstufen lagen menschliche Gestalten, jede verschieden gekleidet, jede mit demselben halb organischen, halb parasitären Neuralstecker und Kabel befestigt, wie sie selbst sie nach Aussage ihrer Freunde auch getragen hatte. Nur pulsierten diese metallischen aber durchsichtigen Nabelschnüre rot und dehnten und zogen sich regelmäßig zusammen, als würde das Blut durch die Schädel der schlafenden Gestalten wiederaufbereitet werden.

Brawne taumelte zurück, was ebenso auf den Sog der Anti-Entropiefelder wie auf den Anblick zurückzuführen war, aber als sie zehn Meter vom Palast entfernt stand, war das Äußere nicht größer als sonst. Sie versuchte gar nicht erst zu verstehen, wie das kilometerlange Innere in diese kleine Hülle passen konnte. Die Zeitgräber taten sich auf. Soweit sie wußte, konnte dieses hier in verschiedenen Zeiten koexistieren. Sie verstand nur eins: als sie aus ihrem Trip mit dem Neuralstecker aufgewacht war, hatte sie den Dornenbaum des Shrike gesehen, der mit Röhren und für das Auge unsichtbaren Energieranken ganz offensichtlich hier mit dem Palast des Shrike verbunden war.

Sie ging wieder zum Eingang.

Drinnen wartete das Shrike. Der normalerweise glänzende Panzer wirkte jetzt schwarz und hob sich als Silhouette vor dem Licht und Funkeln des Marmors ringsum ab.

Brawne spürte den Adrenalinstoß in sich, verspürte den Impuls wegzulaufen und trat ein.

Der Eingang verschwand fast hinter ihr und blieb lediglich als schwaches Flimmern im einförmigen Leuchten sichtbar, das von den Wänden ausging. Das Shrike bewegte sich nicht. Seine roten Augen glühten im Schatten des Schädels.

Als Brawne weiterging, erzeugten die Stiefel keinen Laut auf dem Steinboden. Das Shrike war zehn Meter rechts von ihr, wo die Stufenreihen anfingen, die sich wie obszöne Schaukästen zu einer Decke hoch erstreckten, die sich im Leuchten verlor. Sie gab sich nicht der Täuschung hin, sie könnte es zur Tür zurück schaffen, wenn die Kreatur sie angreifen sollte.

Doch die regte sich nicht. Die Luft roch nach Ozon und etwas ekelhaft Süßem. Brawne ging mit dem Rücken zur Wand weiter und suchte die Reihen der Menschen nach einem bekannten schlafenden Gesicht ab. Mit jedem Schritt nach links entfernte sie sich weiter vom Eingang und machte es dem Shrike leichter, ihr den Weg abzuschneiden. Das Wesen stand da wie eine schwarze Skulptur in einem Meer aus Licht.

Die Reihen erstreckten sich kilometerweit. Steinstufen, jede fast einen Meter hoch, unterbrachen die horizontalen Linien dunkler Leiber. Nachdem sie sich mehrere Minuten vom Eingang entfernt hatte, erklomm Brawne das untere Drittel einer dieser Treppen, berührte den ersten Körper auf dem zweiten Steinsims und stellte erleichtert fest, daß die Haut warm war und die Brust des Mannes sich hob und senkte. Es war nicht Martin Silenus.

Brawne ging weiter und rechnete halb damit, daß sie Paul Duré oder Sol Weintraub oder gar sich selbst zwischen den lebenden Toten liegen sehen würde. Statt dessen fand sie ein Gesicht, das sie zuletzt in einen Berghang gemeißelt gesehen hatte. Der Traurige König Billy lag reglos auf weißem Stein, fünf Stufen weiter oben, und sein königliches Gewand war verbrannt und fleckig. Das traurige Gesicht war — wie alle anderen — vor inneren Schmerzen verzerrt. Martin Silenus lag drei Schritte weiter auf einer tieferliegenden Stufe.

Brawne kauerte sich neben dem Dichter nieder und betrachtete über die Schulter den schwarzen Fleck des Shrike, das immer noch reglos am Ende der Reihen von Opfern lag. Silenus schien zu leben wie alle anderen, aber stumme Qualen zu leiden; er war mittels Kortikalstecker an eine pulsierende Nabelschnur angeschlossen, die ihrerseits in die Weiße Wand hinter dem Sims verlief, als wäre sie eins mit dem Stein geworden.

Brawne atmete schwer vor Angst, während sie dem Dichter mit der Hand über den Schädel strich, die Nahtstelle von Plastik und Knochen spürte und dann an der Nabelschnur selbst entlang tastete, ohne bis zu dem Punkt, wo sie mit dem Stein verschmolz, ein Gelenk oder eine Öffnung zu finden. Flüssigkeit pulsierte unter ihren Fingern.

»Scheiße«, flüsterte Brawne und sah in einem plötzlichen Anflug von Panik hinter sich, weil sie sicher war, daß das Shrike die Entfernung schleichend überbrückt hatte. Aber die dunkle Gestalt stand immer noch am Ende des langen Raums.

Ihre Taschen waren leer. Sie hatte weder Waffen noch Werkzeug bei sich. Ihr wurde klar, sie mußte zur Sphinx zurückkehren, die Rucksäcke suchen, ein Schneidwerkzeug finden, hierher zurückkehren und genügend Mut aufbringen, wieder hier einzutreten.

Brawne wußte, sie würde nicht noch einmal durch diese Tür gehen können.

Sie kniete sich nieder, holte tief Luft, hob Hand und Arm hoch und ließ sie niedersaußen. Ihre Handkante traf auf das Material, das wie durchsichtiges Plastik aussah, sich aber hart wie Stahl anfühlte. Ihr Arm schmerzte vom Handgelenk bis zur Schulter von dem einzigen Hieb.

Brawne Lamia sah nach rechts. Das Shrike kam auf sie zu; es schritt gemächlich dahin wie ein alter Mann, der einen Spaziergang macht.

Brawne schrie, kniete und schlug noch einmal zu, Handkante starr, Daumen im rechten Winkel abgespreizt. Der Aufschlag hallte durch den langen Raum.

Brawne Lamia war auf Lusus mit einer Standardschwerkraft von 1.3 Ge aufgewachsen und selbst für ihre Rasse athletisch. Seit sie neun Jahre alt war, hatte sie davon geträumt und darauf hingearbeitet, Detektivin zu werden, und ein Teil dieser zugegebenermaßen zwanghaften und vollkommen unlogischen Vorbereitungen war gewesen, daß sie sich in Kampfsportarten ausgebildet hatte. Jetzt grunzte sie, hob den Arm und schlug noch einmal zu, wobei sie ihre Hand in Gedanken in eine Axtklinge verwandelte, im Geiste *sah*, wie der Schlag den Schlauch durchtrennte und erfolgreich zerschnitt.

Die zähe Nabelschnur wies eine leichte Vertiefung auf, pulsierte wie etwas Lebendiges und schien sich wegzurollen, als Brawne zum nächsten Schlag ausholte.

Hinter ihr wurden Schritte laut. Brawne kicherte fast. Das Shrike konnte sich bewegen ohne zu laufen, konnte sich von hier nach dort versetzen, ohne die Mühe des Gehens auf sich nehmen zu müssen. Es schien ihm Spaß zu machen, seine Beute einzuschüchtern. Brawne war nicht eingeschüchtert. Dazu war sie zu beschäftigt.

Sie hob die Hand und ließ sie wieder niedersausen. Es wäre einfacher gewesen, den Stein zu zertrümmern. Sie hieb die Handkante erneut auf die Nabelschnur und spürte einen kleinen Knochen in ihrer Hand brechen. Der Schmerz war wie ein fernes Geräusch, so wie die Schritte hinter ihr.

Hast du dir einmal überlegt, dachte sie, *daß es sein Tod sein könnte, wenn du dieses Ding durchschlägst?*

Sie holte wieder aus. Die Schritte hielten am Fuß der Treppe inne.

Brawne keuchte vor Anstrengung. Schweiß troff ihr von Stirn und Wangen und auf die Brust des schlafenden Dichters.

Dabei kann ich dich nicht einmal ausstehen, dachte sie in Richtung Martin Silenus und schlug erneut zu. Es war, als wollte sie einem Elefanten aus Stahl ein Bein abhacken.

Das Shrike kam langsam die Treppe herauf.

Brawne erhob sich halb und legte das gesamte Körpergewicht in einen Schlag, der ihr fast die Schulter ausrenkte und das Handgelenk sowie kleinere Handknochen brach.

... und die Nabelschnur durchtrennte.

Rote, für Blut zu dünne Flüssigkeit ergoß sich über Brawnes Beine und den weißen Stein. Der durchgetrennte Schlauch, der aus der Wand ragte, zuckte und schlug dann wie ein peitschendes Tentakel um sich, bevor es reglos liegenblieb und eingezogen wurde wie eine blutende Schlange, die in ein Loch kroch, das aufhörte zu existieren, sobald die Nabelschnur nicht mehr zu sehen war. Der Stumpf der Nabelschnur, der noch mit Silenus' Kopf verbunden war, verdorrte binnen weniger Sekunden und schrumpfte und trocknete aus wie eine Qualle an Land. Rot spritzte auf Gesicht und Schultern des Dichters, doch die Flüssigkeit wurde vor Brawnes Augen blau.

Martin Silenus Lider zuckten, dann schlug er sie auf wie eine Eule.

»He«, sagte er, »wissen Sie, daß dieses Scheißshrike genau hinter Ihnen steht?«

Gladstone 'castete in ihre Privatgemächer und begab sich unverzüglich zur Fatlinekabine. Zwei Nachrichten warteten.

Die erste kam aus dem Raum Hyperion. Gladstone blinzelte, als die leise Stimme ihres einstigen Generalgouverneurs auf Hyperion, Theo Lane, ihr einen kurzen Abriß der Begegnung mit dem Tribunal der Ousters gab. Gladstone lehnte sich im Sessel zurück und hob beide Fäuste an die Wangen, während

Lane die Behauptungen der Ousters wiederholte, sie seien nicht die Invasoren. Lane beendete die Übertragung mit einer kurzen Schilderung des Schwarms, seiner Überzeugung, daß die Ousters die Wahrheit sagten, einer Bemerkung, daß das Schicksal des Konsuls immer noch ungeklärt sei und einer Bitte um weitere Anweisungen.

»Antwort?« fragte der Fatlinecomputer.

»Empfang der Nachricht bestätigen«, sagte Gladstone. »Senden: ›Auf Empfang bleiben‹ im diplomatischen Einwegcode.«

Gladstone rief die zweite Nachricht ab.

Admiral William Ajunta Lee erschien als verwackelte Fatline-Bildprojektion — sein schiffseigener Fatlinesender arbeitete offenbar mit verminderter Energie. Gladstone sah anhand peripherer Datenkolonnen, daß die Übertragung zwischen Standard-Flottentelemetrietransmissionen codiert worden war: Techniker von FORCE würden die Einzel/Summe-Diskrepanz letztendlich bemerken, aber das konnte noch Stunden oder Tage dauern.

Lees Gesicht war blutig, der Hintergrund rauchverhangen. Gladstone glaubte in dem körnigen Schwarzweißbild zu erkennen, daß der junge Mann von einem Dockhangar seines Kreuzers aus sendete. Auf dem metallenen Arbeitstisch hinter ihm lag ein Leichnam.

»... ein Trupp Marines konnte an Bord einer ihrer sogenannten Lanzetten gelangen«, keuchte Lee. »Sie *sind* bemannt — fünf pro Schiff —, und die Besatzung sieht auch wie Ousters *aus*, aber sehen Sie, was passiert, wenn wir eine Autopsie durchführen wollen.« Das Bild veränderte sich, und nun wurde Gladstone klar, daß Lee einen tragbaren Bildgestalter benutzte, der auf den Fatlinesender des Schiffes geschaltet war. Jetzt war Lee fort und sie sah das weiße, verletzte Gesicht eines toten Ousters. Aufgrund von Blutungen an Augen und Ohren vermutete Gladstone, daß der Mann an explosionsartiger Dekompression gestorben war.

Lees Hand wurde sichtbar — man erkannte sie am Admiralsstreifen am Ärmel — und hielt ein Laserskalpell. Der junge Mann machte sich nicht die Mühe, die Kleidung zu entfernen, bevor er den vertikalen Einschnitt am Brustbein begann und sich weiter nach unten vorarbeitete.

Die Hand mit dem Laser zuckte weg, die Kamera wurde ruhig, als eine Veränderung mit dem Leichnam des Ousters begann.

Große Flecken auf der Brust des Toten fingen an zu schwelen, als hätte der Laser die Kleidung entflammt. Dann brannte die Uniform durch, und es wurde sofort ersichtlich, daß die Brust des Mannes in sich ausdehnenden, unregelmäßigen Löchern verbrannte, und aus diesen Löchern schien ein so grelles Licht, daß der tragbare Bildgestalter die Empfindlichkeit herabstufen mußte. Jetzt brannten Flecken am Schädel des Mannes durch und hinterließen grelle Nachbilder auf dem Fatlineschirm und Gladstones Netzhäuten.

Die Kamera wurde zurückgezogen, bevor der Leichnam ganz verbrannte, als wäre die Hitze unerträglich. Lees Gesicht wurde wieder scharf gestellt. »Sehen Sie, Präsidentin, dasselbe hatten wir bei allen Leichen. Wir haben keine Lebenden in unsere Gewalt bringen können. Wir haben auch noch kein Zentrum des Schwarms gefunden, immer nur neue Kriegsschiffe, und ich denke, daß ...«

Das Bild verschwand, die Datenkolonnen verrieten, daß die Sendung mitten in der Übertragung abgeschnitten worden war. »Antwort?«

Gladstone schüttelte den Kopf und öffnete die Kabine. Als sie sich wieder in ihrem Arbeitszimmer befand, sah sie sehnsüchtig zu der langen Couch, setzte sich aber an den Schreibtisch, weil sie wußte, wenn sie die Augen auch nur eine Sekunde zumachte, würde sie einschlafen. Sedeptra meldete sich über ihre private Kommlogfrequenz und sagte, General Morpurgo müßte die Präsidentin in einer dringenden Angelegenheit sprechen.

Der Lusier trat ein und schritt erregt auf und ab. »M. Präsidentin, ich verstehe Ihre Beweggründe, den Einsatz dieses Todesstrahlers anzuordnen, aber ich muß protestieren.«

»Warum, Arthur?« fragte sie und sprach ihn zum ersten Mal seit langem mit dem Namen an.

»Weil wir, verdammt noch mal, die Folgen nicht kennen. Es ist zu gefährlich. Und es ist ... es ist unmoralisch.«

Gladstone zog eine Braue hoch. »Milliarden Bürger in einem langwierigen Zermürbungskrieg zu verlieren — wäre das moralisch? Aber dieses Ding benutzen, um Millionen zu töten, ist unmoralisch? Ist das der Standpunkt von FORCE, Arthur?«

»Es ist mein Standpunkt, Präsidentin.«

Gladstone nickte. »Verstanden und zur Kenntnis genommen, Arthur. Aber die Entscheidung wurde getroffen und wird ausgeführt werden.« Sie sah, wie ihr alter Freund Habachtstellung annahm, aber bevor er den Mund aufmachen konnte, um zu protestieren oder wahrscheinlich um seinen Rücktritt zu bitten, sagte Gladstone: »Würden Sie einen Spaziergang mit mir machen, Arthur?«

Der General von FORCE war verblüfft. »Einen *Spaziergang*? Weshalb?«

»Wir brauchen frische Luft.« Ohne auf eine Antwort zu warten, begab sich Gladstone zu ihrem privaten Farcaster und trat durch.

Morpurgo ging ebenfalls durch und betrachtete das goldene Gras, das bis zu seinen Knien wuchs und sich bis zum Horizont ausdehnte, dann sah er auf zum safrangelben Himmel, wo sich bronzefarbene Kumuluswolken wie zerklüftete Türme erhoben. Hinter ihm erlosch das Portal, sein Standort wurde lediglich von dem einen Meter hohen Kontrolldiskey gekennzeichnet, dem einzigen künstlichen Gegenstand, der in dieser endlosen Weite von goldenem Gras und bewölktem Himmel zu sehen war.

»Wo, zum Teufel, sind wir?« wollte er wissen.

Gladstone hatte einen langen Grashalm gepflückt und kaute darauf. »Kastrop-Rauxel. Keine Datensphäre, keine Orbitalanlagen, keine menschliche oder mechanische Besiedlung irgendwelcher Art.«

Morpurgo schnaubte. »Wahrscheinlich nicht sicherer vor Überwachung durch den Core als die Plätze, wo Byron Lamia uns hingeführt hat, Meina.«

»Vielleicht nicht«, sagte Gladstone. »Hören Sie zu, Arthur.« Sie aktivierte die Komlogaufzeichnungen der beiden Fatlinesendungen, die sie gerade gehört hatte.

Als diese zu Ende waren, als Lees Gesicht verschwand, stapfte Morpurgo durch das hohe Gras.

»Und?« fragte Gladstone und bemühte sich, Schritt zu halten.

»Also zerstören sich diese Ousterleichen selbst, so wie wir es von Cybridleichen kennen«, sagte er. »Na und? Glauben Sie, der Senat oder das All-Wesen werden das als Beweis dafür ansehen, daß der Core hinter der Invasion steckt?«

Gladstone seufzte. Das Gras sah weich und einladend aus. Sie stellte sich vor, wie sie sich niederlegte und ein Nickerchen machte, aus dem sie nie wieder erwachen mußte. »Für uns ist es Beweis genug. Für die Gruppe.« Gladstone mußte das nicht weiter ausführen. Seit den Anfangstagen im Senat hatten sie sich ihren Argwohn gegen den Core immer wieder bestätigt und ihre Hoffnung ausgedrückt, eines Tages frei von der Herrschaft der KIs zu sein. Als Senator Byron Lamia sie geführt hatte ... aber das war lange her.

Morpurgo beobachtete, wie der Wind über die goldene Steppe strich. Eine seltsame Form von Kugelblitz leuchtete in den Wolken am Horizont. »Na und? *Wissen* ist nutzlos, so lange wir nicht wissen, *wo* wir zuschlagen müssen.«

»Wir haben noch drei Stunden.«

Morpurgo sah auf sein Komlog. »Zwei Stunden und zweiundvierzig Minuten. Es ist kaum Zeit für ein Wunder, Meina.«

Gladstone lächelte nicht. »Kaum Zeit für etwas anderes, Arthur.«

Sie berührte den Diskey, worauf das Portal summend wieder erschien.

»Was können wir tun?« fragte Morpurgo. »Die KIs des Core weisen unsere Techniker gerade an diesem Todesstrahl ein. Das Schlachtschiff wird in einer Stunde bereit sein.«

»Wir bringen sie zur Detonation, wo die Wirkung niemandem gefährlich werden kann«, sagte Gladstone.

Der General blieb stehen und sah sie an. »Und wo, zum Teufel, soll das sein? Nansen hat gesagt, daß der Mechanismus einen tödlichen Radius von mindestens drei Lichtjahren hat, aber wie können wir ihm trauen? Wir zünden eine Waffe — über Hyperion oder sonstwo — und verurteilen das menschliche Leben möglicherweise überall zum Tode.«

»Ich habe eine Idee, möchte aber noch einmal darüber schlafen«, sagte Gladstone.

»Darüber *schlafen*?« knurrte General Morpurgo.

»Ich werde ein kurzes Nickerchen machen, Arthur«, sagte Gladstone. »Ich würde vorschlagen, daß Sie dasselbe tun.« Sie ging durch das Portal.

Morpurgo fluchte, rückte die Mütze zurecht und trat mit erhobenem Kopf, geradem Rücken und starrem Blick hindurch: ein Soldat, der zu seiner Hinrichtung marschiert.

Auf der höchsten Terrasse des Berges, der sich etwa zehn Lichtminuten von Hyperion entfernt durch das All bewegte, saßen der Konsul und siebzehn Ousters auf flachen Steinen in einem Kreis aus Steinquadern und berieten, ob der Konsul weiterleben würde.

»Ihre Frau und Ihr Kind sind auf Bressia gestorben«, sagte Freeman Ghenga. »Im Krieg zwischen dieser Welt und dem Clan Moseman.«

»Ja«, sagte der Konsul. »Die Hegemonie dachte, daß der ganze Schwarm in den Angriff verwickelt wäre. Ich habe nichts gesagt, sie von dieser Meinung abzubringen.«

»Aber ihre Frau und ihr Kind wurden getötet.«

Der Konsul sah über den Steinkreis hinaus zu dem Gipfel, der sich bereits wieder der Nacht zudrehte. »Na und? Ich erbitte keine Gnade von diesem Tribunal. Ich plädiere auf keinerlei mildernde Umstände. Ich habe Freeman Andil und die drei Techniker getötet. Habe sie mit Absicht getötet. Habe sie nur mit dem Ziel getötet, die Maschine auszulösen, die die Zeitgräber öffnen würde. Das hatte nichts mit meiner Frau und dem Kind zu tun!«

Ein bärtiger Ouster, der, wie der Konsul hörte, als Sprecher Hullcare Amníon vorgestellt worden war, trat in den inneren Kreis. »Der Mechanismus war nutzlos. Er hat überhaupt nichts bewirkt.«

Der Konsul drehte sich um, machte den Mund auf und klappte ihn ohne ein Wort zu sagen wieder zu.

»Ein Test«, sagte Freeman Ghenga.

Die Stimme des Konsuls war fast unhörbar. »Aber die Gräber haben ... sich aufgetan.«

»Wir wußten, wann sie sich öffnen würden«, sagte Coredwell Minmun. »Die Verfallsrate der Anti-Entropiefelder war uns bekannt. Der Mechanismus war nur ein Test.«

»Ein Test«, wiederholte der Konsul. »Ich habe diese vier Menschen umsonst getötet. Ein Test!«

»Ihr Frau und Ihr Kind sind durch die Hände der Ousters gestorben«, sagte Freeman Ghenga. »Die Hegemonie hat Ihre Heimatwelt Maui-Covenant vergewaltigt. Ihr Handeln war innerhalb gewisser Parameter vorhersehbar. Darauf hat Gladstone sich verlassen. Und wir ebenfalls. Aber wir mußten diese Parameter kennen.«

Der Konsul stand auf, ging drei Schritte und drehte den anderen den Rücken zu. »Umsonst.«

»Was war das?« fragte Freeman Ghenga. Ihr kahler Kopf glänzte im Licht der Sterne und spiegelte Sonnenlicht von einer vorüberziehenden Kometenfarm.

Der Konsul lachte leise. »Alles umsonst. Selbst mein Verrat. Nichts wirklich. Umsonst.«

Sprecher Coredwell Minmun stand auf und ordnete sein Gewand. »Dieses Konzil ist zu einem Urteil gelangt«, sagte er. Die anderen sechzehn Ousters nickten.

Der Konsul drehte sich um. Sein müdes Gesicht drückte so etwas wie Eifer aus. »Dann tun Sie es. Um Gottes willen, bringen wir es hinter uns.«

Sprecher Freeman Ghenga stand auf und sah den Konsul an. »Sie werden verurteilt zu leben. Sie werden verurteilt, den Schaden, den Sie angerichtet haben, teilweise zu beheben.«

Der Konsul taumelte, als hätte man ihm ins Gesicht geschlagen. »Nein, Sie können nicht ... Sie müssen ...«

»Sie werden verurteilt, das Zeitalter des Chaos zu erleben, das folgen wird«, sagte Sprecher Hullcare Amnion. »Verurteilt, uns zu helfen, die entzweiten Familien der Menschheit zu versöhnen.«

Der Konsul hob die Arme, als wollte er sich vor Schlägen schützen. »Ich kann nicht ... ich will nicht ... schuldig ...«

Freeman Ghenga machte drei Schritte, packte den Konsul am Aufschlag seiner Uniformjacke und schüttelte ihn. »Sie *sind* schuldig. Und genau deswegen müssen Sie mithelfen, das bevorstehende Chaos zu meistern. Sie haben geholfen, das Shrike zu befreien. Jetzt müssen Sie zurückkehren und dafür sorgen, daß es wieder eingesperrt wird. Und dann muß die lange Phase der Aussöhnung anfangen.«

Der Konsul war freigegeben worden, aber seine Schultern zitterten immer noch. In diesem Augenblick drehte sich der Berg ins Sonnenlicht, und Tränen funkelten in den Augen des Konsuls. »Nein«, flüsterte er.

Freeman Ghenga strich die zerknitterte Jacke glatt und legte dem Diplomaten ihre langen Finger auf die Schultern. »Wir haben unsere eigenen Propheten. Die Tempelritter werden uns bei der Wiederaufforstung der Galaxis helfen. Diejenigen, die in der Lüge namens Hegemonie gelebt haben, werden langsam aus den Ruinen ihrer vom Core abhängigen Welten klettern und sich zu wahrer Erforschung mit uns vereinen — Erforschung des Universums und der größeren Gefilde, die in uns allen liegen.«

Der Konsul schien sie nicht gehört zu haben. Er wandte sich brüsk ab. »Der Core wird euch vernichten«, sagte er, ohne einen von ihnen anzusehen. »So wie er die Hegemonie vernichtet hat.«

»Haben Sie vergessen, daß Ihre Heimatwelt auf einem feierlichen Abkommen des Lebens begründet wurde?« fragte Coredwell Minmun.

Der Konsul drehte sich zu dem Ouster um.

»Ein solches Abkommen bestimmt unser Leben und unsere Taten«, sagte Minmun. »Nicht nur, einige Gattungen der Alten Erde zu erhalten, sondern Einheit in der Vielfalt zu finden. Die Saat der Menschheit auf allen Welten zu verbreiten, in vielen Umwelten, dabei aber zugleich die Vielfalt des Lebens, das wir anderswo finden, heilig zu achten.«

Freeman Ghengas Gesicht war hell in der Sonne. »Der Core bot Einheit in willenloser Unterwerfung«, sagte sie leise. »Sicherheit in Stagnation. Wo sind seit der Hegira Revolutionen im menschlichen Denken und der Kultur?«

»Terraformt zu blassen Klonen der Alten Erde«, antwortete Coredwell Minmun. »Unser neues Zeitalter menschlicher Expansion wird nichts terraformen. Wir werden Härten auf uns nehmen und das Fremde willkommen heißen. Wir werden das Universum nicht zwingen, sich anzupassen ... *wir* passen uns ihm an.«

Sprecher Hullcare Amnion deutete zu den Sternen. »Wenn die Menschheit diesen Test übersteht, liegt unsere Zukunft in den dunklen Abgründen *zwischen* ebenso wie *auf* den Welten im Sonnenlicht.«

Der Konsul seufzte. »Ich habe Freunde auf Hyperion«, sagte er. »Darf ich zurückkehren und ihnen helfen?«

»Sie dürfen«, sagte Freeman Ghenga.

»Und das Shrike konfrontieren?« fragte der Konsul.

»Sie werden«, sagte Coredwell Minmun.

»Und überleben, das Zeitalter des Chaos zu sehen?« fragte der Konsul.

»Sie müssen«, sagte Hullcare Amnion.

Der Konsul seufzte wieder und trat mit den anderen beiseite, als über ihnen ein großer Schmetterling mit Solarzellen als Flügel und gegen Vakuum und harte Strahlung unempfindlichem glänzenden Panzer dem Stonehenge-Kreis entgegensank und den Bauch auftat, um den Konsul aufzunehmen.

In der Krankenstation des Regierungshauses auf Tau Ceti Center schlief Pater Duré einen leichten, medizinisch induzierten Schlaf und träumte von Flammen und dem Tod von Welten.

Abgesehen von dem kurzen Besuch der Präsidentin und einem noch kürzeren Besuch von Bischof Edouard war Duré den ganzen Tag allein gewesen und immer wieder in schmerzhaftes Dösen verfallen. Die Ärzte hier hatten noch einmal zwölf Stunden verlangt, bevor der Patient verlegt werden sollte, und das Kardinalskonzil auf Pacem hatte zugestimmt, dem Patienten alles Gute gewünscht und sich auf die Zeremonie vorbereitet — noch vierundzwanzig Stunden in der Zukunft —, bei der der Jesuitenpriester Paul Duré aus Villefranche-sur-Saône zum Papst Teilhard I. werden sollte, der vierhundertsiebenundachtzigste Bischof von Rom und Nachfolger Petri.

Der Jesuit, dessen Fleisch sich unter Anleitung von einer Million RNS-Regeneratoren zusammenfügte und dessen Nerven dank der Wunder moderner Medizin gesundeten — aber nicht so wunderbar, dachte Duré, daß ich nicht vor Juckreiz sterben würde —, lag auf dem Bett und dachte über Hyperion und das Shrike und sein langes Leben und die chaotischen Zustände in Gottes Universum nach. Schließlich schlief Duré ein und träumte vom brennenden God's Grove, während die Wahre Stimme des Weltbaums der Tempelritter ihn durch das Portal stieß, und von seiner Mutter und einer Frau namens Semfa, inzwischen tot, aber einst Arbeiterin auf der Perecebo-Plantage im entlegensten Outback im Fiberplastikland östlich von Port Romance.

Und in diesen überwiegend traurigen Träumen wurde Duré plötzlich auf eine andere Präsenz aufmerksam: nicht auf eine andere Präsenz im Traum, sondern auf einen anderen *Träumer*.

Duré ging mit jemandem spazieren. Die Luft war kühl, der Himmel herzerweichend blau. Sie waren soeben um eine Kurve der Straße gekommen, und jetzt wurde ein See vor ihnen sichtbar, an dessen Ufer anmutige Bäume standen, den im Hintergrund Berge einrahmten; Wolken fügten der Szene Dramatik und einen Maßstab zu, und eine einzige Insel schien weit draußen auf dem spiegelglatten Wasser zu schwimmen.

»Lake Windermere«, sagte Durés Gefährte.

Der Jesuit drehte sich langsam um, und sein Herz klopfte vor besorgter Erwartung. Was immer er erwartet hatte, der Anblick seines Begleiters löste keinerlei Ehrfurcht aus.

Ein junger Mann ging neben Duré. Er war klein und trug eine uralte Jacke mit Lederknöpfen und einem breiten Ledergürtel, klobige Schuhe, eine alte Pelzmütze, einen fadenscheinigen Rucksack, seltsam zugeschnittene und stellenweise geflickte Hosen, hatte ein großes kariertes Tuch über die Schulter geworfen und einen derben Wanderstock in der rechten Hand. Duré blieb stehen, worauf sein Begleiter ebenfalls innehielt, als wäre ihm eine Pause gerade recht.

»Die Fells of Furness und die Cumbrian Mountains«, sagte der junge Mann, der mit dem Stock über den See deutete.

Duré sah kastanienfarbene Locken, die sich unter der merkwürdigen Mütze kräuselten, bemerkte die großen Mandelaugen und kurze Statur des Mannes und wußte, er mußte träumen, noch während er dachte: *Ich träume nicht!*

»Wer …« begann Duré und spürte Furcht in sich aufsteigen, während sein Herz schneller zu schlagen anfing.

»John«, sagte sein Gefährte, und die Vernunft dieser Stimme verdrängte Durés Furcht. »Ich glaube, wir werden heute in Bowness übernachten können. Brown hat mir gesagt, daß es dort direkt am See ein vorzügliches Gasthaus gibt.«

Duré nickte, hatte aber nicht die leiseste Ahnung, wovon sein Begleiter sprach.

Der kleinwüchsige junge Mann beugte sich vor und ergriff Durés Unterarm sanft, aber beharrlich. »Einer wird nach mir kommen«, sagte John. »Weder Alpha noch das Omega, aber es ist unerläßlich für uns, daß wir den Weg finden.«

Duré nickte dümmlich. Eine Brise rauhte den See auf und trug den Geruch frischer Vegetation von den Vorgebirgen herüber.

»Derjenige wird weit entfernt geboren werden«, sagte John. »Weiter entfernt als unsere Rasse seit Jahrhunderten gekommen ist. Ihr Aufgabe wird jetzt dieselbe wie meine sein — den Weg zu bereiten. Sie werden den Tag nicht mehr erleben, da diese Person lehrt, aber Ihr Nachfolger.«

»Ja«, sagte Paul Duré und stellte fest, daß er überhaupt keinen Speichel mehr im Mund hatte.

Der junge Mann zog die Mütze ab, steckte sie in den Gürtel, bückte sich und hob einen runden Stein auf. Diesen warf er auf den See hinaus. Wellen breiteten sich aus. »Verdammt«, sagte John, »ich habe versucht, ihn hüpfen zu lassen.« Er sah Duré an. »Sie müssen die Krankenstation unverzüglich verlassen und nach Pacem zurückkehren. Haben Sie verstanden?«

Duré blinzelte. Diese Bemerkung schien nicht zu dem Traum zu gehören. »Weshalb?«

»Unwichtig«, sagte John. »*Machen* Sie es nur. Warten Sie auf nichts. Wenn Sie nicht unverzüglich aufbrechen, werden Sie später keine Möglichkeit mehr dazu haben.«

Duré drehte sich verwirrt um, als könnte er zu seinem Krankenhausbett zurückkehren. Er betrachtete über die Schulter hinweg den hageren jungen Mann, der am Kiesufer stand. »Was ist mit Ihnen?«

John hob einen zweiten Stein auf, warf ihn und schüttelte den Kopf, da dieser nur einmal hüpfte, ehe er unter der spiegelnden Oberfläche verschwand. »Ich bin hier vorerst glücklich«, sagte er mehr zu sich selbst als zu Duré. »Auf dieser Reise war ich *wirklich* glücklich.« Er schien sich aus seinem Nachdenken zu reißen, hob den Kopf und lächelte Duré an. »Los doch! Setzen Sie Ihren Arsch in Bewegung, Eure Heiligkeit!«

Schockiert, amüsiert und erbost machte Duré den Mund auf,

um zu antworten, und stellte fest, daß er im Bett in der Krankenanstalt des Regierungshauses lag. Die Ärzte hatten das Licht gedämpft, damit er schlafen konnte. Monitorsensoren hafteten an seiner Haut.

Duré blieb noch eine Minute liegen und litt unter dem Juckreiz und Unbehagen, das die heilenden Verbrennungen dritten Grades verursachten, dachte über den Traum nach und daß es *nur* ein Traum gewesen war, daß er noch ein paar Stunden schlafen konnte, bis Monsignore — *Bischof* Edouard und die anderen eintrafen, um ihn zurückzugeleiten. Duré machte die Augen zu und erinnerte sich an das männliche, aber sanfte Gesicht, die Mandelaugen, den archaischen Dialekt.

Pater Paul Duré von der Gesellschaft Jesu richtete sich auf, quälte sich auf die Beine, stellte fest, daß seine Kleidung fort war und er nur den Krankenhauspyjama aus Papier trug, schlang ein Laken um sich und schlurfte barfuß davon, ehe die Ärzte auf die Meldesensoren reagieren konnten.

Am anderen Ende des Flurs hatte er einen Farcaster nur für Ärzte gesehen. Wenn der ihn nicht nach Hause brachte, würde er eben einen anderen suchen.

Leigh Hunt trug Keats' Leichnam aus dem Schatten des Gebäudes ins Sonnenlicht der Piazza di Spagna und rechnete damit, daß das Shrike auf ihn warten würde. Statt dessen wartete ein Pferd. Hunt war kein Experte darin, Pferde zu erkennen, da die Gattung in seiner Zeit ausgestorben war, aber dies schien dasselbe zu sein, das sie nach Rom gebracht hatte. Bei der Identifizierung half, daß das Pferd vor denselben kleinen Karren gespannt war — Keats hatte ihn eine *vettura* genannt —, in dem sie schon einmal gefahren waren.

Hunt beförderte den Leichnam auf den Sitz der Droschke, faltete sorgfältig die Leintücher um ihn herum, berührte mit einer Hand noch das Leichentuch und ging nebenher, als der Karren sich langsam in Bewegung setzte. In seinen letzten Stunden hatte Keats darum gebeten, daß man ihn auf dem protestantischen Friedhof in der Nähe der Aurelischen Mauer und der Pyramide des Gaius Cestius begraben sollte. Hunt konnte sich vage daran erinnern, daß sie im Verlauf der bizarren Reise hierher die Aurelische Mauer passiert hatten, aber er hätte sie nicht wiederfinden können, wenn sein Leben davon abhängig gewesen wäre — oder Keats' Begräbnis. Das Pferd indessen schien den Weg ohnedies zu kennen.

Hunt stapfte neben dem langsamen Gefährt dahin und bemerkte die wunderbare frühlingshafte Morgenluft und einen unterschwelligen Geruch wie von verfaulender Vegetation. Konnte es sein, daß Keats' Leichnam schon in Verwesung übergegangen war? Hunt wußte wenig von den Einzelheiten des Todes; und er wollte auch nicht mehr erfahren. Er schlug dem Pferd auf die Flanke, damit es schneller ginge, aber das Tier blieb stehen, drehte sich langsam um, maß Hunt mit einem vorwurfsvollen Blick und setzte dann seine gemächliche Gangart fort.

Es war mehr ein aus dem Augenwinkel wahrgenommenes Funkeln als irgendwelche Geräusche, das Hunt aufmerksam machte, aber als er sich rasch umdrehte, war das Shrike da — zehn oder fünfzehn Meter hinter ihm hatte es sich der Geschwindkeit des Pferdes mit einer feierlichen aber irgendwie komischen Gangart angepaßt und hob bei jedem Schritt die dornigen, stachligen Knie hoch. Sonnenlicht funkelte auf Panzer, Metallzähnen und Klingen.

Hunts erster Impuls war, den Wagen im Stich zu lassen und wegzulaufen, aber Pflichtgefühl und das tiefergreifende Gefühl, sich verirrt zu haben, unterdrückten diesen Impuls. Wohin konnte er laufen als zurück zur Piazza di Spagna — und das Shrike versperrte den einzigen Weg.

Hunt akzeptierte die Kreatur als einen Trauergast in dieser irrsinnigen Prozession, drehte dem Monster den Rücken zu und ging weiter neben der Droschke her, wobei er mit einer Hand fest den Knöchel des Freundes unter dem Leichentuch umklammert hielt.

Die ganze Zeit über hielt Hunt Ausschau nach einem Farcasterportal, einem Anzeichen für eine fortschrittlichere Technologie als die des neunzehnten Jahrhunderts. Er sah nichts, auch kein anderes menschliches Wesen. Die Illusion, daß er durch ein verlassenes Rom im frühlingshaften Wetter im Februar des Jahres 1821 schritt, war perfekt. Das Pferd trottete einen Hügel hinauf, der einen Block von der spanischen Treppe entfernt lag, bog mehrfach auf breiten Boulevards und schmalen Gassen ab und kam in Sichtweite der verfallenen runden Ruine vorbei, in der Hunt das Kolosseum erkannte.

Als Pferd und Wagen stehenblieben, riß sich Hunt aus dem Dösen, in das er beim Laufen verfallen war, und sah sich um. Sie befanden sich vor einem zugewachsenen Steinhaufen, in dem Hunt die Aurelische Mauer vermutete, und man konnte tatsächlich eine kleine Pyramide erkennen, aber der protestantische Friedhof — so er es denn war — schien mehr Wiese als Gottesacker zu sein. Schafe grasten im Schatten von Zypressen, ihre Glocken läuteten unheimlich in der schwülen, warmen Luft, und überall wuchs das Gras kniehoch oder noch höher. Hunt blinzelte und sah die vereinzelten Grabsteine hier und da, halb im Gras verborgen, und ganz in der Nähe, gerade hinter dem Hals des grasenden Pferdes, ein frisch ausgehobenes Grab.

Das Shrike blieb zehn Meter zurück unter den raschelnden Zypressenzweigen, aber Hunt sah, daß der Blick seiner glühenden Augen auf die Grabstätte gerichtet war.

Hunt ging um das Pferd herum, das zufrieden das hohe Gras mampfte, und näherte sich dem Grab. Es war kein Sarg zu sehen. Das Loch war etwa einen Meter tief, der Erdhügel daneben roch nach umgegrabenem Humus und kühler Krume. Eine Schaufel mit langem Griff steckte darin, als wären die Totengräber gerade weggegangen. Ein Stein stand aufrecht am Ende des Grabes, war aber nicht beschriftet — ein Blankograbstein. Hunt sah Metall auf dem Schiefer funkeln, eilte hin und sah den ersten modernen Gegenstand, seit sie auf die Alte Erde entführt worden waren: ein kleiner Laserschreiber lag dort — die Art, wie Bauarbeiter oder Künstler ihn benutzen, um auf härteste Legierungen zu zeichnen.

Hunt drehte sich um, hielt den Schreiber und fühlte sich jetzt bewaffnet, obschon der Gedanke lächerlich wirkte, der winzige Strahl könnte das Shrike aufhalten. Er ließ den Schreiber in die Hemdentasche fallen und macht sich an die Aufgabe, John Keats zu begraben.

Eine Weile später stand Hunt vor dem Erdhaufen, hielt die Schaufel in der Hand, betrachtete das kleine, in Leintücher gewickelte Bündel in der Grube und versuchte, einige passende Worte zu finden. Hunt hatte zahlreiche Staatsbegräbnisse besucht, hatte sogar Gladstones Grabreden für einige geschrieben, und bisher hatte er noch nie ein Problem mit Worten gehabt. Aber jetzt fiel ihm nichts ein. Der einzige Gast war das stumme Shrike, das im Schatten der Zypressen stand, und die Schafe mit ihren Glocken, die klingelten, da sich die Tiere nervös von dem Monster entfernten und dabei dem Grab näherten wie eine Schar zaghafter Trauernder.

Hunt überlegte sich, daß vielleicht ein paar Verse von Keats angemessen wären, aber Hunt war Politiker — kein Mann, der uralte Dichtung las oder gar auswendig lernte. Zu spät fiel ihm ein, daß er die Verse aufgeschrieben hatte, sie sein Freund ihm tags zuvor diktiert hatte, aber das Notizbuch lag noch auf der Kommode in der Wohnung an der Piazza di Spagna. Es war etwas gewesen über gottgleich zu werden oder ein Gott, das Wissen um zu viele Dinge, das einen bestürmte — irgendso ein Unsinn. Hunt verfügte über ein ausgezeichnetes Gedächtnis, aber er konnte sich nicht einmal an die erste Zeile dieses archaischen Mischmaschs erinnern.

Letzten Endes begnügte sich Hunt als Kompromiß mit einer Schweigeminute, senkte den Kopf und machte die Augen zu, abgesehen von gelegentlichen verstohlenen Blicken zum Shrike, das seine Distanz hielt, und dann schaufelte er Erde auf den Leichnam. Es dauerte länger, als er gedacht hatte. Als er fertig war und die Erde festklopfte, war die Oberfläche leicht konkav, als wäre der Tote zu unbedeutend für einen angemessenen Erdhügel gewesen. Schafe strichen an Hunts Beinen entlang, um im hohen Gras zu weiden und die Gänseblümchen und Stiefmütterchen zu fressen, die um das Grab herum wuchsen.

Hunt konnte sich nicht an die Dichtung erinnern, aber er hatte keine Mühe, sich die Inschrift zu vergegenwärtigen, die Keats sich für seinen Grabstein gewünscht hatte. Hunt schaltete den Laserschreiber ein, probierte ihn aus, indem er eine Schneise in drei Meter Gras und Erdboden fräste, und dann mußte er das kleine Feuer austreten, das er entfacht hatte. Die Inschrift hatte Hunt beunruhigt, als er sie zum ersten Mal gehört hatte — die Einsamkeit und Verbitterung, die aus Keats' keuchenden Anstrengungen zu sprechen herauszuhören gewesen waren. Aber Hunt war nicht der Meinung, daß es ihm zustand, dem Mann zu widersprechen. Jetzt mußte er nur noch die Inschrift auf dem Stein anbringen, diesen Ort verlassen und dem Shrike aus dem Weg gehen, während er versuchte, einen Weg nach Hause zu finden.

Der Schreiber schnitt mühelos in den Stein, aber Hunt mußte auf der Rückseite probieren, bis er die richtige Tiefe und Handhabung herausgefunden hatte. Dennoch sahen seine Bemühungen krakelig und dilettantisch aus, als er fünfzehn oder zwanzig Minuten später fertig war.

Zuerst die vage Skizze, um die Keats gebeten hatte — er hatte dem Attaché mehrere grobe Entwürfe gezeigt, die er mit unsicherer Hand auf Schreibpapier gekritzelt hatte — eine griechische Leier, bei der vier der acht Saiten zerrissen waren. Hunt war nicht zufrieden, als er fertig war — er war noch weniger Künstler als Leser von Poesie —, aber jeder, der überhaupt wußte, was eine griechische Leier *war*, konnte es wahrscheinlich erkennen. Dann kam die Inschrift selbst, die er präzise schrieb wie Keats sie diktiert hatte:

HIER LIEGT EINER,
DESSEN NAME
IN WASSER GESCHRIEBEN WAR

Sonst nichts: Kein Geburts- oder Todesdatum, nicht einmal der Name des Dichters. Hunt trat zurück, betrachtete sein Werk, schüttelte den Kopf, schaltete den Schreiber ab, behielt ihn aber in der Hand und machte sich auf den Rückweg zur Stadt, wobei er einen großen Bogen um das Geschöpf unter den Zypressen machte.

Am Tunnel durch die Aurelische Mauer blieb er stehen und sah noch einmal zurück. Das Pferd, das immer noch an den Wagen gebunden war, hatte sich den langen Hügel hinab bewegt, damit es am süßeren Gras in der Nähe eines Bächleins weiden konnte. Die Schafe liefen herum, fraßen die Blumen und hinterließen Spuren im feuchten Erdreich des Grabes. Das Shrike blieb, wo es war, unter dem Dach der Zypressenzweige fast unsichtbar. Hunt war fast überzeugt, daß das Ding nur das Grab im Auge behielt.

Am Spätnachmittag fand Hunt den Farcaster, ein stumpfes, dunkelblaues Rechteck, das genau im Zentrum des verfallenden Kolosseums waberte. Ein Diskey oder eine Tastatur waren nicht zu sehen. Das Portal hing da wie eine milchige, aber offene Tür.

Aber nicht offen für Hunt.

Er versuchte es immer wieder, aber die Oberfläche war hart und unerbittlich wie Stein. Er berührte sie zögernd mit den Fingerspitzen, trat zuversichtlich hinein und prallte von der Oberfläche ab, warf sich gegen das blaue Rechteck, schleuderte Steine darauf und sah sie abprallen, versuchte es auf beiden Seiten und sogar an den Rändern des Dings und sprang zuletzt immer und immer wieder gegen das nutzlose Gerät, bis seine Schultern und Oberarme von Blutergüssen übersät waren.

Es war ein Farcaster. Er war ganz sicher. Aber der Farcaster ließ ihn nicht durch.

Hunt suchte den Rest des Kolosseums ab, sogar die unterirdischen Gänge voller Feuchtigkeit und Fledermauskot, aber er fand kein anderes Portal. Er durchsuchte die umliegenden Straßen und sämtliche Gebäude. Kein anderes Portal. Er suchte den ganzen Nachmittag in der Basilika und den Kathedralen, Häusern und Hütten, feudalen Wohnhäusern und schmalen Gassen. Er kehrte zur Piazza di Spagna zurück, nahm im ersten Stock eine hastige Mahlzeit zu sich, steckte das Notizbuch und alles andere Interessante ein, das er in den Zimmern fand, und verließ das Gebäude dann für immer, um einen Farcaster zu suchen.

Der im Kolosseum war der einzige, den er finden konnte. Bei Sonnenuntergang hatte er daran gekrallt, bis seine Finger blutig waren. Er sah richtig aus. Er summte richtig, er *schien* richtig zu sein, aber er ließ Hunt nicht durch.

Ein Mond war aufgegangen und hing über der schwarzen Kolosseummmauer, aber es war nicht der Mond der Alten Erde, wie man an den Staubstürmen und über seine Oberfläche wandernden Wolken erkennen konnte. Hunt saß im steinigen Zentrum und warf dem blau leuchtenden Portal finstere Blicke zu. Irgendwo hinter ihm ertönte der hektische Flügelschlag von Tauben und das Prasseln kleiner Kiesel auf Stein.

Hunt erhob sich unter Schmerzen, holte den Laserschreiber

aus der Tasche, stand breitbeinig da, wartete und bemühte sich, in die Schatten der zahlreichen Nischen und Erker des Kolosseums zu sehen. Nichts regte sich.

Als plötzlich Lärm hinter ihm ertönte, wirbelte Hunt herum und hätte mit dem Strahl beinahe auf die Oberfläche des Farcasterportals gefeuert. Dort wurde ein Arm sichtbar. Dann ein Bein. Eine Person kam durch. Dann noch eine.

Hunts Rufe hallten im Kolosseum wider.

Meina Gladstone hatte gewußt, es wäre ein Fehler, auch nur dreißig Minuten zu schlafen, obwohl sie sterbensmüde war. Aber sie hatte sich seit der Kindheit angewöhnt, Schlummerphasen von fünf bis fünfzehn Minuten einzulegen und in diesen kurzen Denkpausen die Toxine von Erschöpfung und Müdigkeit abzuschütteln.

Jetzt, halb krank vor Erschöpfung und dem Schwindelgefühl der wirren achtundvierzig vergangenen Stunden, legte sie sich für ein paar Minuten auf das Sofa in ihrem Arbeitszimmer, verdrängte Triviales und Nebensächlichkeiten aus ihrem Denken und ließ ihr Unterbewußtsein einen Weg durch den Dschungel von Gedanken und Ereignissen finden. Ein paar Minuten döste sie, und beim Dösen träumte sie.

Meina Gladstone richtete sich auf, streifte die leichte Afghandecke ab und tippte auf ihrem Komlog, noch ehe sie die Augen richtig offen hatte. »Sedeptra! Schaffen Sie General Morpurgo und Admiral Singh innerhalb von drei Minuten in mein Büro.«

Gladstone ging ins angrenzende Bad, duschte mit Wasser und Ultraschall, holte frische Kleidung — ihre förmlichste aus schwarzem Kordsamt, einen rotgoldenen Senatsschal, der von einer goldenen Anstecknadel gehalten wurde, auf der das geodätische Symbol der Hegemonie abgebildet war, Ohrringe aus der Zeit der Alten Erde vor dem Großen Fehler und das Topasarmband mit Komlog, das ihr Senator Byron Lamia vor seiner Heirat geschenkt hatte — und war wieder rechtzeitig in ihrem Arbeitszimmer, daß sie die beiden Offiziere von FORCE begrüßen konnte.

»Präsidentin, der Zeitpunkt ist mehr als unglücklich gewählt«, begann Admiral Singh. »Die letzten Daten von Mare

Infinitus wurden analysiert, und wir haben uns über Flotten-manöver zur Verteidigung von Asquith unterhalten.«

Gladstone rief ihren privaten Farcaster und bedeutete den beiden Männern, ihr zu folgen.

Singh sah sich um, als er auf dem goldenen Gras unter dem bedrohlichen braunen Himmel stand. »Kastrop-Rauxel«, sagte er. »Es gab Gerüchte, wonach eine frühere Regierung FORCE: Weltraum hier einen privaten Farcaster installieren ließ.«

»Präsident Jewschenski ließ es ins Netz eingliedern«, sagte Gladstone. Sie winkte, worauf das Farcasterportal verschwand. »Er war der Meinung, daß der Präsident einen Ort brauchte, wo es unwahrscheinlich ist, daß Abhörgeräte des Core instal-liert sind.«

Morpurgo sah unbehaglich zu einer Wolkenfront am Hori-zont, in der ein Kugelblitz tanzte. »Kein Ort ist vollkommen si-cher vor dem Core«, sagte er. »Ich habe Admiral Singh von un-serem Verdacht erzählt.«

»Kein Verdacht«, sagte Gladstone. »Tatsache. Und ich weiß, wo sich der Core befindet.«

Beide Offiziere reagierten, als wären sie von dem Kugelblitz getroffen worden. »Wo?« fragten sie fast einstimmig.

Gladstone ging hin und her. Ihr kurzes graues Haar schien in der elektrisch aufgeladenen Luft zu leuchten. »*Im* Farcaster-netz«, sagte sie. »Zwischen den Portalen. Die KIs leben dort in der Pseudowelt der Singularitäten wie Spinnen auf einem dunklen Netz. Und *wir* haben es für sie gewoben.«

Morpurgo konnte als erster wieder sprechen. »Mein Gott«, sagte er. »Was machen wir jetzt? Wir haben keine drei Stun-den, bis das Schlachtschiff mit der Geheimwaffe des Core ins Hyperion-System übersetzt.«

Gladstone sagte ihnen genau, was sie tun würden.

»Unmöglich«, sagte Singh. Er zupfte unbewußt an seinem kurzen Bart. »Einfach unmöglich.«

»Nein«, sagte Morpurgo. »Es wird funktionieren. Wir haben Zeit genug. Und so hektisch und kopflos wie die Flottenbewe-gungen in den letzten beiden Tagen gewesen sind ...«

Der Admiral schüttelte den Kopf. »Logistisch könnte es mög-lich sein. Vernünftig und ethisch ist es nicht. Nein, es ist un-möglich.«

Meina Gladstone kam näher. »Kushwant«, sagte sie und redete den Admiral zum ersten Mal mit dem Vornamen an, seit sie eine junge Senatorin und er ein noch jüngerer Kommandant von FORCE:Weltraum gewesen waren, »wissen Sie nicht mehr, wie Senator Lamia uns in Kontakt mit den Beständigen gebracht hat? Mit der KI namens Ummon? Seine Vorhersage zweier möglicher Zukünfte — eine mit Chaos, die andere mit sicherer Auslöschung der Menschheit?«

Singh wandte sich ab. »Meine Pflicht gilt FORCE und der Hegemonie.«

»Ihre Pflicht gilt demselben wie meine — der menschlichen Rasse.«

Singh hob die Fäuste, als wollte er einen unsichtbaren aber mächtigen Gegner bekämpfen. »Wir wissen es nicht mit *Sicherheit*! Woher haben Sie die Informationen?«

»Von Severn«, sagte Gladstone. »Dem Cybrid.«

»Cybrid?« schnaubte der General. »Sie meinen diesen *Künstler*. Oder dieses klägliche Abziehbild von einem.«

»Severn als Persönlichkeitsrekonstruktion?« Morpurgo sah zweifelnd drein. »Und wie haben Sie ihn gefunden?«

»Er hat *mich* gefunden. In einem Traum. Irgendwie ist es ihm gelungen, von dort zu kommunizieren, wo er sich befindet. Das war seine Rolle, Arthur, Kushwant. Darum hat Ummon ihn ins Netz *geschickt*.«

»Ein Traum«, höhnte Admiral Singh. »Dieser ... Cybrid ... hat Ihnen gesagt, daß der Core im Farcasternetz versteckt ist ... in einem *Traum*?«

»Ja«, sagte Gladstone, »und uns bleibt nur sehr wenig Zeit zu handeln.«

»Aber«, sagte Morpurgo, »wenn wir tun, was Sie vorschlagen ...«

»Verurteilen wir Millionen zum Tode«, führte Singh weiter aus. »Möglicherweise Milliarden. Die Wirtschaft würde zusammenbrechen. Welten wie TC^2, Renaissane Vector, Neue Erde, die Denebs, Neu Mekka, Lusus, Arthur ... Dutzende mehr sind von anderen Welten abhängig, was Nahrungsmittel angeht. Städtische Planeten können nicht auf sich allein gestellt überleben.«

»Nicht als städtische Planeten«, sagte Gladstone. »Aber sie

können lernen, Ackerbau zu betreiben, bis die interstellare Raumfahrt neu geboren wird.«

»Pah!« fauchte Singh. »Nach Seuchen, nach dem Zusammenbruch der Autorität, nach Millionen Toten, weil es an angemessener Ausrüstung, medizinischer Versorgung und Unterstützung durch die Datensphäre fehlt.«

»An das alles habe ich gedacht«, sagte Gladstone, deren Stimme nachdrücklicher klang, als Morpurgo sie je gehört hatte. »Ich werde als die größte Massenmörderin in die Geschichte der Menschheit eingehen — schlimmer als Hitler oder Tse Hu oder Horace Glennon-Height. Aber so weiterzumachen wie bisher, wäre schlimmer. In diesem Fall wären ich — und Sie, meine Herren — nämlich die größten Verräter an der Menschheit.«

»Das können wir nicht *wissen*«, grunzte Kushwant Singh, als würden die Worte mit Schlägen in den Magen aus ihm herausgetrieben.

»Wir *wissen* es«, sagte Gladstone. »Der Core hat keine Verwendung mehr für das Netz. Von jetzt an werden die Unbeständigen und die Ultimaten ein paar Millionen Sklaven unterirdisch auf den neuen Labyrinthwelten gefangen halten und deren menschliche Synapsen zu den Computeroperationen benützen, die noch erforderlich sein werden.«

»Unsinn«, sagte Singh. »Diese Menschen würden sterben.«

Meina Gladstone seufzte und schüttelte den Kopf. »Der Core hat einen parasitären Organismus namens Kruziform entwickelt«, sagte sie. »Er ... erweckt ... die Toten. Nach einigen Generationen werden die Menschen geistig verkümmern und keine Zukunft mehr haben, aber ihre Neuronen werden den Zwecken des Core dienen.«

Singh drehte ihnen den Rücken zu. Seine gedrungene Gestalt zeichnete sich als Silhouette vor einer soliden Mauer aus Blitzen ab, da das Gewitter in einem Aufruhr brodelnder bronzefarbener Wolken immer näher kam. »Das hat Ihnen Ihr Traum gesagt, Meina?«

»Ja.«

»Und was sagt Ihr ... Traum noch?« fragte der Admiral sarkastisch.

»Daß der Core keine Verwendung mehr für das Netz hat«,

sagte Gladstone. »Nicht für das *menschliche* Netz. Sie werden weiter dort hausen wie Ratten im Gemäuer, aber die ursprünglichen Bewohner werden nicht mehr gebraucht. Die Höchste Intelligenz der KIs wird die wichtigsten Datenverarbeitungspflichten übernehmen.«

Singh drehte sich zu ihr um. »Sie sind verrückt, Meina. Vollkommen verrückt.«

Gladstone beeilte sich, den Arm des Admirals zu ergreifen, ehe dieser den Farcaster aktivieren konnte. »Kushwant, bitte hören Sie mich ...«

Singh zog eine zeremonielle Projektilpistole aus der Uniform und richtete sie auf die Brust der Frau. »Tut mir leid, M. Präsidentin. Aber ich diene der Hegemonie und ...«

Gladstone wich mit vor dem Mund geschlagenen Händen zurück, als Admiral Kushwant Singh verstummte, sie einen Moment blicklos ansah und dann zu Boden sank. Die Projektilpistole fiel ins Gras.

Morpurgo kam nach vorne, hob sie auf und steckte sie in den Gürtel, bevor er den Todesstrahler wieder verstaute.

»Sie haben ihn getötet«, sagte die Präsidentin. »Ich wollte ihn hierlassen, falls er nicht kooperieren würde. Auf Kastrop-Rauxel gestrandet.«

»Das Risiko konnten wir nicht eingehen«, sagte der General und zog den Leichnam weiter vom Farcaster weg. »Alles hängt von den kommenden zwei Stunden ab.«

Gladstone sah ihren alten Freund an. »Sind Sie bereit, dabei mitzumachen?«

»Es muß sein«, sagte Morpurgo. »Es wird unsere letzte Chance, dieses Joch der Unterdrückung abzustreifen. Ich werde unverzüglich Marschbefehl erteilen und höchstpersönlich die versiegelten Befehle überreichen. Es wird den größten Teil der Flotte erfordern ...«

»Mein Gott«, flüsterte Meina Gladstone und betrachtete den Leichnam von Admiral Singh. »Ich tu das alles wegen eines Traums.«

»Manchmal«, sagte General Morpurgo und ergriff ihre Hand, »unterscheiden uns nur Träume von Maschinen.«

44

Der Tod ist, wie ich herausfand, kein angenehmes Erlebnis. Als ich die vertrauten Zimmer der Piazza di Spagna und den rasch abkühlenden Leichnam dort verließ, war das, als würde man durch Feuersbrunst oder Flut aus der behaglichen Wärme des eigenen Zuhauses vertrieben werden. Der Ansturm von Schock und Entwurzelung ist schlimm. Ich wurde kopfüber in die Metasphäre geschleudert und verspürte das Gefühl von Scham und plötzlicher, peinlicher Erkenntnis, das wir alle aus Träumen kennen, wenn uns bewußt wird, wir haben vergessen uns anzuziehen und sind nackt an einem öffentlichen Ort oder einer gesellschaftlichen Zusammenkunft erschienen.

Nackt ist jetzt genau das richtige Wort, als ich versuche, die Form meines auseinanderstrebenden Persönlichkeitsanalogons zu erhalten. Es gelingt mir, mich hinreichend zu konzentrieren, daß ich diese fast wahllose Elektronenwolke von Erinnerungen und Assoziationen zu einem ausreichenden Simulakrum des Menschen formen kann, der ich gewesen bin — oder zumindest doch des Menschen, an dessen Erinnerungen ich teilhatte.

Mister John Keats, einsfünfundsiebzig groß.

Die Metasphäre ist nicht weniger furchteinflößend als zuvor — schlimmer, da ich keine sterbliche Zuflucht mehr besitze, wohin ich fliehen könnte. Gewaltige Schemen bewegen sich hinter dunklen Horizonten, Geräusche hallen in der Bindenden Leere wider wie Schritte auf Fliesen in einem leerstehenden Schloß. Unter und hinter allem ertönt ein nervtötendes Grollen wie von Droschkenreifen auf Straßen aus Schiefer.

Armer Hunt. Ich bin versucht, zu ihm zurückzukehren, hineinzuplatzen wie Marleys Geist, um ihm zu versichern, daß es mir besser geht als ich aussehe, aber im Augenblick ist die Alte Erde ein gefährlicher Aufenthaltsort für mich: die Präsenz des Shrike brennt auf der Dateiebene der Metasphäre wie Flammen auf schwarzem Samt.

Der Core ruft mich mit noch größerem Nachdruck, doch dort ist es noch gefährlicher. Ich erinnere mich, wie Ummon den anderen Keats vor Brawne Lamia vernichtet hat — wie er das

Persönlichkeitsanalogon zermalmte bis es sich einfach auflöste und die Core-Erinnerung des Mannes zusammenschrumpelte wie eine Schnecke, auf die man Salz streut.

Nein danke.

Ich habe den Tod dem Gottsein vorgezogen, muß aber noch Aufgaben erledigen, bevor ich schlafen kann.

Die Metasphäre macht mir Angst, der Core macht mir noch mehr Angst, die dunklen Tunnel der Datensphärensingularitäten, die ich bereisen muß, erschrecken mich bis in meine Knochenanaloge. Aber es hilft nichts.

Ich tauche in den ersten schwarzen Kegel hinein, wirbel herum wie ein sprichwörtliches Blatt in einem allzu realen Wirbelsturm und komme zwar auf der richtigen Dateiebene heraus, bin aber zu benommen und schwindlig, daß ich mehr tun als dasitzen könnte — sichtbar für alle KIs des Core, die sich in die ROMwork-Ganglien einklinken, und für alle Phagenwächter, die in den violetten Klüften jedes beliebigen Datenbergs hausen könnten —, aber das Chaos im TechnoCore rettet mich hier: die großen Persönlichkeiten des Core sind so beschäftigt damit, ihre eigenen persönlichen Trojas zu belagern, daß sie ihren Hintertüren keine Beachtung schenken.

Ich finde die Zugangscodes zur Datensphäre, die ich will, sowie die Synapsennabelschnüre, die ich brauche, und danach ist es eine Arbeit von Mikrosekunden, den alten Pfaden nach Tau Ceti Center zu folgen, dort in die Krankenstation im Regierungshaus und in die drogeninduzierten Träume von Pater Paul Duré zu gelangen.

Eines kann meine Persönlichkeit außergewöhnlich gut, nämlich träumen, und ich finde durch Zufall heraus, daß meine Wanderung durch Schottland eine angenehme Traumlandschaft bildet, in der ich den Priester davon überzeugen kann, daß er fliehen muß. Als Engländer und Freigeist hatte ich einst alles abgelehnt, was nach Papismus roch, aber eines muß man den Jesuiten lassen — man bringt ihnen Gehorsam vor Logik bei, und das steht der Menschheit endlich einmal gut zupaß. Duré fragt nicht warum, als ich ihn auffordere zu gehen … er wacht wie ein guter Junge auf, schlingt eine Decke um sich und geht.

Meina Gladstone betrachtet mich als Joseph Severn, akzeptiert meine Nachricht aber, als würde sie ihr von einem Gott zuteil werden. Ich will ihr sagen, nein, ich bin nicht der Eine, ich bin nur Der Zuvor Kommende, aber es kommt auf die Nachricht an, daher überbringe ich sie und gehe wieder.

Als ich auf dem Weg nach Hyperions Metasphäre durch den Core muß, nehme ich den verbrannten Metallgeruch des Bürgerkriegs wahr und sehe ein gewaltiges Licht, bei dem es sich durchaus um Ummon handeln könnte, das gerade vernichtet wird. Der alte Meister, so er es denn tatsächlich ist, zitiert im Sterben keine Koans, schreit aber so aufrichtig vor Schmerzen wie jedes vernunftbegabte Wesen, das gerade dem Scheiterhaufen übergeben wird.

Ich eile weiter.

Die Farcasterverbindung nach Hyperion ist bestenfalls unzureichend: ein einziges militärisches Farcasterportal und ein vereinzeltes beschädigtes SprungSchiff in einem schrumpfenden Schutzkordon kriegsgebeutelter Hegemonieschiffe. Die Sperrsphäre der Singularität kann nur noch Minuten vor den Angriffen der Ousters geschützt werden. Das Schlachtschiff der Hegemonie, das den Todesstrahler an Bord trägt, bereitet sich auf das Übersetzen ins System vor, während ich durchkomme und mich in der begrenzten Datensphäre orientiere, die eine Beobachtung ermöglicht. Ich verweile und verfolge, was als nächstes passiert.

»Herrgott«, sagte Melio Arundez, »Meina Gladstone meldet sich über einen Spruch Priorität Eins.«

Theo Lane trat neben ihn und verfolgte mit ihm, wie die Prioritätsdaten die Luft über der Holonische milchig machten. Der Konsul kam die Metallwendeltreppe vom Schlafgemach herunter, wohin er sich zum Nachdenken zurückgezogen hatte. »Noch eine Nachricht von TC^2?« fragte er.

»Nicht speziell für uns«, sagte Theo, der die roten Codes las, die sich bildeten und wieder verschwanden. »Eine Prioritätsfatlinesendung an alle, überall.«

Arundez ließ sich auf die Polster der Nische sinken. »Etwas stimmt ganz und gar nicht. Hat die Präsidentin schon einmal über das ganze Breitband gesendet?«

»Nie«, sagte Theo Lane. »Die Energie, die aufgebracht werden muß, so einen Spruch auch nur zu codieren, ist unvorstellbar.«

Der Konsul kam näher und deutete auf die Codes, die nun verblaßten. »Und nicht einmal eine Aufzeichnung. Seht, es handelt sich um eine Echtzeitübertragung.«

Theo schüttelte den Kopf. »Wir sprechen hier von Sendeenergie in der Größenordnung von mehreren hundert Millionen Gigaelektronenvolt.«

Arundez pfiff durch die Zähne. »Selbst mit hundert Millionen GeV sollte es schon wichtig sein.«

»Totale Kapitulation«, sagte Theo. »Das ist das einzige, was eine universelle Echtzeitübertragung rechtfertigen würde. Gladstone schickt sie an die Ousters, die Welten im Outback, die besetzten Planeten und das Netz. Sie muß auch über alle Kommfrequenzen, HTV und Datensphärenkanäle gesendet werden. Es muß die Kapitulation sein.«

»Halt den Mund«, sagte der Konsul. Er hatte getrunken.

Der Konsul hatte gleich nach seiner Rückkehr vom Tribunal zu trinken angefangen, und seine Laune, die schon mies gewesen war, als Theo und Arundez ihm auf den Rücken geklopft und ihn zu seinem Überleben beglückwünscht hatten, war nach der Starterlaubnis durch den Schwarm nicht besser geworden; ebenso wenig in den zwei Stunden, die er allein mit Trinken verbrachte, während sie Richtung Hyperion beschleunigten.

»Meina Gladstone wird nicht kapitulieren«, sagte der Konsul. »Wartet nur ab.«

An Bord des Schlachtschiffs *HS Stephen Hawking*, dem dreiundzwanzigsten Raumschiff der Hegemonie, das den Namen des verehrten klassischen Wissenschaftlers trug, sah General Arthur Morpurgo von der C^3-Konsole auf und brachte seine beiden Brückenoffiziere zum Schweigen. Normalerweise verfügte ein Schiff dieser Klasse über eine fünfundsiebzigköpfige Besatzung. Da der Todesstrahl des Core im Waffenhangar geladen und scharf gemacht worden war, bestand die gesamte Besatzung lediglich aus Morpurgo und vier Freiwilligen. Displays und diskrete Computerstimmen verrieten ihnen, daß die *Stephen Hawking* selbstverständlich im Zeitplan war und konstant auf Fast-Quantengeschwindigkeiten beschleunigte, während sie sich dem militärischen Farcasterportal am LaGrange-Punkt zwischen Madhya und dessen übergroßem Mond näherte. Das Portal von Madhya führte direkt zum mit allen Mitteln verteidigenden Farcaster im Raum um Hyperion.

»Eine Minute achtzehn Sekunden bis zum Transferpunkt«, sagte Brückenoffizier Salumun Morpurgo. Der Sohn des Generals.

Morpurgo nickte und aktivierte die In-System-Breitbandübertragung. Die Monitore der Brücke waren mit den Daten der Mission überfrachtet, daher duldete der General für die Übertragung der Präsidentin lediglich Audioübermittlung. Er mußte unwillkürlich lächeln. Was würde Meina sagen, wenn sie wüßte, daß er Kapitän der *Stephen Hawking* war? Es war besser, daß sie es nicht wußte. Ihm blieb nichts anderes übrig. Er zog es vor, die Folgen seiner präzisen, persönlich überreichten Befehle der vergangenen zwei Stunden nicht mehr zu erleben.

Morpurgo betrachtete seinen ältesten Sohn so stolz, daß es fast schmerzte. Die Anzahl der Schlachtschiffbesatzungen, denen er die Mission hatte anvertrauen können, war begrenzt, und sein Sohn hatte sich als erster freiwillig gemeldet. Der Enthusiasmus der Familie Morpurgo hätte, wenn schon nichts anderes, den Argwohn des Core erregen können.

»Meine Mitbürger«, sagte Gladstone, »dies ist meine letzte Ansprache an Sie als Regierungschefin.

Wie Sie wissen, wurde der schreckliche Krieg, der bereits drei unserer Welten verwüstet hat und in Kürze eine vierte verwüsten wird, uns als Invasion der Ouster-Schwärme gemeldet.

Das ist eine Lüge.«

Interferenzen rauschten auf den Kommkanälen, die daraufhin erloschen. »Auf Fatline gehen«, sagte General Morpurgo.

»Eine Minute drei Sekunden bis Transferpunkt«, warf sein Sohn ein.

Gladstones Stimme ertönte wieder, aber jetzt gefiltert und leicht gedämpft durch Fatlinecodierung und Decodierung. »... die Erkenntnis, daß unsere Vorfahren — und wir selbst —

einen Faustschen Pakt mit einer Macht geschlossen hatten, der nichts am Schicksal der Menschheit gelegen war.

Der *Core* steckt hinter der Invasion.

Der *Core* ist verantwortlich für unser langes, bequemes dunkles Zeitalter der Seele.

Der *Core* ist verantwortlich für die derzeitigen Versuche, die Menschheit zu vernichten, uns aus dem Universum zu eliminieren und durch eine selbstgeschaffene Gott-Maschine zu ersetzen.«

Brückenoffizier Salumun Morpurgo nahm keinen Blick von seinen Instrumenten. »Achtunddreißig Sekunden bis Transferpunkt.«

Morpurgo nickte. Die Gesichter der beiden anderen Besatzungsmitglieder auf der C^3-Brücke waren schweißnaß. Der General stellte fest, daß auch sein Gesicht naß war.

»... haben bewiesen, daß der Core seinen Sitz ... schon immer ... in den dunklen Weiten zwischen den Facasterportalen hat. Sie halten sich für unsere Herren. So lange das Netz existiert, so lange unsere geliebte Hegemonie mit Farcastern verbunden ist, werden sie unsere Herren sein.«

Morpurgo sah auf sein Missionschronometer. *Achtundzwanzig Sekunden*. Der Transfer ins Hyperion-System würde — für menschliche Sinne — augenblicklich erfolgen. Morpurgo war überzeugt, daß der Todesstrahler des Core irgendwie programmiert war, daß er detonieren würde, sobald sie sich im Raum um Hyperion befanden. Die Schockwelle des Todes würde den Planeten Hyperion in nicht einmal zwei Sekunden erreichen und selbst die entferntesten Elemente des Schwarms der Ousters innerhalb von zehn Minuten überrollen.

»Daher«, sagte Meina Gladstone, deren Stimme zum ersten Mal eine Gefühlsregung erkennen ließ, »habe ich als Präsidentin des Senats der Hegemonie der Menschheit angeordnet, daß Elemente von FORCE:Weltraum sämtliche Singularitätssphären und bekannte Farcastereinrichtungen vernichten.

Diese Vernichtung — dieses *Ausbrennen* — findet in zehn Sekunden statt.

Gott schütze die Hegemonie.

Gott vergebe uns allen.«

Brückenoffizier Salumun Morpurgo sagte gelassen:

»Fünf Sekunden bis Transfer, Vater.«

Morpurgo sah durch die Brücke seinem Sohn in die Augen. Projektionen hinter dem jungen Mann zeigten das Portal, das wuchs, wuchs, sie umhüllte.

»Ich habe dich sehr lieb«, sagte der General.

Zweihundertsechsunddreißig Singularitätssphären, die mehr als zweiundsiebzig Millionen Farcasterportale miteinander verbanden, wurden innerhalb von zwei Punkt sechs Sekunden nacheinander vernichtet. Flotteneinheiten von FORCE, die Morpurgo unter höchster Geheimhaltung in Stellung beordert hatte und die auf Befehle handelten, die erst drei Minuten vorher geöffnet wurden, reagierten prompt und professionell und vernichteten die empfindlichen Farcastersphären mit Geschossen, Lasern und Plasmaexplosivstoffen.

Drei Sekunden später, als die Trümmerwolken sich ausbreiteten, waren Hunderte Schiffe von FORCE gestrandet und voneinander und anderen Systemen durch Wochen und Monate via Hawking-Antrieb und jahrelange Zeitschuld getrennt.

Tausende Menschen wurden im Farcastertransit erwischt. Viele starben auf der Stelle, wurden verstümmelt oder entzwei gerissen. Weiteren wurden Gliedmaßen amputiert, wenn Portale vor oder hinter ihnen zusammenbrachen.

Das war das Schicksal der *HS Stephen Hawking* — genau wie geplant —, als Eingangs- und Ausgangsportal auf den Sekundenbruchteil genau beim Transfer des Schiffes vernichtet wurden. Kein Teil des Schlachtschiffs überlebte im echten Raum. Spätere Tests bewiesen eindeutig, daß der sogenannte Todesstrahl in dem, was in der seltsamen Core-Geographie zwischen den Portalen als Raum und Zeit galt, zur Zündung kam.

Die Auswirkungen erfuhr man nie.

Die Auswirkungen auf den Rest des Netzes und seine Bewohner dagegen waren sofort ersichtlich.

Nach mehreren Jahrhunderten seiner Existenz und mindestens vier Jahrhunderten, in denen kaum ein Bürger ohne sie ausgekommen war, hörte die Datensphäre — einschließlich des All-Wesens und sämtlicher Komzugangsfrequenzen —

einfach auf zu existieren. Hunderttausende Bürger verloren in diesem Augenblick den Verstand — der Verlust von Sinnen, die wichtiger für sie geworden waren als Sehen oder Hören, führte zu einem katatonischen Schock.

Weitere Hunderte oder Tausende von Dateiebenenoperatoren, einschließlich der sogenannten Cyberpukes und Console-Cowboys verschwanden, weil ihre Analogpersönlichkeiten entweder im Zusammenbruch der Datensphäre untergingen oder ihre Gehirne durch Überladung der Kortikalstecker ausbrannten oder sie einem Effekt zum Opfer fielen, der später als Zero-Zero-Rückkopplung bezeichnet wurde.

Millionen Menschen starben, als ihre selbstgewählten Wohnsitze, nur durch Farcaster zu erreichen, zu isolierten tödlichen Fallen wurden.

Der Bischof der Kirche der Letzten Buße — der Führer des Shrike-Kults — hatte sorgfältig Vorkehrungen getroffen, die Letzten Tage in aller Bequemlichkeit im Innern eines ausgehöhlten Berges auszusitzen, der sich luxuriös möbliert tief in der Raven Range der nördlichen Ausläufer von Nevermore befand. Weitverzweigte Farcaster bildeten die einzigen Ein- und Ausgänge. Der Bischof verschied zusammen mit einigen Tausend seiner Altardiener, Exorzisten, Schriftgelehrten und Gehilfen, die an den Wänden des Inneren Heiligtums kratzten, damit sie die letzte Atemluft mit Seiner Heiligkeit teilen konnten.

Die millionenschwere Verlegerin Tyrena Wingreen-Feif, siebenundneunzig Standardjahre alt und dank Poulsen-Behandlungen und Kryonik seit dreihundert Jahren auf der Bildfläche, beging den Fehler, den schicksalhaften Tag in ihrem nur per Farcaster erreichbaren Büro im vierhundertfünfunddreißigsten Stock des Transline Spire im Stadtteil Babel von Tau Ceti Centers City Fünf zu verbringen. Nachdem sie sich fünfzehn Stunden lang störrisch geweigert hatte zu glauben, daß der Farcasterservice nicht innerhalb weniger Stunden wieder aktiviert werden würde, fügte sich Tyrena Komrufanfragen ihrer Angestellten und desaktivierte die Sperrfeldwände, damit sie mit einem EMV abgeholt werden konnte.

Tyrena hatte die Anweisungen nicht gründlich genug angehört. Die explosionsartige Dekompression wehte sie vom vierhundertundfünfunddreißigsten Stock wie einen Korken aus einer geschüttelten Champagnerflasche. Angestellte und Mitglieder des Rettungstrupps im wartenden EMV schworen, daß die alte Dame den ganzen vierminütigen Absturz lang fluchte, was das Zeug hergab.

Auf den meisten Welten bekam das Wort Chaos eine neue Bedeutung.

Der größte Teil der Wirtschaft des Netzes brach mit den lokalen Datensphären und der Megasphäre des Netzes zusammen. Billionen sauer verdienten und unrechtmäßig erworbenen Geldes verschwanden einfach. Universalkarten funktionierten nicht mehr. Die Maschinerie des täglichen Lebens stotterte, heulte und setzte aus. Wochen, Monate oder Jahre, je nach Welt, würde es unmöglich sein, für Lebensmittel zu bezahlen, in öffentlichen Verkehrsmitteln zu fahren, Schulden zu begleichen oder Dienstleistungen zu empfangen, wenn man keinen Zugriff auf Schwarzmarktmünzen und Banknoten hatte.

Aber die netzweite Depression, die zugeschlagen hatte wie ein Tsunami, war eine unbedeutende Einzelheit, die man für spätere Untersuchungen zurückstellen konnte. Für die meisten Familien waren die Folgen unmittelbar und zutiefst persönlich.

Vater und Mutter waren wie gewöhnlich von, sagen wir Deneb Vier nach Renaissance V zur Arbeit ge'castet, aber statt an diesem Abend eine Stunde später nach Hause zu kommen, wurden sie elf Jahre lang aufgehalten — wenn sie einen schnellen Transit auf einem der wenigen Spin-Schiffe mit Hawking-Antrieb bekommen konnten, die noch nach alter Väter Sitte zwischen den Sternen reisten.

Wohlhabende Familienmitglieder, die Gladstones Ansprache in ihren modischen Multiweltappartements hörten, blickten auf und betrachteten sich, nur wenige Meter durch offene Portale voneinander zwischen den Zimmern getrennt, blinzelten und waren mit einem Mal Lichtjahre und echte Jahre auseinander, und ihre Zimmer öffneten sich ins Nichts.

Kinder, die ein paar Minuten entfernt in der Schule oder im Ferienlager oder beim Spielen oder in der Obhut des Babysitters waren, würden erwachsen sein, ehe sie ihre Eltern wiedersahen.

Der Große Rundgang, der aufgrund der Kriegswirren ohnehin schon leicht verkürzt war, zerstob ins Nichts, die endlose Kette schicker Boutiquen und Luxusrestaurants wurde in separate Glieder zerschnitten, die nie mehr vereinigt werden sollten.

Der Fluß Thetys hörte auf zu fließen, als die gigantischen Portale milchig wurden und erloschen. Wasser versickerte, trocknete aus und hinterließ verfaulende Fische unter zweihundert Sonnen.

Es kam zu Aufständen. Lusus zerriß sich innerlich wie ein Wolf, der seine eigenen Eingeweide frißt. Neu Mekka wurde zu einem Hort von Märtyrern. Auf Tsingtao-Hsishuang Panna feierte man die Rettung vor den Horden der Ousters und hängte anschließend mehrere tausend Bürokraten der einstigen Hegemonie auf.

Auch auf Maui-Covenant kam es zu einem Aufstand, aber mit Feierlichkeiten: die Hunderttausende Nachfahren der Ersten Familien zogen mit schwimmenden Inseln los, um sich die Fremdweltler vom Hals zu schaffen, die soviel von der Welt übernommen hatten. Später wurden die Millionen geschockten und gestrandeten Inhaber von Ferienhäusern dazu verpflichtet, die Tausende von Ölbohrtürmen und die Touristenzentren abzubauen, die den Äquatorialarchipel durchzogen wie Pockennarben.

Auf Renaissance Vector kam es zu einem kurzen Ausbruch von Gewalt, gefolgt von einer zielstrebigen gesellschaftlichen Neuordnung und ernsten Bemühungen, eine Großstadtwelt ohne Farmen zu ernähren.

Auf Nordholm wurden die Städte verlassen, die Menschen kehrten zu den Küsten und kalten Meeren und Fischerbooten ihrer Vorfahren zurück.

Auf Parvati herrschten Chaos und Bürgerkrieg.

Auf Sol Draconi Septem kam es zu Freudenfeiern und einer Revolution, gefolgt von einem erneuten Ausbrechen der Retroviruspest.

Auf Fuji herrschte philosophische Resignation, gefolgt vom baldigen Aufbau orbitaler Schiffswerften, um eine Flotte Schiffe mit Hawking-Antrieb zu bauen.

Auf Asquith schob man sich gegenseitig die Schuld in die

Schuhe, bis die Sozialistische Arbeiterpartei siegreich ins Weltparlament einzog.

Auf Pacem betete man. Der neue Papst, Seine Heiligkeit Teilhard I., berief das große Konzil ein — Vatikan XXXIX —, verkündete eine neue Ära im Leben der Kirche und erteilte dem Konzil Befugnis, Missionare für lange Reisen vorzubereiten. Viele Missionare. Für viele Reisen. Papst Teilhard verkündete, diese Missionare würden nicht Bekehrer sein, sondern Suchende. Die Kirche, die wie viele Gattungen daran gewöhnt war, am Rande des Aussterbens zu leben, paßte sich an und überdauerte.

Auf Tempe kam es zu Aufständen und Massenmorden und dem Aufstieg von Demagogen.

Auf dem Mars blieb die Kommandozentrale Olympus eine Zeitlang via Fatline mit ihren verstreuten Streitkräften in Verbindung. Olympus bestätigte auch, daß die »Invasionswellen der Ousters« allerorten mit Ausnahme von Hyperion zum Stillstand gekommen waren. Aufgebrachte Schiffe des Core waren verlassen und unprogrammiert. Die Invasion war vorbei.

Auf Metaxas kam es zu Aufständen und Repressalien.

Auf Qom-Riyadh tauchte ein selbsternannter fundamentalistischer shiitischer Ayatollah aus der Wüste auf, scharte hunderttausend Anhänger um sich und stürzte die sunitische Heimatregierung binnen Stunden. Die neue Revolutionsregierung gab den Mullahs die Macht wieder und drehte die Uhr zweitausend Jahre zurück. Das Volk tobte vor Jubel.

Auf Armaghast, einer Grenzwelt, blieb alles weitgehend beim alten, davon abgesehen, daß Touristen, Archäologen und andere importierte Luxusgüter ausblieben. Armaghast war eine Labyrinthwelt. Das Labyrinth blieb leer.

Auf Hebron kam es zur Panik im Fremdweltlerzentrum Neu Jerusalem, aber die zionistischen Ältesten stellten die Ordnung auf Stadt und Welt bald wieder her. Krisenpläne wurden entwickelt. Seltene notwendige Güter von anderen Welten wurden rationiert und geteilt. Die Wüste wurde urbar gemacht. Farmen wurden vergrößert. Bäume wurden gepflanzt. Die Menschen beschwerten sich untereinander, dankten Gott für die Rettung, haderten mit Gott wegen der Unannehmlichkeiten eben jener Rettung und gingen ihren Angelegenheiten nach.

Auf God's Grove brannten noch ganze Kontinente, und Rauchwolken verdunkelten den Himmel. Kurz nachdem die letzten Einheiten des »Schwarms« vorbeigezogen waren, stiegen Dutzende Baumschiffe, die von Erg-erzeugten Sperrfeldern geschützt wurden, mit Fusionsschubdüsen durch die Wolkendecke himmelwärts. Nachdem sie die Schwerkraft überwunden hatten, wandten sich diese Baumschiffe in eine Myriade Richtungen entlang der galaktischen Ekliptik und begannen den langen Spin-up zum Quantensprung. Fatlineprüche wurden zu fernen, wartenden Schwärmen übermittelt. Die Wiederaufforstung hatte begonnen.

Auf Tau Ceti Center, dem Sitz von Macht und Wohlstand und Wirtschaft und Regierung verließen die hungrigen Überlebenden die gefährlichen Türme und nutzlosen Städte und hilflosen Orbitalbehausungen und machten sich auf die Suche nach einem Sündenbock. Jemanden, den sie bestrafen konnten.

Sie mußten nicht lange suchen.

General Van Zeidt war im Regierungsgebäude, als die Portale zusammenbrachen, und er war nur noch Befehlshaber der zweihundert Marines und achtundsechzig Wachmänner, die zur Bewachung des Komplexes abgestellt waren. Die einstige Präsidentin Meina Gladstone befehligte noch die sechs Prätorianer, die Kolchew ihr gelassen hatte, als er und andere hohe Senatoren mit dem ersten und letzten Evakuierungslandungsboot aufgebrochen waren, das durchkam. Irgendwie waren dem Mob Weltraumabwehrraketen und Laserlanzen in die Hände gefallen, und keiner der anderen dreitausend Angestellten und Flüchtlinge im Regierungshaus konnte hinaus, ehe die Belagerung aufgehoben wurde oder die Sperrfelder versagten.

Gladstone stand am vordersten Beobachtungsposten und beobachtete die Tumulte. Die aufgebrachte Menge hatte den größten Teil des Deer Park und der Gärten verwüstet, ehe die letzten Begrenzungen und Sperrfelder ihn aufgehalten hatten. Mindestens drei Millionen erboste Bürger drängten nun gegen diese Barrieren, und der Mob wurde jeden Augenblick größer.

»Können Sie die Sperrfelder desaktivieren und fünfzig Meter weiter hinten wieder aufbauen, bevor der Mob diese Strecke zurückgelegt hat?« fragte Gladstone den General. Rauch von brennenden Städten im Westen stieg zum Himmel empor. Tausende Männer und Frauen wa.en durch den Druck der nachströmenden Massen an den flimmernden Sperrfeldern zerquetscht worden, so daß die unteren zwei Meter des Energieschirms aussahen wie mit Erdbeermarmelade bestrichen. Zehntausende drängten weiter gegen die innere Abschirmung, obwohl ihnen die Abwehrfelder Schmerzen an Nerven und Knochen verursachen mußten.

»Das können wir, M. Präsidentin«, sagte Van Zeidt. »Aber weshalb?«

»Ich werde mit ihnen reden«, sagte Gladstone erschöpft.

Der Marine sah sie an und war überzeugt, daß sie einen schlechten Scherz machte. »M. Präsidentin, in einem Monat werden sie Ihnen vielleicht bereitwillig zuhören ... jedem von uns ... oder Radio oder HTV. In einem Jahr, vielleicht in zweien, wenn die Ordnung wieder hergestellt ist und die Rationierungen erfolgreich waren, sind sie möglicherweise bereit zu verzeihen. Aber es wird eine Generation dauern, bis sie wirklich begreifen, was Sie getan haben ... daß Sie sie gerettet haben ... uns alle gerettet haben.«

»Ich will mit ihnen reden«, sagte Meina Gladstone. »Ich muß ihnen etwas geben.«

Van Zeidt schüttelte den Kopf und sah in die Runde der FORCE-Offiziere, die den Mob durch Schlitze im Bunker beobachtet hatten und nun Gladstone mit dem gleichen Maß an Fassungslosigkeit und Entsetzen ansahen.

»Ich muß bei Präsident Kolchew nachfragen«, sagte Van Zeidt.

»Nein«, sagte Meina Gladstone müde. »Er regiert ein Reich, das nicht mehr existiert. Ich regiere immer noch die Welt, die ich zerstört habe.« Sie nickte ihren Prätorianern zu, die Todesstrahler aus den orange und schwarz gestreiften Uniformen zogen.

Keiner der Offiziere von FORCE machte eine Bewegung. General Van Zeidt sagte: »Meina, das nächste Evakuierungsschiff wird es schaffen.«

Gladstone nickte geistesabwesend. »Der innere Garten, denke ich. Der Mob wird ein paar Augenblicke ratlos sein. Wenn wir die äußeren Felder entfernen, wird das die Leute verwirren.« Sie sah sich um, als könnte sie etwas vergessen haben, dann streckte sie Van Zeidt die Hand hin. »Leben Sie wohl, Mark. Danke. Bitte kümmern Sie sich um meine Leute.«

Van Zeidt schüttelte ihr die Hand und beobachtete, wie die Frau ihren Schal zurechtrückte, zerstreut das Kommlogarmband berührte, als könnte es ihr Glück bringen, und mit vier ihrer Prätorianer den Bunker verließ. Die kleine Gruppe durchquerte die niedergetrampelten Gärten und schritt langsam auf das Sperrfeld zu. Der Mob dahinter schien wie ein einziger hirnloser Organismus zu reagieren, drängte gegen das Sperrfeld und schrie mit der Stimme eines tobsüchtigen Wesens auf.

Gladstone drehte sich um, hob die Hand, als wollte sie winken, und scheuchte ihre Prätorianer zurück. Die vier Gardisten eilten über das zertretene Gras.

»Los!« sagte der älteste der vier verbliebenen Prätorianer. Er deutete auf die Fernbedienung der Sperrfelder.

»Von wegen«, sagte General Van Zeidt unmißverständlich. So lange er lebte, würde niemand in die Nähe der Fernbedienung kommen.

Van Zeidt hatte jedoch vergessen, daß Gladstone immer noch Zugang zu Codes und taktischen Richtstrahlverbindungen hatte. Er sah, wie sie ihr Kommlog hob, reagierte aber zu langsam. Lichter an der Fernbedienung leuchteten rot und grün, die äußeren Felder erloschen und bildeten sich fünfzig Meter weiter innen neu, und einen Augenblick lang stand Meina Gladstone allein und hatte nichts zwischen sich und dem nach Millionen zählenden Mob als wenige Meter Gras und zahllose Leichen, die nach dem Zusammenbruch der Sperrfelder plötzlich wieder der Schwerkraft unterworfen waren.

Gladstone hob beide Arme, als wolle sie den Mob umarmen. Schweigen und Reglosigkeit dauerten drei endlose Sekunden an, dann brüllte der Mob mit der Stimme eines einzigen großen Raubtiers, worauf Tausende mit Stöcken und Steinen und Messern und zerbrochenen Flaschen vorwärts stürmten.

Einen Augenblick lang hatte Van Zeidt den Eindruck, als stünde Gladstone wie ein unerschütterlicher Fels in der Brandung des Pöbels; er sah ihr dunkles Kleid und den roten Schal, sah sie aufrecht stehen, die Arme erhoben, aber dann stürmten weitere Hundertschaften heran, die Menge schloß sich um sie, und die Präsidentin war verschwunden.

Die Prätorianer senkten die Waffen und wurden augenblicklich von den Posten der Marines unter Arrest gestellt.

»Undurchsichtige Sperrfelder!« befahl Van Zeidt. »Befehlen Sie den Landungsbooten, in fünfminütigen Intervallen im inneren Garten zu landen! *Beeilung!*«

Der General wandte sich ab.

»Großer Gott«, sagte Theo Lane, als immer mehr bruchstückhafte Meldungen über Fatline hereinkamen. Es wurden so viele Sendungen im Millisekundenbereich übertragen, daß der Computer sie kaum auseinanderdividieren konnte. Die Folge war ein Durcheinander des Wahnsinns.

»Spiel die Vernichtung der Singularitätssperrsphäre noch einmal ab«, sagte der Konsul.

»Ja, Sir«, antwortete das Schiff und unterbrach die Fatlinesendungen, um die plötzliche weiße Explosion abzuspielen, der ein kurzes Erblühen von Trümmern folgte, die in sich zusammenstürzten, als die Singularität sich selbst und alles in einem Radius von sechstausend Klicks verschlang. Instrumente zeigten die Auswirkungen von Gravitationswellen an: in dieser Entfernung waren sie kaum zu spüren, wohl aber auf den Schiffen der Hegemonie und der Ousters, die sich näher bei Hyperion immer noch bekämpften; dort richteten sie Verheerungen an.

»Gut«, sagte der Konsul, worauf die Sturzflut der Fatlineübertragungen wieder einsetzte.

»Kein Zweifel?« fragte Arundez.

»Keiner«, sagte der Konsul. »Hyperion ist wieder eine Welt im Outback. Nur gibt es jetzt kein Netz mehr, zu dem es ein Outback geben könnte.«

»Es ist so schwer zu glauben«, sagte Theo Lane. Der ehemalige Generalgouverneur trank Scotch: das erste Mal, daß der Konsul sah, wie sein Ex-Attaché einer Droge frönte. Theo schenkte sich noch vier Finger breit ein. »Das Netz ... existiert nicht mehr. Fünfhundert Jahre Expansion ausgelöscht.«

»Nicht ausgelöscht«, sagte der Konsul. Er stellte sein noch volles Glas auf den Tisch. »Die Welten bleiben. Die Kulturen werden sich verschieden entwickeln, aber wir haben immer noch den Hawking-Antrieb. Die einzige technische Errungenschaft, die wir uns selbst erarbeitet und nicht vom Core geleast haben.«

Melio Arundez beugte sich vor und preßte die Hände zusammen, als würde er beten. »Kann der Core tatsächlich dahin sein? Vernichtet?«

Der Konsul lauschte einen Moment lang dem Durcheinander der Stimmen, Rufe, Anfragen und Hilferufe, die nur über die Audiobänder der Fatline hereinkamen. »Vielleicht nicht vernichtet«, sagte er, »aber abgeschnitten, unerreichbar abgeschieden.«

Theo trank sein Glas leer und stellte es vorsichtig ab. Seine grünen Augen sahen verschwommen und glasig drein. »Glaubst du ... es gibt andere Spinnennetze für sie? Andere Farcastersysteme? Ersatz-Cores?«

Der Konsul machte eine Handbewegung. »Wir wissen, sie haben ihre Höchste Intelligenz erschaffen. Vielleicht hat diese HI das ... die Abtrennung des Core zugelassen. Vielleicht hält sie ein paar der alten KIs parat — mit reduzierter Kapazität —, so wie sie ein paar Milliarden Menschen in Reserve halten wollten.«

Plötzlich verstummte das Murmeln der Fatline wie mit dem Messer abgeschnitten.

»Schiff?« fragte der Konsul, der einen Energieausfall irgendwo im Empfänger vermutete.

»Sämtliche Fatlineübertragungen haben aufgehört, die meisten mitten in der Sendung«, sagte das Schiff.

Der Konsul spürte sein Herz klopfen und dachte: *Der Todesstrahl*. Aber nein, wurde ihm sofort klar, der konnte nicht sämtliche Welten auf einmal treffen. Selbst wenn Hunderte der Waffen gleichzeitig detoniert wären, würde es zu einer Zeitkluft kommen, wenn FORCE-Schiffe und andere weit verstreute Sender ihre letzten Botschaften aufgaben. Aber was dann?

»Die Nachrichten scheinen durch eine Störung im Übertragungsmedium abgeschnitten worden zu sein«, sagte das

Schiff. »Was nach meinem derzeitigen Wissen völlig unmöglich ist.«

Der Konsul stand auf. *Eine Störung im Übertragungsmedium?* Das Fatlinemedium war, soweit die Menschen das begriffen, die Planck-unendliche Hyperstring-Topographie der Raum/Zeit selbst: was die KIs geheimnisvoll als die ›Bindende Leere‹ bezeichnet hatten. Es konnte keine Störung in diesem Medium geben.

Plötzlich sagte das Schiff: »Es kommt eine Fatlinebotschaft herein ... Ursprung der Nachricht: überall; Reichweite: unendlich; Spruchart: Echtzeit.«

Der Konsul wollte gerade den Mund aufmachen und dem Schiff sagen, es solle aufhören, Unsinn zu verzapfen, als die Luft über der Holonische milchig wurde, etwas erschien, das weder Bild noch Datenkolonne war, und eine Stimme sagte:

»ES WIRD KEIN WEITERER MISSBRAUCH DIESES KANALS GEDULDET. IHR STÖRT ANDERE, DIE IHN FÜR ERNSTE BELANGE EINSETZEN. ZUGANG WIRD WIEDER GENEHMIGT, WENN IHR BEGRIFFEN HABT, WORUM ES SICH HANDELT. LEBT WOHL.«

Die drei Männer saßen in einem Schweigen da, welches lediglich vom beruhigenden Rauschen des Ventilators und den Myriaden leisen Geräuschen eines reisenden Schiffs unterbrochen wurde. Schließlich sagte der Konsul: »Schiff, bitte gib einen Standard-Fatline-Zeitbestimmungsspruch auf. Mit dem Zusatz: ›Empfangende Stationen antworten‹.«

Es folgte eine sekundenlange Pause — eine unmöglich lange Zeitspanne für den Computer vom KI-Kaliber, über den das Schiff verfügte. »Tut mir leid, das ist nicht möglich«, sagte es schließlich.

»Warum nicht?« wollte der Konsul wissen.

»Fatlinesendungen werden nicht mehr ... gestattet. Das Hyperstring-Medium ist nicht mehr für Modulation empfänglich.«

»Es ist nichts auf der Fatline?« fragte Theo und betrachtete den leeren Raum über der Holonische, als hätte jemand ein Holo abgeschaltet, als gerade der interessante Teil anfing.

Wieder machte das Schiff eine Pause. »In praktischer Hinsicht, M. Lane«, sagte es, »gibt es keine Fatline mehr.«

»Herrgott noch mal«, murmelte der Konsul. Er stürzte seinen Drink mit einem einzigen großen Schluck hinunter und holte sich an der Bar einen neuen. »Das ist der alte chinesische Fluch«, murmelte er.

Melio Arundez sah auf. »Bitte?«

Der Konsul trank einen käftigen Schluck. »Alter chinesischer Fluch«, sagte er. »Mögest du in interessanten Zeiten leben.«

Als wollte es den Verlust der Fatline kompensieren, spielte das Schiff den Funkverkehr innerhalb des Systems und Richtstrahlmeldungen ab, während es ein Echtzeitpanorama der blauweißen Kugel von Hyperion zeigte, der sich drehte und langsam größer wurde, da sie mit zweihundert Ge im Bremsmanöver darauf zurasten.

45

Ich entkomme der Datensphäre des Netzes kurz bevor kein Entkommen mehr möglich ist.

Unglaublich und etwas beunruhigend ist der Anblick der Megasphäre, die sich selbst verschlingt. Brawne Lamias Ansicht der Megasphäre als organisches Ding, als halb vernunftbegabter Organismus, der mehr Ähnlichkeit mit einer Ökologie als mit einer Stadt aufweist, war essentiell korrekt. Als die Farcasterverbindungen aufhören zu existieren und die Welt im *Innern* dieser Straßen zusammenklappt und zerbricht, während die externe Datensphäre gleichzeitig einstürzt wie ein brennendes Zelt, das plötzlich ohne Pfosten, Drähte, Heringe oder Pflöcke dasteht, verschlingt sich die lebende Megasphäre selbst wie ein gefräßiges Raubtier, das den Verstand verloren hat — das seinen eigenen Schwanz verschlingt, den Bauch, Eingeweide, Vorderpfoten und Herz —, bis nur noch die hirnlosen Kiefer übrig sind, die ins Leere schnappen.

Die Metasphäre bleibt. Aber die ist jetzt mehr denn je Wildnis.

Schwarze Wälder unbekannter Zeit, unbekannten Raums.

Geräusche in der Nacht.

Löwen.

Und Tiger.

Und Bären.

Als die Bindende Leere sich aufbäumt und ihre einzige, banale Botschaft ins Universum der Menschen schickt, ist das so, als hätte ein Erdbeben Wellen durch soliden Fels gejagt. Ich eile durch die veränderliche Metasphäre über Hyperion und muß lächeln. Es ist, als wäre das Gott-Analogon der Ameisen überdrüssig, die Graffiti auf Seinen großen Zeh kritzeln.

Ich sehe Gott — keinen der beiden — nicht in der Metasphäre. Ich versuche es auch nicht. Ich habe genügend Probleme.

Die schwarzen Wirbel der Zugänge zu Netz und Core sind verschwunden und aus Raum und Zeit getilgt wie ausgebrannte Warzen, so vollkommen verschwunden wie Strudel im Wasser, wenn der Sturm vorbei ist.

Ich sitze hier fest, wenn ich mich nicht in die Metasphäre wagen will.

Und das will ich nicht. Noch nicht.

Ich möchte hier sein. Hier, im Hyperion-System, ist die Datensphäre fast völlig verschwunden, die erbärmlichen Überreste auf dem Planeten selbst und in den Resten der Flotte von FORCE trocknen aus wie Pfützen in der Sonne, aber die Zeitgräber glühen durch die Metasphäre wie Fanale in der zunehmenden Dunkelheit. Wenn die Farcasterverbindungen schwarze Wirbel gewesen sind, dann sind die Zeitgräber glühende weiße Löcher in expandierendem Licht.

Ich bewege mich auf sie zu. Bis jetzt habe ich als der Vorhergehende nichts anderes erreicht als in den Träumen anderer zu erscheinen. Es wird höchste Zeit, daß ich etwas *unternehme*.

Sol wartete.

Stunden waren vergangen, seit er sein einziges Kind dem Shrike gegeben hatte. Es war Tage her, daß er gegessen oder geschlafen hatte. Um ihn herum hatte der Sturm gewütet und nachgelassen, die Gräber hatten geglüht und gegrollt wie durchgebrannte Reaktoren, und die Gezeiten der Zeit hatten mit der Heftigkeit von Tsunamis an ihm gezerrt. Aber Sol hatte sich an den Steinstufen der Sphinx festgeklammert und während alledem gewartet. Er wartete immer noch.

Obwohl nur halb bei Bewußtsein und bedrängt von Müdigkeit und der Sorge um seine Tochter, mußte Sol feststellen, daß sein Gelehrtenverstand auf Hochtouren arbeitete.

Fast sein ganzes Leben lang und seine gesamte berufliche Laufbahn über hatte sich Sol Weintraub, der Historiker-Klassizist-Philosoph, mit der Ethik menschlichen religiösen Verhaltens beschäftigt. Religion und Ethik waren nicht immer — nicht einmal häufig — wechselseitig austauschbar. Die Forderungen von religiösem Absolutismus oder Fundamentalismus oder grassierendem Relativismus spiegelten häufig die negativsten Aspekte zeitgenössischer Kultur oder Vorurteile wider, statt ein System, in dem Mensch und Gott gleichermaßen mit einem Gefühl wahrhaftiger Gerechtigkeit leben konnten. Sols berühmtestes Buch, das den Titel *Abrahams Dilemma* bekam, als es im Taschenbuch mit Auflagen erschien, von denen er sich nie hätte träumen lassen, als er noch Bücher für akademische Verlage verfaßte, war geschrieben worden, als Rachel an Merlins Krankheit litt und befaßte sich ganz eindeutig mit Abrahams schwerer Entscheidung, Gottes Befehl, seinen Sohn zu opfern, zu befolgen oder nicht zu befolgen.

Sol hatte geschrieben, daß primitive Zeiten primitiven Gehorsam erforderlich machten, daß sich spätere Generationen zu einem Punkt entwickelten, an dem sich die Eltern selbst als Opfer anboten — wie in den dunklen Nächten der Brennöfen, die sich wie Pockennarben durch die Geschichte der Erde zogen —, und daß derzeitige Generationen jeden Befehl für ein Opfer zu mißachten hätten. Sol hatte geschrieben, welche Form Gott auch jetzt im menschlichen Denken einnahm — sei es als bloße Manifestation des Unterbewußtseins in all seinen revanchistischen Bedürfnissen oder als bewußterer Versuch, einer philosophischen und ethischen Evolution —, die Menschheit durfte nicht einfach mehr einwilligen, Opfer im Namen Gottes darzubringen. Opfer und die *Bereitwilligkeit* zu opfern hatten die Menschheitsgeschichte mit Blut geschrieben.

Und doch hatte Sol Weintraub vor Stunden, vor Ewigkeiten, sein einziges Kind einer Kreatur des Todes übergeben.

Jahrelang hatte die Stimme in seinen Träumen ihm befohlen, genau das zu tun. Jahrelang hatte sich Sol geweigert. Er hatte sich letztendlich darauf eingelassen, aber erst, als die Zeit dahin war, als jede Hoffnung dahin war, erst als ihm klar geworden war, die Stimme in seinen und Sarais Träumen war all die Jahre über nicht die Stimme Gottes gewesen, und auch nicht die einer dunklen Macht, die mit dem Shrike im Bunde stand.

Es war die Stimme ihrer Tochter gewesen.

Mit plötzlicher Klarheit, die über seine unmittelbaren Schmerzen und die Trauer hinausging, begriff Sol Weintraub auf einmal, warum Abraham bereit war, seinen Sohn Isaak zu opfern, als der Herr es ihm befohlen hatte.

Es war kein Gehorsam.

Es war nicht einmal so, daß er die Liebe zu Gott höher bewertete als die Liebe zu seinem Sohn.

Abraham stellte Gott auf die Probe.

Indem er das Opfer im letzten Augenblick ablehnte, indem er dem Messer Einhalt gebot, hatte sich Gott — in Abrahams Augen und im Herzen seines Sprößlings — das Recht erworben, der Gott Abrahams zu werden.

Sol erschauerte, als er darüber nachdachte, daß kein Posieren von seiten Abrahams, kein Vorschützen seiner Bereitschaft, den Jungen zu opfern, dazu hätte dienen können, dieses Band zwischen höherer Macht und Menschheit zu schmieden. Abraham hatte im Innersten seines Herzens wissen müssen, daß er den Jungen töten würde. Die Gottheit, welche Form sie auch damals angenommen haben mochte, mußte überzeugt von Abrahams Entschlossenheit sein, mußte die Traurigkeit und Entschlossenheit zu vernichten, was Abraham das Teuerste im Universum war, *spüren.*

Abraham mußte kein Opfer bringen, erfuhr aber ein für allemal, daß sein Gott ein Gott war, dem man vertrauen und gehorchen konnte. Kein anderer Test hätte dazu ausgereicht.

Aber warum, fragte sich Sol, als er sich an die Steinstufen der Sphinx klammerte, die sich auf dem stürmischen Meer der Zeit zu heben und senken schien, warum wurde dieser Test wiederholt? Welche schrecklichen neuen Offenbarungen warteten auf die Menschheit?

Da begriff Sol — aufgrund des wenigen, was Brawne ihm erzählt hatte, aufgrund der während der Pilgerfahrt erzählten Geschichten, aufgrund persönlicher Offenbarungen in den vergangenen paar Wochen —, daß die Bemühungen der Höchsten Intelligenz der Maschinen, was immer das auch sein mochte, die geflohene Empfindungs-Komponente der menschlichen Gottheit aus ihrem Versteck zu locken, vergeblich sein würden. Sol sah den Baum der Dornen nicht mehr auf der Felswand, die stählernen Zweige und leidenden Massen, aber er sah jetzt zweifelsfrei, daß das Ding ebenso eine organische Maschine war wie das Shrike — ein Instrument, Qual durch das Universum zu senden, damit der menschliche Gott-Teil gezwungen würde zu reagieren, sich zu zeigen.

Wenn Gott eine Evolution durchmachte, und Sol war überzeugt, das mußte auch auf Gott zutreffen, dann ging diese Evolution in Richtung Empfindung — zu einem gemeinsamen Leiden, nicht zu Macht und Herrschaft. Aber der obszöne Baum, den die Pilger gesehen hatten — dessen Opfer der unglückliche Martin Silenus geworden war —, war nicht die richtige Methode, diese verschwundene Macht zu beschwören.

Sol wurde klar, der Maschinengott, in welcher Form auch immer, war einsichtig genug zu begreifen, daß Empfindung eine Reaktion auf das Leid anderer war, aber dieselbe HI war zu dumm, um zu verstehen, daß Empfindung — in menschlichen Begriffen und in Begriffen der menschlichen HI — weit mehr als das war. Empfindung und Liebe waren untrennbar und unerklärlich. Die HI der Maschinen konnte sie nie verstehen — nicht einmal soweit, sie als Lockmittel für den Teil der menschlichen HI zu benützen, die in der fernen Zukunft der Kriegführung überdrüssig geworden war.

Liebe, das banalste aller Dinge, die klischeehafteste aller religiösen Motivationen, besaß — wie Sol jetzt wußte — mehr Macht als die starke Wechselwirkungskraft oder die schwache Wechselwirkungskraft oder der Elektromagnetismus oder die Schwerkraft. Liebe *war* diese anderen Kräfte, wurde Sol deutlich. Die Bindende Leere, die Subquantenunmöglichkeit, die Informationen von Photon zu Photon übermittelte, war nicht mehr oder weniger als Liebe.

Aber konnte Liebe — simple, banale *Liebe* — das sogenannte anthropische Prinzip erklären, über das Wissenschaftler mehr als sieben Jahrhunderte und länger immer wieder den Kopf geschüttelt hatten — die fast unendliche Kette von Zufällen, die zu einem Universum geführt hatten, das genau die richtige Anzahl von Dimensionen besaß, genau die korrekte Anzahl an Elektronen, genau die präzisen Gesetze der Schwerkraft, genau das passende Alter der Sterne, genau die richtigen primitiven Biologien, welche die perfekten Viren hervorbrachten, die zur richtigen DNS wurden — kurz gesagt, eine Serie von Zufällen, die in ihrer Präzision und *Korrektheit* so absurd waren, daß sie jeglicher Logik trotzten, sich dem Verständnis entzogen und selbst einer religiösen Interpretation nicht zugänglich waren. *Liebe?*

Sieben Jahrhunderte lang hatten die Existenz von Universellen Vereinheitlichungstheorien und Hyperstring-Post-Quantenphysik und ein vom Core entworfenes Bild des Universums als in sich geschlossen und grenzenlos, ohne Urknallsingularitäten oder korrespondierende Endpunkte die Rolle Gottes weitgehend eliminiert — sei Er nun primitiv anthropomorph oder intellektuell Post-Einsteinisch —, und zwar selbst als Aufseher oder Formulierer von Naturgesetzen von Anbeginn der Schöpfung. Das moderne Universum, wie Maschinen und Menschen es begreifen gelernt hatten, brauchte keinen Schöpfer; *duldete* nicht einmal einen Schöpfer. Seine Regeln gestatteten sehr wenig Einmischung und keine größeren Revisionen. Es hatte keinen Anfang und kein Ende, abgesehen von Zyklen der Ausdehnung und Schrumpfung, die so regelmäßig und selbstreguliert erfolgten wie die Jahreszeiten auf der Alten Erde. Da war kein Platz für Liebe.

Es schien, als hätte Abraham sich erboten, seinen Sohn zu ermorden, um ein Phantom auf die Probe zu stellen.

Es schien, als hätte Sol seine sterbende Tochter als Reaktion auf nichts durch Hunderte von Lichtjahren und zahlreiche Härten gebracht.

Aber nun, da die Sphinx über ihm aufragte und die erste Andeutung von Sonnenlicht Hyperions Himmel bleichte, wurde Sol deutlich, daß er auf eine Kraft reagiert hatte, die grundsätzlicher und überzeugender war als der Terror des Shrike, die Herrschaft des Schmerzes. Wenn er recht hatte — was er nicht wußte, aber fühlte —, dann war die Liebe ebenso sehr mit der Struktur des Universums verknüpft wie Schwerkraft und Materie/Antimaterie. Der Platz für eine Art Gott befand sich nicht im Netz zwischen den Mauern, noch in den Singularitätsritzen im Pflaster, noch irgendwo vor und jenseits der Sphäre aller Dinge — sondern in jedem Grundbaustein aller Dinge. Daß sich das Universum so entwickelte, wie es sich entwickelte. Daß gelernt wurde, wie die lernfähigen Komponenten des Universums lernten. Daß geliebt wurde, wie die Menschheit liebte.

Sol richtete sich auf die Knie auf, dann auf die Füße. Der Sturm der Zeitgezeiten schien ein wenig nachgelassen zu haben, und Sol überlegte sich, er könnte zum hundertsten Mal versuchen, Zugang zu dem Grab zu erlangen.

Immer noch strömte grelles Licht dort aus, wo das Shrike erschienen war, Sols Tochter genommen hatte und wieder verschwunden war. Aber jetzt verblaßten die Sterne und der Himmel wurde von der Dämmerung erhellt.

Sol ging die Treppe hinauf.

Er erinnerte sich an die Zeit daheim auf Barnards Welt, als Rachel — sie war zehn — versucht hatte, auf die höchste Ulme der Stadt zu klettern und fünf Meter von der Spitze entfernt abgestürzt war. Sol war ins MedZentrum geeilt und hatte sein Kind mit einem Lungenriß, einem gebrochenen Bein, gebrochenen Rippen, einer Kieferfraktur und zahllosen Schnitt- und Schürfwunden in einem Tank voll Nährlösung gefunden. Sie hatte ihm zugelächelt, einen Daumen gehoben und durch den drahtgeschienten Kiefer gesagt: »Nächstesmal schaffe ich es!«

In jener Nacht saßen Sol und Sarai im MedZentrum, während Rachel schlief. Sie warteten auf den Morgen. Sol hatte ihr die ganze Nacht die Hand gehalten.

Jetzt wartete er wieder.

Zeitgezeiten vom offenen Eingang der Sphinx hielten Sol immer noch fern wie beharrliche Winde, aber er stemmte sich dagegen wie ein unverrückbarer Fels, stand fünf Meter entfernt wartend da und blinzelte in die Helligkeit.

Er blickte auf, wich aber nicht zurück, als er den Fusionsschweif eines landenden Raumschiffs erblickte, das den Himmel vor der Dämmerung durchschnitt. Er drehte sich um und sah hin, wich aber nicht zurück, als er das Raumschiff landen und drei Gestalten herauskommen sah. Er sah sich um, wich aber nicht zurück, als er andere Geräusche hörte, Rufe weiter drinnen im Tal, und eine vertraute Gestalt erkannte, die eine zweite im Tragegriff hielt und von jenseits des Jadegrabs auf ihn zukam.

Das alles hatte nichts mit seinem Kind zu tun. Er wartete auf Rachel.

Auch ohne Datensphäre ist es meiner Persönlichkeit durchaus möglich, durch die dicke Suppe der Bindenden Leere zu reisen, die Hyperion jetzt umgibt. Meine erste Reaktion ist, daß ich den Kommenden besuchen will, aber obzwar dessen Glanz die Metasphäre beherrscht, bin ich dafür noch nicht bereit. Schließlich bin ich der kleine John Keats, nicht Johannes der Täufer.

Die Sphinx — ein Grab, das nach einer wahrhaftigen Kreatur gestaltet ist, die Genetiker erst in Jahrhunderten entwerfen werden — ist ein Mahlstrom temporaler Energien. Für meine gesteigerte Sehfähigkeit sind tatsächlich mehrere Sphinxe sichtbar: das anti-entropische Grab, das seine Fracht, das Shrike, in der Zeit rückwärts transportiert wie ein versiegelter Behälter tödliche Bazillen, die aktive, instabile Sphinx, die Rachel Weintraub bei ihren ersten Bemühungen kontaminierte, ein Portal durch die Zeit aufzutun, und die Sphinx, die sich geöffnet hat und sich wieder vorwärts durch die Zeit bewegt. Diese letzte Sphinx ist das grelle Portal des Lichts, das nur vom Kommenden übertroffen Hyperion mit seinem Freudenfeuer in der Metasphäre erhellt.

Ich komme gerade rechtzeitig zu diesem grellen Ort, daß ich sehen kann, wie Sol Weintraub dem Shrike seine Tochter gibt.

Selbst wenn ich früher eingetroffen wäre, hätte ich nicht in dieses Ereignis eingreifen können. Selbst wenn ich gekonnt hätte, hätte ich es nicht getan. Welten jenseits aller Vorstellung hängen von dieser Tat ab.

Aber ich warte in der Sphinx, bis das Shrike, das seine empfindliche Last trägt, vorbeikommt. Jetzt kann ich das Kind sehen. Rachel ist Sekunden alt, fleckig, feucht und runzlig. Sie schreit sich die neugeborenen Lungen aus dem Hals. Wegen meiner alten Junggesellengewohnheiten und dem kontemplativen Standpunkt des Dichters fällt es mir schwer, die Faszination zu verstehen, die dieses plärrende, unansehnliche Kind auf seinen Vater und den Kosmos ausübt.

Und doch rührt der Anblick der Babyhaut — so unattraktiv dieses Neugeborene sein mag — in den Klingen und Klauen des Shrike etwas in mir.

Drei Schritte in die Sphinx hinein haben das Shrike und das Kind Stunden in der Zeit vorwärts befördert. Unmittelbar vor dem Eingang fließt der Strom der Zeit schneller. Wenn ich nicht innerhalb von Sekunden etwas unternehme, wird es zu spät sein — dann wird das Shrike dieses Portal benützt haben, um das Kind in das dunkle, in ferner Zukunft gelegene Loch zu bringen, das es sucht.

Ungewollt drängen sich mir Bilder auf von Spinnen, die ihren Opfern die Lebenssäfte aussaugen, von Schlupfwespen, die ihre Larven in den gelähmten Leibern ihrer Beute ablegen, perfekte Umfelder zum Ausbrüten und für Nahrung.

Ich muß handeln, besitze hier aber nicht mehr Stofflichkeit als im Core. Das Shrike schreitet durch mich hindurch als wäre ich ein unsichtbares Holo. Mein Persönlichkeitsanalogon ist hier nutzlos, armlos und substanzlos wie ein Wölkchen Sumpfgas.

Aber Sumpfgas besitzt kein Gehirn, John Keats dagegen schon.

Das Shrike geht noch zwei Schritte, während für Sol und die anderen draußen weitere Stunden vergehen. Ich sehe Blut auf der Haut des schreienden Neugeborenen, wo die Skalpellfinger des Shrike ins Fleisch geschnitten haben.

Zum Teufel damit!

Draußen, auf den breiten Steinstufen der Sphinx lagen, inzwischen im Strudel der Zeitenergien gefangen, die durch das Grab wehen, Rucksäcke, Decken, weggeworfene Lebensmittelverpackungen und aller Abfall, den Sol und die Pilger dort zurückgelassen haben.

Einschließlich eines Möbiuskubus.

Die Box war an Bord des Baumschiffs *Yggdrasil* der Tempelritter mit einem Sperrfeld Klasse acht versiegelt worden, als die Stimme des Baums Het Masteen sich auf die lange Reise vorbereitet hatte. Sie enthielt einen einzigen Erg — manchmal auch Binder genannt —, eine der winzigen Kreaturen, die nach menschlichen Maßstäben vielleicht nicht intelligent sind, aber dennoch im Umfeld ferner Sterne eine Evolution durchgemacht und die Fähigkeit entwickelt haben, stärkere Kraftfelder zu kontrollieren als jede der Menschheit bekannte Maschine.

Die Tempelritter und Ousters hatten über Jahrhunderte hinweg mit den Geschöpfen kommuniziert. Tempelritter benützten sie, um Kontrollen an ihren wunderschönen aber exponierten Baumschiffen überflüssig zu machen.

Het Masteen hatte dieses Ding Hunderte von Lichtjahren transportiert, damit die Übereinkunft der Tempelritter mit der Kirche der Letzten Buße erfüllt werden konnte, den Baum der Dornen des Shrike zu fliegen. Aber als er das Shrike und den Baum der Qualen gesehen hatte, war es Masteen nicht möglich gewesen, den Vertrag zu erfüllen. Und darum mußte er sterben.

Der Möbiuskubus war noch da. Ich konnte den Erg als eingepferchte Sphäre roter Energie in der Zeitflut erkennen.

Draußen konnte ich Sol Weintraub gerade noch hinter einem Vorhang aus Dunkelheit sehen — eine tragikomische Gestalt, die durch das subjektive Fliegen der Zeit außerhalb des Zeitfelds der Sphinx wie ein Stummfilmdarsteller wirkte —, aber der Möbiuskubus befand sich im Kreis der Sphinx.

Rachel schrie vor Angst, die selbst ein Neugeborenes erfahren kann. Angst vor dem Fallen. Angst vor Schmerzen. Angst vor Trennung.

Das Shrike machte einen Schritt, und wieder war für die draußen eine Stunde verloren.

Für das Shrike war ich substanzlos, aber Energiefelder sind etwas, das selbst die Gespenster von Core Analogons berühren können. Ich schaltete das Sperrfeld des Möbiuskubus ab. Ich befreite den Erg.

Tempelritter kommunizieren mit Ergs per elektromagnetischer Strahlung, codierten Pulsen, einfacher Belohnung durch Strahlung, wenn das Geschöpf etwas macht, das sie wollen … aber primär durch eine fast mystische Form von Kontakt, die nur die Brüderschaft selbst und ein paar Exoten der Ousters kennen. Wissenschaftler bezeichnen sie als rudimentäre Telepathie. In Wahrheit handelt es sich um fast reine Empathie — Empfindung.

Das Shrike macht einen weiteren Schritt zum offenen Portal in die Zukunft. Rachel schreit von einer Energie beseelt, wie sie lediglich die Neugeborenen des Universums aufbringen können.

Der Erg dehnt sich aus, begreift und verschmilzt mit meiner Persönlichkeit. John Keats bekommt Substanz und Form.

Ich eile die fünf Schritte zum Shrike, nehme ihm das Baby aus den Händen und weiche zurück. Selbst im Energiemahlstrom der Sphinx nehme ich ihren frischen Babygeruch wahr, als ich das Kind an die Brust drücke und den feuchten Kopf mit der hohlen Hand gegen die Wange stütze.

Das Shrike wirbelt überrascht herum. Vier Arme werden ausgestreckt, Klingen schnappen auf, rote Augen sehen mich an. Aber die Kreatur ist zu nahe beim Portal selbst. Ohne sich zu bewegen, rutscht sie den Abfluß des Zeitstroms hinab. Die Schaufelbaggerkiefer des Dings klappen auf, Stahlzähne knirschen, aber es ist schon fort, ein Fleck in der Ferne. Etwas Geringeres.

Ich drehe mich zum Eingang um, aber der ist zu weit entfernt. Die schwindende Energie des Erg könnte mich dorthin bringen, mich gegen den Strom schleppen, aber nicht mit Rachel. Ein weiteres lebendes Wesen so weit gegen soviel Widerstand zu tragen, kann ich nicht einmal mit Hilfe des Erg vollbringen.

Das Baby schreit, worauf ich es sanft wiege und ihm beruhigenden Unsinn ins warme Ohr flüstere.

Wenn wir nicht vor und nicht zurück können, warten wir einfach einen Augenblick hier. Vielleicht kommt jemand vorbei.

Martin Silenus riß die Augen auf, Brawne Lamia drehte sich hastig um und sah das Shrike über sich in der Luft schweben.

»Ach du Scheiße«, flüsterte Brawne ehrfürchtig.

Im Palast des Shrike erstreckten sich die Reihen schlafender Menschen bis in halbdunkle Fernen, und bis auf Martin Silenus waren noch alle mit dem Baum der Dornen, der HI der Maschinen und Gott allein wußte womit noch durch die pulsierenden Nabelschnüre verbunden.

Es schien, als wollte das Shrike seine Macht beweisen, denn es hatte aufgehört zu gehen, die Arme ausgebreitet und schwebte drei Meter in die Höhe, bis es fünf Meter von dem Steinsims entfernt in der Luft hing, wo Brawne neben Martin Silenus kauerte.

»Tun Sie etwas«, flüsterte Silenus. Der Dichter war nicht mehr mit Kortikalstecker an der Nabelschnur befestigt, aber noch zu schwach, den Kopf zu heben.

»Vorschläge?« sagte Brawne, aber die tapfere Bemerkung wurde durch das Zittern ihrer Stimme ruiniert.

»Habt Vertrauen«, sagte eine Stimme unter ihm, worauf Brawne zum Boden hinuntersah.

Die junge Frau, in der Brawne in Kassads Grab Moneta erkannt hatte, stand ganz unten.

»Hilfe!« rief Brawne.

»Habt Vertrauen«, sagte Moneta und verschwand. Das Shrike hatte sich nicht ablenken lassen. Es ließ die Hände sinken und kam näher, als würde es auf solidem Stein und nicht auf Luft gehen.

»Nein«, flüsterte Brawne.

»Vom Regen in die Traufe«, keuchte Martin Silenus.

»Seien Sie still!« sagte Brawne. Dann, wie zu sich selbst: »Habt Vertrauen zu was? Zu wem?«

»Vertrauen, daß uns das verdammte Shrike umbringt oder uns beide an seinem verdammten Baum aufspießt«, stöhnte Silenus. Er schaffte es, sich soweit zu bewegen, daß er Brawnes Arm ergreifen konnte. »Lieber tot als wieder an dem Baum, Brawne.«

Brawne drückte kurz seine Hand und stellte sich dem Shrike über fünf Meter Luft hinweg entgegen.

Vertrauen? Brawne streckte den Fuß aus, tastete in der Leere herum, schloß für einen Moment die Augen und öffnete sie, als ihr Fuß eine solide Stufe zu berühren schien.

Nichts als Luft befand sich unter ihrem Fuß.

Vertrauen? Brawne verlagerte das Gewicht auf den vorderen Fuß, machte einen Schritt und wankte einen Moment, ehe sie den anderen Fuß nachzog.

Sie und das Shrike sahen einander zehn Meter über dem Steinboden an. Die Kreatur schien zu grinsen, während sie die Arme ausbreitete. Der Panzer leuchtete stumpf im trüben Licht. Die roten Augen strahlten hell.

Vertrauen? Brawne verspürte den Adrenalinstoß, als sie auf den unsichtbaren Stufen immer höher ging und in die Umarmung des Shrike trat.

Sie spürte, wie Fingerklingen durch Stoff und Haut schnitten, als das Ding sie in die Arme nahm und an sich zog, zu der gekrümmten Klinge, die ihm aus der Brust wuchs, zu den offenen Kiefern und Reihen von Stahlzähnen. Aber Brawne, die auf solider Luft stand, beugte sich vor, legte die unversehrte Hand flach auf die Brust des Shrike und spürte die Kälte des Panzers, aber auch einen Sog von Wärme, als Energie von ihr abfloß, aus ihr floß, *durch* sie hindurchfloß.

Die Klingen hielten inne, bevor sie mehr als Haut schnitten. Das Shrike erstarrte, als wäre der Strudel von Zeitenergie um sie herum zu einem Klumpen Bernstein geworden.

Brawne legte dem Ding die Hand auf die breite Brust und *drückte*.

Das Shrike erstarrte vollkommen, wurde spröde, der Glanz von Metall wich dem transparenten Funkeln von Kristall, dem Widerschein von Glas.

Brawne stand auf Luft in den Armen einer drei Meter hohen Glasskulptur des Shrike. In der Brust, wo das Herz sein mochte, flatterte etwas, das wie ein großer, schwarzer Falter aussah und schlug rußige Schwingen gegen Glas.

Brawne holte tief Luft und drückte noch einmal. Das Shrike rutschte rückwärts auf der unsichtbaren Plattform, die sie sich mit ihm teilte, wankte und fiel. Brawne duckte sich unter den umschlungenen Armen hindurch, hörte und spürte, wie ihre Jacke zerriß, als scharfe Fingerklingen sich in dem Stoff verfingen und ihn zerrissen, als das Ding wankte, und dann stolperte sie selbst und ruderte mit dem unversehrten Arm, damit sie das Gleichgewicht nicht verlor, während das gläserne Shrike eine Umdrehung in der Luft ausführte, auf den Boden prallte und in tausend Scherben zerschellte.

Brawne beschrieb eine Pirouette, fiel auf dem unsichtbaren Steg auf die Knie und kroch zu Martin Silenus zurück.

Auf dem letzten halben Meter verließ sie ihr Selbstvertrauen, worauf die unsichtbare Stütze einfach verschwand und sie stürzte und sich den Knöchel verstauchte, als sie auf den Steinsims fiel und nur deshalb nicht abstürzte, weil es ihr rechtzeitig gelang, sich an Silenus' Knie festzuhalten.

Sie fluchte wegen der Schmerzen in der Schulter, dem gebrochenen Handgelenk, dem verstauchten Knöchel und den zerschnittenen Handflächen und Knien, während sie sich neben den Dichter hinaufzog.

»Seit ich weg bin, sind offenbar einige reichlich merkwürdige Dinge passiert«, sagte Martin Silenus heiser. »Können wir jetzt gehen, oder haben Sie vor, als Zugabe auch noch auf dem Wasser zu wandeln?«

»Halten Sie den Mund«, sagte Brawne zitternd. Es hörte sich fast nach Zuneigung an.

Sie ruhte sich eine Weile aus, dann stellte sie fest, daß sie den immer noch schwachen Dichter am besten im Tragegriff die Stufen hinunter und über den mit Glassplittern übersäten Boden des Palastes des Shrike tragen konnte. Sie waren schon beim Eingang angelangt, als er ihr jovial auf den Rücken klopfte und sagte: »Was ist mit König Billy und den anderen?«

»Später«, keuchte Brawne Lamia und ging ins Licht der aufkeimenden Dämmerung hinaus.

Sie hatte hinkend zwei Drittel des Tals mit Silenus über der Schulter zurückgelegt, wo er wie ein schlaffes Bündel Wäsche hing, als der Dichter sagte: »Brawne, sind Sie noch schwanger?«

»Ja«, sagte sie und hoffte, daß es nach den Anstrengungen des Tages noch stimmte.

»Soll ich Sie tragen?«

»Seien Sie still«, sagte sie und folgte dem Weg um das Jadegrab herum.

»Sehen Sie«, sagte Martin Silenus, der sich umdrehte und deutete, obwohl er fast kopfunter von ihrer Schulter hing.

Im dämmernden Licht des Morgens sah Brawne, daß das Ebenholzraumschiff des Konsuls auf der Hochebene am Eingang des Tals stand. Aber dorthin hatte der Dichter nicht gedeutet.

Sol Weintraubs Silhouette zeichnete sich vor dem leuchtenden Eingang der Sphinx ab. Er hatte die Arme erhoben.

Jemand oder etwas kam aus dem Leuchten.

Sol sah sie zuerst. Eine Gestalt schritt inmitten der Fluten von Licht und flüssiger Zeit, die aus der Sphinx strömten. Eine

Frau, sah er, deren Schattenriß sich vor dem gleißenden Tor abzeichnete. Eine Frau, die etwas trug.

Eine Frau, die einen Säugling trug.

Seine Tochter Rachel kam heraus — Rachel, wie er sie zuletzt als gesunde junge Erwachsene gesehen hatte, die aufgebrochen war, um ihre Doktorarbeit auf einer Welt namens Hyperion zu machen. Rachel Mitte Zwanzig, vielleicht ein bißchen älter — aber Rachel, daran konnte kein Zweifel bestehen, Rachel, deren kupferfarbenes Haar immer noch kurz war und ihr in die Stirn fiel, deren Wangen gerötet waren wie immer, wenn sie für etwas Neues Feuer und Flamme war, deren Lächeln sanft, fast verklärt wirkte und deren Augen — diese großen grünen Augen, in denen man gerade noch braune Sprenkel erkennen konnte, deren Augen Sol fixierten.

Rachel trug Rachel. Der Säugling wand sich und drückte das Gesicht an die Schulter der jungen Frau, wobei er die Fäuste ballte und entspannte und zu überlegen schien, ob sie wieder zu weinen anfangen sollte oder nicht.

Sol stand wie vom Donner gerührt da. Er versuchte zu sprechen, schaffte es nicht und versuchte es noch einmal. »Rachel.«

»Vater«, sagte die junge Frau, kam näher und legte dem Gelehrten den freien Arm um die Schultern, wobei sie sich ein wenig drehte, damit das Baby nicht zwischen sie geriet.

Sol küßte seine erwachsene Tochter, umarmte sie, roch den sauberen Duft ihres Haars, spürte ihre solide *Wirklichkeit* und hob dann das Neugeborene an die Schultern, dessen Zucken er spürte, ehe es Luft holte, um wieder zu weinen. Die Rachel, die er nach Hyperion gebracht hatte, war wohlbehalten in seinen Händen und runzelte das kleine rote Gesicht, während sie versuchte, den Blick ihrer ziellos kreisenden Augen auf das Gesicht ihres Vaters zu richten. Sol hielt ihren winzigen Kopf in der hohlen Hand, hob sie näher zu sich und studierte das kleine Gesicht einen Moment lang, ehe er sich der jungen Frau zuwandte.

»Ist sie . . .«

»Sie altert normal«, sagte seine Tochter. Sie trug etwas, das teils Kleid und teils Robe war und aus einem weichen braunen Material bestand. Sol schüttelte den Kopf, sah sie an, stellte fest, daß sie lächelte und bemerkte dasselbe Grübchen links unterhalb des Mundes, das er auch an dem Baby sah, das er trug.

Er schüttelte wieder den Kopf. »Wie ... wie ist das möglich?«

»Es dauert nicht sehr lange«, sagte Rachel.

Sol beugte sich vor und küßte nochmals die Wange seiner erwachsenen Tochter. Er merkte, daß er weinte, wollte aber keine Hand loslassen, um sich die Tränen abzuwischen. Seine erwachsene Rachel nahm es ihm ab und strich ihm behutsam mit dem Handrücken über die Wangen.

Unter ihnen auf den Stufen war ein Geräusch zu hören, und Sol sah über die Schulter und erblickte die drei Männer vom Schiff, die mit vom Laufen roten Gesichtern dastanden, sowie Brawne Lamia, die dem Dichter Martin Silenus half, sich auf die weißen Platten der Geländersteine zu setzen.

Der Konsul und Theo Lane sahen zu ihnen auf.

»Rachel ...« flüsterte Melio Arundez, dem Tränen in die Augen traten.

»*Rachel?*« sagte Martin Silenus stirnrunzelnd und sah Brawne Lamia an.

Brawne sah mit halb offenem Mund her. »Moneta«, sagte sie, deutete mit dem Finger auf sie und ließ ihn sinken, als sie bemerkte, daß sie deutete. »Sie sind Moneta. Kassads ... Moneta.«

Rachel nickte, ihr Lächeln verschwand. »Mir bleiben nur noch eine oder zwei Minuten hier«, sagte sie. »Und ich habe soviel zu erzählen.«

»Nein«, sagte Sol, der die Hand seiner erwachsenen Tochter ergriff, »du mußt bleiben. Ich möchte, daß du bei mir bleibst.«

Rachel lächelte wieder. »Ich werde bei dir bleiben, Dad«, sagte sie leise und hob die andere Hand, damit sie dem Baby über den Kopf streichen konnte. »Aber nur eine von uns kann es, und sie braucht dich mehr als ich.« Sie drehte sich zu der Gruppe unten um. »Bitte hören Sie alle gut zu.«

Während die Sonne aufging und die verfallenen Gebäude der Stadt der Dichter, das Schiff des Konsuls und die Felswände im Westen mit ihrem Licht übergoß, erzählte Rachel ihre kurze und faszinierende Geschichte, wie sie auserwählt worden war, in einer Zukunft großgezogen zu werden, wo der letzte Krieg zwischen der vom Core geschaffenen HI und dem menschlichen Geist ausgefochten wurde. Es war, sagte sie, eine Zukunft furchterregender und wunderbarer Geheimnisse, in der sich die Menschheit über die gesamte Galaxis ausgebreitet hatte und sich anschickte, in andere Regionen zu reisen.

»Andere *Galaxien?*« fragte Theo Lane.

»Andere Universen«, sagte Rachel lächelnd.

»Oberst Kassad hat Sie als Moneta gekannt«, sagte Martin Silenus.

»*Wird* mich als Moneta kennen«, sagte Rachel, deren Augen sich umwölkten. »Ich habe ihn sterben sehen und sein Grab in die Vergangenheit begleitet. Ich weiß, ein Teil meiner Mission besteht darin, diesen legendären Krieger kennenzulernen und ihn zu einem letzten Kampf zu führen. Ich habe ihn noch nicht wirklich kennengelernt.« Sie sah das Tal hinab zum Kristallmonolithen. »*Moneta*«, überlegte sie. »Das heißt ›Ermahnerin‹ auf lateinisch. Passend. Ich werde ihm die Wahl zwischen dem und *Mnemosyne* — ›Erinnerung‹ — als Namen überlassen.«

Sol hatte die Hand seiner Tochter nicht losgelassen. Er tat es auch jetzt nicht. »Du reist mit den Gräbern in der Zeit *zurück?* Warum? Wie?«

Rachel hob den Kopf; reflektiertes Licht von den fernen Felsklippen malte einen warmen Farbton auf ihr Gesicht. »Es ist meine Rolle, Dad. Meine Pflicht. Sie geben mir Mittel und Wege, mit denen ich das Shrike in Schach halten kann. Und nur ich wurde … vorbereitet.«

Sol hob seine neugeborene Tochter höher. Diese wurde aus dem Schlaf geschreckt, blies eine Speichelblase aus dem Mund, drehte das Gesicht wärmesuchend an den Hals ihres Vaters und ballte die kleinen Fäustchen auf seinem Hemd.

»Vorbereitet«, sagte Sol. »Du meinst Merlins Krankheit?«

»Ja«, sagte Rachel.

Sol schüttelte den Kopf. »Aber du bist nicht in einer geheimnisvollen Welt der Zukunft großgezogen worden. Du bist in der Universitätsstadt Crawford aufgewachsen, in der Fertig Street auf Barnards Welt, und deine …« Er verstummte.

Rackel nickte. »*Sie* wird aufwachsen … dort oben. Dad, es tut mir leid, ich muß gehen.« Sie befreite ihre Hand, ging die Treppe hinunter und strich Melio Arundez kurz über die Wange. »Es tut mir leid wegen den Schmerzen der Erinnerung«, sagte sie leise zu dem verblüfften Archäologen. »Für mich war es buchstäblich ein anderes Leben.«

Arundez blinzelte und hielt ihre Hand noch einen Augenblick an die Wange.

»Bist du verheiratet?« fragte Rachel leise. »Kinder?«

Arundez nickte, hob die andere Hand, als wollte er die Bilder von Frau und Kindern aus der Tasche holen, dann hielt er inne und nickte wieder.

Rachel lächelte, küßte ihn rasch noch einmal auf die Wange und ging wieder die Treppe hinauf. Der Himmel erstrahlte im Sonnenaufgang, aber der Eingang zur Sphinx leuchtete noch heller.

»Dad«, sagte sie, »ich liebe dich.«

Sol versuchte zu sprechen, räusperte sich. »Wie ... kann ich dich finden ... da oben?«

Rachel deutete auf die offene Tür der Sphinx. »Für einige wird sie ein Tor zu der Zeit sein, von der ich gesprochen habe. Aber, Dad ...« Sie zögerte. »Es bedeutet, daß du mich noch einmal großziehen mußt. Es bedeutet, du mußt meine Kindheit ein drittes Mal ertragen. Das soll man von keinem Vater verlangen.«

Sol brachte ein Lächeln zustande. »Kein Vater würde es ablehnen, Rachel.« Er nahm das schlafende Kind auf den anderen Arm und schüttelte wieder den Kopf. »Wird die Zeit kommen, wenn ihr beiden wieder ...?«

»Nebeneinander existieren?« fragte Rachel und lächelte. »Nein. Ich reise jetzt in die andere Richtung. Ihr könnt euch den Ärger nicht vorstellen, den ich mit dem Paradoxon-Rat hatte, bis er mir auch nur diese eine Begegnung genehmigt hat.«

»Paradoxon-Rat?« fragte Sol.

Rachel holte tief Luft. Sie war zurückgewichen, bis nur noch ihre Fingerspitzen die ihres Vaters berührten und sie beide die Arme ausgestreckt hatten. »Ich muß gehen, Dad.«

»Werde ich ...?« Er sah das Baby an. »Werden wir allein sein ... da oben?«

Rachel lachte, ein Geräusch, das Sol so vertraut war, daß es sich wie eine warme Hand um sein Herz legte. »O nein«, sagte sie, »nicht allein. Es gibt wunderbare Menschen dort. Wunderbare Dinge zu lernen und zu tun. Wunderbare Orte zu sehen ...« Sie sah sich um. »Orte, die wir uns in unseren kühnsten Träumen nicht vorstellen konnten. Nein, Dad, du wirst nicht allein sein. Und ich werde da sein. Mit meiner ganzen Teenagertolpatschigkeit und Pubertätsfrechheit.« Sie wich noch weiter zurück, ihre Finger lösten sich von denen Sols.

»Warte eine Weile, bis du durchgehst, Dad«, rief sie und trat in das Leuchten zurück. »Es tut nicht weh, aber wenn du durchgegangen bist, kannst du nicht mehr zurück.«

»Rachel, warte«, sagte Sol.

Seine Tochter wich weiter zurück, ihr langes Gewand wallte über den Steinboden, bis das Licht sie umgab. Sie hob einen Arm. »See you later, alligator!« rief sie.

Sol hob eine Hand. »After a while ... crocodile.«

Die ältere Rachel verschwand im Licht.

Das Baby erwachte und fing an zu schreien.

Es verging mehr als eine Stunde bis Sol und die anderen zur Sphinx zurückkehrten. Sie waren ins Schiff des Konsuls gegangen, wo die Verletzungen von Brawne und Martin Silenus verarztet wurden. Sie aßen, und Sol und das Kind wurden für die Reise ausgerüstet.

»Ich komme mir albern vor, für eine Reise zu packen, die wahrscheinlich nicht mehr als ein Schritt durch einen Farcaster ist«, sagte Sol, »aber so wunderbar diese Zukunft auch sein mag, wenn es keine Babynahrung und Einwegwindeln gibt, haben wir echte Probleme.«

Der Konsul grinste und klopfte auf den prallen Rucksack auf der Treppe. »Damit müßten Sie und das Baby über die ersten zwei Wochen kommen. Wenn Sie bis dahin keine Windeln gefunden haben, versuchen Sie es in einem der anderen Universen, von denen Rachel gesprochen hat.«

Sol schüttelte den Kopf. »Ist das alles die Wirklichkeit?«

»Warten Sie ein paar Tage oder Wochen«, sagte Melio Arundez. »Bleiben Sie hier bei uns, bis die Lage einigermaßen geklärt ist. Es besteht kein Grund zur Eile. Die Zukunft wird immer da sein.«

Sol kratzte sich am Bart, während er das Baby mit einem

Nahrungskonzentrat fütterte, das das Schiff hergestellt hatte. »Wir sind nicht sicher, daß dieses Tor immer offen sein wird«, sagte er. »Außerdem könnte ich den Mut verlieren. Ich bin schon reichlich alt, um noch ein Kind großzuziehen ... besonders als Mann in einer fremden Welt.«

Arundez legte die kräftigen Hände auf Sols Schultern. »Lassen Sie mich mit Ihnen kommen. Ich brenne vor Neugier, diesen Ort zu sehen.«

Sol grinste, streckte eine Hand aus und schüttelte die von Arundez fest. »Danke, mein Freund. Aber Sie haben Frau und Kinder im Netz — auf Renaissance Vector —, die auf Ihre Rückkehr warten. Sie haben Ihre eigenen Pflichten.«

Arundez nickte und sah zum Himmel. »Wenn wir zurückkehren *können*.«

»Wir werden zurückkehren«, sagte der Konsul sachlich. »Die altmodische Raumfahrt mit dem Hawking-Antrieb funktioniert noch, auch wenn das Netz für immer dahin ist. Es wird eine Zeitschuld von einigen Jahren kosten, Melio, aber Sie können zurück.«

Sol nickte, fütterte das Baby, legte sich eine saubere Stoffwindel auf die Schulter und klopfte dem Baby auf den Rücken. Er sah sich in dem kleinen Kreis um. »Wir haben alle unsere Pflichten.« Er schüttelte Martin Silenus die Hand. Der Dichter hatte sich geweigert in das Bad der regenerierenden Nährlösung zu kriechen oder den Kortikalstecker chirurgisch entfernen zu lassen. »Ich habe das alles schon früher gehabt«, hatte er gesagt.

»Werden Sie an Ihrem Gedicht weiterschreiben?« fragte Sol ihn.

Silenius schüttelte den Kopf. »Ich habe es am Baum vollendet. Und ich habe dort noch etwas herausgefunden, Sol.«

Der Gelehrte zog eine Braue hoch.

»Ich habe gelernt, daß Dichter keine Götter sind, aber wenn es einen Gott gibt — oder etwas, das einem Gott gleichkommt —, ist er ein Dichter. Und zwar ein gescheiterter.«

Das Baby rülpste.

Martin Silenus grinste und schüttelte Sol zum letzten Mal die Hand. »Machen Sie denen da oben die Hölle heiß, Weintraub. Sagen Sie ihnen, Sie sind ihr Ur-Ur-Ur-Ur-Ur-Urgroßvater, und wenn sie sich nicht benehmen, werden Sie ihnen den Hosenboden stramm ziehen.«

Sol nickte und ging weiter in der Reihe zu Brawne Lamia. »Ich habe gesehen, wie sie mit dem Medizinischen Terminal des Schiffs gesprochen haben«, sagte er. »Ist mit Ihnen und Ihrem Baby alles in Ordnung?«

Brawne grinste. »Alles bestens.«

»Junge oder Mädchen?«

»Mädchen.«

Sol küßte sie auf die Wange. Brawne strich ihm über den Bart und wandte sich ab, um Tränen zu verbergen, die einer ehemaligen Privatdetektivin nicht zu Gesicht standen.

»Mädchen machen soviel Arbeit«, sagte er und löste Rachels Finger aus seinem Bart und Brawnes Locken. »Tauschen Sie Ihres bei erster Gelegenheit gegen einen Jungen.«

»Okay«, sagte Brawne und wich zurück.

Er schüttelte dem Konsul, Theo und Melio Arundez zum letzten Mal die Hand, zog den Rucksack auf die Schultern, während Brawne das Baby hielt, und nahm das Kind dann wieder auf die Arme. »Was für eine Antiklimax, wenn dieses Ding nicht funktioniert und ich nur durch das Innere der Sphinx wandere«, sagte er.

Der Konsul sah blinzelnd zu der leuchtenden Tür. »Es wird funktionieren. Obwohl ich nicht weiß wie. Ich glaube nicht, daß es eine Art Farcaster ist.«

»Ein Wanncaster«, sagte Silenus und hielt die Arme hoch, um Brawnes Hiebe abzuwehren. Der Dichter wich einen Schritt zurück und zuckte die Achseln. »Wenn es weiterhin funktioniert, Sol, werden Sie da oben wohl nicht lange allein bleiben. Tausende werden sich zu Ihnen gesellen.«

»Wenn es der Paradoxon-Rat zuläßt«, sagte Sol, der an seinem Bart zupfte wie immer, wenn er mit den Gedanken anderswo war. Er blinzelte, rückte Rucksack und Baby zurecht und machte sich auf den Weg. Diesmal ließen ihn die Kraftfelder der offenen Tür passieren.

»Lebt wohl, alle miteinander!« rief er. »Bei Gott, es hat sich gelohnt, oder nicht?« Er drehte sich ins Licht, dann waren er und das Baby verschwunden.

Es folgte ein Schweigen, das an Leere grenzte, und sich ein paar Minuten lang hinzog. Schließlich sagte der Konsul mit fast verlegenem Tonfall: »Sollen wir zum Schiff zurückkehren?«

»Holen Sie für uns anderen den Lift herunter«, sagte Martin Silenus. »M. Lamia hier wird auf der Luft wandeln.«

Brawne sah den dreisten Dichter finster an.

»Glauben Sie, daß Moneta es eingerichtet hat?« sagte Arundez und spielte auf etwas an, das Brawne zuvor angedeutet hatte.

»Es muß so sein«, sagte Brawne. »Ein Beispiel zukünftiger Wissenschaft oder so etwas.«

»Ah, ja«, seufzte Martin Silenus. »*Zukünftige Wissenschaft* ... der vertraute Ausdruck von allen, die zu feige sind, abergläubisch zu sein. Die Alternative, meine Teuerste, sieht so aus, daß Sie über diese bis dato unerkannte Begabung verfügen, zu levitieren und Monster in zerbrechliche Glaskobolde zu verwandeln.«

»Seien Sie still«, sagte Brawne jetzt ohne Unterton von Zuneigung in der Stimme. Sie sah über die Schulter. »Wer sagt, daß nicht jeden Moment ein neues Shrike auftaucht?«

»Wahrlich, wer?« stimmte der Konsul zu. »Ich vermute, wir werden immer ein Shrike oder Gerüchte über ein Shrike haben.«

Theo Lane, dem Unstimmigkeiten immer peinlich waren, räusperte sich und sagte: »Sehen Sie, was ich zwischen dem vor der Sphinx verstreuten Gepäck gefunden habe.« Er hielt ein Instrument mit drei Saiten, einem langen Hals und bunten Mustern auf dem dreieckigen Resonanzkörper hoch. »Eine Gitarre?«

»Eine Balalaika«, sagte Brawne. »Die hat Pater Hoyt gehört.«

Der Konsul nahm das Instrument und schlug ein paar Akkorde an. »Kennen Sie dieses Lied?« Er spielte eine Melodie.

»Ist es ›Das Vogellied von Leeda Tits‹?« riet Martin Silenus.

Der Konsul schüttelte den Kopf und spielte noch ein paar Akkorde.

»Etwas Altes?« vermutete Brawne.

»›Somewhere Over the Rainbow‹«, sagte Melio Arundez.

»Das muß vor meiner Zeit gewesen sein«, sagte Theo Lane, der im Takt nickte, während der Konsul spielte.

»Das stammt aus jedermanns Zeit«, sagte der Konsul. »Kommt, ich bringe euch unterwegs den Text bei.«

Sie gingen nebeneinander in der heißen Sonne, sangen manchmal falsch und manchmal richtig, vergaßen den Text ab und zu und fingen wieder an, und so schritten sie bergauf zu dem wartenden Schiff.

Fünfeinhalb Monate später und im siebten Monat schwanger begab sich Brawne Lamia mit dem morgendlichen Luftschiff von der Hauptstadt Richtung Norden, zur Stadt der Dichter, wo die Abschiedsparty des Konsuls stattfand.

Die Hauptstadt, die jetzt von Eingeborenen, Soldaten von FORCE auf Besuch und Ousters gleichermaßen Jacktown genannt wurde, sah im Morgenlicht weiß und sauber aus, als das Luftschiff vom Anlegeturm in der Stadt aufbrach und dem Lauf des Hoolie nach Nordwesten folgte.

Die größte Stadt auf Hyperion hatte im Verlauf der Kampfhandlungen gelitten, aber inzwischen war der größte Teil wieder aufgebaut worden und die Mehrzahl der drei Millionen Flüchtlinge von den Fiberplastikplantagen und kleineren Städten auf dem südlichen Kontinent hatten beschlossen zu bleiben, obwohl die Ousters in jüngster Zeit Interesse an Fiberplastik erkennen ließen. Und so war die Stadt wie Topsy gewachsen und grundlegende Versorgungen wie Elektrizität, Abwasser und Kabel-HTV reichten gerade bis zu den Mietskasernen zwischen dem Raumhafen und der Altstadt.

Aber im Morgenlicht sahen die Häuser weiß aus, die Frühlingsluft roch vielversprechend, und Brawne sah die hellen Streifen neuer Straßen und den emsigen Verkehr auf den Fluß als gutes Zeichen für die Zukunft.

Nach der Vernichtung des Netzes hatten die Kampfhandlungen im Raum um Hyperion nicht mehr lange gedauert. Die De-facto-Besetzung des Raumhafens und der Hauptstadt durch die Ousters war nach der Einsicht, daß das Netz nicht mehr existierte, in eine gemeinsame Regierung mit dem neuen Heimatregierungsrat umgewandelt worden, wobei der Vertrag weitgehend vom Konsul und dem früheren Generalgouverneur Theo Lane ausgearbeitet worden war. Aber in den fast sechs Monaten seit dem Untergang des Netzes bestand der einzige Verkehr auf dem Raumhafen aus Landungsbooten von den Überresten der FORCE-Flotte, die sich noch im System befanden, sowie gelegentlichen Exkursionen auf den Planeten aus dem Schwarm. Es war nicht mehr ungewöhnlich, die hochgewachsenen Gestalten von Ousters auf dem Jacktown Square einkaufen oder ihre exotischeren Versionen im Cicero's bei einem Drink zu sehen.

Brawne hatte sich die vergangenen Monate im Cicero's aufgehalten und in einem der größeren Zimmer im vierten Stock des alten Flügels des Gasthauses gewohnt, während Stan Leweski die beschädigten Abschnitte des legendären alten Gebäudes neu aufbaute und erweiterte. »Bei Gott, ich brauch keine Hilfe von schwangeren Frauen nicht!« rief Stan jedesmal, wenn Brawne ihm ihre Hilfe anbot, aber sie erledigte unweigerlich jedesmal irgendwelche Aufgaben, während Leweski grollte und knurrte. Brawne war vielleicht schwanger, aber sie war dennoch eine Lusierin und ihre Muskeln waren nach ein paar Monaten auf Hyperion nicht völlig verkümmert.

Stan hatte sie an diesem Morgen zum Anlegeturm gefahren und ihr mit dem Gepäck und dem Paket für den Konsul geholfen, das sie dabeihatte. Dann hatte ihr der Schankwirt ein kleines Päckchen gegeben. »Es ist eine verdammt langweilige Reise in dieses gottverlassene Land da oben«, knurrte er. »Da brauchen Sie was zu lesen, hm?«

Das Geschenk war ein Faksimile von John Keats' *Poems* in der Ausgabe von 1817, das Leweski persönlich in Leder gebunden hatte.

Brawne brachte den Hünen in Verlegenheit und versetzte Passanten in Entzücken, indem sie ihn umarmte bis die Rippen des Barkeepers knackten. »Genug, gottverdammt«, murmelte er und rieb sich die Seite. »Sagen Sie dem Konsul, ich will seinen wertlosen Kadaver noch einmal hier sehen, bevor ich das wertlose Gasthaus meinem Sohn übergebe. Sagen Sie ihm das, okay?«

Brawne nickte und winkte wie die anderen Passanten den Begleitern zu, die sie hergebracht hatten. Dann hatte sie von der Aussichtsreling gewinkt, während das Luftschiff ablegte, Ballast abwarf und träge über den Dächern dahinzog.

Jetzt ließ das Schiff die Vororte hinter sich und drehte nach Westen, um dem Flußlauf zu folgen, und nun konnte Brawne zum ersten Mal deutlich die Bergspitze im Süden erkennen, wo das Gesicht des Traurigen Königs Billy sinnierend auf die Stadt herabsah. Eine frische, zehn Meter lange Narbe, die

Wind und Wetter langsam glattschmirgeln würden, zierte Billys Wange, wo ihn eine Laserlanze getroffen hatte.

Aber die große Skulptur an der Nordwestseite des Berges, die langsam Form annahm, erweckte Brawnes Aufmerksamkeit. Selbst mit modernsten Schneidwerkzeugen, die von FORCE ausgeliehen waren, ging die Arbeit langsam voran und die große, markante Nase, hohe Stirn, der breite Mund und die traurigen, intelligenten Augen nahmen gerade erst Gestalt an. Viele Flüchtlinge der Hegemonie, die auf Hyperion gestrandet waren, hatten sich dagegen ausgesprochen, daß Rithmet Corber III., Urenkel des Bildhauers, der das Antlitz des Traurigen Königs Billy dort geschaffen hatte, Meina Gladstones Bild in den Berg meißelte, aber der Künstler — und nebenbei derzeitige Besitzer des Berges — hatte so diplomatisch wie möglich »Verpißt euch!« gesagt und die Arbeit fortgesetzt. Noch ein Jahr, möglicherweise zwei, und sie würde vollendet sein.

Brawne seufzte, rieb sich den runden Bauch — eine Zärtlichkeitsbekundung, die sie bei schwangeren Frauen stets unmöglich gefunden hatte und jetzt selbst nicht lassen konnte — und ging schwerfällig zu einem Liegestuhl auf dem Aussichtsdeck. *Wenn sie mit sieben Monaten schon so kugelrund war, wie würde sie dann erst im neunten Monat aussehen?* Brawne sah zur gekrümmten Wand des gewaltigen Tragkörpers auf und verzog das Gesicht.

Aufgrund günstiger Winde dauerte die Reise mit dem Luftschiff nur zwanzig Stunden. Brawne döste einen Teil des Wegs, betrachtete aber überwiegend die vertraute Landschaft, die unter ihr dahinzog.

Am späten Vormittag passierten sie die Schleusen von Karla, und Brawne lächelte und klopfte auf das Paket für den Konsul, das sie mitgebracht hatte. Am Spätnachmittag, als sie sich der Hafenstadt Naiad näherten, sah Brawne aus einer Höhe von rund tausend Metern auf eine alte Passagierbarke hinunter, die von Mantas mit ihrem V-förmigen Kielwasser stromaufwärts gezogen wurde. Sie fragte sich, ob es sich um die *Benares* handeln könnte.

Sie überflogen Edge, als das Abendessen auf dem Oberdeck serviert wurde, und setzten zur Überquerung des Grasmeeres an, als der Sonnenuntergang gerade die gewaltige Steppe in Farben tauchte und das Gras sich im selben Wind wiegte, der das Luftschiff vorantrieb. Brawne trug ihren Kaffee zu ihrem Lieblingssessel auf dem Zwischendeck, riß ein Fenster weit auf und betrachtete das Grasmeer, das sich ausdehnte wie der Filz auf einem Billardtisch, während die Dämmerung hereinbrach. Kurz bevor auf dem Zwischendeck die Lampen angezündet wurden, wurde sie mit dem Anblick eines Windwagens belohnt, der von Nord nach Süd seinem Weg folgte; Laternen schwangen an Bug und Heck. Brawne beugte sich nach vorn und konnte deutlich das Rumpeln des großen Rads hören, sowie das Klatschen der Segel, als der Wagen hart nach Backbord drehte und eine neue Richtung einschlug.

Als Brawne nach oben ging und in den Bademantel schlüpfte, war ihr Bett im Schlafsaal bereit, aber nachdem sie ein paar Gedichte gelesen hatte, begab sie sich wieder aufs Aussichtsdeck, wo sie bis zur Dämmerung in ihrem Lieblingsliegestuhl döste und den frischen Grasgeruch von unten einatmete.

Sie legten lange genug in Pilgrim's Rest an, bis sie frische Lebensmittel und Wasser und neuen Ballast geladen und die Besatzung gewechselt hatten, aber Brawne ging nicht nach unten, um einen Spaziergang zu machen. Sie konnte die Lichter der Arbeiter am Bahnhof der Seilbahn sehen, und als die Reise fortgesetzt wurde, schien das Luftschiff der Reihe der Kabeltürme in der Bridle Range zu folgen.

Als sie die Berge überquerten, war es immer noch ziemlich dunkel, und ein Steward kam und versiegelte die hohen Fenster, damit der Druck in den Kabinen nicht absank, aber Brawne konnte dennoch Seilbahnkabinen erkennen, die zwischen den Wolken von Gipfel zu Gipfel zogen, und die Gletscher, die im Licht der Sterne funkelten.

Kurz nach der Dämmerung flogen sie über Keep Chronos, doch die Steine des Schlosses verströmten selbst im rosa Licht der Morgendämmerung kein Gefühl von Wärme. Dann wurde die Wüste der Hochebene sichtbar, die Stadt der Dichter leuchtete weiß an der Steuerbordseite, und das Luftschiff sank Richtung Anlegeturm am Ostende des neuen Raumhafens dort.

Brawne hatte nicht damit gerechnet, daß jemand sie empfangen würde. Ihre sämtlichen Bekannten glaubten, daß sie am

Spätnachmittag mit Theo Lane in dessen Gleiter fliegen würde. Aber Brawne war der Meinung gewesen, die Reise mit dem Luftschiff wäre genau richtig, einmal mit ihren Gedanken allein zu sein. Und sie hatte recht gehabt.

Aber noch bevor das Anlegetau straffgezogen und die Rampe gesenkt wurden, sah Brawne das bekannte Gesicht des Konsuls in der Menge. Neben ihm stand Martin Silenus, der die Stirn runzelte und ins Morgenlicht blinzelte.

»Der Teufel soll diesen Stan holen«, murmelte Brawne, der einfiel, daß die Mikrowellenverbindungen wieder hergestellt waren und neue Kommunikationssatelliten im Orbit kreisten.

Der Konsul umarmte sie zur Begrüßung. Martin Silenus gähnte, schüttelte ihre Hand und sagte: »Eine beschissenere Zeit für Ihre Ankunft hätten Sie sich nicht aussuchen können, was?«

Am Abend wurde eine Party gefeiert. Nicht nur der Konsul wollte am nächsten Morgen aufbrechen — der größte Teil der Flotte von FORCE, die noch verblieb, wollte den Rückweg antreten, und ein großer Teil des Schwarms der Ousters sollte sie begleiten. Ein Dutzend Landungsboote drängten sich auf dem Feld neben dem Raumschiff des Konsuls, da verschiedene Ousters den Zeitgräbern einen letzten Besuch abstatteten und Offiziere von FORCE zum letzten Mal dem Grab von Oberst Kassad die Ehre erwiesen.

Die Stadt der Dichter selbst war mittlerweile von fast tausend ständigen Einwohnern besiedelt, viele Künstler und Dichter, obwohl Martin Silenus behauptete, die meisten wären *poseurs*. Sie hatten zweimal versucht, Martin Silenus zum Bürgermeister zu wählen; dieser hatte zweimal abgelehnt und seine potentiellen Wähler lautstark verflucht. Aber der alte Dichter übernahm dennoch die Leitung, überwachte die Restaurierungsarbeiten, schlichtete Streitigkeiten, wies Wohnungen zu und organisierte Versorgungsflüge von Jacktown und weiter südlich. Die Stadt der Dichter war keine tote Stadt mehr.

Martin Silenus behauptete, der kollektive IQ wäre höher gewesen, als die Stadt noch verlassen war.

Das Bankett fand im wieder aufgebauten Speisesaal statt, wo die große Kuppel vor Gelächter widerhallte und Martin Silenus zotige Gedichte vortrug und andere Künstler Darbietungen brachten. Außer dem Konsul und Silenus saßen ein halbes Dutzend Gäste der Ousters an Brawnes rundem Tisch, einschließlich Freeman Ghenga und Coredwell Minmun, sowie Rithmet Corber III., der einen Pelzmantel und einen spitzen Hut trug. Theo Lane kam zu spät, entschuldigte sich, erzählte dem Publikum die neuesten Witze aus Jacktown und kam dann zum Dessert an ihren Tisch. Lane galt in letzter Zeit als Favorit für die Bürgermeisterwahlen in Jacktown, die demnächst im Viertmonat stattfinden sollten — Eingeborene und Ousters schienen seine Art gleichermaßen zu mögen —, und bisher hatte Theo keine Anzeichen erkennen lassen, daß er die Ehre ablehnen würde, sollte sie ihm angeboten werden.

Nach ausgiebigem Weingenuß beim Bankett lud der Konsul einige von ihnen dezent ins Schiff ein, wo es Musik und mehr Wein gab. Sie folgten ihm, Brawne und Martin und Theo, und saßen hoch oben auf dem Balkon des Schiffes, während der Konsul sehr ernst und gefühlvoll Gershwin und Studeri und Brahms und Luser und die Beatles spielte, und dann wieder Gershwin, ehe er mit Rachmaninoffs herzzerreißend schönem Klavierkonzert Nr. 2 in Cis-Moll aufhörte.

Dann saßen Sie im spärlichen Licht da, sahen über die Stadt und das Tal hinaus, tranken Wein und unterhielten sich bis spät in die Nacht.

»Was, meinst du, wirst du im Netz finden?« fragte Theo den Konsul. »Anarchie? Herrschaft des Mob? Rückfall in die Steinzeit?«

»Das alles und noch viel mehr«, erwiderte der Konsul lächelnd. Er schwenkte das Glas in der Hand. »Im Ernst, vor dem Zusammenbruch der Fatline sind soviel Sprüche durchgekommen, daß ich überzeugt bin, die meisten Welten des Netzes werden trotz gravierender Probleme überleben.«

Theo Lane hielt noch dasselbe Glas Wein, das er vom Speisepavillon mit heraufgebracht hatte. »Was meinst du, warum ist die Fatline tot?«

Martin Silenus schnaubte. »Weil Gott es satt gehabt hat, daß wir Kritzeleien an seine Scheißhauswände schmieren.«

Sie unterhielten sich über alte Freunde und fragten sich, wie es Pater Duré gehen mochte. Sie hatten in einem der letzten

Fatlinesprüche von seinem neuen Amt erfahren. Und sie gedachten Lenar Hoyts.

»Glaubt ihr, er wird automatisch Papst werden, wenn Duré von uns geht?« fragte der Konsul.

»Das bezweifle ich«, sagte Theo. »Aber wenigstens bekommt er die Chance, noch einmal zu leben, wenn die Kruziform, die Duré auf der Brust trägt, funktioniert.«

»Ich frage mich, ob er nach seiner Balalaika suchen kommt«, sagte Silenus und schlug das Instrument an. Im trüben Licht, fand Brawne, sah der alte Dichter immer noch wie ein Satyr aus.

Sie unterhielten sich über Sol und Rachel. In den vergangenen sechs Monaten hatten Hunderte von Menschen versucht, die Sphinx zu betreten; einem war es gelungen — einem stillen Ouster namens Mizenspesht Ammenyet.

Die Experten der Ousters hatten Monate damit verbracht, die Gräber und die noch verbliebenen Spuren der Zeitgezeiten zu analysieren. Auf manchen Gebilden waren nach dem Öffnen der Gräber Hieroglyphen und seltsam vertraute Runen erschienen, die zumindest zuverlässige Vermutungen auf die Funktion der verschiedenen Zeitgräber erlaubten.

Die Sphinx war ein Einwegportal in die Zukunft, von der Rachel/Moneta gesprochen hatte. Niemand wußte, wie es die auswählte, die es passieren lassen wollte, aber es war unter Touristen populär, zu versuchen, das Grab zu betreten. Kein Hinweis auf das Schicksal von Sol und seiner Tochter war entdeckt worden. Brawne mußte feststellen, daß sie oft an den alten Gelehrten dachte.

Brawne, der Konsul und Martin Silenus brachten einen Trinkspruch auf Sol und Rachel aus.

Das Jadegrab schien etwas mit Welten zu tun zu haben, bei denen es sich um gigantische Gasriesen handelte. Niemand war von seinem Tor durchgelassen worden, aber täglich versuchten exotische Ousters, die für das Leben auf jupiterähnlichen Welten geschaffen waren, es zu betreten. Fachleute der Ousters wie von FORCE wiesen wiederholt darauf hin, daß es sich bei den Gräbern nicht um Farcaster handelte, sondern um eine vollkommen andere Form kosmischer Verbindungen. Den Touristen war das einerlei.

Der Obelisk blieb ein unergründliches Geheimnis. Das Grab leuchtete immer noch, aber jetzt besaß es keine Tür mehr. Ousters vermuteten, daß in seinem Innern immer noch ganze Armeen von Shrikes warteten. Martin Silenus war der Meinung, daß es sich bei dem Obelisken lediglich um ein Phallussymbol handelte, das dem Dekor des Tals als Dreingabe beigefügt worden war. Andere glaubten, er habe etwas mit den Tempelrittern zu tun.

Brawne, der Konsul und Martin Silenus brachten einen Trinkspruch auf die Wahre Stimme des Baums Het Masteen aus.

Der wieder versiegelte Kristallmonolith war das Grab von Oberst Fedmahn Kassad. In den Stein eingelassene codierte Zeichnungen sprachen von einem kosmischen Kampf und einem großen Krieger aus der Vergangenheit, der mitgeholfen hatte, den Herrn der Schmerzen zu besiegen. Junge Rekruten, die von den Schlachtschiffen und Gefechtsträgern herunterkamen, verschlangen sie. Kassads Legende würde weiter wachsen, wenn diese Schiffe zu den Welten des alten Netzes heimkehrten.

Brawne, der Konsul und Martin Silenus brachten einen Trinkspruch auf Fedmahn Kassad aus.

Das erste und zweite Höhlengrab schienen nirgendwohin zu führen, aber das dritte war mit Labyrinthen auf einer Vielzahl von Welten verbunden. Nachdem ein paar Forscher verschwunden waren, wiesen die Forschungsbehörden der Ousters daraufhin, daß die Labyrinthe in einer anderen Zeit lagen — möglicherweise Hunderttausende Jahre in der Vergangenheit oder Zukunft —, aber auch in einem anderen Raum. Sie gestatteten nur noch qualifizierten Experten Zutritt.

Brawne, der Konsul und Martin Silenus brachten einen Trinkspruch auf Paul Duré und Lenar Hoyt aus.

Der Palast des Shrike blieb ein Geheimnis. Als Brawne und die anderen ein paar Stunden später dorthin zurückgekehrt waren, waren die Stufen mit den Leibern verschwunden gewesen, das Innere des Grabes so groß wie früher, nur in seinem Inneren glühte eine einzige erleuchtete Tür. Wer hindurchtrat, verschwand. Niemand kehrte zurück.

Die Forscher erklärten das Innere zur verbotenen Zone,

während sie daran arbeiteten, die in Stein gemeißelten, aber von der Zeit stark erodierten Buchstaben zu entschlüsseln. Bis jetzt hatten sie drei Worte mit Sicherheit entziffert — alle im Lateinischen der Alten Erde —, die übersetzt »KOLOSSEUM«, »ROM« und »WIEDERBEVÖLKERUNG« lauteten. Die Legende hatte sich bereits gebildet, daß dieses Portal zur verschwundenen Alten Erde führte und die Opfer des Baums der Dornen dorthin transportiert worden waren. Hunderte weitere warteten.

»Sehen Sie«, sagte Martin Silenus zu Brawne Lamia, »wenn Sie nicht so verflixt schnell dabei gewesen wären, mich zu retten, hätte ich nach Hause gehen können.«

Theo Lane beugte sich vor. »Hätten Sie sich wirklich entschieden, zur Alten Erde zurückzukehren?«

Martin lächelte sein reizendstes Satyrlächeln. »Nicht in einer Million Jahren. Dort war es schon langweilig, als ich noch da gelebt habe, und es wird immer langweilig sein. *Hier* pulsiert das Leben.« Silenus brachte einen Trinkspruch auf sich selbst aus.

Brawne wurde bewußt, daß das in gewissem Sinne zutraf. Hyperion war die Begegnungsstätte von Ousters und ehemaligen Bewohnern der Hegemonie. Allein die Zeitgräber bedeuteten künftigen Handel und Tourismus und Reisen, da sich das Universum der Menschen an ein Leben ohne Farcaster anpassen mußte. Sie versuchte sich die Zukunft vorzustellen, wie die Ousters sie sahen, mit gewaltigen Flotten, die die Horizonte der Menschheit ausdehnten, mit genetisch veränderten Menschen, die Gasriesen und Asteroiden und grimmigere Welten als den terraformten Mars oder Hebron besiedelten. Sie konnte es sich nicht vorstellen. Es war ein Universum, das ihr Kind vielleicht erleben würde ... oder ihre Enkelkinder.

»Was denken Sie, Brawne?« fragte der Konsul, als das Schweigen sich in die Länge zog.

Sie lächelte. »An die Zukunft«, sagte sie. »Und an Johnny.«

»Ah, ja«, sagte Silenus, »der Dichter, der Gott hätte sein können, es aber nicht wollte.«

»Was meinen Sie, ist aus der zweiten Persönlichkeit geworden?« fragte Brawne.

Der Konsul machte eine Handbewegung. »Ich weiß nicht, wie er den Tod des Core überlebt haben könnte. Sie?«

Brawne schüttelte den Kopf. »Ich bin nur eifersüchtig. Eine Menge Leute scheinen ihn gesehen zu haben. Sogar Melio Arundez hat gesagt, er wäre ihm in Jacktown begegnet.«

Sie brachten einen Trinkspruch auf Melio aus, der vor fünf Monaten mit dem ersten SpinSchiff aufgebrochen war, das Richtung Netz startete.

»Alle haben ihn gesehen, nur ich nicht«, sagte Brawne, betrachtete stirnrunzelnd ihr Glas und dachte, daß sie vor dem Schlafengehen noch einige pränatale Antialkoholpillen nehmen mußte. Sie stellte fest, daß sie ein bißchen betrunken war; das Zeug konnte dem Baby nicht schaden, wenn sie die Pillen nahm, aber sie selbst hatte es eindeutig erwischt.

»Ich gehe zurück«, verkündete sie, stand auf und umarmte den Konsul. »Muß früh beizeiten raus, wenn ich Ihren Start bei Sonnenaufgang nicht versäumen will.«

»Sind Sie sicher, daß Sie die Nacht nicht im Schiff verbringen wollen?« fragte der Konsul. »Vom Gästezimmer hat man eine herrliche Aussicht über das Tal.«

Brawne schüttelte den Kopf. »Alle meine Sachen sind im alten Palast.«

»Wir reden noch miteinander, bevor ich aufbreche«, sagte der Konsul, dann umarmten sie einander noch einmal schnell, bevor einer Brawnes Tränen zur Kenntnis nehmen mußte.

Martin Silenus begleitete sie zur Stadt der Dichter zurück. In der hell erleuchteten Galerie vor ihrem Apartment blieben sie stehen.

»Waren Sie wirklich an dem Baum, oder handelte es sich nur um ein Stimsim, während Sie im Palast des Shrike geschlafen haben?« fragte Brawne ihn.

Der Dichter lächelte nicht. Er griff sich an die Brust, wo ihn der Stahldorn durchbohrt hatte. »War ich ein chinesischer Philosoph und habe geträumt, ich wäre ein Schmetterling, oder war ich ein Schmetterling und habe geträumt, ich wäre ein chinesischer Philosoph? Ist das Ihre Frage, Mädchen?«

»Ja.«

»Es ist richtig«, sagte Silenus leise. »Ja. Ich war beides. Und beides war Wirklichkeit. Und beides hat höllisch weh getan.

Und ich werde Sie für alle Zeiten lieben und verehren, weil Sie mich gerettet haben, Brawne. Für mich werden Sie immer auf Luft wandeln können.« Er nahm ihre Hand und küßte sie. »Legen Sie sich gleich hin?«

»Nein, ich glaube, ich gehe noch einen Moment im Garten spazieren.«

Der Dichter zögerte. »In Ordnung. Glaube ich. Wir haben Wachen — mechanische und menschliche —, und unser Grendel-Shrike hat sich seither nicht wieder sehen lassen ... aber seien Sie vorsichtig, okay?«

»Vergessen Sie nicht«, sagte Brawne, »ich bin der Grendelkiller. Ich wandle auf Luft und verwandle sie in Glaskobolde, die zerschellen.«

»Hm-hmm, aber verlassen Sie den Garten nicht. Okay, Mädchen?«

»Okay«, sagte Brawne. Sie strich sich über den Bauch. »Wir sind vorsichtig.«

Er wartete im Garten, wo das Licht nicht ganz schien und die Überwachungskameras nicht ganz hin reichten.

»Johnny!« keuchte Brawne und tat einige rasche Schritte auf dem Kiesweg.

»Nein«, sagte er und schüttelte den Kopf, möglicherweise ein bißchen traurig. Er sah wie Johnny aus. Genau dasselbe rotbraune Haar, die Mandelaugen, das markante Kinn, die hohen Wangenknochen und das sanfte Lächeln. Er war etwas seltsam gekleidet, dicke Lederjacke, breiter Gürtel, derbe Schuhe, Gehstock und eine zottelige Pelzmütze, die er abnahm, als sie näherkam.

Brawne blieb keinen Meter von ihm entfernt stehen. »Aber sicher«, sagte sie kaum lauter als flüsternd. Sie wollte ihn berühren, aber ihre Hand ging durch ihn hindurch, wenn auch ohne das Flackern oder Verschwimmen eines Holos.

»Dieser Ort verfügt immer noch über üppige Metasphärenfelder«, sagte er.

»Hm-hmm«, stimmte sie zu, obwohl sie nicht die geringste Ahnung hatte, wovon er sprach. »Sie sind der andere Keats. Johnnys Zwillingsbruder.«

Der kleine Mann lächelte und streckte eine Hand aus, als

wollte er ihren runden Bauch berühren. »Das macht mich zu einer Art Onkel, Brawne, oder nicht?«

Sie nickte. »Sie haben das Baby gerettet — Rachel — richtig?«

»Haben Sie mich gesehen?«

»Nein«, hauchte Brawne, »aber ich *spüre*, daß Sie da waren.« Sie zögerte für einen Augenblick. »Aber Sie waren nicht der, von dem Ummon gesprochen hat — der Empfindungs-Teil der menschlichen KI?«

Er schüttelte den Kopf. Seine Locken leuchteten im kargen Licht. »Ich habe festgestellt, daß ich der Zuvor Kommende bin. Ich bereite den Weg für den Lehrenden, und ich fürchte, mein einziges Wunder war, daß ich ein Baby genommen und gewartet habe, bis jemand vorbeigekommen ist, der es mir abnehmen konnte.«

»Sie haben *mir* nicht geholfen ... mit dem Shrike? Beim Schweben?«

John Keats lachte. »Nein. Und Moneta auch nicht. Das waren Sie allein, Brawne.«

Sie schüttelte heftig den Kopf. »Das ist unmöglich.«

»Nicht unmöglich«, sagte er leise. Er streckte wieder die Hand aus, als wollte er ihren Bauch berühren, und sie stellte sich vor, sie könnte den Druck seiner Handfläche spüren. Er flüsterte: »Du noch unberührte Braut der Stille,/Du Pflegekind von Stille und Langsamer Zeit ...« Er sah zu Brawne auf. »Die Mutter der Lehrenden kann doch sicherlich ein paar Wunder bewerkstelligen«, sagte er.

»Die Mutter der ...« Plötzlich mußte sich Brawne setzen und fand gerade noch rechtzeitig eine Bank. Sie war in ihrem ganzen Leben noch nicht unbeholfen gewesen, aber im siebten Monat konnte sie sich unmöglich anmutig hinsetzen. Sie mußte zusammenhanglos an das Luftschiff denken, das heute morgen angelegt hatte.

»Die Lehrende«, wiederholte Keats. »Ich habe keine Ahnung, was sie lehren wird, aber es wird das Universum verändern und Denkmodelle in Gang setzen, die in zehntausend Jahren noch Gültigkeit haben werden.«

»*Mein* Kind?« brachte sie heraus und rang ein wenig nach Luft. »Das Kind von Johnny und mir?«

Die Keats-Persönlichkeit rieb sich die Wange. »Die Verschmelzung von menschlichem Geist und KI-Logik, die Ummon und der Core so lange gesucht haben, und die sie nun doch vor ihrem Tod nicht verstehen konnten«, sagte er. Er kam einen Schritt näher. »Ich wünschte nur, ich könnte dabei sein, wenn sie lehrt, was sie lehren muß. Um zu sehen, welche Auswirkung es auf die Welt hat. Diese Welt. Andere Welten.«

Brawnes Gedanken wirbelten, aber sie hatte etwas in seinem Tonfall gehört. »Warum? Wo werden Sie sein? Was ist los?«

Keats seufzte. »Der Core ist nicht mehr. Die Datensphären hier sind so klein, daß sie mich nicht einmal in meiner reduzierten Form aufnehmen können — abgesehen von den KIs der FORCE-Schiffe, und ich kann mir nicht vorstellen, daß es mir dort gefallen würde. Ich war noch nie gut darin, Befehle auszuführen.«

»Und sonst gibt es nichts?« fragte Brawne.

»Die Metasphäre«, sagte er und sah hinter sich. »Aber die ist voller Löwen und Tiger und Bären. Und ich bin noch nicht bereit.«

Brawne ging nicht weiter darauf ein. »Ich habe eine Idee«, sagte sie. Sie schilderte sie ihm.

Das Ebenbild ihres Geliebten kam näher, legte die Arme um sie und sagte: »*Sie* sind ein Wunder, Madame.« Er wich wieder in die Schatten zurück.

Brawne schüttelte den Kopf. »Nur eine schwangere Frau.« Sie legte die Hand auf die Rundung unter dem Kleid. »Die Lehrende«, murmelte sie. Dann, zu Keats: »Na gut, Sie sind der Erzengel, der alles verkündet. Welchen Namen soll ich ihr geben?«

Als sie keine Antwort bekam, blickte Brawne auf.

Die Schatten waren verlassen.

Brawne war am Raumhafen, bevor die Sonne aufging. Es war nicht gerade eine fröhliche Gruppe, die zum Abschied gekommen war. Abgesehen von der üblichen Traurigkeit eines Abschieds, litten Martin, der Konsul und Theo an einem Kater, da die Tag-danach-Pillen auf Hyperion ausgegangen waren. Nur Brawne war bester Laune.

»Der verdammte Schiffscomputer benimmt sich den ganzen Morgen merkwürdig«, knurrte der Konsul.

»Wie das?« sagte Brawne lächelnd.

Der Konsul blinzelte sie an. »Ich bitte ihn, die reguläre Checkliste vor dem Start durchzugehen, und das dumme Ding rezitiert mir Dichtung.«

»Dichtung?« fragte Martin Silenus und zog eine Satyrbraue hoch.

»Ja ... hören Sie ...« Der Konsul tastete auf seinem Komlog.

Eine Stimme, die Brawne kannte, sagte:

> So, ye ghosts, adieu! Ye cannot raise
> My head cool-bedded in flowery grass;
> For I would not be dieted with praise,
> A pet lamb in a sentimental farce!
> Fade softly form my eyes, and be once more
> In masque-like figures on the dreamy urn;
> Farewell! I yet have visions for the night,
> And for the day faint visions here is store;
> Vanish, ye phantoms! from my idle sprite,
> Into the clouds, and never more return!*

Theo Lane sagte: »Eine defekte KI? Ich dachte, dein Schiff verfüge über eine der besten Intelligenzen außerhalb des Core.«

»So ist es«, sagte der Konsul. »Es ist nicht defekt. Ich habe den vollen kognitiven Check und einen Funktionstest gemacht.

---

* Lebt wohl denn, ihr drei Schemen — heben könnt
Ihr nicht mein Haupt im Gras gebettet kühl.
Ich möcht nicht Lob zur Speise, wärs vergönnt,
Schoßlamm in einer Posse mit Gefühl.
Vergeht sanft und als Masken noch einmal
Seid um die träumerische Urne her.
Geht, noch hab ich Gesichte für die Nacht
Und blasse für den Tag in Überzahl.
Weicht nur vom eitlen Geist, Phantome, macht
Euch ins Gewölk auf Nimmerwiederkehr!

Zitiert nach: »Ode auf die Lässigkeit«, in: John Keats: GEDICHTE, Deutsch von Alexander von Bernus, Heidelberg 1958, Verlag Lambert Schneider. S. 90.

Alles ist bestens. Aber es kommt mir ... *damit*!« Er deutete auf die Anzeige des Komlog.

Martin Silenus sah Brawne Lamia an, studierte ihr Lächeln gründlich und wandte sich dann wieder dem Konsul zu. »Nun, sieht so aus, als würde Ihr Schiff literarisch gebildet werden. Machen Sie sich deshalb keine Sorgen. Es wird während der langen Reise hin und zurück eine gute Gesellschaft sein.«

In der anschließenden Gesprächspause holte Brawne das klobige Paket heraus. »Ein Abschiedsgeschenk«, sagte sie.

Der Konsul packte es aus, zuerst langsam, aber dann riß und zerrte er, als der zusammengelegte, verblaßte und oft mißbrauchte Teppich sichtbar wurde. Er strich mit den Händen darüber, blickte auf und sprach mit bewegter Stimme. »Wo ... wie haben Sie ...«

Brawne lächelte. »Ein Eingeborenenflüchtling hat sie unterhalb der Schleusen von Karla gefunden. Sie hat versucht, sie auf dem Markt in Jacktown zu verkaufen, als ich zufällig vorbeigekommen bin. Niemand wollte das schäbige Ding kaufen.«

Der Konsul holte tief Luft und strich mit den Händen über die Muster der Schwebematte, die seinen Großvater Merin zu der schicksalhaften Begegnung mit seiner Großmutter Siri geführt hatte.

»Ich fürchte, sie fliegt nicht mehr«, sagte Brawne.

»Die Flugfäden müssen nur neu aufgeladen werden«, sagte der Konsul. »Ich weiß nicht, wie ich Ihnen danken soll ...«

»Gar nicht«, sagte Brawne. »Sie soll Ihnen Glück für die Reise bringen.«

Der Konsul schüttelte den Kopf, umarmte Brawne, schüttelte den anderen die Hand und fuhr mit dem Lift zu seinem Schiff hinauf. Brawne und die anderen gingen zur Schalterhalle zurück.

Keine Wolke war am lapislazulifarbenen Himmel von Hyperion zu sehen. Die Sonne tauchte die fernen Gipfel der Bridle Range in kräftige Farben und versprach einen warmen Tag.

Brawne blickte über die Schulter zur Stadt der Dichter und dem Tal dahinter. Die Spitzen der höheren Zeitgräber waren gerade noch zu erkennen. Ein Flügel der Sphinx spiegelte das Licht wider.

Ohne nennenswerten Lärm und mit geringer Hitzeentwicklung erhob sich das Ebenholzschiff des Konsuls auf einer reinen blauen Flamme und stieg dem Himmel entgegen.

Brawne versuchte, sich an die Gedichte zu erinnern, die sie gerade gelesen hatte, und an die letzten Strophen des längsten und besten unvollendeten Gedichts ihres Liebsten:

> *Anon rushed by the bright Hyperion;*
> *His flaming robes streamed out beyond his heels,*
> *And gave a roar, as if of earthly fire,*
> *That scared away the meek etheral Hours,*
> *And made their dove-wings tremble. On he flared . . .* *

Brawne spürte den warmen Wind, der ihr Haar zerzauste. Sie hob das Gesicht himmelwärts, winkte, versuchte gar nicht erst, die Tränen zu verbergen oder wegzuwischen, winkte heftiger, als das kostbare Schiff sich schräg legte und auf seiner grellblauen Flamme dem Himmel entgegenstieg; dann erzeugte es — wie ein ferner Ruf — einen plötzlichen Überschallknall, der über die Wüste grollte und von den fernen Gipfeln widerhallte.

Brawne weinte und winkte, winkte unablässig, dem entschwindenen Konsul, dem Himmel, Freunden, die sie nie wiedersehen würde, einem Teil ihrer Vergangenheit und dem Schiff, das emporstieg wie ein makelloser Pfeil aus Ebenholz, der vom Bogen eines Gottes abgeschossen worden war.

Weiter zog er . . .

---

* Sogleich eilte vorüber der strahlende Hyperion;
  Des flammend Gewand von seinen Fersen wallte,
  Und stieß ein Brüllen aus, als wie von irdisch Feuer,
  Vor dem die lichten Horen zaghaft flohen,
  Und mit den Taubenschwingen schlugen. Weiter zog er . . .